Sophia Palmer

Die Herrin der Gaukler

SOPHIA PALMER ist das Pseudonym einer Autorin, die mit mehreren historischen Romanen die deutschen Bestsellerlisten eroberte. Sie lebt in Süddeutschland.

Provence 1545: Religiöse Fanatiker vernichten im Auftrag einer dunklen Macht ein Waldenserdorf, die Heimat der jungen Jeanne. Verängstigt und fast zu Tode gequält, gelingt ihr die Flucht. Von ihren Erinnerungen gepeinigt, schwört sie bittere Rache und findet Unterschlupf bei einer Truppe fahrender Gesellen. Bald schon ist ihr erotischer Tanz ein Ereignis in den Städten Südfrankreichs. Auch Tantris, dem Anführer der Gaukler, bleiben ihre Reize nicht lange verborgen.

Schließlich macht sich die Truppe auf den Weg zum Schloß jenes Mannes, der das Massaker in Jeannes Heimatdorf befahl. Erst aber müssen die Gaukler der Pest entkommen. Sie finden Hilfe beim sagenhaften Wunderheiler Nostradamus. Und als sie ihr Ziel erreichen, zeigt sich, daß auch Tantris nicht der ist, für den man ihn hält

Sophia Palmer

Die Herrin der Gaukler

Historischer Roman

aufbau taschenbuch
AUFBAU VERLAGSGRUPPE

ISBN 978-3-7466-2386-3

Aufbau Taschenbuch ist eine Marke der Aufbau Verlagsgruppe GmbH

2. Auflage 2007

Umschlaggestaltung Dagmar & Torsten Lemme, Berlin
unter Verwendung eines Ausschnitts aus einem Gemälde
von Jean Auguste Dominique Ingres, Bridgeman Berlin
Druck und Binden CPI Moravia Books, Pohořelice
Printed in Czech Republic

www.ruetten-und-loening.de

1. Kapitel

Jeanne schritt fröhlich aus. Der Korb unter ihrem Arm, mit zehn Eiern darin und einem Beutel Daunen, wog beinahe nichts. Sie zog das Tuch darüber noch einmal zurecht; alles war da und an seinem Platz. Dann hob sie den Kopf und genoß die Kraft der Sonne auf ihrer Haut. Sie fühlte sich selbst so federleicht an diesem Morgen.

Die Luft war mild, der Sonnenschein brachte das Laub der Weinberge zum Leuchten. In den Zweigen des nahen Olivenhaines spielte ein warmer Wind und ließ die silbernen Blätter flirren. Auch der Ginster am Wegrand wogte, die Zweige prall mit goldenen Blüten besetzt. Jeanne ließ ihre Finger im Vorbeigehen darübergleiten, pflückte eine Rute und steckte sie sich ins Haar. Wie schön doch das Leben war!

Sie wagte zwei Tanzschritte, drehte sich einmal, daß ihr flammendroter Zopf flog, mußte dann über sich selber lachen und ging ruhig, aber leise singend weiter.

Da kam das Tor des Gutshofes in Sicht. Sah sie anständig aus? Jeanne klopfte den Staub von ihrem Rock, rückte die Schürze noch einmal zurecht, überprüfte den Sitz des Halstüchleins und strich sich die widerspenstigen Strähnen aus der Stirn.

»Dem Vogel, der am Morgen singt, wird am Abend der Hals umgedreht«, rief da eine keckernde Stimme.

Mehr verärgert als erschrocken schaute Jeanne sich um und entdeckte den Sprecher, der auf der grauen Mauer der Einfriedung hockte, ein Bein hochgezogen, das Kinn auf einen Stock gestützt. Seine Kleidung bestand aus lumpigen Hosen und einem formlosen, löchrigen Wams, das den Namen Hemd nicht verdiente. Der Mann, dessen Alter man angesichts seiner Verwahrlosung unmöglich schätzen konnte, war barfuß und zeigte dem prächtigen Sonnenschein zwei schwarze, sicher nie gewaschene Füße.

Jeanne überlief ein kleiner Schauer des Ekels, wie immer, wenn sie dem verrückten Jacques begegnete. Sie mochte den Anblick seines aufgerissenen, zahnlosen Mundes nicht und noch viel weniger sein boshaftes Lachen, das immer klang, als wüßte er etwas über einen. Dann reckte sie stolz ihre Stupsnase und machte Anstalten, ohne eine Antwort an ihm vorbeizugehen. Niemand nahm den irren Jacques ernst. Wußte der Himmel, warum der Verwalter duldete, daß sich so ein Nichtsnutz auf den Gütern der Baronin herumtrieb. Er arbeitete nicht, tat keinem etwas zuliebe und schwatzte den ganzen Tag dummes Zeug. Sein tumber Blick verfolgte sie jedesmal, wenn sie kam, um die Abgaben von ihres Vaters Hof zu bringen.

Jacques kicherte, als sie so hochgemut weiterschritt. Er rutschte von seiner Mauer und machte sich daran, auf seinen Stock gestützt, neben ihr herzuhumpeln. Dabei verschlang er das spröde Mädchen mit den Augen: diese hochgewachsene, biegsame Gestalt, die ihr Haar gar nicht so fest flechten konnte, daß es die krausen Locken oder gar die leuchtende Farbe gebändigt hätte. Wenn Jeannes Mutter abends die flammende Pracht bürstete, schüttelte sie manchmal den Kopf und zweifelte daran, daß so viel Wildheit wirklich gottgefällig sein könne.

Jeanne, die seine Aufmerksamkeit wohl bemerkte, schüttelte es innerlich, und sie achtete darauf, daß er ihr Kleid nicht streifte. Einen Moment schien es ihr doch tatsächlich so, als wolle er mit seinen schmutzigen Fingern ihren nackten weißen Unterarm berühren. Daher wechselte sie energisch den

Korb von der einen auf die andere Seite und stieß ihn wie zufällig damit an.

Jacques kicherte wieder. »Man sagt, ihr betet nicht für die Seelen eurer Verstorbenen, daß sie aus dem Fegefeuer errettet werden.«

Jeannes grüne Augen funkelten vor Unwillen, und ihr breiter, sonst so lachfreudiger Mund verzog sich. »Wozu auch«, schnappte sie, »wo es doch kein Fegefeuer gibt.« Sie warf den Kopf zurück. »Das ist eine Erfindung der Päpste. In der Bibel steht kein Wort davon«, beschied sie ihn schnippisch. »Lies es doch nach, wenn du mir nicht glaubst.«

Mit einem Lachen schritt sie aus. Als ob der irre Jacques lesen könnte! Er vermochte es so wenig wie all die anderen Bauern. Aber vielleicht war er ja dumm genug, am Sonntag seinen Pfarrer danach zu fragen. Da würde er schön etwas zu hören bekommen! Jeanne lachte wieder; es geschähe dem unverschämten Kerl ganz recht.

Jacques war zurückgeblieben, ob aus Verblüffung oder weil sie zu flink für ihn war, es war nicht auszumachen. Jeanne hörte seine Stimme in ihrem Rücken.

»Euch Waldensern wird es noch gehörig an den Kragen gehen«, kreischte er und verfiel dann in seinen alten Refrain: »Der Vogel, der am Morgen pfeift! Der Vogel, der am Morgen pfeift.«

Jeanne hob angewidert die Schultern: Der Mensch war doch tatsächlich drauf und dran gewesen, sie anzufassen mit seinen schmutzigen Fingern. Dann schnaufte sie einmal tief durch, schüttelte energisch ihren Zopf – und war da. Laut grüßend schritt sie über den Hof. Wer sie kannte, hob den Kopf. Man winkte zurück, rief Scherzworte. Der alte schwarze Wachhund lief schwanzwedelnd auf sie zu, bis die Kette ihn stoppte, und wartete winselnd auf ihre Zuwendung. Sie gönnte ihm ein kurzes Kraulen hinter dem Ohr, ehe sie die Abgabenstube betrat.

Hier fiel das strahlende Tageslicht nur gedämpft herein. Wie ein Schleier legte es sich über die verschlossenen Schränke, das Regalbrett mit den Tuchen, über den blankgescheuerten Tisch und die Waage in seiner Mitte. Mehlstaub tanzte in der Luft. Es roch nach Korn, nach Käse und Kräutern. Jeanne stellte ihren Korb ab, als der Verwalter eintrat. Sorgfältig rieb er sich die Hände an seinem Lederschurz ab, ehe er ihr die Rechte reichte.

»Jeanne«, begrüßte er sie, »pünktlich wie immer.« Dann fiel sein Blick auf den Ginster in ihrem Haar. »Und wie hübsch du wieder daherkommst.« Er hob die Hand, als wolle er die Blüten berühren, ließ sie aber wieder sinken und griff statt dessen nach dem Korb. Die Waldenser blieben unter sich, das wußte er aus Erfahrung, und es war vermutlich auch besser so. Ein hübsches Gesicht, und sei sein Teint noch so klar, sollte einen nicht zu Dummheiten verführen.

»Laß doch einmal sehen.«

Jeanne lächelte und zog das Tuch zurück, damit er die Eier zählen und die Qualität der gerupften Daunen begutachten konnte.

»Es ist alles da«, erklärte er schließlich zufrieden. »Aber wann war das je anders.« Er tätschelte wohlwollend ihre Hand, dann schlug er ein großes, in Leder gebundenes Buch auf und fügte nach einigem Suchen einer langen Kolonne von Zahlen zwei neue Ziffern hinzu. Sorgsam malte er sie hin. Ohne aufzuschauen, begann er: » Sag deinem Vater, wegen der Enten, die er zum achten bringen soll ...«

Doch sie wurden unterbrochen. »Rauch«, rief eine aufgeregte Stimme, »da steigt Rauch auf von Lourmarin!«

Die beiden in der stillen Stube wechselten einen erstaunten Blick, dann traten sie gemeinsam nach draußen zu den anderen. Aus allen Ecken des Hofes liefen die Menschen zusammen. Jeanne ging ein Stück des Weges zurück, den sie eben gekommen war. Gleich hinter dem Tor des Hofes senkte sich die Straße, und man hatte einen guten Ausblick über die Ebene, die sich im Süden bis an den Lauf der Durance senkte. Das Städtchen Lourmarin, grau inmitten des Grüns, hockte auf einem flachen Hügel wie eine Muschel auf einem tangbewachsenen Felsen, umgeben von seinen Hainen und Feldern. Jeanne kannte es gut; ihr eigenes Dorf war nicht weit östlich davon. Und in Lourmarin sollte Rauch aufsteigen?

Jeanne trat aus dem Dunkel des Torbogens hinaus auf die Straße und beschattete die Augen, um besser sehen zu können. Tatsächlich, da war es: Weiße und graue Rauchfäden erhoben sich von der Silhouette der Stadt, über der die Luft zu flimmern schien. Neben Jeanne waren Knechte über den Misthaufen auf die Mauer geklettert.

»Ob die Mühle brennt?« rief es hinter ihr.

»Nein, die liegt außerhalb des Walls«, tönte es von droben herab. »Es scheint mir näher beim Tor, nein, bei den Speichern.«

»Lieber Gott«, schrie eine Frau, »es brennt einfach alles zusammen, seht nur!«

Jeanne sah es. Der Rauch wolkte jetzt dick und schwer in den blauen Vormittagshimmel. Sie meinte beinahe, ihn riechen zu können. Und nun war auch das Brausen der Flammen zu hören. Und darüber, erschreckend und klar: Waffengeklirr.

»Ich sehe Berittene«, rief ein Knecht. Er brauchte es nicht zu wiederholen. Auch Jeanne hatte sie bemerkt: Auf der Straße nach Lourmarin war ein Zug von Gestalten zu Pferde klein und nur undeutlich zu erkennen, aber von ihren Leibern blitzte die Sonne. Das waren Waffen und Harnische.

Papa, dachte Jeanne in diesem Moment, während die anderen es sich gegenseitig zuriefen, daß Lourmarin von Bewaffneten angegriffen würde. Die Angst griff nach ihr und preßte ihr die Eingeweide zusammen. Für einen Moment schloß sie die Augen, zu spät, um nicht die zweite Rauchsäule zu bemerken, die sich jetzt weiter in der Ferne erhob, ein ganzes Stück südlich, schon beinahe am Fluß. Jeanne wußte, von wo sie aufstieg: Cadenet, wo ebenfalls Glaubensbrüder lebten. Sie wollte es nicht mehr sehen. Und sie wollte nicht nach Osten blicken. Tränen quollen hinter ihren Lidern hervor, die sie hartnäckig zusammenpreßte.

Es konnte nicht wahr sein, es durfte nicht sein. Die Baronin hielt doch ihre Hand stets schützend über ihre Waldenserdörfer, all die Jahre schon. Sie sah ihren Vater vor sich, der in diesem Moment zweifellos auf den Feldern arbeitete wie stets um diese Zeit: Wie er sich aufrichtete, die Stirn beschattete, genauso wie sie eben, und voller Staunen in den gnadenlosen Himmel blickte, an dem sich jetzt schon drei, vier, nein fünf schwarze Säulen der Vernichtung zeigten.

Jeanne hatte die Augen wieder geöffnet. Blinzelnd schaute sie nach Osten. Dort war nichts als das rauschende Wiegen der Kiefern.

»Sie holen sich die Waldenser. Sie holen sich die Waldenser.« Der irre Jacques hatte sich draußen auf seinem Mäuerchen aufgerichtet und zappelte wie in einem irren Tanz und wiederholte wieder und wieder sein hämisches Verslein.

Niemand antwortete ihm, niemand verbot ihm den Mund. Aller Augen hingen an dem grausamen Spektakel drunten im Tal. Jeanne spürte, wie der eine oder andere Blick sich heimlich zu ihr verirrte und rasch wieder abwandte. Sie hörte es tuscheln, doch niemand sprach sie an. Sehr gerade stand sie da, stocksteif und wie erstarrt. Jeanne fröstelte in dem Schweigen, das sie umgab. Jede Vertrautheit war mit einemmal verschwunden. Es war jetzt so still, daß man vermeinte, die Schreie der Sterbenden hören zu können. Und doch war da nichts als das Rauschen des Windes und das Summen der Insekten über den Blüten.

Als wäre erst durch Jacques' grausame Worte wirklich wahr

geworden, was sie doch mit ihren eigenen Augen sehen konnte, stieg nun langsam und überwältigend die Panik in Jeanne auf. Ihre Hände zitterten, ihre Knie wurden weich. Sie umklammerte den leeren Korb, als wäre er ihr Schutz und Stab. Dann plötzlich, ohne einen bewußten Entschluß gefaßt zu haben, schürzte sie die Röcke und rannte die Straße, die sie so fröhlich heraufgekommen war, wieder hinab, daß ihr Zopf tanzte und loderte wie ein Fanal. Sie hörte den Hund hinter sich bellen und wandte sich nicht um. Sie mußte nach Hause, so schnell sie nur konnte. Dort war der Himmel noch immer unberührt, aber wie lange noch, wie lange?

Papa, dachte Jeanne, als sie rannte, Mama! Anne! Und Louis, der kleine Louis! Sie sah sich im Geiste bereits ihren jüngsten Bruder ergreifen, den anderen die Warnung zurufen und davonstürzen, hinauf zu den schützenden Grotten, solange es noch Zeit war. Und dort sich in einen dunklen Winkel drängen, den Kopf in Mutters Schoß betten und an nichts denken, an gar nichts. O bitte, lieber Gott, dachte Jeanne und keuchte, bitte, bitte, bitte. Sie stürzte und rappelte sich, das blutende Knie nicht beachtend, wieder hoch. Der Ginsterzweig fiel aus ihrem Haar.

2. Kapitel

Das Blut rauschte in Jeannes Ohren, als sie endlich aus dem Wald stolperte. Sie hielt inne und suchte Halt am Stamm einer niedrigen Eiche, deren Laub sie gut verbarg. Sie hatte eine Abkürzung genommen, sich die Hände an peitschenden Zweigen verletzt und den Rock im Unterholz zerrissen, aber nicht ein einziges Mal angehalten. Nun stand sie keuchend dicht vor den Mauern ihres Heimatdorfes, diesem freundlichen Kokon aus grauem Stein, dessen Mauern so alt wie die Felsen schienen. Schutzsuchend drängten die Häuser sich auf ihrer Anhöhe zusammen, aber vergeblich.

Jeanne sah es, sie sah alles, aber sie begriff es nicht. Wie konnte das auch sein, daß Männer, die sie gut kannte, die sie tagtäglich freundlich grüßten, jetzt dort auf dem Wall um ihr Leben kämpften? Sie sah einen schießen und fallen, daneben einen anderen, der schrie und schrie.

Aber das konnten nicht dieselben Brüder Tarcasse sein, die die Felder neben den ihren bearbeiteten und denen sie manchmal abgab vom Wein, wenn sie ihrem Vater das Mittagessen hinausbrachte. Mit verschwitzten Gesichtern waren sie dann gekommen, hatten sich für die Erde unter ihren Fingernägeln entschuldigt und mit weißen Zähnen gelächelt, während Jeanne ihren Korb auspackte. Die Brüder Tarcasse besaßen makellose Zähne, und der ältere, Joseph, hatte sie einmal angestrahlt und gesagt, er ginge mit ihr zum Tanz beim nächsten Fest, sie werde schon sehen. Sie hatte zurückgelacht und gesagt, da sei sie gespannt, wie er das anfangen wolle. Und dabei hatte sie nicht ohne Wohlwollen seine breiten Schultern unter dem verschwitzten Hemd betrachtet.

Jetzt kniete er da und brüllte, und seine Hände zerrten an der Lanze, die in seinem Bauch steckte, und seine weißen Zähne waren rot verfärbt von seinem eigenen Blut.

Jeannes Blick irrte umher, doch wohin sie sich auch wandte, sie traf nur auf Blut, auf Qual, auf Leichen. Durch ein Loch in der Mauer strömten die Soldaten ins Innere, dorthin, wo der friedliche Marktplatz mit dem Brunnen war. Jeanne sah es und krümmte sich vor Schmerz. Sie mußte würgen, als sie die Schreie hörte, hohe Stimmen, die sich zu einem fassungslosen Kreischen steigerten, dem nichts Menschliches mehr anhaftete. Schrie sie selbst? Jeanne wußte es nicht.

Sie stolperte und taumelte vorwärts, spürte die Kraft aus ihren Beinen weichen. Doch sie mußte hinein, dort war ihre Familie. Louis! Sie wagte die Namen kaum mehr zu denken. Vor ihrem inneren Auge gaukelten Bilder der Sicherheit, dunkle Ecken, der Keller, die alte Truhe, die Kirche, ja! Dort mochten sie stecken, dorthin konnten, mußten sie sich gerettet haben, dort würden sie überleben. Sie würde die Ihren unversehrt erblicken. Mit neuer Zuversicht setzte Jeanne den ersten Schritt auf die Wiese. Dann raffte sie ihre Röcke und rannte zur Bresche.

Ein Weib mit aufgerissenen Augen torkelte ihr entgegen, die eigenen Eingeweide gegen den Leib gepreßt, noch lebend, schon tot. Jeanne kannte ihren Namen, sprach ihn nicht aus, wandte den Kopf. Es konnte nicht alles verschlungen sein von diesem Wirbelsturm aus Schreien und Blut.

»Jeanne!« Sie hob den Kopf. Doch die da die Stimme erhoben hatte, rief nach einer anderen, die nur denselben Namen trug. Jeanne sah die Frau des Schmiedes, die, sich heftig gegen zwei Soldaten wehrend, ihrer Tochter etwas zuwarf, ehe sie zu Boden gedrückt wurde und unter den Leibern der Männer verschwand. Jeanne sah auch das Mädchen, das ihren Namen trug, sah, wie es in seiner Flucht innehielt, stillstand, wie in großem Erstaunen auf die Klinge in seiner Hand starrte, dann auf die zuckenden Beine der Mutter, dann wieder auf die Männer, die näher kamen, mit energischen Schritten und grinsenden Gesichtern unter den Helmen, Piken und wallenden Federn. Die andere, mit einem Gesicht, als träume sie, drückte die Klinge an sich, stand so eine Weile unberührt inmitten des Gewühls, bewegte die Lippen, als ob sie bete, holte dann aus und rammte sich das Messer in die Brust. Sie fiel, als Jeanne aufschrie.

»Da, die Rothaarige!«

»Ja, Herr.«

Jeanne hörte Pferdegetrappel. Etwas streifte sie mit Wucht und schleuderte sie zu Boden. Ihre Hände griffen in Mist. Ehe sie sich wieder aufrichten konnte, hatte jemand von hinten ihre Taille umfaßt und sie hochgerissen. Sie spürte einen Körper und hartes Metall. Zappelnd schlug sie um sich und wurde herumgerissen. Unwillkürlich hob sie die Hände vors Gesicht, denn dicht vor ihr tänzelte unruhig ein riesiges Pferd und verspritzte Schweißflocken. In seinem Sattel saß ein Mann mit mächtigem Brustkasten, ein schwarzer Bart quoll unter seinem Helm hervor. Jeannes Blick blieb lange an dem Wappen auf seinem Wams haften, ehe sie es wagte, ihm ins Gesicht zu sehen. Kurz sah sie seine Augen, als er die Hand nach ihrer Brust ausstreckte. Der sie gehalten hatte, ließ sie los, stieß sie dem Reiter entgegen, und Jeanne nutzte die Gelegenheit.

Noch im Taumeln warf sie sich herum, stürzte erneut, rappelte sich wieder auf und hielt auf das Tor zu. Ihre Füße rutschten aus im Blut. Sie sprang über die Leiche eines Kindes, einen ausgestreckten weißen Arm, und rannte, rannte. Sie hörte das Klappern der Hufe hinter sich, das im Torweg hallte, aber noch blieb sie unbehelligt.

Jeannes Beine wurden rasch schwer, ihr Atem ging keuchend, sie glaubte Blut in ihrem Mund zu schmecken. Immer schlingernder wurde ihr Schritt. Ach, sie war schon so weit gelaufen. Sie spürte, bald würde sie zusammenbrechen, schon kam es ihr vor, als käme sie kaum noch vorwärts, als höben und senkten ihre Füße sich auf der Stelle, als ruderten ihre Arme durch zähflüssige Luft. Und doch war sie noch immer frei. Die Hufe kamen nicht näher. Nur langsam begriff sie: Der Reiter beeilte sich nicht. Er trieb sein Tier nicht an, sie einzuholen, er trieb vielmehr sie, sein sicheres Opfer, ruhig und genüßlich vor sich her. Diese Erkenntnis schnürte ihr vor Angst die Kehle zu.

Jeanne unternahm einen letzten Versuch und verließ die Straße. Sie schaute sich nicht um. Der Wald vor ihr war dicht, er nahm sie auf, bald lief sie auf weicher Erde. Sie wurde langsamer, stolperte über Wurzeln. Zweige schlugen über ihrem Kopf zusammen, sie hob schützend die Arme, griff danach, zog sich weiter. Den Hohlweg, dachte sie, ich muß ihn erreichen und dann …

Da traf sie ein Schlag ins Genick und warf sie ins Laub. Erde drang in ihren Mund. Ich bin hingefallen, dachte Jeanne verwundert. Langsam und zäh, wie Musik aus einem fernen Traum, drangen ihre Gedanken zu ihr durch. Ich … muß … aufstehen … ich …

Der Reiter war abgestiegen und entledigte sich seiner Handschuhe und des Helmes. Er war ein Mann Mitte Fünfzig, mit breiter Brust und kurzem Hals. Ein dichter Bart verbarg den stets ein wenig verächtlich nach unten gezogenen Mund unter der Adlernase. Seine Augen, groß, hervortretend, zwischen ausgeprägte Lider gebettet, betrachteten, was vor ihnen lag. Er streckte die Hand aus und packte das Mädchen an dem zerzausten Zopf, der sich langsam auflöste.

Einen Moment streichelte er das herabfallende Haar, als

wäre es das Fell eines schönen Tieres. Dann wickelte er sich die Strähnen noch einmal um die Hand und zog mit einem brutalen Ruck die Frau daran hoch. Sie warf ächzend den Kopf zurück und zeigte ihre Kehle, wie er es erwartet hatte. Maynard d'Oppèdes Hände schlossen sich um diesen weißen Hals. Wie zart er war, wie er schimmerte. Mit einem Ruck riß er das Kleid über Schultern herab, die ebenso hell zum Vorschein kamen. Seine Hände fuhren daran hinauf und hinunter, schlossen sich um die bloßgelegten Brüste. Ihr Kopf taumelte an seiner Schulter, sie kam langsam zu sich. Ihre Hände hoben sich und umklammerten seine Handgelenke, kratzten ihn, wirkungslos, kaum schmerzhaft. Baron Oppède trat einen Schritt zurück und drehte die halb ohnmächtige Jeanne zu sich um.

Fassungslos blinzelte sie: die Bäume, ihre nackte Haut, der Wind, der darüber strich, plötzlich nicht mehr warm, der Mann – es paßte nichts zusammen. Sie hob die Hände, um ihre Blöße zu bedecken, raffte ihre Haare vor den Brüsten zusammen. Dann sah sie seine Augen, schwarz, groß, mit einem feuchten Schimmer darin, der ein tiefes Gefühl bedeuten konnte. Dieser Blick, so weich, war das Mitleid, ein aufrichtiges, teilnehmendes Interesse? Und dann veränderte sich alles in Sekunden. Jeanne wußte nicht, welcher Schatten es war, der sich verschob, wie wenn Wolken schnell an der Sonne vorbeiziehen. Ja, sein Blick war weich, aber schleimig, wie der einer Schnecke. Und was darin lauerte, tief unten, war ein anderes Gefühl, es war …

»Bitte«, stammelte Jeanne.

Da traf sie die Ohrfeige, riß ihr den Kopf herum und warf sie erneut zu Boden. Ihr Schädel dröhnte. Erstaunt bemerkte sie das Blut auf ihrer Lippe und leckte unwillkürlich daran.

Baron d'Oppède schob ihr mit knappen Bewegungen die Röcke hoch. Er knetete ihre Schenkel, auf denen rote Male zurückblieben. Die Hände des Mädchens tasteten langsam nach ihm. Aber die Bewegungen waren ziellos, als wäre sie betäubt, und sie konnte nichts damit ausrichten, als ihn noch stärker zu erregen. Mit einem weiteren Ruck legte er ihren Rücken frei, die bebenden Flanken, strich noch einmal über ihr Haar. Dann legte er die Hände wieder um ihren Hals und drang mit einem brutalen Stoß in sie ein.

Jemand schreit, dachte Jeanne, ich schreie, o Gott. Es tut so weh, es tut so weh! Ihre Hände fuhren in die Luft, als gäbe es dort Hilfe zu greifen. Sie spürte Schmerz anprallen, Welle um Welle, aus einem roten Nebel, rot wie die Fenster der Kirche am Sonntag, wenn die Sonne hindurchfiel, rot und kreisend und plötzlich zerberstend in einer ohrenbetäubenden Explosion. Sie rang nach Luft, da war Erde, Blut, aber keine Luft, kein Atemzug, ihre Hände zuckten, schlugen um sich, ihre Füße, nackt auf dem Boden, trieben Furchen in das Laub, verharrten. Da war kein Halt, kein Schutz, kein Atem, kein Licht.

Jeanne schrie nicht mehr.

Baron d'Oppède richtete sich schließlich auf und schloß seinen Hosenschlitz. Er betrachtete noch einmal in Ruhe das Bild, das er zurückließ: die weiße Gestalt auf dem Waldboden, auf deren Haut die Sonne grüngoldene Flecken malte, wo sie durch das Laub fiel. Arme und Beine waren weit gespreizt, als empfinge sie die Erde als ihren Liebhaber. Spuren von Kot und Blut bezeugten die Vereinigung. Der grüne Schimmer des Lichts verlieh diesem Leib bereits die Blässe des Todes. Das lange rote Haar hatte sich im Gebüsch verfangen und war ausgespannt wie ein Netz. Der Wind verschaffte ihm ein sachtes Leben. Der Baron brach einen prall blühenden Ginsterzweig und warf ihn zum Abschied auf die Mähne, wo er sich verfing.

So hat jedes Dorf seine Schönheiten, dachte er zufrieden und wandte sich ab. Er pfiff nach seinem Pferd.

3. Kapitel

Eine Eidechse huschte über Piniennadeln und raschelndes Laub. Sie verharrte in einem Lichtfleck, mit klopfendem Puls. Ihre Augen öffneten und schlossen sich angesichts der weißen Mauer vor ihr, ihr Kopf ruckte. Ihr stumpfes Maul öffnete sich gegen einen Feind, der sich nicht rührte. Mit einer raschen Bewegung bewältigte das Tier sein Hindernis. Es saß nun auf Jeannes nackter Hüfte, sein langer smaragdgrüner Schwanz schlängelte sich ihre Lende hinab.

Da öffneten sich die Augen des Mädchens. Einfallendes Licht ließ sie leuchten wie grünes Glas. Jeanne schnappte laut nach Luft wie eine Ertrinkende. Die Eidechse verschwand raschelnd im Gebüsch.

Jeanne lag nun wieder still. Über ihr sangen die Vögel, das Laub bewegte sich. Sie selbst rührte kein Glied. Dicht vor ihren Augen kroch eine Ameise geschäftig und sinnlos über ein braunes Blatt.

Ich bin tot, dachte Jeanne. Das ist nicht mein Körper, nicht mein Atem. Das ist nicht mein Schmerz. Ich werde nicht aufwachen. Sie versuchte, die Augen wieder zu schließen, doch als hätte die Bewegung ihr lauerndes Bewußtsein geweckt, kam damit das Leben in sie zurück. Sie war noch immer da, eingesperrt in einen Körper voller Wunden, Kummer und Schmerzen. Mit einem tierischen Aufschrei krümmte sie sich zusammen, zog die Beine an, wickelte ihre Arme darum und wiegte sich so eine lange Weile.

Irgendwann spürte sie dann die juckende Blutkruste in

ihrem Gesicht, roch den Pferdekot an ihren Händen, die sie entsetzt vor ihrem Gesicht spreizte, als wäre das das Schlimmste. Sie rollte sich auf den Bauch und zog die Beine unter den Körper. Dann kam sie hoch auf die Knie. Jeanne kroch.

Ein Eichhörnchen sprang keckernd an ihr vorbei, wieselte einen Stamm hinauf und schimpfte von oben auf sie herab, als wollte es ihr langsames Fortkommen verspotten. Jeanne richtete sich auf. Eine Hand vor den Leib gepreßt, stützte sie sich mit der anderen an den Stämmen der Bäume ab. Noch immer wollte sie den Hohlweg erreichen, auch wenn ein hämischer, bösartiger Gedanke in ihrem Hinterkopf sang: zu spät, zu spät. Sie mußte dorthin gelangen. Dort gab es den engen Durchlaß zwischen den Felsen, den das Buchenlaub so gut verbarg und der wilde Efeu. Und dahinter war der kleine Tümpel, rund und klar und viel tiefer, als man meinte, wo sie manchmal mit den anderen hingegangen war, um zu baden.

Sie dachte: die anderen; sie nannte keines der Mädchen beim Namen. Zu spät, zu spät.

Jeanne erreichte das Wasser und stolperte so, wie sie war, hinein. Haar und Rock bauschten sich um ihre Gestalt, die bald an der Oberfläche trieb. Sie bemerkte die Ginsterblüten, nestelte sie frei und starrte sie an. Konnte es sein, daß sich das Zweiglein die ganze Zeit in ihrem Haar gehalten hatte? Es war in einer anderen Welt gewesen, daß sie es pflückte.

Nach einer Weile brachte Jeanne die Kraft auf, ihre Kleider auszuziehen, sie auf einem flachen Felsen in der Sonne auszubreiten und sich selbst gründlich zu waschen. Sie betastete ihre Wunden, so weit sie sie sehen konnte. An das Unsichtbare wagte sie nicht zu rühren. Nur ihren Hals streifte sie immer wieder sorgenvoll mit den Fingern. Ihr Angreifer hatte sie mit Blutergüssen übersät zurückgelassen, die sich langsam dunkler färbten. Wie mochte ihre Kehle aussehen? Das Schlucken tat ihr weh, und ihre Stimme klang rauh, wenn sie schluchzte, was sie fast ohne Unterbrechung tat. Schließlich band sie ihr noch feuchtes Halstuch wieder um und hoffte, es würde das Mal und die Schande ausreichend verbergen. Sie würde niemandem, keinem Menschen etwas davon verraten, nicht einmal ihrer Mutter.

Dann setzte sie sich ins Moos und nahm sich ihr Kleid vor. Es war übel mitgenommen, aber zum Glück hing am Gürtel noch das kleine Ledertäschchen, das sie stets dabeihatte. Dort fanden sich viele nützliche Dinge für unterwegs, unter anderem ein kleines Spanschächtelchen mit Nähzeug, das der Vater ihr eines Tages vom Markt mitgebracht hatte. Sie holte es heraus und prüfte die Nadel. Damit würden sich die gröbsten Schäden beheben lassen, so daß neugierige Augen an ihr nichts Verdächtiges bemerken würden. Ob sie noch einen hellen Faden besaß? Jeanne zog das Beutelchen weiter auf, wühlte darin herum und hielt plötzlich einen ganz anderen Gegenstand in den Fingern.

Es war ein kleines Messerchen, nicht groß, aber scharf. Eine Klinge, gut genug, um Schnüre zu durchtrennen, Binsen zu schneiden oder Obst zu teilen, was an kleinen Arbeiten eben so anfiel. Ungläubig hielt Jeanne sie hoch und ließ sie in der Sonne aufblitzen. Sie hatte dies die ganze Zeit bei sich getragen und nicht einmal daran gedacht? Wie hatte sie so dumm sein können! Sie sah den Edelmann – sie wußte, es war ein Edelmann gewesen, denn sie hatten ihn so genannt, und er hatte ein Wappen getragen –; sie sah ihn wieder vor sich und dazu sich selbst, wie sie schützend die Hände vor ihre Brüste hob. Gebettelt hatte sie und gewimmert. »Bitte« hatte sie zu dem Ungeheuer gesagt. Dabei hatte sie ein Messer besessen.

Mit großen Augen betrachtete Jeanne es noch immer, dann stieß sie es in die Luft und drehte es langsam um, wie in einer Wunde. So hätte sie es ihm in den Leib rammen sollen, ins Herz, in seine verfluchten Augen. Sie stieß wieder und wieder zu. Dann hielt sie inne. Sie war schuld an allem, was geschehen war; sie hätte sich wehren müssen. Erneut kämpfte sie gegen bittere Tränen an und biß sich auf die Lippe. Nein, sie würde niemandem auch nur ein Wort davon sagen.

Am schwierigsten wurde es, ihre Haare wieder in Ordnung zu bringen, die völlig zerzaust und verfilzt waren. Jeanne strähnte sie, so gut sie es vermochte, mit den Fingern und verfiel schließlich darauf, sie mit einer Distelkarde, die sie fand, Fingerbreit um Fingerbreit durchzukämmen. Es dauerte lange und war schmerzhaft, doch am Ende konnte Jeanne sich den straffesten Zopf flechten, den sie je gehabt hatte. Ihre Kopfhaut schmerzte, aber Jeanne war nicht eher zufrieden, als bis alles streng und glatt saß. Außerdem steckte sie ihn noch hoch und riß sich ein Stück aus ihrem ohnehin ruinierten Unterrock, das sie sich als Kopftuch umband. Dann brach Jeanne auf. Ohne nachzudenken, lenkte sie ihre Schritte zurück zum Dorf. Irgend etwas mußte dort doch auf sie warten.

Sie war nicht weit gekommen, als sie Stimmen hörte. Instinktiv verbarg Jeanne sich im Unterholz. Doch zum Glück waren es keine Soldaten, nur eine Gruppe Männer, mit Hunden an der Leine, die hechelten und zogen wie verrückt und wurden von ihren Herren dabei angefeuert.

Jeanne ließ sie vorüberziehen, ohne sich bemerkbar zu machen, obwohl sie das eine oder andere Gesicht zu erkennen glaubte. Es waren Nachbarn aus den umliegenden Gehöften. Bauersleute auf der Jagd, dachte sie, als sie erstaunt die Sauspieße betrachtete, die die Jäger geschultert hatten. Aber was wollen sie hier im Wald mit den Sensen?

Sie erfuhr es, als sie endlich zum Dorf kam. Dort waren ähnliche Gruppen von Männern zugange, einfache Bauern aus der Umgebung, bewaffnet mit Spießen, mit Sensen und mit Knüppeln. Ihre Hunde umsprangen sie, und ihre Weiber waren dabei, eifrig beschäftigt, zwischen den Leichen umherzugehen und einzusammeln, was sich an Wertvollem fand. Sie scheuten sich nicht, den Toten die Taschen zu durchwühlen. Jeanne sah einen Karren aus dem zerstörten Tor rumpeln, hoch beladen mit geplündertem Hausrat. Halbwüchsige stolperten hinterher unter der Last prallgefüllter Kornsäcke. Schweine wurden in aller Hast hinterdreingetrieben.

Hier und da schlug ein Hund an, oder es kam ein Ruf: »Da lebt noch einer.« Dann ging ein Mann hinüber, um zu sehen, was es gab. Manchmal hob er danach den Spieß oder den Knüppel oder das Sensenblatt und ließ es niedersausen, um ein Ende zu machen. Gründlich gingen sie vor, diese Bauern, ohne Hast, als wenn sie durch die Furchen ihrer Felder schritten. O Gott, dachte Jeanne, wo soll ich nur hin? Einen Moment lang dachte sie an den Gutshof der Herrin, an den Verwalter und sein freundliches Lächeln. Doch dort tanzte der irre Jacques, sie hörte sein Liedchen noch. Und niemand hatte ihm befohlen, still zu sein. Auch dort hatten sie Hunde. Und Knechte mit Spießen. Und ein Lächeln für sie würde es nirgends mehr geben.

Jeanne drückte sich voller Entsetzen tiefer in die Büsche. Sie hörte jemanden ein Liedchen pfeifen. So geht das Tagwerk rascher von der Hand, dachte sie grimmig. Ihre Hand war unwillkürlich zum Beutel gefahren und umklammerte das Messerchen, bis es ganz warm wurde. Ihr schien, als glühte es. Wäre in diesem Moment jemand vorbeigekommen, sie hätte ihn erstochen, ohne auch nur einen Moment zu zögern.

Dabei verbot ihr Glaube nicht nur das Töten, sondern sogar noch die Todesstrafe, egal, welchen Verbrechens ein Mensch sich schuldig gemacht hatte. Ihr Vater hatte es mehr als einmal gepredigt, daheim am Herd in der Küche, wo sie nach der Arbeit saßen. Die Mutter hatte am Webstuhl hantiert, den orangefarbenen Widerschein der Glut auf ihren Händen. Sie selbst war mit der Spindel beschäftigt gewesen, und Vater hatte dagehockt mit dem Jüngsten auf dem Schoß, dem er sein Handwerk beibrachte, während er sprach. Die Hunde hatten sich wohlig am Feuer gerekelt. Sie waren warm gewesen und sicher und satt …

Jeanne ließ ihr Messer nicht los. Sie wollte die dort töten. Sie wollte sie alle töten. Und vor allem den einen, den, der sie angeführt, der sie geschändet und alles vernichtet hatte, was sie besaß. Selbst die Hoffnung, die sie zuletzt wieder hierher getrieben hatte. Er allein hatte diesen Blutdurst aufgewühlt, der all die Jahre geruht hatte wie auf dem schlammigen Grund eines Weihers. Er hatte aufgerufen zum großen Morden. Er hatte allen gezeigt, was für ein Spaß es war, Waldenser zu massakrieren.

Es war Jeanne, als schwebe sein böser Geist über dieser Stätte und hülle alles in seinen Wahnsinn. Aber sie würde ihren Geist frisch halten, sie würde nicht sterben. Sie hatte heute mehr gelernt als an den Abenden am Herdfeuer. Sie würde nie wieder über menschliche Grausamkeit staunen und kein Raubtier in Männergestalt mehr um Gnade anflehen. Sie würde überleben. Und eines Tages würde sie ihn wieder treffen, den Mann mit den schwarzen Augen. Ohne ein weiteres Geräusch verschwand Jeanne im Wald. Es blieb nichts zurück als das Beben eines Zweiges.

4. Kapitel

Baron Charles de Vernègues ritt durch den Torbogen des Schlosses zu Peyrolles. Er saß sehr aufrecht im Sattel und vermied jeden Blick auf die Fenster des Haupthauses, denn er war sicher, daß sie von dort bereits beobachtet wurden. Schon jetzt bereute er es, seinem Sohn nachgegeben und die livrierten Boten mit den Hörnern vorausgeschickt zu haben. Aus den Augenwinkeln sah er die dreifarbige Federpracht auf dem runden Hut seines Sohnes Raymond wippen und das Blitzen der Goldborten, die die weiten, vielfach geschlitzten Ärmel seines Wamses säumten. Der Junge hatte des Guten zuviel getan, er wußte es, und er konnte nur hoffen, daß Raymond es ihm gleichtat und wenigstens seinen Kopf geradehielt.

Zu Vernègues Erstaunen wurde ihnen, als sie im Innenhof absaßen, mitgeteilt, daß der Herr der Burg im Garten weile und sich beim Bogenschießen vergnüge.

»Hat man ihm denn nicht mitgeteilt, daß wir kommen?« fragte Raymond aufgebracht flüsternd seinen Vater. »Seltsam genug schon, daß er uns in Peyrolles empfängt statt im Schloß seiner Väter.«

Der Alte gebot seinem Sohn mit einer Handbewegung Schweigen, doch Raymond war nicht zu bremsen. »Man sollte meinen«, fügte er seinen Worten laut hinzu, »daß der Baron sich dieser Tage so weit entfernt wie möglich von Tour d'Aigues aufhalten sollte. Jetzt, wo er ihre Dörfer verbrannt hat, wird die Baronin wohl noch weniger gut auf ihn zu sprechen sein als vorher, denke ich.«

»Raymond«, zischte der Alte empört. Sein Blick wanderte über die glatte graue Fassade des Schlosses. Alles war still. Man glaubte, das Wasser der Durance hinter den Mauern fließen zu hören. »Vielleicht«, setzte er leise murmelnd hinzu, mehr für sich selbst, »will sogar der Baron derzeit den reinigenden Strom des Flusses zwischen sich und den schwarzen Bränden wissen.« Er dachte an die Leichen, die sie auf ihrem Weg in den Feldern hatten liegen sehen, an die ausgebrannten Häusergerippe und die vielen Krähen, die neuerdings in großen Mengen die besudelten Wiesen mit ihrem Schwarz überzogen und nur widerwillig von ihren Mahlzeiten aufflogen, auf die ein Vorüberreitender lieber keinen genaueren Blick warf. Und er bekreuzigte sich.

Jean Maynier Baron d'Oppède empfing seine Besucher tatsächlich im Garten, wo einige Schießscheiben aus Stroh unter Apfelbäumen aufgestellt waren. Soeben spannte er den Bogen und gab den Vernègues Gelegenheit, seinen athletischen Oberkörper zu bewundern. In der Tat, dachte der alte Baron, sah der Herr Maynier d'Oppède mehr wie ein Landsknecht aus als wie der Präsident eines Parlamentes voller Landadliger. Seine Gestalt schien wie geschaffen dafür, gerüstet im Sattel eines Streitrosses zu sitzen und das Schwert auf die Häupter etwa ungläubiger Türken niedersausen zu lassen. Ein Wüterich, wartend im Blut der Schlachtfelder, die Rolle schien ihm zu liegen. Nun, der Baron hatte sie auch in der sonnigen Provence auszufüllen gewußt.

Vernègues überlegte kurz, was die Dame de Cental, Baronin von Tour d'Aigues nun von ihrem ehemaligen Freier denken mochte. Sie hatte ihn seinerzeit ausgeschlagen, verstört von seinem so sehr feurigen Werben und auf den Rat ihrer Familie hin, wenn auch nicht gänzlich ohne Bedauern, wie man gemunkelt hatte. Hatte sie heimlich die Jahre über davon geträumt, einmal von Oppèdes verbotener Wildheit zu kosten? Und wie die Kostprobe ihr nun wohl gefallen hatte?

Vernègues schüttelte die Gedanken ab.

»Mein Herr Maynier«, begann er mit einer Verneigung und bemühte sich, zugleich mit der freien Hand seinen Sohn zurückzuhalten, dem die Lust, sich auf Pfeil und Bogen zu stürzen, um seine Talente sogleich ins günstigste Licht zu setzen, überdeutlich anzusehen war. Er sah Oppèdes Mund sich zu einem halb amüsierten, halb abfälligen Lächeln verziehen. Statt einer Begrüßung reichte der Baron Raymond das Begehrte, der sogleich begann, die Waffe kennerisch zu überprüfen. Vernègues betrachtete d'Oppède und seinen Sohn. Sie erschienen ihm wie ein alter Bär und ein wedelnder Hund, der kläffend vor ihm auf und ab sprang. Der Bär würde sich nicht rühren, aber zuschlagen, wenn er es für richtig hielt.

»Kein schlechtes Holz, aber die englischen Bögen sind besser«, hörte er seinen Sohn verkünden, der probeweise die Waffe spannte. Es klang laut und angeberisch. Er wandte sich an Oppède.

»Ihr habt Euch den Bart abnehmen lassen«, stellte er fest.

Nun waren auf den nicht mehr glatten, narbenübersäten Wangen des Barons die charakteristischen Falten zu sehen, die sich mehrfach von der gebogenen Nase zum Mund hinunterzogen und ihm das stolze und verächtliche Aussehen der Oppèdes verliehen, das schon seinen Vater ausgezeichnet hatte. Ein wenig gereizt fragte Vernègues sich, worauf dieser Stamm wohl so stolz war, dessen Adel nicht alt und dessen Kassen zu ärmlich gefüllt waren, um sich mit dem Kaiser ins Getümmel Ruhm aufhäufender Schlachten zu stürzen. Und was zum Teufel veranlaßte ihn eigentlich, diesem Mann so überaus vorsichtig zu begegnen?

Er richtete sich auf und räusperte sich. »Es ist Euch sicher nicht verborgen geblieben, warum wir hier sind«, sagte er steif.

Der Baron wandte sich statt einer Antwort Raymond zu, der ihm mit stolzem Gesicht den Bogen überreichte, während hinter ihm fast genau im Zentrum der Zielscheibe ein Pfeil zitterte.

D'Oppède sagte nichts, er spannte nur die Waffe und sandte dem glücklichen Schuß Raymonds drei weitere Pfeile hinterher, die sämtlich den des Jungen trafen und zu Kleinholz zersplitterten. Ein paar gerupfte Federn hingen allein noch von Raymonds zerschmettertem Geschoß herab und sorgten dafür, daß dem Jungen der Mund offenstand. Der Baron wandte sich ab. »Gehen wir doch hinein«, sagte er.

In der Halle war es trotz des warmen Frühlingstages kühl und düster. Die Fenster hielt man geschlossen, und durch ihre Butzenscheiben drang das Licht nur in trägen Schlieren herein. Der alte Vernègues musterte die gedämpften Farben der Wandteppiche und die Schnitzereien, mit denen Schränke und Truhen im Halbdunkel prunkten. Als die Bediensteten das Feuer im Maul des riesigen Steinkamins entfacht hatten, funkelten auf dem Sims einige Kristallpokale auf. Jemand reichte ihm eines der großen Gläser, in dem ein dunkler Rotwein stand und rot glomm. Vorsichtig kostete Vernègues. Der Trank war schwer und würzig. Er schmeckte Pfeffer, vielleicht einen Hauch von Weihrauch, und Nelken. Der Baron, das war offensichtlich, liebte die feurigen Genüsse.

Vernègues sah zu seinem Sohn hinüber, der, verärgert über die Niederlage, die er eben erlitten hatte, sein Glas mit einem Schluck leerte. Vernègues seufzte resigniert und nippte seinerseits nur, um einen klaren Kopf zu bewahren. Manchmal fragte er sich, womit er diesen Sohn verdient hatte. Und es fiel ihm nicht mehr ganz so schwer, für ihn um eine Braut zu freien, deren Familie er selber so ganz und gar nicht schätzte.

Nun, Diane war nicht d'Oppèdes leibliche Tochter; sie war sein Mündel und würde ihr eigenes Vermögen mit in die Ehe bringen, was Raymond wenig interessierte, den alten Vernègues aber um so mehr. Neben einem wohlhabenden kleinen Kloster mit seinen Gärten, das den Pilgern außerdem mit einem selbstgebrauten Likör aufzuwarten verstand, der weithin bekannt und begehrt war, gehörten der schönen Diane noch zwei prächtige Gutshöfe und eine Mühle samt den umliegenden Wäldern, die allesamt nicht nur gute Einkünfte brachten, sondern auch just an die Besitzungen der Vernègues grenzten. Alles in allem war Raymonds Wahl, so hitzköpfig und romantisch sie getroffen worden war, gar nicht so unvernünftig, fand der alte Vernègues. Entsprechend bemühte er sich, Überzeugungskraft in seine Werbung zu legen.

D'Oppède blieb in seinem Sitz zurückgelehnt, dort, wo die Flammen sein Gesicht nur vage beleuchteten, und hielt die Hände mit verschränkten Fingern vor sich, wie ein Betender. Vernègues mußte seinem Raymond mehr als einmal begütigend die Hand aufs Knie legen. Der Junge wäre am liebsten aufgesprungen, um den Vater so zu gewinnen, wie er das Mädchen erobert hatte: mit Tanzen, Verbeugen, Gestikulieren und wilden Bekundungen seines noch wilderen Gefühls. Schließlich nahm er seinem Sohn das Glas fort.

»Und so«, beendete er seine bedächtige Rede, »kann ich darauf verweisen, daß nur Vorteile auf der Seite dieser Verbindung lägen.« Er betrachtete seinen Sohn. »Und nicht zuletzt auch ein innig fühlendes Herz«, fügte er hinzu. »Das gehört nicht zu den Dreingaben, die man verachten sollte.«

Raymond hob den Kopf, seine Augen glühten.

D'Oppèdes Mundwinkel zogen sich herab zu etwas, was ein Lächeln sein mochte. Die Falten in seinem Gesicht vertieften sich, und seine dunklen Augen nahmen einen seltsamen Ausdruck an. Er betrachtete Raymond mit einem Interesse, das diesen erröten ließ vor Stolz, seinem Vater allerdings einen Schauer über den Rücken jagte. Er zog ein Taschentuch heraus und tupfte sich die Stirn, er wußte selber nicht, warum.

»Nun denn.« Der Stuhl quietschte, als d'Oppède sich bewegte. Noch einmal schwieg er. Als er schließlich sprach, war seine Stimme ruhig, fast teilnahmslos. »Ich meinerseits kann keinen Vorteil erkennen in der Verbindung zu einer Familie, deren Interessen den meinen so sehr entgegenstehen.«

Vernègues öffnete den Mund, schwieg aber. Sollte der Baron sich doch näher erklären. D'Oppède tat es langsam. »Wie man hört, hat die Umgebung unseres guten Königs sich lange dagegen gesträubt, die notwendigen Maßnahmen gegen die Waldenser zu ergreifen. Obwohl das Urteil schon seit vier Jahren vorlag, zögerte man, es zu vollziehen. Ein sicher gutgemeinter Rat, aber eingeblasen von weichherzigen, feigen Bücherwürmern.«

Vernègues zuckte, als er diese Umschreibung für des Königs Bibliothekar und Berater Dûchatel hörte, einen Mann, dessen Geist und Integrität er sehr schätzte. »Immerhin ...«, suchte er einzuwerfen.

»Die Kirche ist klüger und dankt mir für meine Tat«, schnitt d'Oppède ihm das Wort ab. »Der Bischof von Toulon hat mich in seine Gebete eingeschlossen, die Oberhäupter des päpstlichen Staates von Avignon segnen mich dafür, daß die Ketzerei besiegt ist und die königliche Sonne wieder unumschränkt strahlt.« Er hielt inne, sein Blick wurde lauernd. »Und nun kommt es mir zu Ohren, daß es Kreise gibt, die dem guten König zu seiner Verwirrung einreden wollen, die Waldenser hätten seine Autorität nie bedroht und ich hätte ihm die Situation falsch dargestellt.«

Vernègues biß sich auf die Lippen. Es lag ihm auf der Zunge, scharf zu antworten. In der Tat, war er versucht, dem Baron zuzurufen. War es denn keine Lüge gewesen, daß die Waldenser Gefängnisse gestürmt hätten, um inhaftierte Glaubensbrüder zu befreien? Wer hätte je von so etwas gehört! Und daß sie ihren Hauptsitz Cabrières befestigt und zu einem

Widerstandsnest gemacht hätten – wer hätte so einen Unfug glauben können, der das friedliche Städtchen kannte! Vernègues hielt inne. Noch wußte man nicht, wie das jüngste Abenteuer des Barons ausgehen würde. Der König hatte seit Jahren geschwankt, er schwankte noch immer. Doch es wäre unklug, sich d'Oppède offen entgegenzustellen; sie waren Nachbarn, und Vernègues mußte an das Glück seines Sohnes denken. Also behielt er seine Gedanken für sich.

»Die königliche Autorität …«, brummte er nur.

»Die wir alle verehren und stützen«, setzte d'Oppède scharf hinzu.

»… und niemals mit Lügen besudeln würden«, konnte Vernègues sich nicht verkneifen hinzuzufügen.

»Niemals?« fragte d'Oppède lauernd.

»Niemals«, rief Raymond pathetisch und erhob sich stürmisch, mit geröteten Wangen. François I. war sein Held, und er hoffte, eines Tages für ihn in den Krieg ziehen und ihm das ersehnte Mailand zurückerobern zu können.

»Wie schön«, sagte d'Oppède daraufhin nur trocken und zog den Mund zusammen.

Vernègues betrachtete seinen Sohn mit einer Verzweiflung, die mit Amüsement gemischt war. Sein armer Raymond, der begeistert demonstrierte, was er für die unumstritten höchste Tugend hielt: Königstreue. Er hatte keine Ahnung, der arme Narr, daß er sich soeben um alle Chancen gebracht hatte, die schöne Diane jemals zur Frau zu erhalten. D'Oppède nämlich teilte seinen Enthusiasmus keineswegs; er hatte den König für seine Zwecke belogen. Und seine Frage – »Niemals?« – hatte in einem ganz anderen Sinne dazu gedient, die Loyalitäten der Vernègues auszuloten, als der arme Raymond gedacht hatte.

Der alte Vernègues rätselte noch, wie es dem Baron so schnell zu Ohren gekommen sein konnte, daß er seinen Schwiegersohn an den Königshof geschickt hatte mit Dokumenten, die belegen sollten, daß die angeblichen aufständischen Aktivitäten der Waldenser eine Fiktion waren. Dûchatel hatte den Jungen gut aufgenommen; gemeinsam würden sie nun versuchen, dem triumphierenden Chor der Geistlichkeit und der provenzalischen Herren, die von den Massakern profitiert hatten, eine leise, aber beharrliche Stimme der Vernunft und des Zweifels entgegenzusetzen.

Vernègues war sich des Erfolgs nicht sicher, sein Einfluß reichte nicht weit, doch er war geduldig. Und d'Oppèdes ganze Person bestätigte ihn in dem Gefühl, das Richtige zu tun. Auf keinen Fall würde er machen, was der Baron sanft, sehr sanft nur, ihm angedeutet hatte: Seine Bemühungen einstellen und den König den Einflüsterungen der Lügner überlassen.

Der Baron von Vernègues richtete sich sehr gerade auf. Er war nicht gegen diese Heirat gewesen; er hätte seinem Sohn das Mädchen und sich die Mühle gegönnt. In seinem Hinterkopf hatte es auch die Idee gegeben, daß die Werbung den Verdacht von seiner Familie ablenken könnte, gegen d'Oppède zu arbeiten.

Nun, er war als Intrigant offensichtlich ein Anfänger, sei's drum. Baron Vernègues stand auf und schob den Stuhl mit einem lauten Scharren zurück. Auch d'Oppède erhob sich. Das Treffen war beendet. Mit weit ausgreifenden Schritten und raschelndem Mantel ging Vernègues zur Tür, begierig nach frischer Luft und Sonnenschein.

»Raymond, träum nicht!« Er legte dem Jungen den Arm um die Schultern und zog ihn mit sich. Er würde ihm auf dem Heimweg erklären, was diese ihm rätselhafte Unterredung für seine Hoffnungen bedeutete.

»Aber ...«, hörte Maynard d'Oppède Raymond noch sagen. Dann waren seine Besucher aus der Tür. Der Hausherr verlor keine Zeit. Er klatschte in die Hände, flüsterte dem Bediensteten, der auf dieses Zeichen herbeisprang, etwas zu, und wenige Minuten später trat ein junger Mann in den Saal, dessen Auftreten dem Raymonds an jugendlicher Keckheit in nichts nachstand. Auch sein Wams war prächtig, wenngleich ein wenig abgeschabt auf den zweiten Blick, sein Gesicht unter dem weich in die Stirn fallenden schwarzen Haar beinahe zu schön, wie das eines düsteren Engels. Doch eine vom äußeren Augenwinkel quer über die Wange reichende Narbe, die fast den Mund berührte, hatte dieses Gesicht frühzeitig entstellt. Sie mengten seiner jugendlichen Schönheit einen Hauch von Härte und ungeahnter Erfahrung bei. Charme und Verkommenheit, Trotz und feine Berechnung mischten sich in seinen Zügen und in seiner ganzen Haltung. Wie ein Höfling lächelte der junge Mann nun, seine Augenbrauen waren dabei ironisch hochgezogen, und seine Hand lag auf dem Griff der Klinge, die wohl zu führen man ihm allerdings zutraute.

»Charles«, sagte d'Oppède mit tiefer Stimme und packte den Neuankömmling am Arm, der sofort vertraulich seine Hand auf die des Barons legte und sich zu dem Mann hinunterneigte, der massig in seinem Lehnstuhl thronte. »Charles, ich hatte soeben Besuch.«

Der Angesprochene machte eine abfällige Handbewegung. »Ich hatte die Ehre, ihn vom Fenster aus zu beobachten. Was für ein bunter Vogel, dachte ich mir, ei, daß sich den niemand zum Abendessen schießt.« Er warf den Kopf zurück und entblößte seine makellosen Zähne in einem spöttischen Lachen.

D'Oppède hüstelte höflich und verbarg sein eigenes Lächeln, indem er sich erneut über den Weinpokal neigte. Doch er trank nicht, sondern betrachtete nur die Flüssigkeit in dem Glas, das er nachdenklich zwischen seinen Fingern drehte. »Der junge Raymond de Vernègues hat ein hitziges Gemüt«, stellte er fest.

»Wie enttäuscht muß er von seinem Vater sein.« Seine Stimme troff von gekünsteltem Mitgefühl.

»Ich verstehe«, sagte Charles und nickte.

D'Oppède warf ihm einen Blick zu. Konnte das sein? Dieser Junge verstand nur allzu rasch. Der Baron fuhr lauernd fort. »Er könnte sich zu einer raschen Tat hinreißen lassen, einer Dummheit, groß genug, daß die Welt davon spricht, und möglicherweise mit schrecklichen Konsequenzen. Nicht wahr?«

Charles untersuchte angelegentlich seine Fingernägel, ehe er aufschaute und seinen Herrn anlächelte. »Man sollte ein Auge auf ihn haben«, bestätigte er. »Er wird einen Freund brauchen.« Als erwäge er, ob er für die Rolle in Frage käme, zog er sein Wams mit den ausgebleichten Bändern straff und blickte an sich hinunter. Bin ich präsentabel? schien sein anschließender Blick zu fragen.

D'Oppède nickte. Er war zufrieden, Charles verstand tatsächlich rasch. Bestätigend griff er dessen letzte Worte auf. »Einen, der ihn anleitet, der seinem Elan den rechten Weg weist.«

Die beiden Männer sahen sich in die Augen. »Wir wollen doch nicht, daß ein Unglück geschieht.« Sie schwiegen. D'Oppède widmete sich wieder seinem Wein. »Was gibt es noch?« fragte er barsch, als er aufschaute.

Charles hatte sich an seinen Stuhl gelehnt, ganz nahe kam er seinem Herrn dabei und machte dazu mit den Fingern die Geste des Geldzählens. »Die Freundschaft eines Jungen, der bunte Federn und teure Weine liebt …«, sagte er und ließ das Ende des Satzes in der Luft hängen.

D'Oppède schnaubte, dann löste er einen Beutel von seinem Gürtel und warf ihn Charles zu, der ihn geschickt mit einer Hand auffing, sich übertrieben verneigte und dann pfeifend hinausmarschierte. »Ich werde«, versicherte er, »dem jungen Vernègues ein Freund sein, wie er noch keinen hatte.« Sein unverfrorenes Lachen hallte in den Gängen wider.

5. Kapitel

Jeanne zog lange durch die Wälder, die sonnig waren und friedlich, erfüllt nur von den Rufen der Vögel. Es war drei Tage her, daß sie zum letzten Mal die Stimmen von Jägern gehört hatte, Menschenjägern auf der Suche nach den letzten Flüchtigen, die sich vielleicht noch irgendwo in den Höhlen und Spalten des Luberon verborgen halten mochten. Einmal sah Jeanne einen Arm aus einem Brombeergestrüpp ragen. Sie kniete nieder und betrachtete die Hand, die Spuren von Schmutz und Blut auf der Haut, die abgebrochenen Fingernägel. Sie kratzte mit den bloßen Fingern Erde, Moos und Laub zusammen und bedeckte sie, ohne die Zweige auseinanderzubiegen. Im Weggehen sprach sie ein kurzes Gebet.

Seither nichts mehr. Ein erschrecktes Reh, als Jeanne morgens aufwachte und sich unversehens bewegte. Ein unschuldiger Augenaufschlag, grazile Flucht, wie die flüchtige Spur eines milden Traumes. Ein sich schlängelnder Wasserlauf, ein kühler Trunk. Sonnendurchflutete Lichtungen, Felsgruppen mit Pinien, Hänge, auf deren Wiesen die Blüten im Wind zitterten. Jeanne gewöhnte sich daran, keine Menschen zu sehen. Die Einsamkeit der Natur war nicht mehr bedrohlich, sie bot Sicherheit. Doch Nahrung bot sie der Flüchtigen nicht.

Es war noch zu früh für die zahlreichen Beeren, noch gab es keine Nüsse, und die wenigen Wurzeln, die sie ausgrub, stillten ihren Hunger kaum.

Anfangs hatte Jeanne geglaubt, ihr Kummer sei so groß, daß sie nie mehr würde essen, nie mehr würde schlafen können.

Jetzt war sie ein Bündel schreiender Bedürfnisse, der Hunger wühlte in ihren Eingeweiden wie mit Klauen, und als sie eines frühen Morgens das erste Gehöft von weitem erblickte, kroch sie wie ein Tier auf dem Bauch in die Scheune, suchte und fand die versteckten Eier einer einzelgängerischen Henne und schlürfte sie so hastig aus, daß das Eiklar ihr das Kinn hinunterlief. Jeanne leckte die Schalen aus, wischte sich das Kinn ab, leckte auch noch ihre schmutzigen Finger ab und suchte gierig nach mehr.

Ab da stahl sie in den Ställen der Bauern, was immer sie erwischen konnte. Sie raffte hier ein Bund Karotten, dort eine Schale Milch, einmal ein altes halbes Brot, das noch unberührt im Schweineeimer lag. Ihre Feinde waren die Hunde, die Schlaflosen und die allzu eifrigen Frühaufsteher, denen sie auf ihren Streifzügen vor dem Morgengrauen aus dem Weg zu gehen suchte. Immer war es zu wenig, stets blieb sie hungrig dabei. Sie stürzte sich auf kleinste Reste von Nahrung wie eine Saatkrähe in die Furche und hatte kaum noch Gedanken für anderes.

Und einmal fand sie Geld. In einem Obstgarten unter den Bäumen sitzend, an unreifen Früchten kauend, die sie mehr peinigen als sättigen würden, sah sie im Frühnebel jemanden aus dem Bauernhaus schleichen und etwas unter einem Feigenbaum vergraben. Als die Gestalt fort war, kroch Jeanne hinüber, um nachzusehen. Das lockere Erdreich war mit einem Stein mehr markiert als bedeckt worden. Sie hob ihn hoch und brach sich dann zwei Nägel ab beim Graben. Bald darauf hielt sie ein Holzkästchen in Händen mit einem Lederbeutel darin. Jeanne legte den Inhalt in ihren Handteller wie einen Schatz. Es waren Münzen, Kupfer zumeist und ein wenig Silber, die Ersparnisse eines wenig reichen Mannes. Aber Jeannes Augen waren zu sehr mit dem fremd gewordenen, lange vermißten Glanz beschäftigt, ihr Magen knurrte zu sehr, um ein schlechtes Gewissen über den Diebstahl zu empfinden. Geld! Die Leute kauften damit Dinge voneinander, auf dem Markt, im Wirtshaus, schöne wohlduftende, köstliche Dinge. Man konnte speisen wie ein Mensch, wenn man welches besaß, ja, man war erst ein Mensch.

Jeanne schaute an ihren Lumpen hinunter; der Marsch durch die Wildnis hatte ihren Röcken nicht gutgetan. Sie tastete nach ihrem Haar und suchte die Pfütze der Viehtränke, um ihr Gesicht darin zu betrachten. Nur verschwommen schaute es ihr im Morgendämmer entgegen. War sie das? Ihr Magen knurrte so schmerzhaft, daß sie sich für einen Moment krümmte und alles andere darüber vergaß. Essen, Mensch sein! Mehr wollte sie nicht. Ohne Reue, die Münzen fest von der Faust umschlossen, ging Jeanne davon.

Im ersten Dorf, das sie aufsuchte, war Markttag. Jeanne wurde vom Aroma frisch gebackenen Brotes zu einem Stand gezogen und zeigte auf einen der duftenden warmen Fladen. Sie reichte der mißmutig dreinblickenden Frau ihr Geldstück und griff dann mit beiden Händen zu. Heißhungrig stopfte sie sich den Brotflaum in den Mund und hielt erst inne, als sie das erstaunte Gesicht der Standfrau sah.

Jeanne spazierte über den Platz und tauchte in eine der Gassen. Sie genoß es, sich wieder einmal zwischen Häusern zu bewegen. Die Fassaden hier waren sauber und adrett, die Straßen angefüllt mit Menschen und Vieh. Es ging lebhaft zu. Jeanne verfiel ins Schlendern, froh, daß sie sich die Zeit genommen hatte, Kleider und Haar noch einmal zu waschen an einem einsamen Waldbach. Einen ganzen Tag hatte sie nackt im Gras gesessen wie eine Nymphe und gewartet, daß der Stoff trocknen würde. Nun unterschied sie sich kaum mehr von dem Volk ringsum. Ein wenig ärmlicher, ein wenig blasser vielleicht. Aber gab es nicht immer und überall ärmliche Gesichter?

Ihre Hand umschloß die verbliebenen Münzen in der Tasche: Ewig würde das Geld nicht reichen, dachte sie, ich sollte haushalten. Da stieg ihr ein Geruch in die Nase, den sie schon lange nicht mehr gerochen hatte: gebratenes Fleisch.

Das duftete nach Weihnachten und Feiertag, nach Heimat und Beisammensein. Es duftete wie das Leben selbst. Jeanne blieb vor dem Gasthaus stehen. Es war eine Dummheit, zweifellos. Was, wenn jemand dort drinnen sie erkannte? Ein Reisender aus derselben Gegend wie sie? Und war in diesen Zeiten nicht jeder herumirrende Fremde verdächtig, ein wurzelloser Waldenser zu sein? Aber der Lockruf war zu überwältigend. Ehe sie zu Ende überlegt hatte, hatte Jeanne bereits die Tür zur Wirtsstube aufgestoßen. Kochdunst und Rauch quollen ihr entgegen, die Gerüche vieler, eng aufeinanderhockender Menschen. Und der Geruch von Hirsebrei mit Fleischbrühe.

Pah, dachte sie noch trotzig. Keiner würde glauben, daß ein Waldenser sich in eine Wirtschaft vorwagt. Und vielleicht würde sie hier etwas erfahren. Über ihre Leute. Und über ihn, den Mann mit den schwarzen Augen.

Jeanne fand einen Platz und warf ihre Münze auf den Tisch. »Einmal mit Brühe«, verlangte sie, »aber ein paar ordentliche Stückchen darin.«

Bald kamen der Holzlöffel und die Schale. Tatsächlich schwamm die Grütze in dunkler, würziger Soße voller Fettaugen, aus der zur Genüge faserige Fleischstückchen schauten. Beinahe andachtsvoll griff Jeanne, deren erster Hunger durch das Brot gestillt war, zum Löffel. Sie glaubte schon, die Kraft durch ihre Adern rinnen zu spüren, die diese Mahlzeit ihr verleihen würde. Da drangen Stimmen an ihr Ohr.

»Der Bischof«, verkündete ein wohlhabender Bauer, dem der Bauch über dem breiten Gürtel hing, »sagt, es sind Ketzer, die die Sakramente nicht kennen.« Breit saß er da und kratzte sich zwischen den Beinen.

Sein Nachbar sekundierte ihm. »Ohne die Taufe sind sie praktisch alle Heiden. Nicht besser als die Türken.« Er mochte ein Schneider sein, lang und dürr mit ebensolcher Nase, die, wenn er nickte wie jetzt, sich weit in seine Schüssel neigte. Der Bauer an seiner Seite stierte, als dächte er über diese Schlußfolgerung nach. Vielleicht war er aber auch nur gespannt, wann das mächtige Riechorgan in die Suppe stippte.

»Dann war es wohl recht«, überlegte ein anderer mit hervorquellenden Augen und wischte die Schüssel mit Brot aus.

»Ach was«, verkündete der Wirt und hievte eine Lage neuer Humpen auf den Tisch. Er wischte sich die Hände am Tuch unter seiner ledernen Schürze ab und stemmte sie in die Hüften. »Ist euch nicht aufgefallen, daß es fast nur die Dörfer der Baronin von Tour d'Aigues erwischt hat?« Auffordernd schaute er in die Runde. Dann beugte er sich vor wie ein Verschwörer und stützte eine Hand auf den Tisch, während er zu seinen Stammgästen sprach. Aber seine Stimme war laut genug. »Ich sage euch, die Waldenser wären alle noch am Leben, wenn sie den Baron d'Oppède damals genommen hätte.«

»Er hat zerstört, was ihm als Mitgift entging.« Der Schneider ließ seine Nase wieder durch die Luft fahren, erfreut über die scharfsinnige Schlußfolgerung, die ihm da gelungen war.

»Am Leben oder nicht«, schnaubte der dicke Bauer, dem das Schicksal der Waldenser, Ketzer oder nicht, eher gleichgültig erschien.

»Er soll beim Angriff gerufen haben: ›Tötet alle! Sogar die Katzen‹.« Die wasserblauen Augen des Sprechers traten noch ein wenig weiter vor, als er sich die Szene vorzustellen suchte.

»Ja, ja, der Baron war schon immer ein feuriges Gemüt.« Der Wirt schien es mit dieser Bemerkung gut sein lassen zu wollen und richtete sich wieder auf.

»D'Oppède, sagtet Ihr?«

Die fremde Stimme ließ alle Männer aufhorchen. Sie gehörte einem Frauenzimmer, recht ärmlich gekleidet und das Kopftuch tief in der Stirn sitzend. Sie sah blaß aus und ein wenig kränklich, aber was für Haare! Ihr Zopf schien am Herd Feuer gefangen zu haben und förmlich zu knistern. Und was für ein Mund. Die dunklen Augen, nicht groß, aber schön und von rotgoldenen Wimpern gesäumt, sprühten geradezu.

Der Wirt begann unwillkürlich, sich über den Bart zu streichen und ließ seinen Blick an ihren Formen unter dem schäbigen Tuch auf und ab wandern, stellte sich die Arme vor, bloß und vom Kochfeuer gerötet, ihre Hüften, an denen man in der engen Küche vorbeistreifte, ihren Atem, der schnell ging, angestrengt von der Arbeit, den kleinen Schweißfilm auf ihrer Oberlippe und den Blick, den sie ihm zuwürfe, wenn sie sich kurz aufrichtete und sich mit dem Unterarm über die Stirn fuhr. Die würde mehr hermachen als seine alte Blanche. Der Wirt schluckte unwillkürlich.

Der Bauer saß noch breiter und kratzte sich wieder am Hosenlatz. Die Nase des Schneiders rötete sich.

»Wo kommt Ihr denn her, daß Ihr Jean Maynier, den Baron d'Oppède nicht kennt?« fragte er.

Jeanne erschrak. Rasch senkte sie ihr Gesicht über ihren Becher. »Aus Marseille«, antwortete sie dann. »Meine Familie kam mit dem Schiff.«

»Dann habt Ihr im Hafen die Flotte des Hauptmanns Polin gesehen?« fragte eifrig der mit den blauen Augen. Sie hingen wie Saugnäpfe an dem Mädchen. Zu seinen Gefährten gewandt, fügte er hinzu. »Es heißt, er wollte nach Le Havre auslaufen zum Kampf gegen die Engländer, als d'Oppède ihn statt dessen gegen die Waldenser zu Hilfe rief.«

»Waldenser, Engländer«, tat der reiche Bauer noch einmal seine allgemeine Gleichgültigkeit kund. Seine Augen über dem Krug ließen Jeanne nicht los, während er trank.

»Ob der Polin sich so mit mehr Ruhm bedeckt hat?« wagte

der Schneider zu zweifeln. Niemand wollte ihm in diesen Überlegungen folgen.

»Er soll Hunderte von Waldensern in Ketten auf seine Galeeren geführt haben«, beharrte der Blauäugige. »Habt Ihr nichts davon gesehen?«

Jeanne schüttelte abwehrend den Kopf.

»Die sieht kein Mensch mehr«, verkündete der Bauer und rülpste, als er den Krug abstellte. Jeanne sprang auf, als hätte das Geräusch sie hochgejagt.

»Danke für das Essen«, murmelte sie und huschte hinaus, vier erstaunte Männer zurücklassend, die ihr Verschwinden verwunderte, die es aber nicht genug bedauerten, um ihr nachzugehen.

Draußen lehnte sie sich an eine Hausmauer und atmete tief die frische Luft ein. Doch es half nichts. Sie sah unweigerlich ihren Vater in einer Reihe abgerissener Gestalten über eine Planke wanken, eine Kette um den Hals, und hatte die Finsternis eines Schiffsbauches vor Augen, der sein Grab sein und ihn nie wieder freigeben würde. Ein Anfall von Übelkeit packte und krümmte sie, bis sie alles, das Brot, die Grütze und das kostbare Fleisch, bis zum letzten Bissen wieder von sich gegeben hatte. Keuchend richtete Jeanne sich auf, lehnte die Wange an die kühle Hauswand und schloß die Augen.

D'Oppède war sein Name. Sie kannte ihn gut. In Oppède-le-Vieux stand das Familienschloß, unübersehbar auf seinem Felsen.

D'Oppède also. »Tötet alles! Tötet auch die Katzen.« Ihr war, als hätte sie ihn selber gehört.

6. Kapitel

»Arbeit, sagt Ihr?« Der Mann schaute die junge Frau an, die da vor ihm stand. Sie sah nicht aus wie eine Magd, auch wenn ihr Gewand ärmlich war. Zu abweisend schaute sie drein, zu stolz. Auch war sie zu schön. Sie hatte nichts von der drallen Rosigkeit der Bauernmädchen. So durchsichtig und biegsam, wie sie war, sah sie eher wie ein Fräulein aus. Der Bauer hatte seine Zweifel, daß so eine richtig zupacken würde.

Aber sie bestätigte, melken und buttern zu können. Und sie wußte auch, wie man die Reben beschnitt. Er befragte sie, und sie antwortete sicher und bestimmt. Der Hofhund, der zuerst mißtrauisch an ihr geschnuppert hatte, drückte sich schon an sie und ließ sich kraulen, das dumme Biest. Der Bauer kratzte sich am Kinn.

Sehr selbstbewußt stand sie vor ihm. Er schätzte die selbstbewußten Weiber nicht, und der Herr Pfarrer gab ihm da recht. Aber was sollte es, das wäre ja nicht sein Problem. Er war sogar gespannt, wie sein Verwalter damit zurechtkäme. Der Bauer rieb sich den Schädel und grinste.

»Ja«, bestätigte er schließlich in seiner schleppenden Aussprache, »Arbeit hat's hier immer. Lucien!« Das letzte Wort hatte er mit erhobener Stimme gesprochen. »Lucien ist hier der Verwalter«, erklärte er Jeanne, während der Gerufene sich näherte. »Er beaufsichtigt die Arbeit und schließt Knechte und Mägde des Abends in ihren Kammern ein. Ich will hier keinen Ärger haben.« Er hob mahnend den fetten Finger.

Jeanne bestätigte mit gesenktem Scheitel, daß sie in allem

fügsam sein wollte. Sie hatte sich über Wochen durchgeschlagen bis hierher, in die Nähe von Cavaillon, das von Oppèdes Heimatgemeinde nicht allzu weit entfernt lag. Nun brauchte sie einen Platz, wo sie unterkommen und ein wenig Geld verdienen konnte, bis ihre vagen Pläne reiften und ihre unklaren Wünsche Gestalt annahmen. Sie wollte Ruhe und ein stilles Plätzchen, sie wollte nachdenken können, sie wollte leben; sie war nicht auf Ärger aus.

Als Lucien herangetreten war und sie den Kopf wieder hob, wußte sie, daß es nicht ohne abgehen würde.

»Und du sprichst abends vor dem Zubettgehen auch brav deine Gebete, ja?« fragte der Verwalter mit anzüglicher Miene, als sie an seiner Seite über den Hof davonging.

Jeanne durchzitterte es sofort. Wußte er etwa, wer sie war? Für einen Moment fürchtete sie, der andere habe in ihr die Ketzerin gewittert. Weshalb sonst die Frage nach ihrem Glauben? Sofort begannen ihre Knie zu schlottern. Schlachtenlärm dröhnte in ihren Ohren auf. »Da vorne lebt noch einer«, hörte sie es in ihrem Kopf widerhallen.

Dann faßte sie sich. Wenn sie so wenig Nerven besaß, würde sie nicht lange überleben. Er genießt es ja nur, dir gegenüber das Wort »Bett« in den Mund nehmen zu können, ermahnte sie sich innerlich. Eine Anzüglichkeit, das war alles. Das Zittern hörte auf, und sie sah ihm keck ins Gesicht. Der Bauer schaute ihnen nach, kratzte sich am Kopf und ging davon. Das war nicht seine Sache.

»Na, dann komm mit.« Lucien, der Verwalter, grinste. »Ich zeig dir dein Lager und deine Pflichten.« Die Art, wie seine Hand dabei zur Hose ging, war unmißverständlich.

Jeanne löste sich aus seinem Arm, der versuchte ihre Hüfte zu umschlingen, und ging in sicherem Abstand neben ihm her, während er sie herumführte. »Der Herr hat gesagt, ich soll in den Weingärten arbeiten«, antwortete sie spröde.

Lucien lachte. »Aber sicher doch«, erwiderte er. »Wir arbeiten alle in den Weingärten des Herrn.« Es klang, als fände er das ungemein komisch.

Jeanne lebte sich rasch ein auf dem Hof, die Arbeit war anstrengend, aber nicht schwierig, und sie war es von zu Hause gewohnt, fest mit anzupacken. Das Leben war angenehm eintönig und half ihr, ein wenig zur Ruhe zu kommen. Die anderen Mägde, mit denen sie sich eine Kammer teilte, waren zumeist fröhliche junge Mädchen, so großäugig sanftmütig und tumb wie die Kühe, an deren warme Flanken Jeanne jeden Morgen ihre Wange schmiegte, wenn sie sie melkte. Keine von ihnen wollte Jeanne etwas Böses, aber es war auch keine dabei, mit der sie über die Dinge hätte sprechen können, die ihr durch den Kopf gingen, selbst wenn sie ihre Angst hätte überwinden können, sich als Waldenserin zu offenbaren. Die Gespräche der Mägde drehten sich in immergleichen Kreisen um die Arbeit, ums Tanzen, um die kleine Mitgift, die sie alle anzusammeln versuchten, um die Burschen und natürlich um Lucien.

Um Lucien kam auf dem Hof kein weibliches Wesen herum. Er tauchte überall auf, wenn man ihn am wenigsten erwartete. Er warf mit obszönen Scherzworten um sich, tätschelte Hintern im Vorbeigehen, und Jeanne begriff schnell, was es zu bedeuten hatte, wenn er eines der Mädchen abends auf dem Weg in die gemeinsame Schlafkammer, die er hinter ihnen abzusperren pflegte, aufhielt, um es an eine angeblich vergessene Pflicht zu erinnern. Die Betreffende kam dann immer ein wenig später als nötig, mit gerötetem Gesicht, gelockertem Mieder und Strohhalmen in den wirren Haaren. Jeanne, die es nicht sehen konnte, ohne an das Grauen im Wald zu denken, das sie, so gut es ging, verdrängte, hatte allerdings nicht bemerkt, daß eine darüber besonders unglücklich gewesen wäre.

Einmal kam Lucien vorbei, als sie beim Heuen waren. Den

Finger auf die Lippen gelegt, damit keine ihn verriete, schlich er sich von hinten an die dicke Margot heran, die, vornübergebeugt, mit Schweißperlen auf der Stirn, an der Arbeit war. Mit beiden Händen fuhr er ihr in den offenherzigen Ausschnitt und vollführte dazu mit seiner Hüfte an ihrem Hintern eindeutige Bewegungen. Dabei schaute er Jeanne in die Augen, die sofort wegsah. Die anderen lachten, Margot kreischte, machte sich frei und versetzte dem Aufseher lachend eine gutmütige Ohrfeige, die der ebenso lachend und ohne Groll einsteckte. Jeanne wandte sich ab, als er nah an ihr vorbeiging, bemüht, sich nicht zu übergeben.

An dem Abend sprach er sie an, als sie eine nach der anderen durch die Kammertür traten. »He, Jeanne, ich hab gesehen, du hast den Melkeimer nicht gespült. Hol das nach, ehe du dich schlafen legst.«

Jeanne, die genau wußte, daß der Eimer sauber wie immer auf dem Abtropfbrett stand, schüttelte den Kopf.

»Willst du deine Schlamperei auch noch leugnen?« Lucien runzelte die Stirn. »Mit der Einstellung hast du hier keine große Zukunft, das kannst du mir glauben.« Er saugte an seinen Zähnen und schien nachzudenken. Seine Finger trommelten auf den breiten Ledergürtel, den er trug. Schließlich winkte er Margot, die fügsam noch einmal herausgeschlüpft kam und angewiesen wurde, die Sache an Jeannes Stelle in Ordnung zu bringen. »Du hast Glück, daß ich dich nicht dem Bauern melde«, rief er noch in die Kammer.

Als er fort war, gingen alle zu Bett wie sonst, aber die Stimmung war angespannt.

»Du glaubst wohl, du bist was Besonderes«, schnappte eines der Mädchen schließlich, eine dürre Blondine mit immer ein wenig geröteten Augen.

»Ich habe den Eimer nicht vergessen«, verteidigte Jeanne sich, aber ihr Einwand wurde gar nicht beachtet.

»Das ist mir schon ein paarmal aufgefallen«, fiel eine andere ein, üppig wie Margot, mit rauhem Teint und dicken schwarzen Haaren, die gerade aus ihren Röcken schlüpfte. »Immer hältst du dich abseits, machst keinen Spaß mit.«

»Für mich ist das eben kein Spaß«, gab Jeanne zurück. Sie kämpfte gegen die Panik an, die in ihr aufstieg. Sie konnte die Bilder ihrer Gefährten nicht verdrängen, die wie die Tiere gejagt und erschlagen worden waren. Eine Gruppe von Menschen, die sich feindselig gegen sie wandte, machte ihr angst, und sie glaubte mit einemmal, in der engen Kammer keine Luft mehr zu bekommen. »Wenn's für euch einer ist, dann braucht ihr euch ja nicht zu beklagen«, wehrte sie sich.

Die schwarzhaarige Dicke schnappte nach Luft und stemmte die Hände in die Hüfte. »Wir tun hier alle unseren Teil«, verkündete sie, »keine mehr und keine weniger. Mit Lucien ist gut auszukommen, wenn man ein bißchen locker ist. Das wirst du noch merken. Aber glaub nicht, du könntest alles auf uns abwälzen.«

Jeanne preßte die Lippen zusammen. Sie dachte an ihren Vater. Der würde milde seinen Kopf geschüttelt haben. »So schmähen die Sünder den Gerechten«, hätte er erklärt – und sie und Louis hätten andächtig gelauscht –, »damit sie das gute Beispiel nicht sehen und sich ihrer selbst nicht schämen müssen. Doch der Gerechte bleibt standhaft.« Sie konnte seine Stimme beinahe hören. Erleichtert und dankbar atmete sie auf. Sie würde sich an das Wort ihres Vaters halten, wie immer.

»Vielleicht spart sie sich ja für ihren Schatz auf«, rief eine Stupsnasige aus der Ecke und erntete Gelächter.

»Kannst es ja am Sonntag beichten«, warf die Blonde kichernd ein. Jetzt rötete sich auch ihre Nase.

»Den Pfarrer meidet sie aber auch wie die Pest«, antwortete die Dicke und warf Jeanne einen durchdringenden Blick zu.

Die zuckte zusammen. Ihre Gegnerin war so dumm nicht,

sie durfte sie nicht unterschätzen. Betont gleichgültig zuckte sie die Achseln mit derselben pampigen Geste, die sie an den anderen so oft gesehen hatte, und streckte der Dicken die Zunge heraus.

»Ruhe, ihr dummen Puten.« Das war Fleur, die einzige unter den Frauen, die schon seit Jahren hier war. Hager, sonnenverbrannt und runzelig, sah sie mit ihren fehlenden Zähnen aus wie eine Greisin und war doch kaum älter als fünfunddreißig. Sie führte die Aufsicht in der Kammer, achtete auf die Sauberkeit und darauf, daß die Wäsche ordentlich war. »Wir sprechen jetzt das Nachtgebet«, verkündete sie, woraufhin alle sich brav neben ihre Pritschen knieten und die immergleichen Worte herunterzuleiern begannen. Als Margot zurückkam, schaute keiner auf. Sie selbst sagte auch nichts mehr, steckte nur im Gehen ihr Haar wieder in den Knoten und schlenderte zu ihrem Platz. Als sie aber an Jeanne vorbeikam, schlug sie ihr wie aus Versehen den Rockzipfel ins Gesicht und rempelte sie an, daß die junge Waldenserin vornüberfiel und mit ihren gefalteten Händen beinahe mit dem Gesicht voran auf die Decken gefallen wäre.

Fleur sprach mit unverminderter Lautstärke das Gebet weiter und übertönte jedes Kichern. Jeanne rappelte sich wieder auf und stimmte erneut in das monotone Murmeln ein. Sie spürte den Blick der Dicken auf ihrem Nacken, hielt sich sehr gerade und fragte sich dabei, wie lange sie noch würde bleiben können.

7. Kapitel

Zu Jeannes Erleichterung wiederholte Lucien seine Forderung ihr gegenüber zunächst nicht. Alles schien seinen immergleichen Gang zu gehen. Nur konnte es geschehen, daß, wenn Jeanne auf dem Melkschemel saß und die Milch aus dem Euter zischen ließ, jemand im Vorbeigehen der Kuh so heftig auf die Flanke klatschte, daß diese muhend ausschlug und den halbvollen Eimer umwarf.

Jeanne starrte erstaunt auf den Boden, als es das zweite Mal geschah, wo die weiße Milch in Strömen über den Mist rann. Dann schaute sie auf in das feixende Gesicht der Blonden, packte den Eimer und warf ihn in Richtung der Magd. Er donnerte gegen die Stallwand und rollte dann ins Stroh. Mit einem erschrockenen Quieken verschwand die Angegriffene nach draußen.

Beim Melken blieb Jeanne von da ab ungestört. Aber ein andermal wurde ihr ein Eimer mit frischem Streu in die Hand gedrückt, das sie über den frisch gefegten Küchenboden verteilen sollte. Sie griff beherzt zu und brachte Handvoll um Handvoll aus. Bis sie in die verborgenen Scherben griff. Ein Kichern hinter ihr verriet ihr, daß die Urheber dieses feinen Plans es sich nicht hatten nehmen lassen nachzusehen, wie er denn anschlug.

»Siehst du«, hörte sie die Dicke schadenfroh scherzen, »wenn sie sich ärgert, werden ihre Haare noch röter.«

Jeanne biß die Zähne zusammen, wickelte ihr Kopftuch um die blutende Hand und arbeitete weiter. Am Abend fand die

Dicke Streu und Scherben in ihrem Bett. »Du verdammte Hexe«, rief sie und baute sich vor Jeanne auf, die sich in aller Seelenruhe auszog.

Dann drehte Jeanne sich um. Sie ging drei Schritte auf ihre Widersacherin zu, blieb dicht vor ihr stehen und starrte ihr in die Augen. Die Dicke starrte zurück, doch ihre Zähne mahlten unsicher. »Schau auf meine Haare«, sagte Jeanne, leise und drohend. »Sie sind rot, rot vor Wut. Viel röter als deine. Weil meine Wut viel größer ist als deine.«

Die Augen der Dicken begannen abzuirren. Jeannes Haar schien tatsächlich zu lodern, aber schlimmer noch waren diese Augen unter den kupferfarben schimmernden Wimpern. In denen brannte etwas, das hatte die arme Magd noch nie gesehen.

Jeannes Stimme wurde zu einem heiseren Flüstern. »Du hast ja keine Ahnung, wie groß. Und deshalb solltest du immer aufpassen«, fuhr Jeanne dann gelassener fort und schüttelte ihre Mähne, »verstehst du?«

Die Dicke senkte den Blick, und Jeanne ging an ihren Platz zurück. »Fleur, ich glaube, es ist Zeit für das Gebet«, sagte sie. Ihr Herz raste, und sie unterdrückte mühsam ein verräterisches Keuchen.

Niemand antwortete ihr; stockend setzte die übliche Litanei ein. Jeanne betete mit; sie lächelte; sie wußte, daß keines der Mädchen sie mehr belästigen würde.

Lucien brauchte drei Wochen, bis er sich darauf einen Reim gemacht hatte. Dann paßte er Jeanne allein in einem stillen Winkel ab.

»Hier treibst du dich also rum«, begann er das Gespräch und ließ den Blick demonstrativ über die Wände des Schuppens gleiten. Die Bretter saßen nur lose beieinander und ließen breite Strahlenfächer von Sonnenlicht herein, die das Innere der Scheune mit einem Gitter gleißender Lichtfäden überzogen, zwischen denen der Staub tanzte. Jeanne liebte es, hier in den Pausen einige einsame Momente zuzubringen und in der halbdunklen, trockenen Wärme dem stummen Tanz zuzusehen. »Du legst nicht viel Wert auf Gesellschaft, was?« steuerte er auf sein Thema zu.

Jeanne gab ihm recht, indem sie schwieg.

»Du legst auch nicht viel Wert auf meine Gesellschaft.« Er kam näher, die Daumen im Gürtel. Er überragte Jeanne um mehr als einen Kopf. Schon einmal hatte sie einer so überragt.

»Stimmt«, sagte Jeanne mit fester Stimme. Sie wußte, wie sie das Bild des anderen bannen konnte. Sie hatte ein kleines, hilfreiches Werkzeug dafür. Wie einen Rosenkranz umschlossen es ihre Finger.

»Das solltest du aber.« Luciens Gesicht näherte sich dem ihren. »Sonst bist du diese Arbeit nämlich ganz schnell los und kannst wieder auf den Straßen betteln. Oder zum Teufel gehen, wie deine Glaubensbrüder.« Er lachte, als er sah, wie sie bei diesen Worten zusammenzuckte. Dann löste er die Hände aus dem Gürtel und legte sie auf Jeannes Schultern. Sie rührte sich noch nicht. Er begann, ihr Fleisch unter dem Stoff zu kneten. »Gib zu, daß ich nicht dumm bin.«

»Du bist nicht dumm«, sagte Jeanne tonlos. Sie suchte nach einem Ausweg; es gab keinen. Es gab nur sie und Lucien und das Bild des Mannes mit den schwarzen Augen.

Er lachte leise. »Hm. Die Dicke hat mich drauf gebracht, weißt du. Geht nicht zur Beichte, tsts.« Er näherte seinen Mund ihrem Hals und begann, mit seinen Lippen über ihre Haut zu fahren. »Du mußt zugeben«, murmelte er, »daß ich geduldig war.« Er saugte sich kurz und brutal an ihrem Nacken fest. »Aber jetzt …«

»Nicht geduldig genug«, sagte Jeanne, mit ebenso ruhiger

Stimme wie zuvor. Ihre Hand schoß hoch. Es war nur eine kurze Bewegung.

Lucien schrie auf, leise nur, gurgelnd. Er fiel schwer auf die Knie. Die Hand preßte er auf seinen Hals, unter seinen Fingern quoll es hellrot hervor. Er öffnete den Mund, sagte aber nichts mehr. Dann krachte er mit einem dumpfen Schlag vornüber.

Jeanne stand noch immer, ohne sich zu rühren. Der Hofhund kam, schnupperte an ihrer Hand mit der Klinge und trabte dann zu dem roten Rinnsal, das sich seinen Weg aus Luciens Kehle über den gestampften Lehmboden zur Abflußrinne vor den verlassenen Boxen suchte. Mit wedelndem Schwanz leckte das Tier daran.

Jeanne holte tief Luft. Ihr war, als müßte die Luft zerspringen wie Glas, wenn sie sich bewegte. Mit mechanischen Bewegungen säuberte sie schließlich die Klinge im Stroh, steckte sie ein, zog ihre Kleider zurecht. Wie eine Holzpuppe setzte sie einen Schritt vor den anderen, ging aus der Scheune, über den Hof, vorbei am Haus, durch das Tor hinaus und die Straße hinunter. Es schien ihr ein Wunder, daß niemand sie aufhielt. Dabei schrie die Stimme des Barons doch ohrenbetäubend hinter ihr her. »Tötet sie!«

»Vater, verzeih mir«, flüsterte Jeanne. Tränen liefen ihr über die Wangen, sie wurde geschüttelt von Ekel und Angst. Schließlich hielt sie es nicht mehr aus und stürzte ins Gebüsch, um alles herauszuwürgen.

Dann richtete sie sich auf. Sie wischte sich über den Mund und schüttelte den Kopf. Nein, so ging das nicht. Sie konnte nicht einfach so weiterleben. Sie konnte sich nicht einfach vor dem verstecken, was geschehen war. Sie hatte es versucht, aber vergeblich. Sie würde keinen Frieden finden, nicht vor den anderen, nicht vor sich selber. Es steckte zu tief in ihr. Sie mußte erst diese Stimme zum Schweigen bringen, die Stimme in ihrem Kopf, d'Oppèdes Stimme, die alles übertönte. Sie würde ihn töten, sie mußte es tun. Und sie wußte nun, sie konnte es auch.

An der nächsten Wegkreuzung schlug sie die Richtung nach Oppède-le-Vieux ein. Dort am Wegrand wuchs ein Ginsterbusch, strotzend von Gold. Mit blutigen Fingern pflückte Jeanne eine Rispe und steckte sie sich ins Haar.

8. Kapitel

»Aufgepaßt, ihr lieben Leute, aufgepaßt!« rief eine laute Stimme und überschlug sich beinahe vor Begeisterung. »Die liebliche Susannah wird jetzt für euch den Himmel durchschreiten. Aufgepaßt.« Man hörte lautes Tamburinrasseln.

Der Mann, der da sprach, trug ein Narrenkleid aus Flicken und Fetzen. Er machte ein paar alberne Tanzschritte, dann schrie er wieder sein schrilles »Aufgepaßt!« in die Runde, pries laut die Künste seiner Seiltänzerin und hielt dabei jedem seine Mütze hin, der vorbeikam.

Die Bauern mußten meist mit dem Ellenbogen angestoßen werden, um sich daran zu erinnern, daß ein paar Kupfermünzen zu spenden und in die schäbige Mütze zu werfen waren. Völlig gebannt starrten sie alle nach oben, wo für diesen Abend ein Seil gespannt war. Es lief vom Dachfenster des Rathauses bis zu der Felsnadel, die alle an den Hang geschmiegten Häuser überragte. Hoch droben verlief die Schnur, ein schwarzer Strich nur im violetten Abendhimmel, über Dachfirste, Felsbrocken, die Dorfeiche und den Festplatz lief sie hin. Und das Mädchen ging darüber.

Die Bauern sperrten die Münder auf. Da war sie schon, mit der langen Stange, die in ihren Händen wippte und federte. Sie stieg aus dem Fenster, richtete sich auf und trat dann hinaus in die leere Luft. Leichtfüßig lief sie, verharrte manchmal, nahm einen neuen Schwung. Kaum zu begreifen, daß sie nicht fehltrat. Von unten sah man, daß sie Löcher in den Schuhen hatte. Armseliges Pack, diese Gaukler, kein Schaden für irgend jemand, wenn sie herunterfiele, aber fiel sie? Sie schwebte vielmehr. Jetzt, ein Wackler, ein Ruckeln, ein Ausschlagen der Stange.

»Ooooohhh!« ging es durch die Menge, bewundernd, wollüstig. Finger zeigten, Frauen kreischten, Kinder hüpften aufgeregt im Kreis.

Dann hatte die Seiltänzerin sich wieder gefangen. Die Kinder johlten und balancierten um den Rand des Dorfbrunnens, bis ihre besorgten Mütter sie ohrfeigten und herunterholten.

»Und jetzt tanzt Susannah für euch!« rief der Narr, nach einem weiteren Luftsprung.

Es war unglaublich. Aber tatsächlich machte das luftige Wesen ein paar anmutige Schritte vor und zurück. Sie warf die Stange hinab, wo ein Helfer, ein Mann mit einem räudigen Fell um die mächtigen Schultern, ein armseliger Herkules, ruhig herantrat und sie auffing. Er ließ seine Muskeln spielen, die Stange über seinem Kopf kreisen, und zog sich dann mit einer tiefen Verneigung zurück.

Der Narr kreischte »Hepp!« und schleuderte nun geschickt sein Tamburin. Mit klirrenden Schellen flog es in den von zahlreichen Fackeln erleuchteten Himmel, drehte sich, stieg und stieg, wurde langsamer, sank zurück und landete wie vorherbestimmt in der ausgestreckten Hand Susannahs, die es triumphierend rasseln ließ.

Das Prasseln des Applauses übertönte den Klang.

Der Narr seinerseits hopste, drehte sich, trällerte ein Liedchen, hielt seinen Hut diesem und jenem hin und verharrte dann untertänigst vor dem Pfarrer. Der stieß ihn verärgert zurück. Was hatte die Geistlichkeit mit solcher Narretei zu schaffen. »Etwas mehr Respekt, Bursche«, schnauzte er und wandte kein Auge von dem Geschehen.

Noch ein Schritt, nun war sie schon über dem Platz.

Auch Jeanne stand dabei und legte den Kopf in den Nacken.

Sie hatte nichts anderes zu tun in diesem Dorf, sie war eine Heimatlose. Arbeit hatte sie nicht wieder gefunden, dafür viele mißtrauische Blicke geerntet auf ihrem Weg. Mager war sie geworden beim Herumstreifen, und bald würde sie wieder stehlen müssen. Das Possenspiel konnte sie für eine Weile gut von ihrem knurrenden Magen ablenken. Und die Leute waren beschäftigt und stellten ihr keine gefährlichen Fragen.

Jeanne ließ die junge Frau nicht aus den Augen, die ihr vorkam wie ein Waisenkind, eine Wanderin zwischen den Welten, verloren wie sie selbst. In ihrem eigenen Dorf waren die Gaukler nie willkommen gewesen. Als frivol und wenig gottgefällig hatte man ihr Treiben abgetan, sie als Tagediebe geschmäht und weitergejagt. Die Prediger hatten anderntags stets dazu gesprochen.

Aber nun kam es Jeanne vor, als wären sie und diese Fremde dort auf eine seltsame Art verwandt. Ausgestoßen aus der Gemeinschaft, ohne Heimat, ohne Recht, ihr Leben ein Gang auf dünnem Seil. Fasziniert betrachtete sie, mit welcher Grazie, welcher Sicherheit die andere sich bewegte. Ich taumele nur, sie tanzt, dachte Jeanne unwillkürlich. Ja, es war, als hinge die Seiltänzerin von den Gewichten, die die anderen schmerzhaft an die Erde bannten, nicht mehr ab.

Nichts verband sie mehr mit denen hier unten als die Schellen an ihrem Tamburin, die in einem Rhythmus erklangen, zu dem die Bauern nun klatschten und ihrerseits »Hepp! Hepp! Hepp!« riefen. Ein Ruf so hart und laut wie eine Stufe, den Fuß darauf zu setzen. Einen Schritt, und noch einen. Sie schwankte.

»Ooooohhh!« stieg es in die Nacht. Die Stufe zerbrach, zerging, weich wie ein fliegendes Tuch sank der Ruf in sich zusammen. Und von Susannah blieb nichts als das Flattern ihres Rockes, als sie durch die Nacht fiel. Der Sturz schien endlos zu dauern.

Der Laut, mit dem sie auf dem Pflaster aufschlug, riß Jeanne auf die Beine. Sie wollte erst wie die anderen losstürzen, blieb dann aber in dem ganzen Tumult wie angewurzelt stehen. Es war ja alles schon geschehen.

Der Narr war der erste, der jammernd auf den seltsam verdreht daliegenden Körper zustürzte und sich bei ihm niederkniete. Laut klagend gestikulierte er über der Toten. Die Bauern ignorierten ihn, wie zuvor seine Mütze. Ihm folgte der mit dem Fell, der ihm, noch immer wortlos, die Hand auf die Schulter legte.

Bald waren sie von so vielen Menschen umringt, daß Jeanne sie nicht mehr erkennen konnte. Dafür erblickte sie etwas anderes. Unbeachtet zwischen all den Beinen, seitab, dicht bei ihr, lag auf dem Boden das Tamburin. Es mußte aus der Hand der Tänzerin gefallen und unbemerkt bis hierher gerollt sein.

Jeanne hob es auf. Die Schellen klirrten, ein leises Fragen. »Susannah«, flüsterte Jeanne und wog das Instrument prüfend in ihrer Hand. Es war noch warm, wo es von den Händen der vorigen Besitzerin gehalten worden war. Verhalten schüttelte sie es und probte, abseits am Rande, ein paar wiegende Schritte. Sie hatte schon immer gerne getanzt. Nicht mit Joseph Tarcasse, mit ihm nie mehr. »Aber vielleicht mit dir?« fragte sie und klopfte ein paar Takte. »Wanderin auf dünnem Seil. Susannah, Tänzerin, ja, das bin ich.«

9. Kapitel

An den Hängen des Luberon ertönten die Jagdhörner. Einige Bauern auf ihren Feldern hoben die Köpfe, als eine Gruppe Reiter vorbeipreschte, junge Adlige in prächtig bunten Gewändern, die Sättel mit blitzendem Silber beschlagen, das Zaumzeug mit Bändern geschmückt. Wieder erklang das Horn, und die jungen Jäger antworteten ihm johlend, indem sie ihre Pferde antrieben. Erde flog auf, als sie in gewagtem Sprung über die Umfriedung der Äcker hinwegsetzten. Die Bauern betrachteten kopfschüttelnd die Verwüstung in den Furchen, beugten die Rücken wieder und arbeiteten weiter.

Die Clique sammelte sich im Schatten einiger Mimosen. Der Anführer unterhandelte derweil mit den Treibern, die aus dem Unterholz getreten waren.

Ein junger Mann mit kastanienbraunen Locken rief fröhlich: »Raymond, wir haben Raymond verloren.« Er zeigte auf den Nachzügler, der langsam herantrabte, und schien sich vor Lachen ausschütten zu wollen, so tief beugte er sich über seinen Sattelknauf.

»Er hat wohl eher den Halt verloren«, meinte sein Freund und trieb seine Fuchsstute neben die des Sprechers. »He, Raymond!« rief er seinerseits und schwenkte seine brokatene Mütze.

»Ja, er macht in letzter Zeit in der Tat einen eher ungehaltenen Eindruck«, bemerkte ein dritter, der lässig im Sattel saß und seine gepflegten Fingernägel betrachtete. Dann zog er die

Handschuhe mit der bestickten Stulpe wieder über, ruckte energisch am Zügel und reckte das Kinn.

Raymond, der inzwischen auch eingetroffen war, murmelte etwas von einem gerissenen Gurt und befahl seinem Pagen, sich am Sattelzeug zu schaffen zu machen, während seine Freunde amüsierte Blicke tauschten.

»He, Raymond, wie willst du dich als Ehemann halten, wenn du dich von jeder Stute aus dem Sattel werfen läßt!«

»Er wird bald größere Hörner aufhaben als unser Hirsch«, bestätigte der Lockige.

»Ach, dieser Hirsch.« Raymond starrte so mißmutig auf den nahen Wald, dessen Bäume sich ihm in undurchdringlicher, geschlossener Front präsentierten, als wäre es der wohlbefestigte Stammsitz derer von Oppède. Unwillkürlich mußte er an den Besuch im Frühjahr denken und die vielen frostighöflichen Absagen, die er auf seine Bemühungen seither erhalten hatte. Sein Mund verzog sich ärgerlich. Daß er, Raymond de Vernègues, sich das bieten lassen mußte.

Dann ging ein Ruck durch ihn, er grinste, riß sein Pferd herum, daß es überrascht stieg, schnappte sich mit einer schnellen Bewegung die Brokatmütze vom Kopf seines Freundes und galoppierte damit los. Dicht über den Rücken seines Pferdes gebeugt, hielt er wie der Teufel auf den Wald zu. Die geraubte Kopfbedeckung schwenkte er mit ausgestreckter Hand durch die Luft.

»Hei, hei, hei!« rief er und ließ sie kreisen. In ausreichender Entfernung hielt er inne, parierte sein tänzelndes Pferd und hielt die Beute hoch: »Die setze ich jetzt dem Hirsch auf, und du wirst seine Hörner tragen, Palamède!«

Lachend stürzte die ganze Bande hinter ihm her.

Raymond war der erste, der schließlich den Hirsch erspähte. Auf einer Waldlichtung stand er, das Sonnenlicht wie einen

Vorhang über dem Rücken. Sein rundes weiches Maul stöberte durch Gras und herabgefallene Kastanien. Raymond sah ihn den Kopf heben und wiederkäuen, als er sich näherte. Von seinem imposanten Geweih hingen Bast und Moos.

Aufmerksam, aber noch nicht alarmiert prüfte das Tier das Unterholz. Raymond stieg so leise ab, wie er konnte, und schlang die Zügel seines Pferdes um einen Busch, dann schlich er näher. Einige Felsen am Fuß einer hohen Kastanie boten ihm Schutz; er kauerte sich dahinter und spähte durch einen Spalt zwischen zwei der größeren Steine. Sie waren warm und voll gelber, staubtrockener Flechten, man hätte sich dagegen lehnen, dem Spiel des Laubes darüber zusehen und träumen können. Doch dort drüben, inmitten des trügerischen Friedens, stand die begehrte Beute. Raymond war entschlossen, sie sich nicht entgehen zu lassen.

Langsam, den Blick stets auf den Hirsch gerichtet, tastete er nach seinem Bogen und zog einen Pfeil aus dem Köcher. Die Mütze störte ihn, Palamèdes dämlicher Hut. Vorsichtig legte er ihn auf einem Felsen ab. Hoffentlich brachen die anderen nicht eben jetzt wie die Eber durchs Unterholz und verdarben alles. Seine Finger prüften die Fiederung des Schaftes, dann legte er den Pfeil ein. Langsam spannte er den Bogen und hob ihn, die Augen fest auf den Hirsch geheftet, bis der Pfeil dorthin zeigte, wo das Herz des Tieres war. Sein Wille zeichnete die Flugbahn vor, führte das Geschoß im Geiste, trieb Eisen und Schaft tief in das warme Fleisch – jetzt. Raymond atmete ein und hielt den Atem an. In dem Moment zwischen zwei Herzschlägen. Es war totenstill.

Da kam eine Windböe, spielte mit den Ästen der Kastanie, bog sie zur Seite und ließ einen Sonnenstrahl dorthin fallen, wo die brokatene Mütze auf dem Felsen lag. Die Goldfäden im Gewebe blitzten auf, nur einen Moment, die Federn an ihrem Rand tanzten.

Der Hirsch riß den Kopf hoch. Raymond schoß. Er sah die sprungbereit geknickten Beine des Tieres, den Bogen seines Halses, als es sich herumwarf. Moos flog unter den Hufen auf, Steinchen splitterten. Der Pfeil steckte zitternd im Stamm einer Kiefer.

Als die Freunde auf die Lichtung kamen, fanden sie Raymond, wie er mit beiden Füßen auf einem Stoffetzen herumtrampelte.

»He«, rief Palamède, als er seine geschundene Kopfbedeckung erkannte. Rasch sprang er aus dem Sattel, lief hinüber und hob die Reste auf. Fassungslos zeigte er den anderen, was von seiner stolzen Zier noch übriggeblieben war. »Die war von einem Pariser Schneider, du Irrer, und hat mich mehr als hundert Livres gekostet!«

Die Gefährten klopften ihm mitfühlend auf die Schultern. Raymond aber winkte ab, bestieg sein Pferd. »Wollt ihr nun jagen, oder nicht?« fragte er pampig und ritt erneut vorneweg.

Der mit den Handschuhen betrachtete den Pfeil, der drüben im Baum steckte, und bemerkte: »Zwischen Wollen und Können liegt manchmal ein so großer Abgrund, daß ein Edelmann mitsamt seinem Pferd hineinfallen und auf Nimmerwiedersehen verschwinden kann.«

Die anderen lachten. Raymond, der es hörte, setzte sich sehr aufrecht in den Sattel, doch er hielt nicht an.

Der Nachmittag sah die gutgelaunte Horde in einem ländlichen Gasthaus, wo sie den Wirt und seine Familie auf Trab hielten mit ihren Forderungen, ihnen das Wildbret auf den Spieß zu stecken, anständigen Wein aufzutischen und überhaupt aus Küche und Keller das Beste zu liefern.

Palamède drang sogar in die Küche ein und zog den Koch vorsorglich am Ohr. »Oliven an die Sauce, aber kein Olivenöl«, wiederholte er seine Forderung, die der arme Mann eifrig nickend bestätigte. Der Kavalier ließ ihn los und wischte sich die Finger mit einem Spitzentaschentuch. »Und spart nicht mit der Fülle bei den Rebhühnern«, rief er ihm in die Küche hinterher.

Seine Freunde empfingen ihn am Tisch wie einen Helden. Lautstark begannen sie zu zechen, zu singen und sich gegenseitig zu versichern, wie großartig die Jagd gewesen war, deren Gefährlichkeit und Erfolg mit jeder neuen Erinnerung zunahm, die einer zum besten gab. Anfangs stupsten sie Raymond, der stumm blieb und sich zunehmend abseits hielt, prosteten ihm zu und forderten ihn zum Mitmachen auf. Schließlich langweilte sie seine anhaltende Melancholie, sie gaben ihn auf, vergaßen ihn und gingen dazu über, ohne den Freund weiterzufeiern. Der rückte ans Ende der Bank, verschränkte die Arme auf dem Tisch und starrte trübe in seinen Becher mit Wein.

Nur sein Nachbar betrachtete ihn nachdenklich, trank zwar den anderen zu, setzte den Becher aber stets bald wieder ab und ließ den jungen Vernègues niemals aus den Augen. Schließlich zog er seine Stulpenhandschuhe aus, strich sie sorgsam glatt, wandte dem anderen dann seine volle Aufmerksamkeit zu. »Was brütet Trübsinn dir dein düsteres Auge?«

»Was?« gab der Angesprochene zurück. Dann winkte er ab. »Bleib mir mit deinen Dichtern vom Leibe, Charles. Mir steht der Sinn wahrhaftig nicht nach Poesie.«

Charles lächelte, was die Narbe auf seiner Wange beinahe in Berührung mit seinem Mundwinkel brachte. »Dabei dachte ich, Euer Kummer wäre wahrhaft eines Dichters würdig.«

Raymond hob kurz den Kopf, um in den schwarzen Augen des anderen nach einer Spur von Spott zu suchen. Charles' Züge zeigten meistens ein gutes Maß an Ironie, und seine scharfe Zunge war gefürchtet. Raymond hatte den neuen

Freund dafür ebenso bewundert wie gefürchtet. Aber nun war keine Spur des verräterischen Funkelns zu finden. Raymond sah nur Mitgefühl und Interesse, von einer Intensität, die ihn schwindeln machte. Oder war das der Wein?

»Kummer?« platzte er heraus, »Kummer ist ein viel zu kleines, enges Wort für das, was in mir vorgeht. Ach Charles, ich lebe in der Hölle.«

»Weil Ihr den Hirsch nicht getroffen habt?«

Noch einmal mißtrauisch, warf Raymond seinem Gegenüber einen prüfenden Blick zu. Da war nichts als Arglosigkeit.

»Vergiß den Hirsch«, erwiderte er mißmutig, »vergiß alle Hirsche der Welt, ich, ich ...«, er zögerte. Dann brach der Damm, sollte es doch heraus, was half die vornehme Zurückhaltung. Mit Fanfaren würde er es der Welt verkünden, auf alle Fahnen würde er es sticken lassen, sein Leben würde er der Aufgabe weihen, es wieder und wieder zu bekennen, gegen jede Hoffnung, gegen jeden Trost.

»Ich liebe, Charles.«

Der zog die Augenbrauen hoch, sagte aber nichts.

Raymond faßte seine Hand und drückte sie sich an die Brust. »Ich liebe, wie noch kein Mensch auf Erden geliebt hat.« Plötzlich ließ er den anderen los und senkte den Kopf. »Aber ihr Vormund will sie mir nicht geben, und Vater sagt, ich soll die Angelegenheit vergessen.«

»Und?« fragte Charles nur.

Raymond hob den Kopf. »Was und?«

»Und wie geht es weiter?« Charles neigte sich ihm vertraulich zu. »Ich meine, das klingt doch wie der Anfang einer guten Geschichte.« Er lächelte fein. »Es kann doch niemals ihr Ende sein?«

Raymond schaute ihn ganz erstaunt an. Der Gedanke war ihm noch gar nicht gekommen. »Wenn es nach Vater geht ...«, begann er, verstummte dann aber. Was sollten ihm sein Vater und seine verstaubten Gebote. Sein Freund hatte recht, mit wenigen, dürren Worten hatte er zum Ausdruck gebracht, was er, Raymond, im tiefsten Inneren schon immer gefühlt hatte.

»Das ist wahr«, flüsterte er, beinahe andächtig.

»Herr Wirt, mehr Wein!« rief Palamède gerade durch den Schankraum. Mit einer raschen Geste gab Charles zu verstehen, daß auch sie beide Nachschub wünschten, nahm der Magd die Kanne ab und schenkte dem jungen Vernègues großzügig nach.

»Und ob du recht hast«, stellte der noch einmal fest. Vergessen die Idee, als Herold einer unerfüllten Liebe seine Trauer durchs Leben zu tragen. Er würde um seine Diane kämpfen. »Was für ein Abenteuer!« Er konnte es schon in den Chroniken aufgeschrieben sehen.

Schon war der Damm gebrochen, und Raymond erzählte dem Freund in allen Einzelheiten von seiner unerfüllten Liebe zu der jungen Diane. Der Roman war nur allzu kurz. Er hatte sie in Avignon bei einem Gottesdienst gesehen, als sein Vater dort weilte, um mit den päpstlichen Vertretern zu sprechen. Auch d'Oppède war dort gewesen. Und Diane. Zwei Bänke vor ihm, nahe der Sakristei hatte sie gekniet, den Kopf über ihre zum Gebet gefalteten Hände geneigt. Er hatte sich in ihr zartes Profil verliebt, sein Vater hatte für ihn geworben, das war es.

Aber wie sie gekniet, wie gebetet und wie den Kopf gehalten hatte! Raymond wußte die knappe Geschichte endlos auszuschmücken mit einer Schilderung der Vorzüge seiner Erwählten, ihrem Haar, ihrer Haut, ihrer Anmut, ihrem Blick, die es mit denen der schönsten Frauen aufnehmen konnten, die die Welt von Anbeginn gekannt hatte, ja, mit denen der Göttinnen selbst, und Paris hätte nicht gezögert, den Apfel einer vierten zu reichen, hätte ihre Gegenwart die Schöpfung damals schon beseligt.

Charles unterdrückte ein Lächeln und ließ den Jungen reden. Er schenkte ein, er hörte zu. Und als Raymond mit den Worten endete: »Vater sagt, die Leidenschaft sei kein guter Ratgeber«, entgegnete er nur:

»So soll man auf die Stimme seines Herzens niemals hören?« Er rückte ein Stück näher. »Soll man denn glauben, alle großen Taten, die die Geschichte kennt, wären kühlen Geists und kalten Sinnes ausgeführt worden? Sind wir denn Krämer, sind wir Kaufleute unserer Seelen?«

Raymonds Augen leuchteten, während er diesen Reden lauschte. Er ließ sich nur zu gerne versichern, daß die Liebe, die er in sich brennen fühlte, der reinste, klarste Leitstern seines Lebens sei.

»So sicher, wie die Könige zum Stall von Bethlehem geführt wurden«, erklärte Charles seinem dankbaren Zuhörer, »wird er dich zu deiner Liebsten führen.« Er nahm einen Schluck Wein. »Einst.«

»Einst?« Raymond erwachte wie aus einem schönen Traum. »Einst? Warum einst? Wann soll das sein, Charles?«

»Das fragst du mich? Frag es dich selber!«

Das Wildbret kam, in üppiger Soße, die Palamèdes uneingeschränktes Lob fand. »Oliven, aber kein Olivenöl. So muß es sein.« Er riß das Brot in Stücke und nötigte alle, einzutunken und zu kosten.

»Iß doch etwas, Raymond«, riet Charles gelassen.

»Essen?« Der junge Mann fuhr hoch. »Wie könnte ich das – jetzt! Wo ich ... wo alles mich zum Handeln drängt.«

Charles machte ihm einen Teller zurecht, häufte Fleisch und Brot darauf und schob ihm alles zu. »Erst essen, dann handeln«, verkündete er prosaisch, doch sein Blick war nahezu verschwörerisch. »Und zwar mit fester Hand« – er schlug mit der Faust auf den Tisch – »und sicherem Auge.« Sein Finger wies auf das Auge, von dem die Narbe ausging wie ein roter

Zeiger. Er selber zog sein Messer aus dem Gürtel und hieb tüchtig ein.

Raymond griff zögernd zu dem seinen. »Du wirst mir helfen?« fragte er. Tausend Gedanken schossen ihm durch den Kopf. Er würde Diane entführen, er würde sie für sich erobern oder dabei sterben. Die Dichter würden über ihre Liebe schreiben wie über die des Paris zu seiner Helena. Er konnte ihr Lied schon beinahe hören. Plötzlich hielt er inne.

»Mein Vater mag dich nicht.«

Charles grinste. »Das glaube ich gerne«, sagte er. »Er weiß, daß ich der Wind bin zu deinem Feuer, der Rat zu deinem Mut, und daß wir gemeinsam …«

»… die Welt aus den Angeln heben können!« rief Raymond an seiner Stelle. »Herr Wirt, neuen Wein, aber nichts mehr von dieser Pferdepisse, die er uns bisher vorgesetzt hat.«

Die Freunde johlten und zogen ihn in ihren Kreis. Das Wildschwein wurde aufgetragen, von zwei schwitzenden Männern auf einer schweren Platte serviert. Palamède zog die quiekende Schanktochter auf seinen Schoß. Jemand stimmte ein Lied an.

10. Kapitel

Es war schon später am Abend, als die Überlegungen Charles' und Raymonds konkretere Formen annahmen. Die meisten ihrer Freunde schliefen bereits, erschöpft vom Zechen, mit dem Kopf auf dem Tisch. In der Wirtsstube war es leiser geworden, nur von Zeit zu Zeit brach noch irgendwo Gelächter los. Hier und da saßen Bauern an den Tischen bei einem Würfelspiel, andere besprachen sich miteinander, tief über die Becher gebeugt. Es roch nach Gebratenem, Rauch und Schweiß, der Dunst hing sichtbar im Licht der qualmenden Kienspane. Auf der Tischplatte zwischen den jungen Leuten türmten sich Teller und Knochen.

In das Holz hatte Charles mit wenigen Strichen den Grundriß des Schlosses d'Oppède geritzt. Raymond deutete ergänzend mit dem Finger hierhin und dorthin. Kam ihnen einer zu nahe, griff er zum Becher und verdeckte mit dem Arm das Bild, das im Schatten unsichtbar wurde.

»Es wird nicht einfach sein, dort hineinzukommen«, seufzte Raymond.

»Zumal Oppède dir keinen Zutritt mehr gewähren wird, wie ich annehme«, bestätigte Charles. »Wir müßten jemanden finden, der das Schloß betreten kann, ohne Argwohn zu erregen.«

»Und der zugleich kaltblütig genug ist, unseren Plan auszuführen?« Raymond war ratlos. Er sah niemand anderen als sich selbst in der Rolle desjenigen, der Diane den Mauern ihres Gefängnisses entriß. »Mir ist kein Edelmann bekannt, der ...«

»Es muß ja auch kein Edelmann sein«, fiel Charles ihm ins Wort. »Der Plan steht und fällt damit, daß einer unbemerkt ins Schloß kommt und wieder hinaus, einer, der nicht auffällt und sich dort frei bewegen kann, ohne Mißtrauen zu erwecken. Ein Diener, oder ein Wächter.«

Die Idee, einen Söldner anzuwerben, gefiel Raymond nicht. »Ist das überhaupt klug, einen Dritten einzuweihen? Können wir uns auf einen gedungenen Mann verlassen?«

»Wenn wir ihn sorgfältig auswählen und gut bezahlen.« Charles sprach aus Erfahrung. D'Oppède hatte ihn selbst zweifellos sorgfältig genug ausgewählt als seinen Handlanger. Er war sein Bankert, der Sohn einer Bäuerin, die der Baron im Vorbeireiten bemerkt hatte. Vermutlich gab es Dutzende wie ihn. Doch nur ihm hatte der Baron die Erziehung eines Kriegers und Edelmannes geben lassen, zum persönlichen Gebrauch. Und solange er ihn gut dafür bezahlte, war er dem Baron auch zweifelsohne treu. Charles lächelte grimmig. »Überlaßt mir die Wahl, und ich überlasse Euch das Weitere. Es wird doch keine Probleme geben?«

Raymond beeilte sich, den Kopf zu schütteln. Sein Vater war nicht über Gebühr mißtrauisch; es würde tatsächlich kein Problem sein, die nötige Summe aufzubringen. Aber wem sollten sie für das Geld die heikle Aufgabe anvertrauen? Er ging im Geiste seine Pagen und Knechte durch sowie die seiner Freunde, soweit er sie kannte. Niemand schien ihm auch nur annähernd geeignet für diese Aufgabe.

»Die verschwundene Jungfrau«, hörten sie da am Nebentisch eine betrunkene Stimme, »ist zweifellos eine heikle und großartige Nummer. Und alle Gaukler zwischen den stürmischen Küsten Englands und dem Türkenreiche rechnen es sich zur Ehre an, wenn sie sie denn beherrschen. Ich bin in dieser glücklichen Lage und würde sie den ehrenwerten Herren gerne vorführen, doch leider ...« Der Sprecher, der auf einen

Tisch geklettert war, von dem aus er seine Ansprache hielt, wankte wie ein Halm im Wind und wedelte mit den Händen, um das Gleichgewicht wiederzuerlangen. »Doch leider sehe ich mich außerstande.«

»Weil du besoffen bist wie ein Schwein«, rief jemand unter den Sitzenden und erntete Gelächter.

Der Redner wartete ab, bis es verebbte. »Nein«, verkündete er dann. »Sondern weil es hier weit und breit keine Jungfrauen gibt.« Das Gelächter brandete auf, man applaudierte, Hände griffen nach dem Redner, der sich gutwillig hinunterziehen ließ in den Tumult. Bald rief er nach den Würfeln.

Raymond de Vernègues wandte den Kopf wieder ab, aber sein Freund Charles beobachtete genau, was am Nebentisch vor sich ging.

»Gaukler«, murmelte er.

Jetzt wandte auch Raymond sich wieder um. Charles hatte recht, es war eine Gauklertruppe angekommen. Da war der Sprecher, mit schwarzen Locken und einer scharfen Nase in dem schmalen Gesicht. Ein Spielmann und Aufschneider, seinen losen Reden nach. Der Alte neben ihm mochte auch dazugehören. Er hatte einen dünnen weißen Bart und schien beinahe blind. Der ernste, nicht mehr ganz junge Mann neben ihm flößte ihm die Suppe ein. Geschichtenerzähler, schätzte Charles, oder Puppenspieler. Auf einen aufmunternden Zuruf des Redners von vorhin stand der Nachbar des Alten auf, nahm sein Messer und ließ es ohne großen Aufwand in seiner Kehle verschwinden. Dann setzte er sich wieder. Jemand schob ihm einen Becher Wein zu.

»Jahrmarktsbettler, Beutelschneider«, bemerkte Raymond und tastete unwillkürlich nach seiner eigenen Geldkatze. Er fing einen Blick des Schwarzgelockten auf und war sich nicht sicher, doch er glaubte fast, der habe ihm ins Gesicht gelacht. »Ein jämmerlicher Haufen.«

Charles nickte flüchtig. Frauen bemerkte er keine. Eine jämmerliche Truppe, Raymond hatte zweifellos recht. Der Anführer aber erregte die Aufmerksamkeit des jungen Edelmannes. Er beobachtete dessen Treiben eine Weile und wies Raymond, der sich bereits wieder abgewandt hatte, mit einer kurzen Bewegung des Kinns an, dasselbe zu tun.

»Ich kenne diesen Mann«, erklärte er. »Er ist nicht ohne Ruf. Hast du schon einmal von Tantris gehört?«

Raymond schüttelte den Kopf, hielt dann aber inne. »Tantris«, murmelte er, als wollte er dem Wort nachschmecken.

»Tantris der Gaukler, Tantris der Narr«, half Charles ihm auf die Sprünge.

»Ach ja! Ist er nicht bei der Hochzeit der Baronin von Tour d'Aigues aufgetreten?« fragte Charles. In seiner Stimme lag nicht allzu viel Interesse.

»Genau der ist es«, bestätigte Charles. »Er kommt in den Schlössern der Provence weit herum.«

»Ihr meint ...«, setzte Raymond an. Das konnte nicht seines Freundes Ernst sein. Ein Gaukler! Ein Rechtloser, heimatloser noch als das Wild im Walde, das wenigstens seinem Grundherren gehörte. Irrsterne nannten sie sich selbst, die Lumpenpoeten. Raymond schnaubte verächtlich.

Der Mann dort drüben war nicht mehr jung. Er war aber auch nicht alt, fiel es ihm auf. Seine Gestalt war schlank, fast hager, ohne ein überflüssiges Gramm Fett. Woher sollte es auch kommen, dachte Raymond verächtlich, bei solchen Hungerleidern. Doch da, der Trick mit dem Messer, den er eben vorführte, verlangte Kraft und Geschick. Raymond blieb der Mund offenstehen. Dieser Tantris bewegte sich wie ein Tänzer. Und für einen, der betrunken schien, hatte er ein erstaunlich sicheres Auge.

Tantris war nicht groß, aber er fiel in jeder Menschenmenge auf. Sein schwarzes Haar war an den Schläfen ein wenig von

Silber durchzogen, seine Züge von der Sonne verbrannt, aber edel geschnitten, das hagere Gesicht schmal, mit hoher Stirn und einer aristokratisch vorspringenden Nase. Seine dunklen Augen unter kräftigen Brauen waren schön, doch von düsterer Melancholie, ihr Feuer abgestumpft von allzu viel Wein. Das Haar hing ihm wirr in die Stirn, die Lumpen als Narrenkleid am Körper. Fransen und Lappen und die zweifarbige Hose, bunt gewürfelt ein Bein, das andere gestreift in Farben, die Schmutz und Sonne schon lange gebleicht hatten, gab er den Narren und sah dabei aus wie ein Richter.

Ein seltsamer Mann, dachte selbst Raymond, ein Vexierbild. Eben verächtlicher Spötter, dann untertänigster Schmeichler. Es war bewundernswert, wie er die Bauern bei Laune hielt, die von so viel Witz kaum zu Atem kamen. Aber er sah, daß der Mann trank. Er leerte jeden Becher, den man ihm reichte, bis auf den Grund. Nicht wie der Messerschlucker, der nur nippte und diesem Tantris hin und wieder besorgte Blicke zuwarf. Wenn das so weiterging, würde er diesen Abend noch vom Tisch stürzen.

»Ich habe mir sagen lassen, er sei von vornehmer Geburt, durch unglückliche Umstände allerdings heruntergekommen.«

»Da habt Ihr recht, Herr«, mischte der Wirt sich ein, der ihre letzten Worte mitbekommen hatte. »Der Herr Tantris war einst von Adel, ist aber verarmt.« Er stellte neue Platten auf den Tisch und wischte sich mit einem schmierigen Lappen die Stirn. Dann beugte er sich vor. »So richtig vor die Hunde gegangen ist er allerdings durch eine Liebesgeschichte, sagt man.«

Raymond ekelte sich vor dem Tratsch ebenso wie vor dem Knoblauchatem des Wirtes. Wofür hielt sie der Mann, mit ihnen zu plaudern, als wären sie irgendwelche Pächter? Er preßte sich ein parfümiertes Tüchlein vor die Nase und lehnte sich demonstrativ zurück. Es war Charles, der dem Wirt ein paar Livres zusteckte, damit er die Enttäuschung über den abgebrochenen Schwatz vergaß und sich eifrig dienernd fortbegab.

Dann neigte er sich zu seinem Gefährten hinüber. »Da hast du einen Seelenverwandten, mein Lieber. Einen Romantiker.«

Entsetzt sah Raymond dem Schauspieler zu. Ein Bauer klopfte Tantris auf den Rücken, ihm zugleich einen Becher reichend, den dieser nahm und auf seinem Kopf balancierte, um ihn dann unter dem ohrenbetäubenden Gejohle seiner Zuschauer zu leeren.

»Ich kann es mir nicht vorstellen«, sagte er ablehnend und runzelte die Stirn. »Daß er ein Edelmann ist, meine ich.« Obwohl er zugeben mußte, daß an dieser schillernden Figur etwas dran war. Die Schanktochter, die sich Palamèdes zudringlichen Fingern immer wieder entzogen hatte, drängte sich an diesen Gaukler ohne jede Scheu und mit geröteten Wangen. Allerdings, wer konnte von ihr schon Geschmack erwarten? »Das eine allerdings ist offensichtlich«, fügte er hinzu. »Der Mann ist definitiv heruntergekommen.« Er winkte ab. »Ein Säufer, nichts weiter.«

Charles grinste. »Ja, aber könntest du noch so gerade stehen nach so vielen Bechern?«

»Charles, ich bitte dich.«

Ihre Debatte wurde unterbrochen von einem lauten Aufschrei. Zwei Männer waren aufgestanden und gingen brüllend aufeinander los, die Köpfe gesenkt, Nacken wie Stiere. Die Schanktochter rettete sich schreiend zu ihrem Vater und rieb sich den Arm, der die brennend roten Male eines groben Griffes zeigte. Sie war wohl der Auslöser des trunkenen Streites gewesen. Doch die Kämpfer kümmerten sich bereits nicht mehr um sie, ihnen lag nur noch an einer Schlägerei. Mit schwerer Stimme riefen sie einander Beleidigungen zu. Sie starrten sich aus trunkenen Augen an und warteten auf die nächste Bewegung.

Sie kam; die beiden krachten erneut aufeinander. Einer griff zu einer Kanne und zerbrach sie auf dem Schädel des anderen, dem das Blut in die Augen rann. Aufbrüllend vor Wut warf er einen Tisch um. Sein Gegner sprang von ihm zurück, stolperte dabei und kassierte ein paar kräftige Fausthiebe, als er auf den Knien lag. Er schaffte es nicht, sich von dem anderen, der sich jetzt in seinen Haaren verkrallte, zu lösen, seine dicken Arme ruderten ziellos umher, ohne einen guten Schlag landen zu können. Da bekam er beim Herumtasten auf dem nahe stehenden Tisch ein Messer zu packen und stieß es seinem Peiniger, ohne zu zögern, in den Bauch. Die Klinge blieb am Lederwams des anderen hängen und drang nicht weit ein, doch es genügte, daß er aufschrie und entsetzt zurücksprang. Da stand er, vorgebeugt, die Hände auf die Wunde gepreßt, und starrte auf einen Gegner, der sich, ebenfalls fürchterlich zugerichtet, nun aufrappelte und noch immer mit dem Messer vor ihm stand. Er bleckte die blutverschmierten Zähne, willig zum Angriff.

Der Verwundete schüttelte den Kopf, streckte die Hand aus. Die Schanktochter verbarg ihren Kopf an der Schulter des Vaters. Einige Gäste wollten eingreifen, doch die hastig gegen sie gerichtete, fuchtelnde Klinge schreckte sie ab, und sie zogen sich mit abwehrend erhobenen Händen zurück.

Da flog etwas durch die Luft. Mit einem Salto landete Tantris zwischen den Gegnern. Sein Gesicht war freundlich, es trug das erwartungsfrohe Lächeln des Auftritts. Seine Hände, einladend ausgestreckt, schienen leer.

Der Bewaffnete starrte ihn an, er zögerte. Vielleicht durchdrang die Frage sein besoffenes Hirn, was das alles sollte. Doch dann, ganz plötzlich, entschied er sich zum Angriff.

Tantris sprang, stieß sich zum Flicflac auf der Schulter des Heranstürmenden ab und landete sicher hinter ihm. Er hatte sogar noch die Zeit, sich einmal um sich selbst zu drehen, um in der Runde den Beifall mit artigen Verbeugungen entgegenzunehmen. Dann hatte der Bulle von Mann gewendet und stürmte wieder heran. Doch diesmal war Tantris nicht waffenlos.

Er zauberte, keiner sah, woher, ein Messer in seine Hand.

»Er muß es im Ärmel gehabt haben«, murmelte Charles verblüfft und anerkennend. Raymond stand auf, um besser sehen zu können.

Der Gaukler hatte sich mit seinem lächerlich kurzen Messer in die Stellung eines Fechters begeben. »En garde!« rief er und vollführte einige elegante Bewegungen, als hätte er eine federnde Klinge in der Hand. Das aufbrausende Gelächter machte seinen Gegner rasend. Er stürmte los. Im letzten Augenblick sprang Tantris beiseite. Mit einer Wendung ließ er den Gegner passieren, hob, hinter ihm stehend, das Messer und ließ es, mit dem Knauf statt mit der Klinge, wuchtig auf den Hinterkopf seines Gegners niedersausen. Der brach sofort wie Schlachtvieh zusammen.

Die Gäste spendeten Beifall, man sprang herbei, um Tische und Bänke wieder aufzurichten, das zerbrochene Geschirr aufzusammeln. Der Wirt schleifte den Bewußtlosen hinaus, gefolgt von dem Verletzten, und lamentierte dabei lauthals, daß sie ihm den Schaden würden zahlen müssen. Seine blonde Tochter wollte sich schon an Tantris' Brust werfen, um ihm nun zugute kommen zu lassen, was sie den beiden Streitenden verweigert hatte. Doch der wich mit einem Tanzschritt zurück, machte dabei eine ausholende Armbewegung und überreichte ihr dann mit einer Verbeugung eine plötzlich hervorgezauberte Blume, die sie mit strahlendem Gesicht an ihren freizügigen Ausschnitt preßte.

»Wie ich sagte«, stellte Charles zufrieden fest. »Ein Romantiker. Ein Romantiker mit einem Messer.« Er überlegte kurz, zog dann eine Münze aus seinem Beutel und hielt sie hoch. »He, Gaukler«, rief er und ließ das silberne Geldstück verführerisch blitzen.

11. Kapitel

In der Gruppe um Tantris wurde es still. Zunächst schien man nicht gewillt, sich den Helden so rasch rauben zu lassen. Aber der Rang der jungen Edelleute und das Versprechen des Silbers taten ihre Wirkung. Tantris sprach einige rasche, beruhigende Worte und löste sich aus der Menge seiner schulterklopfenden Anhänger. Man raunte und lachte anerkennend, als er sich mit einigen übertrieben anmutigen Schritten zum Tisch der jungen Herren hinüber begab und in einer bodentiefen Verbeugung versank, aus der er sogleich wie ein Schachtelteufelchen wieder aufsprang.

Raymond wurde den Verdacht nicht los, daß dieser Kerl sich über sie lustig machte. Er hatte Charles bei dessen erstem Wort die Hand auf den Arm gelegt, um ihn am Rufen zu hindern. Doch nun war der Narr da, alle starrten sie an, und Raymond konnte wenig anderes tun, als unwirsch zu knurren: »Setz dich zu uns, und schick deine Verehrer fort, Gaukler! Wir haben etwas zu bereden.«

Der Narr winkte die Menge zurück wie ein Dirigent. »Geht, ihr Guten, geht. Meine hochadligen Freunde hier und ich, wir haben wichtige Dinge zu bereden.« Wie er es sagte, klang es wie ein guter Witz oder tumbste Aufschneiderei. Einige kicherten, andere winkten ab und wandten sich wieder ihrem Essen zu. Bald waren sie unter sich.

Raymond mußte feststellen, daß dieser Gaukler gar nicht langsam von Begriff war. Im Gegenteil, sein Geist, durch die Nebel des Weins hindurch, arbeitete so rasch wie seine Finger, die, während er zuhörte, nicht innehielten, kleine akrobatische Vorführungen mit den Messern und Löffeln auf dem Tisch zu veranstalten, manche davon so atemberaubend, daß selbst Charles bisweilen in seinen Erklärungen innehielt.

Raymond de Vernègues fragte sich, ob er den Rebensaft nicht irgendwo anders hin zauberte, nur nicht in seinen Bauch. Doch dann traf ihn einmal der Blick des Mannes voll, und Raymond sah wider Willen direkt in seine Augen. Nein, dachte er betroffen, er trinkt ihn wohl. Er kippt ihn in den tiefen Schacht seiner Traurigkeit.

Tantris öffnete den Mund, um ihn etwas zu fragen.

»Wie?« fragte Raymond, aus seinen Gedanken auftauchend.

»Ich sagte«, wiederholte der Gaukler, »was ich wissen muß für das Unternehmen, habe ich durch Euren Freund hier erfahren. Aber sagt Ihr mir noch: Ist sie es wert?«

Raymond glaubte einen Moment, nicht richtig verstanden zu haben.

Tantris grinste schmeichlerisch. »Wert, sich dafür mit Volk wie mir abzugeben, meine ich natürlich.«

Raymond fuhr auf. Er langte über den Tisch und ohrfeigte den Gaukler so stark, daß ihm die elende Narrenkappe vom Kopf flog. »Wie kannst du es wagen«, fauchte er. Keuchend stand er da.

Aller Augen starrten ihn an. Von der allgemeinen Aufmerksamkeit ernüchtert, kam er wieder zu sich und setzte sich langsam. Charles reichte dem Mann seinen Hut und klopfte ihm auf den Rücken, schenkte ihm ein. Sein Blick war mahnend.

»Nur soviel zu deiner Belehrung, Kerl«, fuhr Raymond schwer atmend, aber ruhiger geworden, fort. »Ich brauche einem Tölpel wie dir die Vorzüge einer Edeldame nicht zu schildern, die so hoch über dir steht in allem, was sie ist und tut, daß du doch nichts davon begreifen würdest.«

Tantris nickte. »Ich verstehe, Herr, ich verstehe. Ein einfacher

Bauer weiß nichts vom Wesen der Damen. Da habt Ihr recht. Für uns arme Tröpfe sind die Weiber wie die Schafe. Nicht wahr?« wandte er sich mit lauterer Stimme an seine Kumpane, die die Szene immer noch von ihren Tischen aus beobachteten. »Wir denken in unserer Blödigkeit bloß: Eine gleicht doch der anderen. Und sind sie nur wollicht-weich, mit blankem Fell, dann sind wir schon zufrieden. Ehrlich: Worauf kommt es bei den Weibern und den Schafen an?« Er richtete sich auf, lauter sprechend denn je. »Na auf die prallen Euter.« Dazu machte er eine obszöne Handbewegung. Lautes Gelächter antwortete ihm.

Raymond wollte erneut auf ihn losgehen. Aber Charles hielt ihn zurück und lächelte angestrengt. Tantris verneigte sich gegen die beiden und hob entschuldigend die Hände, als wollte er sagen: So bin ich nun mal, ich habe den Teufel im Leibe, bitte um Vergebung.

»Natürlich habe ich mich geirrt«, fügte er dann sittsam hinzu und nahm die Mütze ab, ehe er sich erneut setzte. »Bei den Weibern und den Schafen ist vor allem eines wichtig.« Er senkte den Scheitel wie zum Gebet. »Daß sie fromm sind.«

Einige prusteten verhalten, doch insgesamt wurde es wieder ruhiger in der Wirtsstube.

Charles nickte langsam. »Du hast deinen Spaß gehabt«, meinte er säuerlich. »Nun wollen wir über ernste Dinge reden.« Er nickte Raymond zu, der immer noch blaß vor Ärger war. »Reden wir übers Geld.«

Demütig senkte sich Tantris' Kopf noch tiefer.

Der junge Vernègues war noch nicht zufrieden. »Man sagt, du warst einmal ein Edelmann«, begann er lauernd.

»Die Leute reden viel, Herr«, entgegnete der Narr. Sein Blick wich zu Raymonds großer Zufriedenheit aus.

Raymond nickte. »Du allen voran, Spruchbeutel. Also los, sag mir deinen Namen.«

Tantris kniff die Lippen zusammen. »Der ist erloschen mit meinem Rang.«

Der junge Adlige klopfte ungeduldig mit den Fingern auf den Tisch. »Nun, dann sag, wie hast du ihn verloren?«

Tantris schaute mit glühenden Augen auf. »Mein Vater pflegte sich ein Regiment auszurüsten und damit in den Krieg zu ziehen. Die Rosse und Soldaten, die er sich hielt, die kämpften artig. Und sie fraßen dabei seinen ganzen Besitz.« Er zog ein übertrieben weinerliches Gesicht und verkündete mit komödiantischem Elend: »Seitdem liege ich auf der Straße, Herr, verdien mein Brot mit Singen, treibe mich in schlechter Gesellschaft herum« – an dieser Stelle zwinkerte er ihnen zu – »und werde einmal am Wegrand begraben, wo sicher dereinst ein Edelmann über meine Knochen stolpert und sich den Hals bricht.« Ehe sie es verhindern konnten, sprang er auf seine Bank und rief laut in den Saal: »Wie wichtig ist es, daß die Weiber und die Schafe brav den Rosenkranz beten?«

Die übrigen starrten ihn an, verblüffte Stille trat ein. Tantris beugte sich vor und stieß einen lauten Furz aus. »Es ist einen Furz wert!« rief jemand, der schlagfertig genug war. Das Gelächter wollte kein Ende nehmen. Die Leute lachten, bis ihnen die Tränen kamen. »Es ist einen Furz wert«, wiederholten die langsameren. Palamède in seinem Tran hob einen Schenkel und tat es zu Raymonds Entsetzen Tantris nach.

Tantris grinste sie an. »Bitte um Vergebung, die Herren«, meinte er und verneigte sich mit einer arabesken Armbewegung.

Die Adligen nickten mit versteinertem Lächeln. Danach wurde über Tantris' Vergangenheit nicht mehr gesprochen. Die Verhandlungen wurden in nüchterner Sprache fortgesetzt, ein Beutel wechselte über den Tisch den Besitzer, ein Treffen wurde verabredet, bei dem Tantris Pläne des Schlosses derer von Oppède erhalten sollte und weiteres Geld. Danach folgte noch eine lange, erregte Debatte; die Nacht war nicht mehr jung. Selbst Charles' Gesicht wurde mit der Zeit so blaß, daß die Narbe wie eine Scharlachschlange leuchtete. Schließlich brach der Gaukler auf.

Raymond sah ihn zu seinen Gefährten wanken, die heftig auf ihn einredeten. Offenbar suchten sie ihn aus der Wirtschaft zu ziehen, während einige von den späteren Gästen, die den Gaukler kannten, die Würfelbecher schwenkten und ihn zu sich riefen.

Aufatmend stellte der junge Vernègues fest, daß für dieses Mal die Stimme der Vernunft zu siegen schien; die Gaukler machten sich auf zu ihren Schlafplätzen im Stall. Er sah Tantris ein letztes Mal, als er in der Tür stand, und grüßte ihn mit einem Nicken. Wenn er jetzt noch einen Tanzschritt macht, dachte er, dann springe ich auf und durchbohre ihn mit meinem Degen.

Er rief nach mehr Wein und nahm einen tiefen Schluck. »Wie konnte ich nur«, klagte er düster, »mein Lebensglück einem Kerl anvertrauen, der es bei der nächsten Gelegenheit am Schanktisch verspielen wird!«

»Nur keine Sorge«, tröstete ihn Charles. »Er wird es schaffen. D'Oppède wird ihn und seine Truppe für die Geburtstagsfeier seiner Tochter Cecile anheuern, da bin ich sicher. Er hat einen Ruf.«

»Und bald auch wieder einen Namen.« Raymond trank und wischte sich den Mund. »Ich verstehe dich nicht. Wie konntest du ihm den Wiedererwerb seines Titels in Aussicht stellen?«

»Weil es das war, was er wollte. Es war sein wunder Punkt.«

Raymond echauffierte sich. »Du hast es doch gesehen, er furzt auf uns Adlige. Das hat er deutlich genug zu verstehen gegeben.«

Charles wedelte sich vor dem Gesicht herum, als müßte er üble Luft vertreiben, doch er lächelte. »Glaub mir«, sagte er,

»wenn einer so viel Wind um eine Sache macht, dann ist sie ihm nicht gleichgültig.«

Der junge Vernègues stutzte, dann platzte es aus ihm heraus. Amüsiert schlug er mit der Hand auf den Tisch, wies auf sein Gegenüber, als wollte er die Welt auf diesen Witzbold aufmerksam machen, kam schließlich mühsam wieder zur Ruhe und nahm einen Schluck. »Wind machen«, keuchte er und wischte sich den Wein vom Mund, »das ist köstlich.«

Charles grinste. »Versprochen ist zudem noch lange nicht gehalten«, erklärte er derb. »Wenn Diane erst in Euren Armen liegt, werden die Karten neu gemischt.«

Noch einmal schaute Raymond dorthin, wo Tantris verschwunden war. Vermutlich wälzte er sich jetzt neben dem Vieh im stinkenden Stroh, die dicke Schanktochter im Arm. »Was liegt ihm nur daran?« fragte er mehr sich selbst. »Er wird in unseren Kreisen nie mehr heimisch werden. Der Aussatz der Gosse klebt viel zu zäh an ihm.« Damit trank er aus. »Komm, laß uns reiten.« Er wies auf die Freunde. »Falls die Pagen es schaffen, diese Gestalten noch auf ein Pferd zu heben.« Ein letztes Mal wanderten seine Gedanken zu dem Gaukler. Dieser Possenreißer. Wenn er so gerne Späße machte, dann sollte er gut darauf achten, daß am Ende nicht er, Raymond de Vernègues, kräftig über ihn lachte.

12. Kapitel

Tantris lag mit offenen Augen im Stroh und starrte in das Dunkel unter den Dachbalken. Hier und da blitzte ein Stern auf ihn herunter. Da und dort strich eine Fledermaus vorbei. Er blinzelte zum weichen Schlag ihrer Flügel, sonst lag er reglos. Um ihn herum war der warme Dunst des Viehs. Er roch den stechenden Geruch des Urins, vermengt mit einer Ahnung vom Duft des Lavendels, der hinter der Scheune auf den Feldern stand.

Viel hiervon, wenig davon, dachte er. So war das Leben.

Er hatte das Mädchen bald wieder weggeschickt, das sich ihm an den Hals geworfen hatte. Er hatte bereits ihr Gesicht vergessen, und ihr Aroma auf seiner Haut, flüchtig genug, würde bald von den kräftigeren Gerüchen des Stalls vertrieben sein.

Draußen auf dem Hof hörte er Stimmen, ohne sich dabei zu rühren, lautes, betrunkenes Hin und Her und das Klappern von Pferdehufen, als die Gruppe adliger Jäger endlich aufbrach. Darunter die beiden, die nun seine Phantasie beschäftigten und ihn vom Schlaf abhielten. Diese beiden.

Er dachte an sein Gespräch mit den jungen Männern. Der eine war ein Idiot gewesen, der andere ein Intrigant. Keinen von beiden hätte er sich zum Freund gewählt. Damals, als er noch echte Freunde hatte.

Ich bin ungerecht, schalt Tantris sich und lauschte auf den Atem der Schläfer rings um ihn. Sie würden durchs Feuer für mich gehen, allesamt. Uc und sein Vater, der alte Girault, der trotz der Gicht in seinen Fingern noch immer die Puppen tanzen ließ. Berenice, die ihre Falten mit viel Farbe überschminkte, die die Mandoline spielte und zuweilen noch die Dirne, wenn einer betrunken und hoffnungslos genug war. Marcabrus mit dem beeindruckenden Silberschopf, der den Leuten die Zähne zog und die Fallsucht heilte. Stolz wie ein Spanier, aber weinerlich wie ein Kind, wenn Tantris ihn selbst behandeln mußte. Dann Albertetz, der tanzte und sang, nein, Albertetz nicht. Der hatte einer Bürgerstochter zuviel schöne Augen gemacht. Die Augen dazu hatte er gehabt, groß und blau und mild wie die eines Säuglings, dazu weiße Haut wie ein Herrchen, und am Ende ein Messer im Rücken. Nein, Albertetz' Knochen lagen schon draußen unter dem Unkraut, an irgendeinem Wegrand.

Tantris wurde es kalt, wenn er daran dachte. Er war kein gläubiger Mensch, er haßte Gott genauso wie seine Pfaffen für den Geiz, mit dem er ihm sein Leben zugemessen. Von allem zu wenig, nur vom Schmerz, dachte Tantris und wälzte sich, vom Schmerz übermäßig viel, und ein ganzes Weihrauchfaß voller Demütigung dazu. Aber dennoch graute es ihm bei dem Gedanken, einmal nicht in geweihter Erde begraben zu liegen. Ich will nicht draußen sterben, dachte er, dort im Gestaltlosen, im Nichts. Ich will eine Heimat, einen Ort, der meiner gedenkt, der meinen Namen trägt, wenigstens im Tode.

Eine Kuh, groß und warm, muhte im Traum.

Ja, dachte Tantris und verzog ironisch das Gesicht. Du lästere nur, aber ich hatte einst einen Namen, er war nicht schlechter als andere, er hatte seinen Ruf und seinen guten Klang.

Tantris hatte ihn nicht mehr ausgesprochen seit jenem Tag, da die Gläubiger seines Vaters ihn auf die Straße gejagt hatten. Er hatte nichts mitgenommen als die Kleider an seinem Leib.

Nicht sein Schwert, nicht sein Pferd, keines der geliebten Bücher in der Bibliothek, wo er so viele Winternachmittage gesessen hatte.

Seitdem hieß es marschieren, tanzen und im Winter frieren. Es hieß hungern, fressen, schlafen, pissen. Genau wie du, sagte Tantris in Gedanken zu der Kuh, also beschwer dich nicht. Ich bin gerade die rechte Gesellschaft für dich.

Und nun kamen diese beiden, der Idiot und der Intrigant, und sagten, alles könne anders werden. Er könnte wieder ein Mensch sein unter seinesgleichen.

»Tantris?« hörte er es fragend murmeln.

Angespannt antwortete er: »Ja?«

»Du wälzt dich so unruhig herum. Ist alles in Ordnung?«

»Es ist nichts, Berenice. Geh schlafen!« Seine Stimme war mißmutig, dann wurde er sanfter. »Schlaf«, forderte er die Gefährtin noch einmal auf.

Sie antwortete mit einem Lachen in der Stimme. »Wenn du willst, daß ich schlafe, dann halt dich stiller.«

Tantris hörte unterdrücktes Gemurmel, dann fühlte er sich am Arm berührt. »Was ist?« fragte er mürrisch. Er wollte allein sein mit seinen Gedanken.

»Girault hat um etwas Wasser gebeten. Möchtest du auch einen Schluck?«

Tantris dankte und lehnte ab. Um die Schroffheit zu mildern, tätschelte er abwesend ihren Arm. Berenice nahm seine Hand, drückte sie kurz und verschwand wieder im raschelnden Stroh.

Tantris spürte ihre Berührung auf seiner Haut, hörte Girault, der sich aufsetzte, das Gluckern von Wasser, Ucs verschlafenes Murmeln, dem Berenice leise und beruhigend antwortete.

Verzeiht mir, dachte er, vergebt. Ich weiß, es ist nicht recht. Aber es ist die Wahrheit: Ich würde euch verlassen, sofort und jederzeit. Für sie. Nur für sie. Ich werde es vielleicht sehr bald schon tun.

Das war der Moment, in dem Tantris in seinen immergleichen, quälenden Traum versank. Einen Traum von prächtigen Gemächern, voll strahlender Kerzen. Die Flammen übergossen alles mit zuckendem Gold, die Kamine brannten, die Gobelins wogten, voll lebendiger Bilder. Menschen in bunten Gewändern, Damen mit Schleiern und bodenlangen Ärmeln, Herren mit gefiederten Hüten, drehten sich im Kreis, im Kreis, im Bann einer unhörbaren Musik. Da waren lachende Gesichter, offene Münder. Alles wich zur Seite und gab den Blick frei auf etwas, das da war und doch nicht sichtbar werden wollte, als zöge das Ende des Raumes und das, was es verbarg, sich vor ihm zurück, ein endloser Tunnel.

Es blieb bei diesem Beiseitegehen, Zurückweichen, Sichentziehen. So weit Tantris auch schritt, er konnte es nicht fassen, es entschwand; alles löste sich in bunten Wirbeln auf. Er hörte nur mehr sein eigenes Schreien. An diesem Punkt erwachte er gewöhnlich, schweißgebadet. Noch immer lag er bewegungslos. Hatte er überhaupt geschlafen?

Diane, dachte Tantris. So hatte der Idiot sie genannt. Und ihm dazu die Kreuzung eines Engels mit einer Venus beschrieben. Eine Blonde mit dunklen Augen, scheu wie ein Reh, biegsam in der Taille. Auch sie, von der er träumte, war blond gewesen. Dazu blaß wie eine Schneekönigin. Diane?

Das war nur ein beliebiger Name und traf nicht ins Zentrum seines Schmerzes.

Dieses Mädchen, Diane: Dort, wo er es entführen sollte, würde es ebenso aussehen wie in seinem Traum. Es würde ganz genauso sein wie damals, an jenem Tag, an dem er endgültig alles verlor und sich das Messer in die eigene Brust bohrte, umgeben von einem fröhlichen Fest.

Ob er es ertrüge, das alles ganz genauso noch einmal zu

erleben? Noch einmal der ehrlose Gast in einem ehrenwerten Kreis zu sein? Noch einmal auf das Mädchen zuzuschreiten?

Er hatte die Münzen, die er damals erhalten hatte, noch immer in seinem Umhang, jede einzelne. Fest im Saum vernäht, quälten sie ihn mit dem Gewicht ihrer Erinnerung und schrien nach Wein. Die neuen Münzen klimperten in seinem Beutel. Und dazu das Versprechen seines Namens. Würde er nochmals den Gaukler spielen auf einem hohen Schloß?

Ja, sagte er sich, und seine Hände schlossen sich zu Fäusten. Denn diesmal werde ich alles damit zurückgewinnen. Mich, dachte er grimmig. Sie. Mein wahres Leben.

Ja, flüsterte es in ihm, leise und hoffnungsvoll. Ich werde es schaffen. Denn vorerst geht es nur um eine Diane. Ein Mädchen nur, irgendeines. Das ist nicht sie. Nicht sie, nicht sie. Mit diesem Echo im Kopf schritt er durch die dunklen, labyrinthischen Gänge seiner Träume.

13. Kapitel

Am nächsten Morgen saß die Truppe im Hof. Berenice hatte Mehlbrei für alle gekocht und teilte aus von ihrem letzten Klumpen Schmalz. Der Hund Ucs, der manchmal Kunststücke vorführte, hatte mehr von der Großzügigkeit des Wirtes profitiert und kaute an einem Knochen, dem noch Batzen stinkenden Fleisches anhingen. Sein Knurren und Ächzen war die Begleitmusik ihres Mahles.

»Kommt Tantris?« fragte Marcabrus schmatzend. »Oder treibt er sich mit seinen neuen Freunden herum?« Niemand antwortete ihm. »Und was soll dieser Fraß?« fuhr er aufgebrachter fort. Mißmutig hob er den Löffel, von dem zäher grauer Schleim tropfte. »Das Schmalz ist ranzig«, maulte er. »Haben wir gestern nicht gut eingenommen auf den Plätzen von Avignon? Uc?«

Uc löffelte schweigend seinen Brei. Marcabrus kannte die Antwort. Tantris hatte sich wieder zum Würfeln verleiten lassen. Aber er würde nicht derjenige sein, der es laut aussprach. Auch hatte er mit diesen seltsamen Fremden gesprochen. Adlige junge Bürschlein, Draufgänger, Tunichtgute, darauf verwettete er die Fransen an seinem Wams. Die Sorte kannte er nur zu gut. Erst verlangten sie, Kunststücke zu sehen, immer noch mehr, und noch gefährlicher. Sie amüsierten sich, angefeuert vom Wein, während einem der Schweiß auf der Stirn stand oder man Kopf und Kragen riskierte auf dem Seil und sie es witzig fanden, mit Pfeil und Bogen nach einem zu schießen. Und dann, wenn alles überstanden war, gab es als

Salär statt klingender Münze nichts als ein paar abgelegte Kleider, überreicht mit großer Geste, als wären sie ein Schatz. Was? Undankbar wolle man sein? Sehe man denn die echten Goldfäden in jenem Wams, die leuchtenden Farben und die beinahe heilen Reiherfedern nicht? Als ob ein Gaukler irgend etwas davon tragen dürfte. Farben, Gold und Federn waren dem Adel vorbehalten. Nur bei Strafe durften sie es im Winter riskieren, ihre geschundenen Leiber mit den wertlosen Schätzen zu decken. Ach, was sollte es, auch das prächtigste Wams bleichte einmal aus, die Federn knickten ab, die Goldfäden scheuerten sich durch. Dann konnten sie ruhig in die guten Gaben gekleidet einhermarschieren.

Uc kaute auf seinem Brei herum wie auf einer Zumutung, doch er schwieg.

Marcabrus hingegen beschloß, seinem Ärger Luft zu machen. Er knallte die Holzschüssel auf den Hackklotz, der ihnen als Tisch diente. »Also ich ...«, verkündete er.

»Ach, halt den Mund«, fuhr ihm Berenice in die Rede und klatschte mit der Kelle einen weiteren Schwung Brei in seine Schale. Etwas sanfter fuhr sie fort: »Es hat einen Kampf gegeben. Er hat viel getrunken. Er ist erschöpft.«

»Ist das eine von deinen Vorhersagen?« fragte Marcabrus bissig. Es war eine Anspielung darauf, daß sie neuerdings begonnen hatte, als Handleserin und Wahrsagerin zu arbeiten, da sie für das Tanzen nicht mehr jung und hübsch genug war.

»Daß dir der Kamm nicht mehr lange steht, das kann ich für sicher vorhersagen«, meinte sie mit ihrem heiseren Lachen und fuhr ihm durch die Silberhaare, die ihm vom Schlafe verdrückt hoch und flusig vom Kopf abstanden und dabei die rosige Kopfhaut durchschimmern ließen. Es war deutlich sichtbar, wie dünn die Pracht nur noch war, die Marcabrus nun eilig und eitel mit den Fingern über die Schläfen kämmte. Zuerst verzog er das Gesicht, dann mußte er lachen, und er zog Berenice an sich und wog ihre Hinterbacke anerkennend mit der Hand. Für ihn war sie noch immer das prachtvollste Weib, das er kannte. »Du bringst bei mir zum Stehen, was immer du willst«, verkündete er unter allgemeinem Gelächter, während Berenice so tat, als wäre es ihr peinlich. Sie klapste ihn liebevoll und versuchte erneut sein Haar zu zausen.

»Da steht es, da steht es«, keckerte der alte Girault zahnlos mit offenem Mund und wies mit tropfendem Löffel auf das rangelnde Paar. Uc lächelte und zauste seinerseits den Hund, der herangetrottet war, die ihm heimlich von Uc angebotene Schüssel mit Brei allerdings verschmähte. Keiner von ihnen bemerkte, wie Tantris auf dem Hof erschien.

»Na Kinder, amüsiert ihr euch?« Er gähnte und reckte sich, kratzte sich ausgiebig am Kopf und unter den Armen, schaute sich dann um und entdeckte ein Faß mit Wasser, auf das er zuging. Er betrachtete sein Gesicht im dunklen Spiegel.

Marcabrus war ihm nachgekommen. »Tantris, ich muß mit dir sprechen.«

»Hhm?« Es klang desinteressiert. Der Gaukler hatte den Rand des Fasses mit beiden Händen gepackt.

Marcabrus schaute sich nach Unterstützung um, die anderen saßen schweigend da. Er räusperte sich. »Das Geld«, fing er schließlich an, »die Einnahmen von gestern, du weißt schon, nun …« Er holte tief Luft, dann richtete er sich auf und warf seinen lumpigen Umhang um sich wie ein Römer seine Toga. »Stimmt es, daß davon nichts mehr übrig ist?«

»Ja«, antwortete Tantris, diesmal knapp und klar. Er lehnte sich ein wenig zurück, nahm gleichsam Anlauf und steckte dann ohne Vorwarnung seinen Kopf samt Schultern in das Faß. Die anderen hörten es blubbern und gurgeln. Tropfnaß kam er wieder hoch.

»Gar nichts mehr?« fragte Marcabrus und reckte sich noch

ein Stückchen weiter. Die anderen drei waren nun aufgestanden.

»Gar nichts«, bestätigte Tantris, gähnte und schüttelte seine tropfenden Locken. »Was soll's.« Er holte Luft, um ein weiteres Mal einzutauchen.

»Was es soll?« fragte Marcabrus. Er machte Uc ein Zeichen. Berenice kam hinter ihm her. »Das ist eine gottverdammte Schweinerei.«

»Ach ...«, wollte Tantris abwiegeln, aber er kam nicht mehr dazu. Ehe er auch nur nach Luft schnappen konnte, hatten seine Gefährten ihn um die Beine gepackt, hochgehoben und kopfüber in das Wasserfaß gesteckt. Auch der alte Girault machte mit und stopfte kichernd einen von Tantris strampelndem Fuß gefallenen Schuh hinterher. Es gab ein großes Gegurgel und Gespritze, das die Angreifer aufkreischen ließ. Schließlich verschwanden Tantris' Beine mit viel Aufwand und Gezappel unter Wasser. Er schien sich in dem engen Gefäß umdrehen zu wollen. Gleich würde er wieder hochkommen.

Marcabrus hatte schon einen Eimer ergriffen und stand bereit, ihrem Anführer nach dem Bad auch noch eine Dusche zu verpassen. Doch in dem Faß blieb es still. Nichts durchbrach die leise schwappende Oberfläche. Erstaunt schauten die drei abwechselnd einander und den stillen Wasserspiegel an.

»Er wird doch nicht ...?« fragte Berenice als erste.

Wie auf Kommando traten die vier näher und beugten sich über das Faß.

Da stieß etwas aus der Tiefe heraus.

»Ihhh!« schrien sie und sprangen zurück. Fassungslos starrten sie auf das, was da erschienen war: eine tropfnasse Faust, geballt um einen Batzen Silbermünzen, so groß, wie sie noch keinen gesehen hatten. Sie glänzten und schimmerten in der Sonne wie Fischleiber.

»Was um alles in der ...«, begann Marcabrus.

Da tauchte der ganze Tantris auf. Das Haar hing ihm wirr ins bleiche Gesicht; Wasserbäche liefen daran herunter. Doch er lächelte. Lässig warf er Berenice die Münzen zu, die sie mit offenem Mund auffing und an ihre Brust preßte. Sofort stürzte Marcabrus zu ihr, um sie zu zählen.

Uc schaute gespannt Tantris an, der sich zum Kochtopf hinüber begab, als wäre er nicht patschnaß und als wäre nicht etwas ganz Unglaubliches geschehen.

»Gibt's nichts mehr zu essen?« fragte Tantris und kratzte mit dem hölzernen Löffel im beinahe leeren Topf herum. Er hob ihn hoch. Angeekelt sah er zu, wie der Brei einen langen, zähen Faden zog. Sein Blick wanderte zu dem Hund, der den Schwanz einzog und sich leise jaulend in den Stall verzog. Tantris zuckte mit den Schultern.

»Was soll's«, verkündete er dann mit plötzlich wiedererwachtem Schwung. »Was sollen wir uns quälen, wir sind reich. Wir gehen ins Wirtshaus und bestellen Rebhuhn und ...«

»Nichts dergleichen«, verkündete Berenice und verstaute den Schatz mit einer energischen Gebärde in ihrem Ausschnitt, wo reichlich Platz für solche Zutaten war. Sie kam herüber und kratzte Tantris eine ansehnliche Portion zusammen, die sie mit einem Klecks Schmalz krönte und ihm reichte. Sie runzelte die Stirn, als er zögerte, so daß er sich beeilte, die Gabe anzunehmen. »Wir werden haushalten«, erklärte sie laut an alle. »Der Winter ist lang, und es ist ein weiter Weg bis nach Lyon.«

Tantris schüttelte kauend den Kopf. »Wir gehen nicht nach Norden«, sagte er und schluckte. »Kleine Planänderung.«

»Nicht nach Norden?« fragte Marcabrus entrüstet. »Was soll das heißen?« Er schaute Berenice an, die hilflos den Kopf schüttelte. »Wir hatten uns doch darauf geeinigt, der Rhône zu folgen, oder?« fragte er. »Orange, Montéliar ...«

»Und jetzt habe ich mich eben umentschlossen«, erklärte

Tantris. Er setzte sich und zog die Schultern hoch. Es war klar, von ihm würde zu dem Thema kein weiteres Wort zu hören sein. Seine Gefährten schwiegen einen Moment.

»Und wo soll es dann hingehen, bitte schön?« verlangte Berenice zu wissen. Sie hatte die Hände in die Hüften gestemmt, aber in ihrer Stimme lag ein Ton der Resignation, die der lange Umgang mit Verrückten mit sich bringt.

Tantris zuckte die Achseln. »Cavaillon, Aix. Hauptsache, wir sind Ende des Monats in Oppède-le-Vieux, um beim Geburtstag der Tochter des Hauses aufzuspielen.«

»Eine Adelsfeier?« fragte Uc zweifelnd.

»Genau«, bestätigte Tantris, angelegentlich in seine Schüssel vertieft.

»Und du glaubst, die nehmen uns da?« meinte Marcabrus zweifelnd. Der Gedanke allein an die Möglichkeit ließ ihn unwillkürlich sich durchs Haar fahren. Er sah sich schon vor Hoheiten stehen.

»Ich bin mir dessen sicher«, erwiderte Tantris knapp.

Uc lag es auf der Zunge zu fragen: warum? Er schaute die anderen an. Marcabrus klopfte Staub von seinem Umhang, Berenice hob die Hände, als wollte sie sagen: Da mag der Himmel helfen, ich bin machtlos. Sie wandte sich ab und sammelte die Schüsseln ein. Uc gab seinem Vater, der sich sein Schüsselchen von Berenice nur ungern entreißen ließ, den Rest von seiner eigenen Portion und schaute mit melancholischem Lächeln zu, wie der zahnlose Alte genußvoll den Löffel abschleckte. Er tätschelte ihm die Schulter, dann wanderte sein Blick wieder zu Tantris, der allein auf seinem Platz saß. Er stand auf und ging hinüber. Lange sprachen sie nicht.

»Die Herren gestern waren sicher sehr leutselig?« setzte Uc dann vorsichtig an.

Tantris schnaubte etwas, was ein Ja sein mochte.

Uc überlegte. »Und?« fragte er schließlich hilflos.

Tantris schaute auf. »Was und?«

Uc hielt es nicht mehr aus. »Warum haben sie dir das Geld gegeben?« platzte es aus ihm heraus.

Tantris überlegte rasch. Er konnte die halbe Wahrheit sagen, nämlich daß es eine Anzahlung für ihren Auftritt bei den Feierlichkeiten in Oppède-le-Vieux war. Das hätte den Vorteil, daß dann allen die Notwendigkeit klar wäre, von ihren alten Plänen Abstand zu nehmen und dorthin zu ziehen. Er warf einen kurzen Blick in die Runde. Der alte Girault kraulte den Hund, der sich zurückgewagt hatte. Berenice war am Packen und Marcabrus noch immer mit sich selbst beschäftigt. Nein, es würde keinen Widerstand geben. Er hatte gesagt: Oppède, und nach Oppède würden sie brav marschieren. Unnötig, sie durch weitere Überzeugungsarbeit zu beunruhigen. Er räusperte sich. »Sie waren beeindruckt von meinem Einsatz«, er machte die Geste des Zustechens, »mit dem Messer gestern.«

»Ah«, machte Uc, wie einer, der verstand. Es klang ungläubig. Eine Weile betrachtete auch er das Treiben der übrigen. Schließlich sagte er: »Wie schade, daß sie dann nicht auch dem Wirt seine Unkosten erstattet haben.«

Tantris hustete. »Ja, schade«, brachte er schließlich heraus. Die beiden schwiegen wiederum.

Schließlich hob Uc die Hand und klopfte dem anderen aufs Knie, ehe er aufstand. »Ich weiß ja, daß du nichts tun würdest, was einen von uns in Gefahr brächte.« Damit ging er davon.

»Ja«, sagte Tantris, allein geblieben. Aber seine Gedanken waren ganz woanders.

14. Kapitel

»Zurück, ihr Leute, zurück«, rief es von der Brücke.

Tantris und seine Freunde drängten sich mit den anderen am Ufer der Rhône, in deren ruhigem Wasser sich die Bäume so grün spiegelten, als wären ihre Fluten aus klarstem Smaragd. Sie leuchteten mit dem blauen Himmel um die Wette, aus dem wunderbarer Sonnenschein sich in die engen Gassen und über die grauen Häuser ergoß.

Sie hatten volle Mägen und klebrige Finger, denn er hatte es durchgesetzt bei der sparsamen Berenice, daß für alle ein in Honigwasser getauchtes Gebäck mit Käse gekauft worden war, dessen Geschmack ihnen noch immer köstlich auf den Zungen lag. Sie hatten den Palast des Papstes gesehen auf seinem Felsen und Notre Dame des Doms bestaunt, wo Berenice, die tief gläubig war, sich bekreuzigend vor der imposanten Fassade in die Knie gegangen war.

Gut gelaunt und neu überzeugt von der Macht, wenn schon nicht Gnade Gottes, waren sie weitergezogen. Tantris hatte ein paar Plätze gesehen, auf denen ein Auftritt sich lohnen würde. Marcabrus hatte über die vielen Zigeunerinnen geschimpft, die an den Straßenecken aus der Hand lasen und ihnen das Geschäft verderben würden. Uc war mit einigen Gastwirten ins Gespräch gekommen, um Essen und Unterkunft gegen Arbeit auszuhandeln.

»Ich hoffe nur«, sagte er, »der alte Geizhals von gestern gibt unseren Wagen und den Esel frei und hängt nicht dir die Schuld für die zerschlagenen Bänke an.« Er sprach aus alter Erfahrung, aber die anderen klopften ihm lachend auf die Schulter, und der Tag war zu schön, selbst für Uc, um düsteren Gedanken nachzuhängen.

»Was ist hier eigentlich los?« fragte Uc und schaute sich um.

»Keine Ahnung«, erklärte Tantris fröhlich. »Hepp!« rief er und warf dem Hund einen Bissen Brot zu, der sprang, sich um sich selbst drehte und das Stück noch im Flug fing. Einige in der Menge, die sich vor der Brücke versammelt hatte, applaudierten, und Tantris erwog schon, seine Mütze zu zücken und herumzugehen, da wurde die Aufmerksamkeit der Leute wieder von ihnen abgezogen.

Auf der Brücke hatten sich mittlerweile einige Stadtwachen versammelt sowie ein Grüppchen Geistlicher. In ihrer Mitte stand ein Mann mit gefesselten Händen, bleich und zitternd, auf den einer der Priester heftig einredete. Der Gefesselte weinte schließlich und küßte, beinahe in die Knie sinkend, ein goldenes Kreuz, das ihm hingehalten wurde. Die Wachen unterdessen holten an einer Kette, die quietschte und knarrte, als sie sie über die steinerne Brüstung der Brücke zogen, einen eisernen Käfig nach oben.

Stumm sahen Tantris, seine Freunde und die anderen Schaulustigen zu, wie der Gefangene in den Käfig gesperrt und dieser wieder über die Brüstung gestoßen wurde. Zunächst baumelte das Gefängnis wie wild hin und her. Nach einer Weile kam es zur Ruhe, und eine Winde begann, es langsam in den Fluß hinabzusenken. An dieser Stelle war eine Lücke zwischen den Bäumen am Ufer, so daß ein Stück Himmel sich im Wasser zwischen den hellen Wipfeln spiegelte, und es sah aus, als würde der Verurteilte geradenwegs hineinfahren.

Tatsächlich jedoch wurden in diesem Moment seine Füße naß. Er klammerte sich mit beiden Händen an die Gitterstäbe und starrte fassungslos hindurch. Die Priester oben auf der Brücke begannen zu singen.

Tantris konnte den Blick nicht von dem bleichen Gesicht dort unten lösen, das auf das näher kommende Wasser starrte. »Was geht hier vor?« murmelte er.

»Wißt Ihr das nicht?« fragte ein fröhlicher Bürger neben ihm. »Hier auf der Pont St. Michel werden die Gotteslästerer bestraft.«

Das Wasser ging dem Verurteilten mittlerweile bis an die Brust. Die Kette ächzte, die kurbelnden Wachen schwitzten.

»Er wird doch sicher nur getaucht?« fragte Berenice und klammerte sich an Marcabrus' Ärmel.

Ihr Auskunftgeber lachte. »Ersäuft wird er«, erklärte er gut gelaunt und biß in ein Gebäck, wie sie es eben selbst genossen hatten. Seine Lippen glänzten, als er fortfuhr: »Sonst wären kaum so viele Leute hier.«

»Ach«, rief Tantris. Seine Stimme klang so laut, daß sich ein paar Köpfe nach ihnen umdrehten. Alarmiert hob Uc das Kinn.

»Ein Gotteslästerer«, fuhr Tantris unbeirrt fort. »Was hat er denn gesagt? Daß die Bischöfe die Weiber gerne mit ihrem elften Finger segnen?« Jemand lachte, man stieß einander an. Tantris ließ sich nicht stören. Er hatte die Hände in die Hüften gestemmt. »Daß Gott, als er Adam, Eva und alles Getier erschaffen hatte, sich noch bequemte, die Pest und die Geistlichkeit zu erfinden, damit die beiden es nicht allzu gemütlich hätten?«

Diesmal lachte nur ein einzelner Mann, der sofort von seiner Gattin niedergezischt wurde. Murmeln erhob sich in den äußeren Kreisen.

»Tantris, komm jetzt.« Uc zog seinen Gefährten am Ärmel.

Dem Verurteilten stand das Wasser jetzt bis zum Hals. Er schien endlich aufgewacht zu sein und begriffen zu haben, daß es um sein Leben ging. Wie ein Tier brüllend, rüttelte er an den Gittern und versetzte den Käfig damit in leichte Schwingungen, der unbeeindruckt und unaufhaltsam tiefer sank. Die Wasserlinie erreichte das Kinn, dann die Nase.

»Hat er behauptet, das Jesuskind hätte zwölf niedliche Geschwister, hä?«

»Komm schon.« Uc hatte gesehen, daß auf der Brücke gestikuliert wurde. Eine Wache mit Pike setzte sich in Bewegung und kam in ihre Richtung, es wurde höchste Zeit.

Ohne einen weiteren Blick auf den Fluß zu werfen, wo das Dach des Käfigs gurgelnd versank, zerrte er Tantris in eine Gasse, gefolgt von den anderen. Sie rannten, bis sie an eine Abzweigung kamen, sprangen über die Gosse, scheuchten Federvieh zur Seite und tauchten ein in das Labyrinth enger Nebensträßchen. Hier machten sie langsamer, taten, als gehörten sie dazu, grüßten nach beiden Seiten die Anwohner, die vor ihren Häusern saßen und Erbsen lasen, Messer schliffen oder Hühner rupften, und wurden bald nicht mehr beachtet.

»Es ist so eine Sache mit der Geistlichkeit«, sinnierte Tantris, der seinen Gedanken nachhing, als ob er nicht eben seinen Hals in die Nähe der Schlinge gebracht hätte. »Sie ist so überaus empfindsam.« Er schüttelte den Kopf. »Vielleicht macht sie das zu so guten Liebhabern.«

Berenice bekreuzigte sich und gab ihm einen empörten Klaps.

Uc verdrehte die Augen zum Himmel. »Laß es gut sein«, mahnte er den Freund. »Du hast dir für heute genug Ärger eingehandelt. Und uns«, setzte er vorwurfsvoll hinzu, als er sah, wie schwer sein Vater nach dem schnellen Lauf atmete.

Tantris, der es ebenfalls bemerkte, faßte Girault am anderen Arm unter und half Uc, ihn bis zum nächsten Platz zu führen, wo sie ihn auf den Stufen eines Brunnens niedersetzten, damit er sich ausruhen konnte.

»Jedenfalls«, beendete Tantris seinen Gedankengang, »glaube ich nicht, daß wir hier finden werden, was wir suchen.« Er richtete sich mit knackenden Gelenken auf.

»Und was, wenn ich fragen darf«, sagte Uc, der es ihm gleichtat, »suchen wir, außer Ärger?«

Tantris ließ seinen Blick über die Gefährten schweifen, die müde auf den steinernen Stufen saßen. »Ein bißchen Schwung«, antwortete er und schnalzte mit den Fingern, »ein wenig Pepp, eine neue Attraktion. Nehmt es mir nicht übel, aber wir sind mittlerweile ein ziemlich heruntergekommener Haufen.«

»Wenn Albertetz noch bei uns wäre ...«, begann Girault, führte den Satz aber nicht zu Ende. Berenice und Marcabrus nickten und starrten glasig vor sich hin.

Tantris räkelte sich. »Wie gesagt. Aber ich bin sicher, daß sie bereits jeden erhängt, gestreckt, ersäuft, gevierteilt oder gekreuzigt haben, der in dieser Stadt dafür in Frage käme, also ...«

Seine Rede wurde von einsetzender Musik unterbrochen. Alle hoben wie auf Kommando die Köpfe. Die Melodie einer Flöte stieg über den Platz, süß und wild, hektisch und mitreißend, vorangetrieben vom Schlagen und Zischen eines Schellentamburins. Unwillkürlich wippte Berenice mit den Füßen. Tantris richtete sich auf, um zu sehen, woher die Klänge kamen. Eine dichte Menge Menschen hatte sich jenseits des Brunnens versammelt und versperrte ihm die Sicht. Kurz erhaschte er einen Blick auf die Schulter eines Flötenspielers, eine unwirkliche Gestalt, so breit und stark, wie er noch keine gesehen hatte, mit einem Fell auf der nackten Haut und – hatte er recht gesehen? – Weinlaub im Haar.

»Pan, bist du aus deinen Wäldern gekommen?« murmelte Tantris fasziniert und machte sich, wie magisch angezogen, auf den Weg. Die Gefährten waren dicht hinter ihm, als er sich frech zwischen den Leuten hindurchschob. Ja, da war er, der Waldgott persönlich, und blies seine fremdartige, mitreißende Weise.

»Er spielt, als hätte er nicht nur Bocksbeine, sondern auch Bockshände«, maulte Marcabrus und zog seinen Umhang um sich. Dann blieb ihm der Mund offenstehen.

Die Tänzerin sprang in die Mitte und setzte zu einer Folge rascher Drehungen an. Ihr offenes Haar, eine hüftlange, brennendrote Mähne, flog und loderte. Blüten hingen in den wirren Locken, als hätte sie in einer Blumenwiese genächtigt. Ein Weinlaubkranz schmückte auch ihre Stirn, die blaß, hoch und gewölbt war.

»Wahrhaftig«, flüsterte Uc Tantris zu. »So stehen die Nymphen von ihrem Liebeslager auf.«

»Glaubst du, bei ihr ist die Farbe echt?« fragte Berenice ebenso leise und fuhr sich durch ihre dünner gewordenen Strähnen.

Tantris gab keine Antwort. Er war ganz in den Anblick des tanzenden Mädchens vertieft. Eine ruhigere Passage erlaubte es ihm, ihre Figur zu studieren, die nicht weniger atemberaubend war: langbeinig, schlank, biegsam, mit kleinen, festen Brüsten, die sich aber deutlich unter ihrem Mieder abzeichneten, wenn sie sich wie jetzt zurückbog. Tantris fiel auf, daß sie wenig Haut zeigte. Ihr Mieder war bis obenhin geschnürt, und sie hatte selbst ihr Halstuch nicht abgelegt. Er hatte schon offenherzigere Bauerndirnen gesehen, von Berenices Kostümen ganz zu schweigen. Auch bemalte sie sich nicht das Gesicht. Er fragte sich, ob das Kalkül war oder Unerfahrenheit.

Die Menge jedenfalls gierte nach ihrem Fleisch, das war in den Augen der umstehenden Männer deutlich zu sehen. So mancher stand da mit offenem Mund und leckte sich die Lippen, ruckte sich am Hosenstall und griff auch schon einmal zu, wenn die Gauklerin vorbeiwirbelte. Phasenweise glich ihr Tanz mehr einer Flucht vor all den Händen, die sich nach ihr ausstreckten. Als Tantris' Nachbar Miene machte, nach ihren fliegenden Haaren zu haschen, klopfte er ihm auf die Finger.

»Na, na«, meinte er streng, »ein wenig mehr Respekt für die Kunst.«

Der Mann starrte ihn blöde an, aber Tantris ignorierte ihn.

Die schöne Tänzerin war nun direkt vor ihm zur Ruhe gekommen. In einer schwierigen Figur neigte sie sich weit nach hinten über und ließ ihre nach oben ausgestreckten Arme Arabesken vollführen. Ihr Haar berührte beinahe seine Füße auf dem staubigen Boden. Seltsamerweise meinte er dort Hitze aufsteigen zu fühlen. Er beugte sich über ihr Gesicht, das ihm für den Moment nackt und schutzlos ausgeliefert war. Es war herzförmig, mit einer kecken Nase, einem Mund zum Küssen und Augen, die nicht groß waren, aber von langen, kupferfarbenen Wimpern beschirmt. Ein goldener Vorhang – der was verbarg?

Tantris neigte sich zur Seite, um sie nicht auf dem Kopf stehend wahrzunehmen. Für einen Augenblick waren sie einander ganz nah, und Tantris fing den Blick ihrer Augen auf: dunkel, erstaunt, abwehrend. Etwas daran berührte ihn so sehr, daß es weh tat. Er schüttelte abwehrend den Kopf und zog eine Grimasse.

Jemand lachte über den vermeintlichen Scherzbold. Das Mädchen richtete sich so rasch wieder auf, daß der Gaukler beinahe rückwärts springen mußte, um nicht mit ihr zusammenzustoßen. Mit raschen Schritten entzog sie sich ihm, tanzte zum anderen Ende des Zuschauerkreises und beendete ihre Darbietung fern von ihm. Er hatte keine Gelegenheit, ihr mit Gesten oder Blicken zu bedeuten, daß er nichts Böses gewollt hatte.

»Eine Nymphe«, wiederholte Uc, offensichtlich in Bann geschlagen.

Auch Tantris ließ sie nicht aus den Augen. »Eher eine Diana, eine der scheueren Waldbewohnerinnen.«

»Und?« fragte Uc und verfolgte ihre wirbelnden Drehungen. »Glaubst du, sie brächte Schwung in unsere Darbietungen?«

Statt einer Antwort grinste Tantris ihn an. Nach der Vorstellung, an deren Ende der bekränzte Hüne mit einem Holznapf herumging, zupfte er sich sein Wams zurecht, holte tief Luft und ging mit langen Schritten auf das Mädchen zu, das sich in einen Umhang gehüllt und in den Schutz einer Hausmauer zurückgezogen hatte. Sie hob das Kinn, als sie ihn kommen sah.

Tantris zog seine Mütze für eine schwungvolle, bis zum Boden reichende Verneigung. »Holde Göttin der Wälder, darf ich mich vorstellen, mein Name …«

»… ist ohne Belang«, unterbrach sie ihn. »Du hattest deinen Spaß bereits, wenn ich nicht irre. Nun, so wirf Ursus etwas in seine Schale, und dann verschwinde.«

Tantris, der den guten Rat völlig ignorierte, wandte sich zu dem Hünen um und betrachtete ihn, der ergeben und dumpf durch die Reihen trottete, dabei aber sichtlich nur wenig einnahm.

»Ursus heißt dieses Wesen?« fragte er erstaunt. »Wahrhaftig, er ist ein Bär. Und Ihr tätet gut daran, ihn an die Kette zu legen und diese Arbeit selbst zu verrichten, statt Euch hier zu verstecken. Ihr könntet mehr ernten, wenn Ihr mit einem freundlichen Lächeln und einem« – er deutete einen Hüftschwung an – »durch die Reihen gingt.«

»Ich könnte mir eine galante Krankheit holen, wenn ich mit einem freundlichen« – sie wiederholte seine Geste – »Lächeln dort durch die Reihen ginge«, erwiderte sie schnippisch.

Marcabrus mußte laut lachen, wurde aber von Berenices Ellenbogen zum Schweigen gebracht.

»Sie ist nicht auf den Mund gefallen«, stellte Uc mit einem Schmunzeln fest. Stirnrunzelnd betrachtete ihn die Rothaarige.

Aber Tantris winkte ab. »Vergebliche Liebesmüh, ihr zu schmeicheln, Uc. Sie glaubt, sie holt sich von ein bißchen Freundlichkeit die Pest. Nun, Fräulein, laßt Euch versichern, Ihr seid nicht in Gefahr.«

Er verneigte sich ein weiteres Mal spöttisch, was sie mit einem ebensolchen Kopfnicken quittierte.

»Erlaubt mir die Bemerkung«, fuhr er fort. »Für eine Straßendirne seid Ihr reichlich keck.«

»O nein«, verbesserte sie ihn. »Für eine Dame bin ich keck. Für eine Straßendirne«, sie spuckte das Wort förmlich aus, »bin ich lämmerfromm und antworte dir sicher nicht anders, als du es gewohnt bist.« Ihr Blick wanderte verächtlich an seinem Aufzug hinauf und hinunter, den zweifarbigen Hosen, den albernen Fransen.

Tantris wurde wütend. »So bleibt ein Tugendschaf«, zischte er, »und stoßt die vor den Kopf, die Eures Standes sind. Ich bin Tantris, der Gaukler, und wahrhaftig, ich verdiente mehr Respekt ...«

Die Rothaarige, die über seine Schulter hinweg angespannt nach ihrem Begleiter Ausschau gehalten hatte, machte diesem jetzt ein Zeichen. An Tantris gewandt, unterbrach sie ihn mit den Worten: »Allen Respekt, den du verdienst, wird dir gern Ursus hier erweisen. Leb denn wohl!« Damit schritt sie aus. Ehe der verblüffte Tantris ihr folgen konnte, hatte sich schon der breitschultrige Ursus zwischen sie geschoben. Mit verschränkten Armen versperrte er den Weg. Seine Miene verriet deutlich, daß er weder zu weichen noch zu verhandeln gewillt war.

»Tantris?« fragte Uc besorgt. Doch der winkte ab. Es lohnte die Mühe nicht, sich mit dem Kerl zu prügeln. Er wandte sich um und zuckte mit den Schultern.

»Was soll's«, verkündete er seinen Freunden mit ausgebreiteten Armen, »wir finden etwas Besseres.«

Berenice nickte, aber Marcabrus flüsterte Uc zu: »Etwas Besseres? Wie sollte das aussehen?« Uc formte noch einmal mit den Händen die Figur der Entschwundenen und nickte melancholisch.

15. Kapitel

Am Abend, als sie mit müden Füßen zu ihrer Herberge zurückkehrten, immer noch ohne eine neue Attraktion und, was übler war, ohne ein Engagement für die Nacht, zeigte sich wieder einmal, wie hellsichtig Ucs ewige Befürchtungen waren. Der Wirt kam auf Uc zu und machte ein Riesentheater wegen der Schlägerei in der vorigen Nacht. Davon, daß Tantris den Kampf beendet und Schlimmeres verhütet hatte, war nicht mehr die Rede. Er sei einer der Kontrahenten gewesen, hieß es nun mit einemmal, ein Unruhestifter, der sich ungefragt eingemischt habe und an der Zerstörung mindestens eines Tisches, einer Bank, eines Satzes Teller und einer Kanne schuld sei.

Vergeblich wandte Uc unter Aufbietung all seiner Beredsamkeit ein, daß Tantris mit dem Streit gar nichts zu tun gehabt habe, daß er nicht der Anstifter gewesen und der Großteil der Verwüstung bei seinem Eingreifen bereits geschehen sei.

Der Wirt bestand auf seiner Darstellung und auf seiner Forderung. Schließlich drohte er Uc damit, die Wachen holen zu lassen. Da resignierte der Gaukler. Ein angesehener Bürger gegen fahrendes Volk, das rechtlos war und in einem ordentlichen Gerichtsverfahren nicht einmal als Zeuge anerkannt wurde. Er wußte, wie das ausgehen würde. Niemand würde ihnen glauben, und sie könnten von Glück reden, wenn sie nicht allesamt ins Gefängnis wanderten.

Zähneknirschend lenkte Uc ein. Er erklärte sich bereit zu

zahlen, gab allerdings vor, noch mit seinen Kumpanen darüber reden zu müssen, und beeilte sich, den Wirt mit verschränkten Armen und mißtrauischem Gesicht in der Schankstube zurücklassend, zu den anderen in den Stall zu kommen. Rasch hatte er ihnen die Lage geschildert.

Der alte Girault seufzte und bedeckte mit der Hand die Augen; sein Hund leckte ihm winselnd die Finger. Marcabrus plusterte sich auf, und Berenice schimpfte. Tantris erwog Auswege, er wollte mit dem Wirt sprechen, ihn umschmeicheln, überreden. »Er hat mir noch immer alles zuliebe getan.«

»Vergiß es«, entgegnete Uc. »Er weiß, daß du Geld hast, er hat dich gestern mit diesen beiden Adelsjüngelchen gesehen. Jetzt will er seinen Anteil. Mit Zaubertricks ist es da nicht mehr getan.«

»Aber müssen denn nicht die anderen beiden zahlen?« warf Berenice ein, die beide Hände auf den Schatz zwischen ihren Brüsten gelegt hatte. Ein paar Tage ohne Hunger, ein paar Winternächte Schutz vor der bitteren Kälte, Sicherheit für eine kleine Weile, mehr war es ja nicht, was er ihnen bot. Und doch, welcher Luxus.

Uc schüttelte wiederum den Kopf. »Der eine ist tot«, erklärte er und hob den ersten Finger. »In der Nacht noch gestorben, ich hab's vom Bader gehört. Der zweite«, er umfaßte den zweiten Finger mit der anderen Hand, »ist ein Neffe des Wirts.« Resigniert ließ er die Hände sinken. »Da nimmt er lieber unser Geld, ehe er quasi in die eigene Tasche greift.«

Tantris nickte bitter zu diesen Nachrichten. Sein Blick ging durchs Stalltor hinüber zur Schankstube, aus deren Hintertür eben der Wirt heraustrat, um eine große Schüssel mit Schmutzwasser in den Hof zu leeren. Mißtrauisch schaute er zum Lager der Gaukler herüber.

»Ja, glotz du nur«, sagte Tantris leise. »Noch sind wir da.«

»Was hast du vor?« fragte Uc.

Tantris drehte den Kopf zu ihm und grinste. »Zaubern«, sagte er.

Eine Stunde später, es dämmerte schon, waren ihre Sachen gepackt, der zottige Braune eingespannt und seine Hufe wie die Karrenräder mit Lumpen umwickelt, damit sie auf dem Steinpflaster des Hofes kein Geräusch machten. Girault war bereits aufgestiegen, damit er bei einer schnellen Flucht nicht laufen mußte.

»Und wenn er uns erwischt?« fragte Berenice zaghaft.

»Wird er nicht«, flüsterte Tantris zurück. »Drinnen ist jetzt die Hölle los, die Stube ist voller Gäste, da kann er nicht alle naselang nach uns sehen.« Er steckte den Kopf aus der Stalltür und zog an den Zügeln. »Was ist denn?« flüsterte er, als er bemerkte, daß keiner ihm nachkam. Er drehte sich vollends um und stemmte die Hände in die Hüften. »Als ob wir das zum ersten Mal machen. Haben sie uns schon jemals erwischt?«

Seine Gefährten wechselten vielsagende Blicke. »In Toulon«, murmelte jemand, aber leise und kaum verständlich.

Tantris wischte den Einwand mit einer Handbewegung fort, die besagte, daß das etwas ganz anderes gewesen war. »Los jetzt, in einer Stunde schließen die Stadttore.«

Sie waren gerade bis zu der Tränke in der Hofmitte gekommen, um den Stapel leerer Fässer neben dem Kuhstall gebogen und sahen das Tor jetzt vor sich, da hielten sie inne.

»Verdammt!« fluchte Tantris unterdrückt. Unter dem Bogen des Eingangstores zeichnete sich die Silhouette eines der Knechte ab. Er schlenderte langsam auf und ab und hielt eine große hölzerne Keule in der Rechten, deren Kopf er gelangweilt in trägem Rhythmus in die offene Handfläche seiner Linken klatschen ließ.

Uc drängte sich hinter ihn und spähte ihm über die Schulter. Er pfiff leise durch die Zähne, als er das Malheur sah. »Du hast ihm deine Zauberkunststücke wohl einmal zu oft vorgeführt.«

»Dieser Blutsauger, Mistkerl, verdammt.« Wütend hieb Tantris gegen den Wagen.

»Und was machen wir jetzt?« fragte Uc sachlich.

Tantris rieb sich den schmerzenden Knöchel. »Wir müssen zurück«, sagte er. »Hier können sie uns jeden Augenblick entdecken.«

Resigniert machten sie kehrt. Nur das Pferd schnaubte und scheute, unwillig, rückwärts zu gehen. »Pst, pst.« Mit zitternden Händen klopften sie ihm den Hals, flüsterten ihm Koseworte und Flüche zu und warfen ängstliche Blicke nach dem Tor wie nach der Schankstube.

Da erklang plötzlich lautes Geschrei. Zuerst glaubten sie, es käme von drinnen, und verdoppelten ihre Anstrengungen, dann wurde klar: Der Tumult spielte sich draußen in der Straße ab. Lautes Schimpfen war zu hören, darüber eine kreischende Frauenstimme. Auch der Knecht am Tor reckte den Hals. Ein-, zweimal noch schaute er sich zögernd um, unsicher, ob er seinen Posten verlassen dürfte, dann siegte die Neugier; er legte sich die Keule über die Schulter und ging nachsehen, was es gab.

Die Gaukler standen einige Augenblicke still. Sie sahen Menschen draußen vorbeirennen, zu zweien, zu dreien. Der Knecht kam nicht wieder.

»Los«, riß Tantris sie aus ihrer Verblüffung.

Mit neuer Energie drängten und schoben sie ihren Klepper nun wieder in die andere Richtung, was er sich nach anfänglichem Scheuen auch gefallen ließ. Ohne angehalten zu werden, kamen sie zum Torbogen, dann waren sie hindurch. Niemand auf der Straße achtete auf sie. Alles strömte zu der neuen Attraktion.

In fliegender Eile rupften die Gaukler die verräterischen Lumpen von ihrem Karren und den Pferdehufen. Sie bewegten sich mit dem Strom, denn in dieser Richtung lag auch das

Stadttor, zu dem sie wollten. Auf dem Platz vor der Kirche war der Auflauf am schlimmsten.

»Schaut, daß ihr an der Westseite bleibt«, kommandierte Tantris, ganz darauf konzentriert, das Pferd zu beruhigen und mit dem Karren nicht im Gedränge steckenzubleiben. Sie schafften es, sich an den dem Gotteshaus gegenüberliegenden Rand des Platzes zu halten, wo etwas weniger los war. Dennoch ging es langsam voran.

»Ho, ho!« Tantris hielt das nervöse Pferd und verfluchte die Gaffer. Der Schweiß stand ihm auf der Stirn. Wenn sie nun zufällig auf den Knecht trafen. Je eher sie hier raus waren, desto besser. In der ersten Gasse, die vom Platz abbog, stand ein Heuwagen quer, hier war kein Durchkommen, sie würden sich bis zur nächsten weiterquetschen müssen. Wie eng es doch war, eingesperrt zwischen all den Mauern. Er sehnte sich nach der Weite der Landstraße, im Geiste fuhr er schon darauf entlang.

»Da!« rief plötzlich der alte Girault. Er saß im Wagen und konnte daher als einziger über die Köpfe der wogenden Menge blicken. Jetzt war er sogar aufgestanden, hielt sich mit einer Hand am Rand des ruckenden Wagens fest und rief, die andere zur Kirche ausgestreckt: »Es ist die Tänzerin.«

»Was?« fragte Tantris zerstreut. Dann fuhr er den Alten an: »Setz dich hin, eh du dir alle Knochen brichst. Du machst ja die Leute auf uns aufmerksam.« Erst ein paar Augenblicke später begriff er, was Girault gesagt hatte.

Mit einem Schwung war er neben dem Alten auf dem Wagen. Tatsächlich, es war das Mädchen vom Vormittag. Ein Mönch, ein Wanderprediger offenbar, hielt sie an den Haaren und schleifte sie die Stufen bis zum Kirchenportal hinauf, wo er sie grob herumstieß. Er war ein großer, hagerer Mann mit Büßergesicht und einem Stock, den er jetzt energisch ein paarmal auf den Boden stieß, um sich Ruhe zu verschaffen. Tantris konnte nicht hören, was er sagte, doch es war nur allzu offensichtlich, daß er eine flammende Anklagerede hielt. Tantris ließ sich wieder hinuntergleiten.

Seine Gefährten starrten ihn an. Tantris schaute zurück. »Schade drum«, sagte er dann. »Irgend so ein Fanatiker hat sie in seinen Fängen, ein Bußprediger. Er wird sie der Menge zum Fraß vorwerfen.« Er wartete auf einen Kommentar, doch es kam keiner. Tantris biß sich auf die Lippe und dachte nach. »Wir müssen weiter«, kommandierte er dann.

Die Gaukler ließen die Köpfe hängen. Berenice nickte, ohne sich zu rühren. Marcabrus sah sehr stolz drein. Girault sabberte. Keiner von ihnen wagte einen Blick zum Kirchtor. Sie hatten auch zu Albertetz' Grab nicht zurückgeblickt.

»Ja«, meinte Uc schließlich, »du hast sicher recht. Die Stadttore schließen und ...«

Doch da hatte Tantris sich bereits mit einem gebrüllten »Verdammt!« vom Karren abgestoßen und war wie ein Schwimmer in die Fluten in die Menge der Gaffer eingetaucht.

»Hier lang«, kommandierte Uc, in den plötzlich Leben kam. »Wir biegen da vorn in die Gasse und halten uns bereit.«

Ihnen allen schlugen die Herzen bis zum Hals.

16. Kapitel

»Was für ein rührender Akt. Unser jugendlicher Held.« Charles' Stimme troff von Hohn.

Als er genug gesehen hatte, legte er den Kopf in den Nacken und lachte aus vollem Hals. Sein Vater schleuderte das Papier, das er in Händen hielt, mit einer mißmutigen Geste auf den Tisch. »Er schreibt ihr.« Die Stimme des Barons verriet nichts von dem Amüsement seines Sohnes. »Er wagt es tatsächlich, das Wort an sie zu richten.«

Charles' Gelächter verstummte abrupt. »Er ist ein Idiot«, sagte er ruhig, so als wäre damit alles gesagt.

Baron d'Oppède schnaubte bestätigend. Charles neigte sich über seine Schulter und griff nach dem Dokument. Noch einmal vertiefte er sich mit gerunzelter Stirn in die Zeilen, die Raymond de Vernègues mit feuriger Hand zu Papier gebracht hatte. Kopfschüttelnd las er: »Teure Diane, nicht umsonst ist Euer Name der der jungfräulichen Herrin der Jagd. Denn scheu wie diese senktet Ihr den Blick, als sich unsere Augen begegneten an jenem Tag in der Kirche, als ich Euch dort stehen sah wie eine Erscheinung der Jungfrau selbst. Und treffsicher habt Ihr doch zugleich jenen Pfeil geschleudert, der mir seither das Herz verwundet. Actaeon muß glücklich gewesen sein, da er Diana im Bade sah. Zweifellos hat er die Götter gepriesen, als die Hunde ihn zerrissen, und fand den Preis nicht zu hoch. Auch ich würde sterben für Euch. Mit einem glücklichen Seufzer.«

Anerkennend pfiff Charles und warf seinem Vater einen Blick zu, der mit einem bösen Grinsen antwortete.

»Mal sehen«, knurrte der Baron, »wozu er im entscheidenden Moment imstande ist.« Er vollführte mit der leeren Hand in der Luft einige entschlossen geführte Fechthiebe und setzte die imaginäre Klinge einem ebenso imaginären Gegner auf die Brust.

Charles winkte ab. »Da ist wenig zu befürchten, glaubt mir. Er wird sich fangen lassen wie ein Gimpel und das Sterben ruhig seiner Braut überlassen.«

»Unterschätz ihn nicht«, mahnte d'Oppède. »Ich wünsche keine Überraschungen. Wie diese hier.« Er schnippte von unten gegen das Blatt.

Charles packte es statt einer Antwort fester und glättete es mit einem Ruck.

»Diane«, las er weiter und ließ seine Stimme dabei affektiert hoch klingen. »Doch sind meine Absichten lauter, so lauter wie das Gold, mit dem ich Euch überschütten werde wie Zeus die Danae, wenn Ihr erst mein seid. Ja, mein, Geliebte!«

»Ha!« Er lachte leise. »Lauter, Zeus und Danae. Der Narr. Gibt es im Haus seines Vaters keine Bibliothek? Was soll die Kleine von solchen Schnitzern denken.«

»Sie versteht davon so viel wie er, das Närrchen«, sagte der Baron. Er schaute sich um und griff nach einem Becher Wein, aus dem er in langen Zügen trank. Genüßlich wischte er sich mit dem Handrücken über den Mund. »Im Kloster, das sie erzog, wurde der Stoff wohl kaum behandelt.«

Charles war noch nicht zufrieden. »Ich möchte wissen, wann er die Zeit gefunden hat, diesen ganzen Unsinn zu verfassen. Tag und Nacht sorge ich dafür, daß er beschäftigt ist, damit er nicht etwa auf die Idee kommt, das Ganze könne ein dummer Gedanke sein.« Er dachte an die lange Reihe ausgelassener Vergnügungen, in die er Raymond und seine Freunde in der letzten Zeit getrieben hatte. An all die Jagden, Freßgelage, Wetten, Tänze. »Sogar ins Freudenhaus habe ich ihn geschleppt.« Mit einem Grinsen erinnerte er sich daran, wie Raymond lauthals darüber schwadroniert hatte, welches der nackten Mädchen sich in der Figur mit seiner Diane messen könne, welche auch nur annähernd die Brüste, die Schenkel, den Hintern habe, mit der seine Göttin gesegnet sei. Er hatte alle Mühe gehabt, Raymond in seinem Suff wenigstens dazu zu bringen, Dianes Namen nicht laut in die Runde zu posaunen. Schließlich hatte er eine üppige schwarzhaarige Schönheit herbeiwinken müssen, damit sie das eitle Geplauder des betrunkenen Jungen mit ihrer Leibesfülle ersticke, was ihr auch vorzüglich gelungen war. Davon – er überflog rasch die Zeilen – fand sich natürlich nichts in dem Schreiben. Nun, es wäre ihren Zwecken auch nicht dienlich. Charles räusperte sich und fuhr fort:

»Wenn Ihr mir die Hand reichen wollt, die Euer Vormund mir schnöde verweigert.«

»Tststs«, unterbrach d'Oppède hämisch.

»... schnöde verweigert«, wiederholte Charles tadelnd, »und mein Herz sagt mir, daß es so ist.« Er klopfte sich theatralisch auf die Brust und mußte husten. »Dann weist den Boten nicht zurück, den ich Euch senden werde. Er mag Euch gering erscheinen ...«, hier verdüsterte sich Charles' Gesicht, und er las leise weiter. Nur seine Lippen bewegten sich, und die Narbe auf seiner Wange zuckte unheilvoll. Dann ließ er das Blatt sinken. »Der Narr plaudert tatsächlich fast den ganzen Plan aus. In einem Schreiben, das er der Hand eines Kammermädchens anvertraut.« Er schlug mit der Faust auf den Tisch. »Sogar ich hätte ihn für klüger gehalten.«

Begütigend klopfte d'Oppède ihm auf die Schulter. Dann bot er ihm ein Glas Wein an. »Wie gut für uns, daß dein Freund in der Wahl seines Personals keine gute Hand hat.« Ungeduldig trommelte er mit den Fingern auf dem Brief herum, den eine Zofe ihm diesen Morgen überreicht hatte, verschüchtert, aber nicht ängstlich genug, um nicht ein paar Münzen zu erbitten. Seine Hand verharrte plötzlich, und er warf Charles einen raschen Blick zu. »Ich hoffe, du warst bei der Wahl deiner Handlanger sorgfältiger.« Ungeduldig sah er Charles beim Trinken zu. »Was soll dieses geheimnisvolle Gerede von einem niederen Boten?«

Der zeigte seine makellosen Zähne in einem Lächeln, das viele Frauen den Atem hätte anhalten lassen. Es blieb so lange unverrückt auf seinem Gesicht, bis er sicher war, daß sein Vater kurz vor der Explosion stand. Diese kleine Genugtuung gönnte er sich. Dann sagte er: »Ich habe uns einen Gaukler engagiert, Vater.«

Der Baron hob die Brauen. Das Glänzen in seinen feuchten Augen wurde bedrohlich. Doch Charles kam ihm mit aller Gelassenheit zuvor, berichtete von ihrem Zusammentreffen mit der Schaustellertruppe und dem Auftreten Tantris', das ihn auf diese Idee gebracht hatte. »Ein Romantiker, der sich für die Unschuld einer Schanktochter in die Bresche wirft! Ich wußte sofort, er wäre für unseren kleinen Plan zu gewinnen. Er ist außerdem kein gewöhnlicher Spielmann«, erklärte er zu seiner Rechtfertigung, als sein Vater die Brauen runzelte. »Er ist ein Edelmann, zumindest war er einmal einer«, berichtigte er sich. »Und ich sollte mich schwer irren, wenn in seiner verwundeten, heruntergekommenen Seele nicht ein Funken des alten Ehrgefühls ruhte. Und des Stolzes. Dieser Tantris wird uns nicht enttäuschen.«

»Tantris«, sprach d'Oppède den Namen langsam nach. Er schloß die Augen, als suche er in den Bildern seiner Erinnerung. Dann trat ein Lächeln auf seine Züge. »Ich kenne ihn.«

Charles erlaubte sich einen Augenblick des Erstaunens in seiner Miene. Er war unsicher, was dies bedeuten sollte, doch er verlor das Lächeln nicht.

»Das heißt«, erklärte sich der Baron, »ich kannte einst seinen Vater.« Er lachte leise. »Er war ein Narr, ein Gimpel, so wie dieser Raymond. Voll hochfliegender Ideale. Dabei so kriegerisch.« Seine Stimme klang verächtlich. »Wollte immer vorneweg sein, Heldentaten vollbringen, dem König Eroberungen zu Füßen legen. Mich auf dem Schlachtfeld übertreffen.« Der Baron machte eine Geste, die besagen sollte, wie lächerlich diese Bemühung war. »Dabei konnte er sich kaum ein paar Pferde leisten.«

Charles lehnte sich an die Tischkante, entlastete ein Bein und wippte mit den Zehen. Der Baron fand aus seinen Erinnerungen zurück. »Er brauchte kaum noch eine Ermutigung.«

Charles betrachtete seine Zehenspitzen. »Dennoch habt Ihr sie ihm in Eurer Großmut sicher reichlich zuteil werden lassen.«

D'Oppède nickte. »Auch lieh ich ihm ein wenig Geld.« Er lachte. »Damit kaufte er sich eine Truppe und ruinierte sich prompt dabei. Sein Besitz wurde verkauft. So kam ich billig zu der Ölmühle und dem schönsten Wäldchen meines Besitzes.«

Charles zog seinen Hut und verneigte sich ironisch. Das Lächeln des Barons wurde dünn. »Der Vater war ein Narr. Was soll der Sohn da taugen? Tantris!« Er ließ sich den Namen auf der Zunge zergehen. »Was hat er sich dabei gedacht, einfach nur die Silben umzustellen? Glaubte er, er könne etwas aus seinem alten Leben hinüberretten?«

Charles zuckte mit den Schultern. »Ich sagte doch, er hängt an seiner Vergangenheit. Ein Romantiker. Gut für uns. Und da Ihr schon den Vater ruiniert habt«, er lächelte, »ist es da nicht von schöner Konsequenz, daß wir nun auch den Sohn ins Verderben führen?«

D'Oppèdes Lachen entblößte seine starken, viereckigen Zähne. Begeistert hieb er mit der Faust auf den Tisch.

Charles hob den Becher und prostete ihm zu. »Auf die alten Geschichten«, schlug er vor.

Der Baron tat ihm mit seinem Trinkgefäß Bescheid. »Auf das Schicksal«, entgegnete er, »das zu Verlierern unbarmherzig ist.«

»Apropos«, wagte Charles sich vor, nachdem er knapp an seinem Becher genippt hatte. »Wie geht es in der Waldensergeschichte weiter?« Er hatte den Satz kaum gesprochen, da wußte er bereits, daß es ein Fehler gewesen war. Die Stimmung im Raum wurde kühl.

Nach einem Augenblick des Nachdenkens nahm der Baron einen weiteren tiefen Schluck. Mit einer energischen Bewegung wischte er sich die feuchten, roten Lippen. »Was soll weiter sein?« sagte er abwehrend. »Vierundzwanzig Dörfer sind Asche, und ich kenne niemanden, der nicht zufrieden wäre. Die Priester danken mir von den Kanzeln, und die Wanderprediger kommen in Scharen, um unsere rechtgläubigen Schäfchen zu hüten und gegen alle Ketzerei zu hetzen. Man muß sie nicht einmal dafür bezahlen.«

Obwohl, dachte Charles, er einige Fälle kannte, in denen das geschehen war. Aber der König? wollte er fragen, war jedoch klug genug, den Mund zu halten. Er nickte nur und verbarg sein sarkastisch verzogenes Gesicht hinter dem Becher. Der Alte hatte sie noch aus jeder Klemme manövriert, er würde es auch diesmal schaffen. »Und was machen wir damit?« fragte er statt dessen und wies mit dem Kinn auf den Brief, der in einem schwachen Luftzug auf dem Tisch zitterte wie ein sterbendes Tier.

Sein Vater schnippte mit dem Finger dagegen. »Bring das Siegel wieder an und laß ihn ihr zustellen! Du hast doch eine Magd, die dafür taugt.«

Charles grinste. Immer und überall, sollte das besagen. Dann nickte er.

Der Baron erwiderte sein Nicken zufrieden. »Wir wollen doch, daß alles seinen ordentlichen Gang geht.«

17. Kapitel

Mit jedem Schritt, den Tantris vorankam, hörte er die Stimme des Predigers deutlicher. Hysterisch psalmodierend stieg sie über das Geraune der Menge.

»Hier haben wir die Hure Babylon«, verkündete er, »die dreimal verfluchte. Unzucht atmet ihr Leib, Verderben lodert ihr Blick. In diesem Busen«, seine Stimme überschlug sich beinahe, »sitzt die Natter, die schon Adam und Eva das Paradies gekostet hat.«

Tantris verzog verächtlich den Mund. Es war tatsächlich einer von jenen Eiferern, die umherzogen, um von Untergang und Strafe zu predigen, die Menschen aufzuhetzen und Unheil zu stiften. Einer, der die eigene Geilheit mit der Sündhaftigkeit der anderen verwechselte und der nicht ruhte, bis er im Blute watend sie kühlen konnte. Er verachtete sie, die in der Schöpfung Gottes nichts anderes erblicken konnten als den Dreck, der in ihren eigenen Seelen lauerte.

»Hat nicht jüngst die scharlachrote Hure ihre Finger ausgestreckt nach dem stolzen Bordeaux, meine Brüder?« fuhr der Prediger derweil fort. »Und hat sie nicht über die Hoffahrt dieser Stadt und ihre Prunksucht ...« Er hielt inne, um die Wirkung seiner Worte zu steigern. Jeanne nutzte die Gelegenheit, um ihn kräftig zu treten. Sie hatte zwischen seine Beine gezielt, aber der Prediger zwang sie, ihren Zopf in der Faust, zu einer Kauerstellung, die mehr nicht erlaubte, als ihn schmerzhaft an der Kniescheibe zu erwischen. Überrascht japste der Mann und stieß zischend den Atem aus.

»… die Peeeest gesandt?« brachte er hervor.

Das Wort fuhr wie ein Schlag in die Menge, die unruhig zu wogen begann. Tantris sah sich um. Nun wurde es ernst. Diese Menschen kannten wie er nur zu gut das Gerücht, die Pest schleiche durch die Provence. Sicher hatten sie sie auch gehört, die Geschichten von einsamen Weilern, die von ahnungslosen Besuchern ausgestorben vorgefunden wurden, die Märchen von unbekannten Reisenden, die morgens tot in ihren Wirtshausbetten lagen und ihren Gastgebern das Verderben brachten. Mancherorts hatte man begonnen, die Juden scheel anzusehen und die Zigeuner sowie jeden Fremden, der ahnungslos des Weges kam. Und es wurde geschwafelt von Kirchenschändern und Brunnenvergiftern und … – da war es auch schon.

»Ich habe sie gesehen«, kreischte ein Weib, das sich, aufgepeitscht von den Tiraden des Predigers und dem Brodeln der Menge, sichtlich ins letzte Stadium der Hysterie hineingesteigert hatte. »Sie hat was gegen die Kirchentür geschmiert. Geschmiert hat sie was.« In höchstem Diskant brachte sie ihre Botschaft unters Volk, das sie mit willigem Gruseln aufnahm.

Eine unbekannte Substanz an die Kirchentür geschmiert, das konnte nur Gift gewesen sein, ein Zaubermittel, ein Fluch, der die Krankheit über sie alle brachte. Das allgemeine Murmeln wurde lauter, angstvoller, bedrohlicher. Der Geruch der Fackeln, die einige mit sich trugen, stieg Tantris mit einemmal stechend in die Nase.

Jemand schrie: »Das ist die Spucke des Teufels gewesen.«

Der Priester wickelte sich Jeannes Zopf mehrfach um die Hand und zog ihr Gesicht ganz nah an seines heran: »Sprich: Bist du mit dem Teufel im Bunde?« fragte er sie mit vor Erregung heiserer Stimme.

»Der Teufel seid Ihr«, keuchte sie und spuckte ihm ins Gesicht. Er fuhr zurück, als habe Säure ihn getroffen.

Ein Aufschrei ging über den Platz. Die Leute wogten auf die Stufen zu. Tantris drängte sich in die erste Reihe und sprang vor allen anderen nach oben. Er packte den taumelnden Priester am Ausschnitt seiner Soutane und tat, als wolle er ihn stützen, stieß ihn dann aber plötzlich von sich und hob in theatralischem Schrecken die Hände, die er anstarrte, als klebte etwas daran. Nun torkelte er seinerseits, fassungslos, von Grauen geschüttelt.

Die Menschen hielten einen Augenblick inne und sahen zu ihm auf.

Tantris öffnete den Mund und schrie: »Er hat die Pest!« Seine Stimme, vortragserprobt, klang wie ein dunkler Gong über den Platz, laut und tragend.

Ein vielstimmiges Echo antwortete ihm, ein kollektives Ächzen, durchwirkt von einzelnen Schreien. »Die Krankheit!« »Das Mal!« »Seht, er ist gezeichnet.«

Die erste graue Stufe vor der Kirche leerte sich, langsam, dann die zweite. Die Bürger von Avignon zogen sich Schritt für Schritt zurück. Um Tantris und Jeanne entstand ein freier Raum.

Der Priester, nicht begreifend, wie das geschehen konnte, versuchte das Blatt noch einmal zu wenden. »Brüder!« rief er. »Es ist nicht so … hört mich an.« Mit beschwörend erhobenen Armen trat er auf seine entsetzten Zuhörer zu.

Das war das allgemeine Signal zur Flucht. In einem einzigen Tumult versuchte jeder, als erster vom Platz zu kommen, fort von dem Prediger, fort von dem Unheil. Als der sah, daß er die Masse nicht halten konnte, versuchte er, zumindest Jeanne noch zu packen. »Du«, knurrte er, »gehörst der heiligen Inquisition.«

Tantris mühte sich, ihn von hinten festzuhalten. Währenddessen gelang es Jeanne, dem Mann seinen Stock zu entwinden. Sie holte aus und schlug ihm einmal kräftig über den Schädel.

»Das sollte reichen«, stieß Tantris hervor, der sah, wie sie schwer atmend über dem in die Knie gegangenen Priester stand und keine Miene machte, ebenfalls zu flüchten. Er packte sie am Arm und zog sie mit sich die Stufen hinunter. »Mehr wäre Verschwendung. Hier entlang.«

Während er sich mit Jeanne zwischen den Flüchtenden hindurchdrängte, suchten seine Augen bereits den Karren. Zu seiner unendlichen Erleichterung erblickte er ihn nur wenige Meter von der Stelle, wo er ihn verlassen hatte, gleich in der Einmündung der Gasse. Vier Gesichter schauten besorgt nach ihnen aus. Berenice kaute vor Nervosität an ihren Nägeln.

»Deckt sie gut zu, versteckt sie«, kommandierte Tantris, als sie angekommen waren. Er schob Jeanne den Freunden zu. Uc und Marcabrus hoben das Mädchen zu Girault auf den Wagen, der sofort mit zittrigen Fingern begann, Decken, Heu und Lumpen über sie zu häufen.

Jeanne wehrte sich nicht. Sie kauerte sich in ihrem Versteck zusammen wie ein Embryo und lauschte auf die fremden, bedrohlichen Geräusche der Straße. Ihr schien, als wäre ganz Avignon auf den Beinen, ihr war, als hörte sie Kampfeslärm, und leise murmelnd sprach sie ein Gebet, während der Karren ruckelnd und rumpelnd anfuhr.

»Für den Moment ist sie vergessen«, erklärte Tantris seinen Freunden, »aber das wird nicht lange so bleiben, fürchte ich.«

Um sie herum stürzten Menschen in die Häuser. Sie hörten Holzpforten zuknallen und Riegel sich vorschieben. Drinnen schrien sie hysterisch nach Weib, Kind, Freunden und Dienerschaft. Es wurde laut hinter den erleuchteten Fenstern. Die Gassen dagegen lagen zunehmend still.

»Es spricht sich rum«, murmelte er. Und obwohl er wußte, daß die allgemeine Furcht unbegründet war, überkam ihn eine Gänsehaut, als er das einsame Knarren ihrer Räder auf dem Pflaster hörte.

18. Kapitel

»Hehe!« Tantris schlug mit der Faust recht unsanft gegen die Wagenseite. »Wir sind durch, Ihr könnt rauskommen.«

Sie hatten das Tor und die Wachen passiert, die zwar schon unruhig waren und fragten, was drinnen vorginge, aber die Gaukler, die ahnungslos taten, nur ungeduldig vorbeiwinkten. Sie warteten auf jemanden vom Magistrat oder der Stadtwache, der käme, um sie aufzuklären. Tantris, als er über die Schulter zurückschaute, sah, wie sie sich aufgeregt flüsternd berieten.

Die Straße vor ihnen war leer, alle Bauern in ihre Dörfer heimgekehrt. Der Himmel verfärbte sich von violett zu dunkelblau, die ersten Sterne glitzerten, obwohl am westlichen Horizont noch ein leuchtend aprikosenfarbenes Abendrot prangte und darüber ein türkisfarbener Streifen, der letzte Gruß des Tageshimmels. Die Zikaden zirpten beinahe ohrenbetäubend, und aus dem Gestrüpp rechts und links des Weges drang überwältigend der Geruch von wildem Rosmarin und Lavendel.

»Was ist, seid Ihr taub?«

Jeanne rappelte sich hoch, mit der Hilfe des Alten, der ihr fürsorglich die Halme von den Kleidern zu zupfen suchte und ihr schließlich den Arm tätschelte. »Alles gut, jaja«, murmelte er dabei vor sich hin und kicherte auf seine greisenhafte Art. Sein Hund beschnüffelte Jeanne gut gelaunt und legte ihr den Kopf aufs Knie.

»Ja, alles in Ordnung, danke«, sagte Jeanne ein wenig reserviert. Sie schob den Hund weg, setzte sich in die entgegengesetzte Ecke des Karrens und zog die Knie an. Doch als sie

Girault eine Weile betrachtet hatte, konnte sie nicht anders, als ihm zuzulächeln. »Danke, Alterchen«, sagte sie und drückte begütigend seine Hand, die, da sie viel zu sehr zitterte, noch immer vergeblich versuchte, das Heu fortzuzupfen. »Es ist wirklich alles gut.«

Der alte Girault strahlte. Er erwiderte den Druck ihrer Hand, murmelte etwas Unverständliches und schlief ein. Jeanne hatte Muße, sich nach den anderen umzusehen. Sie wußte, sie waren einander bereits begegnet, doch hatte sie alle außer Tantris damals nur flüchtig wahrgenommen. Auch jetzt verbarg die heraufziehende Dunkelheit ihr das meiste. Da war eine Frau, vor der ihre Mutter, wäre sie ihr auf der Straße begegnet, die Röcke beiseite gezogen hätte, um sie nicht zu berühren. Jeanne sah die grelle Farbe in ihrem Gesicht sogar trotz der Dämmerung leuchten. Über die beiden Männer war vorerst wenig zu sagen. Es waren Männer, das war Beunruhigung genug.

Und da vorne ging er, dieser unverschämte Mensch, der sie neulich beinahe geküßt hatte, so nah war er über ihr gewesen. Und wie ungeniert er sie dabei gemustert hatte. Jeanne kannte diesen Blick mittlerweile zur Genüge. Und sie wußte, was dahinterstand. Sie bekam sehr häufig eindeutige Angebote, seit sie auf der Straße arbeitete. Und dieser Gaukler war nicht der erste, der dachte, er könne auf diese Weise sein Geld mit ihr verdienen. Normalerweise hatte sie Ursus dabei, der solche Dinge für sie regelte.

Als ob er ihre Gedanken lesen könnte, fragte der Mann – sie glaubte sich zu erinnern, daß sein Name Tantris gewesen war – in diesem Moment:

»Wo hattet Ihr denn Euren behaarten Freund gelassen? Der Mob hätte Euch beinahe gelyncht.«

Jeanne konnte ihm nicht widersprechen. Aber sie traute ihm nicht und hatte keine Lust, ihm wie ein Schulmädchen Rede und Antwort zu stehen. Allerdings verdankte sie ihm ihr Leben, es war nicht von der Hand zu weisen. Sie schwieg einen Moment. Dann hatte sie sich entschieden.

»Er hat nach dem Bären gesehen«, sagte sie knapp.

»Nach dem Bären?« Berenice blieb stehen und riß die Augen auf. »Einem richtigen Bären?«

»Ihr meint, noch einen außer ihm selbst?« fragte Tantris und grinste, daß sie im Dunkeln seine weißen Zähne schimmern sah.

»Wir haben ihn im Lager gelassen«, erklärte Jeanne. »Dort vorne müßt Ihr abbiegen.« Sie sagte das so bestimmt, daß Uc, der den Braunen führte, ihr anstandslos gehorchte. Nur einen kurzen Blick warf er zu Tantris, der demonstrativ mit den Schultern zuckte und so sein Einverständnis erklärte.

Rumpelnd bog der Karren nach einem Olivenhain vom gepflasterten Weg ab. Einige Vögel beschwerten sich verschlafen, als sie über das dürre Gras rollten. Noch intensiver duftete die Macchia, nach Lavendel, Thymian, Rosmarin und wildem Fenchel. Das Konzert der Zikaden untermalte lautstark die Szenerie.

Sie brauchten nicht weit zu fahren, bis sie den Rauch eines Holzfeuers rochen und wenig später auch den orangefarbenen Schein der Flammen sahen. Ursus stand auf, als der kleine Zug sich näherte, und griff nach seiner Keule. Hinter ihm, mit einer Kette an den silbernen Stamm eines Olivenbäumchens gebunden, saß der Bär und ließ seinen breiten Kopf pendeln. Der Hund auf dem Wagen verkroch sich mit gesträubtem Nackenfell im Heu.

Als Ursus seine Herrin winken sah, ließ er die Waffe sinken. Er setzte sich wieder am Feuer nieder, an dem nun auch alle anderen Platz nahmen. Uc half Girault vom Wagen und lächelte Jeanne dankbar an, die dem Alten eine Decke über einen Baumstumpf legte, damit er bequemer saß.

»Danke, mein Mädchen«, murmelte er.

»Ich heiße Jeanne«, antwortete sie freundlich und biß sich auf die Lippen, als Tantris, der sich mit großer Geste niedergelassen und die Beine von sich gestreckt hatte, sofort fragte: »Jeanne? Also nicht Susannah« – er vollführte einige weibisch-zimperliche Gesten – »die von allzu vielen Männern im Bade Belästigte.«

»Tantris«, rief Berenice tadelnd. »Als ob wir alle hießen, wie wir heißen. Ich zum Beispiel«, erklärte sie in mütterlichem Ton und wandte sich dem Mädchen zu, »hieß früher einmal Margaux, die dicke Margaux. Kaum zu glauben, nicht wahr.« Sie lachte heiser. Marcabrus starrte ihre dürre Gestalt erstaunt an.

Jeanne schüttelte den Kopf. »Susannah war der Name meiner Vorgängerin«, erklärte sie mit einem wütenden Blick. »Ich übernahm ihn, als ich in diese Truppe eintrat.« Zu ihrem Ärger nötigten Tantris' fragend hochgezogene Brauen und der Ausdruck, mit dem er Ursus, den Bären und sie musterte, sie dazu, noch weitere Erläuterungen abzugeben. »Wir hatten früher noch einen Narren, einen wie dich«, fügte sie mit einem giftigen Blick auf Tantris hinzu. Ursus senkte traurig den Kopf. »Aber er konnte seine Finger nicht von den Börsen der Leute lassen. Sie haben ihn in Cavaillon gehenkt.«

Uc senkte betroffen den Kopf. Tantris musterte sie nachdenklich.

Marcabrus hatte nicht zugehört. »Du heißt wirklich Margot?« fragte er neugierig Berenice, die geschmeichelt kicherte.

Jeanne warf den Kopf zurück. »Bist du auch ein Beutelschneider?« fragte sie laut. »Oder ist dein Metier die Zuhälterei?«

Tantris ließ sich nicht provozieren. Er lehnte sich zurück, kaute auf einem Grashalm, den er sich zwischen die Lippen geschoben hatte, und betrachtete nachdenklich das kleine Trüppchen, zu dem sie da gestoßen waren. »Er da«, sagte er und wies mit dem Kinn auf Ursus, »spricht er nicht?«

»Er hat keine Zunge«, entgegnete Jeanne. »Ich hab dich was gefragt.«

Tantris kniff die Augen zusammen und schaute ins Feuer, ehe er seinen Blick auf sie richtete.

»Nein«, sagte er, »ich stehle nicht. Und ich lebe auch nicht von Frauenfleisch. Ich bin ein Gaukler, und ganz nebenbei rette ich manchmal Mädchen vor der Inquisition.«

Jeanne biß sich auf die Lippen. Er sah es und grinste.

»Ihr müßt Euch nicht bedanken«, sagte er. Dann, als hätte er darüber nachgedacht, fügte er hinzu: »Nicht jetzt sofort.« Er gähnte demonstrativ und räkelte sich. »Nehmt Euch ruhig ein wenig Zeit. Schlaft darüber. Feilt an den Formulierungen. Dann könnt Ihr es mir morgen vortragen. Und wenn es mir gefällt und Ihr auch noch hübsch dazu tanzt, nehme ich Euch vielleicht morgen in meine Truppe mit auf.« Er zog seinen Umhang zurecht und wickelte sich hinein. Binnen Minuten schien er eingeschlafen. Auch Uc und Girault zogen sich zurück. Am Feuer wurde es still. Die Flammen verglommen.

»Und du heißt wirklich Margaux?« hörte man Marcabrus in der Dunkelheit flüstern.

»Ach, sei doch still«, wisperte Berenice. »Wart einen Moment.« Es raschelte, dann spürte Jeanne plötzlich die Nähe eines Menschen neben sich. Sie machte sich ganz steif, doch es war Berenice.

»Weißt du«, sagte die Frau, »er ist kein solches Ekel, wie du jetzt vielleicht glaubst.«

»Danke«, antwortete Jeanne. »Der Hinweis war wohl nötig.« Sie schwieg, und Berenice kauerte noch eine Weile unsicher neben ihr, ehe sie mit den Schultern zuckte und sich den Weg zurück auf ihr Lager suchte, wo Marcabrus sie bereits erwartete. Jeanne hörte es atmen und rascheln und suchte sich einzureden, das sei der Bär.

Angespannt lag sie da und starrte in die Reste der Glut. Sie dachte über Tantris' letzte Worte nach. So weit kannte sie ihn schon, daß sie wußte, in seinen Sticheleien verbarg sich ein ernstzunehmender Vorschlag. Am Ende war es gar nicht das schlechteste, sich diesen Menschen anzuschließen. Wie weit waren sie denn schon alleine gekommen, Ursus und sie? Ihr Bär war halb verhungert und verlaust, und Oppède lag weiter weg denn je. Wenn sie nur wüßte, was sie von ihm halten sollte, diesem Tantris mit der allzu flinken Zunge. Alles an ihm war lächerlich, übertrieben, dreist und gemein. Und doch hatte er sie heute gerettet, sie begriff es noch immer nicht. Und seine Augen, sie hatte sie beim Tanzen gesehen. In seinen Augen lag nichts von der Schalkhaftigkeit seiner Reden. Sie waren dunkel und traurig. Es war nicht die stumpf ergebene Traurigkeit, die im Blick von Ursus lag und selbst dem seines Bären, zwei Fremde, ausgestoßen in einer unverständlichen Welt, durch die sie taumelten. Nein, es war eine Gequältheit, ein brennender, nicht gestillter Schmerz. In der Kirche daheim hatte es das Bild eines Heiligen gegeben, der hatte ähnlich ausgesehen.

Was geht es mich an, was den fremden Gaukler umtreibt, dachte Jeanne dann und bettete sich trotzig auf ihren Ellenbogen. Wir haben alle unsere Sorgen. Und sie suchte sich von den nutzlosen Gedanken an Tantris frei zu machen. Sie schloß die Augen und sah plötzlich wieder ausgestreckte Arme und hörte Stimmen, die nach ihrem Tod riefen. Fröstelnd zog sie ihre Decke fester um sich. Nach einer Weile erst schlief sie ein.

Nachdenklich betrachtete Tantris durch halbgeschlossene Lider die ruhiger werdende Gestalt des Mädchens. Jeanne. Jeanne mit dem roten Haar. Wie spröde sie war, beinahe jungfräulich. Es war absurd. Wenn die als Tänzerin zur Welt gekommen war, dann fraß er seine Mütze. Ich möchte wissen, wo sie herkommt, dachte er bei sich. Und was sie erlebt hat, daß sie sich so verschließt. Ich möchte ihr die Hand unter das kleine, energische Kinn legen und ihr Gesicht an meines heben, damit diese Augen mir ihr Geheimnis preisgeben. Er spürte, wie sein Körper diesen Gedanken aufnahm und selbsttätig aufs angenehmste weiterspann.

Ach was, dachte er und warf sich auf die andere Seite. Doch er hörte ihren Atem und konnte an dem Prickeln entlang seiner Wirbelsäule spüren, daß sie da war. Ach was, wiederholte er, was sollte es schon mit ihr auf sich haben. Sie lebte auf der Straße, und eines gar nicht fernen Tages würde sie aussehen wie Berenice, sein wie Berenice und die Männer nicht mehr zählen können, für die sie ihre Schenkel geöffnet hatte. Mit ihrem Tamburin und ihrer auffallenden Mähne war sie einfach nur eine Attraktion, die ihnen die Tore zum Schloß von Oppède ein wenig leichter öffnen würde. Geh weg, fuhr er das flammendrote Phantasiebild an, das sich da tanzend zwischen ihn und seine Schneekönigin schob. Und in den immergleichen Traum vom höfischen Fest mischte sich erstmals und unauffällig Tamburingeklingel.

19. Kapitel

Jeanne bedankte sich am anderen Morgen nicht. Trotzdem war es allen Beteiligten klar, daß sie ab jetzt gemeinsam weiterziehen würden. Die endgültige Vereinigung wurde vollzogen, als Berenice wie üblich das Frühstück herrichtete und dabei bemerkte, daß Ursus sich seinerseits der Bereitung eines Mahles widmete, was seine morgendliche Pflicht zu sein schien.

Eine Weile schaute sie ihm dabei zu, dann wischte sie sich die Hände an der Schürze ab, ging hinüber und schnupperte in seinen kleinen Kessel, wo eine Brühe zweifelhafter Herkunft köchelte, in der eine Reihe von Kräutern schwamm, die er an diesem Morgen frisch gepflückt zu haben schien. Kurzerhand nahm sie das Gebräu und schüttete es zu ihrem eigenen Mehlbrei, rührte dreimal um und servierte das Ganze. Ursus schaute ihr stumm zu, blickte einmal zu Jeanne und ging, als diese nickte, kommentarlos den Bären füttern, der ihm verspielt die Schnauze in die Hand drückte.

Die Gaukler betrachteten kritisch ihr neues Frühstück in den hölzernen Näpfen, mußten aber zugeben, daß es weit aromatischer roch als gewöhnlich. Uc hatte bereits den ersten Löffel zum Mund geführt, als er überrascht innehielt.

»Halt«, verkündete Jeanne energisch. »Erst das Gebet.« Uc, Tantris und Marcabrus glaubten, sich verhört zu haben, doch zu ihrer Überraschung hatte Jeanne die Schüssel zurück auf den Boden gestellt und die Hände gefaltet. Uc hielt inne und grinste unsicher, Tantris hieb energisch mit dem Löffel in den

Brei, offenbar nicht gewillt, dem Ansinnen auch nur einen Kommentar zu widmen. Marcabrus entspannte sich wieder.

Zu ihrer aller Erstaunen stellte Berenice ebenfalls ihre Schüssel weg und tat es Jeanne gleich. »Was glotzt ihr so?« fragte sie die Männer. »Hat euch eure Mutter keinen Anstand beigebracht? Es wird euch nichts schaden.«

»Also das ist doch ...« Tantris warf seinen Löffel fort und stand auf. Mit in die Hüften gestemmten Händen drehte er ein paar Runden, um seine Empörung verrauchen zu lassen. Er hielt inne, als er Ursus sah, der mit gefalteten Händen neben dem Bären kniete. Das Tier hatte die Pfoten aneinandergelegt und den Kopf gesenkt wie ein Beter.

Ungläubig hob Tantris die Arme und drehte sich auf dem Absatz um.

Uc schaute unsicher zu ihm auf. Warum sagte ihr Anführer nichts? »Das ist doch ein Witz, oder?« fragte er vorsichtig und wagte ein Kichern. »Au.«

Der alte Girault hatte ihn schmerzhaft am Ohr gezogen. Marcabrus vermied es, jemanden anzusehen, als er langsam sein Frühstück wegstellte und die Hände faltete, um unverständlich murmelnd nachzusprechen, was Jeanne mit lauter, klarer Stimme vorbetete.

»Ich glaube es einfach nicht«, rief Tantris von weitem, ehe er grummelnd und schimpfend in die Büsche davonstapfte.

Nach dem Frühstück half Jeanne Berenice mit dem Abwasch. Gemeinsam sammelten sie die Schüsseln ein.

»Hehe«, kicherte der alte Girault und klopfte ihr auf die Schulter, als sie vorbeikam. Uc starrte sie mißtrauisch an, als sei er nicht ganz sicher, was als nächstes passieren würde.

Marcabrus vermied es noch immer, Blickkontakt aufzunehmen. »Ich geh dann mal Tantris holen«, brummte er leise und machte sich davon.

»Das schadet denen gar nichts«, verkündete Berenice gut gelaunt, als sie das schmutzige Geschirr zu dem nahen Bach trugen, wo sie erst den Kessel ausspülten und ihn dann mit Wasser füllten, um Schüsseln und Löffel zu reinigen. Sie plauderte munter drauflos.

»Ich war nämlich immer schon fromm«, erklärte sie Jeanne, die erstaunt fragte: »Du, aber ich dachte, ich meine ...« Sie wurde rot.

»Ist schon gut«, sagte die andere, die es nicht übelnahm. »Natürlich sind auch die Huren fromm, gerade die.« Sie schrubbte eifrig an einer Schale herum. »Wer viel sündigt, muß auch viel zur Kirche gehen. Ich bin sicher, der Herrgott kennt die Sorgen der armen Leute und hat ein größeres Nachsehen mit den Lastern der Schwachen und Bedrängten, glaubst du nicht?«

Jeanne antwortete nicht, doch sie arbeitete langsamer. Sie hatte einen Menschen umgebracht, und seither war sie nicht mehr zur Kirche gegangen. Sie hatte noch nicht gewagt, um Nachsicht für ihre Taten in Bedrängnis zu bitten.

»Da bin ich ganz sicher«, fuhr Berenice gut gelaunt fort. »Denn ich spüre ihn hier in mir drin, weißt du?« Und sie schlug sich mit der nassen Faust gegen die Brust, wo das Herz saß. »Wäre er nicht da, dann könnte man ja nicht lieben, nicht wahr, und ich habe viel geliebt.« Sie seufzte. »Mein letzter Mann, Gott hab ihn selig, er war wie ich. Immer, wenn ich einen Mönch oder Priester als Kunden hatte, dann hat er ihm derweil die Schuhe und manchmal auch die Kleider gestohlen, damit er gezwungen war, nackt nach Hause zu gehen, als Strafe für den Fehltritt.«

Jeanne hielt im Arbeiten inne. »Du hast mit Priestern geschlafen?« fragte sie verdutzt.

»Sicher«, kam die erstaunte Antwort.

»Und dann habt ihr ihnen die Kleider gestohlen?« fragte sie, um sicherzugehen, daß sie richtig verstanden hatte.

»Aber ja«, antwortete Berenice fröhlich. »Denn sie haben ja eine wirklich große Sünde begangen, nicht wahr?«

»Ja, schon«, gab Jeanne verwirrt zu. Berenices Art, die Dinge zu betrachten, war für sie noch ein wenig ungewohnt. »Und dein Mann, ich meine ...«

»Ach der. Der hat so manchem reuigen, nackten Pfarrer aus purem Mitleid die Kutte zurückgegeben und nichts anderes dafür verlangt, als daß er für uns eine Messe liest.« Sie blickte andächtig in die Ferne einer schönen Vergangenheit. »Da bin ich sicher beim lieben Gott nicht allzu schlecht angeschrieben, was meinst du?« Sie schaute Jeanne an.

Die starrte entgeistert zurück. »Sicher ...«, stammelte sie und verstummte. Doch dann mußte sie plötzlich lachen. Da war etwas im zerstörten Gesicht der anderen, das sie anzog und ihre Zurückhaltung schmelzen ließ. »Wenn man es so betrachtet.«

Uc fand die beiden Frauen, als er wenig später kam, um zu verkünden, daß sie aufbrechen würden. Sie hockten angeregt plaudernd am Ufer, kichernd und sich wie die Schulmädchen mit Wasser bespritzend.

Tantris ging schlecht gelaunt neben dem Pferd her. Die Verletzung seiner Autorität nagte an ihm. Es war einfach absurd, Marcabrus mit den Hahnenfedern auf der Mütze, betend! Außerdem machte die Anwesenheit des Bären mit seinem weich hoppelnden, schaukelnden Gang den Gaul nervös. Trotzdem hatte er einiges mit der Neuen zu besprechen.

»In Cavaillon, sagst du, wurde euer letzter Narr gehenkt?« begann er schließlich nach einigen Meilen. Die letzten Bäume hatten sich zwischen sie und die grauen Paläste der Päpste geschoben, die am Horizont verschwanden. Der Weg führte sie näher an die Wasser der Durance; und mit einem Ohr lauschte er immer noch auf ein Trappeln von Hufen, von Avignon her.

Seine Stimme klang angespannt, doch er hatte immerhin das spöttische »Ihr« und »Euer« aufgegeben.

Jeanne marschierte neben ihm, die roten Flechten in ein Kopftuch eingebunden, das ihr herzförmiges Gesicht noch unschuldiger und schmaler aussehen ließ. In der Hand trug sie das Tamburin.

»Ja«, bestätigte sie, »Cavaillon. Wir haben das Gebiet dann verlassen.« Und waren fortgezogen, weg von Oppède-le-Vieux. Sie sprach es nicht aus. Doch es nagte an ihr.

»Kennst du die Gegend gut?« fragte er.

»Hm«, antwortete sie unbestimmt.

»Das ist gut«, erklärte Tantris, »denn wir werden bald dorthin gehen. Vielleicht nach einem kleinen Bogen über Arles und Salon.«

Jeanne wurde hellhörig. »Ihr wollt in den Luberon?« Sie schwankte zwischen Freude und Schrecken. Luberon, das war Heimat und Hölle.

»Nicht direkt«, erklärte Tantris. »Wir sind geladen, im Schloß des Barons d'Oppède unser Können zu zeigen.«

Jeannes Herz blieb einen Moment stehen, als sie den Namen hörte. Sie war unfähig, etwas zu sagen. Unwillkürlich griff sie ans Zaumzeug des Pferdes, um ein wenig Halt zu finden.

Zum Glück mischte sich gerade in diesem Moment Uc in die Unterhaltung ein, so daß niemand ihre plötzliche Erstarrung bemerkte. »Jetzt sind wir schon eingeladen«, sagte der Sohn des Puppenspielers. »Gestern hieß es noch, wir sollten uns bewerben.«

»Wir haben Fürsprecher«, antwortete Tantris knapp. Er wollte die Sache so wenig wie möglich diskutieren.

»Die beiden Jüngelchen, die du in der Schankstube gesprochen hast?« fragte Uc zweifelnd.

»Das wollte ich ohnehin noch fragen«, fiel Marcabrus an dieser Stelle ein und reckte den Kopf, um sie zu sehen, da er auf der anderen Seite des Karrens ging. »Ist das wirklich so eine gute Idee, mit dieser Geburtstagsfeier der Baronstochter, meine ich? Wir wollten doch nach Orange, und ich denke eigentlich immer noch, daß wir …«

»Du weißt doch, wie diese Adligen sind«, drängte Uc ebenfalls. »Erst wollen sie, daß du den Hals für sie riskierst, statt Messern Degen schluckst, statt Zähne zu ziehen, Tote wiederauferstehen läßt und deine Kapriolen statt auf dem Tanzboden auf dem Dachfirst vorführst. Und wenn es ans Zahlen geht, kommen sie mit Almosen und lassen sich dafür noch die Siegelringe küssen.«

Tantris hatte, bereits während er sprach, begonnen, den Kopf zu schütteln. Sie würden nach d'Oppède gehen, es gab keine Alternative. Dort wartete seine Zukunft auf ihn, seine Vergangenheit, sein wahres, wirkliches Leben. Er öffnete den Mund, um jeden Widerspruch zu ersticken. »Wir haben doch schon gutes Geld bekommen«, hob er an und wollte Berenice auffordern, noch einmal den Beutel zu zeigen, der ihren kleinen Schatz beinhaltete, um die Zögernden anzufeuern. Sollte einer behaupten, er hätte mehr Geld auf einem Haufen gesehen in den letzten Monaten.

Zu seinem Erstaunen war es Jeanne, die ihm unvermutet beisprang.

»Der Baron ist nicht so«, widersprach sie Uc. »Er ist ein Mann, der …« Sie suchte nach Worten, die aber nur zäh über ihre Lippen kommen wollten, »freigebig austeilt, was er hat.« Sie dachte an seine Hände auf ihrer Haut. Ihr wurde übel. Dennoch sprach sie weiter. »Er ist ein Lebemann, der gerne feiert, das Leben in vollen Zügen genießt. Der keine halben Sachen macht und seine Gaben großzügig vergibt.« Tod, dachte sie, Schmerz und Martyrium. »Tötet auch die Katzen«, hörte sie es hallen.

Sie öffnete die Augen wieder, die sie unter dem Ansturm der

Erinnerungen unwillkürlich geschlossen hatte. Nachdenklich starrte Tantris sie an. »So hört man allenthalben«, setzte sie hinzu und senkte die Wimpern.

Uc zweifelte noch immer. »Hat er nicht im letzten Frühjahr die Ketzerdörfer in Rauch aufgehen lassen?« fragte er.

»Was soll's«, ließ sich Marcabrus vernehmen. »Uns hat er damit nicht geschadet. Dort waren wir ohnehin nie willkommen.«

Jeanne hoffte, daß niemand die Tränen sah, die sich zwischen ihren zitternden Lidern hindurchdrängten.

»Ein großer Kämpfer, ein großer Tänzer«, rief Berenice achselzuckend vom Wagen, wo sie es sich neben Girault bequem gemacht hatte. »So heißt es doch, oder?«

»Genau«, antwortete Jeanne mühsam. Ihre Stimme hörte sich in ihren eigenen Ohren spröde an. »Genau so einer ist der edle Herr d'Oppède.«

Tantris hatte es nicht mehr schwer, die anderen zu überzeugen. Als er das Pferd wieder antrieb und nach vorne marschierte, spürte Jeanne kurz und anerkennend seine Hand auf ihrer Schulter. Sie ließ sich zurückfallen. Vor ihr gingen die anderen, fröhlich schwatzend, zuversichtlich und ahnungslos. Sie beneidete sie um ihre Unbekümmertheit, um ihre unverwüstlich gute Laune und ihre Kameraderie. Sie beneidete selbst Berenice, die versöhnt und zufrieden ihrer armseligen Vergangenheit gedenken konnte.

Vor den Gauklern lag der Weg, endlich, den Jeanne schon seit Monaten zu gehen wünschte. Energisch hob sie den Kopf und schritt aus. Doch ihre Füße waren schwer, als hingen Ketten daran.

20. Kapitel

Girault saß hinter dem Kasten, verdeckt von dem löchrigen roten Vorhang, und ließ die Figur des Türken über die Bühne laufen. Jeanne bewunderte jedes Mal wieder die Fertigkeit, die er dabei an den Tag legte. Nach der Vorstellung war er dann völlig verausgabt und wieder der zittrige alte Greis, als den sie ihn kannte. Der liebenswerte Greis, korrigierte sie sich und sah mit demselben Vergnügen wie die Kinder und ihre Eltern zu, wie der edle Ritter die Tochter des Türken aus dem Turm befreite. Uc übernahm es, die Stimmen zu imitieren. Seine türkische Dame piepste derart hoch und hilflos, daß Jeanne jedesmal in das Lachen der Zuschauer einstimmen mußte.

»Ach, o weh, zu Hülf«, flötete das verschleierte Marionettendämchen, und Jeanne schaute sich um, ob jemand da wäre, um ihre Freude mit ihr zu teilen. Ihr strahlender Blick fand Tantris, der mit verschränkten Armen an der Ecke lehnte und sie offenbar schon länger betrachtet hatte. Auch jetzt wandte er die Augen nicht ab. Jeanne wurde es warm, hilflos wies sie pantomimisch auf die Figuren und errötete zu ihrem Ärger. Doch noch immer erwiderte er ihr Lächeln nicht. Da senkte sie die Wimpern und wandte das Gesicht ab.

Die Kinder applaudierten. Ursus hatte es sich zur Gewohnheit gemacht, Girault beim Wegräumen der kleinen Puppenbühne zu helfen, während Uc vortrat und begann, seine Messer zu schleudern. Er jonglierte mit ihnen, als wären es Bälle, steckte sich zur gruseligen Freude der Zuschauer hin und wieder eines in den Schlund, ohne sich zu verletzen, und forderte anschließend Berenice auf, sich vor ein Scheunentor oder sonst eine Bretterwand zu stellen und stillzuhalten, während er die Klingen auf sie schleuderte.

Jeanne hatte diese Momente mit dem Tamburin zu begleiten. Wann immer ein Messer flog und mit lautem »Plock« einschlug, ließ sie die Schellen klingeln. Tantris hatte vorgeschlagen, daß künftig sie Berenices Part übernehmen sollte. Die schien auch gar nichts dagegen zu haben, aber Jeanne hatte heftig die rote Mähne geschüttelt, weniger aus Angst als aus Ärger darüber, wie dieser Kerl einfach über sie bestimmte. Ob er sie noch immer betrachtete?

Sie hätte es zu gerne gewußt, wagte aber keinen weiteren Blick. Nur halb wandte sie den Kopf in seine Richtung und entdeckte Berenice, die neben Marcabrus und seinem Patientenstuhl ihrem Wahrsagergeschäft nachging. Sie saß dazu auf einem dreibeinigen Hocker und nahm die Hand ihres Kunden zwischen die ihren, fuhr ein paarmal über die Handflächen, sprach ein paar lobende Worte, entlarvte ein wenig den Charakter des Besitzers, und machte sich dann daran, die Fragen zu beantworten, die man ihr stellte. Würde der Liebste das Rendezvous hinter dem Stall einhalten?

»Aber gewiß doch, mein Täubchen«, antwortete Berenice mit ihrer heiseren Stimme und strich dem großäugigen Mädchen über die Wange. Da war sie sich sicher. Wer konnte dieser Haut, diesen Augen und dem goldenen Haar schon widerstehen? Bei der nächsten hätte sie gezögert, aber das grobe Weib wollte nichts von Liebe hören. Ihr ging es um die Frage, ob die Marmelade gelingen würde. Berenice empfahl die dritte Morgenstunde des nächsten sonnigen Tages für die Fertigstellung und verkaufte der Frau noch ein besonderes Rezept für Kirschgelee. In diesem Moment schaute sie auf. Uc war soweit, daß er sie bald ankündigen würde. Sie vertröstete die Wartenden, erhob sich, klopfte sich den Rock ab und machte sich daran, sich durch die Menge zu dem staubigen Viereck der Tenne durchzuarbeiten, auf dem die Gaukler auftraten.

Da sah Jeanne, wie Berenice die Hände hochriß, um ihr Gleichgewicht zu halten. Dennoch taumelte sie. Nach ein paar Schritten schien sie sich gefangen zu haben, doch als sie sich aufrichten und weitergehen wollte, knickte sie ein. Marcabrus, der einen widerspenstigen Patienten zwischen seinen Schenkeln eingeklemmt hatte, um ihm den faulen Zahn zu ziehen, konnte nicht eingreifen und rief etwas.

Tantris stürzte Berenice entgegen und stützte sie; Jeanne sah die beiden reden. Dann war Tantris plötzlich bei ihr. »Berenice hat sich verletzt«, sagte er hastig, du mußt sie vertreten.« Bei diesen Worten hatte er sie bereits am Arm gepackt und zu Uc hinübergezogen. Jeanne wand sich unter seinem Griff.

»Nein«, rief sie alarmiert, »ich, ich, wir haben das noch gar nicht geprobt.« Endlich gelang es ihr, seine Hand abzustreifen. »Ich will das nicht«, verkündete sie energisch.

Tantris war stehengeblieben. Er stand so dicht vor ihr, daß sie seine Wärme beinahe spüren konnte. Auf einmal hob er die Hand, und noch ehe sie es verhindern konnte, strich er ihr damit sanft über die Wange.

Es war eine leichte Berührung. Seine Haut war weich, warm und roch auf eine betörende Weise nach dem Rauch des Lagerfeuers, dem Duft der Kräuterwiesen und nach ihm selber. Für einen Moment schloß Jeanne die Augen und überließ sich dieser Berührung. Nicht einmal ihre Mutter hatte sie so zärtlich angefaßt. Unwillkürlich schmiegte sie ihre Wange an seinen Handteller.

»Du schaffst das«, sagte er, ruhig und tief.

Sie riß die Augen auf und starrte ihn an. Sein Mund lächelte, aber seine Augen waren ernst, tief und lodernd. Alles in ihr geriet in Aufruhr. Jeanne öffnete den Mund, um etwas zu sagen, doch er hatte sie bereits an den Schultern gepackt, umgedreht und vor die ausgehängte Scheunentür geschoben.

Dort stand sie nun, wie verzaubert, die Lippen noch immer geöffnet. Sie sah weder Uc noch seine Messer, sie hörte nicht den Klang, mit dem die Klingen einschlugen, und nicht das böse, schlangengleiche Zischeln, mit dem Tantris es auf dem Tamburin begleitete. Sie sah und hörte gar nichts, davongewirbelt von den Empfindungen, die Tantris' Berührung in ihr ausgelöst hatten.

Uc trat auf sie zu und klopfte ihr anerkennend auf die Schulter. »Gut gemacht«, murmelte er. »Alle Achtung, nicht einmal gezuckt.«

Jeanne wandte den Kopf und starrte ihn an, als käme er aus einer anderen Welt. Auf ihren Lippen lag ein verzücktes Lächeln.

Uc runzelte die Stirn. »Herrje, geht es dir gut?« Er drehte sie zu Tantris um. »Ich glaube, sie hat sich erschreckt.«

Der kam, warf einen raschen Blick auf Jeanne, die ihm ihr Gesicht entgegenhob wie eine Monstranz, und zuckte mit den Schultern. Er wandte sich halb ab, unentschlossen, als hielte ihn etwas gegen seinen Willen. Sein Fuß bohrte im Lehmboden, dann bückte er sich blitzschnell und hob etwas auf. Verwirrt blinzelte Jeanne. Da drehte er sich noch einmal zu ihr hin. »Ich habe doch gesagt, daß du es kannst«, sagte er und grinste. Pfeifend ging er davon.

In dem Moment kam Jeanne wieder zu sich. Am liebsten hätte sie Uc eines seiner Messer abgenommen und es Tantris hinterhergeworfen. Benutzt hatte er sie, nichts sonst. Sie nur eingelullt mit seiner falschen Zärtlichkeit. Und seine verdammten, traurigen Augen, die konnte er sich ... Ihr fiel nichts ein, was schlimm genug wäre, deshalb stampfte sie mit dem Fuß auf und ging davon.

Berenice humpelte ihr entgegen, um ihre Mandoline zu

holen. Gemeinsam mit Ursus würde sie Jeanne nachher beim Tanzen begleiten. Doch zuerst war Tantris dran mit seinen Spottversen. Er hatte den gestrigen Abend im Wirtshaus verbracht, die Leute ausgehorcht und reichlich Stoff zusammenbekommen, aus dem er jetzt aus dem Stegreif böse Reime drechseln würde. Jeanne sah ihn von hinten, wie er vor den Leuten auf und ab marschierte, sich mal verneigte, mal Kapriolen schlug und mit seiner spitzen Zunge keinen verschonte.

»Ist er immer so ein Monster?« fragte sie.

Erstaunt über den bitteren Ton in ihrer Stimme schaute Berenice auf. Dann lächelte sie verstehend.

»Ja, ja, das Spotten liegt ihm«, meinte sie dann versöhnlich und verfolgte mit mütterlicher Zuneigung Tantris' Auftritt. Als sie sah, daß Jeanne noch immer ein böses Gesicht zog, legte sie ihr die Hand auf das Knie. »Er ist ein sehr unglücklicher Mann«, sagte sie.

Jeanne schnaubte. »Sind wir das nicht alle: unglücklich?« fragte sie in gereiztem Ton.

Berenice schüttelte den Kopf und neigte sich über ihre Mandoline, um schon einmal leise die Seiten zu erproben. »Er hat mehr verloren als andere.«

Tantris legte derweil den Kopf in den Nacken und brachte die Geräusche hervor, die angeblich zu hören gewesen waren, als der Bauer Gilles sich mit seiner Magd in der Kammer vergnügte. Angeekelt runzelte Jeanne die Stirn. »Seinen Stolz vor allem, möchte man meinen«, sagte sie böse.

»Den kann sich ein Spielmann nicht erlauben«, erwiderte Berenice. »Für ihn war diese Lektion besonders bitter. Vielleicht muß er sie uns deshalb wieder und wieder vorspielen.«

»Du meinst, er genießt es, sich in seiner Demütigung zu suhlen?«

Berenice griff einen leisen Akkord, es war ein Mißklang und

doch seltsam ergreifend. »Ich glaube eher, er zieht es vor, von sich selbst zu sagen: Seht, ich bin ein Edelmann in der Gosse. Damit nicht ein anderer kommt, mit dem Finger auf ihn weist und dasselbe ruft.«

»Er erniedrigt sich selber mehr, als ein anderer es könnte, und entzieht sich damit jedem Spott«, sagte Jeanne nachdenklich. Sie war sich nicht sicher, ob sie das wirklich verstand.

Eine Weile schaute sie Tantris zu, dessen Possen den Leuten die Tränen in die Augen trieben. »Ein Edelmann?« fragte sie dann plötzlich.

Endlich hatten Berenices suchende Finger auf ihrem Instrument den richtigen Ton gefunden. »Ein Edelmann, ja.«

Tantris war dazu übergegangen, für die Kinder Tierstimmen zu imitieren.

»Er hat sein Gut durch seinen Vater verloren, der ein Prasser war, heißt es.«

»Mir scheint plausibler, er hat es selbst versoffen«, meinte Jeanne abwehrend. Der Gedanke, Tantris könne ein Edelmann sein, gefiel ihr nicht sonderlich. Nicht, wenn sie an den letzten Edelmann dachte, den sie getroffen hatte. »Wie war sein Name?« fragte sie nach einer Weile, als Berenice ihr nicht antwortete.

Die summte ihre Melodie vor sich hin und suchte dazu die Griffe. »Ach«, antwortete sie, als Jeanne ihre Frage wiederholte. »Das sagt er keinem. Aber es ist alles noch viel schlimmer.« Vertraulich neigte sie sich zu Jeanne hinüber. »Seine Braut hat, als sie von seinem Bankrott hörte, die Verlobung gelöst.«

»Sehr verständlich«, murmelte Jeanne.

»Sie hat einen anderen geheiratet.«

»Das war das vernünftigste, was sie tun konnte, nehme ich an.«

»Ja, ja, aber ...«, Berenice sprach rascher und leiser, denn

Tantris kam zu einem Ende, und Uc ging schon auf die beiden Frauen zu, um ihnen zu bedeuten, daß sie an der Reihe wären. Ursus stand mit seiner Flöte am gegenüberliegenden Rand des Platzes bereit.

»... er ist bei ihrer Hochzeit aufgetreten«, flüsterte Berenice ihr noch rasch zu.

Jeanne schnappte scharf nach Luft. War das denkbar? Oh nicht, daß sie sich die Szene nicht vorstellen konnte: Der gedemütigte, verschmähte Verlobte, der kam, um allen, die über ihn tratschten, ins Gesicht zu lachen, der alles Getuschel verstummen ließ angesichts seines schreienden Elends, der jede Vermutung über die Tiefe seines Sturzes noch unterbot, der jede Bemerkung über seine Gemeinheit noch übertrumpfte und schließlich der Braut gegenüberstand und sie zwang, ihm den Dolch in die Brust zu stoßen, indem sie die Hand des anderen nahm und ihm zugleich einen Beutel mit Livres gab als Dank für seine Dienste.

Armer Tantris, dachte Jeanne, vermutlich hat sie es mit Leichtigkeit getan. Und er hatte niemanden mehr verletzt als sich selbst. Dann hat er auch niemanden mehr geliebt als sich selbst, schoß es Jeanne durch den Kopf, doch sie hatte keine Zeit, über diese Erkenntnis nachzudenken.

»Jetzt tanzt Susannah«, hörte sie Tantris wie immer rufen. Es war Zeit, nach vorne zu treten und mit dem Reigen zu beginnen.

In ihrem Kopf kreisten so viele Gedanken, daß ihre Füße beinahe gestolpert wären.

21. Kapitel

»Ach verdammt!« Als Jeanne bei der Schlußverbeugung die eigenen Haare über die Schulter nach vorne gefallen waren, hatte sie es bemerkt. Eine dicke Strähne war in Höhe des Kinnes gekappt. »Er hat mir mit seinen Messern die Haare abgeschnitten.« Sie wies anklagend zu Uc hinüber.

Der machte aus der Ferne eine entschuldigende Verbeugung, während Jeanne wieder beunruhigt in ihrer Mähne wühlte, als ließen sich die verlorenen Locken doch noch finden. »Ich habe doch gewußt, das ist eine Schnapsidee«, jammerte sie. »Noch so ein Auftritt, und ich bin kahl.«

Ursus wies mit dem Finger auf die üppige Lockenmähne, die sie bis zur Hüfte umflutete, und lachte mit offenem Mund sein fast lautloses, ächzendes Gelächter. Schmollend schaute Jeanne zu ihm hinüber, beinahe versöhnt. Ursus mit seiner fast hündischen Anhänglichkeit konnte sie niemals böse sein. Sie zwang sich zu einem gequälten Lächeln.

»Na, beruhig dich, Lämmchen.« Berenice stand auf, probte das Gehen mit dem Verband, den Marcabrus ihr angelegt hatte, schenkte dem Quacksalber ein Lächeln und strich Jeanne im Vorbeigehen über die Stirn. »Wir heben es auf, und ich flechte dir ein Ringlein draus. Das spicken wir mit Nelken, legen es in den Morgentau, und danach wird es dir jeden Liebsten binden, dem du es unters Kopfkissen schiebst.« Sie zwinkerte Marcabrus zu, der sich derart stolz aufplusterte, daß Uc seinen Vater heimlich anstieß.

Berenice war, noch während sie sprach, zum Scheunentor

gehumpelt, vor dem Jeanne für die Messervorführung gestanden hatte. »Es müßte doch noch irgendwo sein.«

»Such nach einer Pfütze«, riet Uc. »Bestimmt hat irgend jemand Wasser drauf gegossen, weil er dachte, da brennt es.«

Girault, Marcabrus und Ursus quittierten diesen Scherz erneut mit Gelächter. Jeanne streckte Uc die Zunge heraus, und nur Tantris, der die heutigen Einnahmen zählte, äußerte sich nicht. Obwohl er sonst gerne auf jeden Witz einen draufsetzte. Girault streckte den Finger aus und rief ihm mit seiner brüchigen Stimme zu: »Der Junge macht dir Konkurrenz.«

Tantris zählte.

Berenice schaute noch immer über den Boden. Jeanne war zu ihr getreten. »Vielleicht hat es der Wind weggeblasen«, mutmaßte sie. Im gleichen Moment fiel ihr auf, wie lastend und still die Luft war. »Laß gut sein«, sagte sie und fügte lauter hinzu: »Es gibt ohnehin keinen Liebsten, den ich an mich binden wollte.«

Berenice richtete sich ohne Vorwarnung auf. Beinahe wäre sie mit dem Kopf gegen Jeannes Kinn gestoßen. Für einen Moment tauschten sie einen erschrockenen Blick. Da erinnerte Jeanne sich: Vorhin, nach ihrem Auftritt mit Uc, als Tantris noch einmal so nahe bei ihr gestanden war, da hatte er sich nach etwas gebückt. Unwillkürlich wandte sie sich zu dem Anführer der Gaukler um, der rasch wieder den Kopf über das kleine Häufchen Münzen neigte. Sie sah nur die Bewegung und nun seinen Rücken.

Konnte das sein?

»Der Wind muß es tatsächlich fortgeblasen haben«, sagte Berenice kopfschüttelnd. »Schade.«

»Ja«, echote Jeanne, mit den Gedanken woanders, »bestimmt war es der Wind.«

Tantris war mit seiner Zählung zu Ende gekommen und schnürte mit energischer Geste den Geldbeutel zu. Er warf ihn hoch und fing ihn mit einem satten Geräusch in der Linken wieder auf. »Ich gehe ins Gasthaus«, verkündete er, »kommt jemand mit?«

Niemand antwortete.

»Warum laßt ihr das eigentlich zu?« fragte Jeanne Stunden später in die Dunkelheit der Scheune, in der sie alle untergekommen waren. Sie ahnte die Gefährten mehr, als daß sie sie sah.

Niemand antwortete.

»Warum erlaubt ihr ihm immer wieder, unser hart verdientes Geld zu versaufen?«

Drunten in ihren Boxen rumorten ein paar schlaflose Kühe.

Marcabrus wollte etwas sagen, etwas in der Art wie: Das frage ich mich allerdings auch. Aber Berenice legte ihm die Hand auf den Arm.

»Ja, ja, ich weiß«, antwortete Jeanne sich selbst. »Er ist ein sehr unglücklicher Mann.« Sie war aufgestanden und klopfte sich die Strohhalme vom Kleid. Vorsichtig die Luken meidend, durch die Futter und Stroh zu den Kühen hinuntergeworfen wurden, begann sie, durch die Heuhaufen zu stapfen. »Aber ich versichere euch, er wird noch viel unglücklicher sein, wenn nicht noch ein paar von den Münzen übrig sind, die wir heute eingenommen haben.«

»Jeanne«, rief Uc, überlegte es sich dann aber anders. Das Mädchen hatte bereits die schmale Stiege erreicht, ihre Röcke geschürzt und war ganz mit dem schwierigen Abstieg im Dunkeln beschäftigt. Sie hatte ihn gar nicht gehört.

Uc warf sich zurück auf sein Lager. »Das gibt eine Katastrophe«, sagte er in die Dunkelheit. Er hatte seine Erfahrungen damit, was es hieß, Tantris in seinem Selbstzerstörungswahn in die Quere zu kommen. »Eine Katastrophe.« Er seufzte.

»Vielleicht auch nicht«, antwortete Berenice ihm überraschend. Sie drückte Marcabrus Hand, und er, an ihrer Seite liegend, erwiderte stumm die Geste.

Drunten schnaubte eine Kuh.

In der Gaststube war ein solcher Qualm, daß Jeanne eine Weile brauchte, bis sie im Halbdunkel zwischen den Tischen Tantris entdeckte. Sie wedelte sich mit der Hand vor der Nase herum; es roch nach Essen und Schweiß, dem Federvieh, das überall herumlief, und nach Schlimmerem. Ein dürrer Hund kam wedelnd angelaufen und schnupperte an ihr, ehe er sich wieder an einen der umliegenden Tische verzog.

Jeanne trat auf Streu, befleckt mit Rotz, Soße und Essensresten. Ein Knochenstück stach ihr durch die dünne Schuhsohle in den Fuß. Verdammt, dachte sie, ich brauche neue Sohlen, das Umherziehen auf den Landstraßen nutzt sie ab. Und Tantris vertrinkt vermutlich gerade den Lohn für den Schuster. Mit diesem Gedanken machte sie sich Mut.

Tatsächlich war ihre Wut auf den Gaukler zu einem gewissen Teil künstlich. Es war nur so, daß er ihr einfach nicht aus dem Kopf ging. Zu gern hätte sie in der Scheune sein Lager und sein Gepäck durchwühlt, um zu sehen, ob sie einen Ring aus ihren Haaren fände. Aber sie hatte es vor den anderen nicht gewagt. Dennoch hatte sie an nichts anderes als ihn denken können und, als sie es einfach nicht mehr aushielt, beschlossen, ihn zu sehen. Der Ärger über das verschleuderte Geld war eine glückliche Ausrede, aber auch nicht ganz falsch. Es lag immer so nahe, sich über Tantris zu ärgern, er gab dazu viel mehr Anlaß, als sich über ihn zu freuen. Aber wenn es dann einen solchen Moment gab, einen Moment wie den heute …

Beinahe fürchtete sie seinen Anblick zwischen den Tischen. Mit klopfendem Herzen hielt sie nach ihm Ausschau.

»He, Süße, setz dich zu uns!« Ein Arm hatte sich nach ihr ausgestreckt und zog sie auf einen breiten, warmen Schoß.

Jeanne kämpfte sich frei, trat um sich und verteilte Backpfeifen, die mit dröhnendem Gelächter quittiert wurden. Jetzt war der letzte Rest ihrer Wut verflogen. Angstvoll sprang ihr Blick zwischen den Bänken hin und her. All diese Männer, betrunken und laut. Wenn sie ihn nun nicht fand? Wenn er schon fort war? Nervös tastete sie nach dem Kopftuch, das ihre Haare verbarg. Schließlich hielt sie den Wirt am Ärmel fest.

»Der Gaukler?« fragte sie hastig und erhielt als Antwort eine unfreundliche Bewegung mit dem Kinn. Dem Hinweis folgend bemerkte sie einen Tisch in der Ecke, an dem ein Mann saß, tief über die Platte gebeugt. Drei weitere hockten ihm gegenüber, stießen sich gegenseitig an und kicherten.

»Los, noch mal das mit dem Furz«, hörte Jeanne einen von ihnen. Und dann ein Geräusch, das verriet, daß Tantris der Aufforderung nachgekommen war.

»Den sollte man abfackeln«, rief einer zum Gaudium seiner Freunde. Sie schauten sich nach einem Kienspan um, fanden jedoch keinen und ließen den Plan glücklicherweise fallen.

»Und jetzt der Eier-Trick, komm schon. Ich bestell dir auch einen Wein, Mann. Der Eier-Trick.«

Einer stieß Tantris gegen die Schulter, damit er sich schwankend aufrichtete, der andere drückte ihm ein Ei in die Hand, das er sich mit einem Winken vom Wirt hatte kommen lassen. Die Nachbartische wurden noch einmal aufmerksam.

Tantris' Kopf wackelte. »Mne Damn unn Herrn«, nuschelte er. Von seiner Fingerfertigkeit war wenig übriggeblieben. Er suchte, das Ei von einer Hand in die andere zu wechseln, ließ es dabei aber fallen und knallte selbst kurz darauf mit der Stirn auf den Tisch, mitten in die klebrige Pfütze. Das Gelächter war ohrenbetäubend. Einer seiner Zuschauer suchte ihn wieder aufzurichten und ihm seinen Becher in die Hand zu drücken. Ein anderer hielt ihn zurück. »Warte, ich hab eine bessere Idee.« Mit beifallheischenden Blicken in die Runde bückte er sich zum Boden, griff dort eine Handvoll der verdreckten Hobelspäne, die als Streu dienten, und warf sie in Tantris' Wein, ehe er ihm den Becher an die Lippen führte. Mit angehaltenem Atem beobachteten alle, wie sich der Adamsapfel des Gauklers hob und senkte, als er schluckte und ihm die roten Rinnsale rechts und links hinunterliefen, da ihm der Becher so übereifrig in den Schlund gekippt wurde. Hustend richtete Tantris sich auf, schlug nach seinen Helfern, die lachend auswichen, und brummelte unverständliches Zeug.

»Laßt mich«, glaubte Jeanne zu vernehmen, als sie näher trat. »Ich will meine Schneekönigin. Mne Schneekönign.« Seine Tischnachbarn kippten derweil johlend immer widerwärtigere Dinge in seinen Becher, Knochen, Senf, Dreck, einer spuckte sogar hinein.

»Nun ist es gut«, erklärte Jeanne, die sich ein Herz faßte und näher trat.

Einer der Scherzbolde schaute auf. »Wer bist du denn? Willst du auch einen Schluck?« Grinsend hielt er ihr den Becher entgegen, den Jeanne ihm postwendend über dem Kopf ausleerte.

»Der da zahlt für den Gaukler«, sagte sie zum Wirt gewandt, als der andere verdattert auf seine Bank sank und den Spott seiner Gefährten über sich ergehen ließ.

Der Wirt zuckte die Schultern, ihm war es recht. »Er hat sowieso keinen müden Sou mehr.«

Jeanne packte Tantris' Arm und schob ihn sich über den Nacken. »Aufbruch«, erklärte sie, als sie sich so zu ihm hinunterneigte.

Er schaute sie mit trüben Augen an. »Da issija«, murmelte er, als er ihr blasses kleines Gesicht unter dem weißen Tuch sah. Er hob die Hand, um ihr über den Kopf zu fahren. Verwirrt runzelte er die Stirn, als er auf Stoff stieß. »Mne Schneekönigin.«

»Ja, ja, auf jetzt«, antwortete Jeanne gereizt. Sie war nervös angesichts der Leute, und der Mann, der hing an ihr so schwer. Es war ein mühsames Stück Arbeit, ihn bis zum Ausgang zu schaffen, und manche spöttische Bemerkung folgte den beiden auf ihrem Weg. Endlich schlug ihnen die kühle Nachtluft entgegen.

Wohin nun? Zu den anderen? Jeanne wollte nicht, daß sie Tantris in diesem Zustand sahen, obwohl sie fürchten mußte, daß sie ihn so wohl nur zu gut kannten. Ihr selbst war er fremd. Den lauten, angeberischen Tantris, der ganze Häuser unterhielt, der für jeden eine böse Bemerkung hatte und der sich doch zu den halsbrecherischsten Kunststückchen überreden ließ, ja, den hatte sie schon erlebt. Auch einen unwirschen, fiebernden Tantris, der sich zum Würfeln hingesetzt hatte und sich von keiner Macht der Welt dort fortbewegen ließ. Einmal hatte er Ursus, als der ihn in seiner gutmütigen Art fortziehen wollte, beinahe niedergeschlagen. Im letzten Moment hatte er die geballte Faust gesenkt und ein Schulterklopfen daraus gemacht. Jeanne hatte den Hünen später getröstet, der geweint hatte an ihrer Schulter wie ein Kind über das Böse, das die Welt ihm hatte antun wollen. Trotz seiner Muskeln hatte er ein weiches Gemüt und einen Verstand, dem vieles rätselhaft blieb. Er war so stark, so gutmütig und so schreckhaft wie sein Bär, der jetzt an seiner Seite oben im Heu schnarchte.

Aber dieser Tantris hier, dieses Häufchen Elend, der war Jeanne erschreckend neu. Nie war sie lange genug dabeigeblieben, um zu erleben, wie er dieses Stadium erreichte. Vielleicht hatte noch keiner von seinen Gefährten ihn so gesehen . Vielleicht wollte es keiner sehen.

»Und das Geld ist natürlich weg«, murmelte sie, um ihre Beklemmung und das Mitleid zu überspielen, das sie plötzlich überkam.

»Ich bin so ein Schwein«, klagte der Mann, der sich auf sie stützte. »Ich bin das letzte, das aller...«

»Es ist schon gut.« Ohne groß darüber nachzudenken, wankte sie mit Tantris aus dem Tor. Sie mußten nicht weit gehen, der Bach floß gleich nahe der Umfriedung. Ein paar Weiden neigten sich über der Stelle, wo der Waschplatz war, und wenige Schritte dahinter, durch ein Ginstergestrüpp, das an Jeannes Rock kratzte, kamen sie zu einer kleinen, grasbewachsenen Bucht. Hier ließ sie ihre Last zu Boden sinken.

Sie brachte Tantris so nah wie möglich ans Wasser, wusch sein Gesicht und bot ihm aus ihren hohlen Händen zu trinken an. Sein Kopf blieb in ihrem Schoß liegen, als er fertig war, sein Jammern verstummte. Sie strich ihm die schwarzen Locken aus der Stirn, streichelte seine Schläfen. Seine geschlossenen Augenlider zuckten. Er sah nichts von dem überwältigenden, flirrenden Sternenteppich über ihnen, dessen Anblick Jeanne seufzen ließ. Lange saßen sie so beieinander, unbeweglich.

»Warum tust du dir das an?« fragte sie leise, als spräche sie mit sich selbst. Sein Gesicht, so nackt und schutzlos, sah nun ganz friedlich aus. Zum ersten Mal fiel Jeanne auf, wie schön es war, jetzt, unverzerrt von Schmerz und Spott, wie edel geschnitten und ebenmäßig. Sie fuhr die Linie seines Mundes nach, die schmale Nase, die klare Stirn.

»Warum?« wiederholte sie dabei. Sie glaubte nicht, daß er sie hören konnte. »Weil niemand dir mehr weh tun darf als du dir selber? Ist das Freiheit?« Sie beugte sich hinunter und küßte ihn auf die geschlossenen Augenlider. Sein Kopf ruhte schwer in ihrem Schoß, sie spürte seine Wärme. Aber der ruhige, stille Mann machte ihr keine Angst.

»Ist das Mut?« fuhr sie mit ihrem einsamen Monolog fort. »Ich sage dir ...«

Sie kam nicht dazu weiterzusprechen; Tantris öffnete die Augen. Das Licht der Sterne spiegelte sich in ihnen. Es war wie ein unendlich tiefer Himmel, in den man aufsteigen konnte.

Jeanne beugte sich hinunter und küßte ihn.

Er murmelte etwas, einen Namen.

»Ja«, sagte Jeanne, »ich bin hier.« Sie schmiegte sich neben ihn.

»Schneekönigin«, flüsterte Tantris. Er schlang die Arme um ihre Hüften und bettete seinen Kopf an ihre Brust, wo ihr Herz unter seinem heißen Atem heftig schlug.

Dann schlief er ein.

22. Kapitel

»Steht noch etwas an?« fragte der Baron von Vernègues seinen Verwalter. Der alte Mann schüttelte den Kopf, blickte aber bedenklich drein. Mit seinen verhornten Fingern fuhr er über die Kanten des Kassenbuches, das er eben mit seinem Herrn durchgegangen war. »Die Köhlers-Witwe«, brachte er schließlich hervor, »Marthe.«

Der Baron hob eine Braue. »Sie tut mir herzlich leid, und ich habe ihr bereits angeboten, die Hütte zu behalten, wenn sie Elise im Garten zur Hand geht. Was will sie denn noch?«

Der Alte seufzte. »Sie jammert wegen der Kinder, Herr.« Als er das irritierte Gesicht des Barons sah, holte er zu einer Erklärung aus. »Der Bruder ihres Mannes hat sich bereit erklärt, sie zur Frau zu nehmen. Und er will auch die Köhlerei weiterführen.«

»Dann ist doch alles in bester Ordnung«, fiel ihm der Baron ins Wort, der Hufschläge im Innenhof gehört hatte und unruhig wurde. So lange schon wartete er auf einen Boten. Ob er endlich angekommen war? Da, das Stimmengewirr, es ließ auf einen nicht alltäglichen Gast schließen. Der Baron stemmte die Finger in einer abschließenden Geste auf den Tisch und erhob sich halb. Er wollte hinuntergehen und sich persönlich überzeugen.

»Aber er will die Kinder nicht«, beeilte sich der Verwalter, seine Sache zu Ende zu bringen. »Man kann es ihm nicht verdenken.« Er sprach ohne Aufregung, die Sache war alltäglich. Ein Mann wollte eigene Erben und die Nachkommen eines anderen nicht über Jahre mit durchfüttern, vor allem, wenn das Einkommen ohnehin kärglich war. Man gab die Kinder zu Verwandten oder setzte sie auf die Straße. »Den ältesten Jungen hat er schon an einen Wanderstudenten verkauft.« Glück, fand der Verwalter, so hatte er wenigstens etwas eingenommen, und der Junge hatte jemanden, der ihn fütterte. Diese Studenten zogen durchs Land und lebten von dem, was die Kinder ihnen erbettelten. Oft trieben sie eine ganze Meute mit dem Stock vor sich her.

»Er ist da«, murmelte der Baron zu sich selbst.

»Nein, Herr«, widersprach der Verwalter. »Er ist fort, Gott weiß wohin, so geht es vielen.« Er überlegte kurz, dann fuhr er fort: »Das große Mädel ist zu einer Tante als Magd gekommen. Aber jetzt macht die Mutter ein Geschrei wegen der jüngsten beiden. Will sie nicht hergeben.« Der Verwalter zuckte mit den Schultern und betrachtete seinen Herrn mit traurigen alten Augen.

»Wie?« Der Baron, der mit ganzer Konzentration auf die Geräusche gelauscht hatte, die von draußen hereindrangen, wandte den Kopf vom Fenster ab.

»Aber ihr Schwager sagt, das Brot reicht nicht.«

»Brot«, wiederholte der Baron, der Mühe hatte, sich auf das Gesagte zu konzentrieren. Nur langsam drang der Sinn der Worte zu ihm durch. Da! Nun waren die Schritte auf der Treppe. Er hörte sie ganz deutlich.

»In Gottes Namen!« Es war halb Seufzer, halb Ausruf der Freude, denn in diesem Moment ging die Tür auf, und er erkannte, im Schatten der Kapuze eines Reiseumhangs, das Profil seines Freundes Duchâtel. Endlich! »In Gottes Namen«, wiederholte der Baron ruhiger und ließ sich wieder auf seinen Sitz sinken. Er nickte dem königlichen Bibliothekar zu, der auf der Schwelle verharrte, ohne sein Gesicht zu enthüllen. Dann wandte er den Blick wieder seinem Verwalter zu. »So sag der

Witwe, sie darf sich für die Kinder jeden Backtag einen Laib in der Küche abholen.« Er quittierte die erstaunte Miene des Alten mit einem Lächeln. Der Baron war in Geberlaune, er war milde gestimmt, beinahe euphorisch. Duchâtel war da, und alles würde gut werden. »Wenn ihr Schwager etwas dagegen hat, so soll er bei mir vorstellig werden.«

»Gewiß, Herr«, murmelte der Verwalter, der begriffen hatte, das etwas Besonderes vorging. Verwirrt stand er auf und verneigte sich. Da er die fremde Gestalt auf der Schwelle bemerkte, machte er unter Bücklingen einen großen Bogen darum.

Als er fort war, schlug Duchâtel die Kapuze zurück. Er sah dem Alten nach. »Einer eurer Leute ist gestorben?« fragte er zur Einleitung. »Ist es …?« Er schwieg mit vielsagender Miene. »Man sagt, die Provence werde vielleicht heimgesucht.«

Der Baron schüttelte den Kopf. »Mein Köhler«, sagte er, während er dem Besucher einen Stuhl anbot. »Er verletzte sich bei der Arbeit.« Mit einem traurigen Lächeln fuhr er fort: »An den Knochen eines toten Waldensers.«

Entsetzt riß Duchâtel die Augen auf. Der Baron nickte. »Raffte Laub zusammen und stach sich an etwas, was er für einen Holzsplitter hielt, bis wir das Skelett entdeckten.« Es waren die Knochen eines Kindes gewesen, in den Armen der Mutter oder des Vaters liegend, es war nicht mehr zu entscheiden gewesen, und der Baron sagte von diesen Dingen nichts.

Der königliche Bibliothekar war dennoch erschüttert. »Und er starb daran?« fragte er ungläubig.

Der Baron nickte. »Die Wunde, klein und unscheinbar zunächst, schwoll an, wurde heiß und rot und begann zu stinken. Ein roter Streifen, hieß es, stieg von dort auf, den Arm hinauf bis zur Schulter. Er bekam Fieber. Ein paar Tage später war er tot.« Er zuckte mit den Schultern.

»Wie haben eure Leute es aufgenommen?« fragte Duchâtel.

Der Baron lächelte traurig. »Unentschieden«, sagte er, »wie alle in dieser Frage sind, will mir scheinen.« Er versuchte, in der Miene seines Freundes zu lesen, doch als es ihm nicht gelang und dieser hartnäckig schwieg, fuhr er fort: »Die einen sagen, es zeige, daß ein Fluch über der bösen Tat liege. Daß wir alle für die Morde bezahlen müßten.« Er nickte bekräftigend. Dann hob er die Hände in einer Geste der Hilflosigkeit. »Die anderen meinen, der Fluch läge auf den Waldensern, sie wären des Teufels, selbst noch ihre Knochen, und wir hätten uns ihrer nicht gründlich genug entledigt. Nun macht Euch einen Reim darauf.«

»Und das Parlament ...?« begann Duchâtel, doch Vernègues winkte ab.

»Das Parlament, der Mistral und die Durance«, zitierte er einen bekannten Spottvers, »das sind die Geißeln der Provence.« Er lachte trocken. »Zumindest dem Fluß tut man unrecht.« Er stand auf und trat an ein Fenster, von dem aus man den stillen grünen Strom des Wassers sehen konnte, der in trägen Windungen unter Weiden und Haselsträuchern dahinfloß. Nichts an diesem friedlichen Bild verriet, zu welch schrecklichen Hochwassern sie anschwellen konnte.

»Zuweilen«, fügte der Baron hinzu. »Das Parlament dagegen ...« Er seufzte, als er an die Szenen dachte, die er dort erlebt hatte. »Als unser guter König François das Dekret erließ vor fünfundzwanzig Jahren, da hat er wohl nicht bedacht, was er damit auslösen würde an Eiferertum und Gier.«

Duchâtel betrachtete den Goldring an seinem blassen Finger. Er drehte daran und nickte. »Der König wollte nur, daß seine Rechtgläubigkeit nicht in Zweifel gezogen würde, wozu seine Allianz mit dem Großtürken in manchen Kreisen Anlaß gab.« Seine Stimme war leise und gepflegt. »An eine tatsächliche Verfolgung dachte er wohl kaum.« Er schlug ein Kreuzzeichen.

De Vernègues schnaubte. »Da kannte er das Parlament in Aix und seinen Hunger nach Ketzerblut nicht.« Er dachte an die vielen Dörfer, die seither in Flammen aufgegangen waren, an die Menschen, die auf den Scheiterhaufen gebrannt hatten. »Schon vor vier Jahren hatte man beschlossen, Mérindol zu vernichten. Der Haß schwelte. Und jetzt hat d'Oppède in die Glut geblasen.«

Duchâtel hob den Finger. »Der König hat die Zerstörung Mérindols seinerzeit durch ausdrücklichen Befehl verhindert. Man hätte die Zeichen erkennen müssen. Auch d'Oppède.« Seine Stimme klang belehrend. »Nicht den Buchstaben eines königlichen Dekrets, seinen Geist muß man erfüllen. Und dabei vor allem auf das achten, was der Monarch in seinem Herzen wünscht.«

Vernègues wandte sich um. »Weiß er das denn selbst?« fragte er. Er betrachtete den Gelehrten, der, so unscheinbar er aussah, einen willensstarken Geist besaß. Vernègues wußte wohl, wie angestrengt, ja verbissen sein Freund seit Jahren schon mit dem Kardinal Tournon um den entscheidenden Einfluß auf die Seele des Königs rang, wenn es um diese Fragen ging. Er zweifelte nicht daran, daß Tournon die Waldenser hatte brennen sehen wollen, ebensowenig daran, daß es Duchâtels Verdienst war, wenn François immer wieder vor dem entscheidenden Schlag zurückgezuckt war. Zweifellos wünschte Duchâtel in seinem Herzen die Waldenser gerettet. Aber der König? »Ich frage mich manchmal«, murmelte Vernègues, »ob Alter und Krankheit das Herz unserer Majestät verdüstert haben.« So sehr, fügte er für sich hinzu, daß es der Brandfackel eines Eiferers wie Tournon bedurfte, um die Finsternis darin zu erhellen.

Der Bibliothekar spürte den Zweifel. Er legte seine Hand auf den Arm des Barons. »Wißt Ihr«, sagte er, »daß die Schreiben, in denen die endliche Vollstreckung des Dekrets befohlen wurde, nicht von François unterschrieben waren?« Duchâtel hob das schmale Gesicht mit den kleinen, aber eindringlich dreinblickenden schwarzen Augen zu Vernègues auf. »Für seinen mündlichen Befehl gibt es nur Tournons Wort.«

Vernègues atmete tief ein. »Da ist also Hoffnung?« fragte er.

Duchâtel wiegte den Kopf. »Er bekommt viel Beifall, unser Monarch, für d'Oppèdes Tat.«

Vernègues preßte die Lippen zusammen.

»Der Papst hat einen Botschafter geschickt, ihm dazu zu gratulieren. Die Bischöfe schließen ihn in ihre Gebete ein. Und Tournon ...«

Vernègues schnaubte. »Tournon. Seine Hände sind so rot wie sein Kardinalshut vom Blut seiner Opfer.« Erregt ging er auf und ab. »Zwanzigtausend. Zwanzigtausend, Duchâtel! Und zu hören, wie grauenvoll sie gestorben sind, würde Eure Kräfte übersteigen. Die Kinder, die Weiber ...« Wieder stiegen die Bilder vor seinem inneren Auge auf, und er schlug die Hände vors Gesicht.

Der Bibliothekar ließ ihm Zeit, sich zu fassen. »Wie gesagt«, fuhr er nach einer Weile mit ruhiger Stimme fort, »er erhält viel Beifall ...«

»Also verloren«, murmelte Vernègues, zwischen seinen Fingern hindurch.

»... aber er selbst«, fuhr der Bibliothekar unbeirrt fort, »ist kein religiöser Eiferer. Er hat mir anvertraut, daß er sein Handeln nur deshalb für gerechtfertigt hält, weil die Waldenser einen Aufstand geplant hätten.«

Vernègues fuhr auf. »Aber kein Wort davon ist wahr.« Er konnte nicht mehr an sich halten.

»Eben«, schnitt Duchâtel jedes weitere Ereifern ab. »Und eben darum wird es auch ans Licht kommen. Und dann ...« Duchâtel lächelte mit einemmal. Es sah seltsam aus, dieses

Lächeln, auf seinen trockenen Zügen. Doch es war Güte darin. »Geduld«, sagte er, »da ist Hoffnung.« Er erhob sich und ergriff noch einmal Vernègues' Hand. »Vertrauen, Freund!« Er schaute sich um in dem schlichten Raum, der Vernègues' Auffassung von Pflicht und Arbeit so gut widerspiegelte. »Sorgt Ihr für Eure Witwen und Waisen! Ich sorge für des Königs Gewissen!«

23. Kapitel

Jeanne wachte auf, weil Tropfen auf ihr Gesicht fielen. Sie blinzelte, räkelte sich, öffnete die Augen und erblickte Tantris. Er mußte bereits am Wasser gewesen sein und sich gewaschen haben, denn seine Haare waren naß, und aus den schwarzen Locken tropfte es auf sie herunter.

Sie murmelte etwas und legte schützend den Arm vor die Augen. Einen Moment lang sah Tantris nur ihren scharlachroten, zu einem Lächeln geformten Mund.

Er hätte sich niederbeugen und ihn küssen können.

»Steh auf«, sagte er. Seine Stimme klang barsch.

Erstaunt nahm Jeanne den Arm herunter. Sie war noch immer nicht ganz wach, die Stimmung des gestrigen Abends umfing sie noch, die ganze Zärtlichkeit und Vertrautheit ihres gemeinsamen Augenblicks. Sie war noch lange auf gewesen, hatte ihn wie ein Kind im Arm gehalten und zugelassen, daß all diese Gefühle für ihn in ihr wuchsen. Und nun fauchte er sie an? Sie riß erstaunt die Augen auf.

Tantris musterte sie, abschätzig und kalt, ehe er sich abwandte. »Eben doch eine von der Straße«, murmelte er und wollte gehen.

Eine eisige Angst griff nach Jeanne. So schnell sie konnte, rappelte sie sich auf. »He, Moment mal!« rief sie, doch ihre Knie zitterten.

Tantris wandte sich noch einmal um, fuhr sich mit der Hand über das nasse Gesicht, müde, verbittert.

»Prinzessin, du hast so einen Aufstand gemacht, ehe du die

Röcke gehoben hast. Da könntest du sie jetzt wenigstens ohne viel Aufhebens wieder runterlassen. Ich habe Hunger.«

Abermals wollte er gehen. Jeanne stolperte ihm hinterher.

»Was soll das heißen, Aufstand?« Sie begriff überhaupt nicht, was geschehen war, die ganze Situation kam ihr absurd vor.

Noch verblüffter war sie, als Tantris wütend wurde. Blinzelnd stand er da und starrte an ihr vorbei in die Landschaft, wie auf ein Traumbild, dem sie sich in den Weg gestellt hatte. Sie hatte den Eindruck, er würde am liebsten »Kusch« rufen, damit sie einfach verschwände.

»Ach«, sagte er statt dessen nur böse, »das ganze jungfräuliche Getue. Und rühr mich nicht an. Und zeig ja kein Bein.« Er machte ein paar spöttische, gezierte Bewegungen. Unwillkürlich griff Jeanne nach ihrem Mieder, dessen Schnürung sich gelockert hatte und den Ansatz ihrer Brüste sehen ließ.

Tantris lachte höhnisch, als er es sah. »Dabei hast du dich bei der ersten Gelegenheit hingelegt wie jede andere.«

Jeanne errötete. »Aber ich bin …«, rief sie und verstummte dann. Nein, Jungfrau war sie keine mehr. Was sollte sie ihm sagen? Sie schlug die Augen nieder, was Tantris als Zeichen ihrer Kapitulation ansah. Aber Jeanne war noch nicht fertig.

Ihre Verblüffung wich, sie wurde langsam wach. Sosehr die Enttäuschung auch schmerzte, in ihr wuchs vor allem eines: Wut. Sie hatte ihn bemuttert und gepflegt, hatte jedes Verständnis für ihn gezeigt, wie konnte er nur … Ihr fehlten die Worte. Laut schnappte sie nach Luft.

»Nun«, setzte sie an und zwang ihn, erneut stehenzubleiben. »Da du die Vorteile meiner angeblichen Freizügigkeit genossen hast, solltest du der letzte sein, sich darüber zu beschweren, findest du nicht?« Mit provozierend sich wiegenden Hüften ging sie auf ihn zu, der sie überrascht anstarrte.

Als sie dicht vor ihm stand, stemmte sie die Hände in die

Hüften. »Und damit du es weißt: Es ist nichts passiert, gar nichts. Ich habe dir das Gesicht gewaschen, mir dein betrunkenes Gejammer angehört und dich dann in den Schlaf gewiegt. Das war alles.«

Tantris schnaubte abwehrend. »Diese Lügerei hinterher ist wirklich lächerlich.«

»Aber ich lüge nicht«, rief sie erregt und wurde nur ein bißchen rot. Schließlich lag es nicht an ihr, daß sie die Wahrheit sagte und sich tatsächlich nichts abgespielt hatte. Wenn es nach ihr gegangen wäre, wäre gestern nacht viel mehr geschehen. »Du hast mich Schneekönigin genannt«, fügte sie zaghaft und hoffnungsvoll hinzu.

Tantris fuhr auf. »Niemals habe ich das getan. Blanche ist …« Er verstummte abrupt.

Jeanne durchzuckte es. Blanche. Das war der Name, den er in der Nacht genannt hatte. Nicht Jeanne. Blanche. Er hatte sie für eine andere gehalten. Und er war über den Irrtum nicht erbaut. Mit Mühe unterdrückte sie die Tränen. Sie biß sich auf die Unterlippe, bis sie leuchtete wie Blut.

Tantris scherte es nicht, er war endgültig aufgebrochen. »Und überhaupt«, brüllte sie hinter ihm her. »Du bist ja nur wütend, weil jemand gesehen hat, wie jämmerlich du bist, hinter der Maske des großen Gauklers.«

Tantris zuckte kurz, dann ging er weiter. Aber Jeanne hatte ihren letzten Pfeil nicht schlecht gezielt. Er war wütend auf sich selbst, weil er sich hatte gehen lassen. Noch zorniger aber war er, daß Jeanne ihn um seinen Traum betrogen hatte. In ihren Armen hatte er nicht wie jede Nacht die süße Demütigung durch seine untreue Braut noch einmal erlebt, hatte er nicht fröstelnd seine Schneekönigin gesehen. Er hatte tief und traumlos und gut geschlafen. Wie ein gesunder Mensch ohne Kummer. Das verzieh er ihr nicht.

Zurück im Gasthaus, sagten die anderen während des Frühstücks im Hof und auch noch während des Packens kein Wort. Aber sie warfen einander vielsagende Blicke zu, zuckten mit den Augenbrauen und grinsten anzüglich, wenn sie die gemeinsam Ferngebliebenen betrachteten. Die Männer stupsten einander mit den Ellenbogen an, und Berenice lächelte so glücklich wie eine Brautmutter in der Kirche. Nach und nach allerdings bekamen alle mit, daß die Stimmung schlecht war. Die stumme Wut, die von Tantris wie Jeanne ausging, begann sie zu lähmen, und nach der ersten Verwunderung schlich die gesamte Truppe gereizt und übelgelaunt umher. Sogar der Bär schnappte nach Ursus, der ihm verwirrt und kummervoll eine Umarmung hatte angedeihen lassen wollen.

Tröstend tätschelte Berenice Jeannes Arm, wurde für die Anteilnahme aber nur mit einer unwirschen Bewegung belohnt. Marcabrus kam herüber und umarmte sie. Berenice legte ihren Kopf an seine Brust und genoß seine Nähe für einige Momente.

»Welch trautes Paar«, lästerte Tantris. »Wenn ihr euch dann von der Fummelei losreißen und statt dessen die Puppen aufladen könntet?« Er selbst zerrte so gewaltsam am Zaumzeug des Braunen herum, daß der unwillig schnaubend zu tänzeln begann. »Halt still, verdammter Gaul.«

Marcabrus richtete sich in der ihm eigenen würdevollen Art auf und ließ seinen Umhang schwingen. »Dies ist mitnichten Fummelei«, erklärte er gravitätisch. Dann ergriff er Berenices Arm, schenkte ihr einen warmen Blick und drückte sie an sich. »Meine geliebte Berenice und ich, wir haben nämlich beschlossen, uns zu verehelichen.«

Erstaunte und zustimmende Rufe kamen von den anderen. Uc rutschte von einem Heuballen und kam herüber, um Marcabrus anerkennend auf die Schulter zu klopfen. Berenice errötete wie eine Jungfer. Jeanne betrachtete sie nicht ohne Neid.

Tantris schüttelte den über das widerspenstige Zaumzeug

gesenkten Kopf. Sie hörten ihn lachen. »Was sind das für Kapriolen, Marcabrus? Kein Pfarrer wird euch den Segen geben. Wir sind Gaukler.«

»Und Menschen, allemal«, entgegnete der Gefährte ihm würdevoll. Er runzelte irritiert die Stirn, als Tantris nichts erwiderte.

Endlich hatte das Lederzeug nachgegeben, und er konnte den Riemen durch die Schnalle ziehen. Tantris schaute auf. Er lachte noch immer, so sehr, daß ihm beinahe die Tränen kamen. »Mein Lieber«, rief er aus, als wollte er eine Ansprache halten, und hob die Arme wie ein Pfarrer. Dann ließ er sie mit einem Schlag sinken. »Aber lieber Gott«, sagte er, als versuche er, das Unbegreifliche zu verstehen. »Sie ist eine Hure.«

Jeanne sah Berenice zusammenzucken wie unter einem Schlag.

Tantris nahm darauf keine Rücksicht. Er ging dicht an ihr vorbei und schlang theatralisch den Arm um den zögernden Marcabrus, um ihn wegzuziehen wie ein Verschwörer. »Schau sie dir doch an«, begann er. »Ihre Brüste sind leer, ihre Schenkel welk. Sie ist abgeschabt wie eine alte Matratze, mein Gott, sie wüßte nicht einmal, wie viele Männer sie schon gehabt hat, wenn sie sie zählen könnte.«

Marcabrus machte sich aus der kumpelhaften Umarmung los und richtete sich sehr gerade auf. Er reichte Tantris samt der Hühnerfeder an seiner Kappe beinahe bis zur Nase.

»Sie ist ein gutes Weib«, erklärte er ernst. »Sie hat Verstand, und sie hat ein Herz.« Er zögerte einen Moment, doch dann fügte er trotzig hinzu: »Das ist mehr, als man von manch edler Dame sagen kann, die sich auch nur an einen Mehrbietenden verkauft hat.«

Tantris wollte sich auf ihn stürzen. Aber Marcabrus ballte die Faust und knallte sie ihm auf die Nase. Mit einem Ächzen ging der Gaukler zu Boden.

Erstaunt starrte Marcabrus erst auf seine geballte Hand, dann auf seinen gestürzten Anführer. Er konnte kaum glauben, daß er es gewagt hatte. Schließlich zuckte er die Achseln, nahm Berenice am Arm und ging hinaus. Die anderen folgten, das Pferd am Zügel führend. Jeannes Röcke wischten raschelnd über das Heu.

Nur Uc blieb zurück und kniete neben Tantris nieder. Er reichte ihm ein Taschentuch für das Blut, das aus seinen Nasenlöchern quoll. »Ich gratuliere«, sagte er leise und half dem anderen auf. »Du hast dein Ziel erreicht. Falls dich jetzt immer noch jemand mögen sollte, wirst du ihn eigenhändig erwürgen müssen.«

»So wie dich«, versuchte Tantris zu scherzen. Das Blut quoll rasch. Er taumelte und mußte sich an einem Holzpfeiler festhalten. Dennoch versuchte er ein Grinsen unter dem Taschentuch hervor.

Uc erwiderte es traurig, dann ging auch er.

Stöhnend richtete Tantris sich vollends auf, preßte den Rücken gegen den Pfeiler und legte den Kopf in den Nacken.

»Es tut mir leid«, flüsterte er. »O mein Gott, es tut mir so leid.« Tränen flossen aus seinen Augenwinkeln. Aber es hörten ihn nur die Schwalben, die durch die Luken in der leeren Scheune aus und ein flogen.

24. Kapitel

»Und hier, meine Damen und Herren, Ursus der Starke, der Unvergleichliche, der einen Tiger mit der bloßen Faust gewürgt hat. Hier kommt er, Ursus, der König der Raubtiere, und sein furchteinflößender Bäääär!«

Spärlicher Applaus beantwortete Tantris' grimassenreiche Ansprache. Dann zog Ursus seinen läusegeplagten Gefährten auf den Platz und bemühte sich, ihn furchteinflößend aussehen zu lassen, legte sich seine Tatzen auf die Schultern und steckte seinen Kopf in den Bärenrachen. Schließlich gab er vor, die Bestie gezähmt zu haben, und ließ sie tanzen zu seiner Flöte.

Jeanne betrachtete das alles aus der Ferne. Sie hatte bereits getanzt, hatte Messer auf sich werfen lassen und die Köpfe derjenigen Patienten Marcabrus' an ihr Dekolleté gedrückt, die anders der Zahnzange nicht standzuhalten wagten.

Seit Tantris sie so geschmäht hatte, scheute sie sich nicht mehr vor derartigen Aufgaben, ja, sie zeigte jetzt beim Tanzen einiges an Bein und trug das Mieder lockerer. Sie flirtete manchmal mit den jungen Bauern, wenn sie sicher war, daß Tantris hinsah, und sie hatte sogar begonnen, abends etwas maßloser zu trinken. Bis Uc ihr den Becher aus der Hand genommen hatte. Er hatte gar nichts zu sagen brauchen.

Jetzt saß sie mit baumelnden Beinen auf einer Mauer, wackelte mit den schmutzigen Zehen und schaute den beiden Puppenspielern zu, die wieder einmal die schöne Türkentochter vor ihrem bösen Vater retteten. Am besten gefiel ihr der

Ritter in seiner silbern glänzenden Rüstung, auch wenn alles nur Farbe war. Und das Einhorn mochte sie, es hatte so schöne, traurige Augen und eine wallende weiße Mähne aus echtem Roßhaar. Seine großen, silbernen Hufe klackerten anmutig über den Bühnenboden.

»Erhört mich, holde Dame«, flehte Uc männlich, um sogleich im mädchenhaften Diskant die Werbung zurückzuweisen.

Das Publikum lachte und Jeanne mit ihm. Das war das schönste, fand sie, die Kindergesichter mit fassungslos offenen Mündern, völlig gefesselt von der Szene, laut rufend und schreiend, wenn Uc, der Ritter, fragte: »Kommt der Türke etwa?«

Auch jetzt brüllten sie wieder unisono: »Paß auf, er ist hinter dir!« und quiekten vor Vergnügen, wenn der tapfere Ritter ihm den Hintern versohlte. Louis, dachte sie. Ihr kleiner Bruder wäre jetzt so alt wie diese Jungen. Wie würde er staunen über das Einhorn. Nach der Vorstellung wäre ich mit ihm nach vorne gegangen, damit er es hätte streicheln können, wie es manche Mütter und große Schwestern mit den Kleinen taten. Sie lächelte wehmütig und schloß für einen Moment die Lider. Sie konnte ihn förmlich sehen, sein strahlendes Gesicht. Nein, es war nicht recht gewesen, daß die Prediger die Gaukler verboten hatten.

Als Jeanne wieder hinsah, fiel ihr ein Junge ganz besonders auf. Vielleicht wegen seiner großen blauen Augen, die denen von Louis glichen. Vielleicht auch, weil sein braunes Haar so besonders verfilzt war, seine Kleider so lumpig, daß er beinahe nackt wirkte, und seine Waden von schwarzroten Flecken entstellt. Sein schmutziges Gesicht war eine einzige Maske anbetenden Staunens.

Jeanne suchte die Menge nach einer Frau ab, die seine Mutter sein konnte, entdeckte aber niemanden; der Junge schien allein zu sein. Sie schätzte sein Alter auf etwa acht, neun Jahre. Und er war scheu wie ein wildes Tier. Als Uc und Girault sich am Ende des Stückes aufrichteten und die Kinder nach vorne winkten, damit sie den Zauberkasten aus der Nähe bestaunten, wagte er sich lange nicht zwischen die anderen. Als er schließlich näher trat, stand er ganz stumm. Dann streckte er vorsichtig die Hand aus und berührte die rosafarbene Nase des Einhorns, so andächtig, als wäre es eine Reliquie.

Jeanne mußte schlucken. Sie wollte schon Uc mit einem Ruf und einer Geste auf den Jungen aufmerksam machen, damit er ihn ansprach und ihm einmal erlaubte, die Figur zu halten, da bemerkte sie, wie der Junge sich zwischen den anderen Zuschauern zurückfallen ließ. Das naive Staunen war aus seinem Gesicht gewichen. Nervös und angespannt sah er nun aus, und – ehe sie es sich versah – war seine schmutzige kleine Hand vorgeschossen und hatte vom Gürtel einer Bäuerin die Börse abgeschnitten.

Das war doch … Jeanne holte Luft, um zu rufen. Es war nicht gut, wenn während ihres Auftrittes gestohlen wurde, der Verdacht würde sofort auf die Gaukler selbst zurückfallen. Schon einmal waren sie mit Tritten und Flüchen aus einem Dorf gejagt worden. »Und den Nutzen davon«, hatte Marcabrus damals geklagt, »hatte ein anderer.«

»Tja«, hatte Tantris damals geantwortet. »Wir sollten uns wirklich überlegen, das Stehlen selbst zu erlernen. Schon damit die guten Leute keine Ungerechtigkeit begehen.«

Der Gedanke war nicht völlig abwegig. Es gab viele Gaukler, die dem Geschäft des Diebes nachgingen, fingerfertig und gelenkig, wie sie waren, eigneten sie sich gut zum Beutelschneiden und zum Einsteigen in fremde Kammern. Aber Jeanne dachte mit Grausen an den Anführer ihrer ersten Truppe, der in Cavaillon vermutlich noch immer am Galgen hing, schwärzlich, ausgetrocknet, Vögel auf seinen knochigen

Schultern. Und sie war dankbar, daß Tantris es bei dem Spaß beließ.

»He«, rief sie, und wollte »Haltet ihn« dazusetzen. Da stand ihr das Bild des Gehenkten wieder vor Augen. Nein, sie brachte es nicht übers Herz, diese jungen Beine unter einem Strick zappeln zu sehen. Diese Louis-Augen, die im Grauen des Erstickens aus den Höhlen quollen. So schnell sie konnte, sprang sie von der Mauer und drängte sich durch die Menge. Der Junge war dicht vor ihr. Himmel, wie rasch er sich bewegte! Gleich einem Fischlein schlüpfte er durch den Menschenauflauf und war verschwunden.

Jeanne drehte sich einmal um sich selbst und hielt die Hand gegen die blendende Sonne vor Augen. Es war reiner Zufall, daß sie sah, wie er hinter einer Scheune im Gestrüpp verschwand.

Als sie die Zweige des Haselstrauchs beiseite schob, hinter dem sie ihn vermutete, mußte Jeanne staunen: Ein regelrechter Gang tat sich vor ihr auf. Ein aus Steinen zusammengesetzter Boden und niedrige Mauern, über denen sich Sträucher und junge Eichen zu einem Dach wölbten. Brombeerranken hakten sich in ihren Rock, und Gras quoll durch die Ritzen, dennoch war es ein gangbarer Weg, völlig vor der Außenwelt verborgen.

Hier und da erhoben sich bröckelnde Podeste aus Ziegeln, efeuumrankt und brombeerumhegt. Jeanne wich ihnen aus und suchte hinter jedem einzelnen nach dem Jungen. Sie war so beschäftigt, daß sie sich gar nicht fragte, auf was für einem seltsamen Areal sie sich da bewegte. Sie wußte nicht, daß sie zwischen den Fundamenten einer verfallenen römischen Villa umherging. Daß die Gänge, die sich für sie öffneten, die der Fußbodenheizung waren, in denen einst erhitzte Luft zirkulierte, und daß die seltsamen Podeste einst den eigentlichen Boden der Villa trugen.

Endlich erblickte sie ein paar ziemlich schmutzige Zehen. Sie ging dort, wo sie war, in die Knie. Langsam kriechend näherte sie sich dem Versteck des Jungen so weit, daß sie die Zweige des Gestrüpps davor zur Seite biegen konnte. Er hockte in einer Art Grotte, einer gemauerten, halbrunden Ausbuchtung, über der sich einst eine Kuppel erhoben haben mußte, ein Teil des stuckverzierten Gewölbes ragte noch in den Himmel, dick umwoben vom Wurzelwerk der darüber hinauswachsenden Bäume. Am erstaunlichsten war die kleine, weiße Statue, die in der Ausbuchtung stand. Sie war so groß wie ein kleines Kind, doch mit Pfeil und Bogen in der Hand. An ihrem Rücken befanden sich anmutige, schwanengleiche Flügel. Und wäre sie nicht nackt gewesen, Jeanne wäre sicher gewesen, einen Engel vor sich zu sehen.

»Wie wunderschön«, flüsterte Jeanne gebannt und streckte die Hand nach dem Cupido aus, um ihn zu berühren.

Der echte Junge zu ihren Füßen rührte sich nicht. »Vorsicht«, wisperte er. Erst jetzt bemerkte Jeanne, daß er wie erstarrt war.

»Keine Angst«, sagte sie, um ihn zu trösten. »Ich tu dir nichts.«

Sie faßte ihn an den dünnen Armen. Da bemerkte sie, daß er zitterte. Sein Blick ging starr über ihre Schulter hinweg. Langsam wandte Jeanne sich um. Die Zuflucht des Jungen war ein Teil des früheren Bades. Der Cupido hatte einmal den Lichthof unter der Kuppel geschmückt. Zur Linken befand sich eine steinerne Ruhebank, die dem Jungen als Bett diente. Eine Fontäne hatte dereinst das halbrunde Warmbad in der rechten Ecke gespeist, die aus dem breiten Mund eines Fischgottes in das Becken geflossen war. Jeanne sah davon noch das steinerne Maul, ein ovales, tiefschwarzes Loch. Und aus diesem Loch quoll nun in obszöner Langsamkeit etwas, das aussah wie eine glänzende, lange Zunge: eine schwarze Natter.

In schneller, lautloser Bewegung glitt sie heraus. Dann hielt sie inne, ihr Kopf hob sich und pendelte über dem Leib. Jeanne sah die gespaltene Zunge hervorschießen.

»Jeanne?« riefen draußen Stimmen ihren Namen. »Bist du da?«

Sie wagte sich nicht zu rühren. Nur ihre Hand schloß sich fester um den Arm des Jungen.

»Die sind giftig«, sagte er.

Sie nickte nur.

Die Schlange glitt nun vollends in das mit Laub gefüllte Becken und schob gleich darauf den Kopf über den Rand. Von dort bis zu ihren Füßen waren es kaum mehr als zwei Meter. So lang, schätzte Jeanne, war das Tier selber, dessen glatte, glänzende Schlingen in endlosen Bewegungen umeinander liefen. Wieder züngelte das Reptil. Ob es sie riechen konnte?

»Keine Bewegung«, flüsterte Jeanne und streckte ihrerseits die linke Hand langsam aus. Sie spürte, wie der Junge sich unter dem Griff ihrer Rechten, mit der sie ihn nicht losgelassen hatte, versteifte. Zentimeter um Zentimeter hob sie den Arm und neigte sich hinüber, bis sie beinahe wankte. Unverwandt starrte sie dabei die Schlange an. Sie wagte es nicht, den Blick nur einen Moment von ihr zu wenden.

Mit einer schnellen Bewegung schlossen sich ihre Finger um den Marmor der Statuette, hoben sie hoch und warfen sie nach der Schlange. Ein dumpfer Knall, ein Splittern. Zischend wand sich das Tier zwischen den Bruchstücken des einst so schönen Knaben, weiß bestäubt, aber lebendig. In Panik kreischte Jeanne auf. Dann, sie wußte nicht wie, hielt sie einen Ast in Händen und schlug damit wieder und wieder auf die sich windende Schlange ein, bis sie still dalag.

»Jeanne?« Die Büsche teilten sich, und Uc und Berenice schauten herein.

»Was haben wir denn da?« Berenice hob das tote Tier unbekümmert am Schwanz hoch und inspizierte es. »Die können wir in Salon an einen Doktor verkaufen, den ich kenne«, verkündete sie gut gelaunt. »Er braut daraus höchst wirksame Liebestränke.« Sie lachte. »Das gibt gutes Geld.«

Jeanne strich sich statt einer Antwort nur das Haar aus der Stirn und suchte das Zittern ihrer Finger zu beherrschen.

»Und du, Bürschchen, was machen wir mit dir?«

Der Junge hatte sofort wieder versucht davonzuschlüpfen, wurde jedoch höchst schmerzhaft von Uc am Ohr festgehalten. Grimassierend und jammernd wand er sich unter dem Griff.

»Laß ihn sofort los!« rief Jeanne.

Uc hob die Brauen, öffnete die Hand, und der Junge sprang davon. Jeanne stöhnte verärgert und machte sich erneut an die Verfolgung. Ihre Beute kam nicht weit. Am Ausgang des Geheimganges, der ihm diesmal so wenig Glück gebracht hatte, stieß er frontal mit dem Mann zusammen, der dort wartete. Es war Tantris, der ihn umstandslos am Schlafittchen packte und hochhob. Die Kleider des Jungen waren derart löchrig und zu groß für ihn, daß er darin hing wie ein Fisch im Netz.

»Auf Eichhörnchenjagd?« fragte Tantris Jeanne, die zerzaust und verkratzt, gefolgt von Berenice und Uc, aus dem Dickicht gestapft kam.

Sie gönnte ihm keine Antwort, langte in die Kleider des Jungen, zog die Börse heraus, die sich dort befand, und ging mit langen Schritten zum Festplatz zurück, wo sie sie ihrer erstaunten Besitzerin zurückgab.

»Sie haben da etwas verloren«, sagte sie mit gemeißeltem Lächeln.

Die Bäuerin richtete sich auf, starrte abwechselnd Jeanne und die Börse an, runzelte mißtrauisch die Stirn, fand aber nichts, was sie gerechterweise hätte vorbringen können. Sie band das Säckchen wieder an den Gürtel, rief ihre Kinder zu sich und machte alle energisch zum Aufbruch bereit.

Jeanne wandte sich von ihr ab. Tantris, sah sie, war zu ihrem Wagen hinübergegangen, den Jungen wie ein Brot unter den Arm geklemmt. Sie beeilte sich dazuzustoßen. Als sie ankam, saßen alle vor dem Wagen, nur der Junge hatte sich darunter verkrochen, zwischen den Achsen. Berenice war mit der Zubereitung des Abendessens beschäftigt; das Feuer brannte bereits. Schaudernd machte Jeanne einen Bogen um die Schlange, die tot auf dem Boden lag.

»Räumt das Ding doch weg«, verlangte sie, »vielleicht fürchtet er sich davor.«

»Der fürchtet sich so schnell vor nichts«, meinte Uc, der sich am Feuer niedergelassen hatte und eine der Puppen zu reparieren suchte. Der alte Girault hielt ihm den Faden dafür. »Außerdem hat er mich getreten.«

Jeanne ging auf die Knie, um unter den Karren schauen zu können. Da waren sie wieder, die großen, aufgerissenen Augen inmitten des Schmutzes.

»Er ist stumm wie ein Tier«, kommentierte Berenice, die die Suppe umrührte.

»Ja«, sagte Jeanne, ohne sich aufzurichten. Sie streckte eine Hand nach dem Jungen aus und lockte ihn, doch er rührte sich nicht. So mußte sie selbst ausgesehen haben in den ersten Wochen, als sie im Wald lebte und nachts auf den Höfen das Fressen aus den Tiertrögen stahl. So erstarrt, verstummt und vertiert wie dieser Junge. Sie hatte großes Mitleid mit ihm.

Marcabrus war neben ihr in die Knie gegangen. »Er gehörte mal zu einem Bettelstudenten«, sagte er, »siehst du die Male an seinen Waden?«

»Die blauen Flecken und Geschwüre?« fragte Jeanne.

Marcabrus richtete sich ächzend wieder auf. »Die Studenten treiben gerne einen Schwarm kleiner Kinder vor sich her bei ihren Wanderungen, denn die nehmen beim Betteln mehr Geld ein. Um sie anzutreiben, benutzen sie einen Stock. Es gibt sie zu Hunderten.« Er klopfte sich den Staub von den Händen und ging hinüber zu den anderen. Damit schien die Sache für ihn erledigt.

Auch Jeanne kam jetzt wieder hoch. »Könntest du nicht eine Salbe für ihn anrühren?« fragte sie bittend.

Marcabrus schien erstaunt. Er zögerte. Doch als sein Blick auf Tantris fiel und er sah, wie der Anführer sich mißbilligend abwandte, überlegte er es sich. »Natürlich«, trompetete er übermäßig laut, »sehr gerne. Der Helfer in der Not ist stets ein Edelmann.« Damit schritt er zu seinen Utensilien, um sich an die Arbeit zu machen.

Berenice brachte Jeanne eine Schale mit Suppe und Graupen darin, die diese so weit, wie sie es vermochte, unter den Wagen schob. Sie zog sich sofort wieder zurück, hoffte aber, der Junge würde das Essen annehmen. Er sah wahrhaftig aus, als hätte er es nötig.

»Was machen wir mit ihm?« fragte Jeanne die anderen beim Essen. Marcabrus war noch immer nicht zurück, und Tantris hielt sich weiter abseits, wie so häufig in letzter Zeit. Immerhin ging er nicht mehr so viel in die Wirtshäuser wie bisher. Er hielt sich beinahe auffallend zurück. Es blieb mehr Geld in ihrem Beutel, mehr Graupe in ihrer Suppe, und sogar für die Reparatur von Jeannes Schuhen hatte es gereicht. Es war die einzige Art gewesen, auf die Tantris bisher um Verzeihung gebeten hatte. Und seine Truppe schien sie anzunehmen.

Nur herrschte noch immer Schweigen am abendlichen Feuer. Singen und tanzen, wie sie es früher oft nach der Vorstellung noch getan hatten, wollte jetzt keiner mehr.

»Etwas machen?« erwiderte Berenice ihre Frage. »Was sollten wir denn mit ihm tun?« Erstaunt schaute sie ihre Freundin an. »Wie Marcabrus sagte, es gibt Hunderte wie ihn, Tausende.«

»Diebesgesindel«, kommentierte Uc, ohne von seiner kniffligen Arbeit aufzusehen.

Jeanne wollte sich nicht so rasch geschlagen geben. »So fest kann er dich doch nicht getreten haben«, sagte sie und tauschte mit dem alten Girault ein Lächeln, der bei ihrer Bemerkung kichern mußte. Als sie keine Antwort bekam, hakte sie nach. »Er hat geschickte Finger. Vielleicht könnte er die Puppen bedienen, wenn Girault krank ist. Oder …«

»Meine Güte, Jeanne«, fiel Uc ihr ins Wort. »Du denkst doch nicht ernsthaft daran, dich an dieses Wesen zu hängen. Er ist ein Streuner, wie ihn gibt es viele, verwildert und verdorben. Sie werden enden, wie Gott es will, und du kannst sie nicht retten. Punkt.«

»Wir haben doch kaum für uns selber genug«, wandte Berenice noch ein.

»Er wird uns nur bestehlen.« Für Uc war die Debatte beendet.

Jeanne biß sich auf die Lippen. Sie schaute hinüber zu Tantris, aber der machte keine Miene, in die Diskussion einzugreifen, und Jeanne war zu stolz, zu ihm hinüberzugehen. Auch erwartete sie nicht allzu viel von ihm. Er hatte ihnen allen nur zu deutlich gezeigt, daß sein alter Adelsstolz nicht gestorben war und was er im Grunde von Gauklern hielt. Wie sollte er sich da für ein Wesen einsetzen, das sogar diese noch als weit unter sich stehend betrachteten?

Wortlos stand Jeanne auf, bediente sich ein zweites Mal aus dem Kessel und stellte auch diese Schale unter den Wagen. Die erste, die sie bei der Gelegenheit hervorzog, war leer. Als Marcabrus ihr die Salbe brachte, legte sie auch diese nur vor dem Jungen auf den Boden. »Für deine Beine«, sagte sie, »einreiben.« Sie machte die entsprechende Geste. Ob er sie überhaupt verstand?

Nach und nach legten sich alle schlafen. Jeanne hatte sich

einen Platz nahe dem Scheunentor gesucht. Es wurde immer herbstlicher, und vom Boden herunter dufteten säuerlich die Äpfel, die dort lagerten. Aber die Nächte waren noch immer erstaunlich warm. Ursus etwa und auch seinen Bären hielt es noch nicht drinnen. Jeanne konnte sie von dort, wo sie lag, am verglimmenden Feuer sitzen sehen. Der Bär hatte sich zusammengerollt, und Ursus, an ihn gelehnt, spielte auf seiner Flöte eine leise Melodie, die hier drinnen von Marcabrus' Schnarchen beinahe übertönt wurde.

Es war ein friedliches Bild, doch sie konnte nicht schlafen. Ihre Gedanken waren bei dem Jungen unter dem Wagen. Ihre Augen suchten ihn, und plötzlich, sah sie, regte sich dort etwas. Jeanne richtete sich auf. Langsam kam das Kind hervorgekrabbelt. Der Junge zupfte sein zerschlissenes Hemd so zurecht, daß es ihm nicht vollends über die Schultern rutschte, dann stand er da mit schräggelegtem Kopf und betrachtete den Hünen, der tat, als bemerke er das scheue Wesen nicht. Gut gemacht, Ursus, dachte Jeanne und wollte schon aufstehen, um leise hinüberzugehen und den Jungen anzusprechen, da bemerkte sie, daß das Kind gar nicht mehr Ursus anstarrte.

Die Musik hatte es hervorgelockt, aber jetzt wurde seine Aufmerksamkeit von etwas anderem gefesselt. Tantris hockte noch immer an derselben Stelle, an der die anderen ihn mit einem knappen Gutenachtgruß verlassen hatten. Er hatte sich die ganze Zeit nicht gerührt und mit niemandem gesprochen.

Irgendwann allerdings mußte er seine Jonglierbälle herausgeholt haben. Er saß mit übergeschlagenen Beinen da, den geraden Rücken der Nacht zugewandt, und ließ im Schein der Flammen die kleinen bunten Dinger tanzen. Wie aufgefädelt flogen sie in einem Bogen auf und kehrten wieder in seine wartenden Hände zurück, die kaum etwas dazuzutun schienen.

Der Knabe saß nun neben ihm, exakt seine Haltung kopierend. Tantris reagierte nicht. Nur einmal wechselte er alle Bälle in die rechte Hand hinüber, was ihren Flug nicht unterbrach, nur den Rhythmus veränderte, in dem sie aufstiegen. Mit der Linken schob er dem Jungen einen Becher zu, den dieser nahm und leer trank, ohne seinerseits die Augen von dem Gaukler zu lassen. So saßen die beiden, sehr nah beieinander und sehr still, als kennten sie sich schon ewige Zeiten. Es war das letzte, was Jeanne sah, ehe sie einschlief.

25. Kapitel

Mit dem Geld, das das Fleisch der Schlange einbrachte, kauften sie von einem fahrenden Händler ein Paar Hosen für Guy, so nannten sie den Jungen. Berenice schimpfte, denn sie waren alt und voller Flöhe, und es dauerte lange, bis sie so sauber und unbewohnt waren, daß Guy sie tragen konnte. Doch sie ließ sich die Arbeit nicht nehmen.

Jeanne suchte an dem Lumpenhemd zu retten, was zu retten war, was Uc zu der Bemerkung veranlaßte, daß es jetzt kein Schaden wäre, wenn der Herr Maynier d'Oppède sie nur mit Kleidern bezahlte. Dann hätten sie wenigstens etwas für ihr Findelkind.

Der Name des Barons fiel in die Mitte ihrer Gemeinschaft wie ein Stein ins Wasser und schlug in den Köpfen die verschiedensten Wellen. Jeanne dachte an Rache und fürchtete sich davor. Sie trug noch immer das kleine Messer in ihrem Beutel mit sich und sehnte sich danach, mit seiner Klinge das Gesicht des Barons aus ihren Alpträumen herauszuschneiden. Die Verbote ihrer Kirche berührten sie schon lange nicht mehr; sie hatte bereits gegen so viele davon verstoßen. Die Erinnerungen an die Familienabende beim Küchenfeuer waren blaß, wie aus einem anderen Leben. Das Feuer der Gaukler hatte sich an seine Stelle geschoben, bot ihr Wärme, Schutz und Freundschaft. Manchmal – und Tantris' abweisendes Verhalten hatte diese Wunde wieder aufgerissen – erinnerte sie sich daran, daß sie nun etwas war, was ihr Vater, ihre Mutter und alle ihre Mitmenschen einst zutiefst verachtet hatten. Gewöhnlich schob sie dann trotzig die Unterlippe vor und erwiderte Berenices warmes Lächeln, genoß Giraults Dankbarkeit, wenn sie ihm etwas zu essen brachte, oder lauschte Ucs vernünftigen Antworten auf Marcabrus' krause Gedanken.

Der gute Marcabrus, er hatte es unternommen, Guy Manieren beizubringen. Von ihrem ersten gemeinsamen Bad im Fluß war er mit Kratzern im Gesicht zurückgekommen. Guy allerdings war strahlend sauber gewesen, seine blauen Augen hatten aus einem reinen Gesicht geleuchtet. Er sah wie ein Engel aus, fand Berenice. Bis sie herausfand, daß er Essen stahl.

Uc wollte ihn daraufhin verprügeln, aber Tantris verbot es ihm. Statt dessen ließ er den Jungen hart arbeiten, ließ ihn das Pferd versorgen, trainierte akrobatische Übungen mit ihm und führte sie in kleinen Auftritten vor. An einem Abend dann stellte Guy sich mit seiner Schüssel in die Reihe, und als er dran war, sagte er zu Berenice: »Mein Essen.«

»Aber gerne, mein Schätzchen«, antwortete die und tat ihm einen extra großen Schlag drauf. »Du hast es dir wahrhaft verdient.«

Guy zog sich errötend zurück. Anderntags stahl er für Berenice einen kleinen gläsernen Kettenanhänger. Und obwohl die ihn am Ohr zu Tantris schleppte, damit er mit dem Jungen redete, hatte sie Tränen der Rührung in den Augen und kraulte während der ganzen Strafaktion sein Haar.

Jeanne mußte lächeln, wenn sie daran dachte. Guy war wirklich ein Segen für sie alle gewesen. Dank seiner sprachen sie wieder miteinander, und wenn auch nicht die alte Ausgelassenheit herrschte, so fühlten sie sich doch wieder aufrichtig als Gemeinschaft.

Nein, sie hatte nicht vor, sich vor irgend jemandem für Susannah und die Ihrigen zu schämen, nicht einmal vor sich selbst. Und doch war da diese dumpfe, unklare Angst, daß mit dem Baron d'Oppède zugleich die alte Jeanne sterben könnte, daß danach nichts mehr von ihr übrigbliebe. Und was dann kommen würde, das wußte sie nicht.

Tantris fieberte dem Moment entgegen, in dem er aus der Hand seiner Auftraggeber seinen Namen und seine Ehre wieder erhalten würde. Er malte sich die Rückkehr auf seine Güter aus, den Moment, da er die Tür zu der nunmehr verstaubten Bibliothek öffnen würde – als ob die Gläubiger seines Vaters die Bände nicht in alle Winde zerstreut und verkauft hätten. Den Moment, da der alte Pascal, sein ehemaliger Hauslehrer, ihn wiedererkennen und ihm mit Tränen in den Augen die Hand küssen würde, da das Gesinde zusammenliefe, rufend, schluchzend: »Der Herr ist wieder da!« – »Daß ich das noch erleben darf.«

Er sah sich wieder über seine Ländereien reiten, sah das benachbarte Herrenhaus zwischen den Hügeln, die Pinien, die die Zufahrt säumten. Früher war er immer kühn in die große Halle getreten, in der er zuletzt als Gaukler gestanden hatte, und sie war die Treppe heruntergekommen. Er sah noch ganz genau ihr Gewand aus besticktem grünem Samt, in den sich Silberfäden schmiegten, sah ihre weiße Hand wie eine Lilie darauf ruhen, ihr blondes Haar, beinahe so hell wie das Silber, von einem weißen Schleier verborgen, der ihr Gesicht leuchten ließ wie Schnee. Nur das Gesicht, das verdammte Gesicht konnte er nicht mehr sehen.

Tantris begriff es nicht. Früher war es in all seinen Träumen präsent gewesen, er hatte es jederzeit aufrufen können, schlafend und wach, damit es sein Herz bluten ließ. Jetzt brauchte er Worte, dürre Phrasen, um sich die Form ihrer Nase ins Gedächtnis zurückzurufen. Der Gaukler schüttelte den Kopf. Sein Blick wanderte hinüber zu Jeanne, der tanzenden Susannah. Ihre fliegenden Locken verbargen das Gesicht, ihre Wimpern senkten sich abwehrend über die Augen, und diese Augen – er hatte immer noch nicht herausbekommen, welche

Farbe sie eigentlich hatten –, sie verschlossen argwöhnisch die Seele dieses Mädchens. Noch immer war er nicht klug aus ihr geworden und redete sich hartnäckig ein, daß das auch gar nicht nötig sei.

Uc zog ihn gelegentlich damit auf, daß seine, Tantris' Zuneigung für den Jungen damit zusammenhängen könnte, daß seine Haare nun, da sie gewaschen waren, in einem gewissen Kastanienrot leuchteten. Das war natürlich Unfug! Es war eher der Blick, dieser verwundete, einsame Trotz, den sie miteinander teilten. Jeannes Haar war einmalig wie ihre Art, sich zu bewegen, wie ihr breiter, lachender Mund und die strahlende Energie, die von ihr ausging.

Tantris rief sich zur Ordnung. Zur Burg d'Oppède, und dann in ein neues Leben, bald würde all dies hinter ihm liegen.

»Guy, du mußt das nicht machen.« Berenice klang besorgt. »Marcabrus, sag du es ihm, es ist noch zu früh.«

Aber Guy schüttelte den Kopf und stellte sich vor die ausgehängte Scheunentür, um sich Ucs Messern zu stellen. »Tantris hat gesagt, ich bin soweit.«

»Tantris, Tantris, er verehrt den Mistkerl wie einen verdammten Heiligen«, beschwerte Marcabrus sich und zerrte an einem besonders hartnäckigen Backenzahn. »Mach's Maul auf«, herrschte er seinen Patienten an. Blut und Eiter spritzten quer über sein Gesicht, als der Zahn sich endlich löste. Berenice wandte sich kopfschüttelnd ab. Uc zielte, konzentriert wanderte sein Blick die Schneide des Messers entlang.

»Betrachte es praktisch«, sagte er und warf die erste Klinge, die zitternd neben dem Kopf des Kindes steckenblieb. »Solange er dort steht, kann er wenigstens nicht klauen.«

Applaus brandete auf.

»Da wär ich nicht so sicher«, entgegnete Berenice und tastete nach dem Anhänger, den Guy für sie entwendet hatte. Es war ein kleines, gläsernes Kreuz, das sie keinen Tag ablegte. »Seine kleinen Finger sind so geschickt, er könnte dir noch im Handstand auf einer Fahnenstange die Börse nehmen.« Damit widmete sie sich wieder der Hand einer Kundin.

Uc zielte und warf erneut, erst langsam, dann in rascher Folge. Die Messer blitzten. Mit blassem Gesicht, aber stolz wie ein Spanier stand Guy da und atmete schwer, während hinter Uc der Applaus aufbrandete. Als sie fertig waren, wanderte sein Blick zu Tantris, doch der war mitten in seinem Auftritt und zauberte verdutzten Bauern Eier aus Nasen und Ohren.

»Schon gut«, sagte Uc und klopfte ihm anerkennend auf den Hintern. Er wußte, daß Guy das haßte. »Lauf zu Girault und hilf ihm mit den Puppen.«

Guy strahlte, das Einhorn war noch immer sein Liebling, und er flocht ihm manchmal für die Vorstellung echte Blumen in die Mähne.

Guy sprintete los. Im Vorbeigehen winkte er Ursus zu, der dem Bären einen Dorn aus der Tatze zog. Der alte Puppenspieler lachte mit seinem zahnlosen Mund, als er ihn angerannt kommen sah.

»Jeanne?« Guy war stehengeblieben, als er sie entdeckte, sie war so komisch, fast wie erstarrt. Vorsichtig trat er an die Tänzerin heran. »Du bist gleich dran. Was hast du?«

Die Tänzerin ließ die Hand mit dem Tamburin sinken, die sie vor die Brust gepreßt hatte. Dann wies sie nach Osten. »Der Turm auf dem Hügel dort, siehst du?«

Der Knabe nickte.

»Das ist Schloß Oppède.«

Girault, der näher gehumpelt war, um Guy durch die Haare zu strubbeln, folgte ihrem ausgestreckten Finger mit dem Blick. »Ja, ja«, sagte er und kaute mit seinen leeren Kiefern. »Gar nicht mehr weit, gar nicht mehr lang.«

»Nein«, antwortete Jeanne wie im Schlaf, »nicht mehr lang.«

»Komm, Guy!« Uc war nachgekommen und legte ihm den Arm um die Schulter. »Gehen wir mit dem Einhorn die Dame befreien.«

Jeanne hörte sie wegmarschieren. Sie stand sehr allein. War das der erste kühle Herbstwind für dieses Jahr, der sie da erschauern ließ? Bald würde auch sie befreit sein.

26. Kapitel

Von St. Remy zogen sie nach St. Andiol, von St. Andiol ging es nach St. Jacques, von St. Jacques nach Cavaillon. Nach ihrem Auftritt dort würden sie aufbrechen nach Oppède-le-Vieux, es war an der Zeit, damit ihnen keine andere Gauklertruppe zuvorkam, obwohl Tantris angedeutet hatte, daß sie bereits erwartet würden.

Doch in Cavaillon, dem kleinen Landstädtchen, sollten sie noch an einer Hochzeit teilnehmen. Die Tochter des reichsten Bauern am Ort heiratete den Sohn des Notars, und die Feierlichkeiten sollten die ganze Nacht dauern. Eine Gelegenheit, die sich kein Gaukler würde entgehen lassen.

Als sie am Morgen das Stadttor passierten, brach vor ihnen plötzlich ein Mann zusammen, ein Bauer mit einem Handkarren. Die Wachen fingen ihn auf und lehnten ihn an die Mauer. »Kennst du ihn?« fragte einer den anderen.

»Das ist einer der Knechte von Pascal«, erwiderte der andere. Beide starrten einen Moment auf den Kranken hinunter, der mit zur Seite gefallenem Kopf und offenem Mund dasaß. Seine Augen waren geschlossen und seine Haut gerötet. »Er sieht fiebrig aus«, murmelte Marcabrus, während sie warteten, daß Tantris einer weiteren Wache ihr Anliegen erklärte und ihr versicherte, daß sie genug Geld hatten, ein Wirtshaus zu bezahlen.

»Kümmere dich nicht drum«, murmelte Uc. »Er sieht nicht aus, als könnte er eine Behandlung bezahlen.«

»Schickt jemand zu Pascal«, beschloß der erste Wächter

schließlich. Angeekelt warf er dem Kranken einen letzten Blick zu. »Solange soll er in Gottes Namen hierbleiben. Besoffen schon am frühen Morgen, bloß weil die Herrschaft Hochzeit feiert.« Dann wandte er sich den Gauklern zu. »Los, passieren!« Er winkte sie durch. »Und daß ihr etwas Ordentliches zeigt«, rief er ihnen nach. Er war verwandt mit dem Bräutigam und würde heute abend an einem der Freitische speisen. Berenice schickte ihm eine Kußhand. Als der Wächter sie erwiderte, stolperte er über die Beine des schlafenden Knechts.

»Ach, verdammt«, fluchte er, ehe er den nächsten Reisenden anhielt.

Tantris führte ihren Zug durch die enge Gasse, die an beiden Seiten von mehrstöckigen, grauen Steinhäusern überragt wurde. Eine Herde Schafe kam ihnen entgegen; ihr Geblöke hallte an den Mauern wider. Die Gaukler hüpften mehrfach über den ekligen Sud in der Gossenrinne, wichen den Misthaufen aus, schimpften zu einem Fenster hoch, aus dem ein Nachttopf ausgekippt wurde, und gelangten bis zum Marktplatz. Dort hing an einem stolzen Haus mit Erkern und Butzenscheiben ein buntes Wirtshausschild. »Zum schwarzen Eber«. Jeanne zuckte zusammen, als sie es las.

Es war dasselbe Haus, in dem sie seinerzeit, nachdem sie aus dem Wald hervorgekrochen war, ihr erstes warmes Essen eingenommen hatte. Dort an der Ecke, wo die Gosse entlangfloß, hatte sie es wieder von sich gegeben. »Wie ist der Wirt?« fragte Tantris, ehe sie eintraten.

Jeanne hob die Schultern. Damals hatte sie auf solche Dinge nicht geachtet. Sie kramte in ihrer Erinnerung. Ein fetter Glatzkopf mit besorgtem Blick, das war alles, was ihr einfiel. Würde er die Gaukler aufnehmen?

Tantris wartete das Ende ihrer Überlegungen nicht ab und

ging hinein. Die übrigen blieben draußen und betrachteten das Leben auf dem Markt von Cavaillon; es unterschied sich in nichts von dem anderer Landstädtchen. Die Hausfrauen zogen mit ihren Körben von Stand zu Stand und bemäkelten die Qualität des Gemüses. Vor dem Rathaus trafen sich die Männer von Bedeutung, um über die Ernte, die Bodenpreise, das Wetter und andere ernste Dinge zu sprechen.

Zu ihrer Erleichterung stellte Jeanne fest, daß keine Wanderprediger, Reisemönche und andere Volksredner sich auf den Stufen vor der Kirche breitmachten. Einmal waren sie einem Zug Geißler begegnet, eine unheimliche Erfahrung war das gewesen, all diese Gestalten in ihren Elendskutten, die singend einhergezogen waren und sich dabei mit ihren Peitschenschnüren selbst blutig geschlagen hatten. Jeanne wußte, sie waren hoch angesehen, weil sie sich demütig der Ärmsten annahmen und selbst vor den Pestkranken nicht zurückschreckten, die von ihren Familien ausgestoßen worden waren. Aber ihr waren sie unheimlich. In ihrem Gefolge blühten allzu oft Wahn und religiöse Raserei. Sie steckten die Leute an mit ihrem Wunsch nach Reinheit und Unbedingtheit, und nicht selten hatte es Tote gegeben.

Doch hier in Cavaillon war nichts von Eiferertum oder Askese zu spüren. Die Leute gingen ihren Geschäften nach, die Hunde stöberten in den Abfällen, in den Gärten färbte sich das Weinlaub rot. Aus den Höfen hörte man die Traubenpressen knarren, der Duft aus den Kräutergärten mischte sich mit dem von Geschmortem und Gebratenem, eine Gruppe Kinder mit Blumensträußen auf Stöcken zog singend vorbei. Jeanne schien es, als bereite sich die ganze Gemeinde auf das große Fest heute abend vor. An dem Haus, in dem das Gelage stattfinden sollte, hingen bereits Teppiche aus den Fenstern, und eine Gruppe kichernder Mädchen brachte Girlanden an der Tür an. Die Ein- und Ausgänge des Marktes schmückten mit Bändern umwickelte Bögen.

Tantris trat wieder zu ihnen. Er hatte drinnen neben dem Wirt auch den führenden Magistrat getroffen und die Bedingungen ihres Hierseins ausgehandelt: »Nur zwei Tage«, zählte er auf, »dann müssen wir verschwinden. Der Wirt ist außerdem nicht verpflichtet, uns zu bewirten, aber er wird es tun, das habe ich schon geklärt.« Er hob den dritten Finger. »Kein Besuch im Badehaus.«

»Oh«, kam es enttäuscht von Berenice, aber Tantris schüttelte den Kopf.

»Sie hatten wohl ein paar Krankheitsfälle in letzter Zeit und wollen nicht, daß wir ihnen etwas einschleppen.« Dann fuhr er fort: »Keine Serenaden vor den Fenstern der Damen nach Einbruch der Dunkelheit.« Er blinzelte Ursus zu, der verständnislos seine Flöte umklammert hielt. »Also halt dich zurück, alter Schwerenöter. Dies ist eine anständige und ruhige Stadt.«

Ursus brummte und kraulte seinen Bären.

»Vielleicht kann man ihnen ja drinnen was singen«, mutmaßte Uc mit einem anzüglichen Zwinkern.

Jeanne hängte sich bei ihm ein. »Es stehen nicht alle Frauen darauf, mit Messern beworfen zu werden, mein Lieber.« Sie quiekte auf, als er ihr das Haar zu zerstrubbeln drohte.

Tantris war noch nicht am Ende. »Ach ja, und ...«, fuhr er fort.

Er wurde unterbrochen von einem lauten Kreischen Berenices, der eine Ratte über die Füße gehuscht war. »Iiiiiiih«, schrie sie, »Mistviecher«, und schickte einen verspäteten Tritt ins Leere. »Ich kann die einfach nicht ausstehen.«

Jetzt sah auch Jeanne, daß es hier und da an den seichten Stellen des gelbbraunen Gossenwassers huschte. Ihnen direkt gegenüber lief ein besonders dickes Exemplar seelenruhig an der Hausmauer entlang und verharrte vor einem Misthaufen. Jeanne sah die rosige Schnauze zucken und schnuppern. Ihr Blick wanderte zum Haus zurück. Gerade öffnete sich die Tür, und eine Gestalt auf einer Bahre wurde herausgetragen. Ihr folgte eine weinende Frau bis in den Türrahmen, gestützt auf eine Magd. Kindergesichter, erstaunt und erschrocken, drängten sich zwischen den beiden hindurch und blickten dem Toten unter seinem weißen Laken nach.

»Ein Kunde weniger«, murmelte Uc.

Berenice schlug das Kreuzzeichen. »Die werden heute abend bestimmt nicht feiern«, sagte sie beklommen.

Tantris schlug Marcabrus herzhaft auf die Schulter. »Aber wir. Oder?« fragte er aufmunternd und laut. Als man ihm zögernd zustimmte, fuhr er fort: »Wir werden den guten Leuten hier aufspielen, daß ihnen Hören und Sehen vergeht, und von allem unseren guten Teil abbekommen. Ach ja, Ursus, was ich noch sagen wollte: keine Bären. Aber das ist kein Problem, das Tier kann im Stall des Wirtes bleiben. Leute«, rief er aufgekratzt. Er legte seine Arme um Uc und Marcabrus, der es sich nach einem kurzen Zögern gefallen ließ. Guy stürzte dazu, umschlang Tantris' Hüften und strahlte zu ihm hoch. In Tantris' Augen stand ein fieberndes Leuchten.

»Freunde«, wiederholte er, »laßt uns loslegen. So etwas wie uns sollen diese Leute hier noch nie gesehen haben.« Seine Hände zitterten, doch das spürten nur Uc und Marcabrus. Alle ließen sich von Tantris' ausgelassener Stimmung anstecken und jubelten, dankbar, daß sie endlich wieder miteinander lachten, und animiert von den ungewohnten Wohlgerüchen, die einen vollen Bauch versprachen. Berenice umarmte den alten Girault, der hilflos mit den Armen ruderte, und lachte zu Jeanne hinüber. Auch die spürte in sich eine seltsame Leichtigkeit. Die Last der Grübeleien und der Ängste fiel von ihr ab. Wen kümmerte es, was morgen geschah, wer konnte es ändern? Dies war vielleicht die letzte Nacht, die ihr mit ihren Freunden blieb. Sie reihte sich ein in den Kreis.

»Ja«, rief Tantris euphorisch und schaute ihr seit langem erstmals wieder direkt ins Gesicht. »Laßt uns feiern mit dieser Stadt, als ob es kein Morgen gäbe.«

27. Kapitel

»Nicht traurig sein, Ursus.« Jeanne strich dem Hünen beruhigend über den Kinderschädel. Dann wandte sie sich zu dem Bären und kraulte ihn am Hals, was der mit einem Brummen quittierte. Im Stall des Wirtes zum »Schwarzen Eber« gab es Ziegen, und wenn der Bär rätselhafterweise etwas nicht leiden konnte, so waren es Ziegen. Jeanne wußte nicht, lag es am Geruch, an ihrem Gemecker oder an den katzenartigen Pupillen, mit denen sie einen ansahen. Ursus jedenfalls wagte es nicht, seinen Liebling hier alleine zu lassen, der unruhig an seiner Kette hin und her wankte. Wenn er etwas kaputtmachte, brüllte oder sich gar losrisse, während sie weg waren, wäre das eine Katastrophe.

»Wir bringen dir auch etwas mit«, versprach Jeanne dem einzigen ihrer Gefährten, der heute nicht an der Musik, dem Tanz, den Lichtern und Lustbarkeiten teilhaben sollte.«

»Würstchen«, schlug Guy vor, dem schon das Wasser im Munde zusammenlief.

»Schinken«, versicherte Uc.

»Braten!« – »Ein Rebhuhn!« Die Gaukler überboten sich darin, dem Bärenmann das Paradies zu versprechen, doch nichts hellte die traurige Miene auf, mit denen Ursus ihnen nachsah.

Draußen auf der Straße allerdings hatten sie ihren Gefährten rasch vergessen. Die ganze Stadt schien auf den Beinen. Auf dem Marktplatz war ein Holzpodest aufgebaut, auf dem im Augenblick Musiker aufspielten. Hier sollten gleich auch

Tantris' Gaukler ihr Können zeigen, ehe sie dann dem Zug des Brautpaars in die Festhalle folgten, um dort die Gäste an den Tischen zu unterhalten.

»Ah!« Mit einem lauten Begrüßungsruf stürmte Tantris die Bühne. Er breitete die Arme aus, als wollte er die Menge und den Himmel umarmen. »Glückliches Cavaillon, gesegnetes Cavaillon. Gott und der Sommer haben seine Gaben reichlich ausgeschüttet über diese Stadt. Zum Beispiel uns.« Damit verneigt er sich bis zum Boden, mit einem plötzlichen Abknicken in der Hüfte, wie eine Puppe, deren Fäden abgeschnitten wurden. Das zustimmende Brausen der Menge wich vereinzelt verblüfftem Gelächter, das bald lauter wurde. Wie ein Schachtelteufelchen schoß Tantris wieder hoch. »Kennt ihr auch den Unterschied zwischen einer Jungfrau und einem Priester?« fragte er die Menge, die verblüfft schwieg. »Nun«, erklärte Tantris, »man erkennt ihn, wenn man den Rock hochhebt.« Die Männer lachten, die Frauen drückten sich kichernd an die Schultern ihrer Begleiter. »Ich hoffe«, fuhr Tantris fort, »der Bräutigam kennt ihn wohl, damit er jetzt in der Kirche keinen Fehler macht.« Jemand prustete laut. »So wie seinerzeit in Avignon ...«

Und schon war er mitten in einer bitterbösen Geschichte. Seine Zuschauer bogen sich bald vor Lachen. Nach der Pointe winkte Tantris rasch Uc, der jonglierend auf die Bühne kam und bald mit Guy gemeinsam alle in Atem hielt. Berenice ging hüftschwenkend durch die Menge auf der Suche nach Kundinnen. An diesem Abend gab es viele Mädchen, die wissen wollten, wann sie selbst denn zum Altar geführt werden würden. Und Berenice warf mehr als einmal die Würfel, um es zu erfahren. Auch Liebestränke standen hoch im Kurs, und Marcabrus zog heute keine Zähne, schnitt kaum Fußnägel und mußte sich nicht mit Furunkeln plagen. Er verkaufte Pastillen aus Rosen und Sperlingsblut, aus Alraunwurzel und Sauerampfer, auf die der Tau des Neumondmorgens gefallen war. So viel davon schlug er los, daß es reichte, ganz Cavaillon in einen Liebestaumel fallen zu lassen. Berenice winkte ihm zu aus der Menge und dachte, so stattlich ihr Verlobter auch wäre mit seiner Hahnenfeder, daß ihre Tugend heute nacht doch noch einmal auf die Probe gestellt werden könnte. So strich sie zwischen den feiernden Menschen dahin.

Jeanne betrachtete sie, die Bauernmädchen in ihren besten Miedern, die Schürzen sauber und die Blusen offenherzig geschnürt. Die Bürger mit ihren kurzen Mänteln, bunt gefüttert, und ihre Damen am Arm, denen Ketten auf die vom Brokat nach oben gepreßten Brüste fielen. Federn wippten an kessen Hüten. Die Bauernburschen hatten sich das wehende Schnupftuch als Lockmittel an den Gürtel der langen Hosen geknüpft und es sich zuvor noch einmal durch die Achseln gezogen, damit es ja recht männlich roch. Die feinen Gecken stellten ihre muskulösen Beine in gelben Kniehosen und teuren Strümpfen zur Schau und verbreiteten einen intensiven Duft nach Amber und Nelken.

Zwar waren dem einfachen Volk nur schlichter Stoff und gedeckte Farben erlaubt, aber wo Geld war, da war auch guter Wille, und wo kein Kläger, da fand sich kein Richter. Also sah man doch einigen Samt und mancherlei blinkende Fäden in besticktem Gewebe. Hier leuchtete das Innere eines pelzverbrämten Umhangs verschämt in Violett, dort war eine Kniehose mehr glutorange als braun zu nennen. Und Bänder und Tand schmückte jeden, der es sich leisten konnte. Die Ärmeren begnügten sich mit Blumen, am Busen und im Haar. Die prangten in Gelb und Rosa und königlichem Purpur, ohne daß man jemanden lange um Erlaubnis fragen mußte.

Guy kam und brachte Jeanne einen Kranz aus Margeriten, als sie mit ihrem Tanz fertig war. Sie setzte ihn auf und fragte nicht, woher er kam.

Die Prozession des Bräutigams erreichte inzwischen den Markt. Er hatte seine Braut abgeholt und führte sie jetzt in sein Heim. Kinder versperrten mit Blumenketten den Weg und gaben ihn für ein paar Deniers wieder frei. Süßigkeiten wurden in die Menge geworfen. Berenice erhaschte ein paar für Guy und stopfte auch Marcabrus eine in den Mund. Jeanne lief am Rande des Zuges, schlug ihr Tamburin und sang aus vollem Herzen. Ihr schien, als regne es Blumen.

Die Halle, in der getafelt wurde, war erfüllt vom Lärm der Gäste und von Musik. Die Gaukler erhielten einen wackligen Tisch nahe der Tür, weit entfernt von dem prasselnden Feuer, was bei der drückenden Hitze im Raum allerdings nur ein Glück war. Hungrige Hunde streckten bettelnd ihre Schnauzen zu ihnen herein und wurden nicht enttäuscht. Lange dauerte es zwar, bis die Schüsseln ihren Weg zu ihnen hinunter fanden, und die besten Brocken waren allemal auf anderen Tellern gelandet. Doch fand sich noch mancher Leckerbissen darin, gute Soße, frisches Brot und hier und da sogar ein Stückchen Fleisch. Als die fettige Kruste eines Schweinebratens ihnen allen die Münder wäßrig hatte werden lassen und sie ausgiebig gespeist hatten, erhielten auch die schwanzwedelnden Hunde ihren Teil.

Mit leuchtenden Augen wischte Marcabrus sich die Lippen ab. »Es war doch kein Fehler hierzubleiben«, konstatierte er und rülpste andächtig. »Drüben in Orange verstehen die Leute es nicht so zu feiern.«

Uc stimmte ihm zu, die Zähne in ein Stück Fleisch geschlagen, das sich nicht vom Knochen lösen wollte. Girault tunkte weiches, weißes Brot in die Reste einer Suppe und kaute es mümmelnd, mit glückseligem Ausdruck. Jeanne schabte ihm ein wenig Fleisch dazu und erntete ein liebevolles Tätscheln.

»Hm«, gab Tantris Marcabrus recht. »Siehst du es also ein? Und da wir schon bei Einsehen sind.« Er hob den Weinbecher und prostete allen zu, die sich beeilten, seine Geste zu erwidern. Nur Marcabrus und Berenice hielten die ihren noch zögernd vor der Brust.«

»Ja?« fragte der Kurpfuscher angespannt.

Tantris senkte den Kopf über seinen Wein. »Wenn ich jetzt behaupten würde, ich bin ein Arsch, sagt dir das irgendwas?«

Marcabrus grinste, breit und erlöst. »Nichts Neues jedenfalls.«

Sie stießen ihre Becher aneinander, daß es nur so schwappte. Tantris, in stetig wachsender Euphorie, machte sich anheischig, Marcabrus und Berenice hier und jetzt und sofort zu trauen. Er hieß sie zu dem Zweck aufstehen und sprang auf die Bank. »Alle einmal herhören«, rief er, »wir feiern jetzt die Vereinigung zweier großartiger Menschen.«

Es wurde eine unvergeßliche Zeremonie. Jeanne und Uc, der zu diesem Zweck ein Kopftuch aufsetzte, wurden zum allgemeinen Gaudium die Brautjungfern. Tantris hielt eine Predigt, bei der die Leute sich ausschütten wollten vor Lachen. Doch als er an das Gelöbnis kam, flossen Tränen der Rührung, obwohl als Trauzeuge ein gerösteter Spanferkelkopf herhielt, der Segen mit einer abgenagten Hammelschulter erteilt wurde und der Bräutigam noch vor dem Ende der sich hinziehenden Prozedur betrunken unter den Tisch zu kippen drohte. Tantris hatte sogar einen Ring herbeigezaubert, aus dem Ohr eines alten Magistrats, der sich vor Belustigung über die Schätze, die er barg, kaum zu fassen vermochte. Mehrere der Gäste bohrten darauf in den eigenen Goldminen, brachten aber nichts annähernd Attraktives zutage.

Die Brautmutter, eine Matrone mit überladener Haube, erkannte, halb belustigt, halb entsetzt, den Ring als den ihren und bestand lautstark auf seiner Rückgabe. Doch wurde er ihr von Tantris mit so viel höfischer Eleganz zurückgegeben, daß sie errötend verstummte und den Gaukler von da an mit roten

Wangen und glühenden Blicken verfolgte, während er zwischen den Tischen umherging, um aus den Nasen der Herren und den Dekolletés der Damen unerwartete Dinge hervorzuzaubern.

Uc stupste seinen Vater an. »Der jedenfalls wird diese Nacht nicht *vor* einem Fenster singen müssen.«

»Bist du verrückt, die ist so alt und taub, die würde ihn nicht mal hören, wenn er auf ihr sänge.« Prustend prostete Marcabrus ihnen zu.

Jeanne wurde von einem jungen Burschen zum Tanze aufgefordert und drehte sich, daß ihr Margeriten-Kranz flog. Einer klatschte sie ab, dann ein anderer. Plötzlich hielt Tantris sie in seinen Armen. Verblüfft wollte sie etwas sagen, schwieg dann aber und gab sich ganz der Musik hin. Er hielt sie fest und sicher und führte sie durch die Menge. Alles drehte sich um die beiden, die ganze Welt war in einem Taumel, nur sein Blick gab ihr einen festen Halt, und sie versenkte sich tief hinein. Für wenige, ewige Augenblicke gab es nichts als den anderen, den Druck ihrer Arme, die Hitze ihrer Körper, den Gleichklang, in dem sie sich bewegten, in dem sie schwebten, losgelöst von allen Überlegungen, allen Problemen, allen Hindernissen. Für einen beseligenden Moment waren sie eins.

Als die Musik plötzlich abbrach, standen sie einander schwer atmend gegenüber. Noch immer sprachen sie nicht, und langsam wurden sie verlegen. Zu ihrem Glück klopfte der Brautvater auf den Tisch, um eine Rede zu halten, so daß sie scheu ihre Blicke voneinander lösen und zur Tafel der Festgäste hinüberschwenken konnten, wo der Honoratior nun Anstalten machte aufzustehen.

Er war ein Bauer mit breiter Brust und breiten Händen. Ein grauer Bart fiel auf die Weste mit den Silberknöpfen, die er trug wie etwas Ungewohntes. Seine Frau, die neben ihm saß und zu ihm aufschaute, hatte ihr graues Haar unter einer prächtig bebänderten Haube verborgen. Ihr Gesicht war rot wie die Hände einer Waschfrau und ihr langer Hals dürr. Sie lächelte mit vielen Zahnlücken, als ihr Mann ihren Namen nannte und ihr dankte für das Glück, ihm eine solche Tochter geschenkt zu haben. Wieder suchte ihr verschämter Blick den von Tantris. Doch plötzlich verzerrten sich ihre Züge. Sie schien auf ihrem Stuhl zu wanken. Jeanne sah, wie zwei junge Frauen aufstanden und ihr gut zuredeten. Ihr Gatte, das Glas für den Toast noch in der Hand, starrte besorgt auf sie hinunter, dann wieder in die Menge. Ein älterer Mann kam dazu und setzte die Frau auf ihrem Stuhl zurecht. Jemand fächelte ihr mit einer Serviette Luft zu.

Jeanne reckte den Hals. Sie hatte sich nicht so weit nach vorne gedrängt wie Tantris und konnte nichts verstehen von dem, was dort gesprochen wurde. Aber sie sah, wie der Ältere der Frau die Haube abnahm. Ihr Kopf taumelte nun unsicher hin und her, und es dauerte eine Weile, bis es dem Helfer gelungen war, auf ihrer Stirn die Temperatur zu fühlen.

»Fieber«, lautete das Urteil.

Natürlich, dachte Jeanne, sie hat ja Schweißtropfen auf der Stirn.

»Es ist zu heiß hier drinnen«, verkündete zur selben Zeit jemand. »Was sie braucht, ist Luft. Luft!« rief es, und der Redner wandte sich wieder seinem Publikum zu, um die Leute zu bitten, doch ein wenig zurückzutreten. So wurde gerade genug Raum um die arme Frau geschaffen, daß jeder erkennen konnte, was sich unter dem seidenen Halstuch verbarg, das der Arzt ihr abknüpfte. Voller Entsetzen sahen Jeanne und die anderen eine Reihe rot-schwärzlicher Geschwüre, die sich am Hals hinter dem Ohr verborgen hatten und am Ausschnitt dort, wo es zur Achsel zuging. Die Menge, dicht aneinandergedrängt, verstummte mit einem Schlag. Genau diesen Moment wählte die Brautmutter, um ein letztes

Mal zu schwanken und dann mit lautem Krachen vom Stuhl zu fallen.

Ihre Tochter sprang auf, schlug die Hände vors Gesicht und kreischte. Das war das Zeichen für die allgemeine Hysterie. Alles schrie auf, wandte sich auf einen Schlag ab, stieß sich von seinem Nachbarn fort und suchte, den Ausgang zu erreichen. Wer zögerte, den stieß man zur Seite, wer stolperte und stürzte, der wurde von den Nachdrängenden zu Boden gedrückt. Manche drehten sich inmitten des Chaos nur hilflos im Kreise und rangen, umhergeschoben, die Hände, andere teilten mit Fäusten und Ellenbogen aus. Männer zogen ihre Frauen, die sich Taschentücher ans Gesicht drückten, hinter sich her. Mütter schrien nach ihren Kindern. Erst auf der Straße ertönte der Ruf, der allen auf der Zunge gelegen hatte. Man hörte ihn in den Straßen, bald näher, bald ferner: »Die Pest! Es ist die Pest!«

Die Gaukler waren in eine Ecke nahe dem Kamin gedrängt worden, schmiegten sich eng aneinander und schauten sich ratlos um. »Wenn nur Ursus hier wäre«, klagte Berenice mit einem Blick auf das tödliche Gedränge.

»Der hat es gut«, knurrte Uc, der seinen Vater an sich gedrückt hatte, um ihn vor der schiebenden Masse zu schützen, und sich fieberhaft nach einem anderen Ausgang umschaute. »Der sitzt nicht in diesem Loch fest.«

»Wo ist Jeanne?« fragte Guy und reckte den Hals, doch vergebens.

»Da!« Marcabrus hatte sie entdeckt. Mit aller Kraft gegen die Menge der Flüchtenden ankämpfend, versuchte sie zu ihnen zu gelangen, wurde jedoch immer weiter in Richtung des Ausgangs abgedrängt.

»Jeanne!« rief Berenice, »Jeanne!« und streckte die Arme nach ihr aus.

»Worauf warten wir noch? Hinterher!« schrie Uc in diesem

Moment, hievte sich seinen Vater über die Schulter und stürmte brüllend wie ein Stier voran.

Tantris sah sie aufbrechen und wollte ihnen nach, da hielt eine breite Hand ihn fest wie ein Schraubstock. Er drehte sich um und sah den Brautvater, mit vor Schreck blassem Gesicht, aber nicht aus der Ruhe zu bringen. An seiner Seite standen der zitternde Bräutigam und der alte Arzt, der sich hektisch die Hände mit einem Taschentuch abrieb.

»Du«, bedeutete der Bauer dem Bräutigam, »gehst mit Madeleine.«

Aufatmend griff der Junge sich seine schluchzende Braut und warf sich mit ihr ins Getümmel.

»Und du, Gaukler«, befahl der andere und wandte sich seiner eigenen, schwereren Verantwortung zu, »hilfst mir tragen.«

Gehetzt schaute Tantris sich nach seinen Freunden um, die in der Menge um ihr Fortkommen kämpften. Einmal glaubte er, seinen Namen rufen zu hören. Doch der Bauer hielt ihn unerbittlich fest. Schon wollte Tantris die Faust ballen, da ließ ihn etwas im Gesicht dieses Mannes mit dem grauen Bart innehalten. Sein Blick wanderte weiter zu der Kranken, die auf dem Boden lag. Der Blick fiel ihm ein, mit dem sie ihm bei der Rückgabe des Rings zugelächelt hatte. Die Leute taten ihm leid.

Seine Faust sank herab. »Also gut«, sagte er seufzend. Aber die Angst schüttelte ihn. Es konnte doch nicht sein. Es durfte nicht sein, daß das Schicksal ihm so übel mitspielte. Daß es aus seinem Leben eine so lachhafte Komödie machte und ihn kurz vor dem Ziel seiner Wünsche aus der Bahn warf, um einen lächerlichen, nutzlosen Tod zu sterben. Vor ein paar Wochen noch, dachte er, als er sich anschickte, mit anzupacken, hätte ich ein solches Ende vielleicht sogar begrüßt, aber nun, so kurz davor zurückgeworfen zu werden in einen elenden, massenhaften Tod, das wäre zuviel des Humors, sogar für einen Spielmann wie mich, o Herr. Unmerklich gingen seine Selbstgespräche in Gebete über. Dennoch schaffte er es, im Hinausgehen seiner Truppe zuzublinzeln, die eng aneinandergedrückt unter einer Linde stand und ihn über das Gewühl hinweg entsetzt anstarrte.

»Was macht Tantris denn da?« fragte Marcabrus verwirrt.

»Ein Werk der Nächstenliebe«, flüsterte Berenice, halb entsetzt, halb ehrfürchtig.

Jeanne bekreuzigte sich und flüsterte ein Gebet.

»Ach was, sie haben ihn am Arsch gekriegt, weil er nur ein Spielmann ist.« Uc trat in ungewohnter Erregung gegen den Baum. Sein Vater hob die zittrige Hand, um sie ihm beruhigend auf den Arm zu legen. Doch Ucs düstere Stimmung wollte nicht verfliegen. »Und wir sollten machen, daß wir wegkommen, ehe sie uns auch noch greifen.«

»Ich weiß nicht.« Berenice fuhr sich über den Hals und das Dekolleté, als wäre ihr heiß. »Vielleicht sollten wir ihnen nachgehen und sehen, wo sie ihn hinbringen.«

»Der paßt schon auf sich selber auf«, meinte Uc nur und hielt Jeanne am Arm fest, die Berenices Vorschlag als Aufforderung verstanden hatte und bereits die ersten Schritte hinter Tantris her tat. Erstaunt schaute sie zuerst ihn an und dann wieder zu Tantris hinüber, der eben mit dem Zug in der nächsten Gasse verschwand. Es schnitt ihr ins Herz, als sie seine vertraute Gestalt nicht mehr sah. Die Nacht hatte ihn verschluckt, so endgültig wie das Tor zur Hölle, schien es Jeanne.

Uc schüttelte den Kopf. »Wir sollten zur Herberge gehen und …« Mit plötzlichem Mißtrauen starrte er Berenice an, die sich noch immer heftig kratzte und dann ihr Schultertuch unter dem Kinn zusammenzog.

»Was ist?« herrschte sie ihn an, als sie seine gerunzelten Brauen bemerkte, und wich zurück.

»Das frage ich dich«, knurrte er und tat einen Schritt auf sie zu. »Was hast du da?«

Berenice riß die Augen auf. »Was sollte ich da haben? He, Finger weg.«

Sie wehrte Ucs Hände ab, die nach ihrem Halstuch griffen. »Was soll das, laß mich los!«

»Nimm sofort die Finger von ihr«, mischte Marcabrus sich ein und warf sich zwischen die beiden, die um das Stückchen Stoff rangelten.

Jeanne schaute entsetzt von einem zum anderen. »Uc! Marcabrus! Gebt Frieden!« rief sie. Sie zog den Messerwerfer mit viel Mühe von der sich heftig wehrenden Frau fort, die sich an Marcabrus klammerte. »Was ist denn nur mit euch los!«

Uc keuchte vor Anstrengung. »Frag sie doch, was mit ihr los ist«, fauchte er und zeigte mit dem Finger auf Berenice. »Frag sie doch, was sie unter ihrem Tuch da verbirgt.« Alle starrten erst ihn, dann Berenice an. Selbst Marcabrus wurde blaß und lockerte unmerklich seine Umarmung. Ehe einer von ihnen etwas sagen oder sich rühren konnte, war Ucs Hand vorgeschossen und riß Berenice das Tuch herunter.

Alle schrien unwillkürlich auf und starrten wie gelähmt auf die entblößte Stelle. Berenices Haut schimmerte im Mondlicht. Doch es bot sich kein Anblick von schwärzlichen Stellen, von Eiterbeulen und schwärender Haut. Nur ein hageres Dekolleté mit mageren Falten am Hals, unnatürlich gerötet vom vielen Kratzen und mit Stichen übersät, die sie einem peinlichen, aber harmlosen Plagegeist verdankte.

»Der verdammte Bär«, schluchzte sie, »mit seinen dämlichen Flöhen, er hat mich ...« Sie brach in hysterisches Weinen aus. Die anderen in der Gruppe schwankten zwischen Lachen und Weinen. Ihre Erleichterung war so groß, daß sie sich gegenseitig unter Gelächter umarmten, während ihnen doch die Tränen herunterliefen und keiner von ihnen hätte sagen können, ob sie fröhlich oder traurig waren. Marcabrus, der die bebende Berenice an seiner Schulter barg, versetzte Uc einen gespielten Fausthieb gegen das Kinn. Der quittierte die Geste mit einem Zurückwerfen des Kopfes, als sei er schwer getroffen, und einer Grimasse des Schmerzes, die nahtlos in ein Grinsens überging. Ich hab's verdient, sollte die Einlage sagen.

»Tantris«, begann Jeanne, als sie sich wieder beruhigt hatten.

Sofort wurde sie von Uc unterbrochen: »Der kommt schon klar, ehrlich. Wir sollten zum Wirtshaus zurück, um Ursus Bescheid zu sagen. Bestimmt kommt Tantris nachher auch hin.«

Er hatte seine Fassung wiedergefunden. Seine Stimme klang ruhig und zuversichtlich.

»Ach Gott, Ursus!« Jeanne erschrak, sie hatte ihren Gefährten völlig vergessen. Wie konnte sie nur so selbstsüchtig sein. Sie schämte sich aufrichtig dafür und wollte Uc schon aus tiefstem Herzen zustimmen, da griff ein neuer Schrecken nach ihrem Herz und krallte sich darin fest. Ihre Stimme klang dünn und hoch, als sie laut fragte: »Wo ist eigentlich Guy?«

28. Kapitel

»Nur die Ruhe!« In der Stimme des alten Vernègues klang ein gewisser Mißmut mit.

»Aber wo sind sie?« begehrte Raymond auf. Er hob sich im Sattel an und schaute sich um. Seine Freunde hatten doch versprochen, ihn an der Wegkreuzung zu erwarten, um ihn zu einem kleinen Ausritt mitzunehmen. Und bei Gott, er konnte eine kleine Abwechslung vertragen nach dem quälenden Besuch. Daß er aber auch keiner Menschenseele sein Herz ausschütten konnte. Nicht einmal Charles würde ihn ganz verstehen.

»Hast du es so eilig, deinen alten Vater allein zu lassen?« Der Sarkasmus war sanft, aber wirkungsvoll. Gehorsam ließ Raymond sich wieder in den Sattel sinken und lenkte sein Pferd an des Vaters Seite. Wahrhaftig, die Märtyrer hatten nicht gelitten, was er erdulden mußte. Mit ungnädigen Augen betrachtete er das durchsonnte Buchengehölz, das sie passierten. Eine Weile war nichts zu hören als der dumpfe, friedliche Hufschlag ihrer Tiere und ab und an eine Vogelstimme.

»Nun?« fragte Baron de Vernègues.

Doch Raymond war nicht in der Stimmung. »Was nun?« gab er patzig zurück.

Der Baron seufzte. »Wie sie dir gefallen hat, natürlich.«

Abrupt wandte Raymond sich ihm zu. »Mon dieu, Papa! Sie muß doch beinahe dreißig sein. Ich kann nicht glauben, daß du all das hier ernst meinst.« Er nahm seine Kappe ab, schlug sie gegen seinen Ellenbogen, wie um ein Stäubchen aus dem

Pelzkranz zu entfernen, blies darauf, damit die Haare sich wieder schön stellten, und zog sie sich geschickt mit einer Hand über. »Das ist ein einziger Alptraum«, murmelte er.

Im alten Vernègues kochte es, doch er beherrschte sich. Man mußte nachsichtig mit den Dummköpfen sein, auch wenn es die eigenen Söhne waren und die Einsicht bitter. Mit ruhiger Stimme entgegnete er: »Bei ihrer ersten Eheschließung war sie vierzehn, also ist sie nun, als Witwe, vierundzwanzig, wenn ich richtig rechne.«

Raymond hob Blick und Hände gen Himmel, als suche er dort einen Zeugen für das, was man ihm zumutete.

»Und du mußt zugeben, sie sieht betörend aus«, fuhr der Baron fort. »Sie ist eine Schönheit, eines Königs würdig.«

»Die reinste Schneekönigin«, brummelte Raymond, der ohne Freude an die blonde, weißhäutige Edelfrau dachte. Wahrhaftig, sie war schön gewesen wie ein Bild, so schlank wie eine gotische Madonna. Und ihre Augen hatten geleuchtet wie der Abendhimmel, wenn sein Blau sich vertiefte. Aber ein kühler Schimmer umgab sie, der ihrem Vornamen, Blanche, alle Ehre machte. Wenn er da an die entzückende, honigfarbene Süße seiner Diane dachte! Er schüttelte sich, als ob er fröre. »Außerdem hat sie Sommersprossen«, bemerkte er, als sei damit alles gegen die Kandidatin gesagt. »Man konnte sie unter dem Puder sehen.«

Der alte Vernègues lächelte nachsichtig. »Die werden durch ihr Vermögen mehr als aufgewogen«, meinte er. »Sie bringt große Ländereien mit, fast das Doppelte im Wert von dem, was dein kleiner Schwarm dir eingebracht hätte.« Er warf seinem Sohn einen Blick aus den Augenwinkeln zu. Raymond spürte es, und er biß sich auf die Lippen. Nein, er würde sich nicht verraten. Erst wenn es soweit war, sollte die Welt erfahren, aus welchem Holz er geschnitzt war. Bis dahin galt es, sie alle klug zu täuschen. Deswegen allein hatte er überhaupt in diese wahnwitzige Unternehmung eingewilligt: eine Brautschau.

Das ihm, dem größten unter den Liebenden. Er schüttelte den Kopf über die Zumutung. Dabei hätte sein Vater wahrlich mehr Geschmack beweisen können, als ihm eine reiche Witwe vorzusetzen.

»Außerdem ist sie eine Frau von großer sittlicher Strenge.«

Raymond schnaubte. Davon, dachte er, hatte sie einiges gezeigt. Diese hochmütige Haltung, diese Distanziertheit. Da waren kein heimliches Blickewerfen und Erröten, kein Kichern, kein Hauch von Koketterie gewesen. Nur Wohlerzogenheit und Kühle. Diese Frau, Raymond ahnte es, wußte genau, was sie wollte.

»Eine wie sie könnte dir Halt geben.«

»Darauf verzichte ich«, rief Raymond unwillkürlich aus. Er wollte entgegen seinen guten Vorsätzen noch mehr sagen, da öffnete sich das Buchenwäldchen. Vor ihnen erschien eine breite Senke, zwischen deren geschwungene Wiesenflächen sich ein Herrenhaus schmiegte.

Es war nicht viel größer als ein großer Gutshof, doch seine Fassade, aus dem grauen Stein der Umgebung, war schön gegliedert und von auffallend harmonischen Proportionen. Zahlreiche große Fenster unterteilten sie, und eine Auffahrt mit Bäumen führte zu ihr hin, die allerdings sichtlich die Hand eines Gärtners vermissen ließen. Zwischen dem Kies vor dem Haus wuchs das Unkraut, und aus den Schornsteinen quoll kein Rauch. Unwillkürlich zügelten die beiden Reiter ihre Pferde.

»Das Anwesen derer von Beaucaire«, sagte der Baron und tätschelte seinem Pferd den Hals, das schnaubte und die Gelegenheit nutzte, an einem Ginsterstrauch zu knabbern. »Allerdings steht es leer.«

»Warum?« fragte sein Sohn.

»Der letzte Besitzer hat sich ruiniert, und sein Sohn mußte den Gläubigern weichen. Es ist eine seltsame Geschichte. Man sagt, daß er als Gaukler noch immer durch diese Lande zieht.« Der Baron lachte nachsichtig.

»Ach«, sagte Raymond. Er stieß seinem Tier die Fersen in die Flanken. Ein Bauer, der etwas abseits der verlassenen Auffahrt mit einer Sense Gras mähte, zog seinen Hut und schaute ihnen mit offenem Munde nach.

»Sie scheinen hier lange keine ordentlichen Menschen mehr gesehen zu haben«, meinte Raymond abfällig.

»Das Haus steht leer, wie gesagt, seit etwa zehn Jahren.« Die Zahl erinnerte den Baron an etwas. Er ritt an die Seite seines Sohnes. »Es gibt noch eine Geschichte«, sagte er geheimnisvoll. Er beobachtete Raymond, dessen Blick fasziniert über die staubigen Scheiben glitt.

»Die schöne Blanche«, raunte er, »so kühl, wie du sagst, soll sie nicht immer gewesen sein. Man sagt, sie habe den jungen Beaucaire geliebt, bis sein Bankrott die beiden auseinanderriß.«

»Da hat sie einen anderen genommen«, erwiderte Raymond, »der mehr Geld hatte. Und das nennst du Leidenschaft?« Aber innerlich dachte er: Aha. Und er mußte zugeben, daß die schöne Witwe plötzlich ein wenig an Reiz gewonnen hatte. Er versuchte, sich das Gesicht dieses arroganten Gauklers vorzustellen, wenn er, Raymond, mit ihr am Arm an ihm vorbeischritte, um ihm ein paar Münzen zuzuwerfen. Doch nein, das war ein billiges Vergnügen, und Diane war ihm zu teuer, sie dafür zu opfern. Raymond lächelte in sich hinein. »Dieser Besitz«, sagte er statt dessen nachdenklich, während er gemächlich an der Fassade entlangtrabte, »er liegt zwischen unserem Besitz und ihrem, oder?« fragte er. »Dem meiner, äh, Braut«, setzte er hinzu, als er das fragende Gesicht seines Vaters sah.

Der alte Vernègues nickte.

»Wem gehört er jetzt?« fragte Raymond, so betont gleichmütig, daß ein Lächeln über das Gesicht seines Vaters zog. Endlich zeigte der Junge ein wenig praktischen Geist. Er legte den Kopf schräg und ließ den Blick über das Anwesen gleiten. »D'Oppède hat sich Teile davon einverleibt, aber nur geringe, soweit ich weiß. Der Rest ...«, er machte eine Pause. Vater und Sohn lächelten einander an.

Das fügte sich ja wunderbar, dachte Raymond, ein Wink des Schicksals, ein Gottesgeschenk. Sein Vater würde das Gut für ihn erwerben, das der Preis für Dianes Freiheit war, in dem Glauben, es handle sich um die Morgengabe für seine Verkupplung mit der Witwe. Beinahe hätte er laut gelacht. Nun, vielleicht würde er es sich als Jagdschloß halten. Es war natürlich unter seinem Niveau. Aber Diane konnte es ja ausstatten. Und der Gaukler wäre herzlich eingeladen, ihnen auf dem Vorplatz eine Vorstellung zu geben. »Tantris, du Narr«, murmelte er. »Du wirst diese Mauern nie mehr anders als von außen sehen.«

»Was sagst du?« fragte sein Vater.

»Nichts«, antwortete Raymond und stieg ab. Sogar Charles würde zugeben müssen, daß er gerissen war. Er bückte sich nach einem Stein und wog ihn in der Hand. Es juckte ihn in den Fingern, eine dieser Scheiben einzuwerfen, um ihrem ehemaligen Besitzer seine Verachtung zu bezeigen.

Sein Vater neigte sich im Sattel vor. Mit eisernem Griff umfaßte er die erhobene Hand seines Sohnes. Erstaunt sah dieser auf.

»Wenn wir es kaufen sollen«, stieß der Baron zwischen den Zähne hervor, »zerstör es nicht mutwillig!«

Raymond wollte etwas erwidern, als ein Jagdhorn ertönte. Sofort hellte sich seine Miene auf. »Das ist Palamèdes Jäger«, rief er und saß schon wieder im Sattel. Ehe sein Vater noch etwas erwidern konnte, galoppierte er auf und davon, zum Abschied seine Kappe schwenkend, ohne sich noch einmal umzusehen.

»Raymond«, rief Baron Vernègues, doch er tat es leise und

mit einem Seufzer. Er hatte doch mit ihm noch über jene andere, größere Sache sprechen wollen. Auch er ritt wieder an, jedoch in gemächlicherem Tempo. In seinem Wams knisterte bei jeder Bewegung der Brief, der auf seinem Herzen lag wie ein Fels. Der König, schrieb Duchâtel ihm vom Hofe als Antwort auf seine dringenden Anfragen, wie es in der Waldensersache stehe, bete. Vernègues schloß die Augen. Beten, dachte er, taten wir das nicht alle? Als er sie wieder öffnete, drangen die dunklen Scheiben des Schlößchens Beaucaire wie mit rätselhaften, fragenden Blicken auf ihn ein. Der alte Vernègues vermochte die Zukunft in ihnen nicht zu erkennen.

29. Kapitel

»Hier herein!« Der graubärtige Bauer hielt vor einem Haus, hinter dessen bernsteinfarbenen Butzenscheiben noch Licht brannte, und verriet, daß hier das Gesinde auf die Rückkehr der Herrschaft wartete. Er betätigte einen bronzenen Klopfer in Form eines Eberkopfes. Eine verwirrte Magd öffnete.

»Ihr, Herr, schon zurück, aber …, wir haben gehört …, ist es …? Und die Herrin …« Die unverständliche Litanei endete in einem hohen Schrei, mit dem sie in die Tür zurückwich und den schwitzenden Männern so endlich Gelegenheit gab, ihre schwere Last hereinzubringen.

Der Alte dirigierte sie die Treppe hinauf ins Obergeschoß, rief nach Wasser, Tüchern und einem Arzt. Doch Tantris bezweifelte, daß seine Befehle gehört wurden, während er sich selbst die engen, ächzenden Holzstiegen hochquälte. Zu aufgeregt schienen alle, völlig überfordert von dem Geschehen. Als er sich auf dem Treppenabsatz umwandte, sah er einen Knecht, dem das schlechte Gewissen im Gesicht geschrieben stand, sich zur Tür hinausdrücken. Die Magd war noch immer da, ihre Schürze vor den Mund gepreßt, und starrte ihnen nach. Von draußen waren schwere Tritte zu hören.

»Ihre Kammer ist die letzte rechts.« Der Alte keuchte. Mit einem Tritt öffnete Tantris die Tür. Neben einer Truhe und einem schweren Eichenschrank mit Beschlägen stand ein Alkoven, in den sie die Kranke hievten. Sie versank in den mit schweren Daunen gefüllten Kissen. Vom Betthimmel rieselte ein wenig Staub. Einen Moment standen die Männer da, schauten auf sie hinunter, die schon grauer als das Linnen aussah, und verschnauften. Drunten hörte man Stimmen und lautes Jammern.

»Also dann«, setzte Tantris an. »Ihr habt Euer Weib daheim. Möge Gott Euch behüten!« Er wandte sich ab und ging zur Tür. Der Bauer sagte nichts. Er betrachtete nur seine Frau und ließ sich schwer atmend in einen Lehnstuhl sinken. Aus dem Erdgeschoß dröhnte lautes Hämmern.

Alarmiert fuhr Tantris herum. »Was ist das?« rief er. Er rannte zur Treppe, nahm drei Stufen auf einmal. »Was tut ihr da?« brüllte er. Die Magd war an der Tür zusammengesunken. Tantris stieg über sie hinweg und versuchte, die eichenen Türflügel zu öffnen, vergebens. Sie gaben auf sein Rucken kein Stück weit nach.

»Den Schlüssel«, rief er in Panik, riß das Weib hoch und schüttelte es. Als es sich nicht rührte, tastete er an ihrem Gürtel nach dem Bund, fand den Hauptschlüssel, steckte ihn mit zitternden Händen ins Schloß, drehte und rüttelte erneut.

»Es geht nicht«, schluchzte die Magd. »Sie haben sie von außen verschlossen.« Die eigenen Worte schienen sie zu ernüchtern. Schniefend stand sie auf, glättete ihre Röcke und nahm ihm den nutzlosen Schlüssel wieder ab. »Sie haben alles verbarrikadiert. Und jetzt malen sie das weiße Kreuz darauf. Ihr wißt schon.«

Die weißen Kreuze! Warum hatte er nicht eher daran gedacht? Tantris verfluchte sich und sein sentimentales Mitgefühl. Er hatte sie doch selbst schon einige Male gesehen, die weithin leuchtenden Zeichen, die jedem Vorbeigehenden verrieten, daß hier ein Pesthaus war. Manchmal alt und verblaßt, manchmal so frisch, daß noch die Tropfen daran herabliefen. Aber er hatte sich niemals gefragt, was für Szenen sich in diesen Häusern abspielen mochten, war nur rasch weitergegangen, dankbar, den blauen Himmel über sich zu wissen.

Die darinnen wohnten, waren eingesperrt mit der Krankheit auf Gedeih und Verderb. Steckten sie sich an, so wurde das stille Haus nach einiger Zeit von den Totengräbern geöffnet und ausgeräuchert. Blieben sie am Leben, wurden sie nach einigen Wochen befreit. Von Zeit zu Zeit kamen die Leichenträger vorbei, um die Toten abzuholen, und handelten wohl bisweilen auch mit Lebensmitteln für gutes Geld, überbrachten Nachrichten von Verwandten und den Stadtklatsch, hastig weitergegeben durch verschlossene Fensterläden.

Die Fensterläden! Tantris hörte die Schläge bereits, mit denen auch sie verrammelt wurden. Er machte sich gar nicht erst die Mühe, im Erdgeschoß nach einem Ausgang aus der Falle zu suchen. Noch einmal rannte er nach oben, so schnell er konnte, stieß die Tür zur ersten Kammer auf und lief zum Fenster.

Davor wurde schon der Kopf einer Wache sichtbar, die die angelegte Leiter erstiegen hatte. Tantris sah die Feder am Helm und die Pike, die ihn vom offenen Fenster zurücktrieb. Der andere schaute ihn ausdruckslos an, grinste, zuckte die Achseln, dann schloß er energisch die Fenster- und Ladenflügel. Es pochte wiederum. Tantris fluchte. Von Fenster zu Fenster lief er, auf der Suche nach einem Fluchtweg, immer wieder zurückgetrieben von einem, der schneller war als er.

Einmal gelang es ihm, den Kopf hinauszustrecken. Steinwürfe begrüßten ihn und das vielstimmige Geschrei der Menge, die sich die Szene nicht entgehen lassen wollte. Er erwog, auf den Fensterrahmen und von dort aufs Dach zu klettern, doch der Steinhagel machte es unmöglich. Glas klirrte, und Scherben regneten hinter ihm auf den Fußboden. Selbst wenn er hinausgekommen wäre, er hätte auf dem Dach in der Falle gesessen wie eine von Hunden auf den Baum gejagte Katze. Die Menge würde ihn ohne Erbarmen lynchen. In seinen Narrenkleidern war er auffallend genug.

Dann klappte auch die letzte Gefängnistür zu. Tantris stand in der Finsternis des unbeleuchteten Zimmers. Draußen grummelte der Zorn der Masse. Unter seinen Füßen knirschten die Scherben unnatürlich laut in dem stillen Haus. Selbst das Weinen aus dem Erdgeschoß war verstummt. Er trat bei dem Bauern und seiner Frau ein.

»Kommst du zurück, Gaukler«, murmelte der Bauer, tonlos, emotionslos. Es war keine Häme in seiner Stimme.

Schüchtern kam die Magd herein, eine Schüssel mit warmem Wasser und einen Lappen in der Hand. Auch sie war ruhig geworden. Sie wehrte sich nicht mehr, war dumpf in ihr Schicksal gefügt.

Mit klopfendem Herzen nahm Tantris auf der Truhe im Hintergrund Platz, außerhalb des gelben Lampenscheins. So viele Bilder rauschten in seinem Kopf vorbei, so viele Gedanken. Er meinte, die Brust würde ihm zerspringen. Die Luft hier reichte zum Atmen nicht. Leben wollte er, leben!

Keiner schaute den anderen an. Alles, was zu hören war, war das leise Plätschern des Wassers, mit dem die Kranke gewaschen wurde.

»Guy!« rief Jeanne und lief durch die dunklen Gassen. »Guy!« Hier und da lag noch eine zerrissene, fallengelassene Blumengirlande, manchmal trat sie auf Blüten, flatterten noch ein paar vergessene, verwaiste Bänder. Jeanne fand einen glimmenden Kienspan, der wieder aufflammte, als sie ihn aus der Gosse hob. Er zeigte ihr verwaiste Plätze, verwüstete, verlassene Straßen. Sie suchte dennoch in seinem Licht weiter, leuchtete in Kellerlöcher und unter Torbögen, überall, wo ein verängstigtes Kind sich verstecken mochte.

Doch Cavaillon schien wie ausgestorben, als gäbe es keine Menschen mehr. Manchmal klappte noch eine Tür. Manchmal glaubte sie ein Schluchzen hinter verschlossenen Läden zu hören. »Guy«, rief sie, als etwas raschelte. Doch als sie den Kienspan hob, war es nur eine Ratte, die, aufgestört, über ihre Füße huschte und um die Ecke verschwand. Jeanne richtete sich auf und suchte sich zu beruhigen.

Uc und Girault wollten zur Herberge zurück. Der Alte brauchte Ruhe, und Uc wollte ihn dort bei Ursus im Stroh lassen, ehe er selbst losging, um bei der Suche zu helfen. Marcabrus und Berenice waren in die andere Richtung aufgebrochen, hatten aber ihrer Zuversicht Ausdruck verliehen, daß der Kleine schon klarkäme und vermutlich bereits bei den anderen im »Schwarzen Eber« säße. Berenice hatte gejammert, daß sie das jetzt auch bräuchte: die Wärme, den beruhigenden Lärm und den Dunst der Wirtsstube, die Nähe anderer Menschen und das Feuer des Weines, das einem durch die Adern rann und alles Schlimme vergessen ließ. Vielleicht war sie, Jeanne, ja die letzte, die noch sinnlos durch die Dunkelheit irrte. Da hörte sie Stimmen, einen fernen Tumult.

Den Geräuschen folgend, erreichte Jeanne die Hauptstraße wieder, nahe dem nun verschlossenen Stadttor. Erstaunt drückte sie sich an eine Hauswand. Dort war ein stattliches Bürgerhaus, die Tür geschmückt mit Girlanden, aber verunziert durch ein großes, schiefes, noch tropfendes weißes Kreuz. Leitern waren an die Mauern angelegt und führten zu den Fenstern im oberen Stock. Bauernburschen, zum Teil noch in Festgewändern, hielten sie unten fest und riefen Kommandos, Männer der Stadtwache erklommen die Sprossen und machten sich daran, droben die Fensterläden zuzunageln. Einer ließ sich ein Brett zuwerfen. Ein ganzer Haufen Menschen stand herum und begleitete die seltsame Arbeit mit Geschrei, Gejohle und guten Ratschlägen. Jeanne sah die Stadtmagistrate etwas abseits stehen und mit dem Wachkommandanten reden, der zuhörte und zugleich keinen Blick von seinen Leuten wandte. Bisweilen brüllte er einen Befehl. Die Männer neben ihm nickten.

Plötzlich sah Jeanne einen Mann im ersten Stock, ein blasses Gesicht am dunklen Fenster, ängstliche Augen, die die Menge musterten.

»Tantris!« schrie sie und streckte die Arme nach ihm aus. Einen Moment war seine ganze Gestalt sichtbar, geduckt wie zum Sprung. Ihr war, als könnte sie ihn auffangen. »Tantris!« Sie rief mit der ganzen Kraft ihres Herzens. Doch ihre Stimme ging im Gebrüll der anderen unter.

In die Wachen kam Leben. Sie sah Piken, eine Armbrust. Der Mann am Fenster zögerte. Da waren drei Wachen die Leiter hinauf, die Fensterläden klappten zu, der Hammer dröhnte. Verwirrt ließ Jeanne die Arme sinken. Warum war er nicht herausgeklettert? Warum war er nicht bei ihr? Hatte sein Blick sie getroffen, wie sie es glaubte? Warum hatte er sich von selbst zurückgezogen? Jetzt war er dort drin, o Gott, dort drinnen. Sie vermochte nicht, es sich auszumalen. Und die hier hatten ihn umgebracht.

Mit neu erwachtem Ekel starrte sie auf die erregte Menschenmenge. Eine Gruppe hatte sich untergefaßt zum Reigen. Sie taumelte mehr, als daß sie tanzte, im Kreis herum, sie grölten ein Lied. Als sie Jeanne mit ihrem Blumenkranz und dem offenen Haar an der Mauer stehen sahen, löste sich ein junger Mann aus ihren Reihen und kam zu ihr herüber. Er versuchte sie zu umarmen. Trotz ihrer Gegenwehr gelang es ihm, ihr einen Kuß auf die Lippen zu drücken.

»Wir werden alle sterben«, kicherte er. »Komm, laß uns tanzen!«

Voller Ekel schaffte Jeanne es, ihn von sich wegzudrücken. Der wilde Rundtanz sog ihn wieder ein und zog ihn weiter. Doch Jeannes Beine zitterten noch immer. Der Zwischenfall hatte ihr klargemacht, wie angreifbar sie war, in ihrem Hurengewand, so ganz allein, ohne Ursus, ohne Marcabrus, ohne Uc.

»Guy!« Sie schrie vor Überraschung und Freude, als das Gesicht des Kindes neben ihr auftauchte, und umfaßte es mit beiden Händen. Sie neigte sich hinunter, um einen Kuß darauf zu drücken. »Wir sollten hier verschwinden«, flüsterte sie.

Guy nickte. Er sagte nie viel. Aber er nahm sie bei der Hand und führte sie, so rasch, daß sie kaum dazu kam, sich umzusehen. Sie querten dunkle Durchlässe zwischen den Häusern, liefen Hunden davon, kletterten über Mauern und tauchten, ehe Jeanne es sich versah, im Innenhof des »Schwarzen Ebers« wieder aus der Dunkelheit auf, in die der Lichtschein aus der Wirtsstube fiel.

Stimmen und Gelächter verrieten, daß sie gut gefüllt war. Jeanne wünschte sich, daß Tantris jetzt drinnen säße, um bei Wein und Würfelspiel ihre gesamten Einnahmen durchzubringen. Wenn er nur da wäre, lästernd und saufend und lamentierend, sie würde ihn umarmen und küssen dafür. Statt dessen fuhr sie Guy durchs Haar, wandte sich ab und ging in den Stall.

»Jeanne! Endlich! Wo warst du?«

»Wir haben uns schon Sorgen gemacht!«

Alle umringten sie. Sogar Ursus ließ seinen Bären los und tauchte neben ihr auf. Stumm und ehrerbietig hob er die Hand und strich ihr übers Haar, ohne es wirklich zu berühren. Es war seine schüchterne Art zu sehen, ob sie unverletzt war. Jeanne nahm lächelnd seine Pranke und legte kurz ihre Wange hinein.

»Der Wirt sagt, wir sollen morgen verschwinden«, eröffnete Uc ohne Umschweife den Austausch von Neuigkeiten.

»Aber er hat gesagt: zwei Tage«, wandte Jeanne erschrocken ein, »der Magistrat hat's erlaubt. Tantris!« Sie schaute die anderen groß an. »Er sitzt in einem ...«, sie brachte das Wort nicht über die Lippen, »... in einem dieser Häuser fest. Er kann morgen unmöglich schon da raus sein.«

Uc zuckte mit den Schultern. »Der Wirt ist nicht verpflichtet, uns aufzunehmen, ihr habt es alle heute nachmittag gehört. Und er will, daß wir gehen. Wenn ihr mich fragt, je eher, desto besser. Ehe der Mob da draußen noch auf dumme Gedanken kommt.«

»Auf was für Gedanken sollte er denn kommen?« fragte Jeanne störrisch. Doch die Angst schnürte ihr die Kehle zu.

Niemand antwortete ihr, jeder machte sich daran, seine Sachen zu packen. Stumm nahm Jeanne sich die Blumen aus dem Haar. Da zupfte etwas an ihrem Rock. Es war Guy.

»Wir können Tantris nicht hierlassen«, sagte er. Es klang weniger verzweifelt als bestimmt. Seine großen blauen Augen musterten Jeanne aufmerksam.

Sie strich ihm über den Kopf. »Du hast recht«, sagte sie. »Aber ich weiß nicht, was wir machen sollen.« Sie verzog das Gesicht zur traurigen Grimasse eines Lächelns. »Schlaf«, sagte sie sanft, »vielleicht fällt uns morgen etwas ein.« Tapfer bemühte sie sich um Zuversicht. Doch sie glaubte nicht daran. Die Lüge drückt sie schwer auf ihrem Lager, und sie blieb schlaflos in dieser Nacht.

Anderntags erschien der Wirt persönlich in der Scheune, um sie hinauszuwerfen. Giraults Hund, der ihm knurrend um die Fesseln strich, brachte er, ohne hinzusehen, mit einem Tritt zum Schweigen. Auch die Einwände der Gaukler rührten ihn nicht. Verzweifelt suchte Jeanne ihm verständlich zu machen, daß sie erst noch nach dem Verbleib ihres Freundes forschen wollten. Schließlich winkte sie Berenice beiseite, sprach flüsternd auf sie ein und schaffte es, daß die ältere den wohlverwahrten Schatz zwischen ihren Brüsten hervorkramte und ihr ein paar Münzen aushändigte.

Die gab Jeanne dem Wirt. »Da«, sagte sie atemlos. »Wir bezahlen für die beiden weiteren Nächte. Im voraus.« Erstaunt und nachdenklich sah der Wirt sie an. Mit Tantris war ausgemacht gewesen, daß sie umsonst nächtigen durften, wenn sie dafür in seiner Kneipe auftraten, die Weiber ein wenig für seine Gäste tanzten und sie die Leute zum Trinken und Würfeln anregten. Aber nach den jüngsten Vorfällen würde niemand die Gaukler sehen wollen. Fremde waren sie, Unglücksvögel, vielleicht würden manche sogar denken, sie wären schuld an dem ganzen Unglück. Blanke Münzen von ihnen zu sehen, hatte der Mann nicht erwartet. Er kratzte sich den Schädel und starrte auf das Geld. Wo das herkam, war womöglich noch mehr.

»Na gut«, brummte er dann. »Aber bleibt in der Scheune. Daß keiner euch sieht.« Damit ging er.

Uc stemmte die Hände in die Hüften. »Na bravo«, rief er, »da geht unser Geld dahin. Und was jetzt?«

Jeanne wandte sich heftig nach ihm um. Sie hob die Arme und öffnete den Mund. Doch es fiel ihr nichts ein. Sie hatte keinen Plan. »Hätten wir ihn denn allein lassen sollen?« fragte sie nur kleinlaut.

»Hat er uns etwa nicht allein gelassen?« gab Marcabrus pathetisch zurück. Seine Stimme wurde lauter. »Er hat den noblen Edelmann gespielt und dabei vergessen, daß er nur ein Gaukler ist, mit dem man alles machen kann. Wir müssen jetzt an uns selbst denken.« Er griff nach Berenices Hand, doch die entzog sich ihm.

»Denk du nur schön an dich, Schatz«, sagte sie und stellte sich auf Jeannes Seite.

Mit vor Empörung zitternder Hahnenfeder schaute der Quacksalber sich nach Uc um. Doch der, anstatt ihm beizuspringen, trat zu Jeanne. »Ich will ja nur wissen«, sagte er, »was in drei Teufels Namen wir tun können?«

Berenice bekreuzigte sich mehrfach, während Jeanne auf ihrer Lippe herumkaute.

»Wir müssen ...«, begann sie.

»... das da anziehen.« Guys helle Stimme war so selten zu hören, daß alle sich erstaunt nach ihm umwandten, als er jetzt sprach.

»Wo hast du dich denn schon wieder herumgetrieben«, nörgelte Berenice mütterlich, als er zu ihnen trat und einen Haufen Kleider auf den Boden warf. Irritiert hob sie die Kutten auf und wandte sie hin und her. »Die sind doch nicht etwa gestohlen, oder?« fragte sie streng mit gerunzelter Stirn.

»Was ist das?« wollte Jeanne wissen.

»Die Kleider der Totenträger«, antwortete Guy, atemlos vor Stolz. Als Jeanne ein fragendes Gesicht machte, erklärte es Uc.

»Sie gehen jeden Tag durch die Stadt und nehmen die Leichen auf, die vor die Türen gelegt werden.«

»Sie kommen auch zu den Pesthäusern«, rief Guy atemlos.

»Ja, aber die sind verschlossen«, wandte Jeanne ein. Sie hatte das Schloß gesehen, mit dem der mächtige hölzerne Riegel gesichert worden war.

»Die Schlüssel«, warf Guy eifrig ein, »hat der Kommandant der Stadtwache.« Er strahlte übers ganze Gesicht.

Langsam erschien das Lächeln auch auf Jeannes Zügen. »Du meinst: noch«, sagte sie.

30. Kapitel

Gegen Mittag saß der Kommandant der Stadtwache wie üblich beim Essen im »Schwarzen Eber«, und Jeanne war sich ihrer Sache nicht mehr ganz so sicher. Berenice und sie hatten sich für ihren Auftritt bereit gemacht: Barfuß, mit offenen Haaren und großzügig aufgeschnürtem Mieder standen sie da. »Nicht, daß es bei mir noch viel brächte«, hatte Berenice erklärt und traurig ihr Dekolleté betrachtet, »aber es ist eine Frage der professionellen Einstellung.«

Eben daran mangelte es Jeanne in diesem Moment. Schon die Luft auf der bloßen Haut ihres Halses ließ sie so zittern, daß die Schellen des Tamburins in ihrer Hand leise klirrten. Berenice spürte es, als sie ihr mit dem Kamm durch die Locken fuhr.

»Hast du noch nie in einer Kneipe getanzt?« fragte sie.

Jeanne schüttelte den Kopf, den Berenice sofort tadelnd wieder festhielt.

»Stillhalten, sonst wird das hier nichts.« Sie kämmte weiter. »Viele Hände«, sagte sie dann, »stell dich drauf ein, sonst macht es dich nervös.«

Jeanne nickte wieder, unmerklich diesmal.

»Das ist doch kein Problem für dich?«

Doch, hätte Jeanne am liebsten laut geschrien. Sie sprang auf und lief hin und her wie ein Tier im Käfig. Am liebsten wäre sie gerannt bis zum Tor, und dann immer weiter.

»Was für eine Mähne«, stellte Berenice befriedigt fest. Zärtlich verfolgte sie das Mädchen mit den Augen. Dann stand sie selber auf und zupfte sich die letzten Strohhalme vom Rock. »Schau, du mußt dir einfach sagen, egal was passiert, da gibt es nichts, was mit einem schönen Bad nicht wieder abgewaschen werden könnte.«

Jeanne zuckte zusammen. Sie dachte an die Stunden – oder waren es nicht vielmehr Tage gewesen? –, die sie nach der Vergewaltigung durch Oppède in jenem Waldteich verbracht hatte. Sie dachte an die Schmerzen, an ihre Angst, an die Demütigung, die Alpträume, die Wut. Nichts hatte sich fortgewaschen, und nichts war wieder gut geworden. Verzagt blieb sie stehen.

»Muß es denn wirklich so weit kommen?« fragte sie nervös.

Berenice zuckte leichthin mit den Schultern.

»Wenn es einer darauf anlegt«, meinte sie und fuhr fort: »Du kannst ihn lächerlich machen. Manchmal genügt das, um sie abzuhalten, manchmal nicht. Aber wenn du ihm etwas über den Schädel ziehst, oder gar Ursus ihm an die Kehle geht, dann kommst du keine drei Schritte mehr Richtung Stadttor, ohne verhaftet zu werden. Aber das weißt du ja.«

Jeanne nickte vage. Wie alle anderen ging Berenice immer noch davon aus, daß sie, Jeanne, von klein auf zum Gauklervolk gehört hatte, wie die meisten von ihnen. Und Jeanne hatte sie nicht darin berichtigt. Noch immer wagte sie es nicht, irgend jemandem anzuvertrauen, daß sie eine Waldenserin war. Gewesen war, korrigierte sie sich selbst. Ihre Vergangenheit, ihr Dorf, es schien ihr alles schon so lange her, daß es ihr beinahe unwirklich vorkam. Sie war keine Waldenserin mehr. Was sie allerdings war, das wußte sie nicht.

Genausowenig konnte sie sich vorstellen, was vor ihr lag. Mit Ursus an ihrer Seite waren solche Probleme in der Vergangenheit gar nicht erst aufgetreten. Aber Ursus sollte im Stall bleiben, und Berenice, Guy und sie selbst würden sich über das Verbot des Wirts hinwegsetzen und in der Gaststube auftreten, allein. Sie hatte nicht die geringste Ahnung, was auf sie zukam.

»Vielleicht wird es ja gar nicht so schlimm«, schloß Berenice die Diskussion. Sie klopfte ihr aufmunternd auf den Po und trieb sie hinaus. »Los jetzt!«

Guy stand schon bereit, ein altes zerrupftes Barett in der Hand, mit dem er um Münzen bitten wollte – vorgeblich. In Wahrheit würde er einen Moment abpassen, in dem der Kommandant abgelenkt genug wäre, sich den Schlüsselbund stehlen zu lassen.

»Oh, wie ich ihn hasse«, brach es aus Jeanne heraus. Sie blinzelte ins Tageslicht, das die Tür ausfüllte.

Berenice hinter ihr lachte. Sie fragte nicht lange, wen Jeanne wohl meinte. »Verdient hat er es nicht«, meinte sie fröhlich, zupfte ihren Saum zurecht und schob Jeanne hinaus. »Aber ich schätze, er haßt dich auch.«

Zu dritt stürmten sie über den Hof, an den erstaunten Knechten vorbei, die gerade noch Zeit genug hatten, sich gegenseitig mit den Ellenbogen anzustoßen, und hinein durch die Hintertür. Der Wirt kam ihnen aus der Küche entgegen, die tropfenden Hände in der Schürze, und wollte protestieren, doch sie schoben sich, noch ehe er heran war, hinein in die Gaststube mit ihrem Qualm und Lärm, in der ihre Ankunft zunächst gar nicht bemerkt wurde.

Jeanne sah die zahlreichen gebeugten Rücken an den Tischen, in grobes dunkles Tuch gekleidet, die Ellenbogen neben den Tellern, die schwitzenden, gesenkten Köpfe. Neben ihnen bizzelte das vom Spieß tropfende Fett im Feuer des Kamins, Stimmen murmelten dumpf, unterbrochen von lauten Rufen und Gelächter. Jeanne ließ ihre Blicke schweifen, dann wies sie in eine Ecke und nickte Guy zu. Der Stadtkommandant in seiner bunten Tracht stach heraus aus der grauen Menge, wie ein Feuersalamander aus dem Schlick. Sein geschlitztes Wams leuchtete schwarzgelb, seine Pike lehnte an der Wand, die Federn auf seinem Helm, den er neben sich auf den Tisch gestellt hatte, wehten im Zugwind, den der Wirt verursachte, als er hinter ihnen hereinstürmte.

»Habe ich nicht ausdrücklich …«

Der Kommandant hob den Kopf. Sauce tropfte aus seinem schwarzen Bart auf den Teller. Als er die Frauen sah, richtete er sich auf und wischte sie mit dem Handrücken ab. Mit der anderen Hand wedelte er den Wirt beiseite.

Jeanne setzte ein Lächeln auf, das einem weniger selbstbewußten Mann die Gänsehaut über den Rücken gejagt hätte. Aber dem Stadtkommandanten kam gar nicht der Gedanke, daß diese Frau etwas anderes wollen könnte, als ihm zu gefallen.

Berenice nahm ein paar routinierte Posen ein, schlängelte sich um ihre Freundin und an den Tisch des Mannes heran, fuhr ihm mit der Hand über die Wange, lachte und wich wieder zurück.

Jeanne stand da wie in den Boden gerammt. Sie ließ nur ihren Kopf kreisen, langsam, wie in Trance. Das Haar floß ihr übers Gesicht und um die Schultern. Der Kommandant hatte aufgehört zu essen. Dann der erste Schlag des Tamburins; es ging wie ein gewaltsames Zucken durch Jeannes Körper. Danach war es wieder still. Man hätte im Raum eine Münze fallen hören können. Der zweite Schlag. Jeannes Körper bäumte sich auf, dehnte sich in der nachhallenden Stille, wand sich, wie gegen Fesseln, kam zur Ruhe, bis auf ein kleines Wiegen. Leise, ganz leise wurde hinter der Bewegung nun ein Rhythmus hörbar, wurde deutlicher, erfaßte das Ohr des Zuhörers, den Körper des Mädchens, erfaßte bald das gesamte Publikum, wurde schneller, lauter, ließ die Köpfe mitwippen und die Füße zucken. Jeanne tanzte.

Die Arme erhoben, bot sie den Zuschauern ihren schlanken, sich schlängelnden Leib und das Gesicht in stolzem Profil, mit geschlossenen Augen. Das Messer des Kommandanten mit dem aufgespießten Stück Fleisch sank unbemerkt herab.

Guy bettelte an der Runde der zunächst gelegenen Tische, dann begann er, sich unsichtbar zu machen. Er lehnte sich an die Wand und rückte unauffällig der Bank des Wachsoldaten näher, der immer noch wie gebannt auf Jeanne starrte. Dort saß ein Hund unter dem Tisch, gerade noch rechtzeitig bemerkte er ihn. Das Tier zog die Lefzen hoch und wollte knurren, seine Leine wurde straff, als er vorsprang, um den Jungen anzugreifen, und spannte sich über die Knie seines Herrn.

Berenice, die sich nun im Hintergrund hielt und sich darauf beschränkte, anfeuernd zu klatschen und »Susannah!« zu rufen, riß alarmiert die Augen auf.

Aber der Kommandant trat nur widerwillig und ohne hinzusehen nach dem Tier, das jaulend wieder unter dem Tisch verschwand.

Langsam griff Guy nach einem Stück Fleisch, das neben den Teller gefallen war, nahm es an sich und warf es dem Hund zu, der es mit einer raschen Bewegung des Kopfes fing und verschlang. Der Kommandant hatte nichts bemerkt.

Berenice begann ein Lied zu singen, verliebt, traurig, lasziv. Jeannes Bewegungen wurden langsamer. Das stolze Stampfen ihrer Füße, die Funken der Leidenschaft aus dem Boden zu schlagen schienen, wurde ruhiger, ihr Schritt wiegender. Ihr Becken kreiste mit verhaltenem Feuer. In kleinen, zögernden Schritten, als suche sie den richtigen Weg, schob sie sich durch den Raum. Arme streckten sich nach ihr aus, Zurufe forderten sie auf, hierhin oder dorthin zu kommen.

Der Kommandant saß aufrecht und breitbeinig da, vorfreudig, sicher, daß sie auf dem Weg zu ihm war. Jeanne tat ihm den Gefallen und schob sich langsam näher, in vielen Serpentinen, mal mit einer raschen Drehung so nah herankommend, daß ihre Haare sein Gesicht berührten, dann wieder zögernd zurückweichend und riskierend, daß seine Hände sich nach ihrer Taille ausstreckten, um sie an sich zu ziehen.

Schließlich stand sie zwischen seinen Schenkeln, die sie mit jeder ihrer Bewegungen sachte streifte. Ihr Becken wogte dicht vor seiner Brust. Mit beiden Händen griff er zu, hielt die schmale Taille wie einen Kelch und schaute fast benommen an der Pracht empor, die sie ihm da anbot. Ihre Brüste waren beinahe auf Augenhöhe, ihre Locken fielen ihm ins Gesicht. Schnaubend wie ein Pferd schüttelte er den Kopf und wühlte dann seine Nase, seinen Mund voller Wohlbehagen zwischen ihre Brüste.

Der Saal lachte, Jeanne schrie auf. Nur mit Mühe widerstand sie der Versuchung, das Tamburin auf seinen Kopf krachen zu lassen. Sie stemmte sich mit beiden Händen gegen seine Schultern.

Doch der Kommandant schien nicht gewillt, die schöne Beute wieder loszulassen. Lachend hielt er die zappelnde Tänzerin fest, steckte ihr unter allgemeinem Applaus eine Münze in den Ausschnitt und begann dann erneut, seine Lippen über ihre nackte Haut wandern zu lassen.

Berenice, noch immer ein Lächeln auf dem bemalten Gesicht, beobachtete die Szene mit weit aufgerissenen Augen. »Guter Mann«, rief sie schrill und lachte spröde, »man sollte doch meinen, ihr habt schon gegessen.«

Gelächter kam auf, aber es war nicht laut genug.

Der Stadtkommandant hielt Jeanne mit einer Hand fest um die Schultern und bog sie nach hinten. Mit der anderen raffte er ihren Rock und versuchte darunter zu gelangen. Die Gäste des »Schwarzen Ebers« erhaschten einen Blick auf ein langes, schlankes, marmorweißes Bein, und die Stille bekam etwas Gieriges. Jeannes Aufschrei wurde von den feuchten Küssen ihres Galans erstickt.

Da klirrte es laut. Der Stadtkommandant sprang auf. »Verfluchter Lausebengel«, schrie er und holte zu einer Ohrfeige aus, der Guy gerade noch mit einem Sprung entkam. »Laß die Finger von meiner Pike, sag ich dir.«

Verärgert bückte er sich, um seine Waffe aufzuheben, die unter Guys Berührung ins Rutschen gekommen, das Kaminbesteck mitgerissen hatte und in einem klirrenden Haufen zu Boden gefallen war. Er prüfte die Spitze der Pike mit dem Daumen, stellte sie pedantisch wieder in ihre Ecke und wandte sich um.

»Seht, er hat zwei Piken«, kreischte Berenice und wies mit dem Finger auf die Stelle, an der sich des Kommandanten Vorfreude aufs deutlichste abzeichnete. Der grinste, nicht ungeschmeichelt. Sein Blick suchte Jeanne auf der Bank. Doch die war fort.

31. Kapitel

»Danke, Guy«, sagte Jeanne zwischen zwei Güssen.

Berenice brachte einen neuen Eimer mit kaltem Wasser und stellte ihn vor Jeanne hin, die wieder und wieder ihren Hals und ihre Schultern schrubbte. Die Haut war schon ganz gerötet. Aber ihr war, als röche sie noch immer nach der Bratensoße und den Zwiebeln, die im Bart des Soldaten gehangen hatten. Jeanne nahm einen kräftigen Schluck und gurgelte.

»Wir müssen uns beeilen«, sagte Uc, der bereits die Kleider eines Leichenträgers übergestreift hatte. Hastig zog er die ungewohnten Lumpen zurecht. Marcabrus trat ebenso gewandet hinter ihn, legte ihm die Hand auf die Schulter und nickte.

»Ihr Frauen sucht mit dem Karren das Tor zu erreichen, so schnell ihr könnt. Wir gehen zum Pesthaus und kommen nach. Mit Tantris«, fügte Uc hinzu, als er Jeannes besorgten Blick sah. »Keine Angst.«

»Angst? Um ihn?« Mürrisch wandte sie sich ab. »Nach heute wird er mich nur noch gründlicher verachten.« Mit energischen Bewegungen wischte sie sich trocken.

Uc hob die Hand, um sie ihr auf die Schulter zu legen, zog sie aber wieder zurück, nickte Berenice und Girault zu. Er brach mit Marcabrus auf, der seiner Frau eine Kußhand zuwarf, die diese mit feuchten Augen erwiderte. Guy tanzte aufgeregt hinter den beiden Männern her.

»Also gut.« Berenice schniefte und atmete dann einmal tief durch. »Gehen wir!«

Der alte Girault schaute lächelnd zu Jeanne auf, als sie zu

ihm hinüberging, um ihn zum Wagen zu führen. »Wir müssen jetzt fort«, sagte sie, nicht sicher, ob er die Situation ganz verstand. »Uc kommt mit den anderen bald nach.«

Girault stand auf, mit wackelndem Kopf, und hob den Finger. »Er hat sich nie damit abgefunden«, sagte er mit krächzender Stimme, »einer von uns zu sein.«

»Ja, ja«, erwiderte Jeanne mit freundlicher Ungeduld und hakte ihn unter. »Aber wir müssen jetzt wirklich ...«

»Hat dumme Ideen im Kopf.« Girault schüttelte sein Greisenhaupt und lächelte, während er versuchte, einen Fuß vor den anderen zu setzen. Er selbst hatte fünfzig Jahre lang verliebte Ritter auftreten lassen, die sich nach edlen Prinzessinnen verzehrten, hatte sie in seinen Händen geführt und ihren Unsinn gesprochen. Er wußte, wovon er redete.

Alle, alle hingen sie an unsichtbaren Fäden. »Aber dich liebt er.« Er faßte Jeannes Arm mit beiden Händen.

»Hoppla«, sagte Jeanne und versuchte, ob der plötzlichen Gewichtsverlagerung die Balance zu halten. »Ach weißt du ...«, begann sie verlegen.

Weiter kam sie nicht. Auf dem Hof draußen wurden Schritte und Stimmen laut.

Der Wirt war als erster an der Scheune. Er streckte seinen kahlen Kopf herein. »Ich habe euch gewarnt«, begann er hastig, »euch nicht in der Wirtsstube blicken zu lassen. Ich ...«

Doch auch er konnte nicht zu Ende sprechen. Eine grobe Hand unterbrach ihn mitten im Satz und schob ihn umstandslos zur Seite. Voller Entsetzen erkannten die Frauen Soldaten der Wache hinter ihm, drei, vier, fünf quollen durch den Eingang. Der Torflügel der Scheune schwang mit lautem Quietschen weit auf unter ihrem Stoß und gab den Blick auf einen Innenhof frei, der nicht mehr leer war.

Wo noch am Mittag nur ein kaputter Eimer in der Ecke gelegen hatte und ein paar verwehte Strohhalme vom Wind hin und her geschoben worden waren, drängte sich jetzt eine Menge von Bürgern Cavaillons und reckte die Köpfe. Manche von ihnen trugen Fackeln. Alarmiert sog Jeanne den beißenden Brandgeruch ein. Der Bär weiter hinten in seiner Box roch den Qualm ebenfalls, wurde unruhig, wie es alle wilden Tiere tun, wenn sie Flammen wahrnehmen, und brummte.

Die Soldaten, nervös geworden, hoben die Piken.

»Was ist das?« fragte der alte Girault. Unsicher stand er da und kniff die Augen zusammen, um wenigstens etwas sehen zu können gegen das hereinfallende Licht. »Was rufen sie?«

»Sie rufen Tod«, murmelte Jeanne.

»Tötet sie alle!« schrie eine hohe Stimme. Jeanne hörte es; die Welt drehte sich.

Ein Mann mit Hut und weißem Bart trat vor. »Weib, ich verhafte euch wegen des Verdachts der Hexerei und des Brunnenvergiftens«, sagte er ruhig und ernst. Nur seine große, höckrige Nase zuckte unruhig.

Jeanne sah und hörte ihn nicht.

»Brunnen vergiften, was ist das für ein gottverdammter Unsinn!« Berenice hatte die Hände in die Hüften gestemmt und trat ihm entgegen, daß er ein wenig zurückwich. »Ihr hattet diese Krankheit doch schon in der Stadt, ehe wir hier waren. Und wir sind keinem euerer blöden Brunnen auch nur nahe gekommen.«

Der Mann, ein Magistrat mit pelzgesäumtem Mantel und feinem Wams, ignorierte ihren Einwand würdevoll. Er schaute von einem zum anderen, betrachtete die Scheune, den Bären, den Unrat auf dem Boden, das Stroh in ihren Haaren und zog dann ein weißes Taschentuch hervor, das er an seine Nase drückte. »Lästere nicht Gott, Weib«, empfahl er pompös, »dem du vielleicht bald gegenübertreten mußt.«

Jemand griff nach Jeanne und zerrte sie beiseite. Es war Ursus.

Jeanne stolperte, als der riesige Bärenführer sie packte und hinter sich schob, aber sie erwachte aus ihrer Erstarrung. »Berenice«, rief sie und streckte die Hand nach der Freundin aus, die sich rasch zu ihr flüchtete und sie umschlang.

Ursus knurrte und bot den Soldaten die Stirn, in deren Reihen eine leichte Unruhe kam, als nun auch der Bär herbeitrottete und sich neben seinen Herrn setzte. Das Tier bleckte die Zähne und pendelte mit dem Kopf. Jeanne wußte, daß er mit der Geste um einen Leckerbissen bettelte. Aber für die Männer von Cavaillon sah es bedrohlich genug aus.

Ursus stieß eine Reihe unartikulierter, dringlicher Laute aus. Jeanne legte ihm beruhigend die Hand auf die Schulter, aber er ließ sich nicht beschwichtigen. Wieder und wieder gestikulierte er, wies nach hinten, hinter sich, fort von den Angreifern. Es war, als würfe er sich etwas wütend über die Schulter. Endlich verstand Jeanne.

»Er will, daß wir fliehen«, flüsterte sie Berenice zu und war schon dabei, Girault an ihrem Arm, sich langsam, Schritt für Schritt, zurückzuziehen. Weg von den Männern, weg von den blanken Klingen, weg von dem gleißenden Lichteck der Scheunentür, hinter der das vielköpfige Ungeheuer auf sie lauerte.

»Aber wir können ihn doch nicht alleine lassen«, wandte Berenice hilflos ein und war doch schon an ihrer Seite. Gemeinsam flüchteten sie in das Halbdunkel der Scheune und drückten sich dort in einer verlassenen Box in die hinterste Ecke. Jeanne spürte, wie ihre Freundin zitterte.

»Hier können wir nicht bleiben«, flüsterte sie zwischen zusammengebissenen Zähnen. Sie ließ kein Auge von der Szene vorn beim Tor, wo sich noch niemand bewegt hatte. Unwillkürlich ging sie weiter rückwärts. Da stolperte sie und fiel gegen die Wand, die nachgab. Ein loses Brett war unter ihrem Gewicht endgültig beiseite gedrückt worden. So rasch sie konnten, zwängten sie sich alle drei durch die Öffnung.

Sie standen in einer engen Gasse, mehr ein Tunnel, toter Grund zwischen der Scheune und der hohen Steinmauer des Nachbargrundstücks. Der Boden war aufgeweicht und stank nach fauligem Unrat. Kaputtes Werkzeug lag herum. Und große Büschel von Brennesseln wuchsen zwischen anderem Unkraut bis fast über ihre Hüften. Links und rechts zeichneten sich die hellgrauen Vierecke einer Gasse ab. Wohin sollten sie sich wenden?

Jeanne fiel ihr nächtlicher Gang mit Guy ein. Er hatte sie auf dem kürzesten Weg vom Pesthaus hierher geführt. Und das Pesthaus, in dem Tantris festsaß, lag nahe dem Osttor. Sie kniff die Augen zusammen und versuchte, sich die Richtung wieder ins Gedächtnis zu rufen. »Da lang«, erklärte sie schließlich und wies nach links.

Fluchend und vorsichtig bahnten sie sich einen Weg zwischen den brennenden Blättern hindurch, die sie bei jeder Berührung versengten.

»Und wenn sie uns da vorne erwarten?« gab Berenice zu bedenken.

»Die glauben, wir sind noch in der Scheune. Au, verdammt!«

Sie schafften es mit gemeinsamen Kräften, den alten Girault mit hinaus auf die Gasse zu ziehen. Dort legten sie sich seine Arme um die Schultern und liefen dann, so schnell sie konnten, los. Die Füße des Alten berührten kaum den Boden.

Die Straßen, durch die sie kamen, waren beinahe ausgestorben. Ein paar einsame Hühner wichen ihnen empört gackernd aus. Eine alte Bäuerin, die Gemüse putzend vor dem Haus saß, blinzelte ihnen überrascht nach, herrenlose Schafe liefen ihnen zwischen die Beine. Doch niemand hielt sie auf.

Die Bürger Cavaillons waren offenbar entweder vor der Scheune des Wirtshauses zum »Schwarzen Eber« versammelt, oder die Krankheit hielt sie drinnen.

Jeanne sah einen halbnackten Jungen, die Geschwüre an den

Achseln, schwarz und rot, der sich eine Hausmauer entlangtastete. Sein Hund sprang schwanzwedelnd an ihm hoch und leckte ihm das Gesicht, um seinen kleinen Herrn aufzumuntern und zu einer schnelleren Gangart anzutreiben.

Angeekelt und doch voller Mitleid wandte Jeanne den Kopf nach den beiden um. Der Kleine war nicht älter als Guy. Wo war der Junge jetzt? Würden er, Uc und Marcabrus es schaffen?

32. Kapitel

Tantris schreckte aus wirren Träumen hoch. Er tastete nach dem vertrauten Stroh und griff ins Leere. Nur langsam kam ihm zu Bewußtsein, wo er sich befand. Als er es begriff, hätte er am liebsten die Augen wieder geschlossen. Doch sein ganzer Körper schmerzte von der Nacht, die er in zusammengekauerter Haltung auf einer Truhe verbracht hatte, und erlaubte ihm nicht mehr, in den Schlaf zurückzusinken.

»Verdammt«, murmelte er. Sein Mund war wie ausgetrocknet. Diese verfluchte Hochzeit. Und sein dreimal verfluchtes Mitgefühl. Er war hier eingesargt worden. Langsam kamen die Bilder des Vorabends wieder.

Anfänglich, als er noch völlig erschüttert im Schlafzimmer der kranken Frau gesessen hatte, hatte er sich voller Trotz vorgenommen, daß er diesen Menschen nicht den Gaukler geben würde. Sie hatten ihn in diese Lage gebracht, und er würde den Teufel tun, sie zum Dank dafür noch zu amüsieren. Mit verschränkten Armen hatte er sich auf seine Truhe zurückgezogen und vor sich hin gestarrt. Doch niemand hatte etwas von ihm verlangt.

Der Alte und die Magd hatten neben dem Bett der Kranken gesessen. Die Magd hatte ihr hier und da das fieberheiße Gesicht gewaschen oder ihr etwas Wasser eingeflößt. Sonst geschah wenig. Eine kurze Weile hatte die Frau in einem plötzlichen Ausbruch getobt und irr geredet. Doch ihr Mann hatte sie gebändigt, indem er sich über sie warf. Dann war die Arme wieder still geworden. Tantris betrachtete ihr nunmehr wachsgelbes Gesicht, als er sich aufrichtete. Irgendwann in dieser Nacht mußte sie gestorben sein.

Der Bauer an ihrer Seite schien eingeschlafen vor Erschöpfung.

Tantris setzte sich auf und stöhnte vor Schmerz. Er entschuldigte sich brummig dafür, noch immer im Schlafzimmer zu sitzen, und rieb sich die eingeschlafenen Beine. Doch der Bauer regte sich nicht. Als Tantris endlich wieder aufstehen konnte und zu ihm trat, um ihn anzustoßen, sah er, daß auch der Mann von den Malen der Krankheit gezeichnet war. Vorsichtig zog er seine Hand zurück.

Der Gaukler verließ das Zimmer und ging hinunter in die Küche, wo das Gesinde ängstlich beisammensaß. Er stemmte die Hände in die Hüften und schaute sich um. Dann gab er ein paar Anweisungen, ganz, als wäre es sein Haus. Er ließ Suppe aufsetzen, Wasser erwärmen, hieß den verbliebenen Knecht, sich um das Vieh im Stall zu kümmern, und schickte eine Magd, um nach den Kranken zu sehen.

Entgegen seinem Vorsatz lockerte er die dumpfe Stimmung bald mit ein paar Taschenspielertricks auf, bis die verängstigten Menschen ihm zaghaft zuzulächeln begannen. Tantris erwiderte das Lächeln, nahm die Suppe, die man ihm bot, tunkte sie gierig mit ofenwarmem Brot aus, wischte sich den Mund und sah sich dann um. Eine Wachskerze auf dem Tisch war die einzige Beleuchtung. Das Feuer im Kamin war unter dem Kessel zur Glut zusammengefallen. Bald waren alle hinausgegangen, seine Anweisungen zu befolgen. In den Ritzen der geschlossenen Läden stand der dämmernde Morgen.

Die Magd, die er schon aus dem Krankenzimmer kannte, hatte sich in einem Alkoven zur Ruhe gelegt. Tantris sah, daß sie nicht schlief, ihre Augen schillerten im Halbdunkel, als sie ihn ansah. Er ging hinüber. Sie verwehrte ihm nicht, sich zu ihr zu legen. Als er sie umarmte, kam von ihr kein Laut. Hier war alles, was er brauchte, Wärme, Weichheit, Trost. Er lag noch dort, als es an der Tür hämmerte.

»Leichen!« Der Ruf hallte laut durch die Halle.

Verblüfft humpelte Tantris hinaus, so rasch er konnte. Die Nachricht hatte sich wahrhaftig schnell herumgesprochen; der Tod versah seine Geschäfte rasch. Schon hörte er Rumoren, es rasselte ein Schloß, schon öffnete sich knarrend und langsam die Tür.

Tantris mußte die Hand vor die Augen heben, um nicht geblendet zu werden. Tageslicht strömte herein, eine gleißende, köstliche Fülle. Sie warf ihre Strahlen wie tastende Fühler in die dumpfe Halle.

Mit einer Hand die offene Hose um die Taille raffend, stand Tantris da und schirmte seine Augen ab gegen den Sonnenschein. Die Tür, die vermaledeite Tür stand offen, und es war, als führte sie in den Himmel.

Die Umrisse zweier seltsamer Gestalten zeichneten sich in ihr ab. Der eine schwang eine Glocke, deren Ton Gesunde warnen sollte, sich dem Träger nicht zu nähern. Doch die Bewohner dieses Hauses scharten sich allesamt um die Besucher und scheuten sich nicht. Schon eine einzige Nacht in Gefangenschaft hatte ihre Sinne taub gemacht für die Gefahr und sie ausgehungert nach menschlicher Berührung. Sie drängten sich an die vermeintlichen Leichenträger, berührten sie am Arm und schwatzten.

»Die Herrin«, versuchten sie zu erklären und deuteten nach oben. »Der Herr auch.« »Die letzte Tür.«

Jemand lief nach dem Geldbeutel des Bauern, kramte darin und zückte die Münze, die zu geben bei solchen Gelegenheiten üblich war.

Eine kleine, schmutzige Hand schnappte sie sich. Ihr Besitzer lief zu Tantris und schmiegte sich an sein Bein.

Erstaunt schaute Tantris nach unten. »Guy?« fragte er

ungläubig. Er blinzelte noch einmal. Ja, schlief er denn noch immer? Es war alles so unwirklich in diesem Haus.

Da dröhnte eine weitere vertraute Stimme. »Na, wenn wir Jeanne das erzählen. Daß wir dich mit runtergelassener Hose erwischt haben.«

Zum Erstaunen aller Bewohner machten die beiden Leichenträger keine Miene, dem schon eifrig die halbe Treppe vorausgelaufenen Knecht nach oben zu folgen und das tote Hausherrenpaar abzuholen. Sie traten vielmehr auf den vor Überraschung starren, aber höchst lebendigen Tantris zu und warfen ihn sich über die Schulter. Niemand stellte sich ihnen in den Weg, als sie hinausgingen.

Dort warfen sie Tantris auf den Handkarren, den sie im Hof des Wirts entwendet hatten, damit er einen Leichenkarren vorstellte.

»Tu so, als seist du tot«, raunte die eine Kapuzengestalt Tantris zu, »auch wenn's schwerfällt.«

»Uc, verdammter Mistkerl«, erwiderte Tantris. Tränen traten ihm in die Augen. Auch Marcabrus beugte sich grinsend über ihn.

»Ihr seid wie zwei verdammte Engel, die mich ins Paradies begleiten.« Tantris ballte die Faust und hieb ihnen freundschaftlich auf die Schulter, ehe er zuließ, daß sie ihn in ein schmutziges Laken hüllten.

»Ich will hoffen, der Vorbesitzer dieser Wäsche war reinlich«, brummelte er und verzog die Nase, als das Gewebe sich auf sein Gesicht legte.

»So reinlich, wie man nur will«, entgegnete Marcabrus mit gedämpfter Stimme. »Er war tot.«

Dann herrschte Stille. Tantris hörte das Rappeln der Räder auf den Steinen und spürte die Erschütterung. Vorsichtig hob er einen Zipfel an und sah die Häuserfassaden hoch aufragend vorbeischwanken. Darüber stand unbewegt der ferne blaue

Himmel. Nicht mehr lange, dachte er, nicht mehr lange, und ich rieche wieder den Duft der Lavendelfelder. Der Wind fährt über meine Haut, und die Landstraße erstreckt sich vor mir bis an den Horizont.

Da wurde er unsanft abgesetzt.

»Was ist?« zischte er ungehalten und wollte schon das Laken beiseite ziehen. Da hörte er die jammernde Frauenstimme. Sie bat die Leichenträger, ihren Mann mitzunehmen. »Untersteht euch«, flüsterte Tantris für sich. Doch er wußte gut, sie konnten es ihr kaum abschlagen, ohne aufzufallen.

»He, hopp«, hörte er und spürte auch schon die Schwere eines fremden Körpers. So unauffällig er konnte, ruckte er zur Seite, daß der andere nur auf seinem Arm zu liegen kam.

»Hier ist das Geld«, hörte er die tränenerstickte Stimme der Fremden. »Nehmt es. Und sprecht am Ende ein Gebet.« Dann fuhr der Wagen ruckelnd wieder an.

Vorne debattierten die Stimmen seiner Freunde. Uc schien Bedenken zu haben, weitere Leichen aufzunehmen.

»Ist doch eine prima Tarnung«, erwiderte Marcabrus unbekümmert. »Und ein gutes Geschäft dazu. Da vorne an der Hauswand liegt noch einer.«

Tantris war kurz davor loszubrüllen. Er glaubte, unter dem Laken zu ersticken. Sein Arm schlief ein unter der kalten Last des unbekannten Toten. Ein beinahe unerträgliches Prickeln und Jucken stieg auf von da, wo sie einander berührten. Raus, dachte er, raus hier, raus, nur raus.

Zum Glück ließen seine Freunde die zweite Leiche liegen. Tantris sah sie durch den Spalt unter seinem Laken. Jemand hatte sie sorgfältig in weißes Tuch eingeschlagen und vor die Tür gelegt. Nur eine Zehe schaute heraus, mit gelblichem Nagel, an dem ein halbverhungerter Straßenhund neugierig schnupperte.

Marcabrus hatte recht gehabt, ihre Tarnung war perfekt. Als

sie sich klingelnd und Gebete murmelnd dem Tor näherten, winkten die wenigen Wachen sie durch, mit angeekelt abgewandten Gesichtern und das Kreuzzeichen schlagend.

Ein neues »He, hopp!« Dann war Tantris jeden Gewichtes ledig. Er setzte sich auf und rieb seinen Arm.

»Sollen wir ihn da liegenlassen?« fragte Marcabrus nachdenklich und schaute auf den Leichnam, einen grauen Lakensack, der in den Graben am Weg zwischen die trockenen Rosmarinbüsche gerollt war.

Tantris sprang auf, zerknüllte sein Laken und warf es hinterher. »Uns werden sie auch nicht anders beerdigen, wenn wir krepieren«, sagte er. »Los, helft mir.«

Gemeinsam schoben sie den Karren so ins Gebüsch, daß er vom Weg aus nicht gesehen werden konnte. Marcabrus murmelte das versprochene Gebet. Uc bedeckte alles, Leiche und Karren, mit trockenem Gestrüpp, das betäubend nach Thymian duftete. Und Guy warf klirrend den Schlüsselbund hinterher.

»Wo hattet ihr den her?« fragte Tantris interessiert, während er seine Kleider inspizierte.

Stolz öffnete Guy den Mund. »Dafür hat Jeanne sich von einem Soldaten unter den ...«, krähte er.

Uc hielt ihm den Mund zu. »Ein Trick«, sagte er und kniff den Jungen mit unbewegtem Gesicht, ehe er ihn zu Marcabrus hinüberschob. »Gehen wir. Die anderen warten sicher schon.«

Sie hatten mit den Frauen eine große Mimose als Treffpunkt ausgemacht, die ihre Zweige über einen toten Nebenarm der Durance breitete. Das grüne Wasser war ganz bedeckt mit dem gelben Staub der Blüten. Wie ein zäher, alles erstickender Film lag er über dem Wasser. Ein paar Enten bahnten sich paddelnd ihren Weg hindurch. Von den anderen war nichts zu sehen.

Tantris drehte sich mit ausgebreiteten Armen einmal um sich selbst, ließ sich dann ins Laub sinken, verschränkte die Hände hinter dem Kopf und verkündete: »Warten wir eben.«

Guy begann am Wasser zu spielen. Uc und Marcabrus schälten sich aus den Totengräberlumpen und entfachten mit ihnen und ein paar dürren Zweigen ein qualmendes, widerspenstig glimmendes Feuer, das sie bald mit dem Stoff nährten. Mißtrauisch betrachteten sie das schlierige Wasser und das mit Entenkot verschmutzte Ufer. Was war besser: hier zu baden oder den Geruch des Todes an sich zu behalten?

Von Tantris' Spott verfolgt, stürzten sie sich schließlich in die trägen Fluten. Guy lachte so lange über die beiden, bis sie ihn kurzerhand an den Füßen in die Brühe zogen. »Du schreist wie ein Mädchen«, lästerte Uc.

Tantris hielt sich in sicherer Entfernung auf einer Wurzel und sang von dort ein bissiges Liedchen. Guy schimpfte und prustete, schloß sich aber rasch den Bemühungen der anderen an, Tantris mit Wasserspritzern zum Schweigen zu bringen.

Keiner von ihnen hörte die Frauen kommen. Die nickten einander zu und schlichen leise näher.

Mit einem Tritt beförderte Berenice den Gaukler zu seinen Freunden ins Wasser. Unbewegten Gesichts setzte sie dann mit Jeannes Hilfe den alten Girault zwischen die Wurzeln an Tantris Platz. Als sie sich wieder aufrichtete, hatte sie die Fäuste in die Hüften gestemmt und schaute grimmig auf die drei verdutzten, gelbgepuderten, badenden Männer, die ganz verdattert zurückstarrten.

Schließlich brach es aus Berenice heraus: »Wir sterben beinahe, und ihr spielt hier herum wie die Kinder.« Wütend schaute sie sich nach etwas um, das sie werfen könnte, fand nur dünne Zweige, schleuderte sie heftig, aber ohne Effekt ins Wasser und brach schließlich heulend am Ufer zusammen.

Marcabrus machte sich mit rudernden Armen auf den Weg zu ihr.

»Bleib mir bloß vom Leib«, fauchte Berenice und versuchte, nach ihm zu treten. Dabei rutschte sie auf dem Entenkot aus und fiel auf den Rücken. Entsetzt starrte sie ihre verdreckten Hände und Röcke an.

»So wie du aussiehst, kommst du am besten mit hinein«, entschied Marcabrus. Uc und Guy halfen ihm nur zu gerne, die kreischende Berenice an den Füßen mit ins Wasser zu ziehen. Gurgelnd ging sie unter und kam wieder hoch, triefend naß, kreischend und um sich schlagend. Mit erhobenen Händen und theatralisch um Gnade flehend schützten die Männer sich vor ihren heftigen Spritzattacken.

Jeanne hätte nicht mehr zu sagen vermocht, ob ihre Freundin noch weinte oder schon wieder lachte. Das Kreischen, mit dem die Wasserschlacht ausgeschlagen wurde, klang zunehmend fröhlicher und gelöster.

Sie selbst stand noch immer stocksteif am Ufer, die Arme vor der Brust verschränkt. Ihre und Tantris' Blicke trafen sich über das Toben im Wasser hinweg für einen langen, wortlosen Austausch. Schließlich wurden auch die anderen ruhiger.

»Wo«, fragte Tantris schließlich, »ist der Wagen?«

Jeanne schwieg noch immer. Berenice wischte sich schwer atmend das nasse Haar aus dem Gesicht.

»Und der verlauste Bär?«

Jetzt kamen auch die anderen zur Besinnung.

»Wo ist Ursus?«

33. Kapitel

Die Reiter preschten durch den Hain, daß die silbrigen Zweige der Olivenbäume rauschten. Große Batzen Gras und Erde wurden von den Hufen ihrer Pferde aufgewirbelt und flogen durch die Luft, ehe sie dumpf zur Erde regneten. Einige schrien und trieben wie irr ihre Tiere an. Als sie näher kamen, sah man ihre entschlossenen Gesichter.

»Verdammte Idioten!« brüllte Charles, doch es war zu spät. Einer nach dem anderen duckten sie sich über die Kruppen und setzten in gewagtem Sprung über die Steinmauer, die den Olivenhain umgab. Nur Palamèdes Pferd verweigerte. Abrupt blieb es stehen und schickte seinen Reiter allein über das Hindernis. Die Kameraden des Verunglückten erwarteten den Heranhinkenden lachend.

»Verflucht sei der Gaul!« brummte Palamède, »er taugt überhaupt nichts.«

»Er ist der einzige unter euch mit Verstand«, gab Charles zurück, der sie mit gerunzelter Stirn betrachtete.

»Wieso?« fragte ein anderer von Raymonds Freunden und hob herausfordernd das Kinn. »Bist du wohl zu feige für diesen Sport?«

»Ich bin ein Mann, der Wichtigeres zu tun hat«, erwiderte Charles knapp und wandte sich dann an Raymond, der mit geröteten Wangen und glänzenden Augen im Sattel saß. »Und du auch«, sagte er. Näher herantretend, fügte er leise hinzu: »Mit gebrochenen Rippen wirst du deine Diane nicht davontragen können.«

»Ach, laß den Jungen doch«, meinte Palamède, der den Staub aus seinen Hosen klopfte und mißmutig den Finger in einen Riß steckte. »Sein Vater hat ihm eine reiche Braut geworben. Da soll er sein Glück doch feiern dürfen!«

»Ja, solange er noch ledig ist«, johlte ein anderer.

»Ich wette, du traust dich nicht, über die Mauer dort drüben zu setzen.« Charles' Widersacher gab noch nicht auf. Doch niemand beachtete ihn. Denn Raymond stieß ein triumphierendes Johlen aus. Er warf seine Mütze in die Luft und fing sie wieder auf.

»Ja«, schrie er. »Und er hat mir ein nettes Gütchen dazu verschafft. Beaucaire.« Raymond lachte ausgelassen und zwinkerte Charles zu.

Der verzog kaum das schöne Gesicht. Wie oft hatte der Junge ihm das jetzt nicht schon vorgeträllert, begeistert von der eigenen Gerissenheit. Charles war jede Lust dazu vergangen, ihn noch einmal deswegen zu loben. Aber Raymond war nicht zu bremsen.

»Ich habe es geschafft, geschafft, geschafft.« Er ließ sein Pferd steigen und im Kreis tänzeln.

»Was ist denn so toll an dem alten Gemäuer?« fragte Palamède erstaunt. Charles winkte ab, ehe Raymond etwas antworten konnte.

»Die ist ganz schön hoch. Das traut sich keiner von euch, da wette ich!«

Charles wandte sich dem Sprecher zu und stemmte die Hände in die Hüften. Noch ehe der den Mund aufmachen und ihn mit einer spöttischen Bemerkung zurechtweisen konnte, rief Raymond:

»Die Mauer da drüben? Ein Kinderspiel.« Schon preschte er los. »Der letzte ist ein Dummkopf!«

»Der Dummkopf bist du«, brummte Charles. Doch er nahm die Zügel seines eigenen Tieres und schwang sich in den Sattel.

Palamède beschattete seine Augen. »Die ist tatsächlich ganz schön hoch«, stellte er fest. In seiner Stimme schwang eine leise Besorgnis.

Entgeistert verfolgten sie, wie Raymond frohgemut auf das Hindernis lospreschte.

»Aber es war doch nur ein Scherz«, stotterte der Anstifter. Raymonds Pferd setzte zum Sprung an.

»Ich dachte doch nicht ...« Sie hörten das böse Klock, mit dem Huf auf Stein schlug. In einem wilden Knäuel zappelnder Gliedmaßen verschwanden Mensch und Tier hinter dem Wall.

»Ich ...« Weiter kam der Missetäter nicht. Charles stieß ihm im Anreiten den Ellenbogen so heftig in die Seite, daß er nach Luft schnappend zusammenklappte und vom Pferd fiel. Als er sich wieder aufrappelte, sah er gerade noch, wie Charles in einem makellosen Bogen über die Mauer setzte.

»Raymond, nom de dieu.« Charles rutschte aus dem Sattel, noch ehe sein Tier stand, und stürzte neben dem Jungen auf die Knie, der wie leblos dalag. Er wirkte unverletzt auf den ersten Blick, nur sein Wams war zerrissen, und die Haare waren voller Staub. Charles strich darüber in einer Geste, die fürsorglich wirkte, dann stieß er den Kopf des Freundes derb beiseite. »Du gottverdammter Idiot!« Raymond regte sich nicht.

Charles stieß einen Wutschrei aus. Dann atmete er durch. Was sollte er jetzt tun? Was sollte er seinem Vater sagen? Der ganze, schöne Plan! Sie brauchten Raymond doch dazu, er war ihr Sündenbock, mehr als das, er war ihre Versicherung dem König gegenüber. Oh, der Baron würde nicht erfreut sein. Und es war unangenehm, wenn der Baron nicht erfreut war. *Du hattest die Verantwortung für ihn. Du solltest um ihn sein.* Er hörte bereits die Stimme seines Herrn und sah den gnadenlosen Blick seiner schwarzen Augen.

»Verdammt!« Charles schrie es. Vor Wut holte er mit dem

Fuß aus und trat Raymond in die Rippen. Die reglose Gestalt wurde gebeutelt wie eine Puppe. So kurz vor dem Ziel. So knapp davor waren sie gewesen. »Verdammt! Verdammt! Verdammt!« Jeden Ausruf begleitete Charles mit einem Tritt. »Verdammter Idiot!«

»Aaaah«, kam es leise von unten.

»Was?« Charles hielt erschrocken inne.

In diesem Moment kamen Palamède und die anderen um die Mauer herum. »Lebt er?« fragten sie atemlos.

Charles hielt sie mit ausgestreckter Hand zurück. Er atmete ein paarmal tief durch, um die eigene Erregung wieder in den Griff zu bekommen. Dann kniete er sich erneut hin und hielt sein Ohr an Raymonds Brust. Da war ein Herzschlag, zweifellos. »Er lebt«, verkündete er. Mit zitternden Händen richtete er den Jungen halb auf und nahm ihn in den Arm. Ein weiteres Stöhnen drang aus Raymonds Mund. Eine Weile starrte Charles ihn hilflos an, dann begann er, sein Gesicht mit einer Reihe rascher Klapse zu bearbeiten. Raymonds Lider flatterten. »Raymond, Raymond, Raymond«, murmelte Charles dazu mit vor Erregung klopfendem Herzen. »Komm schon!« Als seine Geduld ihn erneut verließ, gab er dem Jungen eine saftige Ohrfeige. Da schlug der die Augen auf.

Erleichtert begannen seine umstehenden Freunde zu lachen. Sie schlugen einander auf den Rücken und packten sich an den Schultern.

»Komm«, sagte Charles und zog Raymond hoch.

Der verzog das Gesicht und hielt sich die Seiten. »Meine Rippen«, stöhnte er. »Ich muß mir was gebrochen haben.«

»Kein Wunder, so wie du geflogen bist«, tönte Palamède und klopfte ihm auch auf den Rücken, daß es staubte. Raymond verzog das Gesicht. »Wie ein Adler«, fügte Palamède hinzu und zog mit der Hand in der Luft Raymonds Flugbahn nach.

»Nein«, erwiderte ein anderer lachend, hob Raymonds befiederte Mütze auf und klopfte sie ab, »wie ein Rebhuhn.« Damit setzte er dem Verspotteten seine Kopfbedeckung wieder auf. Raymond schob sie sich aus den Augen und griente. Die anderen redeten in ihrer Erleichterung wild durcheinander.

»Bis jemand das Rebhuhn abgeschossen hat.«

»Vermutlich Amor persönlich.«

»Nein, im Ernst, er lag da wie tot.«

»Völlig reglos.«

»Wie hast du ihn wieder hinbekommen, Charles?«

»Ein Wunder, wahrhaftig.«

Charles ließ sie reden und schüttelte die schwarzen Locken aus der Stirn.

Raymond ergriff seine Hand und drückte sie. »Du hast mich gerettet«, sagte er leise. »Ich weiß es zu schätzen.« Sein Gesicht war noch immer blaß. Der Tod war ein Gedanke, der noch nie zuvor an ihn herangetreten war.

Charles erwiderte den Druck, wich dem Blick aber aus. Nur die Narbe auf seiner Wange zuckte, als unterdrücke er eine heftige Regung.

»Für mich und Diane«, sagte Raymond ernst. »Danke, Freund!« Erschüttert wandte er sich ab und sah nicht mehr, wie Charles lächelte.

34. Kapitel

Am Lagerfeuer erzählten Jeanne und Berenice vom Fehlschlagen ihrer Pläne. Beide Arme um seinen Vater gelegt, dem er wieder und wieder den dünnen weißen Scheitel küßte, lauschte Uc ihrer Geschichte.

»Haben sie ihn verhaftet?« fragte Marcabrus am Ende atemlos.

»Wir haben es nicht gesehen.« Jeanne wandte sich ihm zu. »Aber was soll sonst geschehen sein?«

Sie schwiegen einen Moment.

»Wie geht es jetzt weiter?« wollte Berenice wissen.

»Du meinst, ohne unseren Wagen, ohne Giraults Puppen, ohne Marcabrus' Apotheke und ohne den Bär?« gab Tantris ein wenig scharf zurück. Seine Gedanken waren vorausgeeilt nach Schloß d'Oppède. Dort würden sie eintreffen ohne ihre Ausrüstung, ohne die geringsten Hilfsmittel. Wie Bettler. Ob man sie überhaupt noch zum Fest zulassen würden? Am liebsten hätte er laut geflucht.

»Ich meinte: ohne Ursus.« Berenice senkte den Kopf.

Tantris, der noch immer auf und ab ging wie ein gefangenes Tier, blieb abrupt stehen. Er wurde rot. Berenice hatte recht, er dachte nur an sich. »Entschuldige«, sagte er sanft. »Du kannst wahrhaftig nichts dafür.«

Sie lächelte dankbar, als er ihr die Hand auf die Schulter legte, schmiegte kurz ihre Wange hinein und küßte sie.

Tantris richtete sich auf und schaute zur Stadt. Dort zeichnete sich ihre steinerne Silhouette gegen ein flammendes Abendrot ab.

»Sie werden ihm den Prozeß machen«, erklärte er mit bitterer Stimme. »Wegen – wie sagtet ihr? – Hexerei und Brunnenvergiftung.«

»Aber er hat doch gar nichts getan«, begehrte Jeanne auf. Sie lehnte an einem Baum und klammerte sich förmlich an seinen Stamm.

Tantris schaute sie fest an. »Erinnerst du dich noch an Avignon?« fragte er dann und fuhr, als sie zaghaft nickte, fort: »Dort hast du doch auch nichts an irgendwelche Kirchentüren geschmiert. Und dennoch fand sich eine Zeugin, die dich gesehen hatte. Stein und Bein hätte sie geschworen. Vermutlich hat sie sogar selbst daran geglaubt.« Er wandte sich wieder zur Stadt. »Diese Krankheit macht die Menschen verrückt.«

Er dachte an die Sterbende, die tobend in ihren Kissen gekämpft und unsinniges Zeug gerufen hatte. »Es wird sich schon jemand finden, der aussagt, Ursus habe ein Säckchen mit Gift in den Brunnen geschmissen. Wißt ihr noch, was uns die Zigeuner damals bei Aigues-Mortes erzählt haben?«

»Sie brauchen gar nichts zu erfinden«, fiel ihm da Marcabrus mit tonloser Stimme ins Wort. Alle Blicke wandten sich ihm zu. Der Quacksalber, der dicht neben Berenice saß, hob den Kopf. »Ich habe ihm eine Medizin gemischt, wegen der Flöhe von diesem Bären. Ein Säckchen.« Seine Stimme brach. Verzweifelt bedeckte er die Augen mit der Hand und ließ den Kopf hängen.

Erschrocken fuhr Berenice sich mit der Hand ins Mieder. Sie zog ein Stoffbeutelchen heraus und zeigte es den anderen. »Mir hat er auch eines gemacht, gleich in der Nacht nach dem Fest. Ihr wißt ja noch.«

Alle schwiegen. Uc errötete, als er an die Szene dachte, die er Berenice gemacht hatte.

»Sie werden es bei ihm finden«, tönte Marcabrus dumpf, »und ihn verurteilen. Ich habe ihn umgebracht.«

Berenice umarmte ihn heftig und wiegte ihn. »Aber es ist doch nur ein Flohpulver«, sagte sie entschuldigend, an die anderen gewandt.

Tantris drückte ihre ausgestreckte Hand und drückte auch Marcabrus' Schulter kurz und tröstend. »Du hast ihn nicht umgebracht«, sagte er bitter. »Er war tot von dem Moment an, in dem wir die verdammte Stadt betraten.«

»Können wir nicht irgend etwas für ihn tun?« fragte Jeanne von ihrem Baum aus.

Tantris schüttelte den Kopf. »Die Krankheit schreitet fort. Ab morgen wird der Magistrat es allen untersagen, die Stadt zu verlassen. Und wer klug ist, der wird sie auch nicht betreten.« Noch einmal schaute er hinüber. Er dachte an das stille Haus, in dem er eine Nacht zu Gast gewesen war, an die schlichten, verängstigten Gesichter, an die Wärme des Alkovens. Ob morgen dort noch jemand gesund und am Leben wäre? Das Abendrot lag in blutigen Schlieren auf dem Horizont. »Da kommt bald keine Maus mehr rein oder raus.«

Uc senkte den Kopf.

»Guy?« Es war Jeanne, die seinen Namen rief. »Guy? Wo ist der Junge?«

Guy blieb die ganze Nacht über fort. Als er am anderen Morgen wiederkam, eine bleiche, zerzauste Gestalt, schwammen seine blauen Augen in Tränen. Guy weinte nie. Um so erstaunter sahen alle, wie er wankend vor Erschöpfung und unterdrücktem Schluchzen zu dem Alten ging. Wortlos überreichte er Girault das Einhorn.

Es sah übel aus, die Mähne voller Schmutz, die meisten Fäden durchtrennt. Und sein langer Schwanz war schwarz verkohlt. Girault nahm sein Lieblingsspielzeug mit zitternden

Fingern, drehte und wendete es in den Händen und hob es schließlich ans Gesicht. Prüfend sog er die Luft ein; er konnte das Feuer noch riechen.

Die anderen schauten Guy an, der sich statt einer Erklärung plötzlich gegen Tantris' Beine warf, ihn wütend umschlang und sein Gesicht an der Hüfte des Gauklers vergrub. Nur gedämpft drang sein Weinen aus Tantris' Kleidern.

Der strich ihm begütigend über den Kopf, wieder und wieder.

»Sie verbrennen ihn«, hörten sie es nach und nach, gedämpft durch den Stoff, zwischen Guys Schluchzern hervordringen. Er sagte nur das; wiederholte es ein ums andere Mal. »Sie verbrennen ihn.«

Mehr brauchten sie nicht zu wissen, die doppelte schwarze Rauchsäule, die in dem Moment über die Dächer von Cavaillon stieg, sagte ihnen genug. Das und das halbverkohlte Einhorn.

Fast ohnmächtig vor Schmerz starrte Jeanne auf die Silhouette der Stadt im Morgenlicht. Ihr war, als wäre sie dort, hinter den Mauern, in den vertraut gewordenen Gassen, als könnte sie alles genau sehen: die beiden hohen Scheiterhaufen auf dem Markt zwischen den Bäumen, gleich vor dem »Schwarzen Eber«. Und Ursus, der mächtige Körper fast nackt, gestreift von Schweiß, Schmutz und Blut, wie sein Brustkasten sich krampfhaft hob und senkte.

Sie hoffte, daß sie ihm mit einem Strick, der einmal um den Hals gelegt und fest zugezogen wurde, gnädig das Bewußtsein geraubt hätten. Damit er nichts sah von dem fest geschichteten Haufen aus Scheiten und Reisig unter seinen nackten Füßen, zwischen denen ihre Sachen lagen: Marcabrus' Apotheke, Tantris' bunte Keulen, Ucs Messer. Und Giraults arme Puppen, die mit toten Augen verständnislos herausstarrten, bis die Flammen sie verzehrten.

Damit er nicht sah, wie auf dem zweiten Scheiterhaufen, angekettet wie er selbst, der Bär fast irre wurde vor Angst, während der Qualm aufstieg. Hörte Ursus das Brüllen? Roch er sein eigenes brennendes Fleisch? Spürte er, wie die Hitze sich näherte, wie der Schmerz schließlich in Raserei überging? Öffnete er noch einmal die Augen und sah den beißenden Vorhang aus Rauch, wie er über der letzten Vorstellung des silbernen Ritters fiel, der knackend und schwarz in den Flammen verging und niemanden mehr rettete? Niemals mehr.

Jeanne hielt sich die Ohren zu. Ihr war, als hörte sie Ursus' unartikuliertes, panikerfülltes, jeder Menschlichkeit entwachsenes Geschrei. Da spürte sie einen warmen Arm, eine Schulter und stürzte sich in die Umarmung, ohne zu fragen, von wem sie kam.

Der fette Qualm stand noch Stunden über den Dächern.

Die Gaukler saßen beklommen mit dem Rücken zur Stadt um ihr Feuer. Guy hatte Schluckauf und lehnte noch immer, leise hicksend, an Tantris, der den anderen auseinandersetzte, was sie nun zu tun hatten.

»Die Krankheit reist mit dem Vollmond, das weiß jeder«, erklärte er. »Wir müssen also schneller als sie sein und sofort aufbrechen. Wir meiden die Städte und alles, was eine Mauer hat.«

»Dann gehen wir also nicht nach Oppède-le-Vieux?« fragte Marcabrus.

Jeanne hob den Kopf.

»Natürlich gehen wir nach Oppède.« Tantris richtete sich auf. »Dort wollten wir von Anfang an hin, und das werden wir auch durchziehen.« Er wandte sich an die Wahrsagerin. »Berenice, du hast doch noch immer unser Geld?«

Wortlos reichte sie ihm die Geldkatze. Unwillkürlich mußten sie alle an jenen anderen Beutel denken, der Ursus zum Verhängnis geworden war. Aber keiner sagte ein Wort.

Tantris nahm ihn und zählte die Münzen. »Das reicht«, erklärte er. »Nicht für einen neuen Wagen oder ein Pferd, aber für ein paar Messer für Uc. Marcabrus bekommt einen neuen Stuhl, eine Zange und was er sonst so braucht. Und die Mädchen ein paar schöne Röcke, was sagt ihr?« Seine Stimme bemühte sich, zuversichtlich zu klingen.

»Um mich braucht sich niemand zu sorgen«, erklärte Uc da und zog sein Hemd aus dem Gürtel. Ein Lederwickel wurde sichtbar. »Ich habe meine Messer immer dabei.«

Tantris grinste und schlug ihm auf die Schulter. »Teufelskerl.« Dann wandte er sich an die anderen. Seine Stimme war jetzt lauter und bestimmter. »Wir werden nicht aufgeben. Und wir werden nicht untergehen. Wir reisen nach Oppède-le-Vieux und werden dort vor den Augen der Barone eine Vorstellung geben, wie sie noch keiner von uns gesehen hat.« Begütigend neigte er sich zu Girault. »Unterwegs werden wir dir ein paar neue Puppen schnitzen, Alter.«

Girault antwortete nicht. Er starrte betrübt auf das Einhorn in seinen alten Händen, strich ihm über die Mähne und schien nicht auf seine Umwelt zu achten. Uc nickte an seiner Stelle, mehr grimmig als überzeugt. Berenice rieb sich die Arme, als fröre sie, und stimmte erst nach einem Blick auf Marcabrus, der bestätigend die Lider senkte, zögernd zu. Zu Tantris' Überraschung war es Jeanne, die mit ruhiger, klarer Stimme antwortete: »Natürlich tun wir das.«

Er schaute sie lange an, ehe er sich von ihrem Anblick losriß. »Dann ist es abgemacht«, rief er und wandte sich abrupt wieder den anderen zu. »Morgen nach Oppède.«

35. Kapitel

Ihre Reise dauerte länger, als sie gehofft hatten. Sie begann damit, daß sie auf Schäferpfaden einen weiten Bogen um die Stadt schlagen mußten, um ungesehen und unbelästigt zurück zur Brücke über die Durance zu gelangen. Dort endlich angekommen, hörten sie Gesang. Sie hielten inne. Ein langer Zug von Menschen kam auf sie zu, barfuß, in Sack und Asche gekleidet. In Zweierreihen schritten sie, sorgsam wie bei einer Prozession. Dumpfer Gesang stieg aus den Reihen auf.

»Geißler!« rief Jeanne entsetzt.

Die Truppe verzog sich, so rasch sie konnte, in die Büsche; Berenice ging mit Guy und den anderen sogar bis hinunter unter den Brückenbogen. Nur Jeanne und Tantris blieben so dicht am Weg zurück, daß sie sehen konnten, was sich abspielte. Gut verborgen betrachteten sie die härenen Kutten der Betenden und die Stangen mit den drei Knotensträngen, die sie in den Händen trugen, um sich im Rhythmus ihrer Sprechgesänge damit zu geißeln. Manche Knoten waren noch durch Eisenstacheln verstärkt, die blutige Striemen ins Fleisch rissen, wann immer sie auf die Rücken der Büßer niedergingen. Sie sahen das zerfetzte Tuch und das geronnene Blut, die begeisterten Gesichter und die offenen Münder, Reihe um Reihe. Am Ende kamen die Träger der Fahnen und Kerzen. Und sie alle sangen:

»Trete her, wer büßen will.
So entkommen wir der heißen Höll.
Luzifer ist ein böser Gesell.
Wen er greifen kann, stürzt er ins Elend schnell.«

Berenice unter ihrem Brückenbogen schlug das Kreuz, als der Gesang über ihrem Kopf ertönte, und weinte. Solange der Zug dauerte, betete sie inbrünstig, daß Gott die Ihren von allem weiteren Elend gnädig verschonen möge. Aber sie glaubte doch schon lange nicht mehr daran, daß armen Gauklern irgendein Elend erspart bliebe. Guy so fest in den Armen wiegend, daß er beinahe erstickte, weinte sie alle Tränen, die sie gestern für Ursus nicht hatte vergießen können, als stünde sie bereits an ihrer aller Gräber. Nur die Musik übertönte ihr haltloses Schluchzen.

Und die wurde langsam leiser. Der Zug entfernte sich.

Tantris, der im Staub gekniet hatte, richtete sich auf und klopfte sich die Hosen ab. »Da gehen sie hin«, brummte er. »Dorthin, wo sich Ärzte, Priester und Notare nicht mehr blicken lassen. Na, wenigstens werden sie die Toten begraben.«

»Ja«, sagte Jeanne und sah ihnen düster nach, wie sie sich Cavaillon näherten, von dessen Türmen jetzt die schwarzen Fahnen wehten, die das Wüten der Pest verkündeten. »Aber vorher werden sie die Lebenden verbrennen.«

Tantris nickte. Er kannte die verheerende Wirkung des endzeitlichen Rausches, in die die Geißler ihre Zuhörer stürzten. »Wir wären in jedem Fall die bessere Gesellschaft gewesen.« Er machte ein paar Tanzschritte auf den Weg zurück. »Wir hätten anmutiger getanzt, hübscher gesungen«, er trällerte hoch und weiblich, »und wir wären besser gekleidet gewesen.« Mit höfischer Grandezza zupfte er an seinen Hosen herum, die unter den Abenteuern der letzten Tage arg gelitten hatten, und machte eine Verbeugung vor Jeanne.

Die nahm zögernd seinen dargebotenen Arm, knickste dann und ließ sich von ihm zum Reigen führen. »Wir hätten ihnen Blumen aus der Nase gezaubert, statt Striemen auf den Rücken.« Tantris drehte sich anmutig und führte Jeanne dann um sich herum. »Und ist es nicht allemal besser, ein wärmendes Feuer in den Lenden zu fühlen als unter den Füßen?«

»Allemal doch«, bestätigte Jeanne mit einem anmutigen Nicken des Kopfes und versank in einem weiteren Knicks.

Als die anderen die Böschung wieder hochgekrochen kamen, fanden sie ihren Anführer und Jeanne tanzend vor. Tantris schmetterte das Lied von der traurigen Beatrice. Uc hievte Girault neben sich und begann, ihn ebenfalls im Kreis zu schwenken. Berenice bediente nach einigem Schniefen zaghaft das Tamburin, und Guy zog eine Schilfflöte heraus, deren Töne gut zu ihrem improvisierten Fest paßten.

»Was ist das Leben?« rief Tantris begeistert und riß den Arm hoch.

»Ein Scheißhaufen«, brüllte Uc, lachend und außer Atem.

Marcabrus drückte Berenice eng an sich und schnaufte ihr Komplimente ins Ohr, die sie erröten ließen. Sie schmiegte den Kopf an seine Schulter.

»Hör nicht auf ihn«, schrie Tantris ihr zu. »Gigel, geigel, Fidelbogen, was der Spielmann sagt, das ist gelogen.«

Darauf stimmte Uc eine andere Hymne der Spielleute an:

»Der Sterne Wirken geht durch mich,
unstet bin ich und wunderlich.
Mein Sinn man niemals zähmen kann.
Niemand bin ich gern untertan.«

So, singend und tanzend, marschierten sie gemeinsam weiter. Der Text des Liedes hallte noch in Jeannes Ohren, als die wirklichen Sterne schon am Himmel standen. Es war noch nicht vollkommen dunkel, und am Horizont vor ihnen zeichnete sich der Umriß eines einsamen Glockenturmes ab.

»Verdammt, das ist nicht das Dorf, das ich meinte«, stellte Tantris fest und blieb stehen.

»Es war dein Vorschlag, die Hauptstraße zu meiden«, entgegnete Marcabrus sofort. »Ich wollte ja einfach drauflosmarschieren, aber nein, der gnädige Herr ...«

»Hört doch auf zu streiten«, ging Berenice dazwischen.

Jeanne schaute sich um. »Wenn wir wenigstens am Fluß geblieben wären«, sagte sie, »immer an der Coulon entlang. Dann wären wir früher oder später auf Ménerbes gestoßen.« Sie verstummte von selber, als ihr klar wurde, daß Ménerbes wohl nicht mehr existierte. Wie ihre eigene Heimat, würde nicht mehr davon übrig sein als verkohlte Balken und ein paar Mauern, über die der erste Sommer ohne Menschen bereits einen Schleier von Unkraut gelegt hatte.

»Ménerbes, war das nicht so ein Waldenserdorf?« fragte Berenice. »Sie sollen dort Ketzerei betrieben haben.«

»Sie haben Blumen gezüchtet«, entgegnete Jeanne knapp. Sie hoffte, daß ihrer Stimme nichts anzumerken wäre. »Nelken und Rosen für die Gemächer der Baronin von Tour d'Aigues.« Als Kind war sie einmal dort gewesen; ihr Vater hatte sie mitgenommen. Sie wußte noch, daß sie geglaubt hatte, es müßte doch das Paradies sein, tagtäglich inmitten all der duftenden Pracht arbeiten zu dürfen, statt wie daheim zwischen Korn und Kürbis.

»Wie auch immer.« Tantris rieb sich die Hände. »Das da vorne sieht mir ganz nach einer Abtei aus. Ist doch um so besser. Wir werden nach einem Obdach fragen, und morgen bei Tageslicht marschieren wir weiter.«

Langsam stolperten die Gaukler vorwärts auf den fremden Glockenturm zu. Zwischen den Gräsern und Sträuchern lagen überall Steine herum, die im Zwielicht nicht mehr recht zu erkennen waren, und man konnte, ehe man sich versah, in Brombeerranken stolpern, die einen am Saum festhielten und einem die Fesseln zerkratzten.

»Au«, schimpfte Jeanne, die unvermutet in ein Loch getreten war und sich vor Schlangen fürchtete. »Es ist so holprig hier.« Sie hielt inne. »Was ist das?«

Leises Klingeln ertönte über der Wiese. Dann trug der

Abendwind einen scharfen Geruch zu ihnen herüber. »Määääh«, ertönte es aus der Dunkelheit.

»Schafe.« Tantris sog die Luft ein. »Eine ganze Herde.«

Sie gingen weiter und trafen tatsächlich auf die Tiere, die sich im Schutz einiger niedriger Eichen eng aneinanderdrängten und kläglich meckerten. Weder Hund noch Hirte waren zu sehen.

»Wo ist der Schäfer?« fragte Berenice verwundert. »Warum hat man sie für die Nacht nicht hineingetrieben?«

Kopfschüttelnd gingen sie weiter bis zum Tor der Abtei. Es stand trotz der fortgeschrittenen Dämmerung weit offen. Ein Türflügel bewegte sich knarrend im Wind.

»Hallo?« rief Tantris, laut und fragend. Er bekam keine Antwort. Neugierig steckte er den Kopf durch die Öffnung und sah einen Innenhof, sauber gefegt, von gepflegten Beeten umgeben, doch ohne eine Menschenseele. »Ist da niemand?«

Er schaute die anderen an, zuckte mit den Schultern und wollte sich schon anschicken, einfach einzutreten, als schlurfende Schritte hörbar wurden. Eine braune, verschwommene Gestalt löste sich aus dem Umriß der kleinen Kirche und näherte sich ihnen quer über den Hof. Sie ging langsam, schien kaum die Füße zu heben, und es dauerte eine Ewigkeit, bis sie bei ihnen war.

Ungeduldig tänzelte Tantris herum. »Gott zum Gruße«, sprudelte es aus ihm heraus, als der Mönch endlich das Tor erreicht hatte. »Wir sind müde Gaukler und möchten gerne … he!«

Der Mönch schien ihn gar nicht zu hören. Ohne ein Wort oder eine Geste der Begrüßung lehnte er sich gegen die Torflügel und begann, sie zuzudrücken. Tantris wollte protestieren, er verlangte eine Erklärung, doch der Satz blieb ihm im Halse stecken, als er den Mann aus der Nähe sah. Erschrocken trat er zurück und stellte sich ihm nicht mehr in den Weg. Der

Mönch verrichtete seine stumme, mühevolle Arbeit bis zum Ende. Ehe die Tür endgültig zufiel, hob er für einen kurzen Moment den Blick und schaute sie durch den engen Spalt an. Dann schlug Holz dumpf auf Holz.

Die Gaukler standen draußen im Grillengezirp. Drinnen hörten sie die gespenstisch-langsamen Schritte sich wieder dahin entfernen, woher sie gekommen waren.

»Hast du sein Gesicht gesehen?« flüsterte Berenice entsetzt.

Jeanne schüttelte den Kopf, als könnte sie damit den Anblick der schrecklichen, von Geschwüren entstellten Fratze aus ihrem Gedächtnis vertreiben.

Tantris klatschte in die Hände, daß sie alle zusammenzuckten. »Na gut«, sagte er und kaute einen Moment auf seiner Unterlippe herum. »Dann also weiter.«

Sie verließen den Ort, so rasch sie konnten. Nicht einmal bei den verwaisten Schafen wollten sie bleiben, aus Angst, im Dunkel ihren toten Schäfer übersehen zu haben. Sie betraten den Pfad, den sie vor den Klostermauern fanden, und folgten ihm, hügelauf und hügelab, bis er sie nach einer Weile an ein weiteres einsames Gebäude führte. Ihre Füße schmerzten, und sie taumelten beinahe, als sie auf die Tür zutraten.

»Zum Goldenen Widder«, las Tantris das Schild, das über der Tür sacht im Nachtwind schaukelte. Er wandte sich zu seinen Leuten um. »Hier versteht man sich auf die Mythologie. Und Licht brennt auch.« Tatsächlich flackerte zwischen den Ritzen der geschlossenen Fensterläden der unruhige Schein von Kerzen. »Wenn das keine Einladung ist.« Er hob auffordernd die Hand, wartete Ucs und Marcabrus' Nicken ab und klopfte dann forsch und fordernd an die Tür.

Hier wurde ihnen rascher aufgetan. Eine Frau mit derben Zügen öffnete ihnen, mit der einen Hand ihr Schultertuch raffend, mit der anderen eine Kerze hochhebend, damit sie den Neuankömmlingen in die Gesichter leuchten konnte. »Wir haben nichts zu verschenken«, brummte sie, als sie die Gaukler sah, und ihr Mund wurde streng. »Fünf Livres für die Zimmer. Und die Damen schlafen getrennt; wir führen ein anständiges Haus.«

Tantris' Gesicht verzog sich nach der ersten Verblüffung zu einem ironischen Lächeln. Er schenkte dem alten Drachen seine eleganteste Verbeugung. »Gewiß tut Ihr das. So anständig wie ein Konvent. Der Wind würde es vor Anstand nicht wagen, auf den Lücken in Eurem Gebiß etwas anderes als Kirchenlieder zu pfeifen.«

Die Alte schnaubte nur. »Spar dir deinen Witz für die Bauern, Gaukler.« Sie musterte sie und überlegte. »Es ist noch Essen da. Zwei Sols pro Person.«

Bei der Erwähnung von Essen lief allen das Wasser im Munde zusammen. Tantris nickte bereits, und alle machten einen Schritt vor, um einzutreten. Doch die Wirtin stand ungerührt wie ein Fels in der Tür. Die Gaukler sahen einander an. Schließlich nickte Tantris, Berenice wandte sich ab, um in ihrem Ausschnitt herumzufummeln, und reichte ihrem Anführer, was der wiederum widerstrebend der Wirtin weitergab: eine Handvoll glänzender Münzen.

Tantris seufzte, als er sie in den derben Fingern der Frau sah. Es war das erste Mal, daß er etwas im voraus bezahlte. Meist brachten es die Gaukler dahin, daß die Wirtsleute sich überreden ließen, sich mit einer kleinen Vorführung als Entgelt zufriedenzugeben, etwas, was die Gäste anzog und den Weinkonsum hob. Manchmal hatte es auch geholfen, wenn Berenice ihre Gunst freizügig verschenkte. So mancher Wirt war ihnen schon nachts aufs Zimmer gestiegen, wenn sein Weib endlich schlief, und die Gaukler hatten sich großzügig umgedreht und sich die Decke über die Ohren gezogen, während es neben ihnen auf dem Lager schnaufte und rumpelte, denn es war ja für einen guten Zweck. Im schlimmsten

Falle war es auch von Nutzen gewesen, kurz vor dem Morgengrauen durch das Fenster unauffällig zu verschwinden. »Wer von unseren reichen Gaben nichts anderes will als schnödes Metall«, pflegte Tantris in solchen Fällen zu sagen, »ist selber schuld.«

Heute würden sie so nicht davonkommen.

Doch er spürte, daß seine Leute diese Rast brauchten, den Komfort eines Bettes, den Trost menschlicher Gesellschaft. Und auch er selbst war durchaus gewillt, seine letzte Nacht als Gaukler verschwenderisch zu verbringen. Es war nicht der Moment, um auf blanker Erde zu schlafen.

Was soll's, schien sein Schulterzucken den anderen zu sagen, als ihr Geld dahinging. Morgen sind wir in Oppède, da gibt's mehr vom selben, und zwar reichlich.

Die Wirtin hatte ihre sorgsame Zählung der Münzen beendet, grunzte zufrieden und drehte sich ohne weitere Einladung um. Die Gaukler folgten ihr hinein. Die Wirtsstube war leer, was zu der späten Stunde nicht verwunderlich war, aber im Kamin glomm es noch und beleuchtete mit ungewissem orangefarbenem Schein einen Hünen von Mann. Breite Schenkel, auf denen große Hände ruhten, breite Schultern, einen runden Kopf mit stark vorspringender Nase und einer ledernen Mütze, die ihm auch so nah am wärmenden Feuer nicht lästig zu werden schien.

»Bring Suppe«, sagte die Alte zu ihm.

Wortlos richtete er sich auf und schlurfte los. In der Küchentür mußte er sich bücken. Er hustete, als er mit ihren Näpfen wiederkam, doch sonst gab er keinen Laut von sich. Während Tantris die einsilbige Wirtin nach Oppède und seinen Bewohnern auszufragen versuchte, schlurfte er zurück zum Feuer und ließ sich ächzend wieder auf seinem geflochtenen Schemel nieder. Er blieb auch dort, als sie in ihre Zimmer aufbrachen.

Die Wirtin ging auf der engen Holzstiege voran. Das Kerzenlicht tanzte über die Wände. »Hier die Weiber«, sagte sie und öffnete die erste Tür. Dann wies sie auf die beiden nächsten. »Die könnt ihr euch teilen, wie ihr wollt.« Sie hielt den Kerzenständer höher und wies auf eine Tür gegenüber. »Da wohnen zwei Kaufleute, die schlafen schon seit Stunden, also leise.« Damit verschwand sie.

»Und die Tür da hinten?« fragte Jeanne flüsternd, der das stille Haus unheimlich war.

»Da wohnen die Kakerlaken«, sagte Tantris und trat auf etwas, das vernehmlich knackte.

»Ihh«, rief Berenice und mußte zugleich kichern.

»Still«, gebot Uc vornehm, »die Kaufleute schlafen doch schon seit Stunden.«

Marcabrus gähnte. »Das sollten wir auch. Er wollte Berenice an sich ziehen, doch die machte sich los.

»Dies ist ein anständiges Haus«, erklärte sie geziert, als sie seinen erstaunten Blick sah. Dann lachte sie und schob ihn gutmütig von sich. »Geh du nur, mir wird eine Nacht echten Schlafes mal ganz gut tun.«

»Girault schnarcht aber wie ein Elefant«, behauptete Guy vorlaut. Der Alte mußte husten.

Uc klopfte ihm fürsorglich auf den Rücken. »Kein Wunder, er hat sich erkältet. Wie Papa? In deinem Alter sind Nachtmärsche nichts mehr.«

»Ich kaufe euch von den Einnahmen in Oppède ein Pferd«, versprach Tantris. Erschrocken schwieg er, doch keiner schien das verräterische »euch« bemerkt zu haben.

Schließlich ging Uc mit Girault in ein Zimmer, Tantris, Marcabrus und Guy teilten sich das zweite unter wiederholten Versicherungen, mucksmäuschenstill zu sein. Gerne wäre Tantris allein gewesen, um den Träumen von seinem neuen Leben nachzuhängen, das morgen beginnen sollte. Auch fürchtete er, vor Nervosität nicht schlafen zu können. Doch die alte Gewohnheit griff rasch. Bald schon hörte er das Schnaufen und Ächzen, das Kratzen und Rascheln der anderen nicht mehr, mit denen er so viele Jahre schon das Lager teilte. Und noch rascher, als er selber glaubte, schlief er ein.

Jeanne lag länger wach und dachte an den kommenden Tag. Ob sie ihn sehen würde? Sie dachte an den Baron wie an ein Untier in seiner Höhle. Würde er herauskriechen, Feuer in den Nüstern, und sie anstarren? Würde sie das ertragen? Jeanne tastete nach dem Täschchen an ihrem Gürtel und dem Messer darin, das ihr großer Trost geworden war. Sie rieb es zwischen ihren Fingern, wie früher das Kreuz an der Kette um ihren Hals.

Dann kam ihr ein neuer Gedanke: Würde er sie vielleicht wiedererkennen? Das durfte nicht sein. Nicht, ehe sie nah genug an ihn herangekommen war. Und dann ... Sie hielt das Messer, sie sah im Geiste schon, wie sie es hob. Sie erblickte auch wieder das Blut des Verwalters, wie es über den Stallboden floß. Angst und Ekel griffen mit Macht nach ihr. Und es schlichen sich Zweifel in ihre Gedanken. So, hin und her gerissen, schlief sie ein.

36. Kapitel

»Schlafmützen! Aufstehen!« Beschwingt ging Berenice durch den Flur und klopfte an alle Türen.

Jeanne stand auf der Schwelle ihrer eigenen Kammer und steckte sich den Zopf fest. Sie hatte beschlossen, ihr rotes Banner in Oppède so spät wie möglich wehen zu lassen. »Das war die Tür der Kaufleute«, kommentierte sie tadelnd, als Berenice an die letzte Pforte geklopft hatte.

Die lachte. »Auch zu Kaufleuten soll man zuvorkommend sein. Am Ende läßt sich mit ihnen noch ein Frühstück verdienen. Komm.« Sie nahm die Freundin bei der Hand und zog sie die Stufen hinunter.

Fast erwarteten sie, im Gastraum noch immer den Wirt neben dem Feuer sitzen zu sehen, doch er war fort und die Glut erloschen.

»Nanu, noch keine Anstalten für ein Frühstück? He, Wirt«, rief Berenice mit ungebrochen guter Laune. Die Nacht in einem weichen Bett, auch wenn die Laken nicht sauber gewesen waren, schien Wunder bewirkt zu haben. Vom oberen Ende der Treppe rumpelte es.

»Kommt ihr endlich, ihr Langschläfer?« rief Berenice hinauf, ging aber statt in den Flur in die Küche, um nach den Wirtsleuten zu sehen. Doch auch hier schien niemand Vorkehrungen für die Gäste getroffen zu haben. Neugierig stieß Berenice die nächste Tür auf.

Sie führte in die Kammer der Besitzer des »Goldenen Widders«. Der Mann schaffte es noch, den Kopf zu heben, als Berenice eintrat und mit ihr Tageslicht in das enge Zimmer fiel. Er wollte etwas sagen, doch seine Kraft reichte nicht aus. Die Alte saß noch immer an dem Tisch, an dem sie sich am gestrigen Abend niedergelassen hatte, um ihr Geld zu zählen. Ein paar der Münzen lagen auf dem Boden, die anderen klemmten unter ihrer Wange, mit der sie auf die Tischplatte gesunken war. Ihre Arme hingen herab. Offenen Auges starrte sie an Berenice vorbei.

Hinter Berenice ertönte ein Schrei. Erschrocken fuhr die Wahrsagerin herum und sah eine Magd, ein junges Mädchen, mit zwei Eimern in der Hand, die sie fallen ließ, so daß das Wasser über den Boden schwappte. Sie starrte auf ihre Herrschaft und schrie noch immer. Dann schlug sie, wieder und wieder, in großer Hast das Kreuzzeichen. »Jesusmaria«, rief sie, raffte ihre Röcke und rannte, noch ehe Berenice irgend etwas sagen konnte, davon.

Der Wirt hob einen schweren, zitternden Arm.

Mit einem Schrei des Ekels sprang Berenice zurück und schlug die Tür zu.

»Was ist?« fragte Jeanne, die eben dazukam, noch immer mit ein paar widerspenstigen Locken beschäftigt, die sich nicht feststecken ließen.

Berenices Lippen öffneten sich, ohne daß ein Laut herauskam. Sie wies auf die Tür. Jeanne ging hin, öffnete sie, schaute, und schloß sie sofort wieder. Auch sie war nun bleich.

Tantris und Marcabrus kamen sich räkelnd herein. »Noch keine Grütze?« fragte Tantris gähnend. Marcabrus ächzte erstaunt, als Berenice sich ohne Vorwarnung heftig an seine Schulter warf.

»Kein Grund zur Verzweiflung«, meinte Tantris und kratzte sich. Dann sah er Jeannes Gesicht. Mit einer müden Geste wies sie zu der Tür.

Tantris ging und sah nach. »Keine Grütze«, stellte er fest. Er grinste unfroh. »Und wie's aussieht, können wir auch unser Geld vergessen. Guy, laß das!« fauchte er, als der Junge die Hand nach dem Türknauf ausstreckte. »Das ist nichts für Kinder.« Er scheuchte seine niedergeschlagene Truppe wieder in den Gastraum.

»Er lebt noch«, stellte Jeanne tonlos fest. Niemand antwortete ihr.

»Die Kaufleute!« fiel es Marcabrus ein. »Die, die gestern angeblich schon geschlafen haben.« Ahnungsvoll sahen sie sich an.

Berenice verschränkte die Arme. »Ich schaue hier jedenfalls durch keine Tür mehr.

»Ich gehe.«

Sie hörten Tantris' Schritte die Treppe hinauf, hörten sein Klopfen und die Stille danach. Jeanne und Berenice blickten einander an. Beinahe gleichzeitig fiel es ihnen ein.

Überrascht sah Tantris sie an, als sie beide dann doch die Treppe heraufgestürmt kamen. »Ich dachte, ihr wolltet nicht ...«, begann er.

Aber Jeanne packte ihn bei den Armen. »Uc und Girault«, keuchte sie.

Ohne Begreifen starrte Tantris sie an.

»Berenice hat vorhin bei ihnen geklopft.« Mehr brachte Jeanne nicht heraus. Alle fröstelten. Dann liefen sie, so schnell sie konnten, zu der Tür der Puppenspieler. Nach kurzem Zögern riß Tantris sie auf.

»O nein«, rief Jeanne, »nein.« Doch sie hatte bereits geahnt, was sie erwarten würde.

Girault lag auf seinem Bett, ein dünnes Bündel Haut und Knochen. Das weiße Haar war vom Schweiß verklebt, in seinem Bart hing Erbrochenes. Sein Mund stand weit offen, ebenso die Augen. Er sah aus wie eine seiner Puppen. Und sie mußten nicht auf seinen Atem lauschen, um zu wissen, daß er tot war.

Uc kroch rückwärts an die Wand, als sie durch die Tür drängten. Keuchend versuchte er, sich daran hochzuschieben, sank aber wieder zurück. Er brach in ein Gelächter aus, das Jeanne ins Herz schnitt, dann, übergangslos, sank sein Kopf schluchzend auf die Knie. Die Arme, die er ihnen abwehrend entgegenhielt, waren mit Geschwüren bedeckt.

Tantris drängte die anderen zurück. »Raus, alle raus«, brüllte er und breitete zwischen ihnen und den Puppenspielern die Arme aus.

»Aber das ist Uc! Wir können ihn doch nicht allein lassen!« Jeanne wehrte sich wie eine Wildkatze. »Uc!« schrie sie. Doch Tantris war stärker. Er drängte und schob. Die Tür fiel ins Schloß, die Gaukler standen draußen. Beklommen schauten Marcabrus und Berenice einander an. Die Wahrsagerin strich hilflos durch Guys Haare. Jeanne weinte leise.

Drinnen beugte Tantris sich über seinen langjährigen Gefährten. Uc hob den Kopf und lächelte schwach. Blut stand zwischen seinen Zähnen. Er schluckte und versuchte zu sprechen. »Glaubst wohl, ein Edelmann kriegt es nicht?« brachte er mit Mühe hervor.

Tantris schaute sich um und entdeckte einen Krug mit Wasser. Er ging hinüber, nahm das Gefäß und setzte es Uc an die Lippen, der gierig trank. Tantris schüttelte den Kopf. »Nein«, sagte er. »Aber ein Gaukler, der krepiert an so was nicht, hörst du?«

Ucs Kopf pendelte, aber Tantris nahm ein Kissen und stopfte es ihm in den Nacken, damit er bequemer saß. Er holte ihm eine Decke und zog dabei beiläufig ein Laken über den alten Girault, dem er mit einer sanften Bewegung die Augen schloß.

»Danke«, flüsterte Uc.

»Wirst sehen.« Tantris würgte an seinen Tränen. Er packte den Freund bei der Schulter und drückte sie mehrfach. »Ich gehe frisches Wasser holen, in Ordnung?«

Uc nickte.

Leise stand Tantris auf.

Die anderen erwarteten ihn in der Gaststube.

»Was machen wir jetzt?« fragte Berenice.

Jeanne trat nahe zu ihm. »Verzeih mir«, sagte sie leise. »Ich dachte schon, du wolltest ihn da drinnen sterben lassen.«

Tantris schaute sie nicht an. »Er hat mich aus dem Pesthaus geholt«, sagte er knapp, »schon vergessen?« Dann ging er in den Hof, um am Brunnen Wasser zu schöpfen.

Jeanne war zu unruhig, um sich zu den anderen zu setzen. Sie ging noch einmal die Treppe hinauf, um an der Tür der Kaufleute zu lauschen. Es war nichts zu hören. Als sie sie öffnete, bot sich ihr ein Anblick, der ihr langsam nur zu vertraut war. In diesem Zimmer lebte niemand mehr. Sie schloß es ab und ging hinunter. In der Küche fanden sich Schinken und trockenes Brot. Sie stellte es den Gefährten auf den Tisch, die das Essen erst anstarrten und dann gierig hinunterschlangen. Dabei erzählte Jeanne von ihrer Entdeckung. »Die Kaufleute müssen die Krankheit hergebracht haben«, überlegte sie, »und haben dann die Wirtsleute angesteckt. Der Wirt hat gehustet, erinnert ihr euch?« Sie schwieg und dachte nach. »Und Girault hustete am Ende des Abendessens auch.«

»Ach hör doch auf!« Entgeistert schauten alle auf, als dieser Schrei aus Berenice herausbrach. Die Wahrsagerin sprang auf, hager, blaß ohne ihre gewohnte Schminke, doch mit hektisch geröteten Wangen. Ihre Augen verrieten, daß sie außer sich war. »Ich kann das nicht mehr hören, dieses Gerede, nur Gerede. Und immer vom Tod.« Ihre Stimme war schrill.

»Berenice.« Jeanne versuchte, beruhigend zu klingen. Sie streckte die Hand nach der Freundin aus, doch diese schlug sie fort, als hätte sich ihr etwas Ekliges genähert. Ohne ein weiteres Wort rannte sie hinaus.

Die Gaukler stürzten zum Fenster und sahen Berenice, die mit wehenden Haaren den Pfad entlanglief. Sie taumelte wie eine Betrunkene und fuchtelte mit den Armen, als ginge sie gegen schweren Wind und Hindernisse an. Doch es waren nur ihre Tränen, die sie blind machten, so daß sie keinen geraden Schritt zu gehen vermochte.

Laut schrie Berenice ihren Schmerz und ihre Verzweiflung hinaus. Noch immer rannte sie, orientierungslos. Da traf sie etwas wie ein Schlag. Berenice stolperte, und wurde gehalten. Für einen Moment kam sie zu sich und sah die dürren, braunen Wiesen, auf denen letzte gelbe Blüten im Wind zitterten. Dann bemerkte sie die Hand in dem schwarzen Lederhandschuh, die ihren Arm festhielt. Danach erst den Mann. Sie schrie erneut.

Doch sein Gesicht war freundlich. Eng zusammenstehende, intensiv blickende Augen in einem schmalen Gesicht musterten Berenice. Seine Nase war dünn und knochig, sein Griff fest, obwohl er nicht groß war und wie ein Gelehrter aussah. Er war gut gekleidet, trug einen Mantelsack und einige von einem Riemen umschnürte Bücher bei sich. Seine schwarzen Locken tanzten, als er den Kopf schüttelte.

Dann griff er nach ihrem Kinn. »Keine Geschwüre«, murmelte er, »die Haut warm und trocken, der Puls hastig, aber ohne Unregelmäßigkeit.« Er machte sich gerade daran, ihr die Lippe nach oben zu schieben, um ihr Zahnfleisch zu begutachten, als Berenice weit genug zu sich gekommen war, um ihm derb auf die Finger zu klopfen.

»Seid Ihr ein Perverser?« maulte sie.

Er lächelte. »Nein, nur ein Arzt.« Er machte eine kleine Verbeugung. »Gestatten, Michel de Notredame, genannt Nostradamus.«

Berenice betrachtete ihn mißtrauisch, während sie sich die Hand rieb, mit der sie ihn geschlagen hatte. »Anfassen kostet nämlich«, sagte sie und vollführte automatisch einen ihrer Hüftschwünge.

»Ich verstehe«, sagte Nostradamus und lächelte weiter verbindlich.

Berenice legte den Kopf schräg. »Seid Ihr wirklich Arzt?«

»Braucht Ihr einen?« fragte Nostradamus und setzte sich, als sie nickte, mit weit ausgreifenden Schritten in Bewegung. »Nun denn.« Sein Wanderstab stieß kräftig ab, sein Mantel flog nur so.

Berenice hatte Mühe, mit ihm Schritt zu halten. »Ihr seht aber gar nicht wie einer aus«, rief sie atemlos. »Ihr habt keinen roten Umhang und kein Ledergewand, keine Schnabelmaske und keine Schellen.«

Er blieb stehen. »Und wen sollte ich in dieser Einöde wohl damit beeindrucken?«

Berenice schluckte. »Und keine Brille, um Eure Augen zu schützen. Herr?«

Er war mit einem Kopfschütteln weitergegangen und erreichte vor ihr das Gasthaus. Mit kräftiger Stimme rief er nach den Bewohnern. Mißtrauisch traten die Gaukler ihm entgegen.

»Er ist nämlich Arzt«, platzte die atemlose Berenice heraus, nachdem er sich vorgestellt hatte.

»Studiert in Avignon und Montpellier«, bestätigte Nostradamus mit einem kleinen Lächeln ihre Vorstellung.

»Euch schickt der Himmel.« Tantris packte die lederumhüllte Rechte des Arztes mit beiden Händen und zog ihn förmlich hoch in die Kammer zu Uc.

Ohne weitere Umstände ließ Nostradamus sich bei dem Kranken nieder, fühlte dessen Puls, tastete die Haut, roch an seinem Atem. Er hob die Lider hoch und betrachtete das Zahnfleisch. Dann schnürte er sein Bündel auf und holte ein Glasfläschchen heraus, dem er eine Pastille entnahm. Da Uc es nicht schaffte, den Mund zu öffnen, zog er ihm den Kiefer herunter und legte ihm das kleine Ding unter die Zunge.

»Was ist das?« fragte Tantris argwöhnisch, der dicht hinter ihm stand.

»Eine meiner Arzneien«, erklärte Nostradamus und tupfte Ucs Gesicht ab. »Es ist Rosenöl darin.«

»Rosen?« fragte Jeanne entgeistert.

Nostradamus nickte. »Außerdem je zwei Drachmen Diptam, Blutwurz, Leberaloe, Myrrhe und Zitronenrinde, eine halbe Unze armenischer Rotstein, eine Drachme Safran und eine Drachme Mastix.«

»Und das soll helfen?« Marcabrus trat vor und schwenkte seinen Umhang. Er richtete sich zu voller Größe auf. »Ich habe nämlich zufällig auch ein wenig Medizin studiert, Herr Arzt. Und ich weiß wohl, daß die Alten mit Galen die Pest als einen Überfluß feuchtwarmen, gärenden Blutes erklären und als einziges Hilfsmittel Aderlaß empfehlen. Jawohl.«

Nostradamus blieb gelassen. Er stand auf und schaute Marcabrus, der ihn um einen halben Kopf überragte, direkt ins Gesicht. »Die alten Schriften studieren hilft in solchen Fällen nicht«, sagte er. »Ich habe in Montpellier die Körper von Pesttoten aufgeschnitten, und glaubt mir, ich habe nichts von zu vielem oder gärendem Blut gefunden. Laßt diesen Mann zur Ader«, er wies auf Uc, »und er ist tot.«

»Ist er das nicht ohnehin?« fragte Jeanne leise.

Nostradamus lächelte ihr zu. »Nicht unbedingt«, sagte er, »viele meiner Patienten überleben. Es kommt auf die Umstände an, auf ihr Alter und ihre Konstitution.« Dann wurde seine Stimme lauter. »Vor allem müssen wir Ordnung schaffen. Alle Kranken in einen Raum, mit viel frischer Luft. Ihre Kleider und ihr Bettzeug, alles, womit sie in Berührung gekommen sind, muß verbrannt werden.«

Die Gaukler schauten einander an.

Wenige Stunden später loderte ein großer Scheiterhaufen auf der Wiese hinter dem »Goldenen Widder«. Betten und

Stühle brannten wie Zunder, Matratzen qualmten vor sich hin. Der Einfachheit halber legten sie auch die Leichen dazu, Girault, die beiden Kaufleute, die Wirtin und ihren Mann. Denn auch er war inzwischen verstorben.

Die Magd tauchte nicht wieder auf, also stellte Berenice sich in die Küche und sorgte für ein Abendessen. Tantris und Marcabrus gingen mit Reisigbündeln von Zimmer zu Zimmer und räucherten; Nostradamus hatte ihnen bestimmte Kräuter dafür gegeben.

Jeanne saß dem Arzt am Tisch gegenüber. Sie erzählte ihm, was sie beobachtet hatte. Nostradamus nickte. »Ihr habt recht, was den Husten betrifft«, meinte er lobend. »Es gibt zwei Verlaufsformen der Krankheit. Die eine davon berührt auch die Lungen, wie Ihr es geschildert habt. Sie führt schneller zum Tod, bei Kindern und Alten manchmal schon binnen eines Tages, und ich muß leider sagen, daß sie auch diejenige ist, an der man häufiger stirbt.«

Unwillkürlich richtete sich Jeannes Blick an die Decke. Dort oben lag Uc und rang mit dem Tode. Und noch vor dem Abend konnte es jeden von ihnen getroffen haben. Rauch stieg ihr in die Nase, und sie hüstelte unwillkürlich.

Nostradamus tätschelte ihr die Hand, als sie sich erschrocken an den Hals griff. »Es ist nichts«, sagte er beruhigend.

Jeanne lächelte schwach. Sie stand auf, um dem Arzt etwas zu essen zu bringen. Selber ohne Appetit, sah sie ihm dabei zu. »Wann werden wir es wissen?«

Nostradamus kaute. »Morgen«, antwortete er. »Wenn er morgen noch am Leben ist, kann er es schaffen. Die Genesung wird natürlich dauern, zehn Tage, oder mehr.«

»Zehn Tage?« nahm Tantris, der eben hereinkam, die Worte des Arztes auf. »So viel Zeit haben wir nicht.« Er ging zum Fenster und starrte hinaus. Das Licht wurde bereits golden, der Mittag ging in den Nachmittag über. Er hatte einen weiteren Tag verloren. Morgen war schon der siebenundzwanzigste Oktober, der achtundzwanzigste war der Tag der Feierlichkeiten. Schon heute hätte man ihn in Oppède-le-Vieux erwartet. »Wir müssen aufbrechen«, sagte er zwischen zusammengebissenen Zähnen. »Heute noch.«

Jeanne ging zu ihm hinüber. »Morgen werden wir wissen, ob er es übersteht«, sagte sie zu seinem Rücken.

»Was können wir schon tun?« gab Tantris zurück. Sie sah, wie er sich versteifte. »Uc ist jetzt in guten Händen.«

»Er hat dich aus dem Pesthaus geholt, schon vergessen?« sagte Jeanne sanft.

Tantris fuhr herum. Er hob die Hand, doch er schlug sie nicht.

»Morgen«, wiederholte Jeanne bittend. »Nur noch bis morgen. Was ist schon ein Tag?«

Ja, was war ein Tag, ein weiterer Tag, der an seiner Hoffnung fraß, ein weiterer Tag, der seinem neuen Leben geraubt wurde?

»Ich hatte eigentlich den Eindruck, daß auch du es eilig hattest, nach Oppède zu kommen«, sagte er bissig.

Jeanne wurde blaß. »Das ist nicht mehr wichtig«, sagte sie dann mühsam. »Bitte.« Sie legte ihm die Hände auf die Brust.

Tantris wandte sich ab. »Einen Tag noch.« Er erhob die Stimme. »Aber morgen brechen wir auf.« Seine Leute hoben die Köpfe, sie nickten. Das Morgen schien ohnehin gleichgültig zu sein.

37. Kapitel

»Ich wäre ja lieber heute als morgen aus diesem Pestloch heraus«, murmelte Marcabrus, während er es sich neben Berenice auf dem Lager bequem machte. »Was kann man schon tun, was, als sein eigenes bißchen Leben retten?«

»So darfst du nicht reden«, sagte Berenice leise und legte ihm den Finger auf die Lippen. »Schon gar nicht vor dem Jungen.« Sie wies hinüber zu dem Lager, das sie Guy, der in einen erschöpften Schlaf gesunken war, auf dem frisch gefegten Boden eingerichtet hatte.

Unwohl wälzte Marcabrus sich herum. »Bah, keine Matratze, stinkende Kräuter zwischen den Laken und die schönen Wolldecken verbrannt.« Ungeduldig versuchte er, seinen Umhang besser um sich zu ziehen und eine einigermaßen angenehme Schlafposition zu finden. Er schnaufte. »Und überall riecht es nach Kirche. Bah.«

»Du versündigst dich noch«, mahnte Berenice, deckte ihn fürsorglich zu und kicherte, als er plötzlich nach ihr griff.

»Hm«, brummte Marcabrus und kam langsam in bessere Stimmung. »Dann werden wir mal dafür sorgen, daß sich morgen das Beichten lohnt, was?«

Jeanne konnte nicht schlafen. Immer wieder zog es sie in das stille Zimmer, in dem Tantris und Nostradamus beim Schein einer Kerze saßen. Räucherwerk zog seine Fäden hinauf in die Finsternis unter dem Dach. Wenn jemand sich regte und es einen Luftzug gab, verwoben sie sich zu anmutigen Arabesken. Wie ein Tanz, dachte Jeanne. Wie der Schattentanz einer auf dem Scheiterhaufen verbrannten Tänzerin.

Hier schritten die Stunden der Nacht noch langsamer dahin. Uc lag auf dem Lager, daß sie ihm gebaut hatten. Auf seiner Stirn standen Schweißperlen, und er wälzte den Kopf hin und her. Aus seiner Nase rann Blut, das der Arzt gewissenhaft abtupfte. Von Zeit zu Zeit wusch er den Kranken mit einer Mischung aus Wasser, Essig und Wein, die Jeanne aus der Küche brachte. Ihre Beine zitterten, während sie die dunkle Treppe hochstieg. Ihr schien, in ihr war für nichts mehr Raum als Angst. Tantris saß zurückgelehnt in einem Lehnstuhl. Sie sah nur seine Beine, seine Schulter, seinen Mund mit dem schmerzlichen Zug. Sein Gesicht blieb im Schatten, reglos, stumm, Stunde um Stunde. Jeanne hockte sich auf den Boden in eine Ecke, unbeachtet, und betrachtete diesen Mund. Ihre Gedanken kreisten lose. Irgendwann sank ihr der Kopf auf die Schulter, und sie schreckte auf. Es gab ein leises Geräusch, die Rauchfäden wirbelten durcheinander, alle räusperten sich und ruckten, Nostradamus stand auf und schob Uc die Lider hoch. Jeanne sah das Gelbe in den Augen und schaute weg.

Da schickte Nostradamus die beiden zu Bett. Sie brachen auf. Verlegen standen sie einen Moment in dem dunklen Flur und konnten sich nicht trennen. Das Elend hatte sie zusammengebunden, jenseits davon erwartete sie nichts. Es fiel ihnen kein rechter Gutenachtgruß ein. Sie standen herum. Schließlich legte Jeanne die Hand auf die Klinke ihrer Tür.

»Seltsam«, sagte sie und fuhr nachdenklich über das Holz. »Wenn man nicht sicher sein kann, ob man sie morgen früh wieder öffnen wird, meine ich.« Sie schaute Tantris an.

Sein Gesicht war im Dunkeln kaum zu erkennen. »Ich werde auf jeden Fall morgen nach dir sehen«, versprach er.

»So wie nach Uc.« Ihre Stimme wurde leise. Wie falsch hatte

sie ihn doch eingeschätzt. Sie holte tief Luft. »Es tut mir leid«, sagte sie.

Und auch er stieß es im gleichen Atemzug hervor: »Es tut mir leid.«

Sie hatten es gleichzeitig ausgesprochen. Verdutzt schwiegen sie.

»Daß ich das vorhin gesagt habe«, setzte Jeanne hastig hinzu.

»Daß ich dich ...« Verlegen hob Tantris die Hand, um die Ohrfeige anzudeuten, die er ihr am Nachmittag beinahe gegeben hätte. Statt dessen strich er ihr flüchtig über die Wange. Seine Finger zitterten.

Jeannes Haut brannte, wo er sie berührt hatte.

»Schon gut«, sagte sie, atemlos, doch sie konnte ein wenig Bitterkeit in ihrer Stimme nicht verbergen. »Ich weiß ja, du hältst nicht viel von Gauklerinnen. Losen Weibern.«

»Nein, ich ... Gar nicht.« Tantris wurde rot über der Lüge und war dankbar, daß man das in dem dunklen Flur nicht sah. Es stimmte, er hielt nicht viel von ihrem Schlag, er verachtete sie. Und doch, gerade sie ...

Jeanne zögerte einen Moment, dann machte sie einen entschlossenen Schritt auf ihn zu.

Er konnte die Wärme ihres Körpers spüren, noch ehe sie ihn tatsächlich berührte. Sein Herz schlug rascher.

»Und weißt du was?« flüsterte sie. »Es ist mir egal.« Der Hauch ihres Atems streifte seine Wange. »Es ist mir gleichgültig, was in deinem Kopf vorgeht, wovon du träumst oder was dich quält. Und es ist mir egal, daß du morgen wieder gemein sein wirst.« Sie schlang die Arme um seinen Nacken. »Ich will, daß du mich heute nacht festhältst, verstehst du? Ich will, daß du mich küßt und ...«

Seine Lippen verschlossen ihr den Mund. Einander umklammernd, taumelten sie gegen die Tür, die nachgab und sie beinahe ins Zimmer hineinfallen ließ. Sie lagen auf den Knien, aber ihre Lippen lösten sich nicht voneinander. Gierig, mit Zungen und Zähnen, drangen sie einer auf den anderen ein.

Jeanne schwindelte. Es war ihr erster, ihr allererster Kuß. Weder der Baron d'Oppède noch der zudringliche Lucien hatten je ihren Mund berührt. Mit dem Gedanken an die anderen Männer kam die Angst wieder, und sie zuckte zusammen, als Tantris' Hände ihren Hals berührten. Doch seine Haut war so warm, sein Duft so vertraut und das Aroma so betäubend, daß sie bald alles vergaß. Es war wie damals am Fluß, als die Sterne über ihnen tanzten. Das Zimmer drehte sich um sie beide, die ganze Finsternis wirbelte und umspülte sie.

Jeanne wußte nicht mehr, wie sie auf das Lager gesunken war. Sie stand nicht, sie lag nicht, sie schwebte. Sie spürte nur Tantris' Arme um sich, seinen Schenkel, der sich auf ihre Hüfte schob, seine Schwere überall, als wollte er sie vollkommen in sich einhüllen. Und sie preßte sich mit aller Kraft an ihn.

Keuchend wie Ertrinkende, die noch ein letztes Mal den Wasserspiegel durchstießen, holten sie nach diesem ersten Ansturm Luft und lagen dann stumm beieinander. Es war zu dunkel, um einander in die Augen zu sehen. Doch seine Hände fanden ihr Gesicht, strichen über ihr Haar, ihre Schläfen, ihre Wangen, hinterließen überall ihre weiche, beruhigende Wärme. So hatte Jeanne noch niemand berührt. Sie hielt seine Finger fest, schmiegte sich hinein, liebkoste jeden einzelnen mit ihren Lippen.

»Du hast wunderbare Hände«, flüsterte sie.

Da begann er erneut, sie zu küssen, zarte, kaum geahnte Berührungen, ihre Augenlider, ihre Stirn, ihre Mundwinkel. Unwillkürlich öffnete Jeanne die Lippen, um seinen Mund für einen weiteren Kuß zu fangen, doch Tantris ließ sich nicht beirren. Sie spürte seinen heißen Atem an ihrem Ohr, ihrem

Hals, ihrer Schulter, wo er verweilte, bis es ihm gelungen war, ihr Mieder aufzuschnüren. Jeanne schnappte nach Luft, als seine Lippen ihre Brust berührten. Für einen Moment drohten die kalten, schwarzen Bilder wiederzukommen. Doch dann schwemmte eine Welle des Wohlgefühls sie davon. Das hier war anders, es war warm, zärtlich, berauschend.

Jeanne erinnerte sich nicht mehr, wie sie aus ihren Kleidern kam, doch schließlich lag sie nackt und glühend neben ihm. Sie kam sich schutzlos vor, aber auf eine erregende Weise. Wenn sie ein Kind alleine im Wald war, war dies ein Märchenwald.

Auch Tantris hatte sich seiner Kleider entledigt. Er war braungebrannt, kräftig, aber dabei schlank und langgliedrig. Er war nur ein wenig größer als sie, kein ungeschlachter Bulle, sich davor zu fürchten, und doch umschlangen seine Arme sie mühelos und hoben sie auf ihn. Entzückt streichelte Jeanne seine Arme, seine Brust, die von ihren Haaren umflossen wurde. »Du bist so schön«, sagte sie andächtig.

Tantris lachte leise und verblüfft. Das hatte tatsächlich noch keine Frau zu ihm gesagt. Er hatte schon viele ausgefeilte Komplimente gehört, die ihn anspornen sollten, auch so manches deftige Wort. Aber dieses Mädchen überraschte ihn immer wieder. War sie so unschuldig oder nur so raffiniert? Ach zum Teufel, es war ihm egal! Er spürte das unbändige Verlangen in sich aufsteigen, diese Frau zu umarmen, zu besitzen und sie nie mehr loszulassen. Mit einem Schwung rollte er sie beide auf den Laken herum und legte sich auf sie. Ihre Augen waren weit, fast angstvoll geöffnet. Er schloß sie mit einem Kuß.

»Du schimmerst wie Schnee in der Nacht«, sagte er mit heiserer Stimme in ihr Ohr. Dann kam er zu ihr.

Jeanne wiederholte seine Worte in Gedanken. Noch niemand hatte so etwas zu ihr gesagt, niemand hatte sie so gehalten. Und niemand hatte je diese Empfindungen in ihr ausgelöst. Tränen traten in ihre Augen, doch sie lächelte. Ein erstes Mal, dachte sie. Es ist wahrhaftig mein allererstes Mal. Dann dachte sie nichts mehr und gab sich allem, was er tat, mit ganzer Leidenschaft hin.

Als sie wieder still nebeneinanderlagen, erschöpft und leer nach dem Sturm, sagte Jeanne auf einmal leise in die Dunkelheit:

»Was ist, wenn wir morgen nicht mehr aufwachen?« Sie dachte an den Arzt. Er hatte gesagt, es konnte binnen weniger Stunden geschehen.

Tantris nahm ihre Hand und drückte sie fest. So schliefen sie ein.

38. Kapitel

Als Jeanne erwachte, war sie allein. Ihre Hand fuhr verwundert über das zerwühlte Laken, aber noch ehe ihr recht klar wurde, was das bedeutete, hörte sie laute, energische Schritte auf dem Flur; Rufe und Poltern drangen herein. Es war Leben in das Haus gekommen. So rasch sie konnte, fuhr sie in ihre Kleider.

»Was soll das?« rief sie auf dem Gang, als sie Tantris sah, der ein Bündel nach unten trug. »Was ist hier los?« Sie mußte hinter ihm herlaufen, denn er hatte, ohne innezuhalten, einen Bogen um ihre plötzlich auftauchende Gestalt gemacht und ging mit schnellen Schritten weiter.

Hastig stolperte sie ihm auf der engen Treppe nach, so rasch sie konnte.

»Ich hab's gestern schon gesagt«, blaffte er knapp über die Schulter. »Ich warte einen Tag. Dann ist Aufbruch.« Er ließ das Bündel zu Boden krachen. Durchs Fenster sah Jeanne Berenice und Marcabrus, die sich um ein Pferd bemühten, das wohl aus den Ställen des Gasthauses stammte. Sie hatten sogar einen Karren gefunden und waren gerade dabei, allerlei Zeug aufzuladen. Marcabrus wandte sich um und kam auf das Haus zu. Zweifellos, um zu holen, was Tantris ihm herbeigeschleppt hatte.

»Und Uc?« fragte sie.

Tantris vermied es, ihr in die aufgerissenen Augen zu sehen. Er wußte immer noch nicht, welche Farbe sie wirklich hatten. Aber verdammt, er mußte sich nun um andere Dinge kümmern. Er hatte schon viel zuviel Zeit verloren. Entschlossen biß er die Zähne zusammen.

»Ist er …?« Jeanne wagte nicht, es auszusprechen. Ihr Blick flatterte zur Treppe.

»Er lebt«, erklärte Tantris knapp.

Jeanne preßte die Hand an den Mund, um einen Aufschrei der Erleichterung zu unterdrücken. Sofort schossen Tränen in ihre Augen.

Unwillig wandte Tantris sich ab. »Einem Aufbruch steht also nichts mehr im Weg.«

»Aber wir können doch nicht …« Jeanne versuchte, sich ihm in den Weg zu stellen. »Wir müssen doch …« Sie suchte nach den rechten Worten. Sie wollte den Ort nicht schon verlassen, an dem sie so glücklich gewesen war.

»Ich muß nach Oppède«, erwiderte Tantris nur, ohne sie aussprechen zu lassen.

»Oppède, Oppède!« Jeanne staunte selbst, wie mühelos sie das Wort mit einemmal aussprach, das ihr solche Qualen bereitet hatte. »Was willst du nur in Oppède? Auf dieser verdammten Geburtstagsfeier! Es ist doch nur ein weiterer Auftritt für dich! Was suchst du wirklich?«

»Ist es nicht!« Tantris fuhr herum und starrte sie wütend an. Er atmete schwer; es drängte ihn, ihr alles, alles zu sagen, was ihm auf der Seele lastete. Aber er wußte, das wäre ein Fehler. Ich muß aufpassen, dachte er und versuchte, sich zu beruhigen. Ich darf sie nichts merken lassen. »Darüber hast du aber einmal anders gedacht«, sagte er mit mühsam vorgetäuschter Gleichgültigkeit. »Wolltest du nicht auch immer ganz dringend dorthin?«

Er schaute sie an und runzelte die Stirn, als er sah, wie blaß sie mit einemmal wurde. Das hatte sie doch gewollt, oder? Je länger er darüber nachdachte, um so mehr erschien es ihm, als wäre sie sogar ganz wild darauf gewesen. Warum starrte sie ihn dann jetzt so an? Die Frage schien ihm mit einemmal wichtiger, als er gedacht hatte. Er trat einen Schritt näher. »Was suchst *du* dort?«

Jeanne hob das Kinn. Unwillkürlich umfaßte ihre Hand die Tasche an ihrem Gürtel. Sie hatte die quälende Vergangenheit abstreifen wollen, ein für allemal. Sie hatte Rache nehmen wollen. Und ein Leben beenden. D'Oppèdes Leben, vielleicht auch ihr eigenes.

»Ich …«, setzte sie an, dann verstummte sie. Sie senkte den Kopf, damit der den Ausdruck flehender Zärtlichkeit nicht sah, der in ihre Augen trat. »Es ist nicht mehr wichtig«, flüsterte sie.

Tantris schnaubte. Wankelmütige Weiber, wollte er sagen, doch er tat es nicht. »Aber mir ist es noch wichtig«, erklärte er statt dessen.

Jeanne schaute ihn an. Ihre Augen lagen im Schatten, unmöglich, ihre Farbe zu bestimmen, doch es tanzten bernsteinfarbene Funken darin, wie Sterne im Wasser, zum Versinken tief. Sein Gesicht näherte sich dem ihren. Was konnte wichtiger sein? Er las dieselbe Frage in ihrem Gesicht. Die Tür sprang auf. Sofort trat er zurück.

»Ich …«, stieß er heftig hervor und schulterte die Last selbst wieder, die der eben eintretende Marcabrus hatte nehmen wollen, »… ich werde dort nämlich ein neues Leben beginnen.« Stampfend und türenschlagend ging er hinaus.

Marcabrus kratzte sich am Kopf. »Was meint er damit?«

Jeanne biß sich auf die Lippen. »Ach, weiß der Teufel«, entfuhr es ihr dann. Sie stampfte mit dem Fuß auf. Hätte sie etwas zum Werfen in Händen gehabt, sie hätte es gegen die Wand geschmettert, daß es in Stücke gegangen wäre. »Wen interessiert schon, was er denkt.« Damit stapfte auch sie hinaus.

Marcabrus schob sich die Kappe mit der Hahnenfeder zurecht und folgte ihr. Im Hof stand Berenice bei Nostradamus und zählte ihm Geld in die Hand. Der versprach, ihnen Uc, der nun ruhig schlief, nachzuschicken, sobald er wieder laufen könnte.

»War das nicht ein wenig sehr großzügig?« fragte Marcabrus, als sie anfuhren.

Tantris ließ die Peitsche auf den Pferderücken knallen. »Geht alles auf Rechnung des ›Goldenen Widders‹«, erklärte er. »Die Wirtsleute hätten ihr Geld sicher selbst gerne dafür ausgegeben, ihr Haus pestfrei zu bekommen, meint ihr nicht?«

Marcabrus lachte. »Genauso gerne, wie sie uns ihr Pferd, ihren Wagen, ihre Werkzeuge, Teller, Becher und ihre Kleider zur Verfügung gestellt hätten.« Er tätschelte das solide Holz des Karrens.

»Nur, um uns loszuwerden«, fügte Berenice hinzu. »Jemanden wie uns wird jeder gerne wieder los.«

»Ich dich nicht«, flüsterte Marcabrus in ihr Ohr, was sie kichern ließ. Sie lehnte sich zurück auf der Wagenbank und begann leise und zufrieden vor sich hin zu singen. Marcabrus stimmte in ihre Weise ein. Guy, der zum Vergnügen neben dem Pferd herlief, das eine Mähne hatte, fast so weiß wie die des Einhorns, schaute lachend zu ihnen hinauf und stieß bisweilen vor lauter Lebensfreude gellende Pfiffe aus.

Nur Jeanne und Tantris blieben stumm. Verbissen schweigend starrten sie jeder auf einen anderen Punkt der langsam vorbeiruckelnden Landschaft, an deren Horizont nach und nach der Umriß eines Städtchens sichtbar wurde.

Es war Guy, der zuerst darauf aufmerksam wurde. »Schau mal, Pferdchen«, rief er und hob die Hand, um auf die graue Häuseransammlung zu zeigen, die auf einer steilen Felskuppe von einem Schloß überragt wurde, »da vorne ist Oppède-le-Vieux.«

Die Hauptstraße des Ortes führte bergan, über den Marktplatz und dann weiter hügelaufwärts, an schönen steinernen Fassaden vorbei und in einer Kehre zum mächtigen, bedrohlichen Portal des Schlosses, das unzugänglich über allem thronte. Es war wie sein Besitzer: düster, gedrungen, breitbrüstig und trotzig, mehr eine Burg als ein lebensfroher Palast. Und doch sollte hier bald ein heiteres, luxuriöses Fest stattfinden. Die Stadthäuser strahlten schon ein wenig von der Vorfreude aus.

Nur daß sie auf die Gaukler diesmal nicht so ansteckend wirkte; es erinnerte sie an die überschäumende Lebensfreude von Cavaillon, die doch so plötzlich zerstört worden war. Angespannt hielten sie nach weißen Kreuzen, Ratten und Wandermönchen Ausschau. Doch nichts davon schien es in dem heiteren Städtchen zu geben. Auch auf ihrem Herweg war ihnen nichts weiter aufgefallen als muntere Bauern am Weg, schwer beladen mit Waren für den Markt der Stadt, Arbeiter auf den Feldern, die winkten, und Mägde bei der Rast, die Fremden einen Schluck frisch gemolkener Milch aus der Kelle anboten, ehe sie kichernd miteinander weiterschlenderten. Die Krankheit schien auf ihrem Weg von West nach Ost noch nicht in diesem Landstrich angekommen zu sein. Das Grauen blieb hinter den wogenden, grünen Hügeln zurück.

Duftende Pinien spannten ihre Schirme in den blauen Himmel, und silbergrüne Olivenhaine ließen ihre Blätter flirren, als der Wagen der Gaukler sich dem Stadttor näherte. Sie wurden unter Johlen und Pfeifen durchgewinkt und holperten von den durchsonnten Feldern und Hainen fort, unter dem schattigen Torbogen hindurch in die altehrwürdigen Gassen.

»Reich, geruhsam und offenherzig«, stellte Marcabrus fest und sah einem Bürgermädchen mit großzügig geschnürtem Mieder nach, bis Berenice ihm auf die Finger klopfte.

Mit wachsender Erleichterung fuhren sie dem Markt entgegen. Dort, in der Nähe des Brunnens, von dem Guy dem neuen Pferd sofort einen Eimer Wasser holte, hielten sie an und schlangen die Zügel um einen eisernen Ring, der für Reisende in die Wand eingelassen war. Eine Horde Kinder schenkte ihrer Ankunft Aufmerksamkeit. Normalerweise hätte Uc sie mit ein paar kleinen Kunststückchen für ihre Neugierde belohnt, so daß sie juchzend auseinandergesprengt wären, um heimzurennen und es ihren Eltern zu erzählen. Aber Uc war nicht da. Einen Moment stutzten die Gaukler.

Dann trat Tantris vor, griff dem ersten Jungen an die Nase und zog eine Münze hervor. Ehe sie etwas sagen konnten, war er ihre gesamte Reihe abgeschritten und hatte eine ganze Handvoll Sols geerntet. Die Burschen waren starr vor Verblüffung. »Meine Herren«, erklärte Tantris dann mit lauter Stimme, »euer Eintrittsgeld für heute abend ist bezahlt. Kommt also, seid willkommen und genießt unsere Darbietung.« Er verneigte sich so feierlich, daß sie kicherten. Aufgeregt stoben sie davon, um es den anderen zu berichten.

Tantris rieb sich die Hände. »Für die niederen Ränge wäre gesorgt. Jetzt sollte jemand mit dem Schloßherrn sprechen.« Er schaute sich nervös um. Irgendwo mußte sein Kontaktmann auf ihn warten, aber man hatte ihm nicht gesagt, wo. Er konnte ebensogut im Gewühl des Marktes stecken wie im Gasthaus oder auf dem Schloß selbst. Doch nirgends in der Menge wollte sich ihm ein bekanntes Gesicht zeigen. Weder der dünkelhafte Junge noch das Narbengesicht ließen sich sehen. Tantris zuckte mit den Schultern. Nun, er würde hinaufgehen, den Vogt verlangen und tun, was er immer tat, wenn er einen Auftritt aushandelte. Er konnte schlecht in eine Fanfare stoßen, um seine Ankunft anzukündigen. Er war hier. Alles andere lag bei seinem Partner.

Er klatschte abschließend in die Hände. »Will jemand mit?«

Berenice wich schüchtern zurück. So vornehme Leute waren

ihre Sache nicht. Sie wußte, was sich schickte. Dreist und laut war sie für die Straße, und da gehörte sie hin. Marcabrus lehnte ab; er wollte auf dem Markt noch ein paar Kräuter kaufen, um seine verlorengegangene Apotheke zu ersetzen.

Jeanne wandte zögernd den Kopf nach dem Schloß. Sie trug ihr Haar offen, wie es von einer Gauklerin erwartet wurde, eine weithin flammende Mähne. Schaudernd erinnerte sie sich an d'Oppèdes Faust, wie sie hineingegriffen hatte. Ob er sich an sein hilflos bettelndes Opfer erinnerte? Darauf wollte sie es lieber nicht ankommen lassen. Auch jagten die trutzigen Mauern des Schlosses ihr Angst ein, ihr war, als müßte ihr dort drinnen das Atmen schwerfallen. Und außerdem, auch wenn sie das nicht gerne zugab, war sie sich unsicher geworden über das, was sie dort oben wollte. D'Oppède töten, so hatte sie es sich immer vorgestellt. Sich ihm nähern, das Messer in seine Brust rammen – und dann? Sterben, das war die einzige logische Folge. Sterben und nie mehr Tantris in ihren Armen spüren. Wollte sie das wirklich?

Jeanne schaute ihn an, wie er dastand. Nervös, verschlossen, arrogant, ohne ein Zeichen des Einverständnisses für sie, ohne ein Zärtlichkeit. »Ach, geh doch alleine«, fauchte sie und wandte sich ab.

39. Kapitel

»Das da ist Bauernborretsch«, erklärte der Quacksalber und wies zugleich das Marktweiblein an, ihm eine Handvoll zu verkaufen. »Zusammen mit Melisse, Rosmarin und Zitronenschalen sowie Wacholder ergibt das ein Säcklein, das, aufs Herz gelegt, für gute Gesundheit sorgt.« Er zahlte den Borretsch und ging weiter. »Für die Reichen muß das Säckchen aus roter Seide sein. Für meine Kunden wird's ein Stück vom Unterrock der Widderwirtin tun, Gott hab sie selig.«

»Und das hier?« wollte Jeanne wissen und wies auf ein paar milchige Kristalle.

»Das sind Hirschkreuzlein«, erklärte Marcabrus, »eine große Seltenheit.«

»Garantiert echt, der Herr«, krächzte der zahnlose Alte, der sie feilbot. »Mein Sohn arbeitet im Schloß. Und er hat sie dem Hirsch selbst aus dem Herz geschnitten.«

»Wieso findet man sie in Herzen?« Jeanne schaute verwundert zurück, als Marcabrus sie weiterzog. Sie hätte gern Guy einen davon geschenkt, aber sie schienen ihr teuer.

»Das weiß nur Gott«, meinte Marcabrus. »Aber er sagt die Wahrheit. Man findet sie in den Gefäßen rings um das Herz großer Hirsche mit mächtigen Geweihen.«

Jeanne schlenderte an seiner Seite dahin und sah zu, wie er getrocknetes Eisenkraut, einen Zopf Knoblauch und leuchtendgelbe, duftende Zitronen erstand, an denen sie genüßlich schnupperte.

Auch Eier standen auf seiner Liste und, zu ihrem Erstaunen,

venezianisches Bleiweiß, das er bei einem Apotheker erfragte, in dessen düsteren, ganz von dunklen Holzregalen dominierten Laden sie traten. Beeindruckt betrachtete Jeanne die zahlreichen kleinen Schubläden und die Porzellanbehälter mit den unverständlichen Buchstaben darauf.

Marcabrus runzelte die Stirn, als er den Preis hörte. »Das ist ein Rezept von Nostradamus«, erklärte er Jeanne flüsternd, während der Apotheker das Gewünschte holen ging. »Eine Faltencreme von wunderbarer Wirkung für den Teint aus sechs Eiern, Quellwasser, vier Zitronen und einem halben Pfund von diesem Bleiweiß.« Er konsultierte sein Gedächtnis. »Quecksilber wäre auch noch drin, aber ich schätze, das können wir uns nicht leisten.«

»Können wir uns denn das Bleiweiß leisten?« fragte Jeanne.

Sie schauten sich an, schlichen dann leise hinaus und kicherten bei dem Gedanken an das Gesicht des Apothekers, wenn er in den leeren Verkaufsraum zurückkäme. »Ich schätze, den Doktor in Ehren, ein wenig Mehl wird es auch tun«, meinte Marcabrus. »Eine Zange brauche ich allerdings noch; da vorne ist ja ein Schmied.« Er lotste Jeanne durch das Gedränge. »Und einen Metzger benötige ich dann auch.«

»Hast du etwa Hunger?« neckte ihn Jeanne.

Marcabrus schlug sich auf den Bauch und lachte. »Nein, aber meine Liebestränke, garantiert wirksam und selbst Herzen aus Stein erweichend, erfordern das Blut von sieben männlichen Spatzen, durch den linken Flügel ausgeblutet.«

Jeanne runzelte die Stirn. Sie hatte ihn das schon oft verkünden hören, ihn aber noch nie bei der Arbeit mit irgendwelchen Vögeln ertappt.

»Schweineblut«, erklärte er entschlossen. »Laß dir einen Krug voll geben. Und wenn es ein männliches Tier ist, dann in Gottes Namen.«

Jeanne ging beschwingt mit ihrem Gefäß davon. Der Metzger schäkerte mit ihr, doch er blieb höflich dabei und versprach zum Schluß, diesen Abend gewiß ihren Künsten zuzusehen, und nichts hatte ihre gute Laune getrübt, als sie mit ihrem Krug wieder beim Karren ankam. Es war mehr als eine Stunde vergangen, und sie sah Marcabrus, der winkend näher kam und seine Zange schwenkte. Berenice war bereits mit Guy unterwegs, um die Bürger der Stadt mit ein wenig schmeichelnder Wahrsagerei auf die kommenden Ereignisse einzustimmen. Denn bestimmt doch würden sie erst auf dem Marktplatz spielen, ehe sie hinauf ins Schloß gingen, um ihre Kunst vor den hohen Herren zu zeigen?

Tantris würde wissen, wie alles abzulaufen hatte. Aber von Tantris war nichts zu sehen. Auch Marcabrus hob nur ratlos die Hände, als sie sich bei ihm erkundigte. Der Gaukler war noch immer nicht aus dem Schloß zurück.

Nervös blickte Jeanne hoch zum Torbogen. Was mochte ihn aufgehalten haben?

Tantris stand mit wachsender Nervosität im Hof des Schlosses und schaute sich um, wobei er von einem Fuß auf den anderen trat. Die Anzeichen für das bevorstehende Fest waren deutlich zu erkennen: Die erlegten Wildschweine hingen, die Hinterbeine über langen Stangen zusammengebunden, eines neben dem anderen an der Wand. Ganze Büschel von Fasanen leisteten ihnen Gesellschaft, und Tantris sah den Koch die Schwingen eines toten Schwanes ausbreiten. Sicher plante er, den Vogel als Pastete im eigenen Federkleid zu servieren. Der Reigen der Bauern, die rechts und links an ihm vorbeigestapft kamen, um ihren Anteil an den Feierlichkeiten abzuliefern, riß nicht ab. Tantris wurde angestoßen, beiseite geschoben und angebrummt von derben Gestalten, die mit Bündeln und Körben hereindrängten. Dort reckten ein paar verschreckte Hühner ihre nackten Hälse zwischen Gitterstäben hindurch. Da gluckerte es ölig in Tonkrügen, die mit Olivenzweigen geschmückt waren. Eine Gruppe Landmädchen mit Körben voller Eier schaute sich kichernd nach ihm um.

Tantris erwiderte ihr Lächeln auf eine Weise, die sie erneut giggeln und über die Schulter sehen ließ, und er hatte schon die ersten Schritte auf sie zu gemacht, um sie mit ein paar Taschenspielertricks zu beeindrucken, da kam endlich der Burgvogt. Er war ein hagerer Mann mit langen, schwarzen Haaren, die über seinen Hemdkragen hingen. Sein Gesicht war eher das eines Wanderpredigers, fanatisch und streng, und Tantris wunderte sich, wie harsch er gegen ihn war. Hatte er doch darauf gerechnet, hier eingeführt und angekündigt zu sein.

»Was willst du, Gaukler?« Der Vogt stemmte die Hände in die Hüften. Kein Zug in seinem Gesicht regte sich, während Tantris seine eleganteste Verbeugung machte, seine übliche Rede hielt, vor ihm auf und ab tänzelte, dabei hier ein wenig jonglierte, da ein wenig zauberte und die Vorzüge der Mitglieder seiner Truppe in den glühendsten Farben schilderte.

»Ihr werdet es nicht bereuen, Herr, uns eingeladen zu haben. Unsere Tänzerinnen sind die schönsten der schönen, ihre Kunst anmutig, ihr Antlitz engelsgleich. Unser Flötenspiel hat schon den Sultan von Konstantinopel zu Tränen gerührt, jawohl«, fügte er hinzu, als der Vogt höhnisch lachte. »Und unsere Kunstfertigkeit bringt jeden zum Staunen.«

Er hatte dem Vogt bei diesen Worten ans Ohr gegriffen und ihm eine, zwei, drei, vier, fünf Eicheln herausrieseln lassen, die er sich beim Heraufmarsch aus einem Sack gegriffen hatte, um seine Finger damit zu beschäftigen. Als habe der Vogt nun ein offeneres Ohr, neigte Tantris sich ihm zu und wiederholte lauter: »Wunderdinge, mein Herr.« Dann verneigte er sich.

Der Vogt schnaubte. Ein gräßlicher Schrei ertönte. Tantris schaute auf und sah einen Pfau gemessenen Schrittes seinen prächtigen Federschweif durch den Schmutz des Innenhofes schleifen. Der Koch warf einen Knochen nach ihm, als er sich den Kornsäcken näherte. »Verzieh dich, sonst mach ich Suppe aus dir!«

Der Vogt rief eine Mahnung hinüber, die den Koch sich zurückziehen ließ. Das Tier war teuer genug gewesen, einer der Versuche des Herrn, dem Schloß von Oppède ein wenig Prunk einzuhauchen.

»Scheißen tut er wie das andere Federvieh auch«, brummte der Koch, und Tantris mußte grinsen, wurde aber sofort wieder ernst, als sich der Vogt ihm erneut zuwandte. »Ich sehe doch, Ihr seid ein Mann, der Schönes schätzt«, sagte er werbend.

Der Vogt schnaubte wieder. Da legte sich eine Hand auf seine Schulter. Erleichtert und erstaunt zugleich erkannte Tantris den Mann aus dem Gasthaus wieder, nicht den schwärmerischen jungen Liebenden, dieses hochmütige, unausgegorene Bürschlein, sondern den anderen, den mit der Narbe. Die schweren Lider über seinen schwarzen Augen senkten sich kurz, als er Tantris anblickte, der, noch immer gefangen in der Bittstellerpose, nervös seine Mütze in der Hand drehte.

»Es ist gut, Abelard«, sagte der Narbige und klopfte dem Vogt so wohlwollend wie abschließend auf die Schulter. »Das sind die Gaukler, nach denen das Fräulein schon gefragt hat.«

Abelard, der Vogt, schaute zweifelnd drein, aber man sah, daß er sich einem Wunsch seiner Herrin nicht verschließen wollte. »Ich geh und werd's ihr melden, Monsieur Charles«, brummte er.

Aber der Angesprochene hielt ihn am Ärmel zurück. »Wir sollten sie überraschen«, sagte er. Das war kein Vorschlag, es war ein Befehl. Um den harschen Ton etwas abzumildern, fragte er Tantris: »Du hast doch die Puppenspieler dabei, wie angekündigt? Das Fräulein d'Oppède liebt die Puppen über alles.«

Tantris verneigte sich und bestätigte, ihre Puppen wären die anmutigsten weit und breit. »Auf Spiel und Kostüm verstehen wir uns wie niemand sonst«, fügte er nicht ohne Doppelsinn hinzu, als er sich wieder aufrichtete, und schenkte dem mit Charles angesprochenen Edelmann ein Blinzeln, das dieser nicht erwiderte. Er starrte den Gaukler nur an.

Abelard, zufrieden, daß Charles Strenge gegen diesen dahergelaufenen Gaukler walten ließ, grinste breit und nickte. »Nun, dann sollt ihr morgen abend spielen. Ich zeige dir, wo ihr die Puppenbühne aufbaut. Aber ich warne dich, wenn der Herr nicht zufrieden ist oder das Fräulein …«

»Ist schon gut, Abelard, ich mach das.« Der Narbige schickte den Vogt mit einigem Schultertätscheln fort. »Und vergiß nicht.« Behutsam legte er den Finger auf den Mund. Sein Lächeln ließ die Narbe auf seiner Wange spannen und blaß werden.

Der Vogt wiederholte die Geste, verneigte sich und verschwand.

Tantris tauchte aus der letzten seiner vielen Verbeugungen auf. »Puh«, verkündete er, »das war ein harter Knochen, beinahe wäre ich seekrank geworden von all dem Auf und Ab. Aber Ihr scheint hier im Hause ja mehr als gut bekannt, Monsieur …«

Er kam nicht dazu, den Satz zu Ende zu sprechen. Charles' Hand hatte ihn im Genick gepackt und drückte ihn wieder hinunter in die unterwürfige Position. Tantris schoß das Blut ins Gesicht, doch er wehrte sich nicht, zappelte nur ein wenig. Gebückt, und damit fast alles über Kopf sehend, beobachtete er die Landmädchen, wie sie wieder an ihm vorbeigingen auf ihrem Weg nach draußen. Er zwinkerte ihnen zu und warf Kußhände, so gut seine Stellung es erlaubte. Ihr Kichern brachte seinen Angreifer dazu, den Griff zu lockern und ihn wieder loszulassen. Beide richteten sie ihre Kleider.

»Ich meinte nur, weil Ihr mir ein Vertrauter des Hauses Vernègues zu sein schient, als wir uns das letzte Mal trafen.«

»Und nun bin ich ein Vertrauter des Hauses d'Oppède, weil es der Sache Raymonds dient«, fiel Charles ihm ins Wort. Er warf den Bediensteten im Hof einen strengen Blick zu und marschierte dann mit Tantris davon. Bald widmete ihnen in dem Gewimmel niemand mehr Aufmerksamkeit.

Ihr Rundgang streifte kurz das Innere des Schlosses. »Dort ist der Saal, in dem Ihr auftreten werdet«, erklärte er knapp, »geht von Tisch zu Tisch, seid dreist, das fällt Euch ja nicht schwer.« Er bezeichnete den Ort, an dem das versprochene Puppenspiel stattfinden sollte. Tantris verschwieg, daß die Pest ihren erfahrensten Spieler hinweggerafft hatte. Irgendwie würden sie das schon bewältigen. Ehe er sich versah, standen sie in einem Garten zwischen hohen Mauern.

»Merk dir die Pforte«, befahl Charles, als Tantris sich erstaunt umschaute. Mit raschen Schritten durchquerte er den Kräutergarten, hinter dessen Hecke Obstbäume auf niedrigem Gras standen. Die Mauern ringsum waren efeubedeckt. Wein umrankte eine Laube. Daneben versteckte sich eine weitere Tür. Charles schloß auf und ließ die Scharniere quietschen, als er sie aufdrückte. Tantris steckte den Kopf hindurch.

»Sie führt in den Umlaufgraben«, erläuterte Charles.

Tantris nickte. Hier war es einfach ein ungepflegtes Stück Wildland, mit hohem Gras, Brombeerhecken, wildem Holunder und Brennesseln. Näher am Schloß würde der Unrat dazukommen, der aus den Fenstern gekippt wurde. »Bleibt die äußere Mauer«, meinte er nachdenklich. Das wäre an der rückwärtigen Seite sicher kein großes Problem. Dort war die Mauer niedriger als hier, und niemand könnte sie vom Gebäude aus sehen. Es müßte nur jemand draußen mit einem Seil auf ihn warten. Aber wer sollte das sein?

»Das ist deine Angelegenheit«, schnarrte Charles. »Ich lasse die Pforte offen. Den Rest mußt du erledigen.« Er wandte sich zurück zum Schloß. »Und nun sieh her!«

Er bezeichnete Tantris das Fenster, das zu Dianes Zimmer gehörte. »Sie wird bei der Geburtstagsfeier des Fräuleins sicher anwesend sein, so viel verlangt die Schicklichkeit. Doch geht sie meistens früh zu Bett. Das Fräulein und Diane vertragen sich nicht allzu gut.«

Kein Wunder, dachte Tantris, wenn man als Mündel in einer Familie lebte, deren gesamten Besitz man mit einem Bruchteil der eigenen Mitgift aufkaufen könnte. Das gab gewiß böses Blut genug. Laut sagte er: »Dann wird sie gewiß schon begierig darauf sein, in die Arme ihres Befreiers zu sinken. Ich meine natürlich den jungen Baron«, fügte er unterwürfig hinzu, als er Charles' Gesicht sah.

Der junge Adlige erwiderte nur: »Ich werde dich zurück in die Stadt begleiten.«

Tantris war wortkarg auf dem Weg. Seine Gedanken kreisten wieder und wieder um den Ablauf des Abends. Es würde ihm nicht schwerfallen, sich aus dem allgemeinen Trubel zu lösen. Und sollte er im Hause aufgegriffen werden, konnte er immer noch sagen, er habe sich auf dem Weg in die Küche verlaufen. Mehr als eine Tracht Prügel würde es schon nicht geben. Auch mit dem Mädchen in den Garten zu gelangen wäre durch die Seitentür, die ihm gezeigt worden war, kein großes Problem. Und von dort in den Graben zwischen der äußeren und der inneren Mauer zu gelangen, war vollends ein Kinderspiel. Aber wie er es auch drehte und wendete: Er brauchte jemanden, der draußen, an einer bestimmten Stelle der Mauer, auf ihn wartete und ihm ein Seil nach drinnen warf, wenn er pfiff.

Auch wäre es gut, wenn einer die Gäste ablenkte, sobald er verschwand, vor allem, wenn jemand nach ihm fragen sollte. Und wäre es nicht auch besser, eine Frau dabeizuhaben, damit das arme Mädchen sich sicherer fühlte und willig mit ihm kam?

Langsam ging Tantris auf, daß sein großartiger Plan, den er so lange mit sich herumgetragen und für sich behalten hatte, weil er ihm und nur ihm den Weg in eine neue Zukunft weisen sollte, nicht von ihm alleine auszuführen war. Er konnte es nicht aus eigener Kraft schaffen, wieder ein Edelmann zu werden, er benötigte dazu die Hilfe derer, die er zu verlassen gedachte. Diese unangenehme Überlegung brachte ihn auf eine andere.

»Meine Belohnung«, setzte er ohne Zusammenhang an, als er sich an Charles' Seite durch das Gewühl auf der Hauptstraße drängte. Schon konnte er den Markt sehen.

»Das ist Raymonds Angelegenheit«, erklärte Charles. »Wir werden ihn im Wirtshaus treffen.«

Sie fanden ihn bereits davor, wo er auf den Wirt und zwei Stallburschen einschimpfte, die nicht in der Lage wären, sein kostbares Pferd richtig anzufassen. »Und Vorsicht mit dem Sattel«, rief er ihnen nach, als Charles ihm endlich ungeduldig winkte. »Glaubt nicht, ich bemerke nicht, wenn an den Beschlägen etwas fehlt, Diebsgesindel.« Dann schritt er endlich gut gelaunt zu seinen Mitverschwörern. Die Federn an seiner runden, pelzgefütterten Kappe wippten frohgemut.

Echter Zobel, stellte Tantris fest, aber nicht ganz so gut verarbeitet wie einst seine eigene. Mein Gott, er hatte sich solche Gedanken seit Jahren nicht mehr erlaubt! Er hatte sie hinuntergeschluckt, hinabgeschwemmt, in der Glut seiner Schmerzen verbrannt, mit dem ewigen Gelächter seiner höllischen Scherze vertrieben. Sie hätten ihn sonst zu Tode gequält.

Nun waren sie wieder da, aufgetaucht, gemeinsam mit der Hoffnung, die dieser junge Geck in seinen Händen hielt. Es gelang Tantris nicht, den Hunger in seinen Augen zu verbergen. Er sah es an den spöttischen Mienen seiner Begleiter, an den vielsagenden Blicken, die sie sich zuwarfen.

»Ich bin natürlich mit Vater im Schloß einquartiert«, verkündete Raymond. »Aber ich fand es besser, ein Pferd hier zu haben, für alle Fälle.« Er lachte erwartungsfroh.

»Wir waren bereits droben«, begann Tantris.

Doch Charles fiel ihm ins Wort. »Kundschaften«, erklärte er augenzwinkernd.

»Du bist ein wahrer Freund.« Begeistert klopfte Raymond ihm auf die Schulter. Tantris räusperte sich.

Ohne Worte reichte Raymond ihm einen Beutel. Er war schwerer als alles, was Tantris seit Jahren in den Händen gehalten hatte. Berenice würde Tränen vergießen, wenn sie ihn sah, Marcabrus seine Lippen darauf drücken. Für Tantris wog er nichts. »Was wir besprochen hatten ...«, brachte er hervor. Seine Stimme wollte ihm kaum gehorchen.

Raymond lächelte überlegen. Er zögerte gekünstelt, ehe er in seinen Umhang griff und eine Schriftrolle hervorholte. »Mein Vater hat das für mich besorgt«, erklärte er. »Es war keine Kleinigkeit.« Das sollte stolz klingen, verriet aber gegen seinen Willen viel von der Mühe und den Demütigungen, die es ihn gekostet hatte, dies seinem strengen, mißtrauischen Vater abzutrotzen. Sein Stolz war der eines kleinen Jungen, dem es gelungen war, den Honigtopf zu plündern. Aber Tantris achtete nicht darauf. Mit zitternden Fingern entrollte er das Pergament, das ihm den Besitz seines Titels und des Herrensitzes bestätigte.

»Die Ölmühle und der zweite Wald sind nicht mehr dabei«, erklärte Raymond obenhin. »Und das Gebäude ist geplündert, habe ich mir sagen lassen. Der erste Winter wird wohl etwas kalt werden. Na, du wirst dich schon an deine Bauern zu halten wissen.«

Tantris überhörte den Hohn und die Verachtung in der

Stimme des anderen. Seine Bauern. Ob der gute Barrabas noch in der Schmiede saß? Gott, was war ihm der Riese als Kind beeindruckend erschienen. Seine Tochter war das erste Mädel gewesen, das Tantris geküßt hatte. Wie alt war er damals gewesen, zehn, elf? Er hatte sich seinerzeit viel herumgetrieben in der Schmiede, mit ihrer Hitze, den zischenden Flammen und den dunklen Ecken voller altem Metall und Ruß. Und obwohl der Alte nur ein Leibeigener war, hatte Tantris sich stets davor gefürchtet, er möge es herausfinden und ihm das Fell dafür gerben.

Beinahe hätte Tantris laut gelacht. Eine Hand kam und entriß ihm das Blatt. Ihm war, als stürze er aus seinen Erinnerungen ins Nichts.

»Das«, sagte Charles und rollte das Dokument mit übertriebener Sorgfalt wieder auf, »bleibt bei uns, bis Diane übergeben ist.« Sein Lächeln war so fein wie eine Damaszener Klinge. Wichtigtuerisch nickte Raymond dazu mit dem Kopf.

Tantris schluckte schwer. »Klar«, sagte er. Dann fand er zu seinem Gauklerselbst zurück. Mit einer schwungvollen Verneigung streifte seine Narrenkappe den Staub. »Möget Ihr Euren Schatz so unangetastet finden«, erklärte er, »wie ich meinen geplündert. Möge der Eure so tugendhaft und ansehnlich sein, wie der meine unansehnlich und bar der höheren Reize sein wird. Wir werden dennoch am selben Abend beide hochzufrieden durch das Tor einfahren.«

Er machte einen Satz, um aus der Reichweite von Raymonds Arm zu kommen, der mit seiner Mütze nach ihm schlug. »Garstiger Kerl«, rief der junge Adlige, doch seine Wangen waren gerötet, und man sah ihm an, daß der Gedanke an die Einfahrt bei seiner angebeteten Diane bei ihm durchaus auf Wohlwollen stieß. Er zog eine Münze aus seinem Beutel und schnippte sie in die Luft. Elegant fing Tantris sie auf und prüfte sie mit den Zähnen, ehe er sie wegsteckte.

»Ein letztes Mal, Gaukler«, feuerte Raymond ihn emphatisch an, »zeig dein Gaukelspiel und zaubere mir meine Geliebte.«

»Bei meiner Ehre«, antwortete Tantris und grinste unverschämt. Wußte er doch so gut wie die beiden, daß Gaukler keine solche hatten, weder vor dem Gesetz noch in den Augen der Gesellschaft. Dennoch würden diese beiden sich auf die seine verlassen müssen. Er begann zu summen: »Gigel, geigel, Fidelbogen, was der Gaukler sagt, das ist gelogen.«

Raymonds Lächeln verrutschte nur ein wenig. Doch Charles schaute ihm lange nach, in der Hand das Pergament, das er drohend und vielsagend hochhob. Seine Hand machte die Geste des Zerknüllens und Zerreibens.

Tantris ging rückwärts, um sie so lange wie möglich nicht aus den Augen zu lassen. Jeder Tanzschritt, jede Drehung diente nur dazu, sie noch einmal ansehen zu dürfen.

»Um Mitternacht, Gaukler«, rief Charles ihm nach. »Bei der Kapelle im Wald.«

Tantris nickte. Da prallte er mit jemandem zusammen. »Jeanne!«

40. Kapitel

»Tantris! Wir haben dich im Schloß vermutet.«

Jeanne war froh, ihn endlich zu sehen. Besorgt musterte sie sein blasses und schweißnasses Gesicht. »Was ist mit dir, hast du Fieber?« Sie legte ihm die Hand auf die Stirn. Wie gut es tat, ihn berühren zu dürfen.

Tantris nahm ihre Finger unsanft wieder herunter. »Mir fehlt nichts. Kannst du an gar nichts anderes mehr denken als an Krankheiten?« Ein letztes Mal wanderte sein Blick zu den beiden Adligen hinüber, die noch immer dastanden und Jeanne ungeniert musterten.

Das Mädchen schaute ebenfalls flüchtig hinüber. »Wer sind die beiden?« fragte sie Tantris.

»Wer?« gab er zurück. »Ach die? Keine Ahnung.«

Jeanne spürte, daß er log. Doch noch mehr fesselte ihre Aufmerksamkeit das Gesicht des dunkleren der beiden Männer. Mit seinem prächtigen, wenngleich etwas verkommenen schwarzen Wams, dem schwarzen Haar und der Narbe war er wahrhaftig eine bemerkenswerte Erscheinung. Schön wie ein gefallener Engel, dachte sie. Wie die, von denen die Wanderprediger manchmal berichtet hatten, die ihre Dörfer besuchten. Von der Art Schönheit, die Furcht und Entsetzen bereitete. Und dann war da noch etwas, etwas in seinen Augen, das Jeanne eine Gänsehaut über den Rücken trieb. Schwarz waren diese Augen, mit schweren Lidern und müde. Voller Feuer, wie es schien, doch dieses Feuer, wenn man sich hineinversenkte, war kalt und leer. Sie hatte etwas Ähnliches schon einmal gesehen. Jeanne fröstelte.

»Gehört er zum Schloß?« fragte sie leise und starrte den jungen Edelmann an.

»Der? Nein«, antwortete Tantris, der sie zittern fühlte, so beruhigend wie möglich.

Sie schaute ihn voll an. »Woher weißt du das, wenn du sie nicht kennst?«

Tantris packte sie am Arm und zog sie an sich. Hatte sie ihm etwas vorgespielt, um ihm das zu entlocken? Doch in ihren Augen stand die Panik einer Ertrinkenden. Er ließ sie wieder los.

Raymond de Vernègues pfiff anzüglich. Sie hörten seinen Gefährten lachen. »Bring sie mit morgen abend«, rief der junge Adlige. Und sie rissen allerlei Witze, die die beiden Gaukler nicht mehr hörten.

»Jeanne«, sagte Tantris schwer atmend, »ich muß dir etwas erzählen.«

Er hakte das erstaunte Mädchen unter, ließ keinen Widerspruch gelten und wanderte mit ihr die Straße hinab, immer weiter. Er zog sie über den Markt, durch das Tor hinaus und dort zwischen die Felder. Erst als der herbstlich dürre Lavendel raschelnd um ihre Röcke streifte, begann er endlich zu sprechen.

Jeanne hörte wortlos zu. Als er schließlich verstummte, starrte sie ihn an, als begriffe sie nicht. »Du bist hier, um dich an d'Oppède zu rächen?« fragte sie langsam.

»Nein«, widersprach Tantris. »Der Baron ist mir gleichgültig, ich kenne ihn gar nicht. Ich werde diesem jungen Spund seine Braut verschaffen, das ist alles.«

»Alles?« echote Jeanne.

Sie waren inzwischen in dem Olivenhain angekommen. Bei einem Mäuerchen machten sie halt. Ein Feigenbaum, an die Steine geschmiegt, verbreitete seinen würzigen Duft.

»Ja, das ist alles.« Er machte eine Pause, während der sie darauf wartete, daß er weitersprach. »Sie belohnen mich reich dafür«, sagte er schließlich. Er überlegte, ob er das Säckchen zücken sollte, doch er ahnte, es würde sie nicht beeindrucken. Sie war nicht Berenice; sie fragte nicht einmal, »wie reich?«. Sie wartete.

Tantris setzte sich mit dem Rücken zu ihr auf das Mäuerchen. Eine Eidechse floh in einen Spalt. Lange saß er so und schaute auf das Tal.

»Warum?« fragte Jeanne hinter ihm nur.

»Sie geben mir mein Leben zurück.« Mehr sagte er nicht, erklärte nichts.

Jeanne nickte. Sie erfaßte, was er meinte, kannte sie doch die Erzählungen Ucs und Berenices. Sie begriff, er würde mit Hilfe der beiden unbekannten Männer auf irgendeine Weise dahin zurückkehren, wo er herkam. Und sie würde hierbleiben.

Ihr Blick wanderte fort von den weiten Tälern des Luberon, auf die er starrte, fort von den grünen Horizonten und ihrer unerträglichen Schönheit, hin zu dem Feigenbaum in seiner windgeschützten Ecke. Sie fand eine letzte Frucht und pflückte sie gedankenlos. Das purpurne Fleisch quoll ihr entgegen, als sie sie aufbrach. Jeanne sah die Leichen auf den Feldern wieder, ihr war, als betrachte sie Blut und wimmelndes Gewürm. Es würgte sie.

»Ich wünschte, ich bekäme meines auch zurück«, sagte sie leise. Sie sank zu Boden und weinte lautlos; Tantris rührte sich nicht von seinem Platz. So saßen sie beide eine Zeitlang, jeder in seine eigenen Gedanken versunken.

Nach einer Weile stand sie auf und klopfte sich das Laub von den Röcken. Tantris wandte sich um.

»Wir müssen zu den anderen«, erklärte sie spröde.

Er nickte. Keiner von beiden hatte den anderen auch nur berührt.

»Ich werde dir helfen«, sagte sie dann, aus heiterem Himmel. Sie stand vor ihm, sehr gerade, sehr entschlossen und sehr traurig. Sie hoffte, er würde fragen: warum? Dann könnte sie ihm endlich alles sagen.

Ich bin eine Waldenserin, eine Ketzerin, eine Verfemte, könnte sie ausrufen. Wenn du mich beschützt, wirst du auf dem Scheiterhaufen enden. Und sie dürfte sich in seine Arme werfen und ihm erzählen: von dem Tag, als ihr Dorf in Flammen aufging, von der anderen Jeanne, die sich vor ihren Augen den Tod gegeben hatte, vom kleinen Louis, von den Abenden in der Küche, vom irren Jacques und von Joseph Tarcasse, der nie mit ihr getanzt hatte. Nur von dem Teich im Wald nicht, in dessen schweigendem Spiegel alles versunken war, was dort geschehen. Davon würde sie schweigen.

»Ich werde dir helfen«, wiederholte sie.

Aber Tantris fragte nicht. Mit einemmal stürzte er sich auf sie, ohne jede Vorwarnung, so heftig, daß sie gegen die Mauer taumelten. Das Laub des Feigenbaumes strich über ihr Gesicht, raschelte in ihrem Haar. Dann waren sie im Laubwerk versunken. Tantris lehnte sich schwer gegen sie. Sein Kuß verschloß ihr den Mund und nahm ihrem überraschten Ausruf die Atemluft. Sie keuchte, küßte ihn wieder. Alles, was sie hatte sagen wollen, drängte in ihr und machte sie beinahe wahnsinnig. Sie schlug ihm die Nägel in den Rücken, zerrte an seinem Wams, küßte ihn wieder und wieder voller Wildheit. Ihre Bisse ließen seine Lippen anschwellen.

Tantris seinerseits schien nicht weniger von Sinnen. Festgesaugt an ihrem Mund, wühlten sich seine Hände unter ihre Röcke, rafften, zerrten ohne Sinn und Plan, bis er das warme Fleisch ihrer Schenkel fand. Mit einer Hand nestelte er an seinen Hosen, während sie die Beine bereits um ihn schlang, an einem Ast des Baumes Halt fand, bereit, sich auf ihn zu senken für diese hektische, gierige Vereinigung unter dem Laub, das sie zum Erzittern brachten. Seine Stöße preßten ihren Rücken gegen die Steine, daß es beinahe schmerzte, dennoch verlangte sie nach mehr und feuerte ihn an. Auflösen wollte sie sich, zerstört und neu geboren werden, alles Vergangene auslöschen.

»Sag meinen Namen«, keuchte sie mit letzter Kraft und krallte die Finger in seinen Nacken. »Sag meinen Namen.«

Und er stöhnte, erst leise, dann ein erlösender Schrei: »Jeanne!«

Schwer atmend und ernüchtert standen sie wenig später da, noch immer aneinander gelehnt. Jeanne zog ihre Röcke zurecht, Tantris untersuchte die Kratzer an seinem Hals. Der Wind vom Tal wehte nun kühler. Alles Ungesagte war noch immer da, doch tat es nicht mehr so weh.

»Ich werde dir helfen«, wiederholte Jeanne. Sie brachen auf. Auf dem Weg in die Stadt nahm Tantris schweigend ihre Hand und hielt sie fest. So gingen sie nebeneinander.

Die anderen hatten ungeduldig nach ihnen Ausschau gehalten. Als sie sie kommen sahen, quittierten sie die Rückkehr der beiden mit hochgezogenen Brauen und vielsagenden Blicken. Guy hängte sich eifersüchtig an Tantris, ließ es aber zu, daß Jeanne ihm die Haare strubbelte. Marcabrus und Berenice gaben vor, mit dem Gepäck beschäftigt zu sein.

Tantris hob Guy hoch und schaute ihm in die Augen. »Na, wie steht es?« fragte er. »Traust du es dir zu, heute Abend die Puppen tanzen zu lassen?«

Der Junge nickte eifrig, seine großen blauen Augen strahlten.

Aber Marcabrus richtete sich auf. »Was soll das heißen?« fragte er. »Puppentheater? Ohne Girault und Uc? Und ohne Puppen?«

Tantris setzte Guy ab. »Dann werden wir bis Morgen welche herbeischaffen müssen«, erklärte er. Er überlegte, wie er am besten anfangen sollte, schließlich entschied er sich dafür, den prall gefüllten Beutel Raymond de Vernègues' zu zücken und ihn in die Mitte des kleinen Kreises zu werfen, den sie bildeten. Mit einem dumpfen Klirren schlug er auf dem gestampften Boden auf. Berenice und Marcabrus erstarrten. Dann sprangen sie auf, um ihn zu nehmen, zu wiegen, zu drücken, ihn zu öffnen und Tantris verwundert anzustarren.

»Goldstücke«, erklärte Marcabrus entzückt und küßte jedes einzelne, das herausfiel und zwischen seine Finger glitt. »Wirklich und wahrhaftig Gold.«

»Das bekommen wir, wenn wir morgen ein Puppenspiel präsentieren können«, erklärte Tantris. »Und noch für einiges mehr.«

Er wurde unterbrochen, als Guy etwas anschleppte. Es war das Einhorn, noch immer angesengt und ramponiert. Marcabrus nahm es in die Hand. »Das könnte ich bis morgen schon reparieren«, meinte er nachdenklich. »Und mit dem Schnitzmesser könnte ich mich an einem neuen versuchen.«

»Wenn man mir ein wenig Stoff gibt, mache ich Kleider«, rief Berenice. »Jeanne, du hast doch Nähzeug in deinem Beutel?«

Die junge Frau nickte und legte unwillkürlich die Hand auf ihre Tasche.

Berenice war bereits dabei, in den Decken und alten Kleidern zu wühlen. »Mehr als ein Ritter und eine Prinzessin müssen es ja nicht sein«, murmelte sie, zog hastig hervor, prüfte und verwarf.

Marcabrus, der bereits dazu übergegangen war, zwei Holzstücke auf ihre Tauglichkeit für ein Schnitzwerk zu überprüfen, hielt inne. Die letzten Worte Tantris' waren endlich in sein Bewußtsein vorgedrungen. Er legte das Holz weg und kniff die Augen zusammen.

»Was heißt das: für einiges mehr?« fragte er argwöhnisch. »Was sollen wir denn noch dafür tun?«

Tantris erklärte es ihnen. Sie würden das Mündel des Schloßherrn entführen und in die Arme seines Bräutigams geleiten.

Die anderen staunten. Ihnen fehlten regelrecht die Worte. Nur Guy schaute Tantris mit strahlenden Augen an. Was immer sein großes Vorbild tun würde, er wäre dabei. Ein Mädchen zu entführen war doch nichts wesentlich anderes als Hühnerdiebstahl, schien es ihm.

Marcabrus rieb sich das Kinn. »Das ist verrückt«, erklärte er hilflos, »völliger Wahnsinn.« Sehnsuchtsvoll betrachtete er das Gold in seinem Beutel und seufzte. »Du wirst uns alle an den Galgen bringen. Warum ist Uc nicht hier, damit er uns sagt, was für eine Schnapsidee du da wieder ausgebrütet hast«, brach es aus ihm heraus.

Tantris grinste.

»Können wir nicht einfach die Börse nehmen und abhauen?« fragte Berenice hoffnungsvoll. Aber Tantris schüttelte den Kopf.

Sie tat es ihm gleich. »Nein«, seufzte sie. »Natürlich. Ach, es ist ein Elend.«

Benommen von der Größe ihres Vorhabens, saßen sie eine Weile wie betäubt da und sagten nichts.

Schließlich war es Jeanne, die redete. Sie entwarf den Plan des Abends in seinen Einzelheiten. »Die Tochter des Hauses, deren Geburtstag gefeiert wird, hat sich ein Puppenspiel gewünscht«, begann sie, »also wird sie ein Puppenspiel bekommen. Tantris wird uns zeigen, wo wir es aufbauen müssen.«

»Es wird im Festsaal sein«, warf der Gaukler ein.

»Anschließend gehen wir von Tisch zu Tisch«, fuhr Jeanne fort.

Er nickte ihr zu. »Dabei werde ich versuchen, mit dem Mündel, Diane, ein paar Worte zu wechseln.«

»Wird es nicht einfacher sein, das jemanden von uns tun zu lassen?« fragte Berenice und wies auf Jeanne und sich.

Tantris schüttelte den Kopf. »Ich habe an einen kurzen Brief gedacht. Den kann am besten ich ihr überreichen, während eines Zauberkunststücks etwa. Danach wird sie aus dem Raum gehen …«

»Tantris wird ihr folgen und sie in den äußeren Wallgraben bringen«, schloß Jeanne die Erklärung.

»Wie?« fragte Berenice erstaunt, doch der Gaukler winkte ab.

»Viel wichtiger ist die Frage: Wie kommen wir von dort wieder hinaus?« Er wandte sich an den Quacksalber, der sich unwillkürlich straffte. »Du mußt die Burg nach dem Puppenspiel verlassen«, erklärte er. Du bist ohnehin überflüssig.«

Marcabrus wurde rot.

»Ich meine«, verbesserte Tantris sich rasch, »keiner der hohen Herrschaften wird sich an der Tafel von dir behandeln lassen.«

»Die Dienerschaft in solchen Hallen hat sich meiner Kunst noch immer gerne bedient«, erklärte Marcabrus steif.

Aber Tantris wischte den Einwand weg. »Laß dich nicht aufhalten, erfinde etwas. Und sei eine halbe Stunde vor Mitternacht hier zur Stelle.« Er deutete an eine Stelle des Kreises, den er in den Boden gekratzt hatte und der die Schloßmauer darstellen sollte. Energisch machte er ein Kreuz. »Das ist direkt oberhalb des Weinberges dort hinten, siehst du?«

Marcabrus nickte.

»Wenn du meinen Pfiff hörst, wirfst du das Seil herüber. Ich werde zuerst das Mädchen in eine Schlaufe setzen. Glaubst du, daß du sie hochziehen kannst?«

Marcabrus kratzte sich das Kinn.

»Wenn wir nur Ursus noch bei uns hätten«, seufzte Berenice und hakte sich bei Jeanne unter, die sich an sie schmiegte.

»Wenn es nicht geht, kletterst du zuerst hoch und wirfst ihr dann das Seil mit der Schlinge von der Mauerkrone aus zu«, meinte Jeanne. »Dann könnt ihr sie gemeinsam hochziehen.«

Tantris runzelte die Stirn. »Ich kann doch das Fräulein nicht alleine im Graben zurücklassen«, meinte er.

»Nicht mal für ein paar Augenblicke?« fragte Berenice erstaunt. Die edlen Fräulein mußten aus einem ganz besonderen Stoff gemacht sein. Sie zuckte die Schultern, sagte aber nichts.

»Das wird sich alles finden«, meinte Tantris nervös. »Anschließend bringen wir sie zu dem Treffpunkt, der Kapelle an der Kreuzung im Wald. Ich habe mir den Ort beschreiben lassen.«

Jeanne nickte. Sie kannte die Stelle vom Hörensagen. Dort kreuzten sich die Wege von Oppède-le-Vieux nach Cadenet und von Ménerbes nach ihrem Heimatdorf. Als Kind war sie mit ihrem Vater oft dort entlanggegangen. Nun war es ein Pfad vom Nichts ins Nichts.

41. Kapitel

Der Abend verging in fieberhafter Aktivität. Guy wich Marcabrus nicht von der Seite, unter dessen Schnitzmesser die Gesichter zweier Gestalten entstanden. Jeanne nähte an einem Bühnenvorhang aus dem Rock eines ehemaligen Brautkleides und schüttelte immer wieder den Kopf darüber, was die Gaukler aus dem »Goldenen Widder« alles hatten mitgehen lassen.

»Na, das goldene Vlies natürlich«, antwortete Tantris augenzwinkernd, »den größten aller Schätze, den Grundstock unseres Glücks.« Das Anrecht auf den Thron, dachte er, sprach es aber nicht aus.

»Hat Iason außer dem Vlies nicht auch noch eine schöne Frau mitgebracht?« fragte Berenice augenzwinkernd, während sie die Nadel fliegen ließ, um dem Prinzen ein Staatsgewand zu schaffen.

Tantris brummelte etwas vor sich hin. »Ja, aber sie war eine Zauberin, die ganze Sache ging nicht gut.« Er warf einen nervösen Blick zu Jeanne hinüber, die demonstrativ über ihre Näharbeit gebeugt blieb.

»Ach was«, verkündete Berenice auf ihre laute Art. »Er hat sie sitzenlassen wegen einer anderen. Glaubst du, ich kenn das Lied nicht? Der hübsche Cembalospieler damals in Toulon hat es gut genug gesungen.

»Au!« Marcabrus riß den Finger hoch und steckte ihn in den Mund. »Verdammt, tut das weh«, nuschelte er und zeigte die blutende Wunde nur widerwillig Berenice, die sofort zu ihm gestürzt war. »Das kommt alles nur von dem Gerede von hübschen Cembalospielern«, brauste er auf. Berenice strich ihm über die Wange und ging eine Salbe holen.

Später am Abend waren die Männer im Wirtshaus, sich Mut antrinken für den folgenden Tag, wie Marcabrus es nannte. Die Frauen hatten ihnen Guy mitgegeben, damit er sie warnte, falls einer es mit dem Mut übertriebe.

Mit offenen Augen lagen sie nebeneinander im Dunkeln, Schlaf fanden sie beide nicht.

»Jeanne?« fragte Berenice schließlich. »Du bist doch jetzt mit ihm vertraut und ...« Sie machte eine Pause.

Jeanne antwortete nicht.

»Ich meine ... glaubst du wirklich, daß da alles mit rechten Dingen zugeht?«

Jeanne hörte, wie Berenice sich aufrichtete. Sie drehte sich ihrerseits auf den Rücken und starrte an die Decke.

»Ich denke schon«, sagte sie nach einer Weile. »Ich habe die beiden Adligen gesehen. Den Bräutigam und seinen Freund. Sie machen mir angst, aber das tun solche Männer immer.« Sie schwieg wieder.

Berenices Hand kam und umfaßte warm ihre Finger. »Es ist ihm sehr wichtig, nicht wahr?« fragte sie leise.

Jeanne nickte nur.

»Er sagt, er gibt uns das ganze Geld, Marcabrus und mir. Und dir.«

»Das tut er bestimmt.« Jeannes Stimme erstickte beinahe.

»Er wird uns verlassen, nicht wahr?« fragte Berenice behutsam weiter. »Diese Adligen ...«

»Sie geben ihm sein Leben zurück, sagt er.« Jeanne schluckte.

Berenice hatte sich jetzt aufgesetzt. »Dann müssen wir ihm helfen«, sagte sie ernst.

Jeanne fuhr hoch. »Obwohl er euch zurückläßt?« fragte sie erstaunt.

Berenice zuckte lächelnd die Schultern. »Was heißt zurücklassen? Wir sind dann alle da, wo wir hingehören, denke ich. Schau ihn dir doch an, er geht hier vor die Hunde.« Sie überlegte. Dann fuhr sie in betont aufmunterndem Ton fort: »Außerdem bin ich von einem Mann noch nie so komfortabel sitzengelassen worden.« Sie klimperte vielsagend mit dem Geld. »Und ich habe ja meinen Marcabrus.« Wieder ergriff sie Jeannes Hand. »Aber was ist mit dir?«

Jeanne entzog sich ihr und schlang die Arme um ihre Knie. »Was soll mit mir sein?« entgegnete sie abwehrend.

»Willst du nicht auch in dein altes Leben zurück?«

»Mein altes Leben?« Jeanne war erschrocken, wie bitter das klang. Rasch lachte sie. »Ich bin eine von der Straße, eine Gauklerin mit offenem Haar. Frag Tantris, wenn du es nicht glaubst.«

Berenice schüttelte den Kopf. Sie kam herüber und strich Jeanne behutsam durch die wirr gewordenen Locken.

»Weißt du, man macht sich schon seine Gedanken, wenn ein Mädchen wie du plötzlich auftaucht.«

Jeanne versteifte sich unwillkürlich.

»Eine, die fromm ist, aber die Kirchen und Pfarrer meidet wie die Pest. Die sich so adrett hält und ein wenig von oben herab.« Sie lachte. »Das hat Tantris ganz verrückt gemacht. Dieses Fräuleinhafte. Aber ein Fräulein bist du nicht.« Sie stellte es ganz ruhig fest. »Wenn so eine also kommt in dem Frühjahr, in dem die Waldenserdörfer brennen …«

Jeannes Hand fuhr hoch. Sie packte Berenice am Handgelenk und starrte sie an. Die machte sich lächelnd los und strähnte ihr weiter das Haar.

»Du hast es gewußt«, flüsterte Jeanne fassungslos. Ergeben legte sie das Kinn auf die Knie.

»Eigentlich war es Uc, der darauf kam«, sagte Berenice bescheiden.

Uc! Also wußte auch er Bescheid? Jeanne begann zu begreifen, wie sie damals über sie geredet haben mußten. Wie sie gemeinsam gegrübelt hatten und sie heimlich beobachtet. »Ihr hättet mich anzeigen können«, entfuhr es ihr. »Es hätte euch ein gutes Stückchen Geld gebracht.«

Berenice gab ihr einen Klaps. »Den Hintern hätte ich dir versohlen sollen. Du glaubst wohl, ihr habt als einzige die Moral mit dem Löffel gefressen, was?«

Jeanne wurde rot. »Entschuldige«, murmelte sie und überließ sich wieder Berenices Händen.

»Gefragt habe ich mich dann, warum ausgerechnet du Tantris bei diesem Irrsinn unterstützt«, fuhr Berenice im Plauderton fort. »Will unbedingt zum Baron d'Oppède.«

Jeanne hob den Kopf und schaute sie an. Berenice nahm ihr Gesicht in beide Hände und küßte sie, erst auf die Stirn, dann auf beide Augen, durch deren geschlossene Lider nun dicke Tränen quollen. Die beiden Frauen umarmten einander, und Berenice wiegte die Jüngere, sachte summend, wie ein kleines Kind.

Schließlich versiegte der Tränenstrom, und Berenice reichte Jeanne ein Taschentuch. »Hab ich dir nicht gesagt«, meinte sie, »daß es nichts gibt, was ein heißes Bad nicht fortwäscht?«

Jeanne schüttelte trotzig den Kopf und schneuzte sich.

Berenice zupfte ihr die feuchten Strähnen aus dem Gesicht. »Mach keine Dummheiten, Mädchen«, sagte sie sanft. »Denk erst einmal nach, was du vom Leben noch willst!« Sie lächelte. »Denk an Tantris!«

Jeanne blickte düster zum Wirtshaus hinüber. »Der will mich zurücklassen wie euch, wie den Straßenstaub auf seinen Schuhen.«

Berenice widersprach nicht. »Und was willst du?« fragte sie nur.

»Spielt das eine Rolle?« gab Jeanne schnippisch zurück.

Berenice stand wortlos auf und ging hinaus zum Brunnen.

»Hat es in deinem Leben je eine gespielt?« rief Jeanne ihr nach. Dann legte sie sich wieder hin. Aber Berenices Bemerkung arbeitete in ihr. Was wollte sie tatsächlich? Und war es wirklich ohne Bedeutung? War sie jemand, zwischen den Gewalten des Lebens und den Mächten der Vorsehung, die ihr erstes Leben zermalmt hatten, jemand, dessen Willen noch zählte? Die Frage ließ sie nicht los bis in den Schlaf.

»He, aufstehen!« Tantris weckte eine müde, aber noch wache und in wirren Gedanken verfangene Jeanne. Sie war die letzte, die sich an diesem Morgen von ihrem Lager erhob. Die Gaukler brachen ihre Zelte in Oppède-le-Vieux ab und zogen mit ihrem Karren und allem Hab und Gut wieder hinaus auf das freie Feld. Sie waren beinahe die einzigen am Tor, die hinauswollten, im Gegensatz zu einer langen Schlange, die Einlaß begehrte.

Heute waren es nicht nur die üblichen Bauern, die zum Markt zogen. Schöne Pferde, prächtige Kavaliere, wappengeschmückte Kutschen und reitende Bannerträger waren unter den Eintretenden. Die Festgesellschaft für das Fräulein von Oppède sammelte sich.

Der Gauklerkarren rumpelte ein Stück über die gepflasterte Straße bergab und bog dann auf einen Hirtenpfad ein. Auf einer Wiese, im Windschatten eines grauen Felsens, von dem aus man einen herrlichen Blick auf das Tal der Durance hatte, hielten sie an und banden das Pferd fest. Hier wollten sie ihr Hab und Gut verbergen für den Fall, daß sie nach dem Fest schnell verschwinden mußten.

»Es wird schon alles gutgehen«, suchte Marcabrus wen auch immer zu beruhigen, während er den Karren mit Zweigen tarnte. Am ehesten beschwichtigte er sich selbst, denn seine Hände zitterten.

Auch Jeanne fühlte sich, als wäre die Welt aus dem Gleis geraten, und die Erdkugel schlingerte. Ihr war schwindlig, und obwohl sie Fuß vor Fuß setzte, war ihr, als taumelte sie. Sie wußte kaum, war es Angst oder Rausch, was sie so außer sich versetzte. Denn für etwas Schönes war es zu beängstigend und für wahrhaftige Furcht zu köstlich. Ihre Augen glänzten, als Tantris sie besorgt anschaute. Und diesmal legte er ihr die Hand auf die Stirn. Sie lachte. »Ich bin nicht krank.«

Tantris runzelte die Stirn. »Sind alle bereit?« fragte er.

Guy hüpfte neben ihm auf und ab. Marcabrus umschlang Berenice und nickte ernst.

Dem Jungen wird es das Herz brechen, wenn Tantris geht, dachte Jeanne und nahm seine Hand. Doch es war, als dächte es jemand anderes, eine Person neben ihr, und die empfand gar nichts. Nichts außer dem erregenden Schlag ihres Herzens, zu dem ihre Füße einen erwartungsfrohen Tanz aufführten. So zogen sie, mit ihren Puppen, ihren Kegeln, Musikinstrumenten und Elixieren, hinauf zum Schloß.

42. Kapitel

Der Baron d'Oppède stand am Fenster und starrte auf das Gewimmel drunten im Hof. Mißmutig betrachtete er die Menge. Dann wanderte sein Blick zu dem Mann neben ihm.

»Du siehst aus wie ein Geck«, brummte er.

Charles präsentierte sich mit einer ironischen Handbewegung. Er trug ein neues Wams mit geschlitzten Ärmeln, die leuchtend gelb und blau gefüttert waren. Ein üppig gefälteltes Hemd sah am Hals und an den weit über die Finger fallenden Ärmeln daraus hervor. »Ein Geck hat mich ausstaffiert«, erklärte er grinsend. »Und einem Gecken soll ich gefallen.« Dann wurde er ernst. »Da sind der Junge und sein Anhang.«

»Er hat doch keinen Verdacht geschöpft?« fragte d'Oppède eindringlich.

Charles schüttelte den Kopf. Ein feines Lächeln kräuselte seinen Mund. »Er weiß nicht, daß ich zum Schloß gehöre.«

D'Oppède nickte versonnen. »Da steigt er ab und schaut sich um«, knurrte er. »Er sieht schon das fette Kloster und die Mühlen, die Wälder und die Gehöfte.« Er schnaubte abfällig.

Charles legte den Kopf schief und betrachtete ebenfalls den jungen Raymond, der umständlich an den Zügeln seines Gaules herumhantierte, ehe er sie einem Bediensteten übergab. »Ich schätze, er sieht eher ein Paar lieblicher Augen und einen weißen Leib vor sich.«

»Pah.« D'Oppède hatte keine allzu hohe Meinung von seinem Mündel, das in einem Kloster erzogen worden war, ehe es zu ihm kam. »Dieses ewig betende Knochengestell, dieser Schluck Milch ohne jedes Temperament.«

Charles hätte dazu anmerken können, daß es schwer war, in der Nähe des Barons eigenes Temperament zu entfalten, und daß der Charakter Dianes durchaus seine Ecken und Kanten besaß, die jetzt allerdings nur in den verborgenen Kämpfen der Damenzimmer zum Vorschein kamen, doch er schwieg. Statt dessen räusperte er sich. »Dann werde ich mich jetzt zu ihm gesellen. Wie ist es, dürfen die beiden sich sehen?«

Der Baron schnaubte erneut. Es klang überaus zufrieden. »Für heute. Je mehr, desto besser. Schöntun soll er ihr. Und am besten noch vor Zeugen.« Er wandte sich vom Fenster und schaute Charles mit seinen großen, feuchten Augen an. »Wir wollen doch nicht herzlos sein.«

Draußen ertönte Lärm. Der Baron beugte sich vor und legte die Hand an die Scheibe. »Was haben wir denn da?«

»Die Gaukler, Herr«, sagte Charles überflüssigerweise. Beide sahen sie, wie unten im Hof ein Trüppchen Menschen in bunten Lumpen stand und sich umschaute.

»Es ist der große Dünne, ja?« D'Oppède betrachtete Tantris voller Neugier. »Nun, er steht nicht ohne Rasse da. Anders als sein Vater.« Sein Blick glitt über den Schausteller, als wäre er ein Tier. Dann blieb er an Jeanne hängen.

»Interessant«, murmelte er.

Charles spürte eine Veränderung der Atmosphäre. Er neigte sich seinerseits vor. »Die Rote?« fragte er. »Ja, die hat was.« Er musterte seinen Vater und Herrn. »Kein Schluck Milch, hm?« wagte er hinzuwerfen.

Der Baron reagierte nicht.

»Obwohl ich sie ja lieber mag, wenn sie gewaschen sind.« Charles zuckte mit den Schultern. Dann verneigte er sich und ging. Er kannte den Baron, so schwerblütig er war, so plötzlich und heftig konnte er in Wallung geraten. Seine Frau hatte sich bis heute nicht an seine leidenschaftlichen Anfälle gewöhnt, und so manche Dienstmagd bei der Arbeit, so manches ahnungslose Bauernmädchen am Wegrand war schon davon überrascht worden. Er grinste bei dem Gedanken, wie sich wohl der Rotschopf heute abend in d'Oppèdes Pranken schlagen würde.

Jeanne blickte an den Mauern hinauf. Seit sie in den Hof eingetreten waren, war ihre Euphorie verflogen. Sie kam sich gefangen vor und fühlte sich beobachtet. Fröstelnd rieb sie sich die Arme. »Man schaut uns an, ich schwör's«, murmelte sie.

»Kindchen«, rief Berenice, die Mühe hatte, sich in dem Gedränge aufrecht zu halten. »Kein Mensch beachtet uns, das ist ja das Problem.«

Marcabrus blinzelte ihnen verschwörerisch zu. »Die haben noch keine Ahnung, wie wir sie an der Nase herumführen werden.«

Tantris reckte den Kopf und hielt nach einem bekannten Gesicht Ausschau. Schließlich entdeckte er den Vogt. »Ah, mein guter Abelard«, rief er aus, so laut, das sämtliche Bedienstete die Köpfe hoben, nur um sie unter dem strengen Blick des Vogtes sofort wieder kichernd zusammenzustecken. Tantris machte einen Kratzfuß und klopfte dem Verwalter dann herablassend auf die Schulter. »Hier sind wir, wie bestellt. Nun seid so gut ...«

»Niemand hat euch bestellt«, fauchte der Vogt und mus terte die Gaukler mit äußerstem Widerwillen. Doch Tantris focht das nicht an. Abelard wußte so gut wie er, daß die Herrschaft sie erwartete. Er konnte sie nicht wirklich hinauswerfen.

»Das Puppenspiel findet vor dem Essen statt«, erklärte der Vogt denn auch brummig. Ich werde euch hineinführen. »Vorher will ich so wenig wie möglich von euch sehen. Ihr könnt im Stall ...«

Doch auch er brachte seinen Satz nicht zu Ende. Tantris war bereits an ihm vorbeigetreten und betrachtete ein Podest, auf dem noch einige Säcke lagerten. »Das wird eine wunderbare Bühne«, erklärte er, sprang leichtfüßig hinauf, schritt sie ab und wagte einen improvisierten Flicflac. Schon sammelten sich die ersten Gaffer. »Aber die Säcke müssen natürlich weg. Da.« Tantris hob eine der schmutzigen Hüllen auf und warf sie nach Abelard, der sie wider Willen auffing. Es staubte. »Nett, daß Ihr mithelft«, rief Tantris in das Gelächter einiger Knechte.

Abelard warf mit heftiger Geste den Sack zu Boden, funkelte Tantris noch einmal an und ging dann. Rasch hatte der Gaukler die Knechte dazu bewegt, mit anzupacken, und wenig später war für die Gaukler im Hof eine Bühne bereitet, von der aus sie die zahlreiche Dienerschaft, die des Schlosses und die mit ihren Herren angereiste, auf das beste unterhielt. An manchen Fenstern des Schloßgebäudes zeigten sich auch die Köpfe von Damen, die die Darbietungen neugierig verfolgten und ihre bunten Schleier fliegen ließen. Eine junge Frau fing die bunte Keule auf, die Tantris beim Jonglieren absichtsvoll so hoch fliegen ließ, daß sie die Fenster erreichte. Ihre Gefährtinnen klatschten ihr Beifall für ihre Geschicklichkeit. Sie band einen Schleier an das hölzerne Ding, ehe sie es dem Gaukler zurückwarf, der unter dem Gelächter der Damen das zarte Tuch abknöpfte und an sein Herz drückte.

Ingrimmig schlug Jeanne das Tamburin im Takt dazu und trat nach dem Reitknecht, der ihre Waden zu erhaschen suchte.

Was will ich? Die Frage kreiste in ihrem Kopf im Takt des Liedes, das sie sang. Und Jeanne selber drehte sich mit. Immer wieder suchte sie die Fenster ab. Irgendwo dahinter war Diane, und sie würden sie befreien, so einfach war das. Irgendwo dort drinnen wartete er. Das Gefühl, beobachtet zu werden, hatte nachgelassen. Aber sie spürte die dunkle Gefahr, bösartig, heftig, die in dem steinernen Gebäude auf sie lauerte. Irgendwo.

Das Puppenspiel war vorüber. Marcabrus und Guy hatten sich in den ungewohnten Rollen gut geschlagen. Verschwitzt und erleichtert waren sie hervorgetreten und hatten sich verneigt. Nun tafelte die Festgesellschaft an den hufeisenförmig gestellten Tischen.

Dicht an dicht saßen sie, streng der Rangordnung nach, die dafür sorgte, daß das Schimmern der Seidenstoffe, der weiche Flor der Pelze, das Glänzen der Goldborten vom Zentrum zu den Rändern hin stetig abnahm. Am Kopfende der Tische saß der Baron mit seiner Frau. Das Geburtstagskind repräsentierte in ihrer Mitte. An d'Oppèdes rechter Seite saß sein Sohn, am linken Ende des Tisches leistete eine Hofdame einem gelangweilt dreinblickenden Mädchen Gesellschaft, bei dem es sich um Diane handeln mußte.

Tantris konnte den jungen Raymond bis zu einem gewissen Grad verstehen. Die braunen Augen in dem blassen Gesicht waren nicht ohne Reiz und stachen herrlich von dem üppigen blonden Haar ab, das ihn schmerzhaft an eine andere erinnerte, die ebenso blaß und ebenso blond gewesen war. Doch über Diane lag ein goldener Schimmer, wo jene andere silbern geglänzt hatte, sie war rundlich, wo jene von einer fast gotischen Schlankheit gewesen war. Diese war noch ein Kind. Und jene andere, Blanche, seine Schneekönigin, sie war eine Frau gewesen.

Blanche, dachte Tantris. Der Prunk des Festes, das Brausen der Stimmen, das Schimmern Hunderter von Kerzen brachte ihren Namen wieder mit herauf. Er erklang in der Musik und in den Stimmen der Chöre, die auf den Emporen sangen.

Jeanne drehte sich wieder einmal im Kreis. Ich hüpfe, ich springe, ich singe, dachte sie und bemühte sich, das Lächeln in ihrem Gesicht zu erhalten. Sie war nicht wie Berenice, die lachend mit den Gästen schäkerte, Küßchen und Zärtlichkeiten verteilte, um dann mit einem verzückten Kreischen zu flüchten. Vom Kopfteil der Tafel hielt sie sich fern. Ja, sie warf nicht einmal einen Blick dorthin, bemüht, den Anblick des Barons zu vermeiden. Es gelang ihr, nicht mehr wahrzunehmen als ein Funkeln von Licht und Gläsern. In der Mitte der Tafel stand eine Platte mit einem Schwan darauf, der seine schaumweißen Federn spreizte. Sein biegsamer Hals verbarg ein wenig das Gesicht, dessen Anblick sie mit aller Macht mied. Es war nicht schwer in all dem Durcheinander, es gab ja so viele Gesichter. Tantris hingegen war dort vorne zugange, zupfte die Damen an den Ärmeln und zog den Herren Münzen aus der Nase. Jeanne hob anmutig die Arme und hielt inne für eine Arabeske, während sie ihn mit den Augen verfolgte. Jetzt war er bei Diane angelangt, die noch immer gelangweilt dreinschaute. Das Mündel d'Oppèdes schien die Begeisterung von dessen leiblicher Tochter für Gaukeleien nicht zu teilen. Da, jetzt war er an ihrem rechten Ohr, nun an ihrem Linken, er umtänzelte das Mädchen.

»Ohhh, hahahah.« Ein Raunen ging durch den Saal, gefolgt von einem Lachen. Diane hatte dem aufdringlichen Gaukler, der ihr unbedingt aus der Hand hatte lesen wollen, ihren Becher mit Wein mitten ins Gesicht geschüttet. Jeanne sah, wie er für einen Moment wie vom Donner gerührt stand, ehe er sich das Gesicht abwischte und sich dann tief verneigte.

»Habt Dank, mein Fräulein, für die üppige Gabe«, sagte er galant. »Erst glaubte ich, nichts von Euch zu erhalten, doch nun gewährt Ihr mir alles.« Die Hofdame Dianes hielt sich prustend die Hand an den Mund.

Und d'Oppèdes Tochter neigte sich vor, um ihr an der Mutter

und deren Dame vorbei über den Tisch zuzurufen: »Du bist doch sonst nicht so freigebig, Diane.«

Die warf den Kopf hoch. »Wo viel ist, kann man großzügig sein«, erklärte sie spitz und hielt den Becher hoch, um sich von einem eifrigen Diener sofort nachschenken zu lassen. »Und wenn du noch mehr lachen willst, brauchst du mir bloß einen Besenstiel zu reichen. Dann geb ich dir was.« Dabei schaute sie kampfeslustig drein.

Die d'Oppèdes lachten verkrampft, als ginge es noch immer nur darum, einen Gaukler zu veralbern. Der Baron nahm Tantris' Verbeugung mit einem Winken zur Kenntnis und zog sich einen Ring vom Finger, den er ihm gnädig vor aller Augen reichte.

»Glas«, sagte Tantris verächtlich, als er wieder zu seinen Gefährten stieg. Er reichte ihnen das Geschenk auf der flachen Hand. »Ein billiges Ding, extra gemacht, um die Leute mit großen Gesten zu beeindrucken.« Berenice steckte ihn sich an den Finger und prüfte die Wirkung.

»Hast du ihr den Brief zugesteckt?« fragte Jeanne nervös.

»Sah es so aus?« gab Tantris mißmutig zurück.

»Es hätte ja ein Ablenkungsmanöver sein können«, meinte sie und biß sich auf die Lippen. »Verdammt.«

»Ich glaube, sie mag mich nicht«, meinte Tantris, nachdem er sich die Haare mit einem von Berenice gereichten Tuch etwas getrocknet hatte.

»Ich finde sie herrlich, die Gaukler«, blaffte d'Oppèdes Tochter eben über den Tisch.

Diane gab sich geziert und drehte an ihrem Kelch. Sie gähnte elegant. »Mich langweilen sie mit ihren billigen Tricks und der schlechten Musik. Seiltänzer mag ich. Das ist wenigstens spannend.«

Ihre Gegnerin wirkte verblüfft. »Ach, Seiltänzer«, entfuhr

es ihr nachdenklich. Dann verdüsterte sich ihr Gesicht plötzlich. »Der letzte fiel runter.«

»Och, arme Kleine, hast du dich erschreckt?« Dianes Gesicht glänzte vor Bosheit.

Da hob d'Oppèdes Tochter ihr Kinn. »Mein Gaukler kann auch seiltanzen«, rief sie, »da wette ich.«

»Um was?« hakte Diane sofort nach.

»Um meine neue gestickte Börse. Ich habe wohl gesehen, daß du dauernd nach ihr schielst.«

»Das hätte ich gar nicht nötig«, behauptete Diane. Doch als ihre Gegnerin anbot, den Einsatz zurückzuziehen, lenkte sie ein. »Nein, nein, die Börse ist schon recht.«

»Und was setzt zu dagegen?«

Diane überlegte einen Moment. »Das eklige Hirschfell, das dein Vater mir nach der letzten Jagd geschenkt hat. Ich habe schon drei, und diesem gehen die Haare aus.« Sie lachte schallend.

Die Baronin d'Oppède wurde blaß. Selber nur ein zartes Wesen, das an der Seite ihres Mannes förmlich verschwand, wandte sie sich nun vor Empörung bebend an ihr Mündel. »Wie kannst du so undankbar sprechen über das, was der Baron wie ein Vater an dir tut«, stieß sie heraus.

»Fräulein«, mahnte die Hofdame Dianes und legte ihr die Hand auf den Arm.

Die zog ihn unwillig zurück. »Ach misch dich nicht ein, sonst setze ich dich als Preis ein.«

»Hast du das gehört?« ereiferte sich ihre Kontrahentin. Doch als ihr Vater die Stimme erhob, zog sie selber den Kopf ein.

»Jetzt ist es genug«, bestimmte der Baron. »Ihr Weiber haltet jetzt eure Schandmäuler, sonst beende ich das Fest.«

Diane sprang auf, Tränen standen ihr in den Augen. »So lasse ich nicht mit mir reden«, erklärte sie trotzig.

»Dann laß es!« Der Baron musterte sie auf eine Weise, daß

ihr ganz schwindlig wurde. Sie war beinahe erleichtert, als er sie endlich wieder ignorierte und sich seinem Essen zuwandte. Doch nun stand sie da, unter all den Sitzenden. Platz nehmen konnte sie schlecht wieder, das hätte wie eine Niederlage ausgesehen. Sie biß sich auf die Lippen und dachte nach. Doch es blieb ihr nichts anderes übrig, als hoch erhobenen Hauptes den Saal zu verlassen.

Der Baron hielt die Gesellschafterin auf, als die ihrer Herrin folgen wollte. »Sieh zu, daß sie oben bleibt«, herrschte er die ältliche Dame an. »Ich will hier heute nicht noch mehr Ärger.«

Sie nickte erschrocken und flatterte hinaus.

»Und was jetzt?« sagte Tantris und stemmte verärgert die Hände in die Hüften. Doch er kam nicht dazu, sich etwas zu überlegen. Denn das Geburtstagskind stand auf und verkündete, ehe der Baron eingreifen konnte, daß die Gaukler nun einen Hochseilakt im Hof vollführen würden.

»Bitte Papa, mir zuliebe«, schmeichelte sie dem Baron. Ihr triumphierendes Lächeln verriet: Sie war sich der Tatsache wohl bewußt, daß Diane all dies im Hinausgehen noch mitbekam.

Der Baron warf einen fragenden Blick zu Charles, der an einem Seitentisch neben dem in Vorfreude badenden, stark angeheiterten Raymond saß und so unauffällig wie möglich mit den Schultern zuckte.

»Aber du kannst doch nicht ...«, rief Jeanne und suchte Tantris zurückzuhalten, der die Schultern straffte. Doch der Gefährte wurde ihr bereits entrissen von der Menge, die ihn unter Johlen mitzog nach draußen. Jeanne drängte sich hinterher, nur um zu sehen, wie die Diener sich eifrig daranmachten, ein Seil zu spannen. Es reichte von Fenster zu Fenster, quer über den Hofplatz. Tantris wurde in ein Treppenhaus genötigt. Zweifellos würde gleich sein bleiches Gesicht in einer der Fensteröffnungen erscheinen, sechs Meter über dem mit Steinen gepflasterten Hof.

»Daß Uc auch immer recht behalten muß«, murmelte Berenice mit angespanntem Gesicht.

»Ich gehe«, verkündete Jeanne da entschlossen. »Ich werde mit ihr reden.« Sie bemerkte Guy, der sich aufgeregt an Berenices Röcke drängte. »Und du kommst mit mir, junger Mann.«

»Warum?« beschwerte der Junge sich. Er wollte seinen geliebten Meister nicht allein lassen.

Aber Jeanne, deren Herz heftig klopfte und die die Angst in Berenices Gesicht sah, zog ihn unerbittlich mit sich. Der Junge sollte nicht zusehen, wenn Tantris etwas zustieße. Sie selbst wollte es nicht sehen. »Das ist nichts für Kinder«, erklärte sie.

Im Saal war es leer geworden, nur wenige Dienstboten und eine Gruppe hartnäckiger Zecher waren noch zugange. Niemand achtete auf sie, als sie durch die rückwärtige Tür schlichen, durch die auch Diane vorhin die Feierlichkeiten verlassen hatte. Sie fanden sich in einem Treppenhaus wieder. Ihre Schritte hallten auf den steinernen Stufen.

»Sieh nur«, sagte Guy beeindruckt und wies auf die Tapisserien, die die Wände bedeckten. Bunte Figuren waren darauf, beinahe lebensgroß, Galane bei der Jagd und Edelfräulein zu Pferde. Eine sachte Zugluft brachte Leben in die Gesellschaft, die Jeanne in dieser Umgebung wirklicher vorkam, als sie und Guy, die beiden abgerissenen Gestalten inmitten dieses Prunks. Sie tasteten sich die große Treppe hinauf und gelangten auf eine Galerie. An manchen Fenstern standen Menschen, aber alle wandten ihnen den Rücken zu, völlig beschäftigt mit dem Anblick, der sich ihnen draußen bot. Jeanne legte für Guy mahnend den Finger auf die Lippen; er nickte. Gemeinsam schlichen sie hinter dem Rücken der Schaulustigen vorbei.

Da drang ein allgemeiner Aufschrei durch die geöffneten Fenster herein. Alarmiert hielten sie inne und schauten einander an. Nach wenigen Momenten schüttelte Jeanne sacht den Kopf, begütigend, beschwörend. Das war kein Schreckensschrei, sollte die Geste besagen; er war nicht abgestürzt. Dabei wäre sie am liebsten selber hingerannt und hätte alle beiseite gedrängt, um nachzusehen. Doch sie biß die Zähne zusammen. Es würde nicht geschehen, sagte sie sich vor, es durfte nicht geschehen. Es konnte doch nicht sein, daß d'Oppède ihr auch das noch nahm. Sie würde es nicht zulassen. Sie würden ihm vielmehr sein Mündel rauben, sie würde ihm eine Nase drehen und verschwinden und ...

»Ich glaube, das ist das Zimmer«, sagte Guy da plötzlich leise.

Jeanne hielt an. »Wie kommst du darauf?« fragte sie. Doch dann hörte sie es auch. Hinter der Tür schluchzte jemand und schrie. Glas klirrte. Dazwischen versuchte eine hohe Stimme, zu beschwichtigen, eine Stimme, die langsam lauter wurde.

»Vorsicht«, konnte sie gerade noch flüstern. Da klappte die Tür auch schon auf, und die ältliche Gesellschafterin, verfolgt von lauten Verwünschungen, stürzte schluchzend an ihr und Guy vorbei. Zum Glück verbarg die Flüchtende ihr Gesicht in den Röcken, sonst hätte sie Jeanne unweigerlich gesehen.

Draußen vom Hof kam wieder ein Schrei.

Jeanne und Guy schlüpften in das Gemach, ehe die Tür zufiel. Diane, in der erhobenen Hand noch immer einen Pokal und wurfbereit, entdeckte sie im Spiegel. Sie wirbelte herum. »Noch mehr von dem Gesindel«, rief sie. »Hinaus mit euch, oder ich rufe die Wache.«

Nervös schaute Guy zu Jeanne hin. Die trat gelassen vor. »Warum werft Ihr das Ding nicht dem Baron an den Kopf?« fragte sie.

Die Frage schien Diane einigermaßen zu verblüffen. Sie dachte einen Moment nach, dann stellte sie den Pokal hin und drehte sich weg. »Das geht dich nichts an«, verkündete sie, wurde aber schon ruhiger. »Geht jetzt!«

Jeanne machte noch einen Schritt nach vorne. »Ich komme nicht, um Euch aus der Hand zu lesen«, begann sie vorsichtig.

»Ich komme, um Euch eine wirkliche, eine starke Hand anzukündigen, die sich ausstreckt, um Euch hier herauszuholen.

Diane runzelte die Stirn. Sie öffnete den Mund und machte bereits eine abwehrende Geste.

Da stieß Jeanne hervor. »Ich komme von Raymond.«

Diane stieß ein ungläubiges Lachen aus. »Von Raymond?« wiederholte sie und musterte die Frau, die vor ihr stand, mißtrauisch und abschätzig. »Er hat ja von einem niedrigen Boten geschrieben, aber damit habe ich dann doch nicht gerechnet«, meinte sie. Doch sie hörte zu.

»Er ist unter den Gästen, Ihr habt ihn gesehen.«

Diane seufzte bestätigend und sank in einen Lehnstuhl. Ihre Knie wurden noch nachträglich weich, wenn sie an die feurigen Blicke dachte, die er ihr zugeworfen hatte. Und wie er stets den Rand des Kelches küßte und ihr damit zuprostete, ehe er davon trank! Und die Worte seines Briefes klangen ihr dazu in den Ohren. Und erst die, welche sie ihm zurückgeschrieben hatte. Welches Feuer hatten sie doch in seinen Augen entzündet!

Jeanne trat nun zu ihr und kniete sich neben sie. »Er hat gute Freunde dabei und schnelle Pferde. Und er hat einen Plan, Euch zu befreien. Noch heute nacht will er Euch entführen, um Euch in seines Vaters Schloß zu seiner Frau zu machen.«

Ein hysterisches Kichern entfuhr Diane, als sie das hörte. Dann verklärte sich ihr Blick. »Ach, hier herauszukommen.« Ihre Züge wurden milder, offenbar dachte sie an ihren Geliebten. Dann hob sie den Kopf und fragte scharf: »Woher weiß ich, ob das alles stimmt?«

Jeanne zögerte. Sie mußte improvisieren. »Der Gaukler hatte einen Brief für Euch«, begann sie, »von Eurem Liebsten. Aber Ihr habt ihn ja ...«

»Der Gaukler!« entfuhr es Diane. »Ha, einen armseligen Gaukler schickt er mir.«

Der armselige Gaukler riskiert gerade für Euch sein Leben,

dachte Jeanne, doch sie beherrschte sich. »Der armselige Gaukler und ich werden Euch nur bis zu den Mauern dieses Schlosses begleiten«, erklärte sie. »Jenseits wartet Raymonds starker Arm auf Euch.«

Diane erwog das Gehörte. Jeanne schaute sich um. Über dem Kamin, in dem zur Zeit kein Feuer brannte, was den Raum empfindlich kühl machte, hing ein Hirschfell. Die Möbel waren derb, sie entsprachen einem männlichen Geschmack. Wenn sie von Reichtum zeugten, dann von bescheidenem. Wenn sie von Geist zeugten, dann von einem ungeschlachten.

Jeanne konnte nicht gegen ihr Unwohlsein an. Alles in diesem Gemäuer zeugte von dem, der ihr Gewalt angetan hatte. Sie zweifelte nicht daran, daß an der Seite des jungen Gecken in seinem prächtigen, himmelblauen Wams, den sie unten im Speisesaal gesehen hatte, in einer anderen Fasson gewohnt werden würde. Wärmer, bunter, heiterer. Dabei oberflächlich und gedankenlos. Ohne einen Gedanken zu verschwenden an die Vergangenheit und ohne sich um die Zukunft sorgen zu müssen. Für einen Moment beneidete sie Diane. »Er wartet auf Euch«, flüsterte sie.

»Ich muß packen«, erwiderte das Mündel.

Jeanne zuckte mit den Schultern. Das sollte Tantris' Problem sein. »Man wird Euch holen«, erklärte sie nur. »Haltet Euch bereit und sorgt dafür, daß Ihr allein seid.«

Als sie wieder mit Guy auf dem Flur stand, zitterten ihr die Knie, aber es war geschafft. Jetzt brauchten sie nur noch zu Tantris zurück.

»Oooooh!«

Jeanne hatte diesen Schrei schon einmal gehört; er war voller Grausen und voller Lust zugleich. Unwillkürlich sah sie den Dorfplatz von damals im Fackellicht, sah das Tamburin rollen, hörte den dumpfen Aufprall. Sie stürzte ans Fenster.

43. Kapitel

In der ersten Panik erfaßte sie gar nichts. Dann sah sie Tantris. Er hing, mit verzerrtem Gesicht, kopfüber in der Luft. Ein Bein hatte sich mit der Kniekehle in das heftig wippende Seil verhakt, das immer noch zu versuchen schien, den so knapp dem Absturz Entkommenen abzuschütteln. Mit verzweifelt rudernden Armen schaffte er es, den Oberkörper hochzuschwingen und das Seil wieder mit den Händen zu ergreifen. Jeanne bemerkte, wie seine Arme zitterten, als er sich mühsam hochstemmte. Zunächst kam er rittlings zum Sitzen. Noch immer schwankte alles, und das Gleichgewicht zu halten fiel ihm schwer.

»Tantris!« rief Guy. Sie hielt ihm den Mund zu.

»Laß, er schafft es«, flüsterte sie. »Schau!«

Die bebende Gerade der Schnur draußen hatte sich wieder beruhigt. Der Gaukler hatte sich beruhigt, er saß sicher, wenn auch mit Schweiß auf der Stirn und barhäuptig, denn seine Mütze hatte er verloren. Vorsichtig setzte er erst einen Fuß vor sich auf das Seil, verlagerte dann das Gewicht nach vorne, hockte nach kurzem Schwung auf seiner Sohle. Dann zog er das andere Bein nach, breitete die Arme aus, ein kleiner Ruck, er stand, in den Knien gebeugt, streckte sich, wackelte, bebte, doch er stand. Der Hof und die Fensterreihen brachen in lauten Applaus aus. Erleichtert fielen sich Guy und Jeanne in die Arme.

»Wir müssen zu ihm.« Die Tänzerin nahm den Jungen bei der Hand.

Sie hatten es bereits wieder bis ins Treppenhaus geschafft, als sie Schritte unter sich hörten. Jeanne hielt Guy an der Schulter fest.

»Charles?« rief eine tiefe Stimme. Jeanne erkannte sie sofort. ›Tötet sie alle!‹ Sie erstarrte. Kaum spürte sie, wie Guy unter ihren Fingern davonglitt. Die Schritte kamen näher. »Charles.«

Ein zweites Paar Tritte antwortete drunten auf dem Stein. Gleich mußten der Baron und dieser Charles sich im Treppenhaus treffen. Voller Panik sah Jeanne sich um. Die Tapisserien boten keinen Schutz, sie würden sich wölben und sie verraten, wenn sie dahinterschlüpfte. Fast hätte sie gehustet, so viel Staub stieg daraus auf, als sie in ihrer Hektik daran zog. Dahinter war nur Stein, keine Geheimtür, keine rettende Pforte tat sich ihren hektisch tastenden Fingern auf.

Im letzten Moment bemerkte sie den Schrank auf dem Treppenabsatz. Es war ein schweres, mit Schnitzereien reich verziertes Teil, aber so dunkel vom Alter und Rauch, daß sie ihn beinahe übersehen hätte. So rasch sie konnte, huschte sie die Treppe wieder hoch. Gott sei Dank, er war nicht verschlossen. Guy! Dachte sie noch, als sie die leise quietschende Tür öffnete und sich hineindrückte. Der Junge war nirgends zu sehen; er würde für sich selber sorgen müssen. Gerade noch sah sie den Baron drunten um die Ecke biegen. Schaudernd schloß Jeanne die Tür.

Das Holz war massiv und schwer. Im ersten Schrecken krallte sie ihre Nägel hinein und zog die Tür so fest zu, wie sie konnte. So saß sie zunächst in völliger Finsternis da und sah und hörte nichts. Dann, als ihr Herzschlag sich wieder etwas beruhigt hatte, wagte sie es, der aufspringenden Tür ein wenig nachzugeben. Etwas Helligkeit fiel in ihr Versteck, ein dünner Streifen Welt wurde sichtbar, und Jeanne konnte wieder hören, was draußen gesprochen wurde.

»Dieser Gimpel Raymond«, sagte eine Stimme. Das mußte der sein, den d'Oppède gerufen hatte, Charles. »Wirft ihr Kußhände zu und spitzt das Mündchen quer über den Tisch, habt Ihr gesehen?«

Die Treppenstufen knarzten, und Jeannes Herz klopfte schneller, als sie begriff, daß die beiden Sprecher die Treppe heraufkamen. Aber es war zu spät, sie wagte nicht mehr, den Türflügel noch einmal zu bewegen. Hoffentlich wurden ihre Finger nicht steif, hoffentlich glitten ihre Nägel nicht ab. Sie durfte sich jetzt keinen Millimeter rühren. Langsam zog sie ihr Gesicht ein wenig von dem verräterischen Spalt zurück. Ein Auge zog dicht an ihrem vorbei.

»Um so besser, möchte ich meinen. Soll doch alle Welt auf ihn aufmerksam werden. Wir brauchen nichts zu tun, als den Dingen ihren Lauf zu lassen. Vorerst.«

Diese Stimme kannte Jeanne bereits. Selbst hier in dem schützenden Schrank jagte sie ihr eine Gänsehaut über den ganzen Körper. Ihre Knie wurden weich, sie spürte wieder dieselbe Erschöpfung wie damals, als sie wie ein Opferlamm vor ihm gestanden hatte, unfähig, auch nur die Hand gegen ihn zu heben, und nichts hervorgebracht hatte als ein jämmerliches, würgendes ›Bitte‹. Da war er, direkt vor dem Spalt. Sie sah seinen Mund, das schwarze Auge, ganz nah. Jeanne wurde schlecht, die Dunkelheit begann sich um sie zu drehen, ihre Knie gaben nach.

»Was war das?« fragte Charles scharf.

Mit einem Schlag war Jeanne wieder bei sich. Unwillkürlich drückte sie sich tiefer in den Schrank. Aber die Männer setzten ihren Aufstieg fort. Eiliges Geklapper kam ihnen entgegen. Jeanne hörte ein schüchternes »Pardon« und das Rascheln von Röcken. Sie konnte es nicht sehen, aber sie ahnte, daß ein Dienstmädchen von oben heruntergekommen war und sich zwischen den beiden Männern hindurchzudrücken suchte.

Das »Pardon« wurde wiederholt, es gab ein Durcheinander von Schritten, so als wisse jemand nicht recht, wohin auszuweichen, oder als spiele man zögerlich Fangen.

Armes Ding, dachte Jeanne, sie schneiden ihr den Weg ab. In ihr wuchs der Wunsch, hinauszuspringen und sich sofort, mit dem Messer in der Hand, auf diesen Menschen zu stürzen. Schweiß stand auf ihrer Stirn. Da hörte sie ein Quieken, das Lachen zweier Männer, und das eifrige Klappern von Schuhen setzte wieder ein.

Das erschrockene Dienstmädchen riß die Schranktür auf, ohne auch nur einen Blick ins Innere zu werfen. So rasch sie konnte, stopfte sie den Stapel Tischwäsche hinein, den sie bei sich hatte, warf, mit einem raschen Blick nach oben auf den Grafen, die Schranktür wieder zu, schloß mit derselben Bewegung ab und flüchtete mit gerafften Röcken in Richtung Festsaal. Das hämische Gelächter Charles' und des Barons begleitete sie.

Jeanne hörte nichts mehr. Sie saß in der nunmehr vollkommenen Finsternis des Schrankes, von Licht und Tönen völlig abgeschirmt, und wagte nicht einmal, an der Tür zu rütteln. Die Dunkelheit umgab sie mit ihrem Würgegriff, wie eine Umarmung, die fester und fester wurde, ihr den Kopf zurückbog, das Rückgrat durchdrückte und die Luft abschnürte mit festen, entschlossenen Händen. Diesmal, dachte sie, sterbe ich wirklich. Doch die Panik ließ nach. Ihr Atem ging keuchend, und die Schwärze vor ihren Augen wogte. Wie viel Luft war wohl in so einem Schrank? Sie ertastete Stoff und drückte ihn zur Seite. Berge von schwerem Leinen rutschten auf sie nieder, Jeanne glaubte zu ersticken; sie kämpfte, ihr Kopf schlug so schmerzhaft an, daß es ihr die Tränen in die Augen trieb. Sie sank in die Knie, auf einen weichen Haufen Tücher, schmeckte Staub auf ihrer Zunge. Ihre Wange lag an kühlem, altersglattem Holz, wie lange, wußte sie nicht zu sagen.

Als plötzlich grelles Licht auf sie fiel, schrie sie auf. Eine Hand legte sich auf ihren Mund. Jeanne biß und schlug um sich.

»Ruhig doch, sachte!«

Die unerträgliche Helligkeit ließ nach, und sie riß die Augen auf. Blinzelnd erkannte sie Guy, der sie anstrahlte und triumphierend einen schweren Schlüssel schwang. Neben ihm stand Tantris.

Seufzend sackte Jeanne in sich zusammen. Sie streckte die Hand aus, fuhr Guy durchs Haar und zog seinen Kopf an sich.

»Ich hab's von unten gesehen«, verkündete er und machte sich mit puterrotem Kopf aus ihrer Umarmung los. »Von hinter der Statue, wo ich mich versteckt habe. War gar nicht schwer.«

Tantris gab ihm einen liebevollen Klaps und zog Jeanne hoch. »Wir können hier nicht bleiben«, erklärte er.

»Natürlich nicht«, entgegnete sie so würdevoll, wie sie es vermochte. Steif richtete sie sich auf und strähnte ihr Haar zurück, in dem dicke Staubflocken hingen. »Was macht ihr denn hier?«

»Du meinst, außer dich zu retten?« Er klang ein wenig gereizt. »Wir holen das Mädchen.«

»Diane?« Jeanne beendete ihre Toilette und hetzte hinter den beiden her die Stufen hoch. »Ich dachte, ihr wärt klug genug, das erst zu versuchen, wenn alle schon schlafen. Der ganze Flügel hier ist voller Dienstboten. Wartet doch!«

Die beiden blieben abrupt stehen, als ihnen Schritte entgegenkamen. Rasch drängten sie sich aneinander hinter eine Portiere.

»Was habe ich gesagt?« flüsterte Jeanne.

Tantris löste vorsichtig den Kopf von der Wand und schaute um die Ecke. »Drunten tanzen sie, und mit dem Mädchen rechnet niemand mehr. Dieser Abelard läuft draußen herum und hat auf alles ein Auge. Er wird uns rauswerfen, sobald die Fackeln gelöscht sind, persönlich. Dem wird nicht entgehen, wenn wir uns hier irgendwo versteckt halten.«

»Er hat keinen Tropfen getrunken«, bestätigte Guy.

Die Luft war wieder rein, und sie huschten ein paar Türen weiter.

»Du hättest ihn nicht so reizen sollen«, bemerkte Jeanne altklug.

Tantris würdigte diese Bemerkung keiner Antwort. Sein Arm schoß vor und preßte sie hinter sich an die Wand. Aber wer immer ihnen entgegengekommen war, bog ab in einen anderen Korridor. Der Hall der Schritte wurde leiser.

»Du hättest dich nicht in Schränke einsperren lassen sollen«, meinte Tantris.

»Ich habe die Arbeit gemacht, die du nicht geschafft hast«, zischte Jeanne.

»Ich war ja auch nur dabei, dort draußen mein Leben aufs Spiel zu setzen«, gab er zurück und wies auf die Fensterreihe, die nun geschlossen war. Durch die Butzenscheiben sickerte verschwommenes Fackellicht.

Jeanne winkte ab. »Ich hab gesehen, wie du dich bemüht hast, danke«, meinte sie. »Wenn du dich nachher auf der Mauer nicht besser hältst …«

»Was wolltest du eigentlich in dem Schrank? Servietten stehlen?«

Jeanne trat nach ihm. »Mistkerl. Der Baron kam plötzlich vorbei. Und einer seiner Männer.«

Wieder wurden sie durch ein Dienstmädchen unterbrochen. Es ging summend an ihnen vorüber, ohne die drei Gestalten im Schatten zu bemerken. Als sie weg war, atmete Guy demonstrativ aus. Dann erreichten sie Dianes Tür.

Da fiel Jeanne plötzlich etwas ein. Dieses Gesicht, das vorbeigeglitten war, ehe der Baron an den Schrank trat. Sie hatte es nur kurz gesehen, ein Schemen, kaum zu beschreiben. Und doch hatte sie das Gefühl, daß da etwas gewesen war in diesen Zügen, das ihr bekannt vorkam. Sie grübelte.

Tantris klopfte, dreimal kurz, dreimal lang. Drinnen blieb es still.

»Was machst du da?« fragte Jeanne, aus ihren Überlegungen aufschreckend.

»Ich gebe das verabredete Zeichen«, sagte er ungeduldig.

Jeanne schlug sich die Hand auf den Mund. »Herrje! Ich habe nichts von einem Zeichen gesagt.«

»Du bist doch ...«

»Regt euch nicht auf, die Tür ist offen.« Guy, der zwischen ihnen stand, hatte einfach die Klinke heruntergedrückt. Er, Tantris und Jeanne schlüpften hinein. Mit raschem Blick machte Tantris eine Truhe aus, die er vor die Türflügel schob.

»So, damit sind wir erst einmal ungestört.«

Diane lächelte spöttisch. »Ich sehe, du hast das Hochseil überlebt.«

Tantris schaute sie an. »Ihr schuldet Eurer Schwester ein Hirschfell, will mir scheinen.«

Diane wedelte vage in den Raum. »Sie kann das über dem Kamin haben.«

Tantris schaute sich um. »Es scheint tatsächlich das einzige zu sein, was Ihr nicht eingepackt habt.«

Diane richtete sich auf. »Ich kann doch nicht mit leeren Händen zu meinem Bräutigam gehen.«

Tantris verzog sein Gesicht zu einem ungeduldigen Lächeln und stand auf. »Ich bin sicher, Raymond sehnt sich nach nichts als dem Schmuck Eures Lächelns, dem Goldglanz Eures Haars und dem Schimmer Eurer holden Wangen.« Er stieß mit dem Fuß gegen eine Kiste, in der es schepperte. »Schnöde Metalle begehrt er nicht.«

Diane stürzte mit einem Aufschrei dazu. »Diese Leuchter

haben meiner Mutter gehört.« Sie verschränkte die Arme und stellte sich vor ihn.

Tantris winkte resigniert ab. »Gut, die Leuchter. Aber nun macht Euch fertig.«

Diane schaute sich noch einmal zögernd in dem Zimmer um, das die letzten zehn Jahre ihre, wenn auch ungeliebte Heimat gewesen war. Sie kramte einen bestickten Beutel hervor und knotete ihn an ihren Gürtel. Sie streichelte eine Puppe und stopfte sie dann kurz entschlossen noch in ihr Kleid.

Tantris stand mit dem Rücken zur Tür und verdrehte die Augen. Jeanne machte ihm Zeichen, die Truhe beiseite zu schieben. Diane hatte inzwischen einen jagdgrünen Mantel mit Zobelbesatz umgelegt und zog ihn fest über ihren Schultern zusammen. Sie tat einige zögernde Schritte.

»Und dort draußen wartet tatsächlich Raymond?« fragte sie, plötzlich mit einer hilflosen Kleinkinderstimme.

Tantris ging auf sie zu. Jetzt sah sie aus wie die kleine Klosterschülerin, die sie war. Ein hilfloses, verwöhntes Ding, das nichts gelernt hatte als Sticken und Beten und sich vor allem fürchtete, was jenseits ihrer Bettvorhänge lag: der Nacht, dem Wald, diesen fremden Menschen hier. Sie tat ihm leid; sie war so zerbrechlich geschaffen worden, so ahnungslos und unschuldig. Eine kleine Kostbarkeit, die in schöne Zimmer gesetzt und behütet werden mußte. Er verstand das. Er hatte einst selbst so ein Wesen gekannt, und es war ihm als das Köstlichste auf Erden erschienen.

Er kniete vor ihr nieder und legte eine Hand wie zum Schwur auf sein Herz, die andere streckte er nach dem Schlüssel aus. Diane lächelte errötend und gab ihn langsam in seine Finger. Dann stieg sie über ihn hinweg und stellte sich neben die Tür.

Da klopfte es. Jeanne und Tantris warfen sich einen raschen Blick zu.

»Wer ist das?« fragte er Diane flüsternd, die hilflos die Achseln zuckte. Dann hörten sie die Stimme der Gesellschafterin. Sie atmeten auf.

»Fräulein, Fräulein, laßt mich herein, damit ich Euch für die Nacht zurechtmache.«

Tantris gestikulierte in Dianes Richtung. »Sagt ihr«, flüsterte er, »daß Ihr schon ausgezogen seid.«

Diane errötete züchtig, doch sie brachte mit kieksender Stimme das Notwendige vor. Die Gesellschafterin wollte sich nicht zufriedengeben. Wieder und wieder klopfte sie.

»Himmelherrgott«, brach es schließlich aus Diane heraus. »Du alte Schnepfe, nun gib Ruhe, sonst sag ich dem Baron, er soll dir morgen den faltigen Hals umdrehen.«

»Das lernen sie im Kloster.« Jeanne strahlte Tantris an und ging dann weiter zu Diane. Gemeinsam lauschten sie den sich entfernenden Schritten der untröstlichen Hofdame, die vernehmlich schniefte. Als alles ruhig war, öffneten sie die Tür. Auf dem Flur war es still. Nur durch die Fenster drang aus dem Hof fröhliche Tanzmusik herauf. Das gedämpfte Pfeifen der Flöten begleitete sie auf ihrem Weg durch die dämmrigen Korridore.

»Berenice?« fragte Jeanne, als sie das Spielen hörte.

»Ist mit Marcabrus hinaus zur Mauer«, gab Tantris flüsternd zurück.

»Gut.« Jeanne war beruhigt. Am Fuß der Treppe schickte sie Guy in den Festsaal zurück, damit er die Puppen einsammelte und auf dem unverdächtigen Weg durch das Tor hinausgelangen konnte. Abelard würde ihn mit Freuden ziehen sehen. Jeanne beobachtete, wie er über den Hof schritt, und atmete auf. Nun befand sich keiner ihrer Freunde mehr in den Fängen dieses Schlosses. Keiner außer diesem. Sie legte Tantris ihre warme Hand auf den Rücken.

44. Kapitel

Der Gaukler tätschelte ihre Finger nervös und wischte sie fort. »Es ist noch ein Stück Weg bis zu der Pforte.« Seine Stimme klang angespannt.

Doch es begegnete ihnen niemand mehr, keine Dienstboten, keine Wachen. Der Teil des Schlosses, den sie durchqueren mußten, war wie leergefegt. Es war, als wachte eine gütige Vorsehung über ihnen.

Als sie in den Kräutergarten traten, wirbelten die Säume ihrer Röcke die Aromen der Gewürze zu ihnen hoch. Es duftete betäubend nach Thymian, Rosmarin, nach Lavendel und totem Laub. Auch Tantris atmete tief ein. »Der Duft des Abenteuers.« Nun grinste er wieder. Zwischen ihnen und der Freiheit lagen nichts mehr als eine Pforte und eine Mauer, an der heute abend niemand außer ihnen mehr Grund hatte, sich herumzutreiben.

Das Tor zum äußeren Graben stand offen, wie Charles es versprochen hatte.

»Woher kennst du diesen Weg?« fragte Jeanne erstaunt, als Tantris ihr mit einer Verneigung die Tür aufhielt.

»Der mit der Narbe hat ihn ausgekundschaftet«, war die Antwort.

Der mit der Narbe. Ein warnender Ton erklang, als Jeanne die Worte hörte. Doch sie konnte seine Herkunft nicht näher bestimmen.

»Paßt auf die Brennesseln auf!« Die Mädchen zogen die Röcke enger an sich und setzten die Füße vorsichtig. Der Boden war uneben, totes Holz knackte unter ihren Schuhen. Man konnte unversehens bis zum Knie versinken.

Dann ragte der Mauerabschnitt vor ihnen auf, den sie gesucht hatten. Darüber funkelten die Sterne.

Tantris steckte zwei Finger in den Mund und pfiff. Von jenseits der Mauer ertönte die Antwort. Erschrocken lauschten sie einen Moment der Stille, die darauf folgte. Doch als sie von nichts unterbrochen wurde, lachten sie erleichtert und stießen einander an.

»Guter alter Marcabrus«, kommentierte Tantris zufrieden. Da kam auch schon zischend das Seil über die Mauer geflogen. Tantris knotete eine Schlaufe für Diane und erklärte ihr, wie sie die Füße gegen die Mauer stemmen müßte. Doch als sie es versuchte, geriet ihr das Kleid immer wieder in die Quere.

»Zum Teufel damit«, knurrte Tantris und machte Anstalten, den Saum abzureißen, worauf sie so ein Theater veranstaltete, daß er sie angespannt anflehte, doch den Mund zu halten. Schließlich wickelte er sie in ihren Mantel ein wie ein Paket, verschnürte das Seil kreuz und quer und zog dreimal, zum Zeichen, daß Marcabrus anziehen sollte.

»Der arme Kerl«, murmelte er, als die improvisierte Schaukel mit der wohlverpackten Diane sich nur sehr langsam und ruckweise nach oben bewegte.

»Nun, so schwer ist sie ja nicht«, tröstete Jeanne ihn.

»Stimmt, sie hat das Gewicht eines Vögelchens«, stimmte Tantris zu, der kein Auge von dem Transport ließ.

»Gut so«, flüsterte er vernehmlich hinauf, als Diane die Mauerkrone erreicht hatte. »Und jetzt löst den Knoten und werft das Seil wieder herunter. Dann komme ich hoch und lasse Euch auf der anderen Seite hinab.«

»Er geht nicht auf«, kam es kläglich von oben.

Tantris fluchte. Mit unterdrücktem Ärger redete er ihr gut

zu und spornte sie an. Seine Stimme klang so laut, daß Jeanne begann, sich besorgt umzusehen. Sie hatten ihr Glück schon mehr als strapaziert. Sie mochte kaum glauben, daß es ihnen noch immer treu blieb. Aber der Festlärm im Schloß schien alles, was sie hier trieben, zu übertönen.

Endlich kam das Seil wieder herunter und schlug gegen die Steine. Tantris kletterte mit kraftvollen, geschickten Bewegungen hinauf und war rasch neben Diane. Er wickelte das Seil um eine Zinne und wollte das Mädchen eben wieder festbinden, als es ein alarmierendes Geräusch gab.

»Was war das?« zischte er zu Jeanne hinunter.

»Die Pforte.« In ihrer Stimme schwang Angst mit. Dann waren Schritte zu hören, das Knacken von Holz, es raschelte.

»Jeanne!« Er warf das Seil hinunter, das nun um einiges verkürzt war. Jeanne nahm es unschlüssig in die Hände. Es reichte nicht mehr, um eine Sitzschlaufe daraus zu machen. Angstvoll schaute sie nach oben, wo die Silhouetten von Tantris und Diane sich vor den Sternen abzeichneten.

»Du mußt dich mit den Füßen von der Mauer abstoßen«, rief er ihr mit unterdrückter Stimme zu. »Mach schon!«

Jeanne versuchte es kopfschüttelnd. Es ging, einen Schritt, noch einen. Dann begannen ihre Arme zu zittern. Sie ließ los und plumpste zurück ins Gras. »Ich kann nicht«, rief sie hinauf.

Eine ferne, rauhe Stimme war zu hören. »Aris!« Etwas schnüffelte laut und brach durchs Unterholz.

Tantris und Jeanne begriffen es zur selben Zeit. »Hunde!« flüsterte das Mädchen voller Entsetzen. Der Gaukler zögerte keine Sekunde und sprang. Mit einem leisen Fluch landete er neben Jeanne. »Alles in Ordnung«, flüsterte sie nervös und tastete nach seiner Hand.

Diane beugte sich von oben herab. »Vergiß meine Kiste nicht«, rief sie.

»Schsch«, zischte Tantris zurück.

»Aber es sind die Leuchter meiner Mutter.«

Ohne Kommentar begann Tantris, eine Schlaufe für Jeanne zu knüpfen. Sie hing hoch über ihrem Kopf. »Ich heb dich rauf«, versprach er.

»Aber die Kiste ...«, wandte sie verwirrt ein.

»Gute Idee.« Er fand das Ding und schob es so an die Mauer, daß Jeanne hinaufsteigen konnte.

»Ich werde Raymond sagen, daß ich mit deinen Diensten nicht zufrieden war, wenn du die Kiste nicht bringst, hörst du?« rief Diane von oben.

Das Schnüffeln des Hundes kam näher. Es klang, als bräche ein Ungeheuer durch das Unterholz.

»Jetzt schlüpf hinein«, flüsterte Tantris.

»Aber hast du denn nicht gehört ...?«

»Ich werde ihm sagen, daß du mich belästigt hast, verstehst du, Gaukler? Was immer er dir versprochen hat, du wirst es nicht bekommen.«

Jeanne starrte Tantris mit schreckgeweiteten Augen an. Aber er wich ihrem Blick aus. »So«, sagte er nur, »der Knoten sitzt. Hab keine Angst!«

Damit war er, ehe sie noch etwas sagen konnte, an ihr vorbei und das Seil hinaufgeklettert. Einen fürchterlichen Moment lang hing Jeanne alleine in der Luft, während das Rascheln unaufhaltsam näher kam.

»Aris, verfluchter Köter.« Die Stimme klang betrunken, doch sie war nicht mehr weit. Verzweifelt legte Jeanne den Kopf in den Nacken. Sie sah Tantris, der über die Mauerkrone kletterte. Dann gab es oben einen Wortwechsel, das Seil bebte. Jetzt konnte sie den Hund bereits sehen, ein hochbeiniges, zottiges Tier mit einem Schweif wie eine Peitsche. Wenn er auf die Kiste sprang, konnte er sie ohne Probleme erreichen, er ...

Jeanne schrie auf. Das Seil ruckte, hob sie, ließ sie einen bodenlosen Augenblick lang ins Leere fallen und fing sie dann schmerzlich wieder auf. Dumpf schlug sie gegen die Mauer. Sie hörte die Kiefer des Hundes in die leere Luft schnappen. Dann ein weiterer Ruck, und sie schleifte am Mauerwerk entlang, Stück für Stück, nach oben. Dort griffen Hände nach ihr und zogen sie in die Deckung der Zinnen.

Drunten hatte der betrunkene Mann seinen Hund gefunden. »Blödes Vieh«, hörten sie ihn schimpfen, »wo hast du mich da hingeführt, verflucht. Hallo?« Sein Ruf verhallte klagend. »Gibt's hier nichts zu trinken?«

»Er wird die gesamte Wache alarmieren«, stellte Tantris mit unterdrücktem Ärger fest. »Könnt ihr springen?«

»Nein«, erklärte Diane kategorisch.

»Ja«, sagte Jeanne und hatte sich schon abgestoßen. Die Abendluft fuhr unter ihren Rock und bauschte ihn. Einen Moment lang fühlte sie sich wie ein Löwenzahnsamen dahinschweben. Dann schlug sie schwer und schmerzhaft auf. Knie und Hüften wurden zusammengestaucht von der Wucht ihres Aufpralls, doch sie hatte Glück gehabt.

»Alles in Ordnung, Schätzchen?« Es war Berenice, die ihr aufhalf und ihr die Röcke ordnete, während sie ihre schmerzenden Gelenke rieb. »Was habt ihr da nur für einen fürchterlichen Krach gemacht?«

Etwas Großes, Schwarzes rauschte neben ihnen nieder. Es war Tantris, mit Diane auf seinen Armen. Unbeholfen fiel er auf den Rücken und stöhnte laut. Doch auch er richtete sich wieder auf. Besorgt beobachtete Jeanne, wie er sich die Rippen hielt und flach zu atmen versuchte. Neben ihm hockte Diane noch immer auf dem Boden, von ihrem grünen Mantel umgeben wie eine Blüte inmitten ihrer Blätter, und jammerte.

»Du hast mich verletzt, du dummer Ochse, ich habe mir den Fuß verstaucht. Jetzt mußt du mich tragen!«

Marcabrus legte sie sich ohne ein weiteres Wort über die Schulter, und alle brachen auf.

Guy tauchte zu Jeannes Erleichterung aus der Dunkelheit auf.

»Ich habe dein Pfeifen gehört«, flüsterte sie.

»Und ich deinen Aufprall«, entgegnete er grinsend. »Ein ganz schöner Wums.« Jeanne gab ihm einen spielerischen Klaps, stützte sich aber dankbar auf seinen Rücken.

Diane auf Marcabrus Schulter zeterte hinter ihnen her. »Nichts wirst du bekommen für diese Mißhandlung, gar nichts. Dafür sorge ich, hörst du?«

45. Kapitel

Sie erkämpften sich ihren Weg durchs Unterholz, was in der Dunkelheit nicht leicht war. Sobald sie zwischen den Bäumen waren, verschwand das Sternenlicht fast vollständig und ließ sie in einer beängstigenden Umgebung voller Geräusche zurück, in der sie tatsächlich nicht die Hand vor Augen sahen. Wie ein Blinder stolperte Tantris mit ausgestreckten Armen voran, um nicht gegen Bäume zu laufen, und mehr als einmal schlugen ihnen Äste und Zweige schmerzhaft ins Gesicht.

Jeanne spürte bald einen blutigen Kratzer und merkte, wie Kletten sich in ihrem Rock verfingen und Brombeerranken daran rissen. Erst als sie ein ganzes Stück des Weges zwischen sich und das Schloß gebracht hatten, wagten sie es, eine Fackel zu entzünden. In ihrem spärlichen Licht sah der Wald beinahe noch unheimlicher aus, und sie gingen schweigend weiter.

»Das war nur ein Käuzchen«, beruhigte Jeanne Guy, als sie spürte, wie er zusammenzuckte.

Guy schauderte. »Man sagt, sie seien des Teufels.«

Jeanne streichelte über seine Stirn. »Es sind nur Vögel. Sie fliegen nachts.« Jeanne erinnerte sich ihrer eigenen langen, einsamen Tage und Nächte im Wald, als sie auf der Flucht vor den Mördern gewesen war. »Den einzigen Gehilfen des Teufels, den man fürchten muß, Guy«, sagte sie, »ist der Mensch.«

Schließlich stießen sie auf den Weg. Nach kurzer Beratung waren sie sich einig, daß sie ihm aufwärts folgen mußten, um zum vereinbarten Treffpunkt an der Kapelle zu gelangen. Die Stimmung wurde langsam gelöster. Selbst Diane hörte auf zu schimpfen und verlangte, daß man sie wieder auf die Füße stellte. Mit gerafftem Umhang und geradem Rücken ging sie der Gruppe voraus, die ihr gelassen und leise plaudernd folgte. Erst als sie das Wiehern eines Pferdes hörten, verstummten sie schlagartig wieder.

Tantris trat vor und zog Diane hinter einen Baum. Er löschte die Fackel in einem Haufen aus feuchtem Laub. Marcabrus schob Erde darüber. Dann standen sie mit angehaltenem Atem in der Dunkelheit. Über ihnen traten die Kronen der Bäume so weit auseinander, daß man das Funkeln des Sternenhimmels sehen konnte. In seinem spärlichen Licht gelang es ihnen schließlich, nachdem ihre Augen sich an die Dunkelheit gewöhnt hatten, die schwarzen Umrisse eines Gebäudes von den unregelmäßigeren Formen des Waldes zu unterscheiden.

»Die Kapelle«, flüsterte Berenice und griff nach Jeannes Hand.

Langsam und vorsichtig gingen sie weiter. Sie rochen das Pferd, seinen durchdringenden, vertrauenerweckenden Duft, noch ehe sie es sahen. Und dann erblickten sie es selbst. Angebunden an einen Baum neben der Kapelle schnaubte es und tänzelte unruhig, als hätte es sie ebenfalls bemerkt. Aus dem Dunkel des Mauerwerks löste sich eine Gestalt.

Es war Raymond.

»Diane?« rief er und lief auf die Gruppe der Ankömmlinge zu. Sobald er seine Verlobte sah, sank er vor ihr auf die Knie. »O Diane, ich habe gebetet dafür, diesen Moment erleben zu dürfen.«

Gerührt überließ sie ihm ihre Hand, die er mit Küssen bedeckte. Die Gaukler kicherten leise, froh und erleichtert nach dem unheimlichen Marsch.

»Es ist wie in Giraults Stücken«, flüsterte Guy.

Berenice drückte ihn an sich.

»Herr«, unterbrach Tantris Raymonds Liebesschwüre schließlich, indem er neben ihn trat. »Wir sollten uns lieber beeilen. Es hat Aufruhr gegeben im Schloß.«

Ohne zu zögern, umfaßte Raymond seine Geliebte und hob sie hoch. Einen Moment ging er dabei in die Knie. Jeanne kicherte. Dann richtete er sich mit seiner Last mannhaft auf.

»Charles hat die abgemachte Belohnung«, erklärte er würdevoll und keuchend. Er wies mit dem Kinn zur Kapelle. »Er wartet dort auf euch. Charles!«

»Schatz, du solltest nicht allzu großzügig mit ihm sein ...«, begann Diane.

Da trat der Mann mit der Narbe aus dem Dunkel der Kapelle. Er hielt eine Fackel in der Hand, die sein Gesicht gut beleuchtete. »Ich bin hier«, sagte er ruhig.

In diesem Moment erkannte Jeanne ihn wieder. Das war der Mann, den sie schon am Vortag an Raymonds Seite gesehen hatte, derselbe, der an dem Schrank vorübergegangen war, in dem sie gefangen saß. Sie hatte nicht mehr als einen Ausschnitt von ihm gesehen, aber sie war sich sicher. Dieser hier war der Charles, mit dem der Baron so vertraulich gesprochen hatte, derjenige, der d'Oppède zu nervös gewesen war. Was hatte der Baron im Weggehen zu ihm gesagt? Sie sollten nichts tun, als den Dingen ihren Lauf zu lassen, vorerst.

»Tantris«, wisperte sie und griff nach seinem Arm. Der Gaukler starrte nur auf Charles' Hände. Der junge Adlige hielt eine Schriftrolle, die hell im Fackellicht schimmerte. Nun streckte er sie Tantris entgegen und lächelte einladend. So wie man einem Hund den Knochen hinhielt. Tantris machte einen Schritt nach vorne.

»Nicht«, rief Jeanne, doch er machte sich von ihr los. Er sah und hörte nichts anderes mehr.

Jeanne sah, wie er andächtig zu Charles trat, das Dokument

wie eine Reliquie in beide Hände nahm, es aufrollte und gierig die Schrift verschlang. Dann riß er jäh den Mund auf und schnappte nach Luft. Doch er brachte keinen Ton heraus. Charles Schwert hatte ihm die Seite durchbohrt.

»Tantris!« Mit einem Aufschrei wollte Jeanne zu ihm rennen. Ein Pferd trat in ihren Weg. Sein Reiter riß die Zügel so fest an, daß es stieg. Mit erhobenen Armen suchte Jeanne, ihren Kopf zu schützen. Als sie wieder aufschaute, sah sie den Baron vor sich. Und obwohl sie schon begriffen hatte, daß sie in eine Falle gelaufen waren, erschrak sie.

»Haltet ein; es ist alles meine Schuld«, rief Raymond in diesem Moment. Er setzte seine holde Last ab und nahm Diane nun bei der Hand, um dem Baron mannhaft entgegenzutreten. »Ich habe dieses Mädchen zum Ungehorsam gegen Euch überredet, und ich alleine muß bestraft werden.« Er war sehr blaß, aber auch sehr entschlossen. Mit einer Bewegung führte er dem Baron sein entführtes Mündel wieder zu. »Ihre Unschuld ist unangetastet«, erklärte er noch und ging dann auf ein Knie. »Bitte, verfügt über mich.«

Baron d'Oppède auf seinem Pferd warf den Kopf zurück und lachte. »Wirklich sehr ritterlich«, kollerte er, »rührend, junger Vernègues, ganz reizend. Euer Vater wäre sicher zufrieden mit Euch.«

Hoffnungsvoll und beschämt zugleich hob Raymond de Vernègues den Kopf.

»Aber Ihr versteht sicher, daß ich von Eurer Bestrafung nicht absehen kann, nicht wahr?« Der Baron neigte sich im Sattel vor. Jeanne sah seine Augen, in denen etwas glitzerte, was tiefes Interesse sein mochte, ja sogar Mitgefühl. Bis man ein zweites Mal hinsah.

Raymond haspelte erleichtert los. »Natürlich nicht, Baron, und Ihr werdet mich bereit finden …«

»Denn die Welt wird sich fragen«, fuhr der Baron ungerührt

fort, »wie es kam, daß ein rücksichtsloser Abenteurer mein armes Mündel entführte …«

»Baron!« Raymond de Vernègues war aufgesprungen.

Doch Jean Maynier d'Oppède ließ sich nicht stören. »Dieses unschuldige arme Kind, das sich so sehr wehrte, daß der schändliche Verführer es in seinem drängenden, frevelnden Eifer erwürgte.«

In diesem Moment langte er herunter und griff nach der Gurgel der völlig erstaunten Diane. Noch ehe sie fassen konnte, was vorging, hing sie zappelnd gegen den glänzenden Leib des Pferdes gepreßt. Ihre Füße zuckten hilflos wenige Handbreit über dem Boden, ihre Hände klammerten sich an der unerbittlichen Faust d'Oppèdes fest, die ihr die Atemluft nahm.

Raymond stand wie vom Donner gerührt. Als er endlich die Geistesgegenwart fand, das Schwert zu ziehen, saß die Spitze von Charles' Klinge schon an seiner Kehle. Die beiden jungen Männer starrten einander wortlos an. Raymonds Kiefer mahlten, und lächelnd verstärkte Charles den Druck seiner Waffe.

»Nicht so heftig, mein Guter«, tönte der Baron da gemütlich. »Wir wollen doch keine unliebsamen Folgen.« Er ritt, Diane noch immer in seinem Griff, näher an Raymond heran. »Mir werden nämlich nicht nur die Besitztümer dieser jungen Gans hier zufallen.« Er schüttelte Diane, die nur mehr ein erstickendes Keuchen zustande brachte. »Ich werde auch in den Genuß der Fürsprache Eures werten Vaters beim König kommen, der, wie ich höre, ob meines waldensischen Abenteuers kalte Füße bekommen hat.« D'Oppèdes Stimme wurde böser. »Obwohl das Urteil, das ich nur ausführte, aus seiner Feder stammt. Aber Euer Vater wird das für mich regeln«, fuhr er dann sanfter fort. Seine Stimme war ein schmeichelndes Grollen. »Oder ich versichere dir, Kleiner, dein Prozeß und der unweigerliche Tod werden sehr unangenehm werden.«

In diesem Moment sprang Jeanne vor. Sie hatte das Messer

in der Faust und zielte auf d'Oppèdes Arm. Aber Tantris kam ihr zuvor. Noch ehe sie Pferd und Reiter erreichte, war Tantris von der anderen Seite her zwischen den Beinen des Tieres hindurchgetaucht. Er hieb mit einem Dolch nach dem überraschten Baron, der nur Jeanne wahrgenommen hatte und nun mit einem Fluch seinen blutenden Arm umklammerte.

Diane, von seinem Griff befreit, sank wie ein Sack zu Boden. Auch Tantris stand vorgebeugt und schwankend da und hielt sich die Seite. Raymond und Charles verharrten bebend, ohne sich zu rühren, und warfen wilde, aber hilflose Blicke in Richtung des Geschehens. Der Narbige biß sich auf die Lippen, aber wenn er die Waffe senkte und sich abwandte, würde Raymond ihn angreifen. Er rief dem Baron etwas zu.

»Tantris, paß auf!« Der Schrei kam von Marcabrus, der sah, wie der Reiter sein Schwert zog und im selben Moment vorwärts stürzte. Jeanne drehte sich um und stieß beinahe mit dem alten Quacksalber zusammen, als er sich zwischen sie, Tantris und die herabsausende Klinge des Reiters warf. Stolpernd sank Marcabrus ihr in die Arme.

Jeanne hörte Berenice schreien. Sie selber wankte unter Marcabrus' Gewicht, das sie nicht halten konnte. Langsam glitt er an ihr zu Boden. Das Blut aus seiner durchtrennten Halsvene sprühte über ihr Gesicht, ihr Haar, ihre Schultern wie ein warmer Regen. Verständnislos starrte Jeanne den ausblutenden Stumpf an, wo einst Marcabrus' Gesicht gewesen war. Sie wußte kaum, was sie tat, wie von Geisterhand hob sich ihr Messer und fuhr herab. Es drang dem schwarzen Pferd tief in die Hinterhand.

Mit einem markerschütternden Schrei stieg das Tier und warf seinen Reiter ab. Mit tiefer Befriedigung hörte Jeanne das dumpfe Geräusch. »Guy!« rief sie, ehe sie zu dem Gestürzten rannte. Der Junge verstand. Er lief zu dem verletzten Tantris und richtete ihn auf. Der wiederum zog Diane hoch, und zu dritt schleppten sie sich dem Dunkel jenseits des Weges entgegen.

»Ach, verflucht!« Wie auf Kohlen hatte Charles dem Geschehen zugesehen. Hin und her gerissen zwischen dem Wunsch einzugreifen und der Notwendigkeit, Raymond in Schach zu halten. Jetzt riß er die Klinge hoch und schlug Raymond, der völlig schreckerstarrt war, ehe der auch nur eine Bewegung machen konnte, mit dem Griff der Waffe zu Boden. Wie vom Blitz getroffen sackte der Junge zusammen. Charles trat einmal nach ihm und warf sich dann herum, um seinem Vater und Herrn zu Hilfe zu kommen.

Noch im Laufen holte er aus, um Jeanne niederzumachen, geriet jedoch ins Taumeln, als Berenice ihn von hinten ansprang und ihm ihre Nägel durch das Gesicht zog. Torkelnd wie ein Tanzbär versuchte er, um sich zu greifen, um sie von seinem Rücken zu zerren, wo er mit der Klinge nicht an sie herankam. Jeanne folgte beiden in geringem Abstand, wagte aber nicht, in das Handgemenge einzugreifen.

Inzwischen hatte es der Baron wieder auf die Beine geschafft. Lehm klebte an seinem Gesicht vom Aufprall des Sturzes. Voller Wut stapfte er auf das Trio zu und riß Berenice an den Haaren von Charles herunter, ehe Jeanne auch nur bemerkte, daß er da war.

Sofort stürzte der Narbige sich wieder auf sie.

Doch die gebieterische Stimme des Barons rief ihn zurück: »Charles!«

Der hielt inne und schaute sich um. In dem Moment zuckte Jeannes Dolch vor und schnitt ihm über die Wange.

Mit einem Fluch hielt er sich das Gesicht, Blut quoll zwischen seinen Fingern hervor. Er starrte es ungläubig an, dann richtete sich sein Blick mit tödlicher Wut auf Jeanne. »Dich werde ich ...«

»Charles! Glaubst du, ich werde nicht mit zwei Weibern fertig?« Der Baron klang zornig. Seine Hand mit dem Schwert wies in den Wald. »Das Mädchen, wir brauchen das Mädchen.«

Charles nickte, langsam, widerstrebend. Dann setzte er sich, dem Befehl gehorchend, in Bewegung. Doch er löste seinen Blick nicht von Jeanne, bis er am Waldrand stand, kurz davor, ins Dunkel einzutauchen. Die Spitze seines Schwertes senkte sich einmal böse grüßend vor ihr, ehe er verschwand.

Jeanne wirbelte herum, als sie Berenice ächzen hörte. Ihre Freundin lebte noch, die Pranke des Barons hatte sie lediglich zu Boden geschleudert, wo sie nun lag und kriechend zu entkommen versuchte. Jeanne lief hinüber und stellte sich zwischen sie und den Angreifer. Berenice zog sich zitternd an ihrem Bein hoch und drückte sich an sie. So eng umschlungen, standen sie da, nichts zwischen sich und d'Oppède als die viel zu kurze Schneide von Jeannes Messer.

Der Baron hielt sein Schwert locker. »So«, sagte er, als er langsam auf die beiden Frauen zuging, »du lebst also noch.« Und er lächelte.

Allein dieses Lächeln genügte, um Jeannes Knie weich werden zu lassen. Als müsse sie einen bösen Traum abwehren, schüttelte sie den Kopf.

»Du hast recht«, sagte d'Oppède auf diese Geste hin, »du bist schon tot.« Und er sprang vor.

Jeanne hatte den Angriff kommen sehen und wich aus. Berenice, die weniger rasch reagierte, prallte gegen ihren Arm und stolperte, irgendwo hinter ihr. Jeanne wagte nicht, den Kopf zu wenden. Der Baron ging ihr weiter entgegen, wieder langsamer, das Schwert in der Hand wiegend. Schritt für Schritt wich sie zurück. Lose Steine kollerten unter ihren Füßen, die unsicher Halt suchten.

»Du glaubst doch nicht, daß einer von euch entkommt«, sagte der Baron und bückte sich, um die Fackel aufzuheben, die Charles an dieser Stelle fallen lassen hatte. Fauchend ließ er sie vor Jeannes Gesicht hin und her zischen. »Euer Freund verblutet gerade irgendwo. Vielleicht gibt Charles ihm den Gnadenstoß. Und ihr werdet enden wie der da.« Er hob die Fackel nach links, wo Jeanne den schwärzlichen Klumpen, der dort lag, nun als Marcabrus' Kopf erkannte, der sie mit aufgerissenen Augen anstarrte.

Jeanne schrie. Doch auch d'Oppède brüllte zornig auf und griff sich ins Gesicht.

»Komm schon«, zischte Berenice und zog Jeanne am Arm mit sich. Der Stein, den sie mit aller Macht geworfen hatte, ließ schwarzes Blut über d'Oppèdes Gesicht laufen und machte ihn für einen Moment blind. Die beiden Frauen zögerten keinen Augenblick mehr und schlugen sich in das Dickicht des Waldes, fort von der verräterischen Fackel, fort von dem Schwert, fort von dem Mann, der nun ein ohrenbetäubendes Gebrüll ausstieß.

Zweige peitschten ihnen ins Gesicht, Ranken zerkratzten sie, Wurzeln angelten nach ihren Füßen. Sie stolperten mehr, als sie liefen, tappten in Löcher, schlugen lang hin und zerschrammten sich böse die Knie. Aber sie hielten nicht an. Eine half der anderen auf und trieb sie immer weiter, angetrieben von dem Wutgeheul hinter sich.

46. Kapitel

»Charles?« Blinzelnd wandte der Baron sich um, als sein Handlanger auf den Weg trat. Er ignorierte den schockierten Ausdruck im Gesicht des jungen Mannes, der verriet, was für einen Anblick er bieten mußte, und wischte sich ungeduldig mit der Hand über die Stirn. Er spürte die Schwellung und schmeckte auch Blut in seinem Mund. Angewidert spuckte er aus.

Und da war noch etwas anderes in Charles' Gesicht: ein Lauern, ein gewisses Funkeln, Schadenfreude etwa? Mit welchem Interesse diese Hyäne seine Schwäche doch musterte. Der Baron fletschte die Zähne und hieb sein Schwert durch die Luft. Er haßte Niederlagen.

»Hast du sie gefunden?« fragte er.

Doch Charles schüttelte den Kopf. »Zu gottverdammt dunkel«, erwiderte er keuchend.

Der Baron ließ seine Augen von rechts nach links wandern. »Wir brauchen Hunde«, verkündete er. »Komm!«

Den noch immer bewußtlosen Raymond warfen sie wie einen Sack über den Sattel.

Am anderen Morgen sahen die Bürger von Oppède-le-Vieux ihren Baron mit sämtlichen Hunden aufbrechen wie zur Jagd. Dabei hatte er gar keine Jäger dabei, nur ein paar üble Gesellen, die Charles für gewisse Dienste aufzutreiben pflegte. Und die Kundigeren unter ihnen flüsterten herum und nickten dazu mit den Köpfen, daß es hier nicht um Wildschweine ginge. Vielmehr hätten sich wieder einmal ein paar Waldenser im Wald versteckt. Und die würde der Baron heute jagen.

Die zarteren Gemüter bekreuzigten sich auf diese Nachricht hin. Aber die anderen reckten interessiert die Hälse und dachten an die feine Truhe daheim, die sie sich aus dem brennenden Waldenserdorf gerettet hatten, an die einwandfreie Hacke oder das Entenpaar, Zufallsfunde, wie man sie selten machte, hatte man keinen Herrn wie den Baron d'Oppède.

Jeanne und Berenice indes taumelten dem Sonnenaufgang entgegen. Das Frühlicht enthüllte ihren traurigen Zustand: erschöpft, verschmutzt und abgerissen. Der kleine Wasserlauf, den sie durchwatet hatten, hatte Marcabrus' Blut nicht von Jeanne heruntergewaschen, sondern es nur mit Schlamm vermengt. Berenices' Haar war verfilzt, ihr Rock hing in Fetzen. Und in den Gesichtern beider Frauen saß die nackte Angst. Obwohl von friedlicher Natur umgeben, hetzten sie unermüdlich weiter.

Sie bemerkten weder das fröhliche Konzert der Vögel, das kurz vor dem Licht einsetzte, noch das feenhafte Weben der Nebelstreifen über dem Gras. Weder die Schönheit der ersten Sonnenstrahlen auf dem Laub noch die gespannte Aufmerksamkeit des Rehs, das den Kopf hob und zu ihnen herübersah, ehe es mit einem Sprung zwischen den Bäumen verschwand. Nichts davon konnte die inneren Bilder verdrängen.

Schließlich, an einer neuen Wasserstelle, sank Jeanne auf einen Baumstumpf und schaute zu, wie Berenice gierig aus einem klaren Tümpel trank. Wie ein Tier, dachte sie. Das hat er aus uns gemacht. Das Wasser schimmerte rot vom herbstlichen Buchenlaub auf seinem Grund. Man sah jedes Blatt, jeden Zweig. Jeanne starrte stumpf vor Müdigkeit darauf.

Berenice richtete sich auf und wischte sich den Mund ab. »Wir werden ein Versteck brauchen«, sagte sie mit einem mißtrauischen Blick auf den noch rosenfarbenen Himmel, der ihr Elend mit seiner Schönheit zu verspotten schien.

Dann stieg die Sonne über die Wipfel. Ihr Licht fiel auf den Teich und ließ etwas aufblitzen. Jeanne sah das Funkeln. Ohne ein Wort stand sie auf und tauchte ihren Arm in das weiche, kalte Wasser. Sie zog die Hand heraus und öffnete sie. Tropfend und glitzernd lag dort ein silbernes Kreuz.

»Das ist ja ein Kettenanhänger«, staunte Berenice und griff danach. »Wie kommt der hierher in die Wildnis?«

Jeanne antwortete nicht. Ihr Blick schweifte hinüber zu der Gruppe grauer Felsen zwischen den Bäumen, an denen sich Efeu hochrankte. Das mußte es sein, genau so einen Ort hatte ihre Gemeinde auch besessen. Sie stand auf und ging hinüber. Sie sah die Öffnung der Grotte aber erst, als sie direkt davorstand. Berenice trat hinter sie und betrachtete alles staunend. Dann wies sie auf ein Bündel Fetzen im Laub, eingesunken zwischen den mächtigen Baumwurzeln nahe beim Eingang und fast völlig vom Efeu verborgen.

Jeanne kam ihrer Frage zuvor. »Laß«, sagte sie und zog Berenice, die näher herangehen wollte, statt dessen in die kleine Höhle. »Das waren Waldenser.«

»Du meinst…?« Angeekelt starrte Berenice die Fetzen an. Jetzt schien es ihr tatsächlich, als steckten noch Formen in diesen Lumpen, die Ahnung einer früheren Gestalt. Und das dort, zwischen den trockenen Gräsern, das leise im Wind wehte, war das ein zerrissenes Spinnennetz, oder war es Haar?

Was von den Unglücklichen übriggeblieben war, war zum Glück gut im Unterholz verborgen; Ranken waren darüber gewachsen, Gräser in den Zwischenräumen gesprossen. Die Tiere hatten ihren Anteil dazu beigetragen, die Zersetzung der Körper zu beschleunigen, hatten das Fleisch verzehrt und die Knochen zerstreut. Ameisen und Fliegen hatten ihren Beitrag geleistet, die menschlichen Umrisse zu verwischen. Jetzt herrschte dort Frieden, der Wald hatte sich die Toten geholt und sie in einen Teil seines Lebens verwandelt. So lange Berenice auch darauf starrte, sie konnte nicht erkennen, wer oder was dort gelegen hatte. Sie sah ohnehin nur ein einziges Bild vor sich.

Sobald die beiden in die schützende Grotte gekrochen und dort zu Boden gesunken waren, endlich angekommen, endlich in Sicherheit, brach das Schluchzen aus ihr heraus. Alles, was in der Nacht zuvor geschehen war und was sie während ihrer atemlosen Flucht weggedrängt hatte, kam nun mit Macht zum Vorschein, die ganze Angst, der Kummer, die Trauer um Marcabrus. In lauten Schreien drang es aus ihrer Kehle. Berenice konnte gar nicht mehr aufhören; es schüttelte sie regelrecht. Jeanne hielt ihre Gefährtin fest umschlungen, bis sie leiser wurde, und gedachte ihrer eigenen Toten.

Nach und nach wurde es leiser in der Grotte. Erst glaubte Jeanne, Berenice wäre eingeschlafen, dann spürte sie ihren warmen Atem auf ihrem Arm und hörte das Murmeln: Berenice betete. Schließlich, nach einer langen Weile, richtete sie sich schniefend auf.

»Besser so«, sagte sie, »als wenn er an der Pest krepiert wäre. Oder?« Sie machte sich los und zupfte eine Weile an ihrem Kleid und dem Haar herum. Dann wandte sie sich plötzlich Jeanne zu. »Tantris hat es sicher auch geschafft«, sagte sie und legte ihr die Hand auf den Arm.

Jeanne tätschelte sie mechanisch. »Sicher«, sagte sie einsilbig und starrte hinaus in den heller werdenden Tag. Kein weiterer Satz störte ihre Gedanken. Nach einer Weile verrieten ihr Berenices regelmäßige Atemzüge, daß die Freundin eingeschlafen war.

»Tantris?« Guys Stimme klang besorgt. Sein väterlicher Freund lag so still da, und seine Züge waren so bleich. Mit vorgeschobenem Unterkiefer kauerte er sich neben ihn und starrte ihn an. Schließlich berührte er seine Wange mit dem Stengel einer Blume.

Der Gaukler schlug die Augen auf. Lange starrte er nur in den Himmel. »Keine Sorge«, krächzte er schließlich, »ich bin nicht tot.« Als er sich bewegte und der Schmerz in seinen Unterleib fuhr, wünschte er einen Moment lang, er wäre es. Wieder sah er vor sich, wie Charles' Schwert ihm in den Bauch fuhr, und wunderte sich, daß er tatsächlich noch am Leben war. Ich bin zu langsam gewesen, dachte er. Zum ersten Mal im Leben war ich nicht flink genug. Doch er schien dafür vorerst mit nichts Schlimmerem bestraft worden zu sein als einem höllischen Brennen in seiner Seite.

Mühsam und ächzend setzte er sich auf. »Das ist ein erstklassiger Verband«, sagte er, als er Guys angespanntes Gesicht sah, und strich sich über den Stoffstreifen, den der Junge um seinen Bauch gewickelt haben mußte, als er ohnmächtig war. Die Berührung schmerzte, aber er zwang sich zu einem Lächeln.

Guy strahlte erleichtert. »Ich hab ihn aus einem von ihren Unterröcken gemacht.«

Tantris wandte den Kopf zu Diane, die ihrerseits weniger erbaut über den Umstand schien. Verärgert schaute sie erst zur Seite, dann auf ihre Schuhe. Deren kläglicher Zustand ließ sie schließlich in Tränen ausbrechen. Tantris rappelte sich auf und hinkte zu ihr hinüber. Begütigend umschlang er mit dem Arm der gesunden Seite ihre Schulter und wiegte sie ein wenig. »Ist ja gut«, murmelte er, »ist ja alles gut.« Er konnte sich vorstellen, wie die Schrecken der Nacht auf sie gewirkt haben mußten. Menschen sterben zu sehen, beinahe selber getötet und dann wie ein Wild querwaldein gehetzt zu werden, das mußte ein Schock für sie gewesen sein.

»Sie sind ganz zerfetzt«, klagte Diane. »Und die Perlen fehlen.« Sie bekam einen Schluckauf.

Tantris nickte. »Euer Verlobter wird Euch neue kaufen«, sagte er. Dann allerdings fiel ihm ein, daß Raymond vermutlich in d'Oppèdes Händen war und vorerst gar nichts tun konnte. Er dachte nach. Der Baron würde seine Pläne sicher wie angekündigt fortsetzen. Er würde dem alten Vernègues damit drohen, Raymond der Entführung und des Mordes anzuklagen, um ihn erpressen zu können. Diane würde er für tot erklären, zum einen, um seine Anklage zu untermauern, und zum anderen, um ihren Besitz übernehmen zu können. Früher oder später allerdings mußte er zu diesem Zweck Dianes Leiche präsentieren. Und Tantris war sich sicher, daß der Baron bereits in dieser Angelegenheit tätig war. D'Oppède durfte und würde es nicht zulassen, daß das Mädchen irgendwo lebend auftauchte und damit seine Pläne durchkreuzte. Dafür war er schon zu weit gegangen.

Tantris kniete sich vor Diane hin, obwohl es der Schmerz in seinem Leib fast unerträglich machte, und nahm ihr Gesicht in beide Hände. Er wollte sicher sein, daß er ihre volle Aufmerksamkeit besaß.

»Keinesfalls«, begann er, »könnt Ihr nach Hause zurück, das ist Euch doch klar?«

Das Mädchen nickte schaudernd und starrte an ihm vorbei. Auch Tantris nickte. »Er will Euch töten. Deshalb darf er Euch nicht finden.« Er sprach sehr langsam, wie zu einem Kind. »Wir müssen uns deshalb verstecken. Gauklern wie uns fällt das nicht so schwer. Darum müßt auch Ihr eine Weile die Gauklerin spielen. Und Ihr werdet«, er überlegte, »Susannah sein, die Tänzerin.« Seine Hand strich über ihr wirres, blondes Haar, das sich fast vollständig aus seinen Flechten gelöst hatte. »Ihr seht beinahe schon so aus. Was sagt Ihr dazu?«

Diane schniefte und warf ihm einen vernichtenden Blick zu. »Es ist kläglich«, sagte sie.

»Das mag sein.« Tantris lächelte dünn.

Die Stimme des Mädchens wurde schrill. »Ich denke nicht daran, für den Rest meines Lebens eine Zigeunerin zu sein. Ich will zu meinem Schwiegervater.«

Tantris war baff. Der Baron de Vernègues, natürlich! Warum war er nicht selbst darauf gekommen? Der Schmerz mußte seinen Verstand in Mitleidenschaft gezogen haben.

»Er hat viel mehr Geld als d'Oppède.«

Und, was noch mehr zählte, dachte Tantris, er hatte die besseren Beziehungen. Ja, das war die Lösung. Wenn sie es lebend bis zum Schloß der Vernègues schafften, konnten sie den Baron vor der Intrige d'Oppèdes warnen und sich in seinen Schutz stellen. Blieb nur zu hoffen, daß er ihnen den gewähren würde.

Tantris richtete sich auf und schaute sich um. Nichts als Bäume ringsum. Und auf seinem Verband zeichnete sich ein stetig wachsender, hellroter Fleck ab. Ihre Chancen standen alles andere als gut.

Begütigend neigte er sich zu Diane hinab. »Natürlich bringen wir Euch nach Vernègues. Keine Angst.« Er schaute Guy an. »Hast du eine Ahnung, wo wir sind?« fragte er.

Der Junge schüttelte den Kopf.

»Glaubst du, du kannst uns zu unserem Wagen bringen?«

Wieder schüttelte Guy den Kopf, doch dann hielt er inne und riß die Augen auf; ihm war etwas eingefallen. Langsam begann er zu nicken.

»Das wäre von Vorteil«, sagte Tantris, und Guy grinste.

Er sprang auf, als er sah, wie Tantris die Hand auf seine Wunde preßte, nahm den Arm des Freundes und legte ihn sich um die mageren Schultern. Diane auf ihrem Baumstumpf zögerte einen Moment. Doch als der Abstand wuchs, sprang sie auf und lief ihnen nach.

»Wartet auf mich.« Kindlich schmiegte sie sich an Tantris' Seite und erlaubte sogar ohne Protest, daß er einen Teil seines

Gewichts auf sie verlagerte. So stolperte das ungleiche Trio langsam bergab.

»Was war das?«

Bei Berenices Frage fuhr Jeanne hoch und blinzelte. Sie mußte eingeschlafen sein. Ein seltsamer Traum umfing sie noch immer und wollte nicht weichen. Sie hatte Tantris gesehen, er stand auf dem Seil. Wie geschickt er zwischen den Ästen eines wunderschönen alten Baumes balancierte! Er flog beinahe und war in keinerlei Gefahr. Es sah so lustig aus, was er da tat, daß Jeanne Mühe hatte, in die Gegenwart zurückzufinden. All ihre Glieder waren steif und schwer.

Berenice schüttelte sie ängstlich an der Schulter. »Da ist es schon wieder. Horch!«

Nun hörte es auch Jeanne, und mit einem Schlag war sie hellwach. »Hundegebell«, hauchte sie; ihr wurde kalt vor Angst. Sie nahm Berenice am Arm und wollte etwas sagen, da durchbrach eine feuchte Schnauze den Efeuvorhang.

Mit einem Schrei ergriff Berenice den nächsten Ast und schlug nach dem Tier, das wie rasend kläffte und die Zähne fletschte, von denen der Geifer troff. Es schien die Schläge gar nicht zu spüren. Noch einmal holte Berenice aus. Doch die Spitze von d'Oppèdes Schwert bremste sie mitten in der Bewegung. Mit erhobenen Händen stand sie wie erstarrt.

Die Gestalt des Barons füllte die gesamte Öffnung der Höhle aus und nahm ihnen alles Licht. Die Hunde hechelten zwischen seinen Beinen, von kurzen Leinen daran gehindert, sich vollends auf sie zu stürzen.

Jeanne wollte wieder nach ihrem Messer greifen. Aber der Fuß des Barons stellte sich mit großem Nachdruck auf ihr Handgelenk. Dann trat er zu. Der Schmerz überflutete Jeanne so heftig, sie konnte nicht einmal mehr schreien.

Der Baron schüttelte den Kopf. Er wies über seine Schulter.

»Haben euch die vorigen Bewohner nicht erzählt«, fragte er, »daß ich diese Höhle kenne?«

Dann machte er seinen Männern Platz. »Schafft sie ins Schloß!«

»Guy«, sagte Tantris, »das ist ein Wunder.«

Schweiß stand auf seiner Stirn, und die Wunde an seiner Seite pochte, daß er glaubte, der Schädel würde ihm platzen. Aber er erkannte alles wieder: den Olivenhain, das Mäuerchen und den Feigenbaum, der sich an die Steine schmiegte. Ja, hier war er schon einmal gewesen. Ihm war, als müsse all das ihn an noch etwas erinnern, doch er wischte es fort. Seine Kraft würde nicht mehr lange reichen. Oppède-le-Vieux und das Schloß des Barons ragten drohend im Hintergrund auf.

Sie wankten alle drei noch ein Stück weiter, bis sie an den Weg kamen, der durch die Felder zur Stadt führte. Von da an wäre es nicht mehr weit bis zu ihrem Ziel. Doch was sie dort sahen, veranlaßte sie, sich hastig in eine Hecke zu ducken.

»Wachen«, flüsterte Diane erstaunt.

Tantris nickte. »Er läßt offenbar alle Reisenden durchsuchen. Er ist nicht dumm, Euer Vormund.« Dann wandte er sich an Guy. »Glaubst du, du kommst alleine klar?«

Der Junge nickte und verschwand.

»Was macht er denn jetzt?« begehrte Diane zu wissen, aber Tantris schüttelte nur den Kopf und schloß die Augen. Er öffnete sie erst wieder, als das Rattern von Rädern auf den Steinen hörbar wurde.

»Braver Junge«, murmelte er.

Guy war unbemerkt über die Straße gehuscht und hatte sich zu dem Versteck ihres Karrens durchgeschlagen, ihn flottgemacht, das Pferd eingespannt und saß nun so harmlos auf dem Kutschbock wie nur irgendein Bauernlümmel. Langsam näherte er sich den Soldaten, die die Straße versperrten. Mit gekreuzten Piken hielten die ihn an.

Tantris' Herz klopfte, als er sah, wie einer den Jungen befragte, während der andere um den Wagen herumging, an Decken zog, Bretter lupfte und mit der Pike in den Heuballen stieß. Er biß sich beinahe die Lippen blutig. Aber schließlich winkte der Befehlshabende dem Jungen zu, daß er weiterfahren könne. Guy schnalzte mit den Zügeln und fuhr an, ohne auch nur einmal zurückzublicken.

»Langsam, Junge, schön langsam«, murmelte Tantris beschwörend, »nur keine Hast, du hast nichts zu verbergen.« Der Wagen kam schwankend auf ihre Höhe. Die Soldaten schauten ihm nach. »Und jetzt«, flüsterte Tantris, »nicht einen Blick.«

Guy begann zu pfeifen, während er das Pferdchen mit einem weiteren Ruck an den Zügeln antrieb. Aber er wandte den Kopf nicht und blinzelte nicht ein einziges Mal.

Tantris lächelte. »Ist das nicht ein Teufelskerl?« fragte er Diane voller Stolz. Dann entschwand Guy aus ihrer Sicht. Mit Dianes Hilfe rappelte Tantris sich vorsichtig auf. Und als ein anderes Fuhrwerk herankam und die Aufmerksamkeit der Wächter ablenkte, nutzten sie die Gelegenheit und krochen rückwärts aus ihrem Versteck. Niemand hatte sie gesehen.

Humpelnd machten sie sich quer durch den Olivenhain davon. Endlose Meter weiter, hinter einer Biegung, die das Dorf von Oppède verschwinden ließ, stießen sie wieder auf die Straße. Dort stand friedlich weidend das Pferd. Guy saß auf dem Kutschbock und pfiff noch immer. Er verstummte jedoch abrupt, als er die beiden sah, und sprang ab, um ihnen entgegenzulaufen.

Tantris' Kraft reichte gerade noch, um auf den Wagen zu kriechen und sich dort lang auszustrecken. Durch den Schleier der Erschöpfung bekam er noch mit, wie Guy Decken über ihn breitete und dann mit Diane stritt, die schließlich klein beigab, ihren Umhang mit dem Pelzkragen und dem Wappen unter die Bank stopfte, aufstieg und sich neben ihn setzte. Tantris hatte ihre Schuhe dicht vor der Nase, kleine bestickte rosa Stoffhüllen voller Löcher und Risse. Die Perlen, dachte er, sie sind tatsächlich ab. Wie schade. Dann fiel er in Ohnmacht.

47. Kapitel

Als Tantris wieder erwachte, neigte sich das vertraute Gesicht des Nostradamus über ihn.

»Was?« brachte er mit trockenem Mund hervor, aber der Arzt hob nur seinen Kopf sacht an und flößte ihm eine warme Flüssigkeit ein.

Tantris schluckte und hustete. »Uc?« fragte er dann. Nostradamus schüttelte milde lächelnd den Kopf. »Ihr müßt versuchen zu schlafen.«

Der Gaukler wollte protestieren, als das Bild vor seinen Augen bereits wieder unscharf wurde. Ihm wurde schwindlig, das getünchte Zimmer, Nostradamus, alles drehte sich und verschwand wie in einem Strudel. Erneut fiel er in einen tiefen Schlaf.

Beim zweiten Erwachen in dem Herbergszimmer, das noch immer entblößt war von den Möbeln, die sie gemeinsam verbrannt hatten, sauber und kahl, da war ihm, als hätte er die furchtbaren Ereignisse der letzten Tage nur geträumt. Als hätte er die ganze Zeit im Pestfieber gelegen und deliriert: das Fest, die Flucht, Marcabrus' Tod, Jeanne in seinen Armen, alles erschien ihm unwirklich.

Aber der Gedanke an sie brachte ihn dazu, sich aufzusetzen. Vielleicht war es genau so gewesen, wie Jeanne es ihm in der Dunkelheit ihres gemeinsamen Lagers zugeflüstert hatte, und sie waren nach jener Liebesnacht nicht wieder aufgewacht. Die Pest hatte sie verschlungen, und alles seither war nur ein böser, kranker Traum.

Da fiel sein Blick auf etwas, das diesen hoffnungsvollen Gedanken mit einemmal zerstörte: eine zerknitterte, mit feinen Blutspritzern bedeckte Schriftrolle – sein Name, sein Besitz. Der Narbige hatte sie ihm überreicht, der Verräter, und was sie enthielt, erschien Tantris im Moment wie ein bitterer Spott auf seine Situation. Das war es also, sein neues Leben. Er stand auf.

»Ich muß Uc sprechen«, sagte er, sich ankleidend, als Nostradamus, der von dem Geräusch angezogen worden war, den Raum betrat.

»Das geht nicht«, sagte der Arzt ruhig, »er ist tot.«

»Tot?« Tantris hielt inne, die Hose noch in Händen. »Aber Ihr habt doch gesagt, er würde leben, falls er die Nacht überstehe.«

Nostradamus senkte den Kopf. »Das Fieber kam wieder«, erklärte er. »Und diesmal konnte ich nichts tun.«

Tantris nickte, als verstünde er. Dabei wollte er keines der Worte begreifen, die er da hörte. Mechanisch zog er sich fertig an. »Wir schulden Euch sicher noch Geld«, hörte er sich sagen.

Der Arzt winkte ab.

Tantris schaute auf. »Ich möchte sein Grab sehen«, sagte er.

Wenig später kniete er an einem frischen Erdhügel, den kein Kreuz und kein Stein zierten.

»Freund«, sagte er und hielt inne, als er Guy hinter sich bemerkte, doch dann fuhr er fort: »Wir vermissen dich.« Seine zum Beten gefalteten Finger krampften sich ineinander. »Konntest du nicht noch ein bißchen warten, verdammt?« stieß er hervor. Erst nach einer Pause fuhr er fort: »Wir haben lauter Dinge getan, die du sicher nicht gutgeheißen hättest.« Er lachte bitter. »Aber du warst ja nicht da. Und auch jetzt hätten wir deinen Rat bitter nötig, glaub mir.«

Tantris' Blick schweifte nachdenklich über die Wiese hinter dem Haus. »Hilf mir«, sagte er dann plötzlich mit veränderter Stimme zu Guy und stand auf.

Der Junge folgte ihm, bis sie zu einem grauen Stein kamen, spitz wie ein Bischofshut und mit einer glatten Vorderseite. Tantris machte sich ohne weitere Erklärungen daran, ihn aus seinem Grasbett zu lösen. Er trat dagegen, ruckte ihn hin und her, bis der Boden ihn mit einem krachenden Geräusch freigab, und ging schließlich in die Knie, um ihn anzuheben.

»Nicht«, rief Guy erschrocken und eilte ihm zu Hilfe. Rasch versuchte er, Tantris den Brocken zu entreißen und das Gewicht auf seine eigenen dünnen Arme zu verlegen. »Du sollst noch nicht so schwer heben!«

Tantris biß die Zähne zusammen. »Er soll einen Grabstein haben«, preßte er hervor. Guy zog mit aller Kraft. Seite an Seite wankend schafften sie es schließlich, den Brocken auf Ucs Grab zu hieven. Tantris setzte sich auf den Hosenboden und wischte sich den Schweiß von der Stirn. »Bring mir einen Hammer und einen Meißel«, verlangte er, und der Junge sprang los. Als er wiederkam, nahm der Gaukler ihm das Werkzeug ab und machte sich verbissen an die Arbeit.

Die hallenden Schläge lockten erst Nostradamus, dann Diane an das offene Fenster. Verständnislos starrten sie herüber, winkten Guy heran, um sich aufklären zu lassen, und schüttelten auch dann noch die Köpfe.

Der Mittag kam und fand Tantris bei der Arbeit.

Am Nachmittag schlenderte Diane herbei. Sie tippte mit dem Fuß gegen den Stein. »Stolp, stolp, stölperlein«, singsangte sie den bekannten Vers, »hier muß ein Pfeifer begraben sein.«

Tantris schaute nicht einmal auf. Achselzuckend ging sie wieder.

Am Abend dann war das Werk vollbracht. Auf dem Stein prangte eine Inschrift, die mit viel Liebe und Geduld entziffert werden konnte als:

»Hier ruhen

Uc – Marcabrus«

Der Gaukler hatte den zweiten Namen nach langer Überlegung dazugesetzt.

»In Gottes ewiger Hut.«

Erschöpft wankte er zum Haus zurück, wo die anderen in der Küche über einer Milchgrütze saßen. Eine Weile aßen sie schweigend.

Schließlich begann Nostradamus: »Das Fräulein hier hat mir gesagt, wer sie ist.«

Tantris unterbrach ihn. »Susannah die Tänzerin ist sie, nichts weiter. Und ein dummes, geschwätziges Huhn.« Er hieb mit der Faust auf den Tisch, daß die Schalen hüpften.

Diane schob schmollend die Unterlippe vor. »Er wird uns doch nicht verraten«, meinte sie.

Nostradamus schenkte ihr ein nachsichtiges Lächeln. »Ich wollte nur anmerken, daß es sicher klüger für euch wäre, nicht länger hierzubleiben.«

Tantris antwortete zunächst nicht. Er schluckte seinen Brei, kratzte sorgfältig mit dem Löffel die Schüssel aus und hing seinen Gedanken nach. Er überlegte, daß dies hier der einzige Ort war, an dem Berenice und Jeanne sie wiederfinden konnten. So sie auf der Suche nach ihnen waren. Tantris versuchte, sich ins Gedächtnis zu rufen, was er zuletzt von ihnen gesehen hatte: zwei verängstigte Frauen, die einem bewaffneten Mann gegenüberstanden, der das Schwert gegen sie erhob. Er starrte in seine Schale. Sicher war es unsinnig, zu hoffen. Sicher war es dumm, daß diese Erkenntnis so weh tat. Es schmerzte weit mehr als die Wunde in seiner Seite. Dann schaute er auf. Diane und Guy starrten ihn an, trotzig die eine, fragend der andere. Er trug nun die Verantwortung für alle beide. Nostradamus hatte sich mit verschränkten Armen zurückgelehnt.

Tantris nickte ihm zu. »Ihr habt recht«, sagte er. »Natürlich müssen wir fort.«

Am nächsten Morgen führte Nostradamus sie zur Hütte eines Klausners, tief in den Wäldern. Tantris, der die Auswirkungen der gestrigen Schwerarbeit spürte und erneut an starken Schmerzen in seiner Wunde litt, die ihm weder zu laufen noch aufrecht zu sitzen erlaubten, lag auf dem Karren und sah teilnahmslos die Baumwipfel über seinen Kopf hinweggleiten. Er wußte nur, sie fuhren nach Norden.

Die grauen, teils nadelspitzen Kalksteinformationen, die zwischen dem Grün herausragten, und die tief eingeschnittenen waldigen Schluchten am Fuß der grauen Blöcke ließen ihn vermuten, daß sie sich der Fontaine von Vaucluse näherten. Sie nutzten schmale Hirtenpfade und Holzfällerwege für ihre heimliche Reise, und oft genug mußten alle außer ihm absteigen, um den Wagen weiter voranzubringen. Irgendwann aber wurde das Gelände zu unwegsam: Die Räder hingen zwischen wildem Wurzelwerk und Steinen fest, und das Pferd stand zitternd vor Anstrengung in seinem Geschirr und brachte seine Last keine Handbreit mehr weiter.

»Der Karren muß hierbleiben«, stellte Nostradamus fest. Er wandte sich an Tantris. »Glaubst du, du kannst reiten?«

Tantris stieß ein hilfloses Lachen aus. Allein bei dem Gedanken daran brach ihm der Schweiß aus. Dennoch ließ er sich von Guy und dem Arzt aufs Pferd hieven. Diane, fest überzeugt, daß der Ehrenplatz ihr gebührte, stapfte trotzig und jammernd hinterher.

Tantris wandte sich um. »Glaubt mir, edles Fräulein«, stieß er hervor, »wenn Ihr wüßtet, wie glühend gerne ich Euch diesen Platz überließe, Ihr könntet mir nicht länger zürnen.«

Diane fluchte unfein und trat gegen eine Wurzel, was dazu führte, daß ihr Kleidersaum sich verhedderte. »Mistkerle«, rief sie, als sie sich loszureißen suchte, »Schurken. Und überhaupt liegt Vernègues im Süden.«

Tantris antwortete ihr nicht. Müßig, ihr zu erklären, daß der

Baron die Wege nach Süden besonders gut überwachen ließ. Sie würden abwarten müssen, bis er sich wieder regen konnte, um die gefährliche Reise zu wagen. Auch stand zu hoffen, daß die Wachsamkeit d'Oppèdes in ein paar Tagen nachlassen würde. Laßt mich nur erst wieder aufrecht stehen und ein Schwert schwingen können, dachte er grimmig, dann führe ich uns schon nach Vernègues.

Der Klausner war das Urbild eines Eremiten, ein hageres, abgemagertes Männlein mit langem Haar und noch längerem, weißem Bart, würdevoll und wunderlich. Er sprach wenig, nickte zu allem, was Nostradamus ihm sagte, und schlug dann über ihnen allen feierlich das Zeichen des Kreuzes.

Nostradamus nahm Tantris beiseite, ehe er ging. »Ich reise weiter«, sagte er, »unsere Wege trennen sich. Melchior, der Klausner, wird schon gut auf euch aufpassen. Er ist nicht der Klügsten einer und vielleicht ein bißchen irr, aber gutmütig. Er gehört nicht zu den Wundertätigen, deshalb bekommt er selten Besuch. Aber das soll euch nicht stören.«

Tantris packte den Arzt bei der Schulter, doch der wehrte jede weitere Dankesgeste ab. Auch Geld wollte er keines mehr nehmen. Tantris stand lange vor der Hütte und schaute ihm nach, als er ging. Der Mann hatte ihnen vorbehaltlos geholfen. Hatte sie gepflegt und beschützt. Und er wußte nicht einmal, warum. Tantris schüttelte den Kopf.

Guy winkte dem Arzt am längsten nach. Plötzlich stand der Klausner hinter ihm, hustete und spuckte auf den Boden. Sein Kopf wackelte, als er Guy ins Auge faßte. »Für einen Juden ist er kein schlechter Kerl«, stellte er dann mit einer Geste in Richtung des scheidenden Nostradamus fest, hustete erneut und hinkte dann davon. Mit großen Augen schaute Guy ihm hinterher.

Der Baron d'Oppède stand am Fenster seines Studierzimmers und blickte über die Baumwipfel. Irgendwo dort in den Wäldern waren ihm Diane und der vermaledeite Gaukler abhanden gekommen und noch immer nicht wieder aufgetaucht. Sein Mündel, sein Goldeselchen und dummerweise der Schlüssel und Mitwisser all seiner Pläne, lief immer noch frei herum.

Alle Dörfer waren in Aufruhr durch die Söldner, die in die Ställe eindrangen, um die Heuhaufen zu durchstöbern, alle Bauern regten sich auf wegen der Straßensperren. Die Gerüchte von der neuen Waldenserhatz wollten und wollten nicht verstummen. Zunächst hatte ihn das nicht weiter beunruhigt, der Umstand war ihm sogar als eine günstige Tarnung erschienen. Doch nun lag da dieser Brief auf seinem Schreibtisch, von seinem Mittelsmann bei Hofe, der ihm berichtete, die Familie des Königs mache allen Vorhaltungen wegen der toten Ketzer, es habe bereits Bußübungen gegeben, ja, als Überbringer der schlechten Nachricht sei er genötigt worden, sich hinzuknien, um betend zu bereuen. Die Hofbeichtiger bliesen ihren Beichtkindern Schuldgefühle ein, und es wäre nur eine Frage der Zeit, wann der gute König François die Sache als einen echten Fehler ansehen und nach dem Schuldigen dafür suchen würde.

Ein winziger Stein schon konnte die Sache ins Rollen bringen. Ein falsches Wort zur falschen Zeit, und er fände sich als Angeklagter wieder. Der Baron nahm das Schriftstück zur Hand, las es noch einmal und zerriß es dann in viele kleine Teile, die er in den Kamin warf. Flirrend stoben die Fetzen hinein. Nie hatte er Fürsprache bei Hofe nötiger gehabt als gerade jetzt. D'Oppède ballte die Faust. Sein Plan war so genial gewesen, er hatte alle Schnüre in der Hand gehalten. Und nun? Dank dieser dummen Gans und ihrem übereifrigen, heruntergekommenen Kavalier hatte er keine weiteren Trümpfe mehr als zwei lose Weiber und einen Waschlappen.

Er dachte an die drei Menschen in seinem Kerker. Durfte er es wirklich wagen, Raymond anzuklagen, ohne eine Leiche vorweisen zu können? Aber er brauchte die Fürsprache seines Vaters. Verdammt, die Zeit lief ihm davon! So fest er konnte, hieb der Baron an die Wand. Die Tapisserie schaukelte sacht.

Er würde es wagen müssen, er mußte Vernègues jetzt unter Druck setzen, damit er für ihn tätig wurde. Aber es war enorm riskant. D'Oppède fluchte innerlich. Es war unumgänglich, daß er das flüchtige Pärchen endlich in die Finger bekam, es mußte einfach gelingen. Die Entscheidung erleichterte ihn. D'Oppède atmete tief ein. Entschlossen wandte er sich dann um.

»Charles soll kommen«, verlangte er, als der Diener eintrat und nach seinen Wünschen fragte. Sein Bastardsohn war wenige Augenblicke später da, schlank, dunkel und spöttisch wie eh und je. Nur die zweite Narbe, auf seiner anderen Wange, leuchtete in neuem, frischem Rot.

»Sie hat dich aufgeschlitzt, was?« fragte der Baron im Vorbeigehen und reichte ihm ein Glas, ehe er sich neben den Kamin stellte.

Charles griente wortlos und nahm einen tiefen Schluck.

»Dann wirst du ja nichts dagegen haben, sie noch einmal zu besuchen.« Charles schüttelte grimmig den Kopf. Er wollte sein Glas wegstellen, um sofort aufzubrechen, aber als er sah, wie sein Vater ihn über den Rand des seinen hinweg musterte, nahm er sich zusammen und leerte es mit einem großen Schluck. Er wischte sich über den Mund und lächelte. Dann warf er das Trinkgefäß in den Kamin. Der Baron hob die Augenbrauen. Auch er trank aus. Dann tat er es seinem Sohn nach.

Gemeinsam machten sie sich auf den Weg in die Kerker tief unter dem Schloß. Raymond sprang sofort auf, als er den Fackelschein bemerkte, und drängte sich an die Gitter. Er überschüttete sie mit Fragen, Bitten und Vorwürfen. Die beiden d'Oppèdes beachteten ihn nicht. Sie wandten sich der gegenüberliegenden Zelle zu und leuchteten hinein. Etwas regte sich, wie Tiere im Stroh, die sich verkriechen wollten. Dann hatte der Lichtschein die beiden Frauen erfaßt.

Jeanne drückte sich schützend vor ihre Freundin, die sich nur mühsam aufsetzen konnte. Die Brandwunden auf Berenices Haut, dort, wo Charles ihr das glühende Eisen aufgedrückt hatte, näßten noch immer. Und ihr linker Arm hing in einem seltsamen Winkel herunter. Er war gebrochen, als der Narbige das Eisen in seiner Wut schließlich mit voller Wucht hatte niedersausen lassen, da nach Stunden der Qual noch immer nichts anderes über ihre Lippen gekommen war als die Texte frivoler Lieder.

Jeanne hatte sie nach der Tortur mit einem Aufschrei in der Zelle empfangen und versorgt, hatte ihr den Arm verbunden und Berenice gewiegt. Aber sie hatte nichts zum Schienen des kaputten Knochens gefunden, und sie war hilflos gewesen, was die beginnenden Entzündungen anging.

»Ach, Berenice.« Ratlos hatte sie die Freundin in den Arm genommen und sie an sich gedrückt.

Berenice hatte unter Schmerzen gelächelt. »Marcabrus ist auch tapfer gewesen.«

Nun kam man wieder, sie zu holen.

Der Baron ließ sich die Tür öffnen. Jeanne stand auf. Ihr hatte man noch nichts getan. D'Oppède verschonte sie aus Gründen, die nur er kannte und die sie nicht begriff. Glaubte er, die Furcht allein würde sie niederdrücken? Oder sparte er sie auf für etwas noch Furchtbareres?

Voller Angst, aber dennoch entschlossen trat sie dem Baron entgegen. »Wenn Ihr wieder jemanden für eine Unterhaltung mit Eurer Kreatur dort benötigt«, sagte sie, »so nehmt mich. Meine Freundin ist zu erschöpft.«

»Was für eine Sprache.« Der Baron lächelte nachsichtig. Er

musterte die karge Zelle und die erschöpfte Frau am Boden, dann fixierte er unvermittelt Jeanne. »Wir nehmen euch beide mit. Wie wäre das?« Sein Lächeln wurde noch breiter. »Charles wird sich deiner Freundin widmen. Sie braucht nicht zu reden, sie braucht nur zu schreien. Und du hörst gut zu und sagst uns, was dir dazu einfällt. Was meinst du?«

Auf sein Handzeichen hin kam Charles näher.

Jeanne machte einen Schritt zurück zu Berenice und umarmte sie. Sie war sich nicht sicher, ob sie es ertragen könnte, die Freundin leiden zu sehen. Was sollten sie nur tun?

»Was wollt Ihr?« begehrte sie auf. »Ihr habt selbst gesagt, daß sie längst tot sein müssen.«

Und doch, dachte sie in diesem Moment, stand der Baron wieder hier. Ein Gedanke begann sich in ihrem Gehirn zu regen. Das hatte etwas zu bedeuten. Wenn er hier war, um nach den anderen zu fragen, dann mußte das doch heißen, daß er die Leichen von Tantris, Guy und diesem Mädchen nicht gefunden hatte. Sie mußten am Leben sein, verwundet, gehetzt, aber am Leben. Irgendwo in den Wäldern. Plötzlich schien Jeanne alles ganz klar zu sein.

Und dieses Wissen war so wunderbar, daß ihr Herz trotz aller Furcht hoffnungsvoll und glücklich pochte. Er lebte, und am Leben mußte er bleiben. Was auch kam, sie durfte nichts tun, was ihm schaden konnte. Der Gedanke an ihn war das einzige, was sie aufrecht hielt.

Dann hörte sie Berenice hinter sich stöhnen, und die Angst kehrte zurück. Sie durften ihr nicht wieder weh tun. Fieberhaft überlegte Jeanne. Der Baron kam näher. Das Gasthaus, fiel es ihr ein. Bestimmt haben sie Uc schon abgeholt und sind inzwischen über alle Berge, ganz bestimmt. Es mußte einfach so sein. Wie lange saßen sie schon in dieser Finsternis? Ewigkeiten doch. Ihre Gedanken rasten. Es wird nichts ausmachen, wenn ich ihnen das mit dem Gasthaus verrate, redete sie sich ein, irgend etwas muß ich diesem Henker doch sagen, oder? Damit er uns in Ruhe läßt. Kein Wort, beschloß sie gleich darauf. Sie wußte es. Hochmütig warf sie den Kopf in den Nacken.

»Jedenfalls danken wir Euch, daß ihr Euch die Mühe macht, uns die gute Nachricht vom Überleben unserer Freunde zu überbringen«, sagte sie. »Ihr seid zu gütig.« Ihr Mund kräuselte sich in wütendem Spott. Sollte er sie doch umbringen, dann war es vorbei. Sie würde ihm nicht das geringste verraten.

Mit einem Griff hatte der Baron sie an den Haaren gepackt und zog sie ganz dicht an sein Gesicht. Charles hielt ihm die Fackel, so daß er Jeannes vom Schmerz verzerrte und zugleich trotzige Züge sehen konnte. Ihre Augen funkelten ihn an.

Der Baron studierte, was er sah. Wie ein Tier in der Falle, dachte er, und der Gedanke befriedigte ihn. Aber eines von denen, die sich lieber das eigene Bein abbeißen, als zu resignieren. Irgend etwas mußte diesen wilden Mut zum Tode in ihr speisen. Ein interessantes Phänomen.

»Du schätzt unseren Gauklerfreund sehr«, murmelte er, mehr zu sich selbst. »Nicht wahr?« fragte er dann lauter und schüttelte sie. Jeanne biß sich auf die Lippen. Aber ihr Blick wich dem seinen nicht aus.

»Glaubst du, daß er dich ebenso … schätzt?« Der Baron hatte eine bedeutungsvolle Pause gemacht, ehe er das letzte Wort aussprach. Jetzt legte er seinen Kopf schräg und betrachtete sie mit etwas, das Mitleid hätte sein können. Sein feuchter, schwarzer Blick strich voller Interesse über ihr Gesicht. Er schob das Kinn vor. »Liebt er dich?« Er ließ ihr Haar los und strich ihr zart über die Wange.

Jeanne faßte sich dort an, als hätte man sie verbrannt. Seine Sanftheit war schlimmer als der Schmerz. Ekel brach ihren Zorn und ließ ihre Beine zittern. Diese milde Stimme, der klebrige Blick, die Berührung – es war nicht zu ertragen. Vergebens ermahnte sie sich, vorsichtig zu sein, auf den Frieden nicht hereinzufallen. Gleich käme das wütende Raubtier wieder zum Vorschein, gleich würde er angreifen. Doch sie konnte nicht anders: In ihrem Geist hallte die Frage des Barons wie ein Echo. Liebte Tantris sie? Freude und Zweifel durchzogen sie, warfen Licht und Schatten auf ihre Seele wie Wolken über einem See. Ja, dachte sie, ja! Ja! Er tat es, er mußte. Dafür war sie hier. Ihr Atem flog bei dem Gedanken.

D'Oppède wandte sich zu Charles um. »Siehst du das?« fragte er mit von Gefühl triefender Stimme. »Wie ein offenes Buch.« Mit einemmal lachte er so dröhnend, daß Jeanne zusammenzuckte und die am Boden liegende Berenice unwillkürlich tiefer in das schmutzige Stroh kroch, das ihnen als Lager diente.

»Ein Liebespaar!« Der Baron lachte noch immer. Wohlwollend tätschelte er Jeanne die Wange, die von ihm fortrückte, so weit sie konnte. »Wie rührend.« Dann packte er sie fest am Arm und zog sie dicht zu sich. Sie konnte seinen Atem in ihrem Gesicht spüren.

»Charles«, sagte der Baron. »Wir werden ein Experiment machen.«

48. Kapitel

Der Klausner kam murmelnd und hustend hereingehumpelt und knallte den Eimer auf den Tisch, daß die Milch darin herausschwappte. Er räusperte sich und spuckte auf den Boden, was Dianes Dankeslächeln zu einer Grimasse gefrieren ließ.

»Die Kuhmilch für das Fräulein«, erklärte er heiser und vorwurfsvoll. »Ich war bis zum Hof von Ludovig.«

»Wir danken dir«, erklärte Tantris rasch und warf Diane einen mahnenden Blick zu. Die junge Frau hatte am dritten Tag erklärt, die ewige Ziegenmilch nicht mehr auszuhalten.

»Sie schmeckt, wie er riecht«, hatte sie gemault und ihren Becher von sich geschoben. Tantris hatte Guy die Portion überlassen; sie lebten ohnehin nicht reichlich von den schmalen Vorräten des Klausners, und in ihrer Suppe schwammen öfter Klee und Kräuter als Graupen und Körner.

Erstaunlicherweise hatte Diane den alten Melchior irgendwie dazu gebracht, für sie zum nächsten Bauernhof zu marschieren und ihr Kuhmilch zu besorgen. Schon bald nach ihrer Ankunft hatte sie den heiligen Mann mit dem Wunsch für sich eingenommen, bei ihm die Beichte abzulegen.

Tantris war während dieser ergreifenden Viertelstunde, in der die beiden sich allein in die Hütte zurückgezogen hatten, nervös auf dem Vorplatz auf und ab gegangen. »Was habt Ihr ihm erzählt?« fragte er Diane, als sie herauskam, und hielt sie am Arm fest.

»Ich habe meine Seele erleichtert«, erklärte sie steif und vornehm. »Dir könnte das auch nicht schaden.«

»Hoffentlich habt Ihr damit nicht unser aller Überleben in Frage gestellt«, zischte Tantris ihr zu und nickte zu dem Klausner hinüber, der hüstelnd und betend über den Platz schlurfte und sein Nicken freundlich erwiderte.

»Er ist ein Beichtiger!« Diane klang empört. »Und ein Heiliger dazu.« Damit schritt sie erhobenen Hauptes davon.

Was immer sie Melchior eröffnet haben mußte, dachte Tantris und holte eine Kelle, um Milch zu schöpfen. Das Geheimnis ihrer edlen Geburt mußte dabeigewesen sein. Was sonst sollte den Klausner dazu bewegt haben, den weiten Weg auf sich zu nehmen für die Launen eines Mädchens.

»Ich will sie warm«, erklärte Diane, als er ihr den Becher reichte.

Ohne Kommentar machte Tantris sich daran, einen Topf aufzusetzen. Er nahm einen Kessel, schöpfte Milch hinein und hängte ihn an die Kette über der Glut.

»War viel los auf dem Ludovigs-Hof«, mümmelte der Klausner, der sich ein Stück Fladenbrot vom Bord genommen hatte und es in die verbliebene Milch tunkte. Geräuschvoll sog und kaute er daran. »Alle wollen sie nach Oppède.«

»Warum denn das nur?« fragte Tantris, so beiläufig wie möglich.

Der Klausner stopfte sich den Rest des Fladens in den Mund. Ein dünnes weißes Rinnsal lief aus seinem Mundwinkel, als er versuchte, die große Portion zu kauen. »Hm, gut dasch«, verkündete er.

Angeekelt sah Diane weg, während seine braunen Zahnstummel bei offenem Mund auf dem Brotbrei herumkauten. »Wegen der beiden Hexen, die sie verbrennen wollen. So was war schon lange nicht mehr zu sehen.« Er pulte mit dem Finger in einem Backenzahn. »Man sollte meinen, die Leute hätten genug gehabt von den Waldenserhinrichtungen im Frühjahr.«

»Was für Hexen?« fragte Tantris vom Feuer, ohne sich umzudrehen. Seine Hand mit der Kelle schwebte bewegungslos über dem Kessel.

»Zwei Weiber, rothaarig, eine alt, eine jung.« Melchior wischte sich gleichmütig über den Mund. »Kennt ihr die beiden?«

»Wir kennen keine Hexen und Ketzer«, warf Diane rasch ein und sandte Tantris einen mahnenden Blick. Aber der und Guy schauten einander an.

Plötzlich warf Tantris die Kelle hin. »Ich gehe Holz hacken«, erklärte er und verließ abrupt den Raum.

»Holz hacken?« Diane sprang auf und lief ihm nach bis zur Tür. Ihre Stimme war schrill vor Zorn. »Du bist zu schwach, um mich nach Vernègues zu bringen, aber du gehst Holz hacken?« Guy rempelte sie an, als er an ihr vorbei hinauswitschte.

Verärgert stemmte Diane die Hände in die Hüften. Drinnen hustete der Klausner. Hinter ihm kochte die Milch über und tropfte zischend ins Feuer.

Tantris hatte tatsächlich die Axt gepackt und war in den Wald gestürmt. Aber die wenigen Hiebe, die er gegen den erstbesten zähen Ast führte, waren ungezielt und wirkungslos. Schon bald sank der Gaukler schweißüberströmt zusammen. Guy, der ihm gefolgt war, wartete, bis diese Wut verflog. Als Tantris ruhig dasaß, nahm er ihm ohne Worte die Axt ab und reichte ihm ein Taschentuch. Dankbar wischte Tantris sich die Stirn.

»Schau dir das an«, sagte er dann und streckte beide Hände vor, die von der Anstrengung zitterten und seine Schwäche nur zu deutlich offenbarten. Verzweifelt starrte er sie an. »Wir können nichts machen«, sagte er dann und starrte auf den Boden. »Gar nichts.«

Guy antwortete nicht.

»Vermutlich ist es ohnehin eine Falle.«

Der Junge regte sich nicht.

»Und wenn wir erwischt werden, ist Dianes Leben verwirkt, die doch wahrhaftig unschuldig ist.«

Die beiden blickten einander an. Guy verzog keine Miene.

»Ich bin für sie verantwortlich.«

Der Satz verhallte unerwidert.

»Andererseits.«

Guy war bereits aufgesprungen.

Auf Tantris' Gesicht breitete sich ein Lächeln aus. Er griff nach dem Jungen und drückte ihn kurz an sich, ehe er sich aufrichtete, um sich, auf ihn gestützt, zurück auf den Weg zur Hütte zu machen. »Weißt du«, meinte er zufrieden, »es gibt nichts Erfrischenderes als ein klärendes Gespräch mit dir.« Er fuhr Guy durch das Haar. »Uc wäre stolz auf dich gewesen.«

Guy widersprach in keiner Weise.

Noch in derselben Nacht, der Klausner und Diane lagen in tiefem Schlaf, brachen Guy und Tantris auf. Auf dem Tisch in der kleinen Hütte blieb ein Zettel zurück, »Ich komme wieder«, stand darauf, rasch hingekritzelt. Und daneben lag der Rest des Geldes, das Tantris besaß.

»Das sollte für ein paar Tage Kuhmilch reichen«, meinte er, während er neben dem Jungen auf einen Stock gestützt ausschritt.

So munter und zuversichtlich er begann, so rasch ließen seine Kräfte nach, und sein Gang wurde schleppend. In der anhaltenden Dunkelheit war neben dem Knacken des Astwerks unter ihren Schritten sein angestrengtes Keuchen zu hören.

»Als bräche ein Bär durch den Wald, was?« verspottete er sich selbst.

Guy lachte, doch der Druck von Tantris' Hand auf seiner Schulter wurde schwerer und schwerer, und bald gingen sie beide mit gesenkten Köpfen dahin. Die Erwähnung des Bären brachte die Erinnerungen an Ursus zurück und das schreckliche Ende, das er und sein Tier genommen hatten und das nun vielleicht auch Jeanne und Berenice bevorstand. Trotz der Schmerzen ging Tantris wieder schneller.

Und sie kamen voran. Im Morgengrauen überquerten sie einen Fluß, wo sie sich die Füße kühlten und ihre Gesichter wuschen. Guy füllte die lederne Wasserflasche auf, die sie vom Klausner mitgenommen hatten.

Tantris schaute sich um. »Dort hinten auf dem Hügel scheint ein Dorf zu sein«, meinte er, beschattete die Augen und schaute hinauf.

Der Anstieg sah steil aus.

Als sie ihn geschafft hatten, standen sie zwischen Ruinen. Von Häusern und Ställen, die hier einmal gewesen waren, standen nur noch die aus grauem Kalkstein geschichteten Grundmauern. Alles Holz fehlte oder lag verkohlt im hohen Gras. Gärten und Felder waren in ihren Umrissen noch erkennbar, doch schon wuchsen Holunder, Heckenrosen und anderes Gebüsch bis dicht an die Häuser, und die ehemaligen Kräuterbeete versanken in Brennesseln und hohem Gras. Eine Katze floh miauend, als sie zwischen den verfallenen Mauern entlangstrichen.

»Wenigstens eine Überlebende«, meinte Tantris und stieß mit dem Fuß den Haufen Knochen beiseite, in den er soeben getreten war. »Das muß Ménerbes sein.« Er drehte sich einmal um sich selbst. »Sie sollen hier Blumen gezüchtet haben.« In seiner Stimme war ungläubiges Staunen. Er versuchte es sich so vorzustellen, wie Jeanne es geschildert hatte: Adrette Bäuerinnen und Bauern, die in Gruppen auf die Felder zogen und Blüten schnitten für die Tafel einer Herzogin. Ob sie dabei gesungen hatten? Tief sog er die Luft ein. Jetzt duftete es nicht einmal mehr nach Rosen. Es roch nach besonntem

Staub, nach Gras und ein wenig noch immer nach dem würzigen Aroma verbrannten Holzes.

Woher hat sie das gewußt? fragte er sich dann. Die Waldenser ließen doch keine Gaukler in ihre Dörfer. Sie war mit ihrem Vater hier gewesen, erinnerte er sich. Und dann wurde ihm schlagartig klar, was das bedeutete.

Inmitten des stillen verstorbenen Dorfes setzte Tantris sich plötzlich auf den Boden. Natürlich, dachte er, sie ist ja im Frühsommer zu uns gekommen. Die Einsicht traf ihn aus heiterem Himmel: Seine kleine Jeanne war eine Waldenserin! In einem Dorf wie diesem mußte sie gelebt haben, mit ihrem Vater und mit, nun, mit einer Familie, die jetzt wohl tot war. Mit einemmal glaubte Tantris, Stimmen von Menschen zwischen den Ruinen hallen zu hören, Lachen, Rufe, Gesang. Verzweifelte Schreie dann und wildes Pferdegetrappel. Was mochte Jeanne alles erlebt haben! Und was war er nur für ein Idiot gewesen!

Die Katze schlich mißtrauisch um ihn herum und duckte sich hinter einen verwilderten Rosmarinbusch. Tantris streckte die Hand aus und lockte sie, aber sie kam nicht näher. Was mußte Jeanne alles gesehen haben, überlegte er. Was hatte sie durchgemacht? Sie hatte Zuflucht bei ihm gesucht, Hilfe. Und was hatte sie von ihm bekommen?

»Miezmiezmiez«, murmelte er. Die Katze fauchte angstvoll und verschwand im Gebüsch. Tantris war wieder allein in der stillen Ruine, und seine Gedanken wanderten weiter.

Warum nur hatte sie zu d'Oppède gewollt? Er war doch der Mann, den sie mehr als alles andere auf der Welt fürchten mußte? Und dann begriff er auch dies. »Tapfere Jeanne«, flüsterte er. Arme, tapfere Jeanne. Die Erkenntnisse überfluteten ihn wie ein Strom von Licht. Er war nicht der einzige mit einem Plan gewesen, auch Jeanne hatte ein Ziel gehabt; sie hatte Rache gewollt. Deshalb hatte sie ihn unterstützt gegen die Truppe in seinem Plan, hierher zu kommen, deshalb auch war sie bereit gewesen, bei ihrer Intrige mitzuwirken. Und nun saß sie seinetwegen dort in Gefangenschaft. In der Hand des Mannes, der ihr Alptraum sein mußte. Tantris sah das Vergangene noch einmal vor seinem geistigen Auge ablaufen. Sah Jeanne, die er zurückließ, ein Messer in der Hand, vor sich den Mann mit dem Schwert.

Tantris saß still in der Mittagssonne und blinzelte.

»Tantris, Tantris, es ist nicht mehr weit.« Guy kam angelaufen und ließ sich ganz außer Atem neben ihm in den Staub fallen. »Tantris?« Besorgt schaute er seinen väterlichen Freund an, der völlig abwesend wirkte.

Als wäre Guy nicht da, sagte Tantris: »Sie hat was Besseres verdient als einen heruntergekommenen Spaßmacher.«

»Tantris?« wiederholte Guy. »Man kann es schon sehen, wenn man da vorne um die Kurve biegt.«

Da kam Tantris zu sich und klopfte ihm auf die Schulter. Ächzend stützte er sich auf den Jungen, um hochzukommen. Ja wahrlich, Jeanne hatte wirklich etwas Besseres verdient als diesen abgehalfterten Gaukler, der er war, kaum in der Lage, sich zu bewegen, ohne Kraft, ohne Schwert und ohne Plan. Er war ihr niemals eine große Hilfe gewesen, jetzt weniger als je. Dennoch würde er alles versuchen, was in seiner Macht stand. Auch wenn er fürchtete, daß das verdammt wenig wäre.

Mit einemmal hob Guy den Kopf. Tantris lauschte ebenfalls und nickte. Da war eindeutig Gesang, der sich ihnen näherte. Gesang und Schellenklang.

Tantris lächelte mit einemmal. »Ich nehme alles zurück, Guy«, sagte er. »Ein runtergekommener Gaukler ist genau das, was Jeanne und Berenice jetzt brauchen. Komm!«

Sie hatten solche wie ihn noch nicht allzu oft gesehen, doch sie wußten, was ein Pestarzt war und wie er aussah. Dieser hier trug alle Attribute, die Berenice seinerzeit an Nostradamus so vermißt hatte: das enganliegende Lederwams, die Handschuhe und den leuchtendroten Mantel. Die Schnabelmaske mit dem Essigschwamm darin, die ihn vor den üblen Ausdünstungen schützen sollte, hatte er angesichts der frischen Luft und der warmen Sonne zurückgeschoben. Sie baumelte von seinem Rücken wie ein groteskes Karnevalsutensil und stach ihre überlange Nase aus seinem Nacken in die Luft. Darunter wölbte sich eine Kiepe, in der sich zweifellos seine Medikamente befanden.

»Gott zum Gruß, ihr frommen Wanderer«, rief er, als er sie sah, und stopfte unauffällig mit der Hand seinen Beutel tiefer unter den Mantel.

Tantris breitete die Arme aus und trat auf ihn zu. »Gott zum Gruß Euch, mein edler Meister der Heilkunst«, antwortete er.

Der Pestarzt blieb stehen, schaute sich um. Neugierig musterte er über Tantris' Schultern hinweg die Ruinen. »Hat eine Seuche hier gehaust?« fragte er.

»Die größte, die es gibt«, bestätigte Tantris. Doch als der andere andächtig »die Pest«, hauchte, fuhr er fort: »Der Mensch und sein Haß. Sicher stimmt Ihr mir zu, daß keine üblere Krankheit existiert?«

Der Quacksalber schaute mißmutig drein. »Das müßt Ihr die Pfarrer fragen, ich bin nur ein einfacher Medikus und verstehe mich auf Pillen und Säfte.«

»Oh, mit Säften hat dies Vernichtungswerk viel zu tun«, pflichtete Tantris bei. »Mit einem Übermaß an schwarzer Galle nämlich, die das Gemüt vergiftet und die Sinne gefährlich erhitzt. Was ratet Ihr in solchen Fällen, Meister, den Aderlaß?«

»Gewiß«, antwortete der Arzt, wirkte dabei aber alles andere als sicher. Die joviale Beflissenheit Tantris', der ihm nun den Arm um die Schulter legte und mit ihm auf und ab ging, war ihm, gelinde gesagt, unheimlich. »Ich komme gerade aus Cavaillon«, fuhr er hastig fort, »wo die Krankheit umging, bis mein Wirken sie eindämmte. Ich will nicht unbescheiden sein, aber ich glaube doch, daß, jedenfalls, ja, den Aderlaß hab ich dort häufig praktiziert.«

»Ah«, rief Tantris mit Theaterdonner und nickte Guy zu.

Der bemerkte den massiven Stock in seines Freundes linker Hand und nickte zurück.

»Cavaillon! Ich denke aber, so tief, wie das Übel in Oppède-le-Vieux sitzt, müßte man ihn zur Ader lassen, bis kein Blut mehr da ist, nein, nein.« Tantris schüttelte den Kopf, als dächte er nach.

»Die Seuche ist also schon in Oppède?« fragte der Quacksalber hoffnungsvoll und sah sich nach dem Weg um. »Dann will ich mich doch gleich ...«

Doch er kam nicht zu Ende. »Nein, mein Freund«, fuhr Tantris unerbittlich in seiner Litanei fort. »Dem Leiden dort ist mit dem Bluten nicht geholfen. Da muß man zu trickreicherer Behandlung greifen, versteht Ihr?«

Der Arzt nickte vage. »Sicher«, meinte er und suchte sich loszumachen. »Ich muß jetzt ...« Weiter kam er nicht. Von Tantris Stock getroffen, sank er nieder.

»Ich wußte, daß Ihr es verstehen würdet«, erwiderte der Gaukler und ließ den Betäubten sanft zu Boden gleiten.

49. Kapitel

Guy war sofort neben ihm und begann, den Unglücklichen auszuziehen.

»Den Umhang und die Maske?« fragte er.

»Alle Kleider«, ordnete Tantris an. »Splitternackt wird er nicht so rasch dabei sein, uns in der Stadt zu belästigen.«

Gemeinsam zogen sie den Wanderarzt aus und legten den Entblößten im weichen Gras eines ehemaligen Kräutergartens ab. Mit gelben Augen verfolgte die Katze alles, was sie taten. Dann schlüpfte Tantris in das Lederwams, das ihm ein wenig zu eng war.

»So drückt es wenigstens gut auf den Verband«, meinte er, als er sich hineingequält hatte. Er warf sich den roten Mantel über und setzte sich die Schnabelmaske auf. Auch die Kiepe untersuchte er gründlich, warf allerhand Fläschchen und nutzlosen Ballast ins Gras und behielt nur einige wenige Medizinen. Schließlich brach er sich noch einen Haselzweig und ließ ihn mehrmals böse durch die Luft zischen. Zufriedengestellt von dem Effekt, schlug er damit in Guys Richtung.

Der stand blinzelnd da.

»Nun, was ist mein Junge? Auf, ein bißchen gesprungen, ein wenig gejammert!« rief Tantris munter.

»Aber du hast mich doch gar nicht getroffen!« warf Guy verwundert ein.

»Ein bißchen Phantasie, mein Kleiner, nur ein bißchen Phantasie.« Lachend schwang Tantris die Gerte, daß es nur so klatschte.

Als sie später das Tor von Oppède-le-Vieux erreichten, klagte Guy und hüpfte, daß es eine Lust war. Tantris nickte befriedigt. Leise flüsterte er durch die Atemschlitze seiner Maske. »Gut, gut, aber nicht übertreiben.«

Da nickte Guy und nahm sich ein wenig zurück. Dennoch erregten die beiden genug Aufsehen auf ihrem Weg zum Marktplatz. Dort erlaubte Tantris Guy eine Runde zum Betteln unter den Leuten, damit er sich umhören konnte. Ins Wirthaus zu gehen getraute er sich nicht. Dort würde er die Maske nicht gut aufbehalten können, und der Wirt würde ihn sicher erkennen.

Unauffällig schaute er sich um. Es schien alles wie immer zu sein. Der Verlust von des Schloßherrn Mündel schien sich im Leben der Stadt nicht weiter bemerkbar zu machen. Im Gegenteil, der Markt war lebhaft besucht. Da war die offene Tür des Scherenschleifers, von dessen surrendem Schleifstein die Funken stoben, da der Bäcker, dort die Marktstände und hinter den Bäumen die Stufen zur Kirche.

Hier allerdings blieb Tantris' Blick an etwas haften, das ihm eine Gänsehaut über den Rücken trieb. Dort drüben, am Fuß der Treppe, fein säuberlich aufgestapelt zur Rechten und zur Linken, waren zwei exakt ausgerichtete Vierecke aus Holz, kleine Plattformen aus Scheiten um einen Pfahl herum aufgeführt, der etwa zwei Meter daraus hervorragte. Sie waren mit kleinen Leiterchen versehen. Es waren Scheiterhaufen.

In dem Moment kam Guy zu ihm, die Hände voller Münzen, die er erbettelt hatte. Blaß im Gesicht, schüttete er die Ernte beiläufig in Tantris' Schoß.

»Sie sind in der Kirche«, flüsterte er.

»Was?« gab Tantris zurück. Doch nun hörte auch er das gedämpfte Singen, das aus dem großen, steinernen Bauch des Gebäudes zu ihnen herüberdrang.

»Der Bischof wird sie befragen, ob sie geständig sind, und

ihnen dann die Absolution geben, bevor ...« Guys Stimme stockte. Sein Blick ging in Richtung der Scheiterhaufen, die auch er bemerkt hatte, jedoch ohne sie wirklich anzusehen. »Die Leute sind hier, um es mitzuerleben.«

Nun war Tantris klar, was die vielen Menschen auf dem Markt zu suchen hatten. Wer nicht mehr in die Kirche hineingepaßt hatte, der wartete hier auf den Beginn des Schauspiels.

»Wir sind zu spät gekommen«, flüsterte Guy und ließ den Kopf hängen. Er riß ihn aber sofort wieder hoch, als drinnen das Singen aussetzte.

Tantris strich ihm über den Kopf und schaute sich um. »Im Gegenteil, wir kommen gerade recht«, flüsterte er grimmig. »Das Publikum hat sich schon versammelt.«

Auch die anderen waren von der plötzlichen Stille drinnen aufmerksam geworden. Wie auf ein Zeichen hin schob sich das Volk zusammen und strebte der Kirche zu. Tantris behielt sie im Auge, holte dabei etwas aus seiner Kiepe und beugte sich vor. »Halt still«, flüsterte er, während er sich an Guy zu schaffen machte. »Und hör mir genau zu.« Flüsternd gab er dem Jungen seine Anweisungen.

Er arbeitete fieberhaft. Als im Inneren der Kirche ein neuer Choral einsetzte, atmete er auf. Sie hatten einen letzten Aufschub bekommen. Jetzt aber durfte er nicht versagen. Er klopfte Guy auf den Hintern, der in einer Seitengasse verschwand. Dann machte er sich auf den Weg.

Wie aus dem Nichts, so schien es den Bürgern von Oppède, tauchte er plötzlich auf den Stufen der Kirche auf. Er war eine imposante Erscheinung, wie er dort oben stand. Er trug eine Fratze, gleich denen aus der Hölle, und sein Mantel wehte lodernd im Wind. Die Stimme klang dumpf unter der Maske hervor, und was sie zu sagen hatte, war wahrhaft unheilverkündend.

»Bürger von Oppède«, rief der Fremde, »ich komme aus Cavaillon, wo die Pest das Zepter ergriffen hat!«

Tantris machte eine Pause, um diese Nachricht sacken zu lassen. Er hörte das Gemurmel, das sie auslöste. Sicher war er nicht der erste, der das Gerücht in die Stadt brachte. Doch gewiß war er die beeindruckendste Gestalt, die die Fama bislang angenommen hatte. Bedrohlich stieß der lange Schnabel des Maskengesichts in die Luft. Mit toten Augen starrte sie auf die Leute von Oppède-le-Vieux.

»Wer Verwandte hat in Cavaillon, der weine«, rief er. »Wer Freunde besitzt in St. Andiol, in Graveson, in Maillance, der raufe sich das Haar. Denn sie sind nicht mehr. Jenseits dieser Tore«, damit streckte er die Hand zum Stadttor aus, »regiert die Pest.«

Die Menschen unter ihm wurden unruhig. Er hörte erste Frauen schluchzen, unmutige Rufe wurden laut.

»Bestimmt glaubt ihr nun, ihr könntet euch retten, indem ihr in eure Häuser flieht wie Ratten in die Löcher. Bestimmt meint ihr, meine Medizinen werden euch helfen. Und da habt ihr nicht unrecht.« Tantris verneigte sich, und sein Ton wurde für ein paar Augenblicke lockerer. »Ich habe Pillen dabei nach ägyptischem Rezept, die jedes Leiden lindern, und Salben, die den schrecklichen Aussatz der Pest zu heilen vermögen. Und all dies werde ich euch nachher gerne überlassen, denn ich bin ein Freund der Menschheit. Aber …« Er hob die Hand und wurde wieder bitterernst. »Nichts wird euch retten, wenn ihr nicht tugendhaft seid.«

Die Menschen stöhnten.

»Wenn ihr nicht christlich seid.«

»Die Hexen sollen brennen!« rief jemand.

Tantris stieß mit dem Finger in die Menge. »Wenn nicht jeder unter euch sich streng zum wahren Glauben bekennt. Ein Verräter nur, ein schwarzes Schaf, und ihr seid alle verloren. Die Hexerei, sie lauert überall.«

Nervös stellte er sich vor die Kirchenpforte, wo, wie er

hoffte, Guy nun erfolgreich sein Werk vollbrachte. Als er einen leisen Pfiff hörte, seufzte er auf und ging auf die Menschen zu, deren gespannte Aufmerksamkeit nun ganz ihm gehörte.

»In Cavaillon fand sich einer, der Zauber trieb mit heidnischen Zeichen. Und am selben Tag noch sprang die Seuche in die Stadt. Ich habe es mit eigenen Augen gesehen.«

»In Avignon haben die Juden die Brunnen vergiftet!« rief jemand.

»Die Geißler sagen, daß sie Giftsäckchen haben!«

Tantris schüttelte den Kopf. »Ihr müßt achthaben auf die Zeichen«, raunte er. »Denn wenn einer euch verzaubert, seid ihr alle verloren.«

Ein Mann schlug sich die Hände vors Gesicht. Andere musterten einander feindselig. Köpfe wandten sich mißtrauisch nach links und rechts.

»Kommt, meine Freunde«, forderte Tantris sie auf. »Kommt zur Kirche und laßt uns niederknien. Laßt uns beten für die Frömmigkeit und Reinheit dieser Stadt.«

Mit großen Gesten stieg er die Stufen wieder hinauf. Zögernd folgten ihm die ersten, Weiber stießen ihre Männer an, einer tat es dem anderen nach. Schließlich rückten sie alle näher, denn was konnte es schaden, zu beten?

Da stieg ein hoher Schrei auf. Ein Finger streckte sich aus und wies auf das Kirchenportal.

Tantris drehte sich um, wie in höchster Überraschung. Sein roter Mantel flog. »Das Zeichen«, schrie er. »Da ist es, das unheilverkündende Zeichen.«

Die Menge stob auseinander und blieb erst in sicherer Entfernung des Gekrakels stehen, das Guy mit roter Farbe aus Tantris' Kiepe auf dem Holz des Eingangsportals zuwege gebracht hatte.

»Wir werden sterben!« kreischte jemand.

»Unfug!« antwortete ein anderer. Doch niemand stimmte ihm zu. Die meisten starrten angstvoll erst auf die Zeichen, dann auf den fremden Arzt. Hatte er nicht etwas von Pillen gesagt? Hatte er nicht von Heilung gesprochen?

»Wehe Oppède«, verkündete Tantris mit Grabesstimme, »daß du die Saat des Satans in dir trugst. Riecht ihr den Dunst der Hölle, Verlorene?«

Er dankte im stillen dem Quacksalber, zu dessen Ausstattung Schwefel und noch einiges mehr gehört hatte, was dazu diente, die Nasen und Hirne einfacher Menschen zu beeindrucken. Der Geruch, der dank einer kleinen Manipulation nun von der Kirchentür ausging, war dazu angetan, die Menschen sich bekreuzigen zu lassen.

Tantris hob die Hände und betete laut. »So seid ihr denn verloren«, erklärte er dann mit hängendem Kopf. In diesem Moment, einem Augenblick großer Stille, voller Verwirrung, Angst und Mißtrauen, war das Tapern nackter Füße auf dem Stein zu hören. Eine zerlumpte, ganz in ihren Umhang gehüllte Gestalt wurde auf der Treppe sichtbar.

»Wer bist du?« rief Tantris den Wanderer an. Die Gestalt blieb stehen, doch sie schwieg.

»Woher kommst du?« begehrte Tantris Antwort, doch er erhielt keine. Da streckte er die Hand aus und packte den stummen Menschen an der Schulter.

Guy blinzelte aus seiner Umhüllung zu ihm hoch, und Tantris' Augen, glitzernd in den Schlitzen der Maske, blickten auf ihn hinab. Der Griff des Gauklers schloß sich fest, und Guy machte die verabredete Ausweichbewegung, die dazu führte, daß ihm der Mantel von den Schultern glitt und er mit einemmal entblößt dastand.

Vernehmlich sog die Menge die Luft ein, als der Knabe sich umwandte. Dann schrie sie. Guys Antlitz war entstellt von einem brandig roten Ausschlag. Er hob die Arme vors Gesicht, als schäme er sich, und zeigte damit die schwarzen Beulen, die unter seinen Achseln klebten. Schwarz auch seine Nägel und die Geschwüre auf seinen Händen, als er nun hilfesuchend die Hände nach den Umstehenden ausstreckte.

Das Geschrei ging in Kreischen über. In die Menschen auf der Treppe kam Bewegung. Manche stolperten, andere fielen, die weiter oben Stehenden drängten rücksichtslos über die unten hinweg. Nur fort, weg von dem Unglücksboten.

»Die Pest!« Der Schrei breitete sich aus unter den Bäumen und an den Marktständen. Befriedigt sah Tantris, wie ein Verkaufstisch unter dem Andrang umstürzte. Der Bäcker, der heraustrat, wurde in seinen Laden zurückgestoßen, daß er taumelte. Die Tür der Scherenschleiferei fiel krachend zu.

»Die Pest, es ist die Pest!« Die Leute schrien noch immer. Manche waren, wo sie standen, auf die Knie gesunken und begannen laut mit ihren Fürbitten. Schluchzend schlugen sie sich auf Brust und Stirn.

»Was ist denn hier los?« Das Portal öffnete sich, und ein Kopf mit einer Tonsur streckte sich heraus. Der Lärm war so angeschwollen, daß der Bischof drinnen aufmerksam geworden war und einen Mönch gesandt hatte, zu sehen, was es gab.

»Sie werden ihr brennendes Fleisch schon noch bekommen«, brummte der hohe Geistliche mißmutig zum Baron hinüber, der grimmig Zustimmung nickte. »Aber zuerst wollen wir uns um ihre Seelen kümmern.«

»Ich fürchte allerdings, das ist vergebliche Liebesmüh«, meinte der Baron d'Oppède. »Die eine ist gänzlich ungeständig, und die andere zu allem Überfluß auch noch eine Ketzerin, die die Sakramente ablehnt.

Angeekelt betrachtete der Bischof die beiden Frauen, die für den Anlaß in saubere, graue Kutten gekleidet worden waren, welche aber nicht verbergen konnten, in welch jämmerlichem Zustand sie sich befanden. Ihr Haar war schmierig, die Haut voller Wunden, der einen hing der Arm herab wie bei einem Krüppel, und sie konnten sich in den Kirchenbänken, in die sie geschoben worden waren, kaum mehr aufrecht halten.

Nun, der Körper war unwichtig, das hatte er gelernt, die Seele dagegen alles. Wenn zwei sich allerdings so hartnäckig weigerten, Gottes Kinder zu sein, dann mußte man sie wohl aufgeben.

»Ich überlasse dem Teufel nicht gerne kampflos zwei Seelen«, erklärte er zögernd und hielt sich das Taschentuch vor die Nase. Gott, wie die beiden rochen!

»Stellt einen Beichtiger neben die Scheiterhaufen, Herr«, wisperte der Baron. »Er soll sie vor dem Ende noch einmal befragen. Vielleicht daß das Licht der Flammen ihre verblendeten Sinne erleuchtet.«

Mit einer Handbewegung stimmte der Bischof zu. Der Baron winkte seinen Wachen, die Jeanne und Berenice auf die Beine zerrten.

Da öffnete sich das Kirchenportal weiter, und der Lärm drang herein. Die Kerzenflammen zischten unruhig im Wind.

»Was ist denn nun schon wieder?« fragte der Bischof und schloß einen Moment die schweren Lider. »Bruder Nicholas? Was gibt es dort draußen?«

Doch der Mönch, der gesandt worden war, um nachzusehen, wurde von einer Woge verängstigter, hilfesuchender Menschen in die Kirche zurückbegleitet.

»Herr!« rief er und wedelte mit den Armen, während die hereindrängende Masse bis an die Stufen des Altars wogte.

Die Bürger in den Bänken, der Adel, der Klerus, Oppèdes Familie und er selbst standen unruhig auf.

»Es ist die Pest!« rief jemand und wies auf eine Frau, die sich die Stirn blutig gekratzt hatte und nun wie in Trance mit erhobenen Armen umhertaumelte.

»Es ist die Pest!« Der Ruf wiederholte sich.

»Los, Guy«, flüsterte Tantris und stieß seinen Schützling durch die Reihen, wobei er darauf achtete, möglichst viele Menschen seine Male sehen zu lassen. Doch das war gar nicht mehr nötig. Die Kirche verwandelte sich auch ohne ihr Zutun in einen Hexenkessel. Männer, überzeugt, krank zu sein, warfen sich vor dem Altar nieder, Nachbarn wiesen aufeinander und beschimpften sich, Menschen drängten aus den Bänken, sprangen über die Lehnen, schoben und drückten. Stühle fielen um, Leute stolperten darüber, Tapisserien sanken hilflos flatternd herab. Ein seidenes Banner geriet in die Kerzen und fing qualmend Feuer. Bald waren sämtliche Gänge von dem Durcheinander versperrt.

Der Bischof schlug ein Kreuzzeichen und rettete sich in die Sakristei. Hastig winkte er dem Baron, ihm zu folgen, doch der konnte sich nicht von seinen Gefangenen trennen. Noch hielten die Wachen sie fest, aber die Männer schauten verwirrt und unsicher um sich. D'Oppède wollte sich zu ihnen durchkämpfen, um ihnen Anweisungen zu geben, da fühlte er sich am Mantel zurückgezogen.

Angstvoll klammerten sich seine Frau und seine Tochter an ihn und hielten ihn am Arm zurück. »Laß uns nicht allein«, stammelte die Frau mit in Panik aufgerissenen Augen, »hol uns hier raus!«

D'Oppède nahm ihren Arm, riß sich unsanft los und schubste beide in die Bank zurück. Wieder wandte er sich Jeanne und Berenice zu. Aber wo waren sie? Mit wedelnden Armen brüllte er den beiden Wachen etwas zu. Der eine Soldat hielt seine Lanze vor sich, um eine Gruppe hysterisch gewordener Weiber fernzuhalten. Unsicherheit malte sich in seinem Gesicht. Der andere hatte seinen Herrn gehört und wandte sich um. Über das Gedränge hinweg suchte er den Blick des Barons.

Da sah d'Oppède ihn zusammenbrechen. »Was verflucht ...«,

brüllte er. Hinter dem gestürzten Wächter tauchte ein Gesicht mit einer Schnabelmaske auf. Einen Moment lang erkannte der Baron nichts, dann entdeckte er das Gesicht des Gauklers, verschwitzt und angespannt, die Haare verstrubbelt. Er trug die Maske nun in der Hand, winkte damit und verneigte sich artig in Richtung d'Oppèdes und seiner Familie, die noch immer in ihrer Kirchenbank eingeklemmt waren.

»Baron!« Der Hilferuf kam vom Bischof, der sich mit beiden Händen an die Tür der Sakristei klammerte und sich gegen den Andrang Hilfesuchender stemmte. »Baron!«

D'Oppède antwortete nicht. Mit einem Satz hechtete er aus der Bank, stieß unsanft Menschen beiseite und machte sich daran, sich zu Tantris durchzukämpfen, der eben dabei war, Jeanne und Berenice die Fesseln durchzuschneiden.

»Rasch«, feuerte er sich dabei selbst an, »rasch doch«, während die Klinge fieberhaft über die Schnüre fuhr. Endlich sprang eine ab, noch eine.

Der Baron brüllte und zog sein Schwert. Rücksichtslos schwang er es gegen die Wand aus Leibern, die ihn von seinem Feind trennte.

»Berenice«, keuchte Jeanne, als ihre Hände frei waren. Sie rieb sich die Gelenke. »Wir müssen sie tragen.«

Wie zur Bestätigung sank die Gauklerin schwer gegen Tantris. Beinahe wäre er gestürzt.

»Gut.« Ohne weitere Fragen gab Tantris es auf, sich an Berenices Fesseln zu schaffen zu machen, und hob sie sich auf die Schulter. Er verzog das Gesicht. Ihr Gewicht war beinahe zu viel für ihn.

Jeanne und Guy versuchten, ihm Platz zu machen. Sie drückten und drängten, schlugen und zerrten, um eine Gasse für Tantris und seine Last zu schaffen.

Hinter ihnen pflügte der Baron sich verbissen durch die Menge. Immer wieder sah er Jeannes rotes Haar vor sich aufleuchten. Ein Schlag erwischte ihn an der Schläfe. Blind fuhrwerkte er zurück, teilte aus, schob beiseite. Da, da waren sie, dicht vor ihm. Er konnte beinahe das Haar der gräßlichen Alten berühren, die der Gaukler auf dem Rücken trug. Keuchend streckte er die Hand danach aus.

Berenice hob den Kopf und schaute in d'Oppèdes Gesicht.

»Nicht«, keuchte Tantris, dem ihre plötzliche Bewegung und die Versteifung ihres Körpers weh taten. Er stolperte. D'Oppèdes Schlag traf eine Bank und hieb Späne aus dem alten Holz. Erschrocken drehte Tantris sich um.

»Lauf!« rief Guy, der einen Leuchter gepackt hatte. Mit aller Kraft hieb er ihn dem Baron vor die Schienbeine und verschwand geduckt in der Menge.

Tantris wandte sich wieder dem Ausgang zu und verdoppelte seine Bemühungen. Der Baron, im Fallen, hob sein Schwert.

Berenice sah die Klinge kommen. Sie schloß die Augen und sprach das Gebet, das sie vorhin dem Bischof verweigert hatte.

»So ist es gut«, murmelte Tantris und ließ seine Hand über ihren erschlafften Rücken gleiten, »bleib einfach ganz locker. Ich bring dich hier raus.«

50. Kapitel

Auf dem Vorplatz empfing sie verhältnismäßige Stille. Wer sich nicht in die Kirche geflüchtet hatte, war nach Hause gelaufen oder unterwegs, Freunde und Familie in Sicherheit zu bringen. Für einen Moment blieb Tantris stehen. Dann wies er mit dem Kinn auf die Scheiterhaufen, und Guy verstand. Mit Jeannes Hilfe zog er einige der Scheite herunter, zerrte etwas Reisig hervor, schnappte sich einen der Eimer voller Pech, die bereitstanden, um die beiden Delinquentinnen damit zu bestreichen, damit sie rascher brannten, und häufte alles vor dem Kirchenportal auf. Ein letzter Blick in die Runde zeigte ihm, daß ein Feuer brannte an einem nun verwaisten Marktstand für geröstete Kastanien. Guy lief hinüber und holte es. Die Flammen loderten sofort hoch auf. Sie würden für einige Zeit Verfolger vom Portal fernhalten, aber ansonsten kaum weiteren Schaden anrichten.

Qualm und Rauch im Rücken, hetzten die Flüchtigen weiter, die Stufen hinunter, über den Markt, die Gassen entlang.

»Versteck dein Haar«, keuchte Tantris, als sie sich dem Tor näherten.

»Was?« Jeanne verstand erst beim zweiten Mal, was er von ihr wollte. Dann griff sie hastig nach unten, riß etwas vom Saum der dünnen Kutte ab und wickelte es im Laufen um ihren Kopf. Sie war noch dabei, die letzten Locken unter den Stoff zu stecken, als sie das Tor erreichten und langsamer wurden.

»Völlig betrunken«, murmelte Tantris, im Hinblick auf Berenice, und Jeanne ließ sicherheitshalber ihr Gewand über die

Schulter rutschen und über viel nackter Haut das verführerischste Lächeln aufblitzen, das sie in ihrer Angst zustande brachte.

Aber es achtete ohnehin niemand auf sie. Die Wachen waren zu beschäftigt damit, die schrecklichen Neuigkeiten zu diskutieren, die aus der Stadt zu ihnen gedrungen waren. Ein Zauberer hatte die Kirche verhext, sieben Jungfrauen hatten die Pest, und der Teufel persönlich soll am Altar erschienen sein. Ratlos drehten sie in ihren Händen die Schnabelmaske hin und her, die man ihnen zusammen mit den schlimmen Nachrichten überbracht hatte. Dem abgerissenen Trüppchen schenkten sie keinen Blick.

Tantris ging in die Knie, als sie endlich, quer über die Felder, ein schützendes Gebüsch am Fuße eines Felsens erreichten. Schwer atmend legte er Berenice ab.

»Was haben die euch im Gefängnis bloß zu essen gegeben«, versuchte er zu scherzen. Dann bemerkte er gleichzeitig Berenices blasses Gesicht und das Blut an der Hand, die er unter ihrem Rücken hervorzog. Er drehte sie auf die Seite und sah den langen, klaffenden Spalt, der quer über die Wirbelsäule ihre Kutte und ihr Fleisch teilte. Es war aus der Wunde herab in ihre Haare gelaufen, die ihr verklebt und dunkelrot um den Kopf lagen.

Berenice wischte es sich aus der Stirn und betrachtete dann ihre blutverschmierten Finger. »Endlich naturrot«, seufzte sie und schenkte ihnen ein Lächeln, das Tantris und Jeanne fast das Herz zerriß.

Guy war verschwunden.

Berenices Augen begannen abzuirren, ihre Lider zitterten. Tantris umarmte sie und hielt sie fest. »Berenice«, rief er und rüttelte sie. »Berenice, nicht einschlafen. Du wirst mir jetzt nicht aufgeben, hörst du?«

Die alte Gauklerin lächelte. Ihre Hand hob sich und legte sich auf Tantris' Brust.

»Hast du deinen Namen wiederbekommen?« fragte sie leise.

Tantris traten Tränen in die Augen. »Ja, verdammt«, rief er, »ja, aber ...«

Berenice legte den Finger auf die Lippen. »Verrätst du ihn mir?«

Tantris schluckte und betrachtete sie einen Moment. Dann neigte er sich an ihr Ohr und flüsterte etwas hinein.

Berenice lächelte wieder mit geschlossenen Augen. »Ein guter Name«, meinte sie. Noch einmal hob sie die Hand, setzte sie ihm auf die Brust und schob ihn von sich. »Du mußt jetzt gehen«, sagte sie.

Guy kam zurück. »Da ist eine Grotte«, rief er keuchend, aber es ist eigentlich ein Tunnel, man kommt an der Westseite der Mauer heraus, wir könnten abkürzen, und ...« Er verstummte, als er Berenice liegen sah.

»Du mußt uns jetzt verlassen und dein neues Leben anfangen«, sagte sie leise, aber vernehmlich. »Du bist jetzt wieder ein Edelmann. Dafür hast du das alles doch auf dich genommen.«

Guy stand wie erstarrt. »Ist das wahr?« stieß er dann hervor. »Du gehst weg?«

Tantris hob hilflos den Kopf. »Ja. Nein«, rief er, »das ist doch jetzt alles ... He, Guy! Guy!« Doch der Junge war bereits fortgelaufen.

Verbissen wandte Tantris sich wieder Berenice zu. »Aber du wirst mir jetzt zuhören«, knurrte er. Mit einer Handbewegung forderte er Jeanne auf, ihm die Kiepe zu reichen, die Guy auf dem Weg hierher getragen und ihnen vor die Füße geworfen hatte. Er begann, Berenice zu verbinden.

»Ihr habt vom Adel eine völlig falsche Vorstellung«, begann er dabei. Seine Hände arbeiteten rasch, und er redete wie ein

Wasserfall, um die Angst gar nicht erst aufkommen zu lassen. »Man hat mir glaubhaft versichert, daß das Herrenhaus völlig kahl und ausgeplündert ist. Hörst du, Berenice? Auch nicht besser als irgendein Stall. Und ich dachte mir, so alleine, das macht doch keinen Spaß in dem leeren Gemäuer, da nehme ich euch einfach mit. Du kommst doch, oder?«

Er warf Jeanne einen hastigen Blick zu, die sich beeilte, zu nicken. »Hörst du, Berenice? Jeanne kommt auch. Das wird lustig werden, ich verspreche es. Es gibt dort eine Küche, da könnten wir uns vorerst einrichten. Die Bauern werden uns Holz überlassen, wenn sie sich noch an mich erinnern, dann wird es ordentlich warm und gemütlich. Was, Jeanne?«

»Sicher«, bestätigte sie. Ihre Stimme gehorchte ihr kaum.

»Aber was in so einer Küche fehlt, das ist natürlich jemand, der sich um alles kümmert.« Mit fliegenden Fingern band er ihre Wunde ab, drückte Moos darauf und suchte es festzuwickeln.

»Jeanne kann doch nicht kochen, guck sie dir nur an, das sieht man sofort. Nein, da braucht es eine erfahrene Kraft, hörst du mich?« Er nahm sie um die Schultern und hob sie hoch. »Berenice? Eine Margaux braucht es da.«

Ein Lächeln spielte um die Lippen der Frau, als er sie auf die Arme nahm. »Ja, ich heiße Margaux. Ich kann die Küche sehen«, wisperte sie. »Aber es ist so kalt da.«

»Das wird besser, das wird besser, Margaux«, rief Tantris. Er stolperte los, und Jeanne folgte ihm unaufgefordert. Ein Tunnel, hatte Guy gesagt, verbarg sich hinter der kleinen Grotte. Dann wollten sie ihr Glück mit diesem Tunnel versuchen.

Tantris keuchte, doch er hörte nicht auf zu sprechen. »Du wirst sehen … Margaux … ganz warm … wir werden es …« In abgerissenen Sätzen suchte er Berenice davon zu überzeugen, daß sie durchhalten mußte. Als die alte Wahrsagerin verstummte, biß auch er die Zähne zusammen. Seine Wunde schmerzte, aber er setzte ihren Körper nicht ab.

Durch die Finsternis des Tunnels ging Jeanne voran, danach übernahm er wieder die Führung. Mehr taumelnd als gehend und querfeldein erreichten sie schließlich den Weg nach Ménerbes. Dort ruhten sie eine Weile aus im Schatten eines großen Steines.

»Ist sie …«, fragte Jeanne, die abseits saß und die Hände um die Knie geschlungen hatte.

Tantris schüttelte den Kopf. »Sie atmet. Hast du Angst dort?« Er wies mit dem Kinn in Richtung des zerstörten Dorfes.

Diesmal war es an Jeanne, den Kopf zu schütteln. Dann erstarrte sie und schaute ihn groß an.

Er lächelte entschuldigend. »Ich bin reichlich spät draufgekommen, was?«

Jeanne sagte nichts.

Tantris rappelte sich auf und suchte, Berenice wieder hochzuzerren.

Jeanne sprang neben ihn und half ihm.

»Danke.« Sie schaute ihn an.

Tantris gab den Blick zurück. Ihr Gesicht war ganz nah bei seinem, er brauchte nur den Kopf vorzuneigen, und … Sachte streiften seine Lippen die ihren. Es war mehr ein Hauch als ein Kuß. Und er brannte auf Jeannes Haut wie ein Mal.

Zwei Stunden später und am Rande der völligen Erschöpfung, erreichten sie Ménerbes und taumelten in eine der Ruinen. Der Quacksalber, den Tantris und Guy hier nackt zurückgelassen hatten, war verschwunden, aber die Katze war noch da und umstreifte sie in sicherer Entfernung, von dem Blutgeruch aufgebrachter denn je.

Schwer atmend lehnten sie sich gegen einen Mauerrest und verbrachten eine ganze Zeit schweigend. Dann stand Tantris auf, ging zu dem Bach, den er auf dem Herweg gesehen hatte, legte sich an das Ufer und trank sich satt wie ein Tier. Etwas erleichtert, füllte er danach die Lederflasche und brachte sie Jeanne.

Sie nahm sie gierig entgegen und ließ sich das Wasser in den Mund laufen. Aber sofort hielt sie erschrocken inne, kroch zu Berenice hinüber und versuchte, ihr etwas davon einzuflößen. Als das nicht gelang, befeuchtete sie einen Lappen und tupfte das Gesicht der Freundin ab. Berenice war totenbleich und atmete kaum.

Traurig wandte Jeanne sich von ihr ab und Tantris zu. Der hatte sein Hemd gehoben und betrachtete mit besorgt gerunzelter Stirn den Verband um seinen Leib.

»Du blutest wieder.« Sofort war Jeanne bei ihm. Vorsichtig löste sie die Binden, wusch die Wunde aus und suchte nach neuem Verbandsstoff. »Ist das wahr?« fragte sie dabei, ohne den Kopf zu heben.

»Was? Au!« Tantris zog eine Grimasse. »Daß das Herrenhaus völlig ausgeplündert ist? Der gute Charles hat so etwas verlauten lassen, ja. Nun kann man an seiner Vertrauenswürdigkeit zweifeln. Aber ich werde sicher bei Null anfangen müssen. Man hat mir für meine Heldentaten kein Königreich geschenkt.« Er biß die Zähne zusammen. »Geht das nicht sanfter?«

»Daß du mich mitnehmen willst, meine ich.« Noch immer schaute Jeanne nicht auf.

»Ach, das.« Tantris machte eine Pause. »Ich hielt es zumindest vorhin für eine gute Idee. Ich war allerdings ziemlich unter Druck, und wie du siehst, bin ich auch verwundet, vermutlich spreche ich im Fieber.«

Abrupt stand Jeanne auf. Sie wollte sich entfernen, aber Tantris langte zu ihr hinauf und zog sie an sich. Er gab ihr einen langen Kuß. Dann schauten sie einander in die Augen.

Tantris strich ihr das Haar aus dem Gesicht. »Dauernd habe

ich mich gefragt«, sagte er sanft, »welche Farbe deine Augen wohl haben. Und jetzt sehe ich, daß sie grün sind. Grün wie die Wälder des Luberon.« Er ließ sich sinken und zog sie langsam mit sich. Im Gebüsch hinter ihnen raschelte und fauchte es empört. Die Katze floh, schnell wie ein Strich.

Jeanne lachte unsicher und richtete sich wieder auf. Verlegen klopfte sie sich das dürre Gras aus der Kutte. Dann schaute sie sich nach Berenice um.

»Wir müssen etwas finden, um sie darauf zu legen und zu ziehen. Du kannst sie unmöglich den Rest des Weges tragen.« Damit machte sie sich auf die Suche.

Tantris stützte sich auf den Ellenbogen hoch und schaute ihr nach. Zweimal hatte sie sich ihm an den Hals geworfen im denkbar unerwartetsten Moment. Und nun, da alles bereinigt schien zwischen ihnen, da er ihr quasi seine Gefühle gestanden hatte, zierte sie sich. Er hatte doch schon klargemacht, daß es ihn nicht störte, daß sie eine Waldenserin war. Kopfschüttelnd rappelte er sich auf, um ihr bei der Suche zu helfen. Kurz darauf sah er ihre Silhouette zwischen den Trümmern eines Pfluges auftauchen.

»Soll ich dir vielleicht einen Heiratsantrag machen?« rief er, selbst erschrocken, wie laut seine Stimme zwischen den verlassenen Mauern hallte. Die Katze fauchte ihn von einem Mäuerchen her an. »Komm oder laß es«, fauchte Tantris zurück. »Aber häng nicht dauernd hier herum.« Er fand einen Stock, der noch nicht morsch war, und hob ihn prüfend auf.

51. Kapitel

Bald hatten sie eine Art Trage für Berenice gebastelt, die sie mit vereinten Kräften hinter sich herziehen konnten. Sie kamen nur langsam voran, und die Dunkelheit senkte sich bereits auf das Land, als sie den Saum des Waldes erreichten, in dem der Einsiedler lebte. Von Guy allerdings war die ganze Zeit nichts zu sehen.

»Der findet den Weg auch alleine«, stieß Tantris zwischen den Zähnen hindurch hervor, während er angestrengt versuchte, die Schleiftrage über eine Luftwurzel zu ziehen. »Wahrscheinlich ist er schon da.«

»Wo«, keuchte Jeanne, »wollen wir überhaupt hin?«

Die Einsiedelei lag so abseits der gangbaren Pfade, daß sie mit ihrer Last im Unterholz kaum vorankamen. Fluchend und streitend, am Ende ihrer Kräfte und in dem sicheren Glauben, sich nun endgültig verirrt zu haben, sahen sie schließlich ein zitterndes Licht vor sich aufflackern. Es kam aus dem Fenster der Klausner-Hütte.

Ein Käuzchen schrie.

»He, Melchior. Diane, he!« Tantris konnte sein Glück kaum fassen. Er ließ die Trage los und stolperte auf die Lichtung hinaus, über der ein berauschender Sternenhimmel stand. »Diane, ich bin's, Tantris.«

Die Tür der Hütte ging knarrend auf. Lichtschein fiel auf den Waldboden, auf Tantris' Füße, seine abgerissene Gestalt, die geblendet die Hand hob. »Ich bin wieder …«

Die Ohrfeige sauste klatschend nieder, kaum daß er die Hand gesenkt hatte, um Diane sein Begrüßungslächeln zu schenken.

»… da«, vollendete er den Satz. Aber Dianes Aufmerksamkeit hatte sich bereits auf Jeanne gerichtet, die zögernd aus der Dunkelheit ins Licht trat.

»Meine Freundin ist verwundet«, sagte sie. »Wir benötigen Hilfe.«

Räuspernd und schimpfend machte der Einsiedler sich wenig später mit Jeanne auf den Weg zu der Stelle, wo sie Berenice zurückgelassen hatten.

Diane hörte sein unverständliches Gemurmel im Dunkeln.

»Die Rothaarige«, sagte sie und wandte sich an Tantris. Sie brauchte nicht lange, um zu begreifen. »Du warst bei meinem Vormund.«

Tantris lächelte dümmlich.

»Du hättest gefangen werden können.«

Tantris verneigte sich mit Mühe. »Eure Sorge, werte Dame, rührt mich …«

»Du hättest sterben können. Er hätte dich verfolgen können.« Dianes Erregung steigerte sich mit jeder Erkenntnis, die sie aussprach. »Du hättest uns alle umbringen können.« Einen Moment lang verstummte sie und lauschte in die Dunkelheit des Waldes, ob irgend etwas darauf hinwies, daß die Truppen d'Oppèdes dort auf sie lauerten. Doch zu hören war nur das Gemurmel des Halbverrückten, das Schreien des Käuzchens und das Knacken des Geästs im nächtlichen Wind.

»Du hast mein Leben aufs Spiel gesetzt für das dieser beiden Schlampen«, stellte Diane schließlich fest, als der Klausner und Jeanne zurückkamen und Berenice hinter sich herzogen. Abrupt wandte sie sich ab und ging an der Gruppe vorbei hinein.

Tantris griente hinter ihrem Rücken. »So kann man es zusammenfassen«, sagte er. Er sagte es leise.

»Ist Guy noch nicht da?« fragte er drinnen den Klausner, der sich darangemacht hatte, die improvisieren Verbände von Berenices Rücken zu schälen und ihre Wunde zu untersuchen. Er schüttelte nur den Kopf mit den langen Haaren und widmete sich seiner Arbeit. Angespannt sah Jeanne ihm dabei zu.

Tantris nickte begütigend. »Er versteht etwas davon«, sagte er, trat ans Fenster und schaute hinaus. Eine Nacht allein im Wald war selbst für einen Jungen wie Guy keine Kleinigkeit. Ob sie ihn gefangen hatten?

Am Feuer saß Diane und spielte mit einem Zettel. Als er hinsah, erkannte Tantris, daß es seine dürre Abschiedsnachricht war. Er zog ein entschuldigendes Gesicht. Daraufhin nahm Diane den Zettel und warf ihn ins Feuer, wo er sich krümmte und verschwand. Tantris schaute wieder hinaus. Jeanne streichelte Berenice. Der Einsiedler tat sein Bestes. So verstrich die Nacht.

Der nächste Morgen fand sie alle schlafend. Diane war auf dem Stuhl am Feuer eingenickt, von dem sie sich in ihrem Trotz bis in die frühen Morgenstunden nicht entfernt hatte. Jeanne schlief sitzend an die Mauer gelehnt, den Kopf der noch immer bleichen, aber regelmäßig atmenden Berenice in ihrem Schoß. Tantris hatte sich irgendwann auf das Lager ausgestreckt und seiner Erschöpfung nachgegeben. Mit wirrem Haar und offenem Mund lag er da, ein Mann, auf dem der Schlaf und seine Träume schwer lasteten.

Nur der Einsiedler war wach. Kopfschüttelnd betrachtete er seine überfüllte Hütte. Die dort, die Angst hatte, daß die anderen ihr wieder davonliefen. Wie ein Kind war sie, aber ein störrisches. Bald würde sie wieder aufwachen und Milch verlangen. Der Einsiedler spuckte in den Kamin. Gott sei gedankt, wenigstens der Junge war fort, ein gottloses Kind, wahrhaftig, es hatte den Teufel im Leib gehabt, da war Melchior sich sicher. Nur Wildheit und kein bißchen Demut war in ihm, und dieser Hunger in seinen Augen, wenn er etwas wissen wollte. Und er wollte so vieles wissen, fragte einen Löcher in den Bauch. Im Glauben, nicht in eitler Gelehrsamkeit lag das Heil. Melchior schüttelte seine weißen Zotteln.

Und erst die Frauen. Heilige Jungfrau Maria, hilf! Unwillkürlich schlug er ein Kreuzeszeichen und rückte ein wenig weiter an die Wand. Ketzerinnen, Hexen, in seinem friedlichen Haus. Melchior starrte sie an, als könnten jeden Augenblick Kröten oder Fledermäuse aus ihren Mündern kriechen. Davon hatte Nostradamus nichts gesagt, als er ihm das armselige Pack angeschleppt hatte.

Melchior biß sich auf die Lippen. Sicher, was den Mann betraf, war er bei dem guten Doktor im Wort. Und der Doktor hatte ihm noch nie etwas Schlechtes getan, beileibe nicht. Er verdankte ihm das Leben seines Kindes, das jetzt in Avignon auf des Doktors Kosten studierte, um auch ein so guter und mildtätiger Arzt zu werden. Melchior bekreuzigte sich und sprach ein Gebet. Doch seine Sorgen vertrieb das nicht. Lange saß der Einsiedler so da und wälzte seine Gedanken.

Schließlich stand die Sonne über den Bäumen und fiel warm auf die Schwelle seiner Hütte. Diane begann sich zu regen und verzog das Gesicht, noch ehe sie die Augen öffnete. Der Einsiedler stand seufzend auf und griff nach dem Milcheimer. Es war Zeit, zum Ludovigs-Hof zu gehen. Noch einmal drehte er sich um und betrachtete das Gewirr aus Armen und Beinen, das seine enge, dem einzigen Gedanken an Gott geweihte Kate verstopfte. Schließlich, dachte er, war der Doktor ja auch nichts anderes als ein Jude, wenn auch ein getaufter.

Tantris wachte irgendwann dadurch auf, daß sich ein anderer Körper schwer neben ihn legte. Er öffnete die Augen und erkannte Berenices stilles Profil. Waren sie nun beide tot, und die anderen würden sie begraben? Er versuchte zu sprechen, spürte aber einen Löffel, der sich gegen seine Zähne drängte und ihm etwas Salziges einzuflößen suchte. Tantris wandte den Kopf zur Seite und preßte abwehrend die Lippen zusammen. Tot bin ich nicht, dachte er noch und glitt mit diesem Satz im Kopf hinüber in unruhige Träume von hallenden Kirchen, schreienden Bischöfen und fliegenden Schwertern. Als er endlich zu sich kam, war es wieder Morgen.

Jeanne kam gerade in die Hütte, die Haare klatschnaß und um den Kopf gewunden. Sie mußte den nahen Bach für ein Bad benutzt haben. Die Kleider klebten ihr hier und da auf der feuchten Haut. Wassertropfen liefen ihren Hals hinunter und verschwanden zwischen ihren Brüsten. Ihr Gesicht sah frisch, nackt und verletzlich aus. Aber sie lächelte.

»Es geht ihr besser«, verkündete sie statt eines Morgengrußes und trat an Berenices Lager.

Tantris hatte Mühe, seine Augen von ihr zu wenden. Er stand auf und ging hinüber. Hinter der Knienden stehend sah er, wie jeder Tropfen, der aus ihren Locken fiel, ihr Hemd über den Schultern durchsichtig machte.

»Ist das nicht wunderbar?« fragte Jeanne und hob den Blick zu ihm.

Tantris lächelte warm erst sie an und dann Berenice, die die Hand ausgestreckt hatte, um Jeannes Wange zu streicheln.

»Kindchen«, setzte sie an und wurde von einem Husten unterbrochen. »Wenn du willst, daß er mich alte Frau beachtet, mußt du zuerst deinen Ausschnitt besser schließen.«

Tantris räusperte sich und lachte. »Es geht dir tatsächlich besser«, stellte er fest, »beinahe wieder die alte.«

Jeanne verschwand aus seiner Nähe, um sich die Haare zu trocknen.

Berenice hustete wieder. »Ganz die alte und noch ein paar Jährchen drauf, fürchte ich. Ich kann mich kaum rühren. Hilf mir.« Sie streckte die Arme nach ihm aus.

Tantris mühte sich, sie aufzurichten. »Das ist kein Wunder, weißt du, der Hieb des Barons hat dir beinahe den Rücken gespalten. Nur so ein Hauch« – er stellte ihr die Distanz mit den Fingern vor Augen – »hat gefehlt. Zum Glück, denn nun sind alle Knochen heil. Er hat nur Fleisch getroffen, aber du hast viel Blut verloren.«

»Er wollte mich aufbrechen wie ein Opferlamm.« Berenice schloß die Augen einen Moment. Wieder sah sie das Gesicht des Barons vor sich. »Bring mich hinaus«, verlangte sie dann. »Ich will in der Sonne sitzen, solange ich das noch kann.«

Tantris bat Diane um Hilfe, die sich allerdings abwandte, um wortlos im Kessel herumzurühren. Seufzend nahm er die Last wieder einmal alleine auf sich und schleifte Berenice, so gut er konnte, nach draußen. Er setzte sie, an einen Baumstamm gelehnt, in weiches Moos. Sie lachten über die eigene Ungeschicklichkeit, als er sie unter vielen Umständen dort absetzte.

»Geld könnten wir für das Schauspiel keines verlangen«, meinte die alte Wahrsagerin ächzend.

Tantris ließ sich schnaufend neben sie fallen. »Warum?« meinte er, »die Leute könnten prächtig über uns lachen.« Dann wandte er sich wieder ihr zu. »Aber darum brauchen wir uns ja künftig keine Sorgen mehr zu machen«, meinte er und klopfte sich auf das Wams, wo es vielversprechend knisterte.

Berenice nickte. »Du meinst, weil du jetzt wieder Tristan de Beau…«

Vielsagend legte Tantris den Finger auf die Lippen, und sie verstummte. »Erst, wenn ich wieder auf meinem eigenen Grund stehe«, meinte er. »Und wie ist es, nimmst du mein Angebot an?« Er tätschelte ihr auffordernd den Arm.

Berenice zog ein fragendes Gesicht. »Du meinst, den Heiratsantrag, den du mir auf meinem Sterbebett gemacht hast?«

»Wieso, ich, äh, nein, ich meine natürlich …«, Tantris geriet ins Stottern und wurde unwillkürlich blaß. Dann sah er, daß Berenice grinste, und gab ihr erleichtert einen Klaps.

»Au«, protestierte sie. »Keine Angst, ich war zwar ziemlich weggetreten, aber so sehr nun auch wieder nicht.« Sie schwieg einen Moment und verfolgte Jeanne mit den Augen, die aus der Hütte getreten war, um die Decken auszuschütteln. »Den Antrag hast du doch hoffentlich ihr gemacht, oder?« fragte sie.

Tantris folgte ihrem Blick. Jeanne, die von der Arbeit aufsah, winkte zu ihr hinüber. Wie zart sie war, eine schmale Gestalt vor den hohen Bäumen, umgeben vom grünen Dunst. Eine schmale, rote Flamme, mit ihren Haaren, die sie bis zur Hüfte umspielten, eine bleiche Nymphe, dachte Tantris. Sie sollte immer Blumen im Haar tragen.

»Äh, nein, nicht direkt«, sagte er, als er bemerkte, daß Berenice erwartungsvoll schwieg. Er hielt den Zeitpunkt nicht für geeignet, um Berenice zu erklären, daß Adlige keine Bauernmädchen ehelichten.

Die Wahrsagerin antwortete nichts, sondern räusperte sich nur vielsagend.

Tantris wich der Frage aus. »Und Guy schicken wir auf die Schule«, sagte er und lehnte sich zurück. »Er ist ein cleverer Kerl, und wissensdurstig. Hast du gesehen, wie er diesem Doktor nicht von der Seite wich? Er ist jetzt gerade im rechten Alter.«

»Sicher«, antwortete Berenice dürr. »Wo ist er eigentlich?«

Tantris nahm die Arme herunter, die er bei seinen letzten Worten gemütlich hinter dem Kopf verschränkt hatte. »Er ist noch nicht zurück?« fragte er fassungslos. Mit einem Ruck setzte er sich auf und schaute sich um. »Ich dachte, er liefe hier irgendwo herum?«

52. Kapitel

Mit Tränen in den Augen war Guy durch den Tunnel gestolpert. Sein Kummer über die Neuigkeit überwältigte ihn schier. Tantris, sein Freund, sein Vater, wollte fortgehen. Er würde ihn zurücklassen, so wie alle ihn immer verlassen hatten. Fast blind lief er am Ausgang in die Felder hinein. Nein, er würde nicht warten, bis es soweit wäre, bis Tantris ihm die Hand auf den Scheitel legte, um irgend etwas Verlogenes zu sagen. Bis er ihm, wie den anderen, ein paar Münzen in die Hand drückte, ehe er ging. Oder bis er bei Nacht und Nebel verschwände und sie alle eines Morgens ohne ihn aufwachen würden. Allein in ihrem Lager und ihrem freudlosen Dasein.

Tantris war derjenige, der alles Leben in sich getragen hatte. Er hatte gesungen, er hatte gesprüht. Er hatte so schnell Gedanken verfertigen können, daß man mit dem Zuhören kaum nachkam und einem wunderbar schwindlig wurde. In seinen Träumen hatte der Junge manchmal den Reigen getanzt mit den Ideen, die er selbst einst erschaffen würde.

Er hatte schreiben und lesen können. Guy hatte es eines Tages bemerkt und ihn angebettelt, ihn diese Kunst zu lehren. Aber Tantris hatte abgelehnt, mürrisch an dem Tag, so wie manches Mal. Guy hatte es auf den Wein geschoben und den Kater, der ihn hinterher plagte. Aber jetzt wußte er es besser. Der Herr Tantris gedachte nicht lange genug bei ihnen zu bleiben, um sich auf so eine große Sache einzulassen.

In diesem Punkt lag Guy richtig, und er wußte es instinktiv. Er erinnerte sich noch gut an das verlegene Gesicht, mit dem

Tantris seine Bitte abgewehrt hatte, das Gesicht von einem, der die Verantwortung scheut. Guy biß sich auf die Lippen. Er stolperte, fiel hin und rannte weiter. Er wollte außer Sicht sein, wenn die anderen ans Ende des Tunnels kämen, er würde es nicht ertragen, ihre Stimmen seinen Namen rufen zu hören. Doch niemand rief nach ihm.

Automatisch und ohne nachzudenken lief der Junge in seinem Schmerz bis Ménerbes. Dort in den Ruinen kam er wieder zu sich. Was hatte ihn ausgerechnet hierher getrieben, fragte er sich, als er seine Umgebung betrachtete und wiedererkannte. Was zum Teufel hatte er hier noch verloren? Er schaute sich um, dort war die Stelle, an der Tantris im Gras gesessen hatte. Auch die Katze war wieder da. Guy hob einen Stein auf und warf ihn mit aller Kraft nach ihr. »Was willst du denn, blödes Ding?« schrie er. »Auf die brauchst du nicht zu warten.«

Dann wandte er sich ab vom Tal, ab vom Wald jenseits des Flusses. Er würde nicht zu dem Einsiedler zurückkehren. Guy lief die Straße weiter in Richtung Osten, nach Lacoste.

Anfangs rannte er, dann ging er, schließlich blieb er stehen, überwältig von dem Gefühl der Heimatlosigkeit und Sinnlosigkeit, das ihn überfiel. Wohin wollte er denn nur so rasch? Wartete denn irgend jemand auf ihn, daß er solche Eile hatte? Gab es irgendeinen Ort, an dem er zu Hause wäre?

Schließlich ließ Guy sich ins Gras sinken und legte das Kinn auf die Knie. Nein, noch immer war er nicht willens, Tantris nach seinem Verrat noch einmal unter die Augen zu treten. Er brauchte ihn nicht, er verachtete ihn.

Andererseits erschien ihm die Aussicht, mit Jeanne und Berenice weiterzuziehen, doch weit besser zu sein, als völlig alleine in der Welt zu stehen. Jeanne war es immerhin gewesen, die ihn damals aus dem Dickicht gezogen und ihm Essen unter den Wagen gestellt hatte. Berenice hatte sich wie eine Mutter benommen, ihn gescholten, ihm die Ohren gewaschen und ihn ins Bett gesteckt, wenn er noch gar nicht müde war. An so etwas konnte ein einsames Kind sich gewöhnen. Wie gemein sie doch alle waren!

Guy vergoß noch ein paar Tränen. Dann stand er auf und klopfte sich den Staub vom Hosenboden. Sein Entschluß stand fest. Er würde zu der Einsiedelei zurückschleichen und sich in der Nähe verbergen. Wenn Tantris dann fort wäre, ginge er zu den beiden Frauen. Sie drei würden ihr Auskommen schon finden. Guy blinzelte. Die Sonne stand schon tief. Wenn er sich beeilte, konnte er die Ruinen von Ménerbes noch vor Sonnenuntergang erreichen. Dort würde er übernachten und anderntags dann seinen Weg zurück in die Einsiedelei suchen. Noch einmal wischte er sich sein Gesicht trocken. »Kannst dich freuen, Katzenvieh«, brummte er, »kriegst doch noch ein bißchen Gesellschaft.«

»Guy?« rief Tantris, der aufgestanden war und den undurchdringlichen Wall aus Bäumen musterte. »Guy!« Er blieb ohne Antwort. »Wir müssen nach ihm suchen«, verlangte er.

Berenice schüttelte den Kopf. »Er ist davon, weil er dachte, du verrätst ihn. Er wird wiederkommen, wenn der Hunger den Trotz besiegt.«

Tantris starrte noch immer in den Wald. Er hatte da seine Zweifel. Es gab Naturen, bei denen war der Stolz stärker als der Hunger. Manche lebten lieber mit dem Schmerz. Er machte ein paar Schritte auf den Waldrand zu.

Da humpelte der Einsiedler mit zitternden Beinen herüber. »Geht jetzt nicht, Herr«, krächzte er. »Ich habe dem Doktor versprochen, euch erst gehen zu lassen, wenn ihr gesund seid.« Er hustete. Dann flüsterte er: »Auch das Fräulein wäre nicht glücklich.«

Tantris runzelte die Stirn und schaute zur Hütte hinüber.

Richtig, er hatte noch immer Verpflichtungen. Tantris seufzte. »Ich habe versprochen, ihr Leben zu schützen, und dazu muß ich sie nach Vernègues bringen.« Er faßte einen Entschluß.

Dann richtete er sich auf und rief laut in den Wald: »Guy, du kleine Kröte, falls du mich hörst: Ich gehe nach Vernègues, aber ich komme wieder her, und wenn du dich solange nicht um Berenice kümmerst, dann kannst du was erleben, klar?« Er überlegte einen Moment. »Und ich bring dir das Lesen bei, also mach dich auf was gefaßt.«

Aber Guy war nicht da.

Der Junge hatte, von seinem Kummer beschwert, lange geschlafen in seinem Winkel in Ménerbes. Als er erwachte, lag die Katze zusammengerollt warm auf seinem Bauch. Er verscheuchte sie zuerst, überlegte es sich dann aber anders, lockte das struppige Tier erneut an, das sich ihm zögernd näherte, und steckte es, alles Gefauche und Gekratze mißachtend, in seinen Beutel. Wohin sein Weg ihn auch führen mochte, er fühlte sich wohler, wenn er ihn in Begleitung antreten konnte.

Lange allerdings saß er herum und konnte sich, in seinem Mut gestärkt vom hellen Tageslicht, noch einmal nicht recht entscheiden: zurück zu den anderen oder heldenhaft in eine ungewisse Zukunft? Er spielte eine Weile in den Ruinen herum, fand eine Eisenstange und focht gegen die Brennesseln. Er erschlug nach langem Lurren eine Maus und stopfte sie der Katze in ihren Sack. Es hatte Zeiten gegeben, da wäre dies sein eigenes Mittagsmahl gewesen. Doch nun trug er Verantwortung.

Endlich, sein Magen knurrte bereits erheblich, machte Guy sich auf den Weg. Ohne groß nachzudenken, ging er über die Wiesen talabwärts, auf den Wald des Einsiedlers zu. Doch schon nach wenigen Schritten wurde sein Aufbruch gestoppt. Er ließ gerade seine Eisenstange über die hohen Gräser pfeifen, da hörte er auf der Straße hinter sich Pferdegetrappel.

Guy duckte sich, so rasch er konnte. Was er sah, ließ ihm das Blut in den Adern gefrieren.

Fünf Reiter waren es insgesamt, und er erkannte auf ihren Harnischen unschwer das Wappen des Barons. Ein Mann war bei ihnen, ein Bauer, den Guy noch nicht gesehen hatte. Er unterhielt sich mit dem Anführer, der sich nun aufrichtete, um in die Richtung zu schauen, in die der Mann neben dem Pferd wies. Es war der Narbige, Guy erkannte ihn sofort. Die Fackel hatte sein Gesicht in jener Nacht gut beleuchtet.

»Verdammt«, wisperte er und hielt den Kopf so weit gesenkt, wie er konnte. Der Bauer drüben sagte etwas, und der Narbige zog ihn nun am Ohr. Aber es blieb dabei: die Richtung, in die der Mann wies, war die des Waldes, in dem der Klausner lebte.

»Glaubst du an Zufälle?« fragte Guy die Katze und klopfte auf seinen Beutel, der sich sofort wie wild auszubeulen begann. »Ich nicht.«

Die Zusammenhänge erschienen ihm reichlich klar. Der Einsiedler hatte seine Freunde verraten. Er mußte auf dem Ludovigs-Hof, den er täglich am Morgen besuchte, Bescheid gesagt haben. Und die hatten einen Knecht nach Oppède-le-Vieux geschickt.

Guy kontrollierte kritisch den Sonnenstand. Sie hatten sich wahrhaftig nicht viel Zeit gelassen, dachte er. Aber nun gab es einen kleinen Disput. Die Berittenen waren offenbar nicht bereit, den Weg durch den Wald zu nehmen. Das jedenfalls schloß Guy aus den Gesten der Diskutierenden. Schließlich wendeten sie ihre Pferde und ritten zurück.

»Verschwindet dahin, wo ihr hergekommen seid«, zischte Guy und spuckte ihnen kräftig hinterher. Aber er wußte, sie würden nur bis zu der Wegkreuzung zurückreiten und dann die Abzweigung nach Norden nehmen. Wie schnell sie wohl von dort bei der Einsiedelei sein konnten? Er würde sich beeilen müssen.

Ohne länger zu zögern, sprang er auf und rannte den Abhang ins Tal hinunter. Das Wasser spritzte nur so, als er mit einem gewaltigen Satz in der Mitte der Furt landete, und er nahm sich nicht die Zeit, seine Hosen auszuwringen, als er am anderen Ufer ankam. Ohne Verzug rannte Guy in den Wald.

Tantris besprach sich mit Jeanne, die sich gerade eine neue Gürteltasche nähte und aus ihren dünnen Vorräten den Inhalt dafür zusammensuchte. »Kein Nähzeug mehr«, klagte sie, »kein Messerchen.«

»Diane hat so etwas«, glaube ich, entgegnete er, um hilfreich zu sein. »Du kannst sie ja darum bitten. Aber warte, bis ich mit ihr gesprochen habe.«

»Ich warte«, sagte Jeanne lächelnd. Es war ihr Abschied, und er hoffte, daß die Worte mehr bedeuteten als das, was man auf den ersten Blick in ihnen las.

Dann ging er schweren Herzens zu Diane, die immer noch nicht bereit schien, mit ihm zu reden. Sie wandte ihm demonstrativ den Rücken zu, sobald er die Hütte betrat. Doch kaum hatte er begonnen zu sprechen, vergaß sie ihren Vorsatz und überschüttete ihn mit Vorwürfen.

»Hast du dich also endlich an mich erinnert, die hier mutterseelenallein und ohne Beistand in der Wildnis haust? Verschwindet einfach ohne ein Wort, mitten in der Nacht. Läßt mich allein mit diesem, diesem Gnom. Ja was glaubst du denn, wie ich mich dabei fühle?« Schluchzend sank sie auf einen Stuhl und schlug die Hände vors Gesicht.

Tantris ließ sie ausreden und hob dann die Hände. Gleich darauf ließ er sie wieder sinken. Er gab es auf. Er wußte, es gab für sein Verhalten keine Entschuldigung. Es war in keiner Weise ritterlich. Dennoch hatte er nicht anders handeln können. Wortlos wandte er sich ab.

Sofort hörte Diane zu weinen auf. »Wo willst du hin?« fragte sie scharf und nahm die Hände vom Gesicht.

Tantris drehte sich wieder um. »Mich verabschieden«, sagte er. »Wir beide brechen am besten sofort auf.«

Danach kehrte er zu Berenice zurück, die noch immer an ihrem Baumstamm lehnte. Sie streckte ihm die Arme entgegen, und er hob sie auf und trug sie ein Stück weiter. Die Schatten wanderten rasch auf der engen Lichtung.

»So, hier sollte es eine Weile auszuhalten sein«, meinte er, während er eine Decke über sie breitete. »Je schneller ich es hinter mich bringe, desto besser, schätze ich.« Sie starrte angstvoll zu ihm auf. Ihr Mund öffnete sich, um etwas zu sagen, doch es kam kein Ton heraus.

Tantris lächelte müde und nahm ihre Hand. »Nur keine Sorge«, sagte er, »ich komme wieder.«

»Das glaube ich kaum«, sagte eine Stimme, die er kannte.

Tantris fuhr herum. An seinem Hals saß eine Klinge.

Sein Blick suchte Jeanne, doch die wand sich bereits in den Händen zweier Soldaten. Ein dritter trat die Tür der Hütte ein. Der Einsiedler stand am Rand der Szene und beobachtete alles, während er seinen dürren Bart strich. Tantris verfluchte innerlich den Verräter. Dann faßte er seinen Gegner ins Auge.

Laut sagte er: »Die zweite Narbe steht euch nicht schlecht.«

Die Ohrfeige schleuderte seinen Kopf zur Seite. Dort, in den Büschen, glaubte er etwas bemerkt zu haben. Wenigstens, dachte er, haben sie Guy nicht bekommen.

Guy rannte und rannte, sein Puls raste, sein Atem flog. Die Bäume rauschten so rasch an ihm vorbei, daß es lange dauerte, bis er bemerkte, daß die Gegend ihm wenig bekannt vorkam. Keuchend blieb er stehen und schaute sich um. Da waren hohe, rötliche Kiefernstämme, an denen der Efeu hinaufkroch. Die Sonne ließ die Rinde schimmern. Ein paar Vögel zwitscherten, ein Eichhörnchen knackte Nüsse und ließ die Schalen raschelnd zwischen die Blätter fallen.

Diesen Felsen da vorne, der wie eine doppelte Nadel aufragte, den hatte Guy noch nie gesehen. Langsam drehte er sich einmal um sich selbst. Aber er war doch an dem kleinen Bach vorbeigekommen? Und an dem Hohlweg mit den Wurzeln, die wie Schlingen aus den Wänden ragten. Danach kam die Stelle, wo die vielen Pilze wuchsen, und er hatte den Abhang nach der zweiten Bruchkante genommen. Oder war es die erste gewesen? Ein klägliches Gefühl stieg in ihm auf. Er hatte sich verlaufen.

53. Kapitel

Der alte Baron de Vernègues war mehr als schlecht gelaunt. Sein Sohn war nicht in Le Thor, wie er es angekündigt hatte. Überhaupt, was war das für eine Ankündigung gewesen. Zur Jagd wollte er, ausgerechnet bei Palamède, der kaum Pfeil und Bogen halten konnte, aus Angst, seine Kleidung käme dabei zu schaden, und der nicht einmal eine Hundemeute unterhielt. Er hätte schon da mißtrauisch werden sollen.

Er war es erst recht, als der vermeintliche Aufenthalt sich hinzog. Am allermeisten, da nicht der übliche Lakai bei ihm auftauchte, um nach mehr Geld zu fragen. Also hatte der Baron sich aufgemacht, er hatte ohnehin Geschäfte in der Nähe und sich vorgenommen, auf dem Weg noch einmal beim Baron d'Oppède vorzusprechen.

Der allerdings war seltsam aufgebracht, als Vernègues zu ihm vorgelassen wurde, beinahe außer sich. Vernègues konnte sich nicht erinnern, seinen Nachbarn jemals so unruhig gesehen zu haben. Wie ein Tier marschierte er vor dem Kamin auf und ab, schwatzte allerhand unzusammenhängendes Zeug von einem Quacksalber, der die Stadt in Aufregung versetzt hätte, von Hexen und einem zornigen Bischof. Vernègues kam es so vor, als hörte der Baron sich nicht einmal selber zu und wisse kaum, was er rede.

Dann plötzlich dieser Vorwurf: Sein Sohn, Raymond, hätte d'Oppèdes Mündel entführt! Die beiden wären seit Tagen verschwunden. Vernègues wies diesen Verdacht weit von sich, aber d'Oppède steigerte sich in immer üblere Anwürfe und drohte, seine Frau und Tochter zu holen, damit sie mit ihren Tränen den Verlust der Gefährtin bezeugten.

Vernègues erhob sich abrupt. »Derartige Sentimentalitäten liegen Euch nicht«, erklärte er kühl. »Und auch die Anschuldigungen, die Ihr vorbringt, sind unter Eurer Würde.«

D'Oppède jedoch bestand auf seinem Vorwurf. Er berichtete, ruhiger nun, doch noch immer mit fiebrigem Blick vom Auftauchen Raymonds beim Geburtstagsfest seiner Tochter, von den Blicken und Küssen, die er Diane bei der Gelegenheit zugeworfen. Von dem Vorwand, mit dem das Mädchen sich frühzeitig zurückzog – beides könnten viele Zeugen bestätigen –, und von dem Verschwinden beider noch in derselben Nacht.

D'Oppède hielt in seiner Darstellung inne und wischte sich den Schweiß von der Stirn. »Wenn dem Mädchen etwas zugestoßen ist ...«, stieß er hervor.

Vernègues unterbrach ihn brüsk. »Mein Sohn mag übermütig sein«, erklärte er, »aber er ist ein Ehrenmann. Ein Verhalten, wie Ihr es schildert, ist für ihn nicht vorstellbar.«

Aber in seinem Inneren begannen Zweifel zu nisten. »Mein Sohn«, fuhr er dennoch fort, »befindet sich bei Freunden in der Nähe. Ich werde ihn sofort aufsuchen und die Sache aufklären. Rückhaltlos.«

»Tut das«, hatte der Baron da gemurmelt und ihn beobachtet wie ein gefährliches Wild.

Mit diesem Mißklang zwischen ihnen war er aufgebrochen.

Was nur, dachte der Baron de Vernègues, während er durch das Tor von Oppède-le-Vieux ritt, war in diesen Mann gefahren? Er war nicht der Charakter, den die Sorge um sein Mündel derart um den Verstand brachte.

Er ahnte nicht, daß es die Sorge um seine Pläne war, die den Baron derart umtrieb. Denn der spielte va banque, indem er

Vernègues einen Teil der Szenerie bereits enthüllte, mit der er ihn demnächst zu erpressen gedachte, ohne sich des Ausgangs der Sache schon sicher zu sein. Noch konnten der verdammte Gaukler und das Mädchen unbeschadet auftauchen und mit dem Finger auf ihn zeigen. Dies allerdings war eine Sorge, die anderntags durch die Ankunft eines Milchbauern namens Ludovig beruhigt werden sollte.

Vernègues und sein Troß dagegen brachen auf nach Le Thor.

Dort fand er Palamède und die anderen Freunde seines Sohnes, aber keine Spur von Raymond. Die jungen Hähne taten sehr männlich, beriefen sich auf Ehrenworte und heilige Pflichten, gaben aber schließlich recht kleinlaut zu, daß Raymond niemals dagewesen sei. In Vernègues stieg ein übler Verdacht auf. Er verschärfte sein Verhör und erfuhr, was er lieber nicht gewußt hätte: Ja, Raymond hätte viel von seinem Liebesschmerz erzählt. Er hätte mit einer Tat geprahlt, würdig eines Leander.

»Er wollte schwimmen gehen?« schnauzte Vernègues, und Palamède erbleichte unter seinem hübschen, neuen Hut.

»Nun, nicht direkt«, stotterte er.

Dann erfuhr er, Stück für Stück, vom Entführungsplan seines Sohnes. Kochend vor Wut hatte er sich die jungen Männer geschnappt und sie gezwungen, mit ihm zu reiten. Obwohl sie hoch und heilig schworen, nicht die geringste Ahnung zu haben, wohin Raymond sich mit seiner Liebsten begeben haben könnte, wenn nicht stracks nach Hause und in die Vernèguesche Schloßkapelle, so glaubte der Baron ihnen doch nicht. Irgendwo befand sich das ruchlose Liebesnest seines Sohnes. Er spuckte das Wort förmlich aus. Und diese kakelnden Fasanenhähne würden es ihm zeigen.

Die Stimmung des kleinen Zuges war denkbar schlecht. Vernègues war so tief in seine Gedanken versunken, daß er den kleinen Jungen erst bemerkte, als er an seinem Steigbügel zupfte.

»Weg da, Streuner«, brummte Vernègues und hob gedankenverloren die Peitsche.

»Herr«, fragte der Junge, »ist das Euer Wappen?«

»Du naseweiser Bengel!« Nun war der alte Baron wach. »Was geht es dich an?«

Palamède hielt sein Pferd neben dem des Barons. Ängstlich versuchte Guy, zwischen den beiden Tieren nicht zerquetscht zu werden. Er war lange durch den Wald geirrt, ohne eine Spur des vertrauten Pfades wiederzuentdecken. Als er endlich auf den breiten Weg stieß, waren seine Gefühle sehr gemischter Art gewesen. Er war hier noch niemals entlanggegangen. Gewiß waren Charles und der verräterische Bauer hier vorbeigeritten. Sie mußten inzwischen längst bei der Klause sein. Aber wie sollte er selbst dorthin finden?

Immerhin beschloß er, sich auf der Route zu halten, weil sie zu dem Bauernhof führen mußte oder zu einem Dorf, von dem aus er sich zu Melchior dem Klausner würde durchfragen können. Ängstlich lauschte er dabei auf Pferdegetrappel. Wenn Charles und seine Männer zurückkämen, Tantris und die anderen gefangen bei sich, was sollte er dann tun?

Als das Geräusch wirklich erklang, war er in die Büsche gesprungen, mit klopfendem Herzen. Doch es waren andere Reiter, die da den Waldweg entlangkamen. Guy wollte sie schon, in seinem Versteck geborgen, passieren lassen, als ihm das Wappen auf der Decke des ersten Pferdes auffiel. Dieses Bild hatte er schon einmal gesehen. Nicht nur bei dem jungen Adligen, der ihnen all das eingebrockt hatte, sondern früher schon, irgendwann, er konnte die Zeit und den Zustand kaum benennen. Er war klein gewesen und satt, und jemand hatte ihm zärtlich über den Kopf gestrichen. Es mußte in einem anderen Leben gewesen sein. Und dieses Leben, er spürte es dunkel, war friedlich und beschützt gewesen. Etwas sagte Guy, daß von diesem Zeichen kein Unheil ausging. Er nahm allen Mut zusammen und sprang vor.

»Was für eine häßliche kleine Kröte«, rief Palamède und trieb sein Pferd noch ein wenig auf Guy zu. Die Katze in ihrem Sack fauchte und hieb die Krallen durch den Stoff. Das Pferd des Mannes scheute.

Guy wandte sich wieder dem älteren Mann zu. »Seid Ihr der Vater von einem, der Raymond heißt und der dasselbe Wappen trägt?« fragte er atemlos.

Im selben Moment wurde er am Kragen hochgehoben. »Wo ist mein Sohn?« verlangte Vernègues zu wissen.

In Oppède im Verlies, war die korrekte Antwort. Guy wollte schon den Mund öffnen, dann überlegte er. Es war ein Satz, der so viele weitere Fragen nach sich zog. Und wenn er dem Baron die Wahrheit sagte, würde der ihm vermutlich nicht glauben. Er würde bestenfalls nach Oppède-le-Vieux reiten, um dort Auskunft zu verlangen. Für Tantris und die anderen käme dann jede Hilfe zu spät. Guy schloß den Mund wieder.

Der Baron runzelte die Stirn. »Na, wird's bald?« fragte er und schüttelte den Jungen. Der war zu einem Entschluß gekommen.

»Euer Sohn ist bei einem Klausner ganz in der Nähe«, stieß er atemlos hervor.

Vernègues stieß einen Wutschrei aus. »Ein Klausner. Und er hat die beiden getraut, was?«

Guy wußte nicht, ob das gut oder schlecht wäre, aber er nickte zaghaft mit dem Kopf.

Der Baron packte ihn noch einmal am Kragen und setzte ihn vor sich im Sattel zurecht. »Bring mich sofort zu ihm«, verlangte er.

Vorsichtig wies Guy in die Richtung, aus der die Reiter gekommen waren. »Kennt Ihr dort einen Ludovigs-Hof?« fragte er.

Der Baron schnaubte. Kleinlaut warf Palamède ein: »Der ist gleich hinter der nächsten Biegung.«

Über Guys Gesicht ging ein Leuchten. Sie würden bald am Ziel sein. »Dort hilft man Euch weiter«, sagte er.

54. Kapitel

Charles hatte alle auf dem Vorplatz zusammentreiben lassen, bis auf den alten Einsiedler, der sich abseits hielt und das Geschehen nervös und neugierig beobachtete. Er machte ein erschrockenes Kreuzzeichen, als er sah, wie Diane an den Haaren aus dem Haus gezerrt wurde. Aber als der junge Adlige einen Beutel von seinem Gürtel löste und ihm zuwarf, fing er ihn behende auf. Gemeinsam mit dem Bauern, der sich ebenfalls abseits hielt, schlug er sich kurz darauf in die Büsche.

»Dein Anteil«, hörten sie ihn krächzen, »dein Anteil ist dein Seelenheil, mein Junge.«

»So«, erklärte Charles und bestieg sein Pferd. Er ritt einmal an der Front seiner Gefangenen auf und ab. Berenice war auf den Platz gezerrt und in den Staub geworfen worden. Jeanne kniete neben ihr und half ihr, sich wenigstens ein wenig aufzurichten. Die beiden Frauen verflochten ihre Finger eng ineinander.

Diane hatte sich dicht an Tantris geschmiegt. »Tu doch was«, flüsterte sie. Der Gaukler warf Jeanne über die Köpfe der anderen einen langen Blick zu. Er hoffte, sie würde alles lesen können, was darin stand.

Charles sah es und lächelte. Er verneigte sich flüchtig vor Diane, die die Unterlippe vorschob.

»Ich hab dich noch nie leiden können«, sagte sie. Doch selbst in ihrer befehlsgewohnten Stimme schwang nun die Angst mit. Tantris strich ihr beruhigend über den Rücken.

Charles tätschelte den Hals seines Pferdes, als er die Zügel anzog. »So«, wiederholte er. »Bleibt also nur noch zu entscheiden, wer von euch die Ehre hat, den Weg nach Oppède-le-Vieux auf seinen eigenen Beinen anzutreten.« Er wandte sich mit einer schnellen Bewegung an seine Männer. »Die Rothaarige lebend«, sagte er. »Der Rest …« Seine Handbewegung war eindeutig.

Drei der Soldaten hoben die Waffen und gingen auf die Verurteilten zu. Den vierten winkte Charles zu sich. »Die Alte und den Mann verscharrt gleich hier«, wies er ihn an. Da schaute er auf. Diane, von Tantris gedeckt, der seinen Dolch gezückt hatte, rannte soeben schreiend in den Wald.

»Wir brauchen sie«, rief Charles, woraufhin seine Männer kehrtmachten, um hinter dem Mädchen herzusetzen. Er selbst zog sein Schwert und näherte sich Tantris, wobei er Jeanne nicht aus den Augen ließ, die sich langsam aufrichtete.

»Bringen wir es zu Ende?« Charles neigte höflich den Kopf und ließ die Spitze seines Schwertes kreisen.

Tantris erwiderte die Verbeugung.

Diane hatte den Waldrand gerade erreicht, als sie sich umschaute. Sie erblickte die Bewaffneten auf ihrer Fährte und schrie erneut. Da war nichts, nichts zwischen ihren Schwertern und ihr selbst, als die goldene Nachmittagsluft. Noch nie im Leben hatte sie solche Angst gehabt. Ihre Beine zitterten so sehr, daß sie kaum begriff, warum die Bäume und Büsche weiterhin an ihr vorbeiflogen. Aber es mußte so sein: Sie rannte.

Dann spürte sie einen heftigen Schlag: Sie war gegen etwas Großes, Weiches, Warmes gelaufen. Benommen taumelte Diane zurück. Das Etwas roch nach Pferd.

Baron de Vernègues neigte sich herunter und schaute sie mit gerunzelter Stirn an. »Meine werte Schwiegertochter, wenn ich mich nicht sehr irre.« Seine Stimme klang streng.

Hinter ihnen krachte es im Unterholz. Entsetzt fuhr Diane

herum. Dann klammerte sie sich an Vernègues' Steigbügel. »Rettet mich, Herr.« Sie wollte es rufen. Es reichte zu nicht mehr als einem Flüstern.

Doch mehr war auch nicht nötig. Vernègues zog sein Schwert und seine Begleiter mit ihm.

D'Oppèdes Männer zögerten, als sie die Berittenen sahen. Sie wurden langsamer, blieben schließlich stehen. Als Vernègues gelassen auf sie zuritt, machten sie Miene, sich umzuwenden und zu flüchten. Doch bis zur Klause kamen sie nicht mehr.

Der Kampflärm drang nicht vor bis zu der Hütte, wo Charles und Tantris einander noch immer lauernd umkreisten. Jeanne zog Berenice, so gut sie es vermochte, aus der Reichweite der Klingen. Die Hand der Wahrsagerin umklammerte ihren Arm. »Laß mich«, flüsterte sie ihrer Freundin zu, »lauf!« Doch die schüttelte nur den Kopf. Als Charles nach einer Finte vorstürzte, sprang sie auf.

»Lauf!« wiederholte Berenice und hielt sie am Saum fest.

»Tantris!« Jeanne stolperte, in Panik zog sie an dem Rock, der sich schnell aus Berenices schwachen Fingern löste. Sie fing den Blick des Gauklers auf. Sie lief los, wie durch Wasser, so schien es ihr. Alle ihre Bewegungen waren so langsam, so unendlich schwer. Tantris ging zu Boden. Sie käme zu spät. Da hörte sie Hufgetrappel.

»Was zum Teufel ...!« Charles schaute auf, als das Schnauben der Pferde näher kam.

In dem Moment bäumte Tantris sich auf. Mit schmerzverzerrtem Gesicht fiel er zurück. Doch in Charles' Leib steckte zitternd das Messer.

Jeanne blieb stehen. Der Adlige richtete sich auf, beide Hände um die Klinge gekrampft. Speichel tropfte aus seinem offenen Mund, als er ein paar schwere Schritte auf sie zu machte. Sie wich zurück, bis sie über Berenice stolperte.

Ein Pfeil zischte durch die Luft, knapp an Charles vorbei.

Der blinzelte einmal, röchelte, wollte etwas sagen und brach zu Jeannes Füßen zusammen.

»Mist, daneben«, ertönte Palamèdes Stimme. Dennoch verneigte er sich ritterlich vor Jeanne. Die stieg, ohne ihn eines Blickes zu würdigen, über Charles' Leiche hinweg und lief zu Tantris.

Der hielt bereits Guy in seinen Armen und vergrub sein Gesicht in den Haaren des Jungen. Jeanne stürzte auf die Knie und umarmte sie alle beide.

Baron Vernègues musterte das Schlachtfeld mit finsterer Miene. »Wo«, fragte er erneut, »ist mein Sohn?«

Die lange Version der Geschichte, gestützt von den Bestätigungen Dianes, überzeugte den Baron schließlich.

Er ging in der engen Hütte mit großen Schritten auf und ab, während er sich die Schilderungen der Gaukler über jene Nacht anhörte.

»Daher also d'Oppèdes seltsame Unruhe«, murmelte er schließlich und starrte ins Feuer. »Ich habe mir doch gleich gedacht, daß das nicht der Sorge um sein Mündel geschuldet sein kann. Verzeiht, meine Liebe.« Er verneigte sich knapp vor Diane, die sich geziert die Augen tupfte und ihm zunickte.

»Die Lüge war es, die ihn umtrieb.« Der Baron hieb sich die Faust in die offene Hand. »Die ruchlose Lüge, mein Kind sei ein flüchtiger Verbrecher, während er ihn doch zur selben Zeit in seinen Verliesen, direkt unter meinen Füßen gefangen hielt.« Der Baron starrte auf den Boden, als täten sich die d'Oppèdeschen Verliese direkt dort auf.

»Diese Lüge«, fuhr er fort, »die er noch zu keinem glücklichen Abschluß gebracht hatte, die ihm noch wie eine giftige Kröte ins eigene Gesicht springen konnte und die nun auf ihn zurückfallen wird.« Er hob den Kopf. »Wir reiten sofort los!«

»Er wird es leugnen«, wandte Tantris ein, »und Euren Sohn

lieber töten und verschwinden lassen, als ihn an Euch auszuhändigen.«

Der Baron, Widerspruch nicht gewohnt, hob den Kopf. Es paßte ihm nicht, von einem Gaukler belehrt zu werden, doch er mußte zugeben, daß der Einwand etwas für sich hatte. Wenn er in d'Oppèdes Schloß gestürmt käme, um die Herausgabe seine Sohnes zu fordern, würde er gar nichts erreichen.

»Und wer seid Ihr, wenn ich fragen darf?« schnauzte er, gereizt ob dieser Erkenntnis.

Jeanne, Guy und Berenice schauten Tantris an.

Der sprang auf und verneigte sich so anmutig, wie seine Verletzung das zuließ. »Tantris der Narr bin ich, Tantris der Gaukler, zu Euren Diensten.«

Vernègues musterte ihn interessiert. »Ich habe von Euch gehört«, murmelte er.

»Und mit Verlaub, Herr.« Tantris wagte eine Drehung und verzog schmerzhaft das Gesicht. »Bin ich damit genau der Mann, den ihr in diesem Augenblick braucht.«

55. Kapitel

Der Zug, der sich anderntags dem Städtchen Oppède näherte, sah traurig aus. Der Baron de Vernègues ritt an der Spitze, gefolgt von drei Bahren, getragen jeweils von zwei Männern. Die Leichen darauf waren mit Tüchern bedeckt, doch hatte man an der vordersten den Zipfel zurückgeschlagen, der das Gesicht bedeckte. Zwei weitere Reiter mit ernsten Mienen beschlossen den Zug.

»Mein Herrgott, hilf!« Die Wache am Tor bekreuzigte sich, als sie den ersten Toten sahen. »Unser Herr Charles.«

»Melde uns deinem Herrn«, befahl Baron Vernègues mit Grabesstimme.

Und so eilte die Nachricht der kleinen Prozession voraus.

Als sie am Torbogen ankamen, saßen die Reiter ab.

»Palamède«, sagte der Baron und nickte einem der Reiter zu.

Der junge Adlige erwiderte die Geste mit vor Aufregung blassem Gesicht. Dann gab er die vereinbarten Anweisungen: Die Bahren wurden abgesetzt und die Laken der ersten beiden Leichen zurückgezogen, ehe die Träger ihre Last wieder aufnahmen. So zogen Charles, des Barons d'Oppèdes Sohn linker Hand, und Tantris der Gaukler, still und friedlich, Seite an Seite, erneut in dem Schloß ein, in dem alle Verwicklungen ihren Ausgang genommen hatten.

Als sie den Innenhof querten, bemerkte Vernègues aus den Augenwinkeln die Gestalt an einem der Fenster im ersten Stock. Hinter dem halb angelehnten Fensterflügel verborgen, beobachtete der Baron von Oppède seine Besucher.

Vernègues nickte grimmig. Hoffentlich, dachte er, kommt er zu den richtigen Schlüssen. Tantris hatte ihm am Vorabend diesen Auftritt als den einzig möglichen nahegelegt.

»Wenn der Baron zugeben soll, Raymond in seiner Gewalt zu haben, dann muß er glauben, daß sein Plan gelungen ist und Ihr also durch Raymonds Haft erpreßbar seid. Dazu muß er vor allem sicher sein, daß Diane gestorben ist.«

Die letzte Bahre im Zug, weiß und stumm, zeigte unter dem Stoff die Umrisse einer Frauengestalt. Und mehr als eine Magd drängte sich in den Eingängen und preßte sich die Hand vor den Mund, als sie die zierliche Last vorüberziehen sah. Unter dem Laken sah, zerrissen und bar der Perlen, ein zierlicher rosafarbener Schuh hervor.

»Das Fräulein!«

Vernègues hörte hier und da ein Schluchzen. Er hörte es mit Wohlgefallen.

Sie wurden in den großen Saal geführt, dessen düstere Holzdecke heute kein Feuer erhellte. Der steinerne Kamin mit den beiden Löwen war kalt, nicht einmal Asche lag darin. Der Baron ließ auf sich warten. Vernègues gab den Trägern Anweisung, die drei Bahren nebeneinander in der Mitte des Raumes zu plazieren, und nickte Palamède und seinem Gefährten aufmunternd zu.

»Jetzt gilt's«, flüsterte der.

Dann endlich kam d'Oppède herein. Er trat schweigend ein, musterte alle durchdringend mit seinen großen, feuchten schwarzen Augen und ging dann um die Leichen herum. Charles' Gesicht war blasser denn je unter dem schwarzen Haar und im Tod womöglich noch schöner. Nichts von der Wut, die seine letzten Momente begleitet hatte, war mehr darin zu sehen. Der Baron musterte seinen Sohn mit schräg geneigtem Kopf, jedoch ohne eine Regung zu zeigen. Er ging weiter zu Tantris, bei dessen Anblick ein böses Lächeln über seine Züge fuhr.

»Mein Herr«, sagte Vernègues und räusperte sich. »Ich habe die traurige Aufgabe, Euch Euer Mündel zu bringen ... und zwei Schurken, wie ich vermute. Kennt Ihr die beiden?«

D'Oppèdes Hand fuhr nach dem Laken, das die Frauengestalt bedeckte, aber Vernègues packte sie und hielt sie fest. »Sie ist kein schöner Anblick«, sagte er.

D'Oppède verbarg das Gesicht in der Hand mit einer Geste der Erschütterung.

Ja, dachte Vernègues, spiel du nur Theater, gewinne Zeit, denk gut nach.

Schließlich hob der Baron d'Oppède den Kopf. »Wie habt Ihr sie gefunden?« verlangte er zu wissen.

Vernègues erzählte die vereinbarte Geschichte. Auf dem Weg zum vermeintlichen Aufenthalt seines Sohnes war er auf eine Stelle gestoßen, wo nahe der Straße einige Menschen im Streit lagen. Er hörte die Schreie einer Frau, das Klirren von Waffen. Als sie sich durch die Büsche dorthin geschlagen hatten, waren Männer geflüchtet. Diese drei Toten aber blieben zurück. »Vielleicht könnt Ihr mir Aufschluß über die Sache geben«, schloß Vernègues seinen Bericht. »Mir scheint, Ihr kennt die Kerle, die hier stumm vor uns liegen.«

»Waren noch andere Frauen dabei?« verlangte d'Oppède zu wissen.

Vernègues schüttelte den Kopf. »Keine Frauen. Aber wollt Ihr mir jetzt endlich sagen ...?«

Über d'Oppèdes Gesicht huschte ein triumphierendes Lächeln.

»Gewiß, ich kann, aber Ihr werdet es nicht gerne hören.« Er ging mit raschen Schritten einmal auf und ab, ehe er sich vor Vernègues aufbaute. »Diese beiden da«, rief er dann voller Pathos und wies auf Tantris und Charles, »waren Kumpane Eures Sohnes. Es gibt unzählige Zeugen, die sie gemeinsam gesehen haben, wie sie im Wirtshaus und auf dem Marktplatz ihre gemeinen Pläne schmiedeten. Mein eigener Mann, ich muß es gestehen, hat gegen mich gearbeitet.« Er stieß mit dem Fuß gegen die Bahre, auf der Charles lag, so daß dessen Kopf zur Seite fiel. Mit starren Augen sah er nun Tantris an.

»Der da«, sagte der Baron d'Oppède und wies auf Palamède, »wird es Euch wohl bestätigen können.«

Palamède und sein Freund schauten erst einander und dann den Baron de Vernègues an, ehe sie die Augen senkten und scheinbar in höchster Verlegenheit gestanden, daß d'Oppède die Wahrheit sagte. Sie berichteten von Raymonds Gesprächen mit Charles, von den Plänen, soweit sie eingeweiht waren, und daß der Gaukler angeheuert worden wäre, die Sache für sie auszuführen. Bei all dem schien ihnen äußerst unbehaglich zu sein.

D'Oppède lächelte befriedigt. »Ein solcher Schurke war Euer Sohn«, bemerkte er.

Da zog Palamède sein Schwert aus der Scheide. »Er ist ein Mann von Mut und Ehre«, rief er.

Vernègues legte ihm die Hand auf den Schwertarm und rief ihn streng zur Ordnung. »Ihr romantischen Narren habt genug angerichtet.« Dann wandte er sich wieder an den Baron. »Aber warum sind sie alle tot?« rief er aus. »Und mein Sohn, ist er auch ...?« Er sprach den Satz nicht zu Ende.

In d'Oppèdes Gesicht zeichnete sich eine bestialische Zufriedenheit ab. Mühsam zügelte er sein Lächeln. »Nun, ich kann Euch nicht im einzelnen erzählen, was dort abgelaufen ist, denn ich war nicht dabei. Aber ich stelle es mir folgendermaßen vor: Drei junge Heißsporne rauben ein Mädchen aus dem Haus seines Vormundes. Sie sind betrunken, vom Wein und von der Kühnheit ihrer Tat. Sie fühlen sich als unwiderstehliche Helden.« Der Baron ging lebhaft auf und ab, während er ihnen die Szene vor Augen stellte. »Das Mädchen, nun, ich will die Möglichkeit zugeben, daß sie zuerst von dem romantischen Plan betört war. Aber dann, in der rauhen Gesellschaft, fern der vertrauten Menschen und mitten im nächtlichen Wald, kommen ihr Zweifel. Sie möchte zurück, verlangt nach Geleit. Das wollen die jungen Herren ihr aber nicht gewähren. Wie es weiterging?«

Er blieb stehen und schaute die Männer im Raum an. »Mein Mündel war ein zartes, furchtsames Ding, vor allem aber lege ich für ihre Tugend meine Hand ins Feuer.« Er hob die Rechte, verschränkte sie aber rasch mit der Linken hinter dem Rücken. »Vielleicht bat man sie um einen Kuß, vielleicht wurde eine Umarmung daraus, ein kleines Rangeln im Dunkeln, mit heißem Atem und geflüsterten Schwüren.«

Vernègues zog die Augenbrauen hoch und öffnete den Mund.

D'Oppède hob die Hand, als wollte er bitten, ihn nicht zu unterbrechen. »Vielleicht, sage ich mit Bedacht. Nur vielleicht, hat sie sich gewehrt. Und dann ...« Er machte eine präsentierende Handbewegung und wies auf die Bahre, auf der sein Mündel unter dem Laken lag.

Vernègues bebte vor Empörung, die durchaus echt war. Wie konnte dieser Verbrecher es wagen, sich vor ihn hinzustellen und seinem Sohn auf diese schlüpfrige Weise die Ehre abzuschneiden.

»Niemals ...«, begann er.

D'Oppède ließ ihn nicht ausreden. »Wir sind nicht auf Vermutungen angewiesen«, erklärte er barsch. »Raymond selbst ...« – er lächelte, als er den Ausdruckswechsel im Gesicht Vernègues' sah – »... ja, Raymond selbst wird uns dies alles bestätigen.« Er machte eine Pause.

»Mein Sohn!« keuchte Vernègues.

»Er ist hier«, bestätigte d'Oppède. »Er ging meinen Männern ins Netz, so wie Euch diese traurigen Verschwörer und ihre Beute. Wann er sich von ihnen getrennt hat, weiß ich nicht. Aber er hat zugegeben, Diane entführt zu haben, er hat zugegeben, sie ermordet zu haben. Es war die kopflose Flucht vor der bösen Tat, die ihn in meine Arme trieb.«

»Ich glaube Euch kein Wort«, knurrte Vernègues. Nun war es an ihm, auf und ab zu marschieren.

D'Oppède trat zurück, er lehnte sich gegen den Kamin und gab dem Wüten seines Gastes Raum. Hin und wieder hob er die Hände oder zuckte mit den Achseln, wie einer, der nichts dafür kann.

»Ich will es Euch nicht übelnehmen«, sagte er schließlich und richtete sich sehr gerade auf. Er zog sein Wams straff. »Eure Worte sind im Schmerz gesprochen, im Schmerz eines tief getroffenen Vaters. Ich kann Euch das nachfühlen. Deshalb sinne ich auf Wege, um Euren Kummer zu lindern. Wie grausam wäre es doch, Euch, Euren Namen und den Eurer Familie einem öffentlichen Prozeß auszusetzen. Aber Ihr müßt auch mich verstehen. Mein Verlust ist nicht geringer und im Gegensatz zu Eurem nicht rückgängig zu machen.« Voll falschen Mitgefühls und lauernd, ob der zuletzt geworfene Köder seine Beute fände, verstummte der Baron und betrachtete Vernègues.

Der erwiderte seinen Blick mit wilder Glut. Unter seinen zottigen, grauen Augenbrauen hervor musterte er d'Oppède voller Abscheu. »Ich glaube Euch nichts davon, ehe ich es nicht aus dem Munde meines Sohnes höre.«

D'Oppède überlegte einen Moment. Dann klatschte er in die Hände und rief nach einem Diener. Schließlich wandte er sich wieder an Vernègues. »Ihr werdet ihn verstockt finden. Aber ich kann Euch die Befragungsprotokolle zeigen. Und die Beamten seiner Majestät beim Prozeß werden es zweifellos fertigbringen, ihm die Wahrheit zu entreißen. Bedenkt doch nur die peinlichen Fragen, die sie werden stellen müssen. Und die Folter.«

Vernègues winkte ab. Er hatte sich bereits der Tür zugewandt, durch die sein Sohn treten würde, und machte keine Miene, sich von irgend jemandem ablenken zu lassen.

D'Oppède seufzte und signalisierte den anderen mit einer Geste, daß man mit einem leidgeprüften Vater nachsichtig sein müsse.

Es dauerte lange, bis Schritte auf dem Flur hörbar wurden. Durch die Gestalt Vernègues ging ein Ruck. Er richtete sich noch weiter auf, ehe die Tür aufging und sein Sohn ihm gegenübertrat.

Raymond hob die Hand vors Gesicht und blinzelte. Das dämmrige Halbdunkel des Zimmers schien ihm im Vergleich zu seinem Kerker blendend hell. Nur langsam gewöhnten sich seine Augen an das neue Licht. Schließlich senkte er den Arm. Er sah jammervoll aus, fast ebenso bleich wie die Toten, mit roten, entzündeten Augen, vor Schmutz starrenden Haaren und einem ungepflegten Bart, der die Hagerkeit seiner Wangen nicht verbarg.

»Raymond!« rief Palamède unwillkürlich und erschrocken.

Erstaunt bemerkte ihn der Angerufene. Dann fiel sein Blick auf den alten Baron.

»Vater!« In dem Ausruf mischten sich Freude, Erleichterung und ein unüberhörbares Schuldgefühl. »Vater!« wiederholte Raymond de Vernègues und brach in Schluchzen aus. Sein Mund verzog sich und zitterte. Die Tränen, die über seine Wangen rollten, zogen gräuliche Schmutzspuren. Dann verbarg er das Gesicht in den Händen.

Alle bis auf d'Oppède wandten die Augen ab. Der trat vor und zog Raymond, der ihm hinterherstolperte, am Ärmel in die Mitte des Raumes. »Ich habe Euren Vater über Eure Verfehlungen aufgeklärt«, sagte er.

»Ich ...«, schluchzte Raymond.

»Ich«, höhnte der Baron. »Ja, weint nur. Seht, was Ihr getan habt, und beweint es.« Bei diesen lauter gesprochenen Worten trat er an die bedeckte dritte Bahre heran und riß mit einer Bewegung das Tuch herunter.

»Nein!« Raymond schrie gellend auf.

Mit einem Ruck schnellte Jeanne hoch. Der Baron starrte sie an wie eine Erscheinung.

»Ihr wolltet mich doch lebend wiedersehen«, sagte sie.

56. Kapitel

D'Oppède sprang zurück und hob unwillkürlich den Arm vors Gesicht. Dann griff er zum Schwert. Aber Palamède und sein Gefährte waren schon neben ihm und forderten ihn mit gezückten Klingen auf, die Hand vom Knauf zu nehmen.

Auch Tantris richtete sich nun auf. Die Augen des Barons wurden groß. Die beiden Gaukler auf ihren Bahren reichten sich die Hände und lächelten. »Wurde auch Zeit«, sagte Tantris und räkelte sich dann. »Länger hätte ich nicht stillhalten können.«

Vernègues stürzte zu seinem Sohn und löste ihm die Fesseln.

Der stammelte: »Diane, wo ist Diane?«

»In Sicherheit«, murmelte sein Vater und strich ihm widerstrebend übers Haar. Er hob den Kopf und fixierte d'Oppède. »Sie ist auf dem Weg in mein Schloß. Und noch vor dem Abend wird sie einem Richter ihre Version dieser Geschichte diktiert haben.«

Durch d'Oppèdes Gestalt ging ein Beben. Aber Palamède und sein Freund kreuzten vor ihm die Klingen.

»Und ich werde ihr Zeuge sein«, sagte Tantris und trat neben die Vernègues.

D'Oppède schnaubte. »Auf das Wort eines Spielmannes hört niemand. Du bist ein Niemand, ein Versager, wie dein Vater einer war.«

Tantris' Gesicht wurde ausdruckslos. Einen Moment lang wußte niemand, was in ihm vorging, nur sein Unterkiefer mahlte. Dann, auf einmal, ging ein Ruck durch ihn. Spöttisch verneigte sich, als stünde er noch auf der Bühne. »Nicht zuletzt dank Eurer Bemühungen bin ich nun kein Spielmann mehr.« Er zog die Urkunde heraus, die Charles ihm in jener Nacht im Wald überreicht hatte, und winkte dem Baron damit zu.

Vernègues griff nach dem Dokument und studierte es stirnrunzelnd. »Wußte ich doch, daß ich Euren Namen kenne«, sagte er. »Die ganze Sache ist ja offenbar mit meinem Geld finanziert.« Er warf Raymond einen belustigten Blick zu.

Auch Tantris zog ein Nachsicht heischendes Gesicht.

Für einen kurzen Moment achtete niemand mehr auf d'Oppède, der sich still ein paar Schritte zurückgezogen hatte.

»Er will flüchten«, rief Palamède, als ein Geräusch sie schließlich aufmerksam machte.

»Verhindert, daß er die Wachen ruft!« Vernègues ließ alarmiert das Dokument fallen und stürzte sich mit den anderen zur Tür.

Als er diesen Ausweg versperrt sah, warf d'Oppède sich herum. Mit gehetztem Blick prüfte er die Möglichkeiten. Da waren die Fenster, dort der Feind, drüben, jenseits der Bahren, die zweite Tür mit der Wendeltreppe, verborgen hinter den Gobelins. Er entdeckte die freie Passage zwischen den Bahren und warf sich nach links.

Tantris stieß mit dem Fuß nach seiner leeren Liege, so daß sie dem Flüchtenden in den Weg geriet. Der stolperte und fuchtelte mit den Armen. Es war der alte Vernègues, der als erster bei ihm war. Mit einem Hieb seiner flachen Klinge brachte er d'Oppède dazu, das Schwert aus der rudernden Hand fallen zu lassen. Der Geschlagene fluchte, stolperte zum Kamin und richtete sich am Sims wieder auf. Vernègues drängte nach und setzte ihm die Klinge unter das Kinn.

»Ihr werdet uns begleiten, Baron«, erklärte er mit eisiger

Höflichkeit. »Als Bürge für unsere Sicherheit, bis wir Eure gastfreundlichen Mauern hinter uns haben. Und dann zum Prozeß.«

D'Oppèdes Kiefern mahlten. Seine Augen fraßen Vernègues geradezu auf, der völlig unbeeindruckt vor ihm stand. »Ferner werdet Ihr ...«

In dem Moment schlug d'Oppède die Klinge mit der nackten Hand beiseite. Er tauchte unter Vernègues' Schwert durch und sprang den bei weitem kleineren und schmaleren Mann mit aller Wucht an.

Es war Jeanne, die den Dolch in seiner Hand als erste bemerkte. Mit einem Aufschrei stürzte sie vor und geriet kurz vor dem Zusammenprall zwischen die beiden Männer. Tantris sah, wie sie die Augen schloß.

»Jeanne!« Er lief hinüber und zog sie von dem zappelnden Baron de Vernègues, der, zornig über die eigene Ungeschicklichkeit, aufsprang, sich den dünnen Blutfaden vom Mund wischte, wo der Zusammenstoß seine Lippe hatte platzen lassen, und seine vor Wut und Schreck zitternde Schwertspitze nun erneut auf d'Oppède richtete. Der lag auf dem Boden und regte sich nicht. In seiner Brust, auf der rechten Seite, steckte ein kleines Messer bis zum Schaft in seinem Fleisch.

Tantris trat hinzu und untersuchte es. »Wo hast du das her?« fragte er Jeanne, die bebend neben ihm stand.

»Von Diane«, erklärte sie leise. »Sie überließ es mir zusammen mit ihrem Nähzeug.«

»Ich werde meine Vorstellungen von weiblicher Handarbeit überdenken müssen«, sagte Tantris.

Jeanne stand bleich und stumm neben ihm. Sie sah aus, als würde sie jeden Moment umsinken.

»Ist er tot?« fragte Palamède kleinlaut von hinten.

Vernègues steckte sein Schwert weg und trat ebenfalls vor. Er legte d'Oppède zwei Finger an den Hals und spürte nach dem Puls. »Nein«, sagte er und richtete sich kopfschüttelnd wieder auf.

Durch Jeanne ging ein Rütteln, ein lang unterdrückter Schrei stieg in ihrer Kehle auf. Der Baron legte den Arm um ihre Schulter.

»Dankt Gott, Mädel«, sagte er, »daß das nicht auf Eurer Seele liegt.«

57. Kapitel

Mit gezückten Waffen, aber unbehelligt verließ die Truppe das Schloß wieder. Sie ritten schnell und ohne Pause, bis sie den Stammsitz der Vernègues erreichten, wo Berenice, Guy und Diane bereits ungeduldig und voller Nervosität auf sie warteten. Vernègues ließ seinen Sohn in seine Gemächer bringen und wartete klug, bis die Wogen der Wiedersehensfreude sich ein wenig geglättet hatten, dann trat er auf Tantris zu.

»Mein Sohn«, sagte er, »hat Euch ein völlig überzogenes Geschenk gemacht für einen schlechten Dienst.«

Tantris hob das Kinn.

Vernègues streckte ihm die Hand hin. »Ich möchte es Euch bestätigen. Als ein viel zu geringes Geschenk für einen noblen Dienst, den Ihr meiner Familie erwiesen habt. Ich danke Euch.«

Tantris schluckte. Dann nahm er die dargebotene Rechte und drückte sie.

Guy schmiegte sich angstvoll an Berenice, die in einem Tragestuhl saß. »Was bedeutet das?« flüsterte er.

»Daß du demnächst zur Schule gehen wirst«, gab diese liebevoll zurück.

Am meisten Sorgen bereitete Vernègues die Anwesenheit Dianes, die ja formal noch immer d'Oppèdes Mündel war und ohne dessen Zustimmung nicht mit Raymond verheiratet werden konnte. Die beiden jungen Leute bestürmten den Baron, und er versprach, in der Sache an das Parlament, ja an den

König zu schreiben. Er wollte den Prozeß gegen d'Oppède so schnell wie möglich vorangetrieben sehen.

Die Sache ging rascher vonstatten, als er erwartet hatte, denn der Hof François' I., selten in Paris und zumeist auf Reisen in seinem Königreich, näherte sich unerwartet der Provence. Vernègues war eine der Stationen, bei der er haltmachen wollte.

Und so sahen die erstaunten Gaukler bald, wie ein König durch die Lande zog. In einer schier endlosen Prozession wälzte sein Hofstaat sich durch die Straßen. Zuerst kamen die Bogen- und Armbrustschützen der Stadt, dann die Oberhäupter der Stadtverwaltung, danach die Vertreter der Zünfte, die Angehörigen der Justiz, die Richter, Schreiber, Räte, die Advokaten und Notare. Ihnen folgten erneut prächtig gekleidete Wachen, geführt von Offizieren. Dann aber kamen die Leute des Königs: Ein Heer von Bogenschützen in den königlichen Farben Blau, Hochrot und Blaurot. Ihnen folgten die Marschälle von Frankreich in golddurchwirkten Kleidern, begleitet von den Schweizer Garden. Danach übernahm die Farbe Weiß die Regie: Der König nahte. In weißen Samt und weiße Seide gekleidete Pagen ritten auf makellosen Schimmeln in die Straßen Vernègues ein, gefolgt von Herolden und Musikanten, alle in schimmerndem Weiß. Die Menschen reckten die Hälse. Noch kam der König nicht selbst. Edelleute schritten einher, die der staunenden Menge den Hut des Königs, seinen Überwurf aus blauem, mit Lilien besticktem Samt und sein massiv goldenes Schwert präsentierten wie weltliche Reliquien. Es schritten zwei blaugrün gekleidete Stallmeister vorbei und führten das königliche Paradepferd, dem die leuchtendblaue, lilienübersäte Samtdecke bis zum Boden über den Rücken hinabhing.

Es folgten Wogen von Weiß, überirdisch, rein, gleißend: die Jäger, die schottische Garde, die Kammerherren, deren erster im purpurnen Gewand unter den anderen hervorleuchtete. Da endlich kam er, der König selbst, François.

Die Nase so fleischig wie auf den Gemälden, der Bart prachtvoll. Auch er war in Weiß, Edelsteine auf seinem Hut versprühten in der Sonne ihr vielfarbiges Feuer und warfen bunte Tupfen auf sein Habit. Er warf mit vollen Händen Münzen in die Menge, die winkte, tanzte und schrie: »Vive le Roi!«

Ganz müde von den Farben und dem Prunk, starrten Tantris und Jeanne Seite an Seite auf die Prinzen von Geblüt, die ihm folgten, auf die Edelfräulein in ihren prächtigen Seidenroben, mit den wippenden Federn, den funkelnden Stickereien und dem üppigen Schmuck.

Berenice hielt Guy mit eisernem Griff fest, der sich nach den Münzen bücken wollte. »Und wehe, wenn ich dich bei einer Dieberei ertappe«, mahnte sie streng und wies mit dem Kopf auf Tantris. »Er müßte sich ja zu Tode schämen.«

Tantris stand da und hielt die von dem Schauspiel wie erschlagene Jeanne im Arm. Auch er fühlte sich betäubt, weniger von der Prachtentfaltung, die auch ihn zu blenden vermochte, ihm aber doch im Grunde vertraut war, sondern von dem Gedanken, nun wieder ein winziges Glied in dieser großen, prunkenden Kette zu sein. Oh, er machte sich keine Illusionen, er war nur ein kleiner Landedelmann, einer, der mit seinen Bauern um die Zahl der abzugebenden Eier stritt und des Winters vorwiegend in seiner Küche lebte, wie die Landleute selbst auch, wo es warm und gemütlich war. Aber er würde über *sein* Land gehen, er würde *sein* Wild jagen, mit *seinen* Bauern sprechen und seinen Namen im Parlament vertreten, wenn die Reihe an ihn kam. Und er würde, beim nächsten Besuch des Königs, irgendwo hinten in diesem Zuge mitmarschieren. In seinen besten, bescheidenen Kleidern.

»Hast du diesen Rock gesehen?« flüsterte Berenice und starrte mit offenem Mund einem Edelfräulein nach, deren blaue Robe mit Flammen aus Gold, Silber und Edelsteinen bestickt war. »Schöner kann auch die Jungfrau Maria nicht geschmückt sein.«

Tantris stieß sie an und bewegte die Seinen dazu heimzugehen.

So wandten sie sich ab von dem schier endlosen Troß aus Bediensteten, die dem Hof zu seiner Bequemlichkeit folgten. Da gab es Küchenmeister, Kellermeister, Brotmeister, Suppen- und Saucenmeister, Vorschneider und Bratenmeister. Es gab Türhüter, Träger, Läufer, Pagen, Sekretäre, Ehrenknaben, Mediziner, Apotheker, Barbiere, Chirurgen, Kammerherren und Oberkammerherren. Dazu kamen fürs Vergnügen Musiker, Jäger, der Oberjägermeister, Tierwärter, Hundepfleger, Vogelfänger und Falkner, assistiert von Stallmeistern, Pferdepflegern, Stallknechten und Fuhrleuten. Den König begleiteten ferner Kaufleute, Edelsteinschleifer, Goldschmiede, Bortenweber, Sticker und andere Hersteller von Luxuswaren, die sich sofort und überall nach Wunsch beschaffen ließen. Für das seelische Wohl sorgte, als Gegengewicht zu all dem, dem noch das Corps der gewerbsmäßigen Liebesdienerinnen beistand, eine Gruppe von Klerikern, um Beichten abzunehmen, Sakramente zu spenden und Almosen zu verteilen. Den Schluß des Zuges bildeten wiederum die Garden. Doch da waren Tantris und Jeanne, Berenice und Guy bereits auf dem Weg in ihre Gemächer.

Sie logierten noch immer im Schloß Vernègues'. Der Schloßherr und er selbst waren sogar auf eine Festlichkeit geladen, die der König am Abend zu geben gedachte. Die Aussicht darauf machte ihn stolz und unruhig.

Am Abend brachte ein königlicher Kammerherr die Nachricht, Tantris werde erwartet und solle vor dem König erscheinen. Seine abenteuerliche Geschichte habe bei Hofe viel Aufsehen erregt, und vor allem die Damen wären begierig, den schillernden Mann kennenzulernen.

Tantris bedankte sich und nahm das Gewand entgegen, das man ihm zu diesem Zweck überreichte. Er erfuhr, auch ein Pferd stünde für ihn bereit, und dazu zwei Edelknaben, die ihn und Vernègues an diesem Abend begleiten sollten. Am meisten aber überraschte ihn das voluminöse Bündel, das sich nach dem Öffnen als ein Damenkleid entpuppte.

Vernègues gönnte sich ein kleines Lächeln. »Ich habe mir erlaubt, dem König mitzuteilen, daß Ihr, nun, eine Begleiterin habt.«

Tantris nahm das Geschenk unsicher entgegen und überbrachte es der völlig entgeisterten Jeanne.

»Ich kann das nicht annehmen«, rief sie entsetzt. »Ich weiß ja nicht einmal, wie man da hineinkommt. Und wie soll ich mich bewegen, was soll ich sagen?«

»Am besten, gar nichts«, kommentierte Diane knapp, die bereits mit ihrer eigenen Toilette beschäftigt war und mit einem Blick festgestellt hatte, daß Jeannes Robe die ihre an Glanz bei weitem übertraf.

Sie lächelte böse. »Und vergiß dein Tamburin nicht. Falls jemand verlangt, daß du tanzt.«

Da hob Jeanne das Kinn. Ohne weitere Einwände nahm sie das Kleid aus Tantris' Händen, raffte den Stoff zusammen und verschwand hinter einem Wandschirm.

58. Kapitel

Der königliche Hof hatte sich in einem Zeltlager niedergelassen, doch diese Bezeichnung wurde der Stadt aus Stoff und Lichtern, die sich für dieses eine Mal auf der Ebene erhob, nicht gerecht. Sie war ein Märchen, kostbar und fragil, groß wie eine richtige Stadt, voller Farbe und Leben. Lachende Menschen drängten sich zwischen kleinen, seidenen Palästen, deren Tore weit geöffnet waren, um Lüster, Teppiche und goldene Möbel zu zeigen, um mit überbordenden Tafeln zum Essen oder mit Kapellen und Bühnen zum Tanz einzuladen. Es duftete nach Braten, nach Honig und Parfum. Edelsteine blitzten im Licht der Fackeln, die unruhig und dramatisch mit ihrem Licht die Wege zwischen den Zelten wiesen, während im kostbaren Inneren der mit Persern ausgelegten, mit Brokat bespannten und mit Goldtroddeln geschmückten Zelte goldene Leuchter ihr warmes, schimmerndes Licht verbreiteten.

Tantris ließ sich an Vernègues' Seite von den Edelknaben durch dieses Labyrinth führen. Bild um Bild nahm er in sich auf von dieser fremden, aufregenden Welt, in der kein Gesicht ihm bekannt vorkam.

»Wo ist Jeanne?« fragte er. Vernègues nahm ihn beim Arm und geleitete ihn durch das Gewimmel. »Die Damen kommen mit der Kutsche nach«, erklärte er. »Hier entlang!«

François I. saß auf einem vergoldeten Stuhl und ließ sich auf einem Tablett Pastetchen reichen, als die beiden Männer eintraten. Als er sie sah, winkte er die Küchendiener fort und forderte seine Umgebung zu einem Applaus auf.

Tantris verneigte sich artig. »Ich danke Eurer Majestät«, sagte er mit gefaßter Stimme, »daß ich diesem großartigen Schauspiel beiwohnen darf. Ihr wißt, was einen Gaukler erfreut.«

Stille trat ein, aber François lachte. »Ein Gaukler, in der Tat, ich habe davon gehört. Verdammt interessant.« Er wandte sich an seinen ersten Kammerherrn, der bestätigend nickte. Auch die Damenwelt neigte die Köpfe und brachte die Federn auf ihren Hüten zum Wippen. Fächer wurden aufgeschlagen, und dahinter begann es zu wispern. Tantris fühlte sich gemustert und stellte sich noch ein wenig gerader hin.

»Es muß etwas ganz eigenes sein, dieses Gauklerleben«, geruhte der König zu bemerken. »Erzählt uns, wie es ist!«

Tantris schaute sich um, ließ seinen Blick über die Gesichter schweifen, die Roben, die Seidenwände. Dann schaute er dem König ins Gesicht.

»Majestät, was soll ich sagen?« Seine Geste umfaßte das Zelt und seine Umgebung. »Man kommt viel herum.« Er grinste übers ganze Gesicht.

Der König starrte ihn einen Moment an, dann verzog der das Gesicht zu einem schmalen Lächeln. »Man kommt viel herum«, wiederholte er, »in der Tat. Das ist köstlich.« Tantris' Wort machte die Runde.

Ohne den erschrockenen Vernègues weiter zu beachten, klatschte der König in die Hände. Ein Page trat vor und überreichte ihm ein Samtsäckchen. Das Klirren verriet seinen goldenen Inhalt.

»Nun, Gaukler«, sagte der König. »Oder vielmehr Tristan von Beaucaire.« Ein Raunen ging durch das Publikum. »Zweifellos wissen wir beide, wie lästig das Herumreisen werden kann.« Das Lächeln des Königs bekam einen triumphierenden Zug. Stolz darauf, den Scherz Tantris' gekontert zu haben, blickte er in die Runde und erhielt braven Applaus.

Tantris verneigte sich tief.

»Deshalb nehmt das Gewand, das Ihr tragt, das Pferd, das Euch hierherbrachte, und diese Börse. Gemeinsam mit meinen besten Wünschen für Eure Zukunft.«

Die Audienz war beendet.

Vernègues führte den vor Überraschung leicht taumelnden Tantris aus dem Zelt. »Ihr solltet Euch Eure Scherze langsam abgewöhnen«, murmelte er.

»Wieso, er kam doch gut an«, hielt Tantris dagegen. Doch ihm war schwindlig. Er wog die Börse in seiner Hand. »Ihr werdet mir sicher erlauben, etwas von meinen Schulden bei Euch abzutragen«, begann er und wollte den Beutel schon aufschnüren. Vernègues hielt ihn davon ab.

»Mit der Zeit«, meinte er, »mit der Zeit.« Er hielt abwehrend die Hand über die Geldkatze. »Und schon gar nicht vor aller Augen.« Und er begrüßte einen vorbeiflanierenden Bekannten.

Sie wurden bald getrennt, da Vernègues zahlreiche Gesichter kannte, hier und da stehenblieb und bald in ein anhaltendes Gespräch verwickelt war. Tantris schlenderte alleine weiter. Diese Umgebung war nicht die seine, und doch gehörte er ihr nun wieder eher zu als jeder anderen. Für diesen Abend fühlte er sich schweben zwischen allen Welten.

Flötenklänge zogen ihn an, und er betrat ein großes, weiß ausgeschlagenes Zelt, in dem auf einer kleinen hölzernen Bühne Musiker zum Tanz aufspielten. Tantris streifte müßig zwischen den Zuschauern herum. Er wurde erkannt, hörte Geflüster hinter vorgehaltenen Händen und wandte den Blick bald peinlich berührt vom Publikum weg zu den Tanzenden hin. Da stockte ihm der Atem.

An der Hand eines Edelmannes im silberbestickten schwarzen Brokatwams, den er nicht kannte, drehte sich eine Schöne in einer Woge aus leuchtendgelbem Samt. Ihre weißen Schultern wuchsen grazil aus einem reich dekolletierten Mieder, das von bestickten Goldspitzen gesäumt und dicht unter den Brüsten tailliert war. Die Ärmel waren voluminös, mehrfach gerafft und zeigten unter Schlitzen, die von Edelsteinspangen zusammengehalten wurden, ein vielfarbiges Futter aus orangefarbener und violetter Seide, das auch von den Handgelenken als Schleier herabwallte. Der Rock war weit und bauschte sich beim Drehen. Um den Schwanenhals lag eine Kette aus dunkelglühenden Smaragden, die aber nicht so grün leuchteten wie die Augen in dem blassen Gesicht. Das aufsehenerregendste an der biegsamen Gestalt aber war zweifellos ihr Haar, brennend rot und von einer gelockten Fülle, die sich von den zahllosen goldenen Haarnadeln, Stoffblüten und Edelsteinspangen kaum bändigen ließ. Unter ihrer Last wirkten Hals und Schultern noch zarter.

Tantris stand wie gebannt. Das konnte nicht Jeanne sein, seine Jeanne, seine kleine Waldenserin, die so hübsch aussah, wenn sie sich Blumen ins Haar steckte. Das hier war ein Geschöpf wie aus einem Märchen. Wie hypnotisiert verfolgte er jede ihrer Bewegungen, wie sie sich neigte und drehte, die Arme hob und sich gleiten ließ, als hätte sie ihr Leben lang nichts anderes getan. Da, jetzt schaute sie zu ihm herüber. Ihre Augen weiteten sich ein wenig. Sie hatte ihn gesehen.

»Tristan?« Die Stimme war sanft und fragend. Dennoch fuhr er herum.

Da stand sie, die blonden Haare in zahlreichen Flechten um den Kopf gelegt und mit Perlen festgesteckt. Ihr weißes Kleid war aus Brokat und fiel ihr bauschig um die Fesseln. Wenn sie sich bewegte, schimmerten die Silberfäden im Gewebe auf. Sie sah nicht anders aus als bei ihrer Hochzeit.

»Blanche«, stotterte Tantris und starrte sie an. »Du bist hier?«

Sie lächelte und wies mit einer matten Geste in die Runde,

ehe sie ihren Fächer wieder mit beiden Händen umklammerte. »Alle sind hier, Tristan.«

»Ah, ja, sicher, ich meine …«

»Wollen wir ein wenig gehen?« schlug sie vor. »Es wird so rasch schwül in diesen Zelten.«

Wortlos und verwirrt reichte Tantris ihr seinen Arm. Er schaute sich noch einmal nach Jeanne um, doch die war im Wirbel der Tänzer verschwunden. Er sah nur Diane, die ihm vom anderen Ende der Tanzfläche her zulächelte mit einem Ausdruck, den er nicht zu deuten vermochte.

Tantris und seine Dame bahnten sich einen Weg hinaus, wo die Musik der Tänzer rasch verklang. Unwillkürlich führte ihr Weg sie an den Rand der Zeltstadt, fort von den Menschen und den Fackeln. Es war eine sternklare Nacht. In ihrem kalten Licht schimmerte Blanches Kleid fast noch schöner und unwirklicher als drinnen. Sie war wahrhaftig noch immer eine Schneekönigin, dachte Tantris, der dicht neben ihr ging und den unbestimmten Duft einsog, der von ihr ausging und den er so gut kannte.

Ihr Profil war ihm so vertraut, die gerade, ein wenig vorwitzig gen Himmel geneigte Nase, die hohe, gewölbte Stirn, über der die Perlen schimmerten, die milchweiße Haut, über der ein diskreter Schleier von Sommersprossen lag, der ihre Züge noch verschlossener und geheimnisvoller machte. Sie hatten ihn stets fasziniert, Blanche jedoch pflegte sie schon als ganz junges Mädchen mit Puder zu überdecken, und als er eines Tages gewagt hatte zu sagen: »Ich liebe deine Sommersprossen«, hatte sie ihn mit ihrem Fächer geschlagen und zwei Tage nicht mit ihm gesprochen. Das war, als er noch ein Edelmann gewesen war. Nun war er wieder einer.

Sie spürte seinen Blick auf sich ruhen und lächelte fein, ohne den Kopf zu wenden. Tantris fühlte sich ertappt. Er spürte einen leisen Ärger in sich und den Wunsch, sie zu verletzen. »Wie geht es deinem Mann?« fragte er.

Blanche wandte sich ihm abrupt zu und schaute ihm direkt in die Augen. »Er ist letztes Jahr in Italien gefallen«, sagte sie, ohne Dramatik, sehr einfach und schlicht. Sogar im Sternenlicht konnte Tantris sehen, daß ihre Augen von einem tiefen Dunkelblau waren.

»Dann...«, stotterte er. In seinem Inneren ging plötzlich alles drunter und drüber.

»Ja, Tristan«, hauchte sie. »Es ist alles wieder wie früher.«

»Wo ist Tantris?« fragte Jeanne und suchte wieder zu Atem zu kommen. Mit einem Kopfnicken dankte sie ihrem Tänzer, der sie zu ihrem Platz neben Diane zurückgebracht hatte. Mit einem Knicks dankte sie auch dem nächsten; sie hatte keine Lust mehr zu tanzen. Eben hatte sie ihren Geliebten unter den Zuschauern entdeckt. Gutgelaunt zupfte sie an ihren Locken. Sie hatte in seinem Gesicht lesen können, wie überrascht er war und wie gut sie ihm gefiel. Bestimmt kam er bald, sie zu holen. Wo er nur blieb?

»Er hat eine alte Freundin getroffen.« Diane ließ ihren Fächer wippen und schlug die Augen nieder. »Was hast du erwartet?« fügte sie hinzu. Und zu Raymond, der hinter ihr stand, sagte sie: »Eine wahrhaftige Dame, nicht wahr?« Zu ihrer Überraschung schnaubte ihr Verlobter nur etwas Unverständliches und entschuldigte sich dann mit hochrotem Gesicht.

Jeanne stand noch immer wie erstarrt. Er hatte sie so gesehen und war doch mit einer anderen fortgegangen? Unwillkürlich dachte sie an den Namen, jenen anderen Namen, den er an ihrer Brust gemurmelt hatte, in jener ersten Umarmung: Blanche. Eine wahrhaftige Dame! Ja, was hatte sie erwartet? Dieses Kleid war nur für eine Nacht. Morgen war Tantris endgültig ein Edelmann, sie dagegen nur ein Mädchen, das nicht einmal ein eigenes Paar Schuhe besaß.

Im Schloß Vernègues wohnten sie züchtig getrennt, und so sehr sie Tantris auch vermißt hatte, so dankbar war sie ihm doch für sein Taktgefühl gewesen, sie nicht aufzusuchen und ihr keine Zärtlichkeiten aufzudrängen, die in diesem Haus als unangemessen gegolten hätten. Jeanne spürte dort bei aller Höflichkeit doch, als was sie galt. Hätte Tantris sich ihr genähert, sie wäre betrachtet worden wie ein Stück Straßenschmutz.

Und dennoch, dachte sie, wäre ich glücklich gewesen, er hätte mich in die Ställe gezogen und mich umarmt. Als sie ihn vorhin sah, hatte sie davon geträumt, daß er sie zum Tanz auffordern würde. Er sollte sie in seine Arme nehmen, sich mit ihr zu drehen beginnen, ihr sagen, wie bezaubernd er sie fände, alles das, was er ihr schon einmal gesagt hatte, und dann würde er …

Was hast du erwartet. Der Satz ernüchterte sie mehr als eine kalte Dusche. Mit einemmal fühlte sie sich verkleidet in ihrer leuchtenden Robe, sie kam sich billig vor und deplaziert, eine lächerliche Figur nur. Sicherlich starrten alle sie an. Mit einer heftigen Bewegung stand Jeanne auf.

Der Mann, der mit einer Verbeugung vor sie getreten war, mißverstand die Geste und bot ihr seinen Arm, da er annahm, sie würde sich von ihm zum Tanz führen lassen. Doch sie schüttelte nur den Kopf, versank in einem hastigen Knicks und flüchtete nach draußen.

Der Mann schaute ihr verzaubert nach. »Mon Dieu«, murmelte er. »Was für ein formidables Geschöpf.«

Geräuschvoll öffnete Diane ihren Fächer. Der Mann bemerkte sie, grüßte und ging.

Jeanne drängte sich durch die Menge der Festgäste. Die Masse der Menschen, der Roben und Stimmen, kam ihr nun erstickend vor. Sie raffte ihre Röcke und suchte, sich so rasch wie möglich hindurchzudrängen. Was gingen sie all diese Menschen an; sie suchte doch nur den einen. Mit hoch erhobenem Kopf musterte sie die Gäste, die ihr entgegenströmten, in jeden Zeltsaal warf sie einen Blick, aber Tantris war nirgends zu finden.

Schließlich, mit schmerzenden Füßen von den ungewohnten Schuhen und müde von der Enttäuschung, blieb sie stehen. Das Gewühl war hier lichter, das Licht spärlicher, sie war in den Regionen der Stille angekommen. Da sah sie ihn stehen, ihn und die Frau. Sie standen alleine, doch dicht beieinander und schauten einander an, als gäbe es nur sie und das Mondlicht.

Jeanne öffnete den Mund, um zu rufen, aber kein Ton kam heraus. Der Schmerz schnürte ihr die Kehle zu. Was für ein schönes Paar die beiden abgaben, dachte sie. Ja, die andere war wahrhaftig eine Schneekönigin. Sie raffte ihre bunten Röcke noch ein Stückchen höher und wollte sich schon mit Schwung umdrehen, um davonzulaufen, da hielt sie inne. Sie konnte ihn nicht einfach so gehen lassen. Sie wollte es nicht.

Unsicher trat sie näher, auf ihren Absätzen balancierend, Schritt für Schritt, wütender und wütender. Sie wußte noch nicht, was sie sagen wollte. Am liebsten hätte sie der anderen die Nägel durchs Gesicht gezogen.

Die Mühe wurde ihr abgenommen. Blanche bemerkte sie zuerst und wandte sich ihr abrupt zu, ohne Tantris' Hände loszulassen. »Ah«, sagte sie, »die kleine Tänzerin. Ist deine Darbietung schon beendet?«

»Blanche«, sagte Tantris erschrocken.

Blanche drückte seine Hand. »Laß nur«, sagte sie, »ich verstehe das schon. Ich habe schon Frauen gesehen, die sich für Geld verkaufen.«

»Blanche«, wiederholte Tantris lauter.

»Vermutlich jeden Tag im Spiegel«, entgegnete Jeanne und hob das Kinn.

Blanche wurde noch eine Nuance bleicher. »Noch gibt es Unterschiede«, zischte sie.

»O ja«, erwiderte Jeanne zuckersüß.

»Jeanne!« mahnte Tantris nervös.

»Ich habe für das Geld tatsächlich nur getanzt.«

»Miststück!« Die Geschmähte hob die Hand und machte Miene, die Gauklerin zu schlagen.

»Blanche! Himmelhergottnochmal, darf ich auch mal etwas sagen«, brach es aus Tantris heraus.

Keine der beiden Frauen machte Miene, ihm zuzuhören.

Da nahm er Jeanne bei der Hand und zog sie unsanft beiseite.

»Laß mich, du«, fauchte sie, doch Tantris achtete nicht darauf. Er holte tief Luft und wandte sich der anderen zu.

»Blanche«, setzte er an, »du weißt um die Gefühle, die ich einmal für dich hegte ...« Er spürte das harte Prasseln von Jeannes Fäusten gegen seinen Rücken, das ihm fast den Atem nahm, und hielt einen Moment inne. »Aber«, fuhr er fort, »all das ist lange her. Du hättest mich ausreden lassen sollen«, setzte er leise hinzu, als er Blanches erstauntes Gesicht sah. Dann zog er Jeanne wieder hinter seinem Rücken hervor, über deren Gesicht Tränen der Wut und Verzweiflung rannen. Eine rote Strähne hatte sich gelöst und tanzte aufreizend um ihr Gesicht. Er nahm sie zwischen die Finger und steckte sie liebevoll wieder fest. »Darf ich dir meine Braut vorstellen: Jeanne de Beaucaire. Bald jedenfalls.«

Blanche starrte ihn fassungslos an. Dann, inmitten des plötzlichen Schweigens, machte sie auf dem Absatz kehrt und lief, so schnell ihre Röcke es erlaubten, davon.

Tantris sah die Ohrfeige nicht kommen. »Au«, rief er empört und hielt sich die Wange.

Jeanne stand da und keuchte. Ihre Wangen waren gerötet, und in ihren Augen tanzten die Bernsteinfunken, die er so gut kannte. »Das ist dafür, daß du plötzlich verschwunden bist«, erklärte sie atemlos. Sie weinte noch immer. »Und dafür, daß du uns beide so aufgeregt hast. Und daß du zugelassen hast, daß wir uns so aufführen und, und ...« Sie suchte ihre Gedanken zu fassen. »Und dafür, daß du nicht gefragt hast.«

Tantris rieb sich verblüfft die Wange. »Na warte«, knurrte er dann und stürzte sich auf das Mädchen, das sich wie eine Wildkatze wehrte.

Von ihrer Frisur und von ihrer Wut war nicht mehr viel übrig, als er sie endlich in seine Arme hob, ihr die wirre Mähne aus dem Gesicht strich und sie lange und leidenschaftlich küßte.

»Willst du denn nicht?« flüsterte er.

Wenig später sahen die erstaunten Festgäste des Königs ein wildes Paar – sie mit aufgelöst wehendem Haar und zerrissenem Rock, er mit Striemen im Gesicht und dem lüsternen Ausdruck eines Fauns, der gerade eine Nymphe entführt – wie sie lachend und rennend im Dunkel jenseits des Festes verschwanden.

59. Kapitel

»Das ist ein Herrensitz?« maulte Guy. »Das habe ich mir anders vorgestellt.«

Das Haus des Herrn von Beaucaire war ein Bau, errichtet aus dem grauen Stein der Landschaft, drei Stockwerke hoch, langgezogen und ohne Seitenflügel, der sich in der Größe kaum von einem großen Bauernhof unterschied. Doch hatte er mehr und größere Fenster, die Proportionen waren angenehmer, und ein großer Vorplatz mit hohen Bäumen führte zu ihm hin, während die Wirtschaftsgebäude hinter dem Haus versteckt waren.

Die Eingangshalle mit ihren dunklen Deckenbalken schien sich vor dem Sonnenlicht zu verstecken, als sie das Tor aufstießen. Eine steinerne Treppe, die sich nach dem ersten Absatz teilte und in zwei Strängen nach oben führte, gähnte ihnen entgegen.

»Wenn die Läden erst geöffnet sind, sieht das Treppenhaus viel heller aus«, versprach Tantris und wies in die entsprechende Richtung. »Dort sind Fenster aus buntem Glas, die unser Wappen tragen. Als Kind saß ich immer da und betrachtete die bunten Sonnenflecken, die durch die Scheiben auf die Stufen fielen. Am liebsten mochte ich die Stufe, auf der meine Hand sich lila verfärbte, wenn ich sie darauf legte.« Er lächelte Jeanne zu, die seinen Arm drückte.

Tantris wandte sich nach links und stieß zwei weitere Eichentüren auf. Er hielt sich ein Taschentuch vors Gesicht. Eine halbzerfressene Brokatportiere sank in einer Staubwolke in sich zusammen.

»Und das ist die Bibliothek«, verkündete er großzügig. Dann bemerkte er die leeren Regalbretter hinter den Türen der Schränke ringsum. »Das war die Bibliothek«, korrigierte er sich. Ein wenig wehmütig schritt er in dem Zimmer herum, in dem seine Schritte auf dem Boden knirschten. Er öffnete einen Schrank probeweise, über dessen Türen das geschnitzte Abbild einer Eule prangte. Hier hatten die Lateiner gestanden. Da war nun nichts mehr als ein beizender Geruch, ein paar Mäuseköttel und Staub. Er schloß die Türen wieder und wandte sich um.

Zumindest der lange Tisch war noch da, an dem er während seiner endlosen Schulstunden gesessen hatte. Er ging hinüber und fuhr mit dem Finger über die Stelle, an der ein junger Tristan de Beaucaire, von Langeweile überwältigt, eines Nachmittags seine Initialen eingeritzt hatte. Sein Vater hatte ihn verdroschen und die Stelle später abschleifen lassen. Es war aber nicht gut gemacht, und mit ein bißchen gutem Willen konnte er die Umrisse der Buchstaben noch immer fühlen. Tantris lächelte.

»Zumindest ein Buch haben wir ja schon mal«, sagte er, zog das Versprochene aus seiner Tasche und hielt es hoch, ehe er es auf den Tisch legte. »Eine Fibel. Und Morgen beginnt der Unterricht.«

Guy protestierte nicht mehr. Der Form halber zog er einen Flunsch, aber seine blauen Augen strahlten. Mit vor Freude gerötetem Gesicht trabte er hinter Jeanne und Berenice her durch die verwirrende Zahl der Räume, die für ihn einer wie der andere aussahen.

»Das kommt, weil sie so vermodert sind«, tröstete Jeanne ihn. »Wenn wir sie erst eingerichtet haben, wirst du dich leichter zurechtfinden. Und ich mich hoffentlich auch«, setzte sie flüsternd hinzu.

Tantris, der es gehört hatte, nahm sie in den Arm. »Du hast

den halben Hof des Königs verzaubert«, sagte er und küßte sie, »du wirst auch das schaffen.«

Zuletzt kamen sie in die Küche. Hier stellte Berenice sich in die Mitte des Raumes und stemmte die Hände in die Hüften. »Das ist also das Reich, das du mir versprochen hast », meinte sie und musterte den großen Herd, den altersschwarzen Kessel darüber, den Holztisch mit den langen Bänken und die Borde ringsum, die einmal viel Geschirr gefaßt haben mochten, jetzt aber größtenteils leer waren.

»Ist alles schon bestellt«, kam Tantris ihrer Beschwerde zuvor.

Berenice wiegte kritisch den Kopf. »Es ist nicht eben das Ideal einer Küche«, meinte sie.

Tantris lachte. »Und du bist nicht das Ideal einer Köchin.« Er klopfte ihr auf den Hintern. »Köchinnen haben dick zu sein, meine Liebe. In spätestens einem halben Jahr erwarte ich mir eine dicke Margaux.«

Berenice quiekte schrill und schlug ihm auf die Finger. »Das könnte dir so passen, mein Lieber.«

Der Bauernjunge, der in diesem Moment hereinkam, nahm erschrocken die Mütze ab.

Berenice wirbelte herum. »Und wen haben wir denn da?« fragte sie streng.

Der Junge starrte noch immer mit offenem Mund Jeanne an, die freundlich lächelte.

»Es ist schon gut«, sagte Tantris geschmeichelt. »Ich finde sie auch sehr hübsch.«

»Ja«, hauchte der Junge und fing sich dann wieder. »Ich meine, ja, Herr. Ihr seid doch der Herr?« Er wurde mit jedem Satz röter.

Tantris nickte. »Tristan de Beaucaire. Und wer bist du?«

Der Junge drehte seine Mütze in der Hand. »Pascal, der Enkel vom alten Barrabas«, sagte er, froh, Rede und Antwort stehen zu können.

»Barrabas!« rief Tantris erfreut aus. »Sitzt der Alte noch in seiner Schmiede.«

»Wie eh und je, Herr.« Der Junge wurde ein wenig lebhafter.

Tantris schwoll die Brust, zum ersten Mal von Heimweh überwältigt. Etwas gab es doch, das von seiner Vergangenheit übrig war. »Ich muß sofort zu ihm.« Er küßte Jeanne auf die Wange und lief hinaus.

»Na, und du kommst mal mit mir«, kommandierte Berenice Pascal, der noch immer verdattert seinem Herrn nachsah. »Was hast du uns denn da gebracht, laß mal sehen. Das soll anständiges Feuerholz sein?«

Sie zankte noch eine Weile mit ihm herum, ehe sie ihm durchs Haar strubbelte und ihn gnädig mit einer kleinen Münze entließ. »Was gaffst du denn so?« gurrte sie, als sie nach einer Weile bemerkte, daß er noch immer in der Tür stand und Jeanne hinterherstarrte. Mit provozierendem Hüftschwung ging sie hinüber zum Tisch. »Wohl noch nie eine Frau gesehen, was?«

Pascal setzte seine Mütze auf und grinste. »Jedenfalls noch nicht so eine«, sagte er, doch er sagte es vorsorglich leise. Er zwinkerte Guy zu, der unsicher zurücklächelte. »Hast'n in deinem Beutel?« fragte er.

»Ne Katze.« Guy ließ ihn einen Blick auf das Wesen werfen, das er seit Ménerbes bei sich trug.

»'ne Katze in 'nem Beutel?« wunderte sich Pascal. »Kann die was Besondres?«

»Klar«, sagte Guy und schaute ihn an, »Kunststücke.«

»Kunststücke? Glaubste selbst nich. Laß sehen.«

Wie ein Schatten waren die beiden Jungen verschwunden.

Jeanne stand in der Tür und schaute Tantris nach, der mit weit ausholenden, beschwingten Schritten die Straße entlangging. Längs des Weges arbeiteten Bauern, die ihre Mützen zogen, als er vorbeikam. Jeanne sah, wie er sie nickend grüßte, wie er kurz stehenblieb, um mit dem einen oder anderen ein Wort zu wechseln. Sie sah das Federn in seinem Gang und das Wiegen in seinen Schultern.

Da geht ein glücklicher Mann, sagte sie sich, der Mann, den ich liebe. Ihr Herz klopfte heftig bei dem Gedanken. Überwältigt legte sie den Kopf zurück, lehnte sich an den Mauerstein und blinzelte in die Sonne.

Das Gemäuer war warm vom Licht einer reifen Herbstsonne. Zärtlich strich sie mit der Hand darüber. Er war alt und grau, mit Spuren grünen Mooses darin, das sich weich anfühlte. Das ist sein Heim, dachte sie. Mein Heim. Sie ließ den Blick über die Ställe, die Felder und Gärten schweifen. Mein wunderbares, fremdes neues Heim.

Dann entdeckte sie, dicht beim Portal, zwischen wilden Wicken und Brombeeren einen kleinen, geduckten Ginsterbusch. Er stand geschützt vom Wind im Sonnenlicht und trug zu ihrem Erstaunen ein paar allerletzte, sattgelbe Blüten. Verblüfft betrachtete sie diesen verschämten Boten eines lang zurückliegenden, unbeschwerten Frühlings. Er schien ihr ein Erinnern, ein Verzeihen und ein heimliches Versprechen zu überbringen.

Jeanne beugte sich hinunter, pflückte die Rispe und steckte sie sich ins Haar. Sie machte ein paar Tanzschritte. Dann ging sie singend ins Haus.